© Sodium Ltd.

Rhiannon Thomas hat Englische Literatur in Princeton, USA, studiert. Zurzeit lebt sie in Yorkshire, England, im Schatten einer gotischen Kathedrale aus dem 13. Jahrhundert. Neben dem Schreiben von Fantasy-Romanen betreibt sie leidenschaftlich einen Blog über Feminismus und Medien.

Weitere Informationen zum Kinder- und Jugendbuchprogramm der S. Fischer Verlage finden sich auf *www.fischerverlage.de*

RHIANNON THOMAS

Liebe brennt ewig

Aus dem Amerikanischen
von Michaela Kolodziejcok

FISCHER Taschenbuch

MIX
Papier aus verantwortungsvollen Quellen
FSC® C083411

Erschienen bei FISCHER Kinder- und Jugendtaschenbuch
Frankfurt am Main, August 2019

Dieser Doppelband enthält folgende Einzelbände:

›Ewig - Wenn Liebe erwacht‹
2017 S. Fischer Verlag GmbH,
Hedderichstr. 114, D-60596 Frankfurt am Main
Die Originalausgabe erschien 2015 unter dem Titel
›A Wicked Thing‹ bei HarperTeen, einem Imprint
von HarperCollins Publishers, New York

›Ewig - Wenn Liebe entflammt‹

Die Originalausgabe erschien 2016 unter dem Titel
›Kingdom of Ashes‹ bei HarperTeen, einem Imprint
von HarperCollins Publishers, New York

Satz: Dörlemann Satz, Lemförde
Druck und Bindung: CPI books GmbH, Leck
Printed in Germany
ISBN 978-3-7335-0318-5

Teil 1

Für Phoebe,
die jede Geschichte mit mir teilt
und diese hier als Erste gelesen hat.

EINS

Sie erwachte von einem Kuss.

Kein Kuss, bei dem Vöglein sangen, das Herz stockte und die Erde aufhörte, sich zu drehen. Nur ein sanfter Druck an ihren Lippen.

Aurora öffnete die Augen.

Ein Fremder ragte über ihr auf. Ein Junge. Er starrte sie an.

»Ich hab's geschafft«, sagte er. »Ich hab's tatsächlich geschafft.«

Aurora schrie auf.

Der Eindringling fuhr erschrocken zurück, und Aurora trat strampelnd um sich, krabbelte hastig zur anderen Bettseite hinüber. Etwas *zu* hastig. Ihre Füße schlugen hart auf den Boden, und sie sackte auf die Knie. Ihre linke Hand knallte gegen den Stein. Das Sonnenlicht, das durch das Fenster hereinflutete, stach ihr in die Augen.

»Tut mir leid.« Die Worte des Jungen flossen ineinander. »Geht es Euch gut?«

Ein Fremder. Ein fremder Junge. In ihrem Schlafzimmer. Der sie küsste, während sie schlief. Und sich dann … entschuldigte?

»Prinzessin?«

Sie starrte auf ihre Hände hinunter. Ihr Ellbogen zitterte. Wie reagierte man angemessen, wenn ein reumütiger Fremder in das eigene Schlafzimmer eindrang und einen küsste? Irgendwie schien es wichtig, die richtige Reaktion zu zeigen, sich so zu verhalten, wie ihre Mutter es von ihr erwarten würde, aber Aurora schwirrte der Kopf, und der Boden unter ihren Fingerspitzen schien zu beben. Oder vielleicht war das auch sie selbst.

»Ich bin Prinz Rodric«, sagte der Fremde, als sie nicht antwortete. »Sohn von König John dem Dritten und zukünftiger Herrscher über –« Er brach ab. »Ich meine … Rodric. Nennt mich einfach Rodric. Wenn Ihr wollt.«

Sie würde nicht auf dem Boden kauernd mit einem Eindringling sprechen. Aurora hielt sich an der Bettkante fest und rappelte sich hoch. Die Welt schlingerte und schwankte.

»Es ist mir ziemlich egal, wer Ihr seid«, sagte sie. »Was tut Ihr hier in meinem Zimmer?«

Er stand vollkommen reglos da, so wie ein Kind, das auf keinen Fall ein Rehkitz verscheuchen wollte oder Angst hatte, das Kitz würde sich jeden Moment in einen Bären verwandeln, der ihm die Hand abbiss.

»Also, ich bin … ich bin hier, um Euch zu retten.« Es klang schon wieder beinahe wie eine Entschuldigung.

»Um mich zu *retten*?«

Der Junge starrte sie weiter an.

Er sah nicht sonderlich bedrohlich aus mit seinen schlaksigen Gliedern, dem staunend offen stehenden Mund und den hellbraunen Haaren, die ihm wild vom Kopf abstanden. Aber ungeachtet seiner sympathischen Erscheinung war er eindeutig verrückt. Aurora machte einen zittrigen Schritt rückwärts, und diesmal fand sie sicheren Halt.

»Ich rufe meine Wachen.«

»Wartet!« Der Junge – Rodric – bewegte sich auf sie zu und streckte dabei den Arm vor. Seine Knie stießen gegen das Bettgestell. »Ich meine, erinnert Ihr Euch nicht mehr?«

»Woran erinnern?« Sie machte noch einen Schritt rückwärts, aber das Gewicht ihres Kleides zog sie nach unten – kein Nachthemd, wie sie nun feststellte, sondern ein schweres Seidending, so als hätte sie sich für einen Ball gekleidet und wäre auf dem Weg dorthin einfach in Schlaf gesunken. Ein taubes Kribbeln erfasste ihren Körper.

»Vorsicht!«, rief er. »Ihr seid bestimmt noch sehr schwach.«

»Ach, tatsächlich?«, fragte sie und wich weiter zurück, suchte mit der Hand an der Wand Halt. »Und weshalb?«

»Wegen … wegen des Fluchs.«

Sie blieb stehen. »Ihr habt mich verflucht?« Panik stieg ihr in die Kehle und nagelte sie am Boden fest, doch sie schluckte sie herunter, reckte trotzig das Kinn vor. Sie hoffte, dass ihm nicht auffiel, wie sehr es zitterte. »Ihr arbeitet für Hexe Celestine?«

»Nein!« Hastig eilte er auf ihre Seite des Bettes.

Sie rutschte ein Stück weiter seitlich, noch dichter an die Wand heran, um den Abstand zwischen ihnen zu wahren.

»Nein, nichts dergleichen! Ich bin gekommen … um den Fluch zu brechen. Ich wollte … helfen.«

Nichts konnte den Fluch brechen, außer Warten. Und erst recht kein unbeholfener Fremder, der behauptete, ein Prinz zu sein und nicht mal wusste, dass man Prinzessinnen nur küsste, wenn sie wach waren. Sie rückte näher zur Tür, aber ihr Fuß verfing sich im Saum ihres Rockteils, und sie prallte erneut gegen die Wand. Es war das Ballkleid, das ihre Mutter extra für ihren achtzehnten Geburtstag hatte anfertigen lassen, für das Fest, das ihre Befreiung einläuten würde. Die Befreiung vom Zauber, vom Fluch. Aber wenn da draußen Tageslicht herrschte …

»Der Ball …«, begann sie. »Er hat gestern Abend stattgefunden. Heißt das …« Sie hatte ihr achtzehntes Lebensjahr vollendet. Sie war dem Fluch entkommen. Sie war frei.

»Ihr habt Euch in den Finger gestochen«, sagte Rodric mit hoffnungsvollem Unterton in der Stimme, so als glaubte er, sie würde nun endlich begreifen. »Ihr seid eingeschlafen.«

Aurora konnte sich nicht erinnern. Sie hatte sich für den Ball fertig gemacht, überglücklich, dass der Fluch endlich vorbei sein würde, und dann … Etwas rumorte am Rande ihrer Erinnerung. Eine Melodie. Sie hatte ein Bild vor Augen, wie sie vor sich hinsang, und dann war da ein Licht, das sich in einem Turm, in dem es eigentlich nicht weiter nach oben ging, aufwärts bewegte. Die verschwommenen Konturen einer Frau. Und ein kaum spürbarer Druck an ihrer Fingerkuppe.

Sie sah auf ihre Hände hinunter und entdeckte eine winzige Blutperle an der Spitze ihres Zeigefingers. Als sie mit dem Daumen darüberwischte, blieb auf ihrer Haut eine rote Schmierspur zurück.

»Warum habt Ihr mich geküsst?«

»Die … die Überlieferung«, stammelte er, als wäre damit alles gesagt.

Sie starrte ihn an und schüttelte langsam den Kopf.

»Der Kuss der wahren Liebe«, fügte er hinzu. »Wer die Prinzessin mit einem Kuss erweckt … Nun, die beiden sind dazu bestimmt zu heiraten und leben dann glücklich bis an ihr Lebensende.«

Wahre Liebe? Bestimmung? Er war offenbar wirklich verrückt.

»Ich kenne Euch nicht mal«, entgegnete sie.

»Aber die Überlieferung …«

»Welche Überlieferung?«, fragte sie. »Wovon sprecht Ihr?«

»Von Eurer Geschichte, Prinzessin«, sagte er. »Von der schlafenden Schönheit.«

ZWEI

Auroras Finger pochte. Sie presste die Fingerspitze gegen ihren Handteller, um den Schmerz wegzudrücken, aber dieser Junge, dieser Prinz, stand immer noch da und starrte sie an, als wüsste er vor lauter Fassungslosigkeit, dass sie tatsächlich leibhaftig vor ihm stand, nicht, wohin mit sich.

»Es gibt keine Geschichte über mich«, sagte sie.

»Aber sicher, Prinzessin.« Rodric machte einen Schritt auf sie zu. Er glühte förmlich vor Eifer, so als wäre dies der Schlüsselmoment, der Augenblick, in dem sich alles aufklärte. »Alle lieben Euch. Ihr ahnt ja nicht, wie wunderbar alles wird, jetzt, wo Ihr endlich wach seid.«

»Wach?« Sie stützte sich mit der Hand an der Wand ab.

»Wir haben natürlich schon früher versucht, Euch aufzuwecken«, beeilte Rodric sich zu sagen. »Viele haben es im Laufe der Jahre mal versucht. Aber es hat nie geklappt. Bis heute.« Seine Wangen waren rot erhitzt. »Ich hätte nie gedacht, dass ich derjenige sein würde. Also, ich bin natürlich froh, dass es so ist, aber … Normalerweise tauge ich nicht für diese Heldensachen.«

Im Laufe der Jahre …

»Wie lange habe ich geschlafen?«, fragte sie mit fester, bedächtiger Stimme, so als wäre es eigentlich gar keine wichtige Frage, so als würde sie die Antwort bereits kennen und wollte lediglich auf Nummer Sicher gehen.

»Wir haben es versucht«, wiederholte er. »Aber es hat eine Weile gedauert.« Er stammelte die Worte hervor, zerrte sie aus irgendeinem sicheren Schlupfwinkel heraus. »Länger, als wir dachten. Nicht ewig, aber … eine Weile.«

Nicht ewig. Eine Weile. Seine Worte klangen wie die ihres Vaters, als er zum ersten Mal die Tür zum Turm verriegelte und ihr erklärte, dass von nun an der Rest des Schlosses für sie tabu sei. Es sei zu gefährlich. Sie müsse drinnen bleiben, zu ihrer eigenen Sicherheit. »Für eine Weile«, hatte er mit leicht gerunzelter Stirn und einem tröstenden Lächeln gesagt. »Nur für eine Weile.«

Das war zehn Jahre her. Und dann war sie eingeschlafen.

»Sagt es mir«, verlangte sie und machte einen Schritt auf ihn zu. »Sagt mir, wie lange.«

Er sah weg. Die Stille zwischen ihnen war zum Zerreißen gespannt. »Hundert Jahre.«

»Hundert Jahre?« Sie wiederholte die Worte in ihrem Kopf,

versuchte, sie dort festzupinnen, aber sie schienen vollkommen bedeutungslos.

»Also, na ja, eigentlich hundertzwei Jahre.«

Aber alles sah so aus wie immer. Ihr Buch lag noch aufgeschlagen auf dem Tisch. Die Kerze war halb heruntergebrannt, mit einem Rinnsal aus erstarrtem Wachs an der Seite. Alle Dinge befanden sich am selben Fleck wie gestern, jedes Detail war genauso wie an dem Tag vor ihrem achtzehnten Geburtstag, als sie ihr Haar gekämmt, ihr neues Kleid anprobiert und sich darauf gefreut hatte, dass sie bald in die Welt hinausgehen könnte. Gestern.

»Nein«, sagte sie. Sie schüttelte den Kopf. Ihr Haar kitzelte sie im Nacken. »Ihr lügt.«

»Prinzessin –« Er streckte wieder die Hand nach ihr aus, und sie fuhr ruckartig zurück.

»Ihr habt den Verstand verloren«, sagte sie, jedoch ohne es selbst zu glauben. Die Luft schmeckte schwer und abgestanden. Sie stolperte zur Tür und riss sie auf.

Der kleine runde Treppenraum dahinter sah aus wie eine verlassene Ruine. Alles war mit Staub bedeckt, von dem Tischchen gegenüber bis hin zur Treppe, die sich spiralförmig nach unten wand. Rodrics Fußabdrücke endeten an der Schwelle, daneben gab es noch weitere, verwischte, so als hätten vor ihm bereits andere Leute den gleichen Weg genommen. Spinnweben hingen in den Ecken, und ihr Lieblingswandteppich, der mit dem sich aufbäumenden Einhorn inmitten eines Lichtwalds, war von Motten zerfressen und nicht mehr zu retten.

»Prinzessin …«

Sie ließ die Tür los, die quietschend wieder vor ihr zufiel. Unmöglich. Das war unmöglich. Ein Trick. Sie ging Schritt für Schritt rückwärts, dann drehte sie sich um und eilte zum Fenster. Es verlangte sie nach frischer Luft, nach dem tröstlichen Blick auf den ihr so vertrauten Wald zu Füßen des Turms.

Aber der Wald war weg. Stattdessen breitete sich eine Stadt vor ihr aus, so weit das Auge reichte. Die Sonne tanzte über rote Dächer, ein Durcheinander von Häusern, dazwischen schlängelten sich Pflasterstraßen, die Luft war erfüllt von Geplauder und Geschrei und Lachen.

Eine ganze Welt war auf einmal aus dem Boden geschossen.

»Prinzessin?«, sagte Rodric. »Geht es Euch gut?«

Sie antwortete nicht. Ihre Fingerspitze pochte. Alles verschwunden. *Alle* …

»Wo sind meine Eltern?«, fragte sie und formte jedes einzelne Wort so vorsichtig, als könnte es bei der leisesten Erschütterung explodieren. »Haben sie auch geschlafen?«

Stille, abgesehen vom Gesumm der Stadt. Sie starrte unverwandt auf die Szene vor ihr, beobachtete die Menschen, die auf den Straßen hin und her eilten. Sie wollte die Frage nicht wiederholen, wollte nicht nachhaken, aber die Stille zog sich in die Länge, die Sekunden schleppten sich dahin, und sie spürte die Wahrheit wie einen harten Klumpen im Magen.

»Rodric.« Sie klammerte sich mit den Fingern am Fenstersims fest, bis ihre Knöchel weiß hervortraten. Mit Macht versuchte sie, die Spannung aus ihrem Körper zu verbannen und in den Stein zu pressen. »Wo sind meine Eltern?«

»Es tut mir leid«, sagte er. »Sie sind … gestorben. Schon vor langer Zeit.«

»Gestorben«, wiederholte sie. Das Wort schien bedeutungsleer. *Wie kann deine Familie, deine ganze Welt sterben, während du schläfst? Da ist kein Altwerden und keine Krankheit, weder Schmerzen noch Kummer. Sie sind einfach verschwunden. Schon vor etlichen Jahrzehnten, während sie selbst jung und unverändert geblieben war.* Sie nahm ihre Hände vom Fenstersims und starrte ihre blasse Haut an.

Lag es am Schlaf oder am Schock oder einfach an ihrer eigenen Schwäche, dass sie sich so benommen fühlte, als würde sie noch immer träumen? Sie schrie nicht. Sie weinte nicht. Ein kleiner Teil von ihr rollte sich in ihrer Brust zusammen, und als sie die Augen hob, wurde sie vom Licht geblendet.

»Es tut mir leid«, sagte Rodric noch einmal.

Sie erwiderte nichts.

»Sollen wir runtergehen?«, fragte er. »Alle warten.«

»Alle?«

»Ein paar Höflinge. Meine Familie. Nicht so viele, wie man vielleicht annehmen würde, aber …«

Sie drehte sich um, ihr Haar streifte dabei ihren Nacken. Er hatte ein sanftes Gesicht. Er schien es gut zu meinen. »Eure Familie?«, fragte sie. *Meine Familie ist tot.*

Er lächelte ein kleines, hoffnungsvolles Lächeln. »Es kann jetzt auch Eure Familie sein.«

Sie starrte ihn an, und er errötete.

»Wollen wir gehen?« Er hielt ihr seinen Arm hin.

»Ja«, sagte sie langsam, als wollte sie sich an dem Wort festhalten. Ihre Beine zitterten, und so legte sie ihre Hand in seine Armbeuge, so sacht wie möglich. Der Stoff seines Ärmels fühlte sich weich unter ihren Fingerspitzen an.

»Alles in Ordnung?«

»Ja.« Das war alles, was sie sagen konnte.

Rodric nickte. »Da lang.« So als müsste man ihr auf die Sprünge helfen.

Im Gehen legte sich Staub auf ihre Lippen und zwischen ihre Wimpern. Er hüllte alles ein, stieg in Wolken auf, jedes Mal, wenn Aurora einen Schritt machte oder ihre Hand das Geländer berührte. Er kratzte in ihrer Kehle, kroch zwischen ihre Zähne. Sie hustete.

So gingen sie die Stufen hinab, Windung um Windung, bis Aurora der Kopf schwindelte. Aber mit jeder Biegung schien die Treppe weniger schmutzig. Der Staub lichtete sich. Neue Teppiche hingen an den Wänden. Auf einem war ein Mädchen mit goldenem Haar zu sehen, das einen Prinzen unter einem Hochzeitsbogen küsste. Ein paar Stufen tiefer schlief das gleiche Mädchen in einem riesigen Bett, erhellt von Tausenden leuchtenden Feen. Dann saß es vor einem klapprigen Spinnrad, einen Finger in die Luft gereckt. Aurora blieb stehen und fuhr mit *ihrem* Finger über den Stoff des Wandbehangs. Ihr Nagel blieb an dem rauen Material hängen. »Soll *ich* das sein?«

»Ja«, sagte Rodric. »Das waren Geschenke. Zu Euren Ehren. Ich weiß nicht … weiß nicht, von wem die sind.«

Aurora drehte sich um und blickte die Wendeltreppe hinauf, kniff die Augen zusammen, um das Hochzeitsbild zu erkennen. Ihre vielversprechende Zukunft, für aller Augen sichtbar an die Wand genagelt.

Sie gingen weiter. Der Verfall rundherum wirkte beinahe schon selbst wie ein Gemälde. Spinnweben hingen von den Stufen herab, aber ohne störend im Weg zu sein, und nirgends waren Spinnen in Sicht. Die Steine waren mit einer dünnen Staubschicht bedeckt, und ein paar Wandleuchter erhellten den Weg.

»Hier hat jemand gefegt«, stellte sie fest.

»Den Turm hat seit Jahren niemand mehr benutzt«, erwiderte Rodric. »Aber manchmal haben Leute ihn besichtigt.« Er sprach schnell und ein bisschen zu laut; seine Stimme schwoll an, wie um die Stille auszufüllen. »Aber … Aber natürlich nicht, um Euch aufzuwecken. Das … Das haben nur Prinzen und Edelleute versucht. Es herrscht ein gewisser Aberglaube, um genau zu sein«, fügte er an, »was das Betreten des Turms angeht. Nur derjenige, der in seinem achtzehnten Lebensjahr hingeht, um Euch aufzuwecken, darf die Stufen erklimmen. Alle anderen müssen unten warten. Wenn er in Begleitung erscheint oder irgendjemand anders Euch stört, werdet Ihr niemals erwachen, so hieß es. Aber es gab trotzdem Leute, die einen Blick riskiert haben. Auf die Wandteppiche. Und auf die Treppe.«

Aurora starrte ihre Füße an. Zwischen ihren Schläfen spürte sie ein Piksen wie von winzig kleinen Nadeln.

Am Ende der Treppe wartete eine schwere Holztür, die alle Geräusche dahinter aussperrte. Sie war schon seit Jahren nicht mehr durch sie hindurchgegangen, nicht seitdem ihr Vater entschieden hatte, dass es auch in den übrigen Teilen des Schlosses zu gefährlich für sie war. Das war jetzt so viele Jahre her. Diese Tür hatte ihr ganzes ruhiges, überschaubares Leben lang den Weg nach draußen repräsentiert, den Weg in die Freiheit. Und was bedeutete sie jetzt?

Rodrics Hand schwebte über dem Türklopfer aus Messing. Der Augenblick dehnte sich, dann nickte er knapp und stemmte sich gegen das Holz. Sie ruckte auf, nur ein kleines Stück, vibrierte leicht, wie zögernd, ob sie aufschwingen oder wieder zuschlagen sollte.

»Und?« Eine scharfe Stimme schnitt durch den schmalen Spalt. »Ist sie wach?«

»Ja«, sagte Rodric. Seine Stimme bröckelte, und er räusperte sich. »Ja«, wiederholte er mit mehr Nachdruck. »Sie ist wach.«

Dann wurde die Tür aufgerissen, und Aurora blinzelte. Mit zittriger Hand versuchte sie, ihr Gesicht vor der plötzlichen Helligkeit zu schützen.

Vor ihnen stand eine Frau. Sie hatte ein längliches, knochiges Gesicht, braune Haut und glattes schwarzes Haar, das am Hinterkopf zu einem Knoten geschlungen war. Ihre kalten Augen taxierten Aurora, so als suchten sie nach einem Makel, nach einem Anzeichen dafür, dass sie nicht echt war.

»Es ist wahr«, sagte sie schließlich, als könne sie es selbst nicht recht glauben. »Die Prinzessin ist wach.«

Stille.

Dann schwatzende Stimmen, die lauter und lauter wurden, sich gegenseitig übertönten und in Auroras Kopf scheppernd widerhallten. Im Flur hinter der Tür wartete eine unüberschaubar große Menschenmenge.

Aurora war ihr ganzes Leben lang nie von mehr als zehn Menschen auf einmal umgeben gewesen. Ihre Eltern, ihre Leibwache, ihre Zofe sowie gelegentlich der eine oder andere Hausgast, als sie noch jünger gewesen war, bevor die Angst ihres Vaters überhandgenommen hatte.

Die Frau packte Aurora an der Hand und zog sie nach vorne, über die Schwelle des Turms in das Schloss hinein. Aurora stemmte sich leicht dagegen, versuchte, sich aus dem Griff der Frau zu befreien, aber die ließ nicht los.

Ein großer, beleibter Mann stand neben der Tür. Er hatte einen üppigen braunen Bart und lächelte breit. Der Gang hinter ihm war bevölkert von Männern und Frauen, die in Grüppchen eng beieinanderstanden und hinter vorgehaltenen Händen und goldenen Federfächern tuschelten. Alle waren in bunt leuchtende Seide und weichen Samt gehüllt, und die Frauen trugen hochtaillierte Kleider mit weitausgestellten Ärmeln. Schmuck funkelte an ihren Hälsen und in den kunstvoll frisierten Haaren. Doch sobald sie Aurora bemerkten, verstummte das Geflüster. Alle starrten sie an.

»Prinzessin Aurora«, verkündete die Frau in gebieterischem

Ton. Ihr Griff um Auroras Handgelenk verstärkte sich, und als sie erneut etwas sagte, war ihre Stimme so leise, dass Aurora sie kaum verstand. »Knicksen!«

Aurora raffte ihre Röcke und beugte die zitternden Knie, verneigte den Kopf und ließ das Haar vor ihr Gesicht fallen. Sie konnte spüren, wie Hunderte Augen sich in sie hineinbohrten, wie sie jeden Millimeter von ihr begutachteten. Aurora ließ den Kopf gesenkt. So viele Fremde, die sie anstarrten, als wäre sie irgendein exotisches Fabelwesen. Sie ballte ihre Hände im Stoff des Rockes zusammen.

»Hach, lass doch die Förmlichkeiten«, rief der korpulente Mann fröhlich. Er sprach mit dröhnender Stimme, eher wie ein Schauspieler als wie ein Herrscher, aber er trug eine goldene Krone, und alles deutete darauf hin, dass er der König sein musste. »Du gehörst schließlich bald zur Familie, meine Liebe!«

Noch ehe Aurora sich wieder aufrichten konnte, riss er sie an sich und drückte sie so fest, dass sie glaubte, ihre Knochen müssten brechen. Ihr blieb kurz die Luft weg, und sie hing schlaff in seinen Armen, ihr Gesicht an seine Brust gedrückt. Er roch nach Schweiß und schwerem Parfum.

»Wir sind überglücklich, dich bei uns zu haben!«

Als er sie losließ, wankte sie rückwärts und griff Halt suchend nach der Wand.

Wenn sie sich nur irgendwo hinsetzen und die Augen schließen könnte, vielleicht würde sich dann alles wie ein böser Traum in Luft auflösen, und sie wäre wieder zu Hause.

»Aber, aber, John«, tadelte die Frau. Ihre Stimme war leicht, aber so dünn wie die Spitze einer Nadel. »Wir wollen das Mädchen doch nicht ersticken.« Sie legte eine Hand auf seinen Arm.

Der König gluckste. »Natürlich, natürlich. Ich bin nur so aus dem Häuschen, dass unsere zukünftige Schwiegertochter leibhaftig hier vor uns steht.«

»Wie bitte?« Auroras Stimme klang hohl und weit entfernt. Schon diese zwei höflichen, bedeutungslosen kleinen Worte hatten sie völlig ausgelaugt. »Aber ich weiß nicht mal, wer Ihr seid.«

Die Frau stutzte, ihre Stirn legte sich in kleine Falten, so als wäre sie überrascht, dass Aurora sprechen konnte. Sie verzog die Lippen zu einem schmalen Lächeln, nur der König grinste. »Ich bin König John, der Dritte, und seit zehn Jahren Herrscher über Alyssinia. Und das hier ist meine teure Gattin.« Er deutete mit der Hand auf die Frau, woraufhin sie kurz nickte.

»Du darfst mich Iris nennen.«

Aurora nickte. Ihr Haar kitzelte an ihrer Wange.

»Und das junge Ding da, das sich dort drüben versteckt, ist meine Tochter Isabelle«, fuhr der König fort. »Isabelle?«

»Sei nicht schüchtern, Liebes«, sagte eine Frau. »Geh und begrüße die Prinzessin.« Sie schob ein braunhaariges Mädchen nach vorn, das acht oder neun Jahre alt sein musste. Die Kleine errötete. Als sie einen Knicks machte, zitterte sie am ganzen Körper.

»Und meinen Sohn Rodric hast du natürlich bereits kennengelernt.«

Rodric verbeugte sich, wobei die Haare ihm ums Gesicht flatterten.

»Also«, sagte der König. »Nachdem wir uns alle vorgestellt haben, sollten wir jetzt schleunigst die Bekanntgabe machen, nicht?«

Die Königin musterte Aurora von Kopf bis Fuß und registrierte erst ihre staubigen Füße und dann die Blutspur an ihrer Hand. »Nun, ich nehme an, die Leute werden es dir verzeihen, dass deine Erscheinung alles andere als makellos ist, meine Liebe. Nur dieses eine Mal. Immerhin hast du einiges durchmachen müssen, bevor du zu uns gekommen bist.«

»Oh, ich finde sie absolut hinreißend«, rief der König mit einem Grinsen. »Irgendwie drollig. Kommt, Sir Stefan, kommt«, sagte er zu dem Mann neben ihm. »Schickt die Herolde heraus. Und sorgt für ordentlich Glanz und Gloria, wenn ich bitten darf. Schließlich ist dies kein gewöhnlicher Tag.«

Der Mann verbeugte sich steif und marschierte den Gang hinunter davon. Der König folgte ihm, und dann die Königin, die im Vorbeigehen wieder Auroras Hand packte. Aurora stolperte hinterher und versuchte, mit Iris' eiligen Schritten mitzuhalten. Die Höflinge schlossen sich ihnen an, und wieder setzten das Wispern und Flüstern ein, wie eine stürmische Woge, die von innen gegen Auroras Schädel drängte und ihre Gedanken übertönte.

Die Königin umklammerte ihre Hand so fest, dass es weh tat.

»Sag nichts«, raunte sie in Auroras Ohr, als sie in einen anderen Gang einbogen und eine geschwungene Treppe hinabstiegen. »Lächle einfach. Um den Rest kümmern wir uns.«

Welcher Rest?, überlegte Aurora, wollte die strenge, elegante Fremde aber nicht herausfordern. Jeder Schritt hallte in ihrem Kopf wider, hämmerte ihr unerbittlich den Gedanken ein, dass ihre Eltern tot, tot, *tot* waren und ein Jahrhundert vergangen war.

Sie erreichten eine große hölzerne Flügeltür mit zwei eingeschnitzten aufrecht stehenden Bären. Der Korridor kam ihr bekannt vor – eine vage Erinnerung an das letzte Mal, als sie ihn gesehen hatte, bevor die Tür zu ihrem Turm verschlossen worden war, aber die Unterschiede waren zu groß, und das Gedächtnisbild zerbarst in tausend Stücke. Die leuchtend roten Banner an den Wänden, die wie Blutrinnsale aussahen. Die Wachen, ebenfalls in Rot, die sie mit staunenden Augen anstarrten. Die schrillen Fanfarenstöße, die durch die Tür abgedämpft und leicht verzerrt klangen.

Die Königin presste Auroras Hand gegen Rodrics Arm, quetschte deren Finger zusammen, bis der Stoff darunter völlig zerknüllte. Dann nickte sie knapp und blickte ihren Sohn an. »Gut gemacht«, sagte sie leise. »Du machst uns sehr stolz.« Sie stockte kurz, so als wollte sie noch etwas hinzufügen, aber dann nickte sie lediglich ein weiteres Mal und folgte ihrem Mann durch die Tür.

Aurora und Rodric warteten auf der Schwelle. Durch den Spalt blitzten Farben, da waren Hunderte von Leuten, ein ganzes Menschenmeer.

»Sie harren dort seit heute morgen aus«, sagte Rodric leise. »Zumindest die Optimisten unter ihnen. Ich war mir allerdings sicher, ich würde sie enttäuschen müssen …«

Stattdessen brachte er ihnen nun die Trophäe. Aurora wollte seinen Arm loslassen und von ihm abrücken, aber ihre Hand bewegte sich nicht.

Die Stimme eines Herolds erhob sich über die Menge, laut und klar. »Nach einhundert Jahren Schlaf durch den Kuss der wahren Liebe von Prinz Rodric erweckt – Prinzessin Aurora!«

Hände drückten die Tür auf, und Rodric machte einen Schritt nach vorn. Aurora stolperte mit ihm vorwärts, bis sie das Brüllen der Menge mit solcher Wucht traf, dass ihr der Atem wegblieb.

Sie betraten eine Steinterrasse, von der Stufen abwärts zu einem Platz hinunterführten. Mehr konnte Aurora nicht erkennen, denn alles andere wurde von der Menschenmenge verdeckt, die jeden Zentimeter ausfüllte, dicht zusammengedrängte schwirrende Farbtupfer, die vor Auroras Augen verschwammen. Dieser Lärm! Ein Schreien und Jauchzen. Sie riefen Auroras Namen und jubelten Rodric zu, feierten ihn, als wäre soeben ihr Erlöser aus dem Nebel herausgetreten.

An ihrem Finger klebte immer noch Blut. *Wie ungebührlich*, dachte sie flüchtig. Sie vergrub ihn tiefer im Stoff von Rodrics Wams.

Die Königin stand an der Seite und starrte Aurora erwartungsvoll an, bis diese langsam und vorsichtig einen Knicks machte. Jubel brandete auf. Hinter ihrem Wall blonder Haare verborgen, verdrehte Aurora die Augen und bekämpfte die Panik, die sich in ihre Brust krallte. *Alle, die ich kenne, sind tot*, dachte sie. *Aber diese Fremden hier führen sich auf, als würden sie* mich *lieben.*

Sie verharrte einen Moment in der Verbeugung, ihre Knie schlotterten unter ihrem Kleid. Eins. Zwei. Drei. Dann entspannte sie ihre Gesichtszüge und richtete sich auf, setzte eine neutrale Miene auf und probierte sogar ein Lächeln.

Der König ergriff das Wort, seine Stimme donnerte über die Menge hinweg. Er sprach von Hoffnung. Von einer neuen Ära. Davon, wie stolz er auf seinen Sohn war. Aurora hörte gar nicht richtig hin. Es war wichtig, um zu verstehen, was vor sich ging, das wusste sie, aber sie konnte nur auf die Flut von Gesichtern starren, Hunderte und Tausende von Fremden, die sie anhimmelten, als wäre sie etwas, das ihren Träumen entstiegen war.

Dann verneigte Rodric sich, die Menge johlte und danach geleiteten die Wachen sie zurück ins Schloss. Aurora konzentrierte sich auf jeden ihrer Schritte, darauf, ihre Knie unter Kontrolle zu bringen und den gemeingefährlichen, unzweckmäßigen Saum ihres Kleides im Blick zu haben.

Die Tür knallte hinter ihnen zu, und die Königin eilte an Auroras Seite. »Hach, das lief doch ziemlich gut!«

»Und das ist erst der Anfang!«, sagte der König, halb zu

Aurora, halb zu den Höflingen, die immer noch um sie herumwuselten. »Wir werden ein großes Fest für Euch veranstalten. Eine Verlobungsfeier, einen Ball und, na ja, die Hochzeit natürlich …«

»Ich weiß nicht –« Die Worte waren nicht lauter als ein Atemhauch. Jeder Muskel in ihrem Körper protestierte gegen diese absurden Pläne, aber das Gefühl war stumpf, wie weit weg. Der Schmerz eines anderen Mädchens, in einer anderen Zeit. Sie konnte keinen zusammenhängenden Gedanken fassen, und so ließ sie ihren Widerstand unausgesprochen in der Luft verwehen.

»In der Zwischenzeit«, fuhr der König fort, als hätte er sie nicht gehört, »werde ich ein Abendessen für euch zwei Turteltäubchen arrangieren. Kulinarische Köstlichkeiten. Kerzenschein. Geplauder. Würde dir das gefallen, Rodric?«

»Ja. Danke.«

»Fabelhaft, fabelhaft.« Der König klatschte in die Hände. »Dann komm, mein Sohn, wir beide haben einiges zu besprechen.«

Rodric küsste Aurora die Hand. Fremde Lippen zwischen Blutsprengseln. Ihre Blicke trafen sich, seine Wangen waren rosa, und Aurora knickste, ohne etwas zu sagen.

Der Prinz verbeugte sich, bevor seine Schritte und die des Königs sich klappernd den Flur hinunter entfernten.

»Ruth, bitte finde ein geeignetes Zimmer für die Prinzessin«, rief kurz darauf die Königin. »Im Ostflügel. Dritter Stock. Und besorg ihr eine Zofe – jemanden, dem wir vertrauen können. Oder zumindest jemanden, dem sonst keiner vertraut.«

Das Dienstmädchen machte einen Knicks.

»Ich habe bereits ein Zimmer«, sagte Aurora, und schon dieser kleine Einwand kostete sie enorme Anstrengung. Noch während sie ihn formulierte, wunderte sie sich, warum sie von allen Dingen, die sie hätte sagen können, ausgerechnet diesen Satz wählte. Sie hatte ihr ganzes Leben im Turm verbracht und davon geträumt, ihn eines Tages verlassen zu dürfen. Aber ihr blitzsauberes, aufgeräumtes, altersloses Schlafzimmer war ihre einzige noch bestehende Verbindung zur Vergangenheit. Es war das Einzige, was noch von *ihr* übrig war.

»Oh, du möchtest doch nicht etwa in diesem staubigen alten Turm bleiben«, rief die Königin, drehte sich zu Aurora um und sah sie an. Sah sie *wirklich* an, schaute ihr direkt in die Augen. Ihr Lächeln war so dünn, dass es schien, als würden ihre Lippen in ihrem Gesicht verschwinden. »Gestatte einfach, dass wir uns deiner annehmen. Wir sind so glücklich, dich bei uns zu haben.«

Aurora schlug die Augen nieder. Ihr schwerer Seidenrock bauschte sich um ihre Füße, so dass sie dreimal so viel Platz einnahm wie die anderen Damen des Gefolges, die sie erwartungsvoll beobachteten. Darauf warteten, dass sie das Wort ergriff. Die Stille wurde bedrückend. »Danke«, sagte sie schließlich. Was sollte sie sonst sagen?

Die Höflinge beobachteten sie weiterhin. Zwei junge Frauen, aus deren Haarknoten identische lila Federn herausragten, steckten die Köpfe zusammen und hielten sich die Hände vor den Mund.

»Sie scheint nicht ganz helle zu sein«, murmelte die eine. Die andere kicherte und gab ihr einen Klaps mit ihrem Fächer.

Die Königin lächelte. »Carina, Alexandra.«

Die Frau, die geflüstert hatte, stellte sich aufrechter hin, ihre behandschuhte Hand sank zwischen die weichen Falten ihres Kleides.

»Eure Anwesenheit hier ist nicht länger vonnöten. Ich bin sicher, die Prinzessin wird nach Euch rufen lassen, wenn sie Euren Rat braucht.«

Die Gesichter der beiden liefen rot an. Sie knicksten vor der Königin, dann eilten sie davon. Danach sprach niemand ein Wort.

Die Zofe kehrte zurück, gefolgt von einem Mädchen, das große Augen und dichtes braunes Haar hatte. Sie konnte kaum älter als vierzehn sein.

»Das ist Betsy«, sagte die Zofe. »Ihre Mutter arbeitet schon seit vielen Jahren im Schloss. Sie ist jung, aber tüchtig. Ich denke, sie wird gut zur Prinzessin passen.«

Betsy hielt den Blick gesenkt, ihre Knie halbgebeugt zum Dauerknicks, aber sie glühte förmlich vor Stolz über das Lob.

»Sehr schön«, befand die Königin. »Und du hast ein Zimmer vorbereitet?«

»Ja, Euer Majestät.«

»Dann werden wir uns jetzt zurückziehen.« Sie drehte sich zu den Hofdamen um, die noch immer in der Nähe ausharrten; einige beobachteten Aurora mit ungebrochenem Interesse, andere jedoch zupften an ihren Ärmeln oder starrten geistesabwesend an die Wände, so als wären sie des Geschehens bereits überdrüssig. »Vielen Dank, dass Ihr diesem bedeutsamen Ereignis beigewohnt habt. Wenn die Damen zu unserer Suite zurückkehren wollen, die Dienstboten haben das Abendessen sicher schon aufgetragen. Ich werde nachkommen, so schnell ich nur kann.«

Die Frauen knicksten, beinahe gleichzeitig, und die Königin zog Aurora weg.

»Unerträglich«, murmelte Iris. »Aber wir tun, was getan werden muss.«

Wieder wurde Aurora durch die verwinkelten Gänge des Schlosses geführt, vorbei an goldgerahmten Gemälden mit Wäldern, Königinnen und siegreichen Helden. In jeder Nische standen Tischchen mit getrockneten Blumensträußen, welche die Korridore mit einer welken Süße erfüllten. Wachen und Zofen verneigten sich und knicksten, während sie an ihnen vorbeigingen, doch die Königin beachtete sie nicht.

Schließlich gelangten sie am Ende einer Treppe in einen Flur, der leer war abgesehen von ein paar Gemälden und einer einsamen Tür. Ein reichverziertes Schloss war unterhalb der Klinke angebracht, und die Tür war nur angelehnt.

»Da wären wir!«, sagte die Zofe der Königin. »Es ist alles für die Prinzessin hergerichtet.«

Der Raum war groß und rechteckig, und es herrschte diese kühle Aufgeräumtheit, die Gästezimmern eigen ist. Ein Himmelbett füllte eine Ecke aus, und zwei gepolsterte Sessel standen in der Mitte um einen niedrigen Tisch herum. In dem kleinen Kamin lag Holz, aber es fehlten Kaminbesteck und extra Scheite. Ein paar einsame Bücher lehnten in einem ansonsten leeren Regal, und eine schmucklose Uhr tickte an der Wand die Zeit herunter. Die Fenster standen sperrangelweit offen, aber selbst die frische Luft konnte den muffig-abgestandenen Geruch nicht vertreiben.

»Das wird fürs Erste genügen«, sagte die Königin.

Niemand fragte Aurora nach ihrer Meinung.

»Betsy, sorg dafür, dass die Prinzessin vor dem Abendessen mit meinem Sohn erfrischt ist. Ruth und ich werden für sie etwas Passendes zum Anziehen finden.«

Aurora griff mit beiden Händen in ihren Rock. Sie trug seit über hundert Jahren dasselbe Kleid. Ein Teil von ihr wollte sich die schweren Röcke herunterreißen, aber der Stoff fühlte sich auch vertraut an auf ihrer Haut, ihre Beine geschützt durch die Lagen von Seide.

»Zwar haben die Motten deine Kleider verschont«, erklärte die Königin, »aber sie sind schrecklich altmodisch. In jedem Fall solltest du nicht in der Vergangenheit schwelgen.« Sie legte eine Hand auf Auroras Schulter. »Der beste Weg, mit Veränderungen umzugehen«, sagte sie mit leiser Stimme, »ist, sie zu akzeptieren. Vergiss alles, was davor war. Dein Platz ist jetzt hier bei uns, Aurora.«

Als Ruth und die Königin fort waren, füllte Betsy die gusseiserne Wanne mit heißem Wasser, und Aurora tauchte darin ein, bis ihre Haut sich krebsrot färbte. Betsy wusch ihr den Staub aus den Haaren, und während sie vorsichtig ein paar Knoten entwirrte, begann sie im vertraulichen Ton zu plaudern. Erst noch zaghaft, doch bald schon lauter und mit mehr Selbstbewusstsein, über Aurora und das Kleid, und darüber, dass sie so unglaublich glücklich war, ihr dienen zu dürfen.

Aurora nahm kein einziges Wort davon wahr, starrte nur auf die Holzscheite im Kamin, ohne sie wirklich zu sehen. »Würdest du mich bitte allein lassen?«, fragte sie sanft, nachdem Betsy ihr Haar mit einem Handtuch getrocknet hatte und sie in einen Morgenrock gehüllt dasaß. »Ich würde gern einen Moment für mich sein.«

Die Zofe biss sich auf die Lippe, knickste aber gehorsam. »Natürlich, Prinzessin.«

Allein gelassen wartete Aurora darauf, dass die Leere in ihrer Brust sich mit Tränen füllte, und ließ sich in den Sessel sinken, aber sie weinte nicht. Nichts von alldem fühlte sich real genug an, um zu weinen.

Ich bin hier, sagte sie sich selbst. *Ich bin hier und kann nicht mehr zurück.*

Der Kamin glotzte sie kalt an. Die Uhr tickte an der Wand. Aber Aurora weinte nicht.

DREI

Es war einmal vor langer Zeit, als Wünsche noch wahr wurden, da wurde Alyssinia von einem allseits geliebten König und seiner sanftmütigen Frau regiert.

Ihre Eltern starrten Aurora von der Seite entgegen. Auf dem Bild war der Bart ihres Vaters zu dicht und ihre Mutter zu groß, und doch standen sie da, das Abbild einer Vorstellung, sorgfältig gezeichnet und für sie zum Greifen nah. Sie ließ ihre Finger über die Illustration gleiten, spürte den Pinselspuren nach.

Aurora hatte das Buch im Regal entdeckt: *Die Geschichte der schlafenden Schönheit.* Seine Ecken waren abgestoßen, und das Papier leicht abgegriffen, so als wäre es über die Jahre hinweg immer wieder von Gästen des Schlosses gelesen worden. Jede Seite war mit Reproduktionen der Wandteppichmotive geschmückt, die sie erst wenige Stunden zuvor im Turm gesehen hatte. Und die Worte … Aurora verschlang sie mit fieberhafter Geschwindigkeit, ihre Augen flogen über die Zeilen, so als könnten die Buchstaben sich jeden Moment in Luft auflösen.

Das Königreich blühte, aber der König und die Königin litten großen Kummer, denn sie wünschten sich sehnlichst ein Kind. Sie hofften und sie wünschten und sie träumten, aber sie wurden älter und blieben allein. Dann, eines Tages, als sie beinahe schon alle Hoffnung aufgegeben hatten, bekamen sie ein wunderschönes kleines Mädchen. Sie nannten es Aurora.

Im ganzen Königreich herrschte drei Tage und drei Nächte lang Jubel. Der König und die Königin gaben ihrer Tochter zu Ehren ein Fest und luden ihre Freunde, alle benachbarten Fürsten und sogar das gemeine Volk ein, um gemeinsam mit ihnen zu feiern. Doch es gab jemanden, den sie nicht einluden: die Hexe Celestine, eine kaltherzige, mächtige Frau, die tief im Wald in einem Turm lebte und das einzige Geschöpf war, das die Menschen von Alyssinia fürchteten.

Auroras Geschichtsbücher hatten von mehreren mächtigen Hexen berichtet, die im Laufe der Jahrhunderte ihr Unwesen trieben, aber keine von ihnen war so grausam gewesen wie Celestine. Wenn sie sich gekränkt oder betrogen fühlte oder wenn sie schlicht fand, dass die Menschen im Königreich zu glücklich waren, schlug sie erbarmungslos zu. Sie zerstörte Ernten und überzog das Land mit Seuchen, die viele Menschen dahinrafften, ohne Aussicht auf Heilung. Sie verhexte Männer, so dass sie Gräueltaten begingen, und säte Zwietracht zwischen Alyssinia und seinen Verbündeten. Manche behaupteten sogar, sie hätte Alyssinia aller Magie beraubt, so dass nun allein sie die Macht besaß. Doch die Einfältigen und Verzweifelten pilgerten weiterhin zu ihrem Turm im Wald und flehten sie an, wenn sie Hilfe brauchten. Sie gab ihnen alles, worum sie baten, doch zu einem unvorstellbar hohen Preis, nur um dann die Träume der Verzweifelten in nacktes Grauen umzukehren.

Celestine betrachtete sich selbst als heimliche Königin von Alyssinia. Dass man sie vom Fest zu Auroras Geburt ausschloss, war für sie die schlimmste aller vorstellbaren Kränkungen.

Voller Zorn, dass man sie übergangen hatte, platzte die Hexe mitten ins Festmahl, und bevor jemand sie aufhalten konnte, hatte sie die kleine Aurora bereits an sich gerissen. Mit einer Nadel stach sie dem Mädchen in die winzige Fingerkuppe und belegte es mit einem Fluch: Noch vor ihrem achtzehnten Geburtstag würde die Prinzessin sich an einer Spindel stechen und in einen furchtbaren Schlaf fallen.

»Aber ich bin nicht herzlos«, sagte Celestine, »solche Schönheit einfach zu vergeuden wär ein garstig Ding. Mein Geschenk für dieses Kind ist wahre Liebe. Sie wird nur so lange schlafen, bis sie den Kuss ihres Geliebten empfängt, und dann soll sie erwachen, so frisch und schön wie eh und je.«

All die Jahre, die der Fluch Aurora verfolgt hatte, hatte ihr nie jemand erzählt, dass *wahre Liebe* sie davon erlösen würde. Es klang wie eine wilde Phantasterei, ein romantisches Detail, das jemand im Laufe der Jahrzehnte hinzugedichtet hatte, während der echte Fluch immer mehr verblasst war.

Glaubten die Leute etwa wirklich daran?

Der König und die Königin ließen jedes Spinnrad im Königreich verbrennen und begaben sich auf die verzweifelte Suche nach Celestine, aber die Hexe war wie vom Erdboden verschluckt. Und so wuchs Prinzessin Aurora heran, verbrachte ihre Tage in einem Turm des Schlosses, versteckt vor der Welt, in Sicherheit vor denen, die ihr schaden wollten. Aber Zauberflüche lassen sich nicht so einfach brechen. Am Abend vor ihrem achtzehnten Geburtstag wurde Aurora von Celestine in Bann geschlagen. Sie stach sich wie vorhergesagt an der Spitze einer vergessenen Spindel in den Finger und fiel in einen tiefen Schlaf.

Der König und die Königin versuchten alles, was in ihrer Macht stand, damit ihre Tochter wieder erwachte. Jeder nur erdenkliche Zauber wurde gewirkt. Sämtliche Männer des Landes machten Jagd auf die Hexe. Prinzen von nah und fern kamen und versuchten, Aurora mit einem Kuss voll wahrer Liebe zu wecken, aber die schlafende Schönheit schlummerte weiter.

Aurora versuchte, sie sich vorzustellen, die vielen Fremden, die in den Turm kamen und sie küssten, während sie schlief. Prinzen und Fürsten, Menschen, mit denen sie noch nie gesprochen hatte, Männer, die inzwischen alt oder tot waren, alle beugten sich zu ihr herunter, drückten ihre Lippen auf die ihren und warteten voller Spannung darauf, dass sie freudig überrascht nach Luft schnappte und die Augen aufschlug.

Unter ihrer Haut juckte es, so als hätte sich etwas Fremdes, Unerwünschtes dort eingenistet.

Die Jahre verrannen, und das Königreich Alyssinia verfiel. Mit dem Tod des gütigen Königs und der Königin endete die Abstammungslinie, die bis zu König Edward dem Großen zurückreichte. Viele Adels- und Königshäuser kämpften nun um den Thron. Zum ersten Mal seit Jahrhunderten herrschte wieder Krieg im Land. Die Menschen litten, und endgültig verschwand aller Zauber aus dem Königreich, außer in diesem einen Turmzimmer, in dem ein Mädchen ewig schlummerte.

Doch eines Tages, in nicht mehr allzu weiter Ferne, wird ein stattlicher Prinz, der auserwählte und zukünftige Herrscher unseres Volkes, die Prinzessin küssen und damit sie und alle Magie, die die Welt vergessen hat, wieder erwecken.

Nach ihrer Hochzeit werden er und Aurora Alyssinia Frieden und Wohlstand zurückbringen. Und wir alle werden glücklich und zufrieden sein, bis an unser Lebensende.

Aurora starrte das Bild von sich selbst an, so wunderschön, unantastbar, wie entrückt vor Freude über die Vermählung mit dem stattlichen Prinzen. Und plötzlich fühlten sich die Wände ihres Zimmers zu nah an, sie bekam keine Luft mehr. *Es ist nur eine Geschichte*, sagte sie sich immer wieder. *Nur eine Geschichte.*

So viele Jahre hatte sie eingesperrt in einem Turm verbracht, ohne etwas von der Welt sehen zu können außer dem kleinen Stück Wald jenseits ihres Fensters. Aber dank der Bücher hatte sie all dem entfliehen können. Neue Bücher, alte Bücher, Dramen, Historisches und phantastische Abenteuer, Geschichten über gewöhnliche Menschen, über Drachen und Dämonen, über Mörder und Mysterien und Mythen aus längst vergangenen Zeiten. Hundert verschiedene Welten, die ihr alle wahrhaftiger erschienen waren als ihre eigene, aufregender als ein Leben, bei dem sie immer dieselben Wände und dieselben Bäume anstarrte, während sie darauf wartete, dass eines Tages das Schloss rasseln würde und sie endlich hinausdürfte.

Eine Geschichte konnte ihr nicht weh tun.

»Prinzessin? Geht es Euch gut?«

Betsy schlüpfte ins Zimmer. Zwei Kleider hingen über ihrem Arm.

Aurora klappte das Buch zu und rappelte sich hoch. Einhundert Jahre Schlaf steckten ihr noch in den Gliedern, aber sie ignorierte die Schmerzen in ihren Beinen.

»Ja.«

»Ich habe Euch ein paar Kleider mitgebracht«, sagte Betsy. »Sie sind vielleicht nicht perfekt, aber ich glaube … ich hoffe … sie sind trotzdem hübsch. Ein bisschen altmodisch, aber … die Königin sagte, fürs Erste würden sie reichen.«

Sie hielt ein schimmerndes grünes Kleid hoch, mit bauschigen, ellbogenlangen Ärmeln und Röcken, die raschelnd bis zum Boden herabfielen. Es war anders als alle Kleider, die Aurora je gesehen hatte. Anders als das Kleid, das sie bisher getragen hatte, aber auch nicht vergleichbar mit den eleganten Roben der Hofdamen. Ein Kleid, das ihr Anderssein unterstrich. »In diesem hier fände Prinz Rodric Euch sicher ganz hinreißend. Das Grün betont Eure Augen. Oder ich habe noch eins in Rosa …«

»Das Grüne ist gut.« Die Farbe erinnerte sie an den Wald – nach einem Regen, wenn das Licht sich auf den Blättern widerspiegelte. »Ich wollte sagen … Es ist wunderschön. Danke.«

Betsy half ihr beim Ankleiden und redete derweil wie ein Wasserfall. Aurora ließ die Worte über sich hinwegrauschen, fühlte, wie der Stoff weich an ihren Beinen herabfloss, nur um die Taille saß es etwas eng und raubte ihr noch den letzten Atem, während der Halsausschnitt hinten ein kleines Stück abstand.

»Ich bringe das rasch in Ordnung«, rief Betsy mit einem hastigen Knicks. Dann machte sie sich an die Arbeit, steckte ab, nähte um, säumte und plapperte dabei ununterbrochen über das aufregende, erstaunliche, traumhafte Wunder, das heute geschehen war.

»Ich habe mich natürlich ganz unerhört geehrt gefühlt, Prinzessin, als man mich fragte, ob ich Euch dienen wolle. Damit hätte ich ja niemals gerechnet! Andererseits hätte ich ja auch niemals damit gerechnet, Euch hier vor mir stehen zu sehen, wenn ich das so sagen darf. Also, nicht dass ich je daran gezweifelt hätte, dass Rodric Eure wahre Liebe sein könnte, weil, er ist natürlich ganz wundervoll, aber ich hätte einfach nie zu hoffen gewagt, dass es passieren würde, während ich hier bin. Ach, und von nun an wird alles ganz traumhaft werden, Ihr werdet schon sehen. Alle lieben Euch schon jetzt. Und wie sollte es auch anders sein?«

Aurora dachte an die Worte am Ende der Geschichte, an das unerfüllbare Versprechen: *Und wir alle werden glücklich und zufrieden sein, bis an unser Lebensende.* Ihre wahre Liebe würde sie küssen, sie würde erwachen, und der Fluch wäre vorbei. Aber wussten die Leute denn nicht, dass nichts, was Celestine tat, jemals zu etwas Gutem führen konnte? Ihr Fluch konnte für niemanden im Glück enden, am allerwenigsten für sie.

»Was ist mit Celestine geschehen?«, fragte Aurora. »Die Hexe, die mir das angetan hat?« Die Worte fühlten sich schwer an auf ihrer Zunge und schienen sogar noch schwerer in der Luft zu hängen.

Doch Betsy zögerte nur kurz. »Das weiß niemand«, nuschelte sie, ein paar Stecknadeln zwischen den Lippen. »Sie hat Euch verflucht und ist dann verschwunden. Im ganzen Königreich und über die Grenzen hinaus haben sie nach ihr gesucht, aber man hat sie nie gefunden. Ich glaube«, fügte sie in verschwörerischem Flüsterton hinzu und ließ dabei eine Nadel durch den Stoff hin- und hergleiten, »dass sie ihre Zauberkraft verbraucht hat, als sie Euch verwünschte. Puff! Weg. Und dann hat sie sich so geschämt für ihr neues schwaches Selbst, dass sie geflohen ist.« »Oh.« Aurora starrte ihr Spiegelbild an. *Celestine ist tot,* sagte sie sich selbst. Einhundert Jahre waren vergangen, und sogar Celestine war tot. Und doch hatte sie nach wie vor ein seltsames Gefühl; ihr war, als würde jemand sie heimlich beobachten.

Rodric wartete im Bankettsaal auf sie. Ein langer Tisch erstreckte sich in der Mitte des Raumes, umgeben von Gemälden und Wandteppichen. Einige davon kamen ihr bekannt vor, doch die meisten waren völlig neu und zeigten fremde Wappen und Szenen aus Geschichten, von denen sie noch nie etwas gehört hatte. Als Kind hatte sie in diesem Saal ein paar kleine Feste miterlebt, sofern ihr Vater den Gästen genug vertraute, um ihr zu gestatten, daran teilzunehmen. Und soweit sie sich erinnerte, war es immer lebhaft und lustig zugegangen. Es war einer der wenigen Orte gewesen, wo sie fremden Menschen begegnen konnte, Musik und Lachen hörte und so lebte, als wäre sie nicht verflucht. Jetzt, da nur der Prinz hier auf sie wartete, kam ihr der Raum verlassen und kalt vor, zu groß und zu ernst.

Rodric stand auf, als er sie hereinkommen sah. »Prinzessin Aurora«, sagte er und eilte auf sie zu, wobei er über seine eigenen Füße stolperte. »Ihr seht … Ihr seht wunderschön aus.« Er lächelte schüchtern. »Ich meine, Ihr seht natürlich immer zauberhaft aus. Aber heute Abend seid Ihr besonders schön. Das hatte ich sagen wollen.«

Aurora verzog ihren Mund zu einem Lächeln. »Danke.«

»Wollen wir … wollen wir essen?« Rodric rieb sich den Nacken. Seine Nase war leicht gerötet.

Sie machte einen Schritt auf ihn zu, und der Boden unter

ihren Füßen schien zu schlingern, wovon sie Kopfweh bekam. Das war beileibe kein märchenhaftes Gefühl. Aurora nahm seinen Arm und ließ sich von Rodric ans Ende der langen Tafel führen.

Ein Diener in einer extravaganten roten Livree servierte ihnen eine Schale mit Suppe. Aurora sprach nicht, Rodric sprach nicht, Löffel kratzten an Porzellan, und das Geräusch hallte in dem leeren Saal wider.

»Ihr habt den Schnee verpasst«, begann Rodric schließlich. »Vor zwei Wochen hat es mehrere Zentimeter geschneit, aber das wird wohl nicht noch mal geschehen. Bald haben wir ja Frühling.«

Aurora nickte und starrte in ihre Schale.

»Meine Schwester Isabelle … sie freut sich schon unbändig, Euch kennenzulernen«, fuhr Rodric fort. »Sie ist sehr still, aber … Sie ist aufgeregt. Sie tut sich nur ein bisschen schwer, wenn sie Fremde trifft.«

Tja, dann sind wir ja schon zu zweit, dachte Aurora. Sie nickte wieder.

»Ist es wahr«, fragte Rodric, während er seine Schale auslöffelte, »dass früher …« Er brach ab und lief wieder rot an. »Tut mir leid. Vermutlich möchtet Ihr gar nicht darüber sprechen. Über früher, meine ich.«

Auroras Finger schlossen sich fester um den Löffelstil. Über irgendetwas mussten sie ja reden. »Was wollt Ihr denn gern wissen?«

»In einigen Büchern steht, dass man sich damals auf Festen

von Zauberei unterhalten ließ.« Er lächelte und klang zum ersten Mal gelöst und lebendig. »Ich rede nicht von Zauberkünstlern oder Illusionisten. Ich meine *echte* Zauberei.«

»Nein«, sagte Aurora. Bei dem Gedanken überlief es sie eiskalt. »Nein, das ist nicht wahr.«

»Oh.« Jetzt starrte Rodric auf seinen Teller, aber Aurora hatte trotzdem das Gefühl, als beobachte er sie aus dem Augenwinkel. »Die Leute hatten gehofft …« Er ließ die Worte in der Luft hängen. »Wenn solch eine alltägliche Magie mit Euch zurückkehren würde … könnte das womöglich von Nutzen sein.«

»Gehofft?« Aurora schloss die Augen. Wie konnte er nur so naiv sein? »Ohne Magie ist man besser dran.«

»Eure Familie hat also nie …«

»Nein«, erwiderte sie scharf. »Warum hätte meine Familie Magie gebrauchen sollen? Sie waren keine Dummköpfe.« *Aber sie hatten Magie gebraucht*, dachte sie. Sofern man dem Buch Glauben schenken konnte. Sie hatten sie damit regelrecht überschüttet, um den Fluch zu brechen, um sie zu retten.

Rodric blickte mit gerunzelter Stirn auf seine leere Suppenschale. »Tut mir leid, Prinzessin, ich will Euch ja nicht widersprechen, aber … Magie kann nicht dumm sein. Sie hat Euch hierhergebracht.«

»Ein *Fluch* hat mich hierhergebracht.«

»Und doch … Wir leben nun schon so lange ohne Magie, Prinzessin, und es liegen viele Dinge im Argen, seit ihr damals in Schlaf gesunken seid. Aber jetzt wird alles wieder besser. Das ist doch gut so, oder?«

Sie schüttelte den Kopf. »Ich glaube nicht, dass Magie jemals etwas Gutes bewirken kann. Vielleicht war es ganz früher einmal anders, aber nicht so lange ich auf der Welt bin. Selbst damals hat es nur noch eine Handvoll Zauberer gegeben.« Männer, die sich ihre Fähigkeit mit einem Vermögen bezahlen ließen, Frauen, die Heilmittel anboten und stattdessen Gift verabreichten. Und Celestine. Die Hexe, die sie verflucht hatte. »Das waren keine guten Menschen.«

Bevor sie geboren wurde, hatte ihr Vater die wenigen Leute, die Magie benutzten, gewähren lassen. Denn da war immer die Hoffnung gewesen, dass einer von ihnen imstande wäre, Krankheiten zu heilen oder das Königreich vor Bedrohungen zu schützen. Aber nach Celestines Fluch war er zu dem Schluss gekommen, dass die Magie selbst böse war und dass jeder, der sie beherrschte, eine Gefahr für sie alle darstellte. Magie zu gebrauchen wurde von da an mit Verbannung bestraft. Flüche zu verhängen mit dem Tod.

»Mein Vater …« Rodric legte eine Pause ein, als wäre er unsicher, ob er weitersprechen sollte. »Mein Vater sagt, dass es auch heutzutage immer noch Menschen gibt, die ein wenig Magie besitzen. Er glaubt, sie hätten sie gestohlen, und wenn wir diese Leute bekämpfen, wird sie zurückkommen.«

»Magie kann man nicht stehlen.«

»Warum nicht?«

Sie öffnete den Mund, um ihm zu antworten, aber es kamen keine Worte heraus. Magie kam von außerhalb, so viel wusste sie. Man zog sie aus der Luft. Manche behaupteten, man müsse von schlechter Gesinnung sein, um sie zu erlangen, dass die gute Magie restlos verbraucht und nur noch Groll und Böswilligkeit übrig waren. Aber wie es sich tatsächlich verhielt, das wusste Aurora nicht. Sie hatte viele Bücher gelesen, doch die Wahrheit über Magie hatte man ihr stets vorenthalten, so als könnte schon allein der Gedanke daran sie ins Verderben reißen.

Rodric platzte in ihr Schweigen hinein. »Sie wird zurückkehren«, erklärte er mit Nachdruck. »Jetzt, wo Ihr da seid. Und sie wird viel Gutes bewirken, genau, wie ich es gesagt habe. Ich meine … ich meine, warum sonst wärt Ihr jetzt hier?«

Ihre Hände zitterten, und ihr Löffel schlug klappernd seitlich gegen die Schale, dass es klang wie ein Trommelwirbel. Das Gefühl von Verlust wallte schmerzhaft in ihr hoch, ballte sich in ihrer Brust zusammen, bis sie kaum noch atmen konnte. Es gab kein Zuhause. Keine Familie. Nur leere Versprechungen von wahrer Liebe und die Hoffnung, dass *sie* etwas zurückbringen würde, das nie hätte existieren sollen.

Sie stand auf. Ihr Stuhl rutschte mit einem kratzenden Geräusch zurück und fiel mit einem Knall um. »Ich muss gehen«, sagte sie. »Ich habe keinen Hunger.«

Jeder Schritt stauchte ihr die Knie, trotzdem rannte sie plötzlich los bis ans Ende des Bankettsaals, ihre Füße schlugen dabei laut auf den Boden. Draußen vor dem Saal fand sie ein offenes Fenster, und sie stemmte die Handflächen gegen die steinerne Einfassung, ließ sich die kühle Brise ins Gesicht wehen. Sie trank die frische Luft, während sie ihre Augen fest zusammenkniff.

»Prinzessin?«

Rodric.

Aurora hielt die Augen geschlossen, ihr Gesicht in den Wind. Er schien nett zu sein. Ein bisschen glücklos, ein bisschen unsicher, aber nett. Und doch war er ein Fremder, ein fremder, unbeholfener Prinz, der sie für sich beanspruchte, und sie wusste nicht, was sie tun sollte. Sie hatte sonst nichts anderes, niemand anderes, und die drohende Einsamkeit rumorte in ihrem Magen, bis sie vor Übelkeit schwankte. Sie konnte nicht fort. Aber sie konnte auch nicht in seiner Nähe bleiben, sie ertrug nicht, wie er mit hilflosem Blick in ihren Augen nach Rettung suchte. »Tut mir leid«, sagte sie. »Ich würde gern allein sein.«

»Verzeiht, wenn ich Euch verstimmt habe.«

»Ich bin nicht verstimmt.« Sie zwang sich dazu, Luft zu holen, und öffnete die Augen. »Dieser Ort hier … ist mir fremd. Ich gehöre nicht hierher.«

»Ich weiß. Aber … hier sind wir nun, Prinzessin. Das Schicksal hat es so gewollt.«

Sie zuckte zusammen. *Schicksal.* »Warum nennt Ihr mich die ganze Zeit Prinzessin? So heiße ich nicht.«

»Wahrscheinlich weil Ihr immer von allen so genannt wurdet. Die Prinzessin. Die schlafende Schönheit.« Er lächelte verlegen. »Und das ist nicht übertrieben. Ihr seid wahrhaft wunderschön.«

»Ich heiße Aurora.«

Schweigen. Er nickte, den Kopf leicht gesenkt, mit glühenden Wangen und roter Nase.

»Ich würde wirklich gern allein sein.«

»Bitte«, er bot ihr seinen Arm an. »Ich geleite Euch noch bis zu Eurem Zimmer.«

Sie verzog den Mund zu einem schmalen, zittrigen, zerbrochenen Lächeln. »Schon gut«, sagte sie. »Ich kenne den Weg.«

In dieser Nacht fand sie keinen Schlaf.

Sobald sie die Lider schloss, blieb ihr der Atem im Hals stecken, und ihre leeren Lungen schrien gierig nach Luft. Ihr Herz raste, und ihre Glieder kribbelten. Wie ein aus verschiedenen Teilen zusammengesetzter Mensch, der dazu gezwungen war, an einem Ort zu bleiben, wo er nicht hingehörte.

Sie ging auf und ab, ihre Füße tappten dabei einen gleichmäßigen Rhythmus auf den glatten Steinfußboden. Und mit jedem Hin und Her wurde sie schneller, mit jedem Atemzug rückten die Wände näher an sie heran. Wenn sie stehen bliebe, auch nur für einen kurzen Augenblick, würde sie sich womöglich auflösen und verschwinden, wie alles andere in ihrem Leben auch. Also wanderte sie durch den Raum, starrte auf die fremden Wände und ihre vertrauten Hände, während sie die jüngsten Ereignisse Revue passieren ließ.

Und ab und zu traf es sie wie ein Schlag, dass dies alles

wahr war. Dass ihre Familie, ihr ganzes Leben weg waren. Dann hielt sie an, mit weichen Knien und einem Klumpen im Magen, und konnte nicht mehr atmen. Doch nur wenige Sekunden später war ihr die Gewissheit schon wieder entglitten, zu gewaltig, um lange daran festhalten zu können. Sie schlüpfte ins Reich der Phantasie zurück, und Aurora marschierte weiter hin und her, bis sie beiläufig überlegte, ob ihr Vater morgen wohl zu Besuch käme, woraufhin sie erneut der Schmerz übermannte.

Und so brachte sie die Nacht herum.

VIER

Nebel driftete bei Tagesanbruch durch das offene Fenster und hüllte Auroras klamme, fiebrige Haut ein, während sie am Fenster lehnte. Die Stadt vor ihr erwachte allmählich zum Leben. Die Häuser schienen sich übereinanderzustapeln, bis weit nach hinten in die Ferne, bevor sie an eine hohe Mauer stießen, mit Türmen und Fahnen oben drauf. Unterhalb ihres Fensters huschten Frauen mit Körben auf den Armen die gepflasterte Straße entlang. Zwei Karren holperten vorbei, langsame, von Eseln gezogene Vehikel, beladen mit Korn und Stoffen.

Hinter Aurora quietschte die Tür. »Aurora, meine Liebe. Es freut mich, dass du wach bist.«

Die Königin stand auf der Schwelle. Ungeachtet der frühen Stunde war sie bereits der Inbegriff von Eleganz, ihre Augen blickten hell und aufmerksam, und das schwarze Haar war in einem kunstvollen Kranz um ihren Kopf geflochten.

Aurora erhaschte einen Blick auf sich selbst im Wandspiegel: blasser als blass, Lippen, die aussahen wie klaffende Wunden, umgeben von einem Gewirr goldener Haare. Schlafende Schönheit, fürwahr!

»Ich hoffe, ich störe nicht«, flötete die Königin, als sie ins Zimmer rauschte. »Ich dachte, wir könnten vielleicht zusammen frühstücken.«

Aurora unterdrückte den Impuls, ans Fenster zurückzuweichen. »Aber ich bin noch gar nicht angekleidet, Eure Majestät.«

»Das macht doch nichts«, sagte sie und winkte ein Dienstmädchen herein. »Wir Frauen sind hier doch unter uns, oder? Außerdem«, fügte sie hinzu, als die Bedienstete Obst und Tee auf den Tisch stellte, »wollte ich mich gern mit dir unterhalten, solange der Tag noch jung ist.«

Die Königin lächelte, höflich und entspannt, aber in ihren Augen und den spitzen Gesichtszügen lag etwas Scharfes. »Wollen wir uns setzen?«

Aurora nickte. Sie spürte, dass die Königin niemand war, dem man etwas verwehrte.

Vorsichtig nahm Iris Platz und schwang die Röcke dabei mit einer eleganten Bewegung zur Seite. Aurora setzte sich auf den Stuhl neben ihr, auf die äußerste Kante und mit zusammengekrampftem Magen.

Die Königin goss sich eine Tasse Tee ein. »Ich bin sicher, du bist schon sehr aufgeregt. Wegen der Hochzeit. Ich fürchte nur, ich muss dich leider ein bisschen enttäuschen. Ich weiß, dass du so schnell wie möglich heiraten möchtest, aber meine Berater sind zu dem Schluss gekommen, dass der beste Zeitpunkt für das Fest heute in drei Wochen sein wird.«

»Drei Wochen?« Sie planten, sie in drei Wochen zu verheiraten. Einundzwanzig Tage.

»Ich weiß«, sagte die Königin. »Ich war auch zuerst enttäuscht. Aber unsere besten Schneiderinnen sind zurzeit in Fellbridge, der Kastellan sagt, wir hätten nicht genügend Vorräte für ein Festmahl, und wir müssen natürlich einen Nationalfeiertag ausrufen … Ich muss gestehen, dass du uns doch arg überrascht hast und wir wohl nicht ausreichend vorbereitet sind.« Sie seufzte und nippte an ihrem Tee. »Wie auch immer, wir werden in acht Tagen Verlobung feiern, und darüber wollte ich mit dir sprechen. Die Leute haben dich natürlich bereits in ihr Herz geschlossen, dennoch kann es nie schaden …«

»Eure Majestät.«

Die Königin hielt inne, ihre Teetasse schwebte auf halbem Weg zum Mund in der Luft.

Ich muss es abwenden, dachte Aurora. Ihre Lungen fühlten sich an wie zu einer Faust zusammengeballt, ihr Herzschlag war nur noch ein Zittern in der Brust. *Ich muss etwas sagen.*

»Das kommt alles ein bisschen plötzlich. Ich weiß nicht … Ich meine … Ich kenne ihn doch kaum.«

Die Königin runzelte die Stirn. »Die Hochzeit wurde bereits vor hundert Jahren prophezeit«, sagte sie. »Also kennst du ihn gut genug.«

»Aber …« Aurora starrte auf ihre Hände hinunter. *Sag es!*, schrie sie innerlich. *Du musst es sagen.* »Und wenn ich ihn gar nicht heiraten will?«

Die Königin stellte die Teetasse auf den Tisch. Das Klirren des Porzellans schnitt durch die Stille. »Genau darüber wollte ich mit dir sprechen, meine Liebe. Es wäre sehr unangebracht, wenn andere dich so reden hörten. Nervenflattern vor der Hochzeit ist völlig normal, aber am Ende dürfen wir nicht zulassen, dass solche Albernheiten uns beeinflussen. So ist es am besten, wie du weißt.«

»Nein«, sagte sie. »Tue ich nicht. Ich möchte Rodrics Gefühle wirklich nicht verletzen …«

»Oh, ich meine nicht Rodric, mein Herz. Bald wird alle Welt von dir sprechen, und wenn du ihn nicht so schnell wie möglich heiratest … verstehst du nicht, wie gefährlich das wäre? Du hast dein ganzes Leben im Schloss verbracht, richtig? Die Welt da draußen hast du nie kennengelernt. Also, Aurora, was glaubst du, geschieht mit Kostbarkeiten, wenn keiner einen Anspruch darauf erhebt?«

Aurora zwang sich dazu, der Königin in die Augen zu sehen. Aber sie wusste nicht, was sie erwidern sollte.

»Du bist für viele Menschen von außerordentlicher Bedeutung. Alle werden versuchen, dich in ihre Gewalt zu bringen, dich einzusperren und für ihre eigenen Zwecke zu benutzen.«

»Alle?«, sagte Aurora. »Wer ist *alle*?«

»Es genügt, wenn ich dir sage, dass es viele Menschen gibt, skrupellose Menschen, die das Königreich an sich reißen wollen und glauben, mit dir könnte ihnen das gelingen. Falls du nicht deinen rechtmäßigen Platz hier einnehmen solltest … tja. Es graust mich, daran zu denken, was dann passieren wird.« Sie zog ihre beiden mustergültig geschwungenen Augenbauen hoch, ihre Miene schwankte zwischen Tadel und Sorge. »Möchtest du etwa der Auslöser für einen Krieg im Königreich sein? Möchtest du, dass deinetwegen unschuldige Menschen sterben?«

Aurora vergrub ihre Finger in den Armlehnen des Stuhls. Einmal, als sie noch ein Kind gewesen war, hatte sie sich in die Bibliothek ihres Vaters geschlichen und eine Märchensammlung stibitzt. Eine der Geschichten erzählte von einem Mädchen, das sich wünschte, so wunderschön zu sein, dass jeder, der es erblickte, sofort von ihr bezaubert wäre. Es verliebten sich so viele Männer in sie, dass sie zu kämpfen begannen, einander die Köpfe abschlugen und Kinder mit ihren Schwertern aufschlitzten. Als die Männer die Schöne umstellten, packten alle zu, an den Armen, den Beinen, dem Kopf und den Haaren und zogen an ihr, bis sie in so viele Stücke zerrissen war, dass jeder etwas abbekam. Wochenlang hatte Aurora Albträume gehabt von Händen, die aus der Dunkelheit nach ihr griffen, sie packten und hin und her zerrten, bis nichts mehr von ihr übrig war. Und das alles war nur wegen ihrer Schönheit geschehen.

Sie werden mir weh tun, dachte sie.

»Also?«, fragte die Königin. »Willst du das?«

»Nein«, sagte sie leise. »Nein, das will ich nicht.«

»Nein«, sagte die Königin. »Und wir können dich erst beschützen, wenn die Hochzeit stattgefunden hat. Verstehst du?«

Aurora verstand. Der König und die Königin würden ihr nur helfen, wenn sie sicher waren, dass sie ihnen gehörte.

»Ich verstehe.«

»Ich wusste doch, dass du es begreifen würdest. Ich selbst hatte ja auch panische Angst vor meiner Hochzeit mit John, aber wir sind Frauen, Aurora. Wir können ungeheuer stark sein.« Die Königin beobachtete Aurora noch immer, die Stirn in winzige Falten gezogen. »Die Hochzeit wird in einundzwanzig Tagen stattfinden. Aber du solltest dir deswegen keine Sorgen machen. Lächele. Knickse. Sei bescheiden und demütig. Wenn diese Dinge dir schwerfallen, dann können wir sie üben.«

»Nein«, sagte sie knapp. »Ich komme zurecht.«

»Na dann.« Die Königin fasste Auroras Kinn und schob es nach oben. »Schenk mir dein schönstes Lächeln.«

Aurora probierte, ein mattes Lächeln aufzusetzen. Die Muskeln in ihrem Gesicht zitterten. Ihre Augen brannten.

»Das sollte fürs Erste genügen.« Die Königin ließ ihr Kinn los und erhob sich. »Ich suche jetzt Rodric auf und bringe die Vorbereitungen in Gang. Aber das war ein gutes Gespräch, Aurora. Es ist wichtig, dass wir uns in diesen Dingen einig sind.«

Aurora nickte. Sie stand auf, ahmte unwillkürlich die Bewegungen der Königin nach.

»Und tu mir bitte einen Gefallen.« Die Königin nahm die

Hand ihrer zukünftigen Schwiegertochter, dabei drückten ihre Ringe sich kalt und hart in Auroras nackte Haut. »Verlass dein Zimmer nur, wenn man nach dir schickt. Sosehr es mich auch schmerzt, dies einzugestehen, aber deine Sicherheit ist in Gefahr. Wir müssen also vorsichtig sein, bis die Hochzeit vorbei ist.«

»Ich verstehe«, sagte Aurora.

»Ich werde dir ein paar Bücher bringen lassen«, fügte die Königin hinzu. »Geschichten, die dich interessieren könnten. Ein paar Märchen, irgendwas Historisches. Soviel ich weiß, hast du früher gern gelesen.«

»Ja, Eure Majestät.« Sie zwang sich dazu, das Kinn zu heben und der Königin in die Augen zu sehen. Und zum ersten Mal wirkte ihr Lächeln beinahe natürlich. »Ja, das ist richtig.«

Vielleicht würde sie ja wie so oft die Antworten auf ihre Fragen zwischen den Seiten eines Buches finden.

»Ausgezeichnet. Dann wünsche ich dir viel Vergnügen. Es war sehr nett, mit dir zu plaudern, meine Liebe.«

Aurora machte einen tiefen Knicks. Ihre Hände fühlten sich taub an. »Eure Majestät.«

»Bitte«, sagte die Königin. »Nenn mich doch Iris.«

Wie versprochen schickte die Königin Aurora eine große Truhe voll mit Büchern. Es waren elegante, in Leder gebundene Bände mit makellosen Buchrücken ohne Falten oder Knicke. Aurora legte sie übereinander ins Regal, wobei sie ein jedes eingehend betrachtete, bevor es oben auf den Stapel wanderte, und gab sich völlig dem gleichmäßigen Rhythmus von Bücken, Aufrichten und Wegpacken hin. Sobald die Bücher fertig ausgeräumt waren, sortierte sie sie zunächst nach Titel und dann noch einmal nach Genre, blieb ständig in Bewegung, ein stetiges Füßescharren, sie war außerstande stillzusitzen. Als ihr keine weiteren Anordnungsmöglichkeiten mehr einfielen, setzte sie sich auf die Fersen und fuhr mit der Hand über die Buchrücken.

Sie kannte nur eins der Bücher: ein historisches Werk über die Gründungszeit Alyssinias, die nun schon so lange zurücklag, dass es mehr Fiktion als Wahrheit zu sein schien. Als kleines Mädchen hatte sie so oft in ihrer eigenen Ausgabe des gleichen Buches geblättert, dass die Seiten herausgefallen waren, und am Rand hatte sie ihre Gedanken notiert wie in ein Tagebuch. Es musste noch auf dem Nachttisch neben ihrem Bett liegen, oben an der Spitze des Turms zusammen mit dem Rest ihres Lebens. Seit beinahe hundert Jahren unangetastet. Für einen Moment überlegte sie, zurückzugehen und das Buch zusammen mit all ihren anderen Habseligkeiten zu holen. Doch bei dem Gedanken schlingerte ihr der Magen. Sie konnte nicht an diesen Ort zurückkehren. Wollte nicht die dicke Staubschicht sehen, die sich über die Stufen gelegt hatte, den Beweis für all die Jahrzehnte, die vergangen waren, während sie schlief. Sie konnte nicht einfach ihre Sachen von dort hierherbringen, so als wäre dieses trostlose Zimmer hier jetzt ihr Zuhause. So als hätte sie sich mit all dem bereits abgefunden.

Sie holte die neue Ausgabe aus dem Regal. Als sie noch jünger war, hatte sie ihre Eltern, ihre Kinderfrauen, ja, *alle*, angebettelt, ihr diese Geschichte zu erzählen, die Geschichte von Alysse, immer und immer wieder, auf tausend verschiedene Weisen, ausgeschmückt mit jedem noch so kleinen bekannten Detail ihres Lebens: Alysse, die Namenspatronin von Alyssinia. Die wunderschöne Prinzessin, die trotz ihrer Jugend alle gerettet hatte. Das Mädchen, das so gütig und mitfühlend war, dass es als Einzige die Gesetze und Möglichkeiten dieses neuen Landes verstand, in dem sie da gelandet waren, nachdem sie alle aus dem Königreich ohne Magie jenseits des Meeres hatten fliehen müssen. Alysse, die Wohlwollende, die nach ihrem Vater geherrscht hatte und so bezaubernd schön war und von allen geliebt wurde. Jedes Mal, wenn Aurora die Geschichte gehört hatte, war sie zum Fenster ihres Turmzimmers geeilt und hatte hinausgespäht, ein verzweifeltes Verlangen in ihrer Brust. Eines Tages würde sie wie Alysse sein. Wundervoll, bildschön und geliebt.

Jetzt saß Aurora auf dem nackten Fußboden und hielt die neue Ausgabe des schweren Buches in ihren Händen. Den überlieferten Geschichten zufolge war Alysse ein paar Jahre nach ihrer Krönung zur Königin auf Nimmerwiedersehen im Wald verschwunden, und so war sie in Auroras Vorstellung ewig jung geblieben, so hübsch und zart wie ein Spinnengewebe nach einem Regenschauer. Inzwischen erschien ihr das unsinnig. Alysse musste gealtert und gestorben sein, genau wie ihre Eltern gealtert und gestorben waren und all jene, die sie früher gekannt hatte, ja, sogar das Königreich, in dem sie einst aufgewachsen war. Nur Aurora hing fest in einer Art Ewigkeit.

Sie schleuderte das Buch auf den Boden, in ihrer Kehle stieg ein galliger Geschmack auf.

Als die Königin ein paar Stunden später zurückkehrte, platzte sie abermals ohne Anklopfen ins Zimmer. »Man erwartet dich im Thronsaal«, zischte sie. »Mach schnell. Wir wollen kein schlechtes Vorbild abgeben, indem wir zu spät kommen.«

»Der Thronsaal?« Aurora wich einen Schritt zurück. »Ihr sagtet doch, die Hochzeit würde frühestens in drei Wochen stattfinden.«

»Warum sollten wir im Thronsaal Hochzeit feiern?«, entgegnete die Königin. »Mein Mann hält heute Nachmittag Hof. Er hat nach deiner Anwesenheit verlangt.«

»Was bedeutet das, Hof halten?«

Die Königin schüttelte leicht ungehalten den Kopf. »Er hört Beschwerden an, belohnt diejenigen, die es verdienen, und bestraft die Schuldigen. Du sollst einfach nur mit dabei sein. Denke daran, was wir besprochen haben.«

Lächele. Knickse. Sei schön und still. Ihre Anwesenheit würde allem, was der König sagte, mehr Legitimität verleihen, doch ihre eigentliche Meinung war nicht gefragt.

Zwei Wachen flankierten eine doppelflügelige Messingtür. Sie verbeugten sich, als Aurora und die Königin näher kamen. Hinter der Tür lag ein ausladender Raum, brechend voll mit Menschen: Edelleute, die nebeneinander oder auch in kleinen Gruppen zusammenstanden. Ihre prächtigen Kleider harmonierten perfekt mit dem prunkvollen Schmuck an den Wänden, den goldenen Schwertern und Schilden, Standarten und Spießen. Eine lange Reihe von Wachen mit roten Umhängen säumte die Wand hinter der Menschenmenge, dazwischen war eine offen stehende Eichentür zu sehen, die vom Boden bis zur Decke reichte. Als die Königin über die Schwelle schritt, verbeugten sich alle Versammelten wie auf ein unausgesprochenes Kommando.

Zwischen den Menschen und den Messingtüren standen zwei Thronstühle. Der König saß auf dem größeren, und die Königin schwebte, den Kopf hoch erhoben, auf den kleineren zu. Mit einer knappen Handbewegung winkte sie Aurora auf die Seite, dorthin, wo Rodric stand.

»Nun, da die Prinzessin und meine geliebte Gemahlin endlich zu uns gestoßen sind«, sagte der König, »können wir beginnen. Lasst den ersten Bittsteller herein.«

Die Wachen führten eine zierliche Frau mit strähnigen blonden Haaren in den Saal. Als sie vor dem Thron niederkniete, zeichneten sich ihre spitzen Schulterknochen deutlich unter ihrem Kleid ab.

Ihr Mann sei gestorben, berichtete sie, die großen Augen starr zu Boden gerichtet, und seitdem habe sie weder eine Arbeit noch Nahrung gefunden.

»Er war ein guter Mann, Eure Majestät«, erklärte sie. »Hat endlos viele Stunden geschuftet und kaum genug gegessen.

Solche Geschichten bekommt Ihr allenthalben zu hören, ich weiß. Aber es war ein langer Winter, Eure Majestät, und jede Form von Hilfe, selbst die allerkleinste …«

»Möglicherweise können wir dich noch in der Hofküche beschäftigen«, sagte die Königin, »vorausgesetzt, du bist willens, hart zu arbeiten. Und schwörst uns unbedingte Loyalität.«

»Aber natürlich, Eure königliche Majestät. Ich schwöre. Das ist so außerordentlich großzügig und freundlich von Euch.«

»Meine oberste Köchin Marie wird sehen, was wir mit dir anfangen können.«

»O danke, Eure königliche Majestät. Habt tausend Dank dafür!«

Die Frau knickste noch mindestens fünfmal, während die Wachen sie aus dem Saal geleiteten.

Der nächste Bittsteller war ein Adliger. Seine Kleider waren makellos und elegant, und seine Stiefel glänzten wie neu. Einige Höflinge tuschelten hinter vorgehaltener Hand, als er eintrat, und niemand begrüßte ihn mit einem Lächeln.

»Sir Gregory«, sagte der König. »Das ist aber eine Überraschung. Ich habe Euch das letzte Mal bei meinem Besuch in Barton gesehen. Wie lange ist das jetzt her … zwei Jahre? Drei?«

»Ich glaube, mittlerweile fast drei, Eure königliche Majestät.«

»Ihr seid gekommen, um mit uns die Rückkehr der Prinzessin zu feiern? Da habt Ihr aber eine lange Reise auf Euch genommen.«

»Ich wünschte, die Gründe für mein Kommen wären auch nur annähernd so erfreulich«, sagte Sir Gregory. »Wobei ich natürlich entzückt bin, die Prinzessin zu sehen.« Er verneigte sich in ihre Richtung. »Nein, ich fürchte, ich muss eine Revolte melden. Letzte Woche versammelte sich eine Horde Bauern vor den Toren meines Hauses und verlangte nach Essen. Doch ich habe nichts, was ich ihnen geben könnte, außer dem wenigen, um meine eigene Familie zu ernähren. Aber davon wollten sie nichts hören. Am Ende durchbrachen sie das Tor, töteten eine meiner Wachen und stahlen mehr als die Hälfte meines Getreidevorrates. Meine eigenen Männer und die Soldaten des Ortes haben versucht, die Täter zu stellen, aber ich fürchte, ohne drastische Strafen werden sie erneut zuschlagen.«

Der König nickte. »Ich verstehe«, sagte er. »Derartiges darf natürlich auf keinen Fall ungestraft bleiben. Ich schicke eine Kohorte Soldaten nach Barton, die die Täter ausfindig machen und Euch und Eure Familie schützen werden. Als Wiedergutmachung für dieses Verbrechen müssen alle Männer und Frauen, die auf Eurem Besitz Land bestellen, die Hälfte der nächsten Ernte an Euch abtreten, um Euch für Euren Verlust zu entschädigen. Wer dagegen aufbegehrt, wird hingerichtet.«

Aurora wollte Einwände erheben. Das war ja völlig verrückt! Man verschärfte das Problem doch nur, indem man die Leute hungern ließ. Ihre Lippen bewegten sich, aber ihre Stimme gehorchte ihr nicht. Nicht in Gegenwart so vieler Menschen, unter dem prüfenden Blick so vieler Augen.

»Ich werde veranlassen, dass die Soldaten bei Anbruch der Dunkelheit abmarschbereit sind«, verkündete der König.

Aurora biss sich auf die Lippe, die Gelegenheit war vorüber.

»Ich wünschte, ich könnte Euch einladen, noch eine Weile bei uns zu bleiben und mit uns zu feiern, Gregory, aber ich weiß, dass es Euch drängt, nach Hause zurückzukehren, um Eure Familie zu schützen.«

»Ja, Eure Majestät«, sagte er. »Danke, Eure Majestät.« Mit einer tiefen Verbeugung ging er rückwärts aus dem Saal.

Der dritte Bittsteller war eine ältere Frau mit einem Wust grauer Locken und einem buckligen Rücken.

»Ich bitte Euch, Eure Majestät«, sagte sie. »Ich bin den ganzen weiten Weg von Wutherton gereist, um mit Euch zu sprechen.«

Zu der Zeit, als Aurora in Schlaf fiel, war Wutherton ein kleines Städtchen gewesen, ungefähr eine Wochenreise vom Schloss entfernt.

»Ich fühle mich daheim nicht mehr sicher, Eure Majestät. Die Leute in meiner Stadt beschuldigen mich der Hexerei und legen mir Dinge zur Last, die ich unmöglich getan haben kann.« Sie seufzte. »Diesen Winter grassierte eine schwere Krankheit, und viele Kinder wurden dahingerafft. Niemals würde ich ihnen ein Leid antun, Eure Majestät, niemals, aber die Leute … Sie haben andere davon überzeugt, dass …«

Der König lehnte sich zurück und stützte seine Ellbogen auf den Armlehnen des Throns ab. »Und warum, glaubst du, hat man ausgerechnet dich beschuldigt?«

»Ich weiß es nicht, Eure Majestät«, erwiderte sie. »Vielleicht weil ich eine kleine Apotheke führe. Ich sammle Kräuter gegen allerlei Zipperlein, Gliederreißen, Husten und so etwas. Ich behaupte von mir nicht, ein Arzt oder eine Heilerin zu sein, das habe ich nie getan. Ich benutze einfach das Wissen, das ich von meiner seligen Mutter habe, um Menschen zu helfen und meinen Lebensunterhalt zu verdienen. Aber ein paar Leute in der Stadt … sie waren wütend, weil ich nicht immer für Heilung sorgen kann. Wer braucht etwas gegen Brennnesselstiche oder Schlaflosigkeit, so sagten sie, wenn ich ihre Kinder nicht retten könnte? Ich wünschte, ich könnte helfen, wirklich, aber dafür fehlt mir das nötige Wissen und jetzt …«

Der König hob eine Hand, um sie zum Schweigen zu bringen. »Du sammelst Kräuter? Du siehst nicht so aus, als wärst du dazu in der Lage.«

»Früher mal, als ich noch jünger war, Eure Majestät. Heutzutage habe ich meine Lehrlinge, die mir zur Hand gehen. Die jungen Dinger haben scharfe Augen, auch wenn sie so manches Mal die Zeit vertrödeln. Bedauerlicherweise ist auch eine von ihnen erkrankt und gestorben, das arme Mädchen.«

Der König nickte. »Und was führt dich nun genau zu mir?«

»Ich … ich hatte gehofft, Ihr könntet mich unter Euren

Schutz stellen, Eure Majestät. Ihr wisst alles über die böse gesinnten Gestalten, die sich Magie einverleibt haben, um uns zu bedrohen. Wenn Ihr nun erklären würdet, dass ich unschuldig bin, dass es einfach eine Krankheit war … dann könnte ich vielleicht wieder nach Hause zurückkehren.«

»Wenn *ich* das erklären würde? Wieso sollte ich? Du hast doch soeben dein Mittun eingestanden.«

Die Frau erstarrte. »Eure Majestät?«

»Du sammelst Kräuter und braust Tränke – was ist das sonst, wenn nicht eine Form von Magie?«

»Den Pflanzen wohnt die Zauberkraft inne, Eure Majestät. Ich mische sie nur zusammen, wie meine Mutter es mich gelehrt hat.«

»Und das Mädchen, das die Kräuter für dich gesammelt hat, ist ebenfalls erkrankt? Vielleicht, weil es sich an den Kräutern vergiftet hat? Oder vielleicht, weil es zu viel wusste?«

Die Frau wich zurück und schüttelte den Kopf. Ihre Augen traten beinahe aus den Höhlen. »Nein, nein Eure Majestät! So etwas würde ich nie tun. Niemals!«

Der König blickte zu Aurora hinüber. »Aurora, du bist von allen hier diejenige, die sich mit Zauberei am besten auskennt. Was soll deiner Meinung nach mit dieser Frau geschehen?«

Aurora schluckte. Als sie sprach, klang ihre Stimme heiser und so leise, dass sie kaum zu vernehmen war.

»Nichts, Eure Majestät.«

»Nichts?«

»Wenn sie Zauberkräfte hätte, dann … dann würde sie sich

mit deren Hilfe selbst schützen. Nur ein unschuldiger Mensch würde herkommen und Euch um Hilfe bitten.«

»Oder einer, der den Anschein geben möchte, unschuldig zu sein.« Der Blick des Königs richtete sich wieder auf die zitternde Frau.

»Hast du das gehört?«, höhnte er. »Unsere Prinzessin rührt deine Geschichte. Aber nur weil du eine unbedarfte Seele wie sie für dich einnehmen konntest, heißt das nicht, dass du damit durchkommst.« Er beugte sich vor, die Hände auf den Knien. »Sei's drum, zur Feier des Tages habe ich beschlossen, gnädig zu sein. Wie von dir erbeten, werde ich dich unter meinen Schutz stellen. Im Kerker findet sich bestimmt noch ein Plätzchen für dich. Wir werden ja sehen, ob diese Todesfälle mit deinem Verschwinden aufhören. Wenn ja, dann werde ich deine Worte neu überdenken müssen, alte Frau. Wir werden uns noch mal unterhalten.«

Der König nickte seinen Wachen zu, woraufhin ein Mann vortrat und die Frau davonschleifte. Sie klammerte sich an seine Hände, immer noch ungläubig den Kopf schüttelnd, und als sie sich zu Aurora hinwandte, waren ihren Augen von Grauen erfüllt. Das Grauen befiel auch Aurora, eine entsetzliche Verzweiflung, die weit wahrhaftiger schien als der verächtliche Zorn des Königs. Aurora machte einen kleinen Schritt nach vorne und sah in die Gesichter der anderen Zuschauer. Niemand sonst schien entsetzt. Einige zupften an ihren Kleidern herum, scharrten unruhig mit den Füßen oder flüsterten mit dem Nebenmann, so als müssten sie nur eine lästige Pflicht hinter sich bringen. Andere nickten zustimmend. Die Frau verschwand durch die Tür, und der König winkte zum Zeichen, dass sie hinter ihr geschlossen werden sollte.

»Ich bin ermüdet«, erklärte der König. »Und ich muss mich noch um die Soldaten für Barton kümmern. Sagt unseren anderen Besuchern, dass ich sie morgen anhören werde.« Er erhob sich und ging mit weitausgreifenden Schritten aus dem Saal. Iris bedeutete Aurora und Rodric mit einer Handbewegung, ihm zu folgen.

Nach der verschwenderischen Pracht des überfüllten Thronsaals fühlte sich das Vorzimmer eng und unwirklich still an.

»Ich bin am Verhungern«, stöhnte der König, als die Messingtüren sich hinter ihm schlossen. »Das Mittagsmahl ist doch sicherlich schon angerichtet.«

Er hatte erst wenige Schritte getan, als Aurora, ohne es zu wollen, hinter ihm her eilte, eine dringende Frage auf der Zunge. »Diese Frau«, sagte sie, »was geschieht mit ihr?«

»Nun, wenn wir sie für schuldig befinden – und das werden wir –, dann machen wir die Feuerprobe. Das ist die einzige Möglichkeit, um uns Sicherheit zu verschaffen.«

Aurora wurde die Kehle trocken. »Und danach … lasst Ihr sie gehen?« Sie wusste, das war eine unsinnige Frage, doch sie musste sie stellen. Sie musste Gewissheit haben.

Der König lachte. »Ist sie nicht ein Herzchen?«, meinte er zur Königin. »Natürlich lassen wir sie danach gehen. Oder zumindest das, was dann noch von ihr übrig ist. Allerdings habe ich Asche noch nie sehr weit gehen sehen … Aber für alles gibt's ein erstes Mal! Vor allem, wenn Hexen mit im Spiel sind.«

Noch immer in sich hineinglucksend, stiefelte er davon.

FÜNF

Auch in dieser Nacht konnte Aurora nicht schlafen. Ihre Augen brannten vor Erschöpfung, aber jedes Mal, wenn sie sie schloss, wallte Panik in ihr hoch, das Gefühl, sie würde ertrinken oder von den Laken erstickt, und ihre Lider sprangen wieder auf. Der Raum war zu klein, zu kalt, zu kahl, die Luft war abgestanden und lag schal auf ihrer Zunge.

Als sie endlich langsam eindöste, knarzte der Boden, und blau funkelnde Augen bohrten sich durchs Dunkel. Aurora fuhr erschrocken hoch, die Decke an ihre Brust gepresst. Doch da war nichts.

Sie schlüpfte aus dem Bett. Ihre Füße scheuten vor dem kalten Steinfußboden zurück, aber sie zwang sie hinunter und genoss den leisen Schauder. Sie zog das Fenster auf und lehnte sich hinaus, ließ sich das Haar vom frischen Nachtwind zerzausen. Die Kühle kniff ihr in die Wangen.

Die Stadt schien zu leuchten, ein Meer winziger Lichter, wie eine Spiegelung des Himmels. Weit unter ihr rannten zwei junge Mädchen die Straße hinauf, und plötzlich verspürte sie das Verlangen, ihnen nachzulaufen. Hinauszutreten und sich die Welt anzusehen, in die sie hineingefallen war, um der erstickenden Enge dieser vier Wände zu entfliehen und wieder zu atmen.

Wenn sie es mit eigenen Augen sähe, wenn sie durch die Straßen gehen würde, vielleicht könnte sie dann begreifen, was mit ihrem Königreich geschehen war, während sie geschlafen hatte. Während sie die hellen Lichter der Stadt betrachtete, war sie wie in Bann geschlagen von den Möglichkeiten, die sie verhießen. Verzaubert von den Dingen, die sie hoffte, vielleicht zu finden.

Aurora glaubte nicht, dass irgendein Mensch sie wiedererkennen würde nach ihrem kurzen öffentlichen Auftritt vom Vortag, dennoch zog sie das schlichteste ihrer neuen Kleider an, das unauffälligste von allen, und hüllte sich in ein Wollcape. Dann schlich sie zur Tür und drückte dagegen.

Sie war verschlossen.

Aurora konnte sich nicht erinnern, einen Schlüssel gesehen oder ein Klicken gehört zu haben, aber als sie sich erneut gegen das Holz stemmte, blieb sie zu. Irgendwann, nachdem Betsy ihr das Abendbrot gebracht hatte, war sie eingesperrt worden.

Aurora schluckte ihre Panik herunter. Sie hatte bereits hinter vielen verschlossenen Türen gesessen. Und ein einziges

Schloss war ein Kinderspiel im Vergleich zu den schweren Metalldingern, die seinerzeit ihre Turmtür gesichert hatten. Die Erklärung von damals war einfach gewesen. Sogar plausibel. Die Tür musste verschlossen bleiben, um sie vor dem Fluch zu bewahren. Welche Erklärung gab es jetzt? Wollte die Königin sie wirklich beschützen, wie sie behauptete? Oder ging es ihr darum, den wertvollen Schatz unter Verschluss zu halten, den Rodric unerklärlicherweise gehoben hatte?

Aurora eilte zu ihrem Frisiertisch hinüber und schnappte sich zwei Haarnadeln. Ihre Eltern hatten irgendwann angefangen, nicht nur den Turm selbst, sondern auch ihr Zimmer abzusperren, als ihre Angst übermäßig groß wurde. Als sie zu dem Schluss kamen, dass zwei verschlossene Türen mehr Sicherheit bedeuteten als eine und dass es schwieriger war, in ein einziges Zimmer einzubrechen als in einen ganzen Turm. Sie war des Nachts eingeschlossen worden und teilweise auch tagsüber, abgeschnitten von den übrigen Räumen ihres Turms, der Bibliothek und ihrem alten Spielzimmer, von ihren Musikinstrumenten und ihren Büchern.

Um der Langeweile und dem überwältigenden klaustrophobischen Gefühl zu entfliehen, schien das Knacken des Schlosses damals die perfekte Herausforderung. Sie hatte schließlich nicht viel anderes zu tun.

Aurora schmuggelte sämtliche Bücher mit Details rund um Türschlösser aus der Bibliothek in ihr Zimmer, aber trotz intensiven Studiums brauchte es noch ein Jahr, bis sie den Trick beherrschte und wirklich jeder Versuch zuverlässig glückte.

Sie war nicht gerade die Geschickteste, aber irgendwann hatte sie es gelernt.

In der Zwischenzeit hatte ihr Vater allerdings aufgehört, sie einzusperren. Eines Tages erklärte er ihr mit schuldbewusster Miene, er würde sie für vertrauenswürdig genug halten, so dass sie sich von nun an im gesamten Turm frei bewegen dürfe. Aurora kannte jedoch seinen wahren Beweggrund. Sie in einen einzigen Raum einzusperren glich zu sehr einer richtigen Einkerkerung, und ihr Vater war immer eine sanfte Seele gewesen.

Das Schloss klickte, und Aurora versetzte der Tür versuchsweise einen Stoß. Als sie ein paar Zentimeter aufschwang, spähte Aurora hinaus. Der Flur war menschenleer. Sie huschte im Schutz der Schatten hinunter, schlich durch die Gänge, bis sie die Eingangstür zu ihrem alten Turm erreichte. Sie war schwer und klobig, mit schnörkeligen Holzschnitzereien und mehreren Schlössern und Riegeln versehen. Die Klinke fühlte sich kalt in ihrer Hand an, und Aurora zog fest daran, halb damit rechnend, dass die Tür ihr widerstehen würde.

Doch sie schwang quietschend auf, und Aurora schlüpfte hindurch. Als die Tür hinter ihr zufiel, war es plötzlich stockdunkel, so dass Aurora nicht zu sagen vermochte, wo die Wände aufhörten und die Luft begann. Sie beugte sich vor und streckte tastend die Hände aus, bis sie gegen Stein stießen, dann ließ sie ihre Finger hoch und runter wandern, nach links und nach rechts. Irgendwo hatte sie einen winzig kleinen Stern in die Wand gekratzt, um den richtigen Steinblock zu markieren.

Da! Sie krallte ihre Fingernägel in die Lücke zwischen den Steinen und fing an zu reißen. Das Kratzen ging ihr durch Mark und Bein, aber der Stein kam frei, kurz darauf der nächste und der daneben, bis ein Loch entstand, das groß genug war, um hindurchzukriechen.

Das war ihr Fluchtweg gewesen. Sie hatte viele Jahre damit zugebracht, jeden Quadratzentimeter ihres Turms zu erkunden, jedes seiner Geheimnisse zu lüften, aber dieses hier war das kniffligste und bei weitem das beste gewesen. Jedes Mal, wenn die Schlossmauern sie zu sehr einengten, zerrte sie die Steine heraus und kroch durch das Loch nach draußen in den Wald, wie berauscht von ihrem eigenen Wagemut und dem Verlangen nach endloser Weite. Der Tunnel war absichtlich gebaut worden, beschwichtigte sie sich selbst, wenn ihre innere Stimme mahnte, dass sie ihrem Vater von seiner Existenz erzählen müsse. Er selbst hatte ihn bauen lassen, damit sie im Notfall aus dem Turm in den Wald fliehen könnte. Von außen war er unsichtbar. Niemand konnte die Steine herausziehen. Der Tunnel war sicher, redete sie sich ein.

Jetzt hielt sie an der gähnenden Öffnung inne. War Celestine vielleicht damals vor all den Jahren über diesen Weg in ihren Turm gelangt? Durch den Tunnel, den Aurora geheim gehalten hatte, überzeugt, dass die Freiheit, die er ihr bot, jedes Risiko wert war? Sie schwankte für einen Moment, starrte in die Dunkelheit, dann schob sie den Gedanken beiseite. Für solche Fragen und Reuegefühle war es zu spät.

Sie zwängte sich durch die Öffnung und kroch auf allen vieren. Staub blieb an ihren Kleidern und Knien haften, aber schon nach wenigen Metern fiel der Boden nach unten ab, und es eröffnete sich ein schmaler Gang, in dem sie aufrecht mit eingezogenem Kopf stehen konnte. Im Tunnel war es stockfinster, abgesehen von vereinzelten Lichtsplittern, die hier und da durch die Risse im Stein drangen. Spinnweben verfingen sich in ihrem Haar, und sie hörte ein huschendes Geräusch, das sie lieber schnell wieder vergaß. Ihre tastenden Hände kannten den Weg, und schon bald spürte sie einen frischen Luftzug auf ihrem Gesicht.

Der Ausgang existierte noch; spärlich bedeckt von ein bisschen Efeu, einer Handvoll Gras und ein paar losen Steinen. Sie kratzte mit den Fingernägeln daran, kämpfte sich durch die Öffnung, und dann war sie draußen im Freien und saß zusammengekauert an einem Abhang, der zur Straße hinunterführte.

Auf der gepflasterten Straße bogen sich ihre Füße in den Schuhen ganz leicht über den unebenen Steinen. Die Wege schlängelten sich mal hierhin, mal dorthin, ohne ein erkennbares System, und Aurora folgte ihnen blind. Vor hundert Jahren hatte sie den Tunnel dazu benutzt, um sich in den anliegenden Wald zu schleichen, ohne aber je einen Fuß in die nächstgelegene Stadt zu setzen, aus Angst davor, entdeckt zu werden. Die gleiche Angst brodelte auch jetzt in ihrem

Magen, dieses furchtbare, berauschende Gefühl, etwas Gefährliches und Verbotenes zu tun, und doch ging sie immer weiter, auch wenn sie nicht ganz sicher war, wonach sie eigentlich suchte.

Die breiteren Straßen im Umkreis des Schlosses waren von Laternen erhellt, die wie im Dunkeln glühende Augen an den Mauern hingen. Das war keine Magie, das wusste sie, aber doch etwas Ähnliches, irgendeine seltsame Kraft, die das Feuer hell und kühn brennen ließ. Vielleicht war es dieselbe Kraft, die auch diese große, überfüllte, unvorstellbare Stadt zusammenhielt. Die Häuser türmten sich übereinander, erstreckten sich bis weit in die Dunkelheit. Zwischen den Fenstern waren Leinen mit flatternder Wäsche gespannt, und sogar zu dieser vorgerückten Stunde herrschte allerorts noch reges Treiben. Leute kauften an Marktständen ein, lehnten schwatzend und lachend an Häuserwänden oder eilten geschäftig umher. Die Luft war von Essensdüften erfüllt, die aus den Fenstern drangen oder im Vorbeigehen von den Ständen zu ihr herüberwehten.

Ein Markthändler fing ihren Blick auf und schrie los: »Stoffe! Schöne Stoffe von weither aus Eko.« Er hielt ein rotes Tuch hoch, das zu steif und glänzend war, um wirklich von guter Qualität zu sein. Der Stand war von einer Hängelampe erhellt, und der Stoff schimmerte in dem gedämpften Licht. »Der ist Gold wert, aber einer hübschen Dame wie dir würde ich einen guten Preis machen. Zwei Silbermünzen für einen Ballen. Das Angebot ist nicht zu schlagen!«

»Hör nicht auf ihn!«, rief eine Frau von gegenüber. Sie hielt einen anderen Stoff hoch, grün und halbdurchscheinend. »Er kauft seine Ware in Alyssinia und versucht, alle übers Ohr zu hauen. Aber dieses Tuch hier, das ist aus Vanhelm. Die Farbe ist inspiriert vom Grün der Drachenaugen.«

»Tut mir leid«, stieß Aurora hervor und hastete weiter, den Blick zu Boden gerichtet. Die Straße war mit kleinen Pflastersteinen bedeckt und grau vom Staub. Am Rand war eine Rille in die Steine eingedrückt, parallel dazu verlief in einigem Abstand eine weitere.

»Aus dem Weg, Mädchen!«

Hinter ihr erklang lautes Geklapper, und sie sprang erschrocken zur Seite. Eine Kutsche rumpelte vorbei, gezogen von einem Pferd mit glänzendem Geschirr. Der Kutschwagen war rechteckig und schwarz, mit bronzefarbenen Streifen an der Seite. Vorn und hinten hing jeweils eine Laterne. Auf dem Kutschbock saß ein Mann und ließ die Peitsche schnalzen.

Die Räder wirbelten durch die Rillen im Stein, dass Aurora der Dreck ins Gesicht spritzte. Hustend wich sie zurück und flüchtete sich seitlich in eine Gasse, die abseits des Gewimmels lag.

Hier gab es keine Marktstände mehr, sondern nur Fenster mit hölzernen Läden, eng bestückte Wäscheleinen und ab und zu eine Gestalt, die an einer Hausmauer lehnte. Kein Baum war mehr übrig von dem Wald, der vor hundert Jahren einmal hier gestanden hatte, aber unter einigen Fensteröffnungen hingen Kästen mit Blumen. Kleine Pflanzengrüße inmitten des nicht enden wollenden Wirrwarrs aus Stein und Staub.

Aurora bog um eine Ecke, dann um eine weitere, folgte den Straßen Kurve für Kurve bergab, bis sie so schmal wurden, dass sie mit ausgestreckten Armen rechts und links die Wände der Häuser berühren konnte. Stimmen tönten durch die Fenster nach draußen, Lachen und Schwatzen und hin und wieder lautes Rufen. Als Aurora einen Blick über ihre Schulter hinweg nach hinten warf, konnte sie nur noch die Spitze des Schlossturms sehen.

Ein paar Gestalten lungerten vor einem schäbig aussehenden Gebäude herum, das aus einer Gasse herausragte. *Zum Tanzenden Einhorn* stand auf dem Schild über der Tür. Aurora bezweifelte, dass echte Einhörner so fett und plump waren wie auf dem Bild, aber sie blieb kurz stehen, und der Wind trug den Klang einer weiblichen Stimme heraus. Sie sang eine eindringliche Melodie, die sich hob und senkte wie eine seufzende Brust und Aurora einzuhüllen schien, so weich und zart wie Seide. Sie hatte schon einige Hofsänger und Musikanten gehört, früher bei den wenigen Festen, die sie als Kind mitfeiern durfte, und sie selbst spielte Harfe, wenn auch eher stümperhaft, doch noch nie war ihr etwas Derartiges zu Ohren gekommen, etwas, was so roh und pur und lieblich klang.

Die Musik hing in der Luft und rührte an einen verborgenen Teil von ihr, an dieser Leere, die sie seit ihrem Erwachen in sich trug. Aurora spähte in das Innere des Wirtshauses und sah eine große Menschenmenge; alle lachten, redeten und tanzten. Das lebhafte Stimmengewirr ließ sie kurz zögern; verstohlen schaute sie sich um, doch es waren so viele Leute hier, dass niemand sie wahrnehmen würde. Sie könnte in die Menge eintauchen, ein paar Lieder genießen und keiner würde je davon erfahren.

Aurora streckte das Kinn vor und trat mit langsamen Schritten durch die Tür.

Drinnen war es eng und brechend voll, die Luft war rauchgeschwängert. Von den Dachsparren hingen Laternen herab, sie schaukelten im Rhythmus der stampfenden Füße und warfen im Wechsel Licht und Schatten auf die Szene. Überall im Raum standen zusammengewürfelte Möbel – zerschlissene Sessel, verschiedenfarbige Schemel und wackelige Tische – außer auf dem Stück vor der Bühne, wo die Leute tanzten Alle waren ungefähr im gleichen Alter wie Aurora. Einige standen hinter einem grob zusammengezimmerten Tresen, und andere huschten umher, ausgelassen und scherzend, mit Gläsern in den Händen. Und auf der Bühne ganz hinten im Raum spielte ein hoch aufgeschossenes Mädchen auf einem fremdartigen Instrument, das aus Holz war und Saiten hatte. Sie war grazil, mit hellbrauner Haut und langen schwarzen Haaren, die ihr ins Gesicht fielen, und hatte scharfblickende Augen. Ihr Gesicht lag halb im Schatten, wodurch ihre Wangenknochen noch deutlicher hervortraten, und beim Singen wiegte sie sich mit geschlossenen Augen sanft vor und zurück. Ihre Musik war erfüllt von einem Verlangen, das Aurora nicht benennen konnte, einer Sehnsucht, die den harten Knoten in ihrem Magen weich werden ließ. Sie bewegte sich Richtung Bühne, schlängelte sich zwischen den Tischen hindurch und ließ die Atmosphäre im Raum und die Musik in der Luft, durch jede ihrer Poren in sich einsickern.

»Aurora.« Ihr Name erhob sich aus dem Stimmengewirr so klar und deutlich wie ein Schrei. Er war aus dem Mund einer älteren Frau gekommen, die sich mit einem Mann unterhielt. Sie hatte eine laute Stimme und lebhafte Hände, die jedes ihrer Worte mit Gesten unterstrichen. »Es ist ein Wunder, nicht mehr und nicht weniger«, rief sie. »Ein absolutes Wunder. Ich hab's vorhin schon zu Maureen gesagt, diesen Tag werde ich nie vergessen. Niemals. Und sie genauso wenig, das wette ich. Nie im Leben hätte ich gedacht …« Die Frau brach ab und blickte zu Aurora hoch. Ihr Lächeln war so gut wie zahnlos und herzlich. »Kann ich dir helfen, Liebes?«

»Oh.« Auroras Herz flatterte in ihrer Brust, und die Hitze schoss ihr in die Wangen. »Nein. Tut mir leid.«

»Muss dir doch nicht leidtun, Liebes. Hol dir einen Stuhl her, wenn du magst. Wir haben uns gerade über die Feierlichkeiten unterhalten.«

»Die … Feierlichkeiten?«

»Mit der Prinzessin«, fügte die Frau hinzu, so als wäre Aurora ein bisschen schwer von Begriff. »Die schlafende Schönheit. Du bist doch bestimmt auch hin und hast zugeschaut.«

Aurora drehte sich der Magen um. »Ich hab's verpasst«, sagte sie.

»Verpasst?«

Aurora zuckte mit dem Kinn auf und ab, die hilflose Imitation eines Nickens. Sie wollte die Frau bitten, ihr mehr zu erzählen, jedes einzelne Detail, wollte fragen, was sie von der Prinzessin hielt. Aber sie brachte die Worte nicht über die Zunge.

»Also, die jungen Leute heutzutage«, sagte die Frau fassungslos zu dem Mann. »Ich habe mein ganzes Leben lang auf diesen Moment gewartet, und die jungen Dinger verpassen ihn einfach. Tristan!« Ein Junge, der ganz in ihrer Nähe einen Tisch sauberwischte, hob den Kopf. »Ich habe hier eine Freundin für dich gefunden.«

Der Junge hatte zerzaustes braunes Haar und ein träges Lächeln, so als amüsierte er sich im Stillen über einen Witz. Er kam zu ihnen herüber, ein Tablett mit Krügen in der Hand. »Eine Freundin, Dolores?«

»Jemand, der diese mürrische Miene vertreibt, die du schon den ganzen Abend lang mit dir rumträgst.«

»Ich bin nicht mürrisch! Nur nachdenklich.«

»Na, das wär ja mal ganz was Neues.« Die Frau schüttelte den Kopf. »Ich weiß wirklich nicht, wie man in Zeiten wie diesen so miesepetrig sein kann. Aber keine Sorge. Ich habe hier den einzigen anderen Menschen in Petrichor oder vermutlich in ganz Alyssinia gefunden, der wie du den großen Auftritt verpasst hat. Jetzt könnt ihr euch also gegenseitig bemitleiden oder rumjammern, oder was auch immer ihr jungen Leute so tut.«

Er sah Aurora an, und seine lächelnden Lippen zuckten kurz, so als würden seine Mundwinkel nach unten gezogen. Aurora zwang sich dazu, ihm in die Augen zu blicken, ihr Herz hämmerte. Dann wurde sein Lächeln wieder breiter, und er nickte ihr freundlich zu. »Herzlich willkommen im Klub.«

»Ihr werdet das noch bitter bereuen, wisst ihr«, brummte Dolores und wackelte mit dem erhobenen Finger. »Wenn ihr erst mal alt und grau seid wie ich und eure Enkel euch fragen, wo ihr gewesen seid, als die schlafende Schönheit erwachte. Dann erzählt ihnen mal ruhig, dass ihr es verpasst habt. Ihr werdet schon sehen!«

»Keine Sorge, Dolores. Ich werde keine Enkel haben. Seid ihr fertig?« Er deutete auf die Krüge auf dem Tisch.

»Ja, nimm die und verschwinde. Wenn du einer alten Frau nicht mal die leiseste Hoffnung lassen kannst.«

»Tut mir leid, Dolores«, sagte er und beförderte die Krüge mit einer schwungvollen Handbewegung auf das Tablett. »Bei mir ist nun mal Hopfen und Malz verloren.« Er nickte beiden noch einmal zu, dann stiefelte er Richtung Tresen davon.

»Dieser Bursche«, sagte Dolores, nachdem er weg war. »Sollte ich jemals erleben, dass ihm mal etwas bedeutet, falle ich vor Schreck auf der Stelle tot um.«

Aurora nickte verlegen, und Dolores wandte sich zu dem Mann um.

Die Unterhaltung war anscheinend beendet, und so ging Aurora weiter, näher an die Bühne heran. Sie lehnte sich an eine Wand und schloss die Augen, ließ sich ganz und gar von dem Gesang einhüllen. Die Musik klang neu und wehmütig und wahr, und während Aurora ihr lauschte, verebbte das Pochen zwischen ihren Schläfen. Ein Lied verschmolz mit dem nächsten und immer so weiter, bis Aurora merkte, dass sie wieder atmen konnte.

»Sie ist gut, was?«

Sie öffnete die Augen. Der Junge von vorhin lehnte neben ihr an der Wand.

»Ja«, sagte sie. Die Musik beruhigte sie, verlieh ihr auf eine merkwürdige Weise Selbstbewusstheit und Entschlossenheit. »So etwas habe ich noch nie gehört.«

»Ja. Distel ist neu hier. Sie ist vor ungefähr drei Wochen in Petrichor aufgetaucht. Sie ist eine Wandermusikerin.«

»Distel?«

Er zuckte mit den Schultern. »Ihr Künstlername. Frag mich nicht, wieso. Stachlig genug ist sie jedenfalls, aber das Mädchen kann singen, und mehr muss ich nicht wissen.« Er strahlte eine entspannte Gelassenheit aus, so als wäre er mit aller Welt gut Freund und würde nur darauf warten, dass sie es auch bemerkte. »Tut mir leid wegen Dolores«, fügte er hinzu. »Sie meint immer, dass ein netter junger Mann wie ich eine Freundin braucht. Für sie bin ich wohl so eine Art Wohlfahrtsfall, und sie versucht, jedes hübsche Mädchen da mit reinzuziehen.«

»Ah.« Aus irgendeinem Grund wirkte dieses beiläufige Kompliment aufrichtiger als alle Stimmen im Schloss zusammen, die ständig ihre Schönheit priesen. »Das ist schon in Ordnung.«

»Ich hab gelogen, weißt du«, sagte er. »Dolores gegenüber. Ich hab's nämlich sehr wohl zu den Feierlichkeiten geschafft. Aber ihre Empörung bei dem Gedanken, dass ich nicht dabei gewesen sein könnte, wollte ich mir ums Verrecken nicht entgehen lassen.«

»Oh«, machte sie. Sie spürte, wie er sie beobachtete.

»Und was ist mit dir? Wie viel hast du gesehen?«

»Nichts«, sagte sie. »Nur die Menschenmenge.« Das war nicht völlig gelogen. »Und wie war's?«

»Wie wär's, wenn ich dir das bei einem kleinen Umtrunk erzähle? Ich lade dich ein.«

»Ähm.« Zu ausführlicheren Äußerungen war sie offenbar nicht imstande. »Nein, danke.«

»Du kannst doch nicht ein Wirtshaus betreten und dann nichts trinken.« Er stieß sich mit einer Hand von der Wand ab. »Keine Sorge. Ich werde die Runde nicht wirklich *bezahlen*. Das ist der Vorteil, wenn man Schankbursche ist.« Als sie sich nicht vom Fleck rührte, griff er ihre Hand. »Komm. Wir finden schon etwas, was dir schmeckt.«

Er ging los Richtung Tresen, und ehe Aurora wusste, was sie tat, folgte sie ihm, wobei sie sich plötzlich ihres ungekämmten Haares und ihrer schmutzigen Knie bewusst wurde. Dieser Tristan schien das alles jedoch nicht zu bemerken. Er zeigte auf einen klapprigen Hocker vor dem Tresen, und sie nahm wortlos darauf Platz, während er dahinterging.

»Neue Freundin gefunden, Tristan?« Das Mädchen neben ihm hatte krauses braunes Haar und einen strengen Zug um den Mund. Ihre Miene schwankte zwischen Augenrollen und Seufzen.

Tristan lachte. »Ich finde doch ständig neue Freundinnen, Trudy.«

»Was du nicht sagst.«

»Stell dir vor, die hier hat gestern die Feierlichkeiten sausenlassen. Hat Dolores erzählt. Sie wollte mir unbedingt die einzige andere Person in dieser Stadt vorstellen, die noch klar bei Verstand ist.«

Trudy warf einen verstohlenen Blick auf die Gäste, dann sah sie zur anderen Seite des Raumes rüber. Sie runzelte die Stirn. »Lass das bloß nicht Nell hören. Du weißt ja, wie sie ist.«

»Das schadet doch niemandem«, sagte er, verstummte dann aber trotzdem.

»Und was hat dich hierhergeführt?«, fragte Trudy an Aurora gewandt. »Nichts für ungut, aber du siehst nicht aus wie unsere üblichen Gäste.«

»Ich bin wegen Distel reingekommen«, sagte Aurora. Ihre Zunge stolperte über den Namen. »Ich hab sie von draußen gehört. Sie ist … sie ist wirklich gut.«

Trudy lächelte und entblößte einen schiefen Zahn. »Dann hast du also doch Geschmack. Hab mich schon gewundert, als ich dich mit dem zusammen gesehen habe.« Sie deutete mit einem Nicken auf Tristan, woraufhin er ihr seinen Ellbogen in die Seite stieß.

Auroras Blick wanderte wieder zu Distel, die allein auf der Bühne stand und jetzt ein schnelleres Lied anstimmte. Aurora kribbelte es in den Füßen.

»Hier, bitte schön«, sagte Tristan und drückte ihr einen großen Krug in die Hände. »Ein Met für dich.«

Sie hob der Krug langsam an die Lippen, trank einen Schluck und war überrascht, dass es süß und weich wie Honig schmeckte. Es wärmte ihre Kehle, und sie trank gleich noch einen größeren Schluck.

»Schmeckt's?«, fragte Tristan.

Aurora nickte.

Ein weiterer Gast trat an den Tresen. »N' Abend, ihr beiden«, sagte er. »Zwei Pints Ale, bitte. Und dann noch eins für euch, zur Feier des Tages, weil die Prinzessin zurück ist.«

»Ich mach das«, antwortete Trudy mit gepresster Stimme und ließ Aurora mit Tristan allein zurück. Er schwang sich über den Tresen und pflanzte sich auf den Hocker neben ihr.

»Darf ich vorstellen«, sagte er, »das war meine liebreizende, wahnsinnige Cousine Prudence Middleton. Aber sag ihr bloß nicht, dass ich sie so genannt habe.«

»Wahnsinnig?«

»Nein, Prudence. Sie findet, der Name hört sich nach einer verknöcherten alten Schachtel an. Ich finde, er passt zu ihr.«

Aurora legte den Kopf schräg, unsicher, ob er scherzte.

Er lachte. »Und ich bin Tristan Attwater.« Er streckte ihr die Hand entgegen, und Aurora schlug zaghaft ein. »Also«, sagte er, »hast du auch einen Namen, oder muss ich mir einen für dich ausdenken?«

Aurora zwang sich dazu, ihm in die Augen zu sehen. Ihre Fingerspitzen kribbelten. »Welchen würdest du denn aussuchen?«

»Lass mal überlegen.« Er strich ihr das Haar aus dem Gesicht und musterte sie mit übertriebener Sorgfalt. »Ich taufe dich auf den Namen … Maus.«

»Maus?«

»Hattest du etwas Majestätischeres erwartet?«

Sie schüttelte den Kopf und trank noch einen Schluck vom Met. Das süße Brennen in ihrer Kehle machte sie forsch. »Wieso Maus?«

»Weil du so aussiehst, als würdest du dich versteckt halten.« Sein Lächeln war immer noch träge, doch in seinem Blick lag mit einem Mal eine Intensität, die vorher nicht da gewesen war, etwas Eindringliches, das ihr bis ins Mark ging. Sie starrte hinunter auf den Krug in ihren Händen, trotzdem spürte sie seine Augen auf sich ruhen. »Ich halte mich vor niemandem versteckt.«

»Hab auch nie gesagt, dass es irgendein Mensch ist.«

Sie stürzte das Met herunter, um keine Antwort geben zu müssen. Ihr Herz wummerte, aber diese Angst hier war anders. Neu und aufregend. Distel sang immer noch, und ihre Melodien umschmeichelten Auroras Haut wie ein wärmendes Feuer. Die Leute hier behandelten sie, als wäre sie ein ganz gewöhnliches Mädchen, als wäre sie unberührt von Schicksal, Pflicht und alten Wunden. Hier war sie weder Schützling noch Mittel zum Zweck – zum ersten Mal in ihrem Leben, wie sie feststellte. Sie wollte dieses Gefühl gern noch länger auskosten, diese Freiheit, atmen und reden und zuhören zu können, ohne irgendwelche Erwartungen zu erfüllen.

Und doch betrachtete Tristan sie aufmerksam, so als würden seine Augen hinter die Fassade blicken und sogar den Teil von ihr erkennen, den sie selbst nicht sehen konnte.

»Du wolltest mir von den Feierlichkeiten erzählen«, erinnerte sie ihn. »Wie war's denn?«

»Damit du später etwas hast, was du deinen Enkeln erzählen kannst?«

»Ich würde nur gern wissen, was ich verpasst habe.«

Tristan blickte kurz hinter sich, so als wollte er sichergehen, dass niemand sie belauschte. »Nichts Besonderes«, sagte er mit gedämpfter Stimme. »Es wurde viel geredet, gelächelt, geknickst und gejubelt und dann wieder geredet. Die Prinzessin hat keinen Ton gesagt.«

Aurora nippte wieder an ihrem Krug. »Ist bestimmt ziemlich überwältigend für sie«, sagte sie.

»Vor die Menge zu treten?«

»Alles«, sagte Aurora. »So wie's aussieht, setzen sie große Erwartungen in sie.«

»Du etwa nicht?«

»Ich weiß nicht. Das scheint mir ganz schön viel verlangt von jemandem, der die letzten hundert Jahre geschlafen hat.« Es fiel ihr leichter, im Schutz der Anonymität ihre Gefühle in

Worte zu fassen, als namenlose Maus und nicht als verloren geglaubte Prinzessin. Nicht leicht, aber leichter. »Meinst du, die Leute glauben das wirklich? Dass jetzt, wo sie zurück ist, alles besser wird?«

Tristan runzelte die Stirn. »Ich denke, ein paar schon«, sagte er. »Und der Rest *will* es einfach glauben.« Ihre Schultern berührten sich. »Die Menschen müssen etwas haben, worauf sie hoffen können, oder? Egal, was. Es ist allemal besser, an Magie zu glauben, als daran, dass wir für den Rest unseres Lebens hungrig und arm bleiben.«

»Und du? Was glaubst du?«

»Ich?« Er ließ seine Finger nachdenklich am Krug hinabgleiten. »Ich habe schon vor langer Zeit begriffen, dass man von niemandem Hilfe erwarten kann. Einfach nur rumsitzen und aufs Beste hoffen ändert nichts. Aber wir sollten lieber über etwas anderes sprechen. Wenn Nell mich so reden hört, macht sie mich einen Kopf kürzer. Das kannst du mir glauben: Nell will man nicht verärgern.«

»Wer ist Nell?«

»Die Besitzerin dieses wundervollen Etablissements hier«, sagte er. »Sie ist eigentlich gar nicht so übel. Hat mir Arbeit gegeben, als ich dringend welche brauchte, obwohl sie jemand Besseres hätte haben können. Es ist halt nur so, dass sie gern auf Nummer Sicher geht.«

»Und du nicht?«

»Sicher ist langweilig. Das ist was für alte Leute, die sich ums Geschäft sorgen, aber nichts für unsereins.«

»Unsereins?« Sie lächelte. »Du kennst mich doch kaum.«

»Gut genug, um zu wissen, dass ich dich kennen *will*. Zählt das auch?«

»Ich bin mir nicht so sicher.«

»Na ja, du bist neu in der Stadt, ein unbeschriebenes Blatt«, sagte er. »Du kannst frei entscheiden, wer du sein willst. Ich hoffe einfach mal, du entscheidest dich, so zu sein wie ich.«

»Ich denk drüber nach«, sagte sie. Sie umfasste ihren Krug mit beiden Händen und zog ihn an ihre Brust heran. »Woher weißt du, dass ich neu hier bin?«

»Weil ich mich dran erinnern würde, wenn ich dich schon mal gesehen hätte.«

Sie legte den Kopf schief und schaute ihn an. Eine blonde Strähne fiel ihr ins Gesicht. »Und du kennst *alle* Leute hier in dieser Stadt, oder wie?«

»Alle, die interessant sind.« Er stupste sie an der Hand an, und ein Schauer rieselte durch ihren Körper, ausgehend von der Stelle, wo er ihre Haut berührt hatte.

»Tristan Attwater!« Eine füllige Frau mit graubraunem Haarschopf kam auf sie zumarschiert. »Ich bezahle dich nicht fürs Turteln, verstanden?«

»Du bezahlst mich überhaupt nicht, Nell«, sagte er. »Das hier gehört alles zum Service.«

»Schön, aber die Gäste warten.«

Er schenkte Aurora wieder ein Lächeln und schüttelte den Kopf. »Die Pflicht ruft. Es war nett, mit dir zu plaudern, kleine Maus.«

»Mit dir auch.« Sie sah ihn lächelnd an und spürte ein sanftes Ziehen in ihrem Bauch. »Tristan.«

Dann war er weg, und Aurora drehte sich wieder zur Bühne um, ließ die vibrierende Musik die Leere ausfüllen, die sich in ihr breitmachte, sobald sie zu lange stillsaß. Sie ließ sich die Worte, die zwischen ihr und Tristan gefallen waren, noch mal durch den Kopf gehen und versuchte, den Ton seiner Stimme zu deuten, sein warmes Lächeln, diesen Blick, der bis in ihre Seele zu reichen schien. Immer wieder wanderten ihre Augen zu ihm rüber, während er Getränke servierte, Tische sauberputzte oder mit Gästen sprach. Bei allem, was er tat, wirkte er in sich ruhend und zufrieden mit sich selbst. Einmal erwischte er sie, wie sie ihn beobachtete, und warf ihr ein Grinsen zu.

Sie hatte keine Ahnung, wie viel Zeit vergangen war, Minuten und Stunden voller Musik und heimlich aufgeschnappter Gesprächsfetzen, bis Distel schließlich die Bühne verließ und die Menge begann, sich zu zerstreuen.

»Danke«, sagte Aurora, als sie Tristan den längst leer getrunkenen Krug über den Tresen hinweg zurückgab. Sie fühlte sich merkwürdig friedlich, so als würden aller Schmerz und alle Mühsal jetzt zu einem anderen Mädchen gehören.

»Distel wird morgen wieder hier auftreten, weißt du«, sagte Tristan und neigte dabei kaum merklich den Kopf zur Seite. »Sehen … wir uns also morgen?«

Sie sollte nicht wiederkommen. Sie wusste, dass sie es nicht tun sollte. Es war gefährlich, es war nicht *erlaubt*, und wenn irgendjemand davon erführe … doch bei dem Gedanken an eine weitere Nacht eingesperrt hinter Schlossmauern, in der sie schlaflos an die Decke starrte, während unweit von ihr das bunte Leben stattfand, fing ihr Herz an, wie wild zu klopfen. Noch ehe sie etwas dagegen tun konnte, schlüpften ihr die Worte schon über die Lippen.

»Ja«, sagte sie. Ihre Stimme zitterte. »Wir sehen uns bald wieder.«

SECHS

In dieser Nacht träumte Aurora von lächelnden Gesichtern und lachenden Augen. Sie erwachte vor Tagesanbruch und setzte sich ans Fenster, beobachtete, wie das Morgenrot sich über den Himmel verteilte.

Das Klicken des Schlosses kündigte Betsys Kommen an. Die Tür wieder hinter sich abzuschließen hatte Auroras Ausbrecherkönnen überstiegen, und so hörte sie, wie Betsy sie unabsichtlich wieder verschloss und dann an der Klinke rüttelte. Nach mehrmaligem Drücken und Rütteln klickte es erneut, und die Tür schwang auf. Ein kleines Stirnrunzeln lag auf Betsys Gesicht, während sie auf den Schlüssel in ihrer Hand starrte, als versuchte sie angestrengt, daraus schlau zu werden. Als sie bemerkte, dass Aurora sie beobachtete, ließ sie den Schlüssel in ihre Tasche gleiten und lächelte unsicher.

»Guten Morgen, Prinzessin. Die Königin sagte mir, Ihr

werdet zusammen mit Prinz Rodric frühstücken. Ist das nicht wunderbar?«

Wunderbar war nicht unbedingt das treffende Wort. Nachdem Rodric und sie sich durch die üblichen Nettigkeiten geholpert hatten, verfielen sie in ein unbehagliches, beklemmendes Schweigen, das nur vom Kratzen der Messer und dem Geräusch von krümelndem Brot unterbrochen wurde. Rodrics Blick wanderte überallhin, nur nicht zu Aurora. Seine Beteuerungen hinsichtlich der wahren Liebe zwischen ihnen hatten sie befremdet, aber dieses Schweigen war noch schlimmer. Es bedrückte sie. So als ob Rodric endlich ihr wahres Ich erkannte hätte und es missbilligte.

Tausend verschiedene Gesprächsaufhänger geisterten ihr durch den Kopf, aber es schien zu spät, irgendeinen davon auszuprobieren. Sie hatten schon zu lange geschwiegen. Und so stocherte sie weiter in ihrem Essen herum, ohne ein Wort zu sagen.

»Habt Ihr schon Pläne für den heutigen Tag?«, fragte sie ihn schließlich, nachdem ein paar Diener erschienen waren, um die Teller abzuräumen. Wenn er sich nicht mit ihr unterhielt, wollte sie ihm wenigstens einen Vorwand liefern, sich möglichst schnell absetzen zu können

Er schüttelte den Kopf. »Keine, außer dass ich ihn zusammen mit Euch verbringen möchte. Um euch besser kennenzulernen.«

»Oh.«

»Gibt es irgendwas, das Ihr gern unternehmen würdet?«

Endlich sah er sie an, und in seine Stimme mischte sich ein hoffnungsvoller Unterton. Es schien so, als bräuchte es lediglich einige wenige Worte von ihr, damit er, was sie beide anging, wieder optimistisch gestimmt war.

Leider konnte Aurora nicht die gleiche Zuversicht aufbringen. Der Prinz schien harmlos und nett, aber das Schweigen zwischen ihnen in der letzten halben Stunde hatte sich weitaus aufrichtiger angefühlt als seine neuerwachte Freundlichkeit. Sie waren Fremde, sich irgendetwas anderes vorzugaukeln war lächerlich.

Und doch würden die Dinge einfacher sein, wenn sie gut miteinander auskämen.

»Vielleicht könntet Ihr mir ein wenig die Gegend zeigen«, sagte sie und hielt den Blick auf ihre Hände gesenkt. »Es hat sich so vieles verändert, während ich geschlafen habe. Ich würde es sehr zu schätzen wissen, einen kundigen Führer an meiner Seite zu haben.«

»Ihr wollt in die Stadt?« Er machte ein alarmiertes Gesicht. »Ich bin nicht sicher, dass …«

»Nein«, beeilte sie sich zu sagen, »nicht in die Stadt.« Sie schmeckte noch immer die Süße des Mets auf ihrer Zunge, spürte die Gänsehaut, die Distels Gesang bei ihr ausgelöst hatte, und sah die Laternen, die gleich schwebenden Feen die dunklen Wege Petrichors erhellten. Dies waren ihre Geheimnisse, die nicht befleckt werden durften von Flüchen oder Erwartungen. Und schon gar nicht wollte sie mit Rodric und einem Trupp Wachleuten dazwischen herumtrampeln. »Nur das Schloss.«

Rodric atmete erleichtert aus. »Das lässt sich einrichten.«

Er führte sie durch Flure, die ihr bekannt vorkamen, zeigte ihr verschiedene Räume und Präsente ausländischer Abgesandter, nannte ihr die Namen der Wachleute und Diener, die sich tief verbeugten, als sie an ihnen vorbeigingen. Er plapperte jedes einzelne Wort nach, das er offenbar von seinen Eltern aufgeschnappt hatte, und schritt voran mit hoheitsvoller Miene und kerzengeradem Rücken. Trotz allem Neuartigen und Exotischen, das Aurora erblickte, gelang es ihr nicht, das Schloss mit Rodrics Augen zu sehen. Es sei denn, er sah darin den langweiligsten Ort in ganz Alyssinia.

»Gibt es den Garten noch?«, fragte sie, nachdem er ihr stolz die vergoldeten Stühle im Speisesaal präsentiert hatte. »Im Innenhof des Schlosses?«

»O ja.« Rodrics Augen leuchteten auf. »Er gehört meiner Mutter. Möchtet Ihr ihn sehen?«

Sie nickte.

»Darauf hätte ich auch selbst kommen können«, sagte er. »Mädchen … mögen Blumen.«

Und Jungs mögen Bier und Raufereien, dachte sie gallig, verkniff sich die Bemerkung jedoch. Rodrics Gesicht war ohnehin schon knallrot.

»Ich weiß nicht, was Mädchen im Allgemeinen so mögen«, sagte sie stattdessen, »aber ein bisschen frische Luft würde mir jetzt guttun.«

Aurora erinnerte sich so lebhaft an den Garten, dass sie beinahe das kitzelnde Gras unter ihren Zehen spüren konnte. Ein herrliches Fleckchen mit wild wucherndem Gesträuch und Bäumen, mit sattem Gras, über das sich ein nahtlos blauer Himmel spannte. Als sie durch den Torbogen ins Sonnenlicht trat, sah Aurora jedoch nur gepflasterte Wege, die zwischen adretten Blumenbeeten verliefen, und hier und dort einen Obstbaum.

»Meine Mutter hat sich Blumen von überallher kommen lassen«, erklärte Rodric, als sie den Gartenweg betraten. »Und um ihre Pflege kümmert sich eine ganze Riege von Gärtnern, die besten des Landes. Zurzeit blüht natürlich noch nichts, aber bald wird der Frühling da sein.«

Aurora nickte. Der Garten war hübsch, wirklich, nur verglichen mit dem Garten aus ihrer Erinnerung sah alles so manierlich, ja beinahe gezähmt aus, so als wäre sogar das widerspenstige Rispengras dem Willen der Königin unterworfen worden.

»Ist noch irgendetwas so geblieben wie früher?«, fragte sie. Es war nur ein Garten. Das wusste sie. Die Natur wartete auf niemanden. Aber dieser Ort war ihr immer so unvergänglich erschienen, ein lebendes Relikt aus einer Zeit, als Alysse noch beseelt war von uralten Geistern und Träumen, die in die Ewigkeit reichten. Es war der einzige Flecken Außenwelt gewesen, den sie als Kind jemals betreten durfte, bevor der Turm zu ihrem Verbannungsort wurde. »Hat sich denn alles verändert?«

»Das weiß ich nicht«, sagte Rodric. »Für mich ist es immer so gewesen.« Er starrte auf die kahlen Bäume. »Aber wir leben immer noch im Schloss«, sagte er mit einem aufmunternden Ton in der Stimme. »Und wir … und Ihr seid hier.«

Sie machte einen Schritt von ihm weg, ein taubes Prickeln erfasste ihre Finger und Lippen.

»Es gibt noch ein paar alte Apfelbäume«, murmelte Rodric nach einer langen, bedrückenden Schweigepause. »Gleich da drüben. Ich zeige sie Euch …«

»Was ist nur passiert während meiner Abwesenheit?« Die Frage war einfach so aus ihr herausgeplatzt, ihre ganze unausgesprochene Verzweiflung floss in diesem einen schlichten Gedanken zusammen.

Rodric stutzte. »Ich weiß nicht. Ich meine … Es ist eine Menge passiert. Was wollt Ihr wissen?«

Sie wusste, was sie fragen wollte. Was war bloß geschehen, dass die Menschen derart besessen waren von einem Märchen? Dass ein Prinz glaubte, ein einziger Kuss könne die wahre Liebe sein und ein unerfahrenes Mädchen wie sie könne so viel bedeuten. Die Menschen brauchten Hoffnung, hatte Tristan gesagt. Aber er hatte nicht erklärt, wieso. »Weshalb mögen mich die Leute so sehr?«, sagte sie. »Warum liege ich ihnen so am Herzen?«

Er öffnete den Mund, machte ihn wieder zu und öffnete ihn erneut. »Ich bin nicht sicher, ob ich der Richtige bin, um diese Frage zu beantworten, Prinzessin«, sagte er. Er sah sie immer noch nicht an. Seine Wangen waren glühend rot.

»Eure Mutter hat Euch verboten, mit mir darüber zu sprechen.« Es war nur ein Schuss ins Blaue gewesen, aber seine Augen huschten unruhig hin und her, auf der Suche nach einem Ausweg, und da wusste sie, dass sie recht hatte.

»Sie will Euch nicht überfordern«, sagte er schließlich. »Sie meint, zu viel über die Vergangenheit zu reden, würde es Euch nur unnötig schwer machen.«

»Das Einzige, was mich gerade überfordert, ist, wie wenig ich von allem weiß.« Sie starrte ihn an, bis er wegschaute. »Sagt mir, warum Ihr so glücklich wart, als ich aufgewacht bin. Sagt es mir, damit ich auch glücklich sein kann.«

»Ich bin nicht sicher, ob die Vergangenheit glücklich war, Prinzessin.« Er vergrub die Hände in seinen Taschen und spazierte langsam den Gartenweg hinunter. Sie ging neben ihm, eine Armlänge von ihm entfernt, die Hände fest vor dem Körper verschränkt. »Solange Eure Eltern noch lebten, war alles in Ordnung. Doch als sie starben … Was sollten die Leute tun? Ihr wart die Thronfolgerin, lagt aber tief und fest im Schlummer. Niemand wusste, ob es einen Regenten oder einen Übergangskönig geben oder ob eine neue Blutlinie begründet werden sollte … sie hofften einfach, Ihr würdet im Laufe des nächsten Monats erwachen, dann im Laufe des nächsten Jahres. Oder zumindest manch einer hoffte das. Andere jedoch wurden gierig und sahen in dem Fluch die Chance, selbst mehr Macht zu erlangen.«

»Und mit meinem Erwachen wäre die ursprüngliche Erbfolge wieder in Kraft getreten?«

»Vielleicht.« Rodric kickte mit der Fußspitze in den Boden und grub eine Furche ins Erdreich. »Allerdings geben gierige Menschen sich nicht so ohne weiteres wieder mit weniger zufrieden.«

»Das war's?«, sagte sie. »Das ist der Grund, warum sich alle so über mein Erwachen gefreut haben?«

»Ich weiß nicht«, sagte Rodric. »Na ja, nein. Also, natürlich ist es gut, dass Ihr hier seid. Seit Ihr in Schlaf gefallen seid, hat es fünfzehn Könige gegeben, meinen Vater nicht mitgezählt. Fünfzehn Könige in achtzig Jahren. Mein Vater tut sein Bestes, aber es nicht leicht, den Thron zu halten. Mit Euch und mir jedoch ... sieht die Sache wieder ganz vielversprechend aus. Aber es ist mehr als das. Es ist ... Ich weiß nicht, wie ich es erklären soll.« Er starrte auf den Boden, als würde sich die Antwort irgendwo zwischen den Steinen verstecken. »Ich vermute ... die Leute glauben, dass die Welt in Ordnung war, als es noch Magie gab. Doch dann gab es plötzlich keine mehr. Abgesehen von Euch, und Ihr wart unerreichbar. Und ab dem Augenblick, als Ihr eingeschlafen seid, wandten sich die Dinge zum Schlechten. Vor dem Fluch schien unser Leben in schönster Ordnung, doch als Ihr Euch in den Finger stacht, brach alles zusammen. Einst hat es genug zu essen gegeben, aber mittlerweile ist das Wetter jedes Jahr so schlecht, dass kaum noch etwas wächst. Früher fühlten die Menschen sich sicher, aber heutzutage leben sie in Angst, dass jemand anders nach dem Thron trachtet, dass Vanhelm uns bedroht, dass Falreach seine Truppen erneut über die Berge schickt und ...«

»Sie haben eine Marschroute durchs Gebirge entdeckt?« Aurora hatte früher stundenlang über den Karten gesessen und sich vorgestellt, wie es wohl wäre, die schneebedeckten

Gipfel zu erklimmen, sich ganz allein in der Wildnis zu behaupten, der erste und einzige Mensch zu sein, der einen Weg fand, die Berge zu überqueren.

»Ja, das haben sie. Obwohl ihr letzter Angriff jetzt schon viele Jahre her ist.«

Aurora kannte noch eine Welt, in der Falreach ein fremder, weitentlegener Ort war, den man nur erreichte, indem man die Berge umsegelte –, und kein feindliches Königreich, das mächtig genug war, diese zu überwinden. Es war so mühsam gewesen, mit den Bewohnern von Falreach zu kommunizieren, dass nur sehr wenige Menschen es je getan hatten. Und wenn tatsächlich mal Briefe übers Meer zu ihnen kamen, so rochen sie wunderbar exotisch nach Rosen und Geißblatt. Laut den Erzählungen ihrer Mutter herrschten am Hof von Falreach so viele widersprüchliche Etiketteregeln, dass ein Kind dort hineingeboren sein musste, um sich zurechtzufinden. Und Abgesandte anderer Königreiche berichteten, man würde sie bei Besuchen auf dermaßen subtile Art verspotten, dass sie erst Jahre später begriffen, was dahintersteckte.

»Meine Mutter stammte aus Falreach«, sagte Aurora. Sie war immer ein bisschen neidisch auf ihre Mutter gewesen, darauf, dass sie die Möglichkeit gehabt hatte, ihre Heimat zu verlassen und an einen völlig neuen Ort zu reisen. Es erinnerte sie sehr an Alysse.

»Meine Mutter auch.«

»Tatsächlich?«

Rodric nickte. »Ich glaube …« Er drehte den Kopf weg

und betrachtete die kahlen Äste eines Obstbaums. »Es ist kompliziert. Die Menschen sind immer noch voller Misstrauen. Falreach gegenüber und allem, was damit zu tun hat. Wegen der Invasion. Alle hier hängen irgendwie in der Vergangenheit fest.« Er zuckte mit den Achseln, dann straffte er die Schultern, so als riefe er sich selbst zur Ordnung. »Aber nun … seid Ihr wach, Prinzessin. Jetzt kommen die Dinge wieder in Bewegung.«

»Ich hänge ebenfalls in der Vergangenheit fest«, sagte sie beinahe flüsternd. »Oder hänge … hier fest.« Sie blickte auf ihre Füße hinab. Ihre Schuhe sahen zu fein aus für den groben Steinweg. Ihre Eltern hatten die Zukunft gefürchtet, tagein, tagaus, jede Sekunde des Tages. Und diese Furcht hatte jeden Teil von Auroras Leben bestimmt, und am Ende war alles umsonst gewesen.

»Ich vermisse meine Familie«, sagte sie. Die Worte hingen in der Luft, schlapp und nutzlos, außerstande auch nur halbwegs zum Ausdruck zu bringen, was sie empfand.

»Das tut mir leid«, sagte er so leise, dass sie es kaum hören konnte. Er hatte den Blick immer noch abgewandt. »Aber … aber Ihr habt eine neue Familie. Mit mir.« Er seufzte, so als wäre sogar er sich der Sinnlosigkeit seiner Worte bewusst. Dann folgten ein Nicken und ein Lächeln, das nach dem vorangegangenen Zögern nur umso entschlossener wirkte. »Ihr werdet die Dinge vereinen. Das Alte und das Neue.«

»Glaubt Ihr das wirklich?«

Rodric sah ihr in die Augen. »Es hat funktioniert, oder

nicht? Ihr seid erwacht. Warum sollte der Rest nicht auch wahr sein?«

Nichts davon schien wahr. Wieso sollte Celestine sich um das Glück anderer Menschen scheren? Nein, daran glaubte Aurora nicht. Diese Verheißungen waren in den Jahren nach ihrer Verfluchung in die Welt gesetzt worden, und so wie es aussah, schöpften alle außer Aurora selbst Trost daraus.

»Am Hof wird nach Ihnen verlangt, Prinzessin«, sagte Betsy, als sie an diesem Nachmittag Auroras Zimmer betrat. »Prinz Finnegan ist soeben im Schloss eingetroffen. Ohne sich vorher anzukündigen. Die Königin ist darüber nicht gerade erfreut.«

»Prinz Finnegan?« Aurora ließ ihr Buch sinken. »Wer ist das?«

»Er ist der Prinz von Vanhelm, Prinzessin. Er hat sich mindestens zwei Jahre lang nicht hier blicken lassen, und jetzt ist er aus heiterem Himmel aufgetaucht. Sein Kommen muss mit Euch zusammenhängen.«

Vanhelm. Das Land von Alyssinias Vorfahren, in dem sie vor vielen hundert Jahren gelebt hatten, bevor Stahl und Rauch sie über das Meer getrieben hatten.

»Wie ist er so?«, fragte Aurora und erhob sich.

»Ich bin ihm noch nie begegnet, Prinzessin.« Betsy begann, die Nadeln in Auroras Haar zurechtzurücken. »Aber ich habe gehört, dass er blendend aussehen soll.«

Die Tür schwang auf, und die Königin schritt ins Zimmer. Ihre Frisur sah sogar noch kunstvoller aus als sonst, mit Perlen, die in den geflochtenen Haarkranz eingewoben waren. Sie schürzte die Lippen, als sie Aurora sah.

»Gut. Du bist fertig. Wir dürfen den Prinz nicht warten lassen.« Die Königin schien fahrig und nervös, und dass sie so große Anstrengungen unternommen hatte, besonders würdevoll auszusehen, verstärkte diesen Eindruck nur noch.

»Der Prinz ist von weit her gereist«, sagte Aurora zaghaft, als die Königin sie durch die Flure manövrierte. »Vanhelm liegt eine Woche Seereise entfernt, oder?«

»Ja«, entgegnete die Königin. »Er muss sich bereits in Alyssinia aufgehalten haben, als er die Neuigkeiten erfuhr.«

Der gesamte Hofstaat verstummte, als Aurora und die Königin durch die Messingtüren in den Saal traten. Die Königin nahm auf ihrem Thron Platz und forderte Aurora mit einer Geste auf, sich neben sie zu stellen.

Rodric kam durch die rückwärtige Tür herein. Er lächelte Aurora an, und sie erwiderte sein Lächeln. Dann blieb er links neben dem Thron seines Vaters stehen, wie ein perfektes Spiegelbild von Aurora.

»Genug des Wartens!«, rief der König. »Wo bleibt der Prinz?«

»Ich bin hier, Eure Majestät. Ich warte nur auf ein Wort von Euch.«

Ein junger Mann mit rabenschwarzem Haar marschierte in den Saal. *Schneidig* war für sie stets nur ein Wort gewesen, um Romanhelden zu beschreiben, Draufgänger und Piraten, Männer, die Schwerter schwangen und Mädchen mit gewitzten Worten und unwiderstehlichem Charme um den Finger wickelten, aber auf diesen jungen Mann hier passte es wie die Faust aufs Auge. Gutaussehend, strotzend vor Selbstbewusstsein, mit grünen Augen, in denen der Schalk blitzte. Und er schien von seiner eigenen Attraktivität rundum überzeugt zu sein.

Er kniete vor dem König nieder. »Es ist herrlich, wieder hier zu sein, Eure Majestät«, sagte er. »Ich hoffe, Ihr seid bei bester Gesundheit und guter Dinge?«

»Papperlapapp, Schluss mit den Förmlichkeiten«, sagte der König und bedeutete Finnegan mit einem Handschwenk aufzustehen. »Wir sind hier doch alles alte Freunde.«

Aber wenn er keinen Wert auf Förmlichkeiten legte, wenn er nicht wollte, dass Finnegan vor ihm in die Knie ging, wozu hatte er dann den gesamten Hofstaat hier versammelt? Weil er sehr wohl wollte, dass Finnegan sich vor ihm verneigte, ging Aurora auf. Er wollte ihm zeigen, dass er derjenige war, der die Macht besaß, auf Förmlichkeiten zu verzichten, wenn ihm der Sinn danach stand.

Finnegan schien davon jedoch unbeeindruckt. Sein schwarzes Haar fiel ihm in die Stirn, als er sich erhob. Beiläufig strich er es sich aus dem Gesicht. »Wie ich höre, wurde Alyssinia großes Glück zuteil.«

»Fürwahr!«, tönte der König. »Fürwahr, mein Freund. Ich weiß, Ihr hattet auf eine ähnliche Gunst gehofft, aber, na ja, ich vermute, mein Sohn Rodric ist halt einfach mehr Mannsbild als Ihr.« Er ließ ein donnerndes Lachen erschallen, so als würde er ihn ein wenig aufziehen, so als wäre es bloß ein gutmütiger Scherz.

Finnegan lächelte freundlich, aber in seinen Augen lag ein harter Glanz.

»Ich befürchte, wir haben nicht mit Eurem Erscheinen gerechnet«, warf Iris ein. »So kurz nach dem glücklichen Ereignis. Die Hochzeit findet ja erst in drei Wochen statt. Nun, wir sind etwas … überrascht.«

»Ich muss mich bei Euch entschuldigen, meine Teure. Ich hatte gehofft, es noch rechtzeitig zu Rodrics Erweckungsversuch zu schaffen, aber eine raue See hat uns aufgehalten. Ich hätte kehrtgemacht, um Euch keine weiteren Umstände zu bereiten, aber als ich hörte, dass die Bemühungen des Prinzen von Erfolg gekrönt waren, musste ich meine Reise fortsetzen, um die berühmte Prinzessin persönlich zu treffen.«

»Natürlich«, sagte der König. »Wer hätte das nicht getan?«

»Wir können uns so glücklich schätzen, dass sie bei uns ist«, ergänzte die Königin.

Finnegan drehte den Kopf und fixierte Aurora mit durchdringendem Blick. »Es ist mir ein Vergnügen, Euch kennenzulernen«, sagte er. Er ging auf sie zu, nahm ihre Hand und drückte ihr einen Kuss auf die Fingerknöchel. »Ihr seid sogar noch schöner, als man sich erzählt.«

Aurora versank in einem Knicks und hielt den Kopf gebeugt.

Finnegans Lächeln wurde breiter. »Und obendrein auch noch so sittsam. Welch eine Freude.«

Es beschlich sie das unangenehme Gefühl, dass er sich über sie lustig machte. Seine Augen wanderten an ihr herab, und sie unterdrückte den Impuls zurückzuweichen.

Die Königin hatte anscheinend ebenfalls von Finnegans forschendem Blick Notiz genommen. »Es ist wirklich schön, Euch wiederzusehen, Finnegan«, sagte sie, »und ich hoffe, dass wir bald zusammen dinieren werden. Bis dahin wird sich die Dienerschaft Eurer annehmen und Euch den Aufenthalt so angenehm wie möglich machen. Ihr wollt Euch nach der langen Reise bestimmt ein wenig ausruhen.« Es klang wie eine Aufforderung, aber Finnegan lächelte einfach unbeirrt weiter.

»Ich stelle immer wieder fest, dass mich das Reisen ungemein erfrischt, besonders natürlich, wenn am Ziel eine lang verloren geglaubte Prinzessin wartet. Ich hatte gehofft, heute Abend mit Euch und der Prinzessin speisen zu können. Kann es einen besseren Zeitpunkt geben, um hundert verlorene Jahre nachzuholen?«

Die Königin neigte den Kopf. »Ich weiß Euren Enthusiasmus zu schätzen und ebenso die Prinzessin, da bin ich gewiss. Aber sie ist immer noch mitgenommen von ihrer eigenen Reise, und wir stecken mitten in den Planungen für die bevorstehende Verlobungsfeier … Nichtsdestotrotz wollten wir Euch natürlich willkommen heißen, aber wir können uns nicht lange aufhalten. Das versteht Ihr sicher.«

»O ja«, sagte Finnegan. Er grinste Aurora an. »Das verstehe ich vollkommen.«

Die Königin erhob sich und nickte Finnegan knapp zu.

Aurora machte erneut einen tiefen Knicks und raffte dabei mit vollendeter Anmut die Röcke. Finnegan verfolgte jede ihrer Bewegungen.

»Ein unausstehlicher Mann«, zischte Iris, als sie Aurora aus dem Saal manövrierte. »Halte dich bloß fern von ihm, er hat bereits zu viel Interesse an dir bekundet. Diesem Prinzen ist nicht zu trauen.«

»Aber er ist Euer Gast«, wandte Aurora ein, als Iris sie einen weiteren Flur entlangführte. »Wenn Ihr ihn nicht für vertrauenswürdig haltet, warum ist er dann hier?«

»Glaubst du etwa, wir könnten auch nur der Hälfte der Leute am Hof trauen? Natürlich nicht. Aber wir müssen Finnegan bei Laune halten. Er und sein Königreich sind einfach zu mächtig. Aber eines musst du immer bedenken, bei allem, was er so von sich gibt, hat er kein aufrichtiges Interesse an *dir*. Nur daran, welche Vorteile er durch dich erringen könnte.«

»So wie Ihr vielleicht?«, sagte Aurora.

Die Königin blieb stehen. »Nein«, sagte sie. »*Wir* versuchen, für deine Sicherheit zu sorgen. Und für die des Königreichs. Wenn du also deine Räumlichkeiten je wieder verlassen willst, solltest du an meine Worte denken und deine Dreistigkeiten für dich behalten.«

Aurora weigerte sich, den Blick abzuwenden. Sie würde sich ihren Platz in dieser Welt erkämpfen müssen. Aber nicht jetzt, nicht hier, nicht unter den Augen der Königin.

»Ja, Eure Majestät«, sagte sie.

SIEBEN

In dieser Nacht stahl Aurora sich wieder zum *Tanzenden Einhorn* davon, und ihr Herz klopfte im Takt ihrer Schritte.

Im Wirtshaus hielt sich eine Gruppe Mädchen in Auroras Alter an den Händen und tanzte zusammen vor der Bühne. Ein paar junge Männer lungerten in ihrer Nähe herum, konnten aber keinen Blick von den Tanzenden erhaschen. Die Gäste gesetzteren Alters saßen ein Stück abseits an Tischen und spielten Karten, wobei ihre Gespräche genauso laut waren wie die Musik.

Tristan stand an den Tresen gelehnt und schwatzte mit ein paar älteren Frauen. Eine von ihnen hob die Hand und gab ihm eine leichte Ohrfeige – eine scherzhafte *Hör-schon-auf-*Geste –, worauf Tristan breit grinsend zurücktaumelte, so als hätte sie ihn k. o. geschlagen. Trudy spülte Krüge, und Aurora nahm auf einem der Hocker Platz und drehte sich mit dem Gesicht zur Bühne. Distel wurde heute von einer Kapelle begleitet, die einen mitreißenden Rhythmus spielte. Aurora presste ihre Füße gegen die Querleiste ihres Hockers und schloss die Augen.

»Ah«, sagte Tristan, als er hinter dem Tresen zu ihr herüberschlenderte. »Du bist zurück.«

»Hab ich doch gesagt.«

»Ein Mädchen, das sein Wort hält. Gefällt mir.«

Sie lächelte.

»Weißt du«, Tristan wischte weiter den Tresen mit einem Lappen sauber, »es ist bei uns Sitte, dass Gäste bei ihrem zweiten Besuch hier ihre Lebensgeschichte erzählen. Wer sie sind … Woher sie kommen …«

Aurora drückte ihre Füße fester ins Holz. »Ich bin nicht besonders interessant«, sagte sie. »Und ich will dich keinesfalls einschläfern, immerhin musst du ja noch tüchtig arbeiten.«

»Lügnerin«, sagte er und lächelte wieder, als wären sie gute Freunde. »Jeder Mensch hat eine Geschichte. Ich sehe dich hier sitzen, mit zerzausten blonden Haaren, von Staub bedeckt, und denke, hoppla, was für ein seltsames kleines Ding sie doch ist. Bestimmt hat sie ein paar interessante Geheimnisse.«

»Tut mir leid, dich enttäuschen zu müssen«, entgegnete Aurora. »Man hat mir beigebracht, niemals Geheimnisse an Fremde zu verraten. Aber vielleicht gelingt es mir ja, Vertrauen zu fassen, wenn ich ein bisschen mehr von dir erfahre …«

»Du weißt doch längst, wer *ich* bin«, sagte er. »Tristan, erinnerst du dich? Aber möglicherweise kann ich noch ein paar Details hinzufügen. Wenn du drauf bestehst.«

»Ja, das tue ich.«

»Dann lass mal sehen.« Er schrubbte weiter über die Tischplatte, den Kopf schräg gelegt, so als würde er angestrengt nachdenken. »Das Erste, was du von mir wissen solltest, ist, dass ich als Waise zur Welt gekommen bin. Das scheint unmöglich, ich weiß, aber es ist wahr. Ich habe meine früheste Kindheit allein verbracht und in den Straßen von Palir um Essen gebettelt, bis mich eine Truppe Wanderartisten unter ihre Fittiche genommen hat.«

»Wanderartisten?« Sie legte ihm eine Hand auf den Arm und ließ in gespieltem Erstaunen den Mund offen stehen. »Doch nicht etwa die berühmten Gaukler von Palir?«

»Genau die. Hast du jemals einen Auftritt von ihnen gesehen? Sie können zwanzig Salti in der Luft schlagen und landen dann auf der Nasenspitze, während sie alte Volkslieder singen. Etwas Beeindruckenderes hast du dein Lebtag nicht gesehen, Maus. Ich wurde natürlich ihre Hauptattraktion.«

»Natürlich«, sagte sie. »Wenn man in seiner eigenen Phantasie ein Gaukler ist, dann wenigstens der beste von allen.«

»Ganz genau«, sagte er. »Die Leute reisten Hunderte von Meilen weit, nur um meine Spezialnummer zu sehen.«

»Und wie sah die aus?«

»Mit Worten kann ich sie nicht beschreiben.«

Aurora lächelte. »Dann würde ich sie sehr gern sehen.«

»Lieber nicht. Nell wäre nicht sehr erfreut, wenn ich einen ihrer Gäste am Kopf treffe, und ich bin völlig aus der Übung.«

»Was für eine Überraschung!«, sagte Aurora. »Warum hast du aufgehört?«

»Das war eigentlich nie meine Absicht. Aber eines Tages, als wir auf dem Weg in ein fernes Land waren, um dort aufzutreten, wurden wir von Piraten überfallen.«

»Und sie wussten eure Darbietungen nicht zu schätzen?«

»Eigenartigerweise nein. Sie rekrutierten uns mit roher Gewalt und ließen sich auch von noch so vielen Salti rückwärts nicht davon abbringen. Zum Glück kam ich prächtig mit ihnen aus, sobald das Eis erst mal gebrochen war. Ich bin nämlich nicht nur in Sachen Akrobatik ein Naturtalent, und so kam es, dass ich rasch in ihren Reihen aufstieg, bis ich nach gar nicht allzu langer Zeit Kapitän des Schiffes wurde.«

»Sensationsartist und Kapitän eines Piratenschiffs«, sagte Aurora. »Das sind ganz schön viele Abenteuer für … siebzehn Jahre?«

»Neunzehn«, sagte er, »obwohl du natürlich trotzdem recht hast. Denn die letzten zwei Jahre habe ich hier verbracht. Mit der Zeit wurde ich des Lebens auf See nämlich überdrüssig. Schuld daran war die Seekrankheit. Und so beschloss ich, in die Hauptstadt zu ziehen und auf redliche Art meinen Lebensunterhalt zu verdienen.« Seine Ellbogen landeten mit einem Knall auf dem Tresen. »Und? Kannst du das übertrumpfen?«

»Natürlich. *Meine* Geheimnisse hingegen entsprechen der

Wahrheit.« Aurora lehnte sich nach vorn und stützte ihre Ellbogen nur wenige Zentimeter von seinen entfernt auf. »Ich bin als Prinzessin auf die Welt gekommen«, begann sie, »in einem fernen Land …«

»Du musst wenigstens *versuchen*, es glaubhaft zu machen.«

»Du meinst so glaubhaft wie deine Piratengeschichte?«

»Genau.«

»Ich bin als Prinzessin auf die Welt gekommen«, wiederholte sie, »wurde aber kurz nach meiner Geburt von einem bösen Zauberer verflucht. Ich muss auf ewig umherwandern, sagte er, ohne je zu rasten, ohne je Trost zu finden, bis …«

»Lass mich raten. Bis du wahre Liebe findest?«

»Wer erzählt jetzt die Geschichte?«

»Na ja, *ich*, so wie's aussieht«, sagte Tristan, aber sie funkelte ihn an, und er senkte den Kopf, lächelnd und ohne eine Spur von Reue. »Na schön«, sagte er. »Erzähl bitte weiter.«

»Bis«, fuhr Aurora fort und durchforstete in Gedanken schnell alle Märchen, die sie je gelesen hatte, »ich die Antwort auf sein unlösbares Rätsel finde.«

»Und wie lautet es?«

»Ich weiß es nicht. Er hat es mir nie verraten. Darum ist es ja unlösbar.«

»Vielleicht«, sagte Tristan und neigte sich ein Stück nach vorn, so dass sein Arm sacht den ihren berührte, »ist das Fehlen des Rätsels ja das Rätsel. Wie löst man ein Rätsel, das nie gestellt wurde?«

Trudy rauschte heran, ein Tablett in den Händen. »Du

musst nicht mit ihm reden, weißt du?«, sagte sie zu Aurora. »Ich tu's auch nie.«

»Sie findet aber, dass ich überwältigend charmant bin«, konterte Tristan.

»Und ich finde, dass du ein überwältigender Quälgeist bist. Auf dich wartet Arbeit.«

»Ja, Prudence.«

»Ich mein's ernst, Tristan. Ein bisschen Hilfe ab und an wär sehr schön.«

»Ich helfe dir, versprochen«, sagte er. »Nur nicht jetzt gleich. Okay?« Trudy funkelte ihn wütend an, doch dann wurden ihre Gesichtszüge weich.

»Aber bald«, sagte sie. »Oder du darfst nachher alles allein abwaschen.«

»Ja, Ma'am.«

Sie schüttelte den Kopf und marschierte davon.

»Also«, sagte Tristan, nachdem sie weg war. »Hast du die Lösung zu dem Rätsel gefunden?«

»Noch nicht.«

»Ich würde mir deswegen nicht den Kopf zerbrechen«, sagte er. »Märchen sind doch völliger Humbug. Da ist es weitaus besser, Pirat zu sein.«

»Das werde ich mir merken.«

Sie verfielen in Schweigen, und der vibrierende Klang von Distels Melodie hüllte sie ein wie Rauch. Aurora schloss wieder die Augen und gab sich den harmonischen Klängen hin, den Worten von Liebe und Hoffnung und Freude.

»Sie ist wirklich was Besonderes, nicht?«

Aurora öffnete die Augen. »Es macht mich traurig.«

»Es ist ein fröhliches Lied.«

»Ich weiß«, sagte sie. »Trotzdem macht es mich traurig.« Sie fuhr sich mit den Fingern durchs Haar, aber noch bevor sie weiter ins Grübeln kam, ergriff Tristan ihre Hand.

»Dem müssen wir schleunigst ein Ende setzen«, sagte er. »Trudy, Met, bitte!«

»Du arbeitest übrigens auch hier, erinnerst du dich?«, gab Trudy genervt zurück, brachte ihnen aber trotzdem zwei Krüge mit Met. Einen davon drückte Tristan Aurora in die Hand, den anderen hob er prostend hoch. Sie stießen klirrend miteinander an und tranken jeweils einen großen Schluck.

Eine wohlige Wärme machte sich in Auroras Bauch breit, und sie lächelte. Allen Flunkereien und Scherzen zum Trotz hatte sie das Gefühl, hier richtig zu sein und dazuzugehören.

»Weißt du«, sagte sie langsam, »ich habe noch nicht viel von der Gegend gesehen. Ich könnte einen guten Stadtführer gebrauchen.«

»Einen Stadtführer?«, sagte er. »Aber wo willst du den hier finden?«

»Na ja«, sagte sie. »Ich hatte gehofft, dass *du* mich vielleicht herumführen könntest. Irgendwann. Wenn's dir nichts ausmacht.«

»Hört sich gut an«, sagte er. Er ließ ihre Hand los und flitzte um den Tresen herum auf ihre Seite. »Los geht's!«

»Jetzt?«

»Was du heute kannst besorgen, das verschiebe nicht auf morgen.«

Sie blickte zum anderen Ende des Raums, wo sich Nell, die Wirtin, mit ein paar Gästen unterhielt. »Musst du nicht arbeiten?«

Jetzt, wo sich ihr Wunsch erfüllen würde, kamen ihr Bedenken. Sie sollte nicht allein mit diesem fremden Jungen mitgehen, über den sie so gut wie nichts wusste. Aber jemand, der ihr die Stadt zeigte, so wie er sie sah, ihr Dinge zeigte, die sie mit einer königlichen Eskorte niemals sehen würde … dazu konnte sie nicht Nein sagen. Sie konnte nicht Nein sagen zu ihrem Herzen, das vor Aufregung pochte bei dem Gedanken, etwas zu tun, was zweifellos strikt verboten war.

»Sie werden mich nicht vermissen«, sagte er.

»Aber Trudy …«

»Sie macht nur Witze«, sagte Tristan. »Und außerdem verbringe ich meine Zeit viel lieber mit dir.« Er drückte ihre Hand und kam ihr dabei ungebührlich nah. »Komm schon, Maus. Steht dir nicht auch der Sinn nach ein bisschen Abenteuer?«

Fünf Minuten später verließen sie das Wirtshaus, warm eingemummt in wollene Umhänge.

»Und jetzt?«, flüsterte sie. »Wohin zuerst?«

»Ich weiß genau den richtigen Ort. Mir nach!«

Er führte sie über das Kopfsteinpflaster. Leute riefen grüßend herüber und machten im Vorbeigehen lautstarke Bemerkungen, und er lachte und rief ein paar Worte zurück.

»Wer ist das Mädchen?«, fragte ein Mann, als sie in eine Seitenstraße einbogen.

»Sie ist neu in der Stadt«, erwiderte Tristan. »Ich führe sie nur ein bisschen herum.«

»Gewiss, Tristan«, erwiderte der Mann, und Tristan winkte ihm zu, bevor er weitereilte.

Er bog in einen schmalen Weg ein, und schon bald entfernten sie sich von dem Gewimmel. Die Straßen verwoben sich ineinander, bildeten ein einziges sich kreuzendes, verschlungenes Gewirr, von dem Aurora der Kopf schwirrte. Nach und nach wich das Kopfsteinpflaster einem Boden aus gestampfter Erde, Stimmen sickerten durch die Mauerritzen, aber bald gab es nirgends ein Licht mehr, nicht mal den Schimmer einer Kerze hinter einem geöffneten Fenster, nichts, was ihnen den Weg erhellte, außer dem blassen Leuchten des Mondes. Aurora streckte die Hand aus und krallte sich an Tristans Umhang fest, knüllte den derben Stoff zwischen ihren Fingern zusammen.

»Hab keine Angst, kleine Maus. Du gehst mir schon nicht verloren.«

»Wage es ja nicht!«

Seine Hand fand die ihre. »Komm«, sagte er. »Wir sind fast da.«

Die Stadtmauern ragten vor ihnen auf, und Aurora starrte sie an, beobachtete die Lichter, die oberhalb der Kante blinkten. Mit weit in den Nacken gelegtem Kopf versuchte sie, einen Blick auf den Himmel dahinter zu erhaschen, und stolperte beinahe über ein Mädchen, das dicht an einer Hauswand kauerte. Aurora konnte ihr ausgemergeltes Gesicht im Mondlicht sehen. Das Mädchen blickte sie vorwurfsvoll an, zeigte aber keinerlei Regung, als sie stotternd eine Entschuldigung murmelte.

»Wer war das?«, fragte Aurora, als sie weitergingen. »Warum sitzt sie hier draußen im Dunkeln?«

»Ach, niemand«, erklärte Tristan. »Vor ein paar Jahrzehnten wurden die Stadtmauern gebaut, um das Gesindel auszusperren, doch zum großen Erstaunen des Königs existieren diese Leute weiter! Also verbannt man sie hier an den Nordrand. Man will den Schmutz schließlich nicht unmittelbar vor der Haustür der besseren Stadtviertel haben, nicht wahr?«

»Aber weshalb kommen sie her?«, fragte Aurora. »Wenn man sie so schlecht behandelt, warum …«

Tristan zog ein finsteres Gesicht, und seine Antwort klang beinahe wütend. »Wo sollen sie denn sonst hin? Die Leute glauben, dass es sicherer ist, innerhalb der Stadtmauern zu leben. Feindliche Soldaten zünden einem nicht so schnell das Dach über dem Kopf an, wenn man hier wohnt. Na gut, Aufrührer können das ebenso gut, und außerdem haben diese Leute gar kein Dach über dem Kopf, das man anzünden könnte. Aber auch wenn sie ihr Essen auf der Straße finden müssen, gibt es hier noch mehr als draußen.«

Aurora warf einen Blick über die Schulter. Das Mädchen war bereits außer Sichtweite, doch als sie weiter durch die Straßen wanderten, entdeckte sie immer mehr Gesichter in der Dunkelheit. In einer Gasse kauerten so viele Gestalten dicht beieinander, dass sie wie ein einziger großer Klumpen aussahen. Nur wenn sie sich beim Sprechen bewegten, konnte Aurora ausmachen, wo ein Körper aufhörte und der nächste begann.

»Irgendjemand sollte etwas dagegen tun«, sagte sie. »Ihnen helfen.«

»Aber das wird keiner machen.« Tristan zuckte mit den Schultern, doch in seiner Stimme lag eine gewisse Schärfe. »Was hast du gesagt, in welchem Teil der Stadt du jetzt wohnst, Maus?«

»Nirgendwo hier in der Nähe.«

»Ein Jammer«, sagte Tristan. »Ist so ein hübsches Fleckchen.«

Sie bewegten sich an den Hauswänden entlang, lavierten um Holzhütten herum, die halb zusammengesunken dastanden, als könnten sie sich ohne Hilfe nicht wieder aufrichten.

»Wo gehen wir eigentlich hin?«, fragte Aurora, als sie in eine weitere zerlumpte Gasse einbogen.

»Es gibt viel Hassenswertes an diesem Ort«, sagte Tristan. »Und bevor dich das zu traurig macht, wollte ich dir zeigen, warum es sich lohnt, doch zu bleiben.« Er blieb vor einem niedrigen windschiefen Haus stehen, in einer Straße, die so dunkel war, dass Aurora nur mit Mühe Tristans Silhouette neben sich ausmachen konnte. Leises Stimmengebrabbel erfüllte die Luft.

»Jetzt kommt der schwierige Teil«, sagte er. »Du hast doch hoffentlich keine Höhenangst, oder?«

Sie dachte an ihren Turm, wie sie sich hoch oben über der Welt aus seinem Fenster lehnte. »Nein«, sagte sie.

»Gut. Dann sieh genau hin.« Mit einem knirschenden Geräusch stieß er sich vom Boden ab und sprang hoch, so anmutig wie eine Katze. Dann war er verschwunden. Einen Moment später schob sich sein Gesicht über die Dachkante.

»Streck dich hoch und spring!«, sagte er.

Sie hob die Hände über den Kopf und tastete in der Luft herum. Nur mit knapper Not bekam sie die Dachkante zu fassen, und sofort schnitt sie schmerzhaft in die Innenseiten ihrer Finger ein. Aurora stellte sich auf die Zehenspitzen, und ihre Finger kratzten über die Dachschindel, krallten sich darin fest. Sie sprang. Ihre Füße schrammten an der Hauswand entlang, suchten verzweifelt Halt am Stein, und ihre Arme protestierten schmerzhaft vor Anstrengung. Mit einer Hand rutschte sie ab, aber Tristan packte schnell ihr Handgelenk und zog sie hoch.

»Alles in Ordnung?«

Aurora lachte. Adrenalin peitschte durch ihre Adern. »Ich bin auf dem Dach«, sagte sie. Sie war nur wenige Fuß über dem Boden, aber sie fühlte sich groß, phantastisch, *mächtig*.

»Ich weiß«, sagte Tristan. Leichte Belustigung schwang in seiner Stimme mit. »Hier lang.«

Sie krabbelten auf allen vieren über die Schindeln, noch höher hinauf. Die Dächer dieser Häuser waren wie die Stufen einer Treppe, gemacht für einen Riesen, die sie jeweils mit Springen, Greifen und heftigem Herzklopfen erreichten.

Tristan bewegte sich geduckt vorwärts, langsam und vorsichtig, tat jeden Schritt mit Bedacht. Aurora blieb dicht hinter ihm, ahmte seine Bewegungen nach und ertastete den Weg mit ihren Füßen.

»Bis hierhin sollte genügen«, sagte er. Sie standen auf einer rechteckigen Dachschräge. »Man kann auf diese Weise die halbe Stadt umrunden, aber das hier ist das beste Plätzchen. Außerdem möchte ich nicht den gefährlichen Weg mit dir gehen. Nachher stürzt eine kleine Maus wie du noch ab und bricht sich das Genick.«

»Ich würde es schon schaffen.«

»Das bezweifle ich nicht.« Er fasste Auroras Hand und setzte sich, zog sie mit sich nach unten.

»Tristan! Vorsicht!«

»Ich pass schon auf, keine Angst. Sieh doch mal!« Immer noch Auroras Hand haltend, machte er eine ausholende Bewegung, wobei sich ihrer beider Arme berührten, und zeigte auf die Stadt, die sich zu ihren Füßen ausbreitete.

Lichter. Hunderte und Aberhunderte von Lichtern, so viele, dass die Stadt leuchtete; ihr Widerschein malte helle Flecken auf schräg abfallende Dächer und sich dahinwindende Straßen. Vor ihnen, erstarrt in der Nacht, erhob sich das Schloss. Unten war es noch lichtumflort, doch je höher es sich emporstreckte, desto blasser wurde das Leuchten, bis schließlich, ganz oben an der Spitze, Auroras Turm aufragte, so dämmrig grau, dass er mit dem Himmel dahinter verschmolz. Und über all dem hing der Mond, groß und rund.

»Nicht schlecht, was?«

»Es ist wunderschön.« Sie setzte sich an den Rand des leicht abgeschrägten Daches und ließ ihre Beine in der kühlen Nachtluft über die Kante baumeln. Sie hielt immer noch Tristans Hand umklammert. Sein Puls pochte an ihrer Haut.

»Am Anfang, nachdem ich nach Petrichor gezogen war, habe ich *alles* vermisst.« Seine Finger schlossen sich fester um ihre Hand. »Mein Zuhause. Meine Familie. Davor war ich noch nie in der Stadt gewesen, ich kannte Trudy nicht mal, und es machte mich verrückt, wie laut und quirlig und absonderlich hier alles war. Und so fing ich an, auf die Dächer zu klettern. Ist ein guter Platz zum Nachdenken. Von hier oben sieht die Stadt auf einmal gar nicht mehr so übel aus, weißt du?«

Der Wind blies ihr die Haare ins Gesicht. Sie kitzelten an ihrer Wange und verfingen sich in ihren Wimpern.

»Warum bist du von zu Hause fort?«

Er seufzte und ließ ihre Hand los. Ohne ihn fühlten ihre Finger sich kalt an. »Warum bist du fort?«, fragte er zurück.

Sie ließ ihre Hand neben sich sinken und fasste an die Dachkante. »Ich hab's mir nicht ausgesucht.«

Er schwieg einen Moment. »Ich mir auch nicht«, sagte er.

Sie saßen eine Weile lang da, ohne etwas zu sagen. Auroras Füße baumelten im Wind, die Kälte kniff sie in die Knöchel. Während ihres hundertjährigen Schlafs, hatte die Welt sich verändert, und jetzt leuchtete sie wie die Sterne. Tristan hatte recht. Dieser Ort hier war kalt und brutal, und doch lag in den Steinen und Ziegeln etwas Schönes und Wildes verborgen. Sie blickte hinter sich, wollte dem Licht durch die ganze Stadt folgen, um sie bis ins kleinste Detail in sich aufzunehmen. Ein paar Lichtsprengsel glitzerten in der Dunkelheit. Die Stadtmauern standen Wache, und dahinter gab es nichts als Schatten.

»Was ist dahinten?«

Er drehte sich um und folgte ihrem Blick. »Das ist nur der Wald.«

»Der Wald?« *Natürlich.* Nicht alles war verschwunden. Sie drehte sich, bis sie auf dem Bauch lag, und bettete den Kopf auf ihre Arme. »Bist du schon mal dort gewesen?«

Tristan streckte sich neben ihr aus, und dann lagen sie Seite an Seite und starrten in Richtung der Bäume, die im Dunkeln nicht zu sehen waren. »Natürlich«, sagte er. »Schließlich bin ich nicht hier in der Stadt geboren worden, richtig?«

»Oh«, sagte sie. »Aber seitdem? Bist du seitdem noch mal dort gewesen?«

»Schon einige Jahre nicht mehr«, sagte er. »Ist nicht gerade ein einladender Ort.«

Gleich hinter diesen Mauern lag ein Teil der Welt, die sie kannte. »Lass uns hingehen«, sagte sie. »Jetzt sofort.«

Er lachte. »Bist du verrückt? Nicht mal ich habe so viel Todessehnsucht.«

»Wieso?«, fragte sie hastig. »Warum ist es so verrückt?«

»Weil es für uns keinen Weg da hinaus und keinen Weg zurück gibt. Nicht ohne dass man uns sieht. Nicht ohne dass wir uns das Genick brechen. Und natürlich«, fügte er hinzu, als von ihr keine Reaktion kam, »sollte man auch die Geister bedenken.«

»Geister?«

»Geister«, sagte er. »Und Monster. Werwölfe. Bäume, die zum Leben erwachen und einen schnappen, wenn man versucht, sich vorbeizuschleichen.«

»Lügner«, sagte sie. »Es gibt keine Monster.«

»Ach wirklich?«

»Im Wald gibt's nur Bären. Und Wölfe. Und ab und zu einen Löwen. Aber keine Monster. Jetzt sag bloß, du hast Angst?«

»Du bist verrückt, Maus. Vollkommen und ganz und gar verrückt. Und ja, um deine Frage zu beantworten. Ich bin nicht erpicht darauf, als Abendbrot für ein paar gefräßige Bestien herzuhalten.«

Sie stemmte sich auf die Ellbogen, stützte das Kinn in ihre Hände und schloss die Augen. »Ich bin nicht verrückt«, sagte sie. »Ich würde eben einfach nur gern dort hingehen. Es erinnert mich an mein Zuhause.«

»Vermisst du es?«

»Die ganze Zeit. Aber …« Sie öffnete die Augen. Die Konturen seines Gesichts zeichneten sich in der Dunkelheit ab, sie erkannte die leicht nach oben gezogenen Mundwinkel und zuckte mit den Schultern. »Es gibt jetzt kein Zurück mehr.«

»Meine Eltern sind tot.« Er sagte das so offen heraus, so nüchtern, dass Aurora einen Moment brauchte, um die Bedeutung der Worte zu erfassen. »Das ist auch der Grund, warum ich herziehen musste. Warum ich im Wirtshaus arbeite. Und ich nehme an, du hast auch nicht gerade eine Großfamilie.«

Sie schüttelte den Kopf, unfähig die Worte zu sagen. *Meine Eltern sind tot.* Es war zu entsetzlich, zu unwiderruflich, um es laut auszusprechen. Langsam sog sie Luft durch die Zähne ein und stieß sie wieder aus, versuchte, den Kloß in ihrer Brust wegzuatmen. Sie lagen schweigend nebeneinander. Alles war still, abgesehen von ihren leisen Atemlauten und dem einen oder anderen Geräusch aus der Umgebung.

»Wird es irgendwann leichter?«, fragte sie, nachdem so viel Zeit vergangen war, dass sie schon dachte, er habe die Unterhaltung bestimmt längst vergessen.

»Nein.«

Seine Antwort hing schwer in der Luft, aber sie war nicht traurig. Schmerzhaft, schonungslos ehrlich, aber nicht traurig. Aurora hörte das Wort in ihrem Kopf widerhallen und genoss seine Schlichtheit.

»Das wird es nicht. Aber … Ich weiß nicht. Man findet andere Gründe, um zu leben.«

Die Lichter unter ihnen flackerten. Den Blick auf den Wald gerichtet, streckte sie sich aus und ergriff Tristans Hand. Einen Herzschlag lang zögerte er, dann drückte er ihre Hand und schickte einen sanften Schauder über ihre Haut.

ACHT

»Prinzessin?« Eine Hand legte sich auf ihre. »Prinzessin, Zeit aufzuwachen.«

Aurora zwang ihre Lider auseinander und blinzelte ins grelle Licht. Betsy stand vor ihr, das krause, dunkle Haar des Mädchens stand wirr in alle Richtungen ab. »Prinzessin, warum schlaft Ihr hier?«

»Ich habe gelesen«, sagte sie. »Dabei muss ich eingeschlafen sein.« *Das Märchen der schlafenden Schönheit* lag aufgeschlagen unter ihrem Ellbogen, balancierte auf dem Rand der Stuhllehne. Ihre Eltern lächelten ihr von einem Bild entgegen. Aurora richtete sich langsam in ihrem Stuhl auf, wobei ihre Schultern schmerzhaft protestierten.

»Aber Prinzessin, Ihr müsst euch doch richtig ausruhen«, sagte Betsy. Sie stellte das Tablett mit dem Frühstück auf einen Tisch in der Nähe. »Ich mache mir Sorgen um Euch.

Manchmal habe ich den Eindruck, dass Ihr überhaupt nicht schlaft.«

»Ich habe schon mehr geschlafen, als ich je nötig haben werde«, entgegnete Aurora. Sie zwang sich zu einem kleinen Lächeln.

»Ihr braucht trotzdem Euren Schlaf, wenn ich das so sagen darf.«

»Ich bin noch dabei, mich einzugewöhnen.«

Betsy stellte einen Teller neben Aurora ab. »Aber Ihr solltet wenigstens etwas essen.«

Aurora nahm ein Stück weiches Brot mit Fruchtmus. Sie biss zaghaft ab und wartete, bis sich die Süße in ihrem Mund entfaltete.

»Woher kommst du eigentlich, Betsy?«, fragte Aurora, als die Zofe sich zum Schrank umdrehte. »Wenn dir die Frage nichts ausmacht.«

»Ach nein«, sagte Betsy. »Aber die Antwort ist nicht sonderlich interessant. Ich bin in Petrichor geboren. Meine Mutter arbeitet im Schloss, solange ich denken kann – sie hat schon dem alten König gedient, bevor dieser Wachmann ihn getötet hat. Ich habe da allerdings noch nicht hier gearbeitet. Aber mein Vater, er war Schmied, und als er starb, ist meine Mutter mit mir aufs Schloss gezogen. Einen besseren Ort gibt's nicht, hat sie gesagt, wenn man seine Nase nicht in anderer Leute Angelegenheiten steckt und tut, was einem gesagt wird.« Sie errötete. »Aber vermutlich wolltet Ihr das alles gar nicht hören.«

»Doch, doch, durchaus«, sagte Aurora. »Es interessiert mich. Glaubte deine Mutter denn, dass es außerhalb des Schlosses zu gefährlich sei?«

»Na ja, mein Vater wurde vor ein paar Jahren während eines Aufstands getötet. Nicht alle mögen Leute, die Verbindungen zur königlichen Familie haben, und er hat damals für sie gearbeitet, ihre Pferde beschlagen und so. Aber wo hätte er denn sonst arbeiten sollen, wenn nicht hier? Es ist besser, innerhalb der Schlossmauern zu leben, in Sicherheit und mit genug zu essen, als zu versuchen, in beiden Welten unterwegs zu sein, da draußen *und* hier drinnen. Das sagt meine Mutter jedenfalls immer. Versteht mich nicht falsch, Prinzessin, es gibt gute Menschen in der Stadt und hier im Schloss. Aber Ihr habt bestimmt schon gehört, dass die Zeiten alles andere als rosig waren, während ihr geschlafen habt.« Sie drehte sich wieder zum Schrank um. »Wie wäre es denn heute mal mit dem blauen Kleid?«, sagte sie. »Das würde sehr hübsch und frühlingshaft aussehen.«

Aurora nickte.

Betsy runzelte die Stirn. Als sie begann, Aurora die Haare zu frisieren, steckte sie ein und dieselbe Klemme immer wieder neu fest, so als wäre sie abgelenkt und nicht recht bei der Sache. »Ich muss Euch etwas gestehen, Prinzessin«, meldete sie sich schließlich zu Wort. »Die Königin hat mich gebeten, des Nachts Eure Tür abzuschließen. Zu Eurer eigenen Sicherheit. Das … Das versteht Ihr doch, oder?«

Denn die Tür war rätselhafterweise bereits den zweiten

Morgen unverschlossen gewesen. Nach dem ersten Mal hatte Betsy besondere Sorgfalt walten lassen und extra zweimal kontrolliert, ob sie auch wirklich abgesperrt hatte. Doch die Zofe klang nicht vorwurfsvoll oder tadelnd. Eher besorgt. Es hörte sich an wie … eine Warnung. Aurora verspürte einen Anflug von Gewissensbissen. Aber sie konnte unmöglich damit aufhören, sich hinauszuschleichen, nicht jetzt, wo sie noch so vieles sehen wollte. Nicht jetzt, wo Tristan auf sie wartete.

»Ja, gut«, sagte sie. »Ich verstehe.«

Eine halbe Stunde später, nachdem Aurora angezogen und Betsy gegangen war, um anderweitige Aufgaben zu erledigen, polterte Rodric vergnügt ins Zimmer. Ein Grinsen lag auf seinem normalerweise verzagten, schamroten Gesicht, und alles an ihm, von der Sohle bis zum Scheitel, schien glückselig zu strahlen.

»Ich habe nachgedacht!«, verkündete er, so als sei dies ein rares und feiernswertes Ereignis. »Und ich glaube, es wird Euch gefallen, zu welchem Ergebnis ich gekommen bin. Ich …« Er sah ihr ins Gesicht und stockte. »Alles in Ordnung, Prinzessin? Ihr seht müde aus.« Wieder überzog eine leichte Röte sein Gesicht. »Ihr seht natürlich trotzdem bezaubernd aus«, fügte er an. »Ihr seht immer bezaubernd aus. Sogar wenn ihr müde seid. Aber Ihr wirkt wirklich müde, Prinzessin, wenn ich das so sagen darf …«

Ich heiße nicht Prinzessin, dachte sie und fühlte sich mit einem Mal noch müder. Aber wozu überhaupt irgendetwas erklären? »Worüber habt Ihr nachgedacht?«

Er zögerte, und all sein Enthusiasmus schien während der kurzen Unterbrechung verpufft zu sein. »Es ist eine alberne Idee, eigentlich«, sagte er. »Und ich verstehe, wenn Ihr dagegen seid.«

»Ich bin sicher, ich werde begeistert sein«, sagte sie. »Was ist es denn?«

Er lächelte erneut, wenn auch eher zurückhaltend. »Würdet Ihr meine Schwester kennenlernen wollen?«

Rodrics Schwester. Aurora wusste nichts über sie, hatte nur einen kurzen Blick auf ein junges Mädchen erhascht, kurz, nachdem sie erwacht war.

»Ja«, sagte sie mit fester Stimme. »Gern.« Als Rodric immer noch unsicher dreinschaute, fügte sie hinzu: »Das wäre schön.«

»Vermutlich wird sie nicht viel sagen«, erklärte Rodric, »aber ich weiß, dass sie sehr gespannt ist auf Euch. Sie hat Eure Geschichte zigmal gelesen. Es ist eine ihrer liebsten.«

Natürlich. Selbst jetzt noch sollte sie wie eine Attraktion hergezeigt werden. Kommt und seht sie Euch an. Nur einen Goldtaler! Und wenn sie nun nach all den Jahren, die sie nur in dem Märchenbuch seiner Schwester existiert hatte, eine herbe Enttäuschung für sie war?

Rodric führte sie auf die Rückseite des Schlosses und klopfte an die Tür eines Zimmers, das mehrere Stockwerke über Auroras eigenem Zimmer lag. Auf der anderen Seite hörte Aurora eine strenge Frauenstimme, die kurz stockte, als Rodric vorsichtig die Tür aufschob.

»Mrs Benson«, sagte er. »Verzeiht die Störung. Ich wollte gern kurz mit Isabelle sprechen.«

»Wir sind mitten beim Unterricht«, antwortete Mrs Benson. »Bei allem Respekt, aber der Unterricht Eurer Schwester ist von höchster Wichtigkeit …«

»Ich dachte nur, dass die Prinzessin und ich sie vielleicht ganz kurz in den Garten entführen könnten. Nur eine kleine Pause. Ich möchte gern, dass meine … Ich meine, ich möchte gern, dass sich die Prinzessin und meine Schwester kennenlernen.«

»O bitte!«, ertönte irgendwo im Raum eine sanfte, kindliche Stimme. »Bitte, Mrs Benson. Danach werde ich auch ganz besonders gut aufpassen, versprochen.«

Die Frau seufzte. »Na schön, aber beeil dich. Und mach ja nicht dein neues Kleid schmutzig, junge Dame.«

»Das werde ich nicht!«, sagte das Mädchen. »Danke!«

Füße huschten über den Boden, und dann steckte ein kleines Mädchen hinter Rodric den Kopf durch die Tür. Isabelle hatte braunes Haar, das am Hinterkopf festgesteckt war und dann glatt über den Rücken bis zur Hüfte hinunterfiel. Ihr Gesicht war schmal, wie das ihrer Mutter, aber genau wie ihr Bruder neigte auch sie zu chronischer Verlegenheit. Als sie Aurora erblickte, blieb sie so abrupt stehen, als wäre sie gegen eine unsichtbare Wand geprallt, und in Sekundenschnelle liefen ihre sommersprossigen, blassen Wangen glühend rot an. Sie starrte Aurora mit riesigen Rehaugen an, und als sie sich auf die Lippe biss, sah Aurora, dass ihre Schneidezähne leicht schief standen.

»Hallo«, sagte sie. »Ich bin Aurora.«

Isabelle nickte.

»Das ist meine Schwester Isabelle«, sprang Rodric ein. »Isabelle?«

Die Kleine riss sich aus ihrer Starre heraus, versank in einem Knicks und neigte tief den Kopf, so dass ihr Haar vor ihr Gesicht fiel. Es war eine Bewegung, die Aurora selbst schon viele Male in ihrem Leben gemacht hatte. Allein Isabelles zitternde Knie zeugten von ihrer Unerfahrenheit.

»Du musst nicht vor mir knicksen, Isabelle«, sagte sie sanft. »Es freut mich, dich kennenzulernen.«

Isabelle richtete sich auf. Sie nagte noch immer an ihrer Lippe.

»Kommt«, rief Rodric. »Lasst uns in den Garten gehen.«

Und so machten sie sich schweigend auf den Weg, Rodric lief in der Mitte, Isabelle hielt den Blick starr zu Boden, das Gesicht noch immer flammend rot, und strauchelte im Gehen kurz über ihren langen Rock. Alle paar Sekunden spähte sie durch ihre Wimpern zu Aurora hinüber. Aurora tat so, als würde sie es nicht bemerken. Sie stellte sich vor, wie dieses schüchterne, brave kleine Mädchen über sein Buch gebeugt saß, die Bilder der Prinzessin bewundernd, und sämtliche Details in sich aufsog. Jeder ihrer Blicke maß Aurora von Kopf bis Fuß. Lockte sich ihr Haar genauso wie auf den Bildern? War ihr Lächeln so strahlend, wie Isabelle gehofft hatte? War sie so gütig und liebenswert, wie die Geschichten es erzählten?

Als sie die Tür zum Innenhof erreichten und Rodric sie öffnen wollte, erbebte sie nur in den Angeln. Verschlossen. »Oh«, sagte er, und wieder überkam ihn ein Anflug von Schamröte, so als wäre jedes kleine Missgeschick ein Zeichen für seinen schwachen Charakter. »Entschuldigung. Ich habe nicht … Ich werde jemanden suchen, der einen Schlüssel hat. Tut mir leid.«

Er eilte davon und ließ Aurora und Isabelle mit den Wachen allein zurück.

Die Sekunden zogen sich in die Länge.

»Ihr seid sehr hübsch«, sagte Isabelle so leise, dass Aurora sie fast nicht hörte.

»Oh«, erwiderte Aurora. »Du bist auch sehr hübsch.«

Isabelle schüttelte so heftig den Kopf, dass ihr Haar hin und her peitschte. Sie zog die Lippen über ihre leicht vorstehenden Schneidezähne und versteckte sie.

»Ich meine es ehrlich«, sagte Aurora. »Ich finde, du siehst bezaubernd aus.«

»Meine Mutter sagt, eine Prinzessin muss vollkommen sein«, erwiderte Isabelle.

»Niemand ist vollkommen.«

Isabelle starrte sie an, ihre Augen blickten ernst und eindringlich. »Ihr seid vollkommen.«

Aus irgendeinem Grund machte diese Äußerung Aurora unsagbar traurig. Sie beugte die Knie, bis sie auf gleicher Augenhöhe mit Isabelle war. »*Niemand* ist vollkommen«, wiederholte sie. »Ich mache alles Mögliche falsch.« Alles, wenn sie den Tadeln ihrer Mutter glauben wollte. »Ich bin entsetzlich unordentlich. Es fällt mir furchtbar schwer, mich mit Fremden zu unterhalten, aber ich habe herausgefunden, dass ein Lächeln darüber hinwegtäuschen kann.« Isabelles Mundwinkel zuckten. »Ich bin dermaßen ungeschickt im Frisieren meiner Haare, dass ich mir einmal mit der Haarnadel ins Auge gepikst habe, und ich spiele so miserabel Harfe, dass es sich anhört wie eine jaulende Katze. Ich mache Eselsohren in meine Bücher und schreibe sogar Notizen hinein. Und –« Sie brach ab. Vergangenheitsform. Sie *hatte* diese Dinge getan. Früher einmal. Eingesperrt in ihren Turm, hatten solche Sorgen sie geplagt. Jetzt hatte sie ganz andere Probleme.

»Ich mache auch Eselsohren in meine Bücher«, sagte Isabelle. »Immer an den spannendsten Stellen. Ich … ich lese die ganze Zeit.«

»Ich auch.« Zumindest hatte sie das getan. Vor langer, langer Zeit.

»Mrs Benson sagt immer, Geschichten seien albern«, entgegnete Isabelle. »Sie findet, ich solle mich stattdessen lieber mit Historischem befassen. Sie sagt, die Geschichten aus Büchern sind nicht wahr.«

Aurora dachte an all die Bücher, die sie verschlungen hatte, die Märchen, die Fabeln, an die Hunderte von Welten und Leben und Abenteuer, die sie gesehen und erfahren und durchlebt hatte, während sie in ihrem Turm gefangen war.

»Wenn sie für *dich* wahr sind, dann sind sie auch wahr.«

»So wie Eure Geschichte«, sagte Isabelle. »Eure ist wahr.«

Rodric kehrte zurück mit einem Schlüssel in der Hand und einem tiefgrünen Umhang über dem Arm.

»Ich wollte nicht, dass du frierst«, sagte er, drapierte ihn um Isabelles Schultern und machte mit einem routinierten Handgriff den Verschluss zu. Rodric schloss die Tür auf, und er und seine Schwester gingen mit entschlossenem Schritt voran auf den kleinen Weg, der in den Garten führte. Alles hier erschien reglos und geordnet, streng gezähmt durch die Königin.

Aurora folgte dicht hinter den beiden. Um sie herum herrschte Stille. Als sie tiefer in den Garten hineinspazierten, ließ Rodric plötzlich Isabelles Hand los.

»Wer als Erster beim Apfelbaum ist!«, quietschte Isabelle und sauste los, ihre kleinen Füße stampften über den Boden, ihre Röcke flappten und schlugen ihr um die Beine. Rodric trabte gemächlich hinterher, mit gespielt übertriebener Anstrengung. Isabelles Hand klatschte gegen den Baumstamm, dann hüpfte sie vergnügt auf und ab.

»Du hast geschummelt!«, rief Rodric.

»Hab ich nicht!«, sagte sie. »Du bist einfach nur zu langsam.«

»Bin ich nicht!« Rodric packte seine Schwester und drehte sie im Kreis herum. Beide lachten, als er sie an den Füßen kopfüber baumeln ließ und sich ihr Haar in einer Flut auf den Boden ergoss. Zappelnd wand sie sich hin und her und verlor dabei gleich mehrere Haarnadeln. Er setzte sie auf dem Boden ab. Kaum dass sie wieder auf den Füßen stand, wirbelte sie zu ihm herum und stürzte los. Er rannte vor ihr weg und duckte sich hinter einen Baum.

»Isabelle!« Die Stimme der Königin durchschnitt die Luft.

Aurora blickte hoch. Die Königin stand an einem Fenster im zweiten Stock und starrte wütend zu ihnen herunter. »Hör sofort auf mit diesem Unfug! Das ist kein Benehmen für eine Prinzessin!«

Isabelles Lächeln erlosch. Ihre Lippen teilten sich, entblößten ihre Schneidezähne, und Tränen sammelten sich in ihren Augen. Doch sie blinzelte sie weg.

»Siehst du vielleicht, dass Prinzessin Aurora herumrennt und sich töricht aufführt?«, schimpfte die Königin.

Aurora lief rot an und verschränkte die Hände vor ihrem Körper. *Nein*, dachte sie. Sie rannte nicht herum. Jahrelanger Drill hatte diesen Impuls in ihr zunichte gemacht. Aber es widerstrebte ihr, als das leuchtende Vorbild herzuhalten, das Isabelles Vergnügen ein Ende setzte.

»Zeig gefälligst ein wenig Anstand.«

Rodric und Isabelle gingen langsam zu Aurora rüber. »Wir sollten dich jetzt wieder bei Mrs Benson abliefern«, sagte Rodric zu seiner Schwester. »Womöglich macht sie sich schon Sorgen. Und die Prinzessin hat bestimmt auch noch ein paar andere Dinge zu tun.«

Der Protest blieb Aurora im Hals stecken.

Isabelle fasste mit einer Hand an ihren Kopf und tastete nach den verrutschten Haarnadeln.

»Komm her«, sagte Aurora leise. »Ich helfe dir.«

Sie stellte sich hinter das Mädchen und richtete ihr wortlos das Haar, bis jedes Härchen wieder perfekt saß.

Nach dem Mittagessen führte Rodric Aurora zu den Gemächern der Königin im vierten Stock. Es waren luftige Räume, die vom Rest des Schlosses abgetrennt und streng bewacht waren und auf einen Privatflur hinausgingen, der von Blumen überquoll.

Geißblatt, dachte Aurora.

Die Tür war nur angelehnt. Drinnen waren der König, die Königin und etwa zwanzig Höflinge versammelt; ein paar Hofdamen saßen über Stickarbeiten gebeugt und plauderten mit der Königin, andere spielten Karten- oder Brettspiele. Ein flauschiger roter Läufer lag auf dem Boden, und an den Wänden hingen Gemälde, die Szenen mit wilden Kreaturen und feinen Gesellschaften zeigten.

»Rodric!« Der König unterhielt sich mit einem älteren Mann, von dem er sich abwandte, als Rodric eintrat. »Endlich gesellst du dich zu uns. Komm her, mein Sohn. Ich habe Sir Edward gerade von deinem großartigen Triumph erzählt. Vielleicht kannst du das Ganze noch mit ein paar Details ausschmücken.«

Rodric warf Aurora einen Blick zu, und der König lachte. »Ihr zwei hattet doch schon den ganzen Morgen für euch. Bestimmt kann dich die Prinzessin für fünf Minuten entbehren. Vielleicht möchte sie sich ja ein bisschen mit den Damen unterhalten.«

Rodric machte eine knappe Verbeugung vor Aurora und ging zu seinem Vater hinüber.

Aurora blieb unschlüssig mitten im Raum stehen und sah zu den stickenden Frauen hinüber.

»Ich habe heute morgen einen Brief von der lieben Theodora erhalten«, sagte eine von ihnen. Wie beiläufig glitten ihre Nadeln im gleichmäßigen Rhythmus durch den Stoff. »Offenbar ist sie krank, die Ärmste.«

»Ich hoffe, es ist nichts Ernstes?«, fragte die Königin. Sie warf Aurora einen Blick zu, dessen Botschaft eindeutig war: *Setz dich hierher.*

Aurora wollte gerade zu dem ihr zugewiesenen Platz aufbrechen, da spürte sie, dass jemand dicht hinter ihr stand. Sie drehte sich um. Prinz Finnegan.

»Prinzessin Aurora«, sagte er. »Ihr seht ein wenig verloren aus.«

»Ich überlege gerade, wo ich mich hinsetzen soll.«

»Ja, eine wirklich schwierige Entscheidung«, sagte Finnegan. »Die Auswahl an trefflichen Möglichkeiten ist groß.«

»Was treibt Ihr da mit unserer Prinzessin, Finnegan?«, unterbrach der König ihn. »Versucht ja nicht, sie uns abspenstig zu machen.«

»Keineswegs, mein Ehrenwort«, sagte Finnegan. »Aber wer würde sich schon die Chance entgehen lassen, die Bekanntschaft eines solch schönen Mädchens zu machen?«

»Sie ist ein Juwel, das ist wahr.«

»Kommt schon«, wandte Finnegan sich wieder an Aurora.

»Gesellt Euch zu uns und spielt eine Partie mit uns. Alexandra hat die letzten vier Runden gewonnen, und wir brauchen dringend jemanden, der ihr Einhalt gebietet.«

Ein Mädchen mit dichten schwarzen Locken lachte. »Ist doch nicht meine Schuld, wenn sich niemand hier aufs Kartenspielen versteht.«

»Da, hört Ihr, wie das Gewinnen ihr bereits zu Kopf gestiegen ist?«, sagte Finnegan. »Helft uns, sie in ihre Schranken zu weisen.«

»Ich fürchte, ich werde Euch keine große Hilfe sein«, sagte Aurora. »Ich kenne ja nicht mal die Regeln.«

»Dann bringe ich sie Euch bei. Es ist ganz einfach. Ich bin sicher, dass ein kluges Mädchen wie Ihr sie im Handumdrehen verstehen wird.«

Sie sah ihn an. Es schien ihr, als wollte er sich mit den Worten »ein kluges Mädchen wie Ihr« über sie lustig machen. Ein subtiler, höflicher Seitenhieb, den sie aber sehr wohl bemerken sollte.

»Man sagt, dass jeder gute Schüler einen guten Lehrmeister hat. Wenn ich also in Euren fähigen Händen bin, gewinne ich sicher schon die nächste Partie.«

»Großartig«, sagte er. Er legte ihr eine Hand an den unteren Rücken und schob sie auf die Gruppe der Kartenspieler zu. »Jemand bringe der Prinzessin einen Stuhl!«

Es wurde ein Holzstuhl neben Finnegan gestellt, und Aurora nahm darauf Platz. Ein Mann, den Aurora noch nie gesehen hatte, sammelte die Karten auf. Er mischte sie mit so schnellen Bewegungen, dass sie in seinen Händen ineinander verschwammen.

»Alexandra muss geben«, sagte Finnegan. »Da sie die letzten fünfzig Partien gewonnen hat. Die Prinzessin und ich teilen ein Blatt, damit ich ihr die Regeln beibringen kann.«

Alexandra nahm eine Karte vom Stapel und legte sie mit der Farbe nach oben auf dem Tisch ab. »Unser Einhorn ist die rote Vier«, sagte sie. »Sollen wir diese Partie mit Jäger spielen?«

»Nein, wir sollten es simpel halten«, sagte eine andere Frau. Sie hatte glattes braunes Haar, das ihr bis über die Schultern fiel. »Schließlich ist es das allererste Spiel für die Prinzessin.«

Aurora hätte ihr für die Rücksichtnahme gedankt, wäre sie nicht beinahe sicher gewesen, dass es genau diese Dame gewesen war, die sie am Tag ihres Erwachens als »nicht ganz helle« bezeichnet hatte.

»Fürsorglich wie immer, Carina«, sagte Finnegan. »Wollen wir anfangen?«

Alexandra verteilte reihum die Karten. »Die Regeln sind ganz einfach«, wiederholte Finnegan. »Wenn Ihr an der Reihe seid, könnt Ihr jede beliebige Karte von jedem beliebigen Spieler wählen. Wenn Ihr ein passendes Pärchen in der Hand haltet, legt Ihr es auf dem Tisch ab. Wer als Erster das andere Einhorn in die Finger bekommt …«, er zeigte auf die rote Vier in der Mitte des Tisches, »hat gewonnen. Schummeleien sind natürlich ausdrücklich erwünscht.«

»Was für Schummeleien?«

»Womit auch immer Ihr durchkommt«, sagte Finnegan. »Wenn Ihr erwischt werdet, müsst Ihr ein Pfand abgeben. Aber nur wenn Ihr Euch erwischen *lasst.*«

Aurora nahm die Karten in die Hand und fächerte sie auf. Das Einhorn war nicht dabei.

Finnegan lehnte sich über ihre Schulter, und als er zwischen die Karten griff, um sie neu zu sortieren, streiften seine Finger ihre Hand. »Wir haben eine Menge zu bereden«, murmelte er. »Aber hier können wir nicht sprechen. Später.«

Sie zwang sich dazu, auf ihr Blatt zu schauen.

»Wer hat die Kreuz Zwei?«, sagte ein Mann.

»Ich«, sagte eine Frau mit einem langen braunen Flechtzopf, der ihr seitlich über der Schulter hing. Sie ließ den Blick reihum wandern und studierte die Gesichter ihrer Gegenspieler, dann zog sie eine Karte aus Alexandras Blatt. »Wenn man bedenkt, dass Ihr alle vorherigen Spiele gewonnen habt, scheint mir das eine kluge Wahl zu sein«, erklärte sie.

Die Karten wanderten zwischen den Spielern in Windeseile hin und her.

»Habt Ihr schon gehört, was neulich Abend unten am Südtor passiert ist? Sie haben eine Straßenblockade errichtet und irgendwelche Trümmer in Brand gesetzt. Ich glaube, eine Wache wurde dabei verletzt.« Carina legte ein Kartenpaar auf dem Tisch ab und schüttelte sich theatralisch. »Mein Mann sagt, es stehe zu befürchten, dass sich eine neuerliche Revolte zusammenbraut.«

»Eine Revolte?« Der Mann neben ihr lachte. »Seid nicht albern, meine Teure. Ein paar schlechtgelaunte Bauern machen noch keine Revolte.«

»Ach, lasst uns nicht über derart unschöne Dinge reden«, sagte Alexandra.

»Alexandra ist der Meinung, wenn man über etwas nicht nachdenkt, dann existiert es auch nicht«, sagte Finnegan. »Ich bin überrascht, dass von ihrer Welt überhaupt noch etwas übrig ist.«

Alexandra stieß ein grelles kleines Lachen aus. »O Finnegan, Ihr seid grausam.« Sie hörte nicht auf zu lächeln, aber in ihren Augen blitzte Wut.

Die Mitspielerin, die rechts neben Finnegan saß, lehnte sich nach vorn. Aurora erhaschte einen Blick in ihre Karten. Kein Einhorn.

»Also«, raunte Finnegan ihr zu. »Wer glaubt Ihr, hat es?«

Sie sah der Reihe nach die anderen Spieler an, die alle um das beste Blatt rangen. Sie hatte nicht viel Erfahrung im Deuten von Gesichtern. Doch sie hatte bemerkt, dass Alexandra ständig nach links und rechts schaute. Ihr Stuhl war ein paar Zentimeter nach hinten gewandert, so als versuchte sie, einen besseren Blick auf die Karten der anderen zu erhaschen. »Alexandra nicht«, murmelte sie zurück. »Sie sucht selbst danach.«

»Sonst noch was?«

Sie schaute noch einmal in die Runde. »Der Mann mit dem grünen Halstuch«, sagte sie. »Er schenkt den Karten, die er nimmt, gar keine Beachtung. Fast so, als würden sie ihn nicht kümmern, weil er bereits die hat, die er will.«

»Möglich«, sagte Finnegan. »Nur leider ist das einfach Andrews Art zu spielen. Er kann nicht lügen, und so überlässt er das Ganze dem Zufall.«

»Dieses Geflüster von Euch beiden ist abscheulich«, sagte Carina. »Ich fühle mich schon richtig als Zielscheibe eines Komplotts. Euer Verhalten kommt mir höchst verdächtig vor.«

»Sie ist uns auf der Spur«, sagte Finnegan in einem Bühnenflüstern. »Wie wollen wir uns verbergen?«

Alle am Tisch lachten. Als das Spiel weiterging, neigte er sich dicht an Auroras Ohr heran.

»Sie hat es«, sagte er. »Sie versucht, eine reglose Miene aufzusetzen, aber jedes Mal, wenn jemand eine Karte von ihr zieht, huscht ihr Blick unwillkürlich ganz schnell zu der dritten von links in ihrem Blatt. Dort versteckt sich unser Einhorn, versprochen.«

»Und woher wollt Ihr wissen, dass dies keine listige Täuschung ist?«

»Weil«, sagte er, »ich es weiß, Aurora.«

Beinahe alle Karten waren vom Tisch, als Finnegan sich ausstreckte und das mutmaßliche Einhorn nahm. Wortlos drückte er die Karte Aurora in die Hand. Es war die rote Vier.

Als dann der nächste Spieler am Zug war, beugte Finnegan sich vor und fasste mit nachdenklicher Miene ans Kartenblatt, als überlege er etwas. Blitzschnell stupste er das Einhorn mit dem kleinen Finger hinter eine andere Karte, so dass es von vorn nicht mehr zu sehen war. Aurora veränderte ihre Handhaltung, und schon rutschte die Karte noch ein Stück weiter nach links.

Als Carina danach griff, erwischte sie die falsche.

Andrew spielte sein letztes Kartenpaar aus, und mit lächelndem Gesicht legte Aurora das Einhorn auf den Tisch.

»Was für eine Schande!«, rief Finnegan. »Der versammelte Hof wurde von einer blutigen Anfängerin geschlagen. Ich glaube, ich werde meine wahre Freude an diesem Mädchen haben!«

Aurora unterdrückte nur mit Mühe ein Stirnrunzeln. Er hatte in einem Kartenspiel gewonnen, und sie war nicht der Preis gewesen.

»Ich bin dieses Spiels überdrüssig«, sagte Carina. »Warum spielen wir nicht etwas anderes?«

Alexandra sah zu Aurora herüber. »Kennt Ihr irgendwelche Spiele, Prinzessin? Was habt Ihr früher immer so gespielt?«

»O ja, bitte. Irgendetwas Altmodisches!«

»Ich befürchte«, sagte die Königin, »dass Aurora Euch dies ein andermal lehren muss.« Sie stand hinter Auroras Stuhl; wie aus dem Nichts war sie aufgetaucht. »Leider muss ich sie jetzt an meinen Handarbeitstisch entführen. Wir haben viel zu besprechen.«

»Dann ein andermal«, sagte Finnegan.

Die Königin nickte zustimmend. »Komm, Aurora.«

Aurora stand auf und folgte ihr durch den Raum. »Ich habe dich gewarnt, dass du dich von ihm fernhalten sollst«, raunte

Iris, sobald sie außer Hörweite waren. »Du darfst dich von ihm nicht einwickeln lassen.«

»Wir haben doch nur Karten gespielt.«

»Nun ja. Finnegan tut nie *nur* irgendwas. Er verfolgt seine eigenen Motive, glaube mir.«

Die Damen hoben kurz die Köpfe von ihren Stickereien, als sie sich näherten, sagten aber nichts, sondern lächelten nur flüchtig. Die Königin deutete mit der Hand auf einen leeren Stuhl, dann nahm auch sie Platz. Sie hob ein Stück grobe Baumwolle vom Tisch auf und reichte es Aurora.

»Übe damit, meine Liebe«, sagte sie. »Wir werden uns ein Bild von deinen Fertigkeiten machen und dann sehen, wo man sie einsetzen kann.«

»Ich kann nicht sticken«, sagte Aurora leise, als sie Nadel und Stoff in die Hand nahm. Eine leichte Röte kroch in ihre Wangen. »Nadeln … Mir war nicht erlaubt …«

»Dann wird's Zeit, es zu lernen«, sagte die Königin. »Schließlich brauchst du jetzt keine Angst mehr davor zu haben, dich in den Finger zu stechen.«

Die Nadel fühlte sich kalt zwischen ihren Fingern an. »Nein, Eure Majestät.«

»Probier mal, deinen Namen zu sticken«, sagte sie. »Sobald wir sehen, was du falsch machst, können wir dir helfen, deine Fehler zu korrigieren. Flüche dauern nicht ewig, meine Liebe.«

Aurora zog den Stoff stramm und versuchte, die Nadel hindurchgleiten zu lassen. Doch das Material war widerspenstig, und so straffte sie es noch mehr. Die Damen fuhren fort, sich über Mitglieder des Hofes und etwaige Hochzeitsgäste zu unterhalten, während Aurora mit der Fingerkuppe gegen die Spitze der Nadel drückte und sie leicht hin und her bewegte. Sie war so stumpf, dass sie lediglich eine kleine Kerbe in ihrer Haut hinterließ.

Sie sah zum Kartentisch hinüber, wo alle in ein neues Spiel vertieft waren. In der Zwischenzeit hatte Finnegan sich anders platziert und saß nun mit Blickrichtung zu ihr und der Königin. Er beobachtete sie über den Rand seines Kartenblatts hinweg, eine Augenbraue hochgezogen.

Sie richtete ihre Aufmerksamkeit wieder auf das Stück Stoff, spürte aber noch lange, nachdem sie den Blick abgewandt hatte, seine Augen auf sich ruhen.

NEUN

Als Aurora in dieser Nacht das *Tanzende Einhorn* erreichte, lehnte Tristan draußen am Eingang an der Hauswand und ließ eine Münze zwischen seinen Fingern wandern. Er lächelte, als er sie näherkommen sah.

»Maus!«, sagte er. »Da bist du ja. Ich dachte schon, du kommst zu spät.«

»Zu spät wofür? Fürs Herumstehen?«

»Viel besser. Warst du schon mal auf der Nachtkirmes? Die in der Market Street?« Er hielt die Münze zwischen Daumen und Zeigefinger, wie ein Symbol des Triumphes. »Nachdem ich gestern Abend hierher zurück bin, hat Dolores ein üppiges Trinkgeld springen lassen. Sie freue sich, mich mit einem netten Mädchen zusammen zu sehen, hat sie gesagt. Und wünscht sich, dass ich etwas Schönes mit ihr unternehme.« Er grinste und schnipste die Münze in die Luft. »Na ja, und einer so alten Frau kann ich doch keinen Wunsch abschlagen. Also, willst du hingehen?«

Natürlich wollte sie hingehen. Aber Aurora legte den Kopf schief, so als würde sie über seine Einladung gründlich nachdenken. »Ich bin mir nicht sicher«, sagte sie. »Was ist eine Nachtkirmes?«

»Ein großer Spaß! Oder zumindest so lustig, wie etwas sein kann, das im *gehobenen* Viertel der Stadt stattfindet. Mit Jongleuren und Feuerschluckern und Wahrsagern und Musik … Ich glaube, Distel tritt auch irgendwo auf.«

»Musst du nicht arbeiten?«

»Nein! Ich habe heute Abend freibekommen. Ich dachte erst, Nell würde es nicht erlauben, nachdem wir uns gestern Abend so einfach davongemacht haben, aber sie hat ein weiches Herz. Das und außerdem habe ich versprochen, eine Woche lang das Geschirr zu spülen. Also, wollen wir?« Er bot ihr den Arm an. Aurora hakte sich unter.

»Gut«, sagte sie. »Dann zeig mir, wo's langgeht.«

Sie schlugen einen anderen Weg ein als am Abend zuvor, schlängelten sich durch ein Gewirr enger Gassen und kamen an einer Straße heraus, auf der es wimmelte von Leuten. Weiter hinten lugten die Türme des Schlosses über die Dächer hinaus. Aurora und Tristan ließen sich von der Menge mitreißen, folgten dem Rhythmus der Füße und dem Tempo ihrer Vorder- und Hintermänner.

Die Straße öffnete sich auf einen großen Platz, der überquoll von Menschen. Ein Spalier Marktstände säumte die

Straße, von Laternen erhellt und mit bunten Stoffen drapiert. Papiergirlanden wippten zwischen den Bäumen. Die Luft war ein Durcheinander von Geräuschen – Leute, die lachten und schrien und mit knallenden Sohlen über das Pflaster rannten, die mit Markthändlern feilschten und sangen und zankten.

»Ist das hier jede Nacht so?«, fragte Aurora atemlos.

Tristan lachte. »Natürlich nicht. Einmal im Monat wird die Straße fürs Vollmondfest gesperrt.«

»Vollmondfest? Klingt nach Hokuspokus.«

»Genau darum geht's«, erwiderte Tristan. »Alles zu Ehren der Prinzessin. Ich nehme an, man dachte, sie würde von dem Krach irgendwann mal aufwachen. Solange sie noch schlief, war's jedenfalls ein guter Vorwand für den Trubel.«

»Ist denn ein Vorwand dafür nötig?«

»Ich will's nicht hoffen. Andernfalls müssen sie sich halt einen neuen einfallen lassen.«

Die Markttische bogen sich unter staunenswerten, wundervollen Dingen, ballenweise Stoffe, kleine Messingfigurinen, Schüsseln und Schals und Halsketten, die im Licht der Laternen glitzerten. An einem Stand stapelten sich Berge von Büchern, zerfledderte alte Lederbände neben bloßen Stößen von Papier, die nur mit Schnur zusammengehalten wurden. Sie waren so nachlässig aufeinandergetürmt, dass es aussah, als würde schon die kleinste Bewegung sie zu Fall bringen. Ein Blätterberg war bereits in sich zusammengestürzt, und die Bücher lagen wie Kraut und Rüben auf dem Boden. Mittendrin saß eine Frau, zog eines nach dem anderen heraus, warf einen

Blick auf den Titel und legte sie dann wieder zurück. Aurora ging näher heran, es juckte sie in den Fingern, auch durch die Seiten zu blättern.

Tristan folgte ihrem Blick. »Magst du Bücher?«, fragte er.

»Ja«, sagte sie. »Das tue ich. Und du?«

»Geht so. Mein Vater hat mir das Lesen beigebracht und gesagt, es sei wichtig. Aber dieser Tage fällt mir nur selten ein Buch in die Hände. Ich bin ziemlich eingerostet.«

»Dann brauchst du nur ein bisschen Übung.« Sie zwängte sich zwischen den Leuten hindurch, bis sie den Tisch erreichte, und griff nach dem obersten Buch auf dem Stapel. *Der listige Lou und der Schatz von Arak* lautete der Titel. Ein paar Seiten waren bereits lose.

»Die habe ich geliebt, als ich noch jünger war«, sagte Tristan. »Wenn ich mal eins davon in die Hände gekriegt habe.«

»Noch nie davon gehört.«

»Du hast noch nie vom listigen Lou gehört?« Tristan griff sich an die Brust. »Er ist der wohl größte Abenteurer ganz Alyssinias. Es gibt … bestimmt … fünfzig Bücher über ihn? Hundert? Ich dachte, du liest gern, Maus.«

»Vermutlich sind sie mir einfach nie untergekommen.« Sie schlug das Buch auf. Die Schrift war grob gedruckt und stellenweise verwischt, und nur auf wenigen Seiten gab es ein paar skizzenhafte Zeichnungen. »Er erlebt Abenteuer?«

»Jede Menge. Ich habe mehrere Bände davon besessen. Hab mir immer einen gekauft, wenn ich mal einen Penny übrig hatte. Aber sie sind alle verloren gegangen. Als ich hergezogen bin.«

Aurora hielt ihm das Buch hin. »Du solltest es kaufen«, sagte sie. »Die Abenteuer wieder aufleben lassen. Gib das Geld von Dolores für etwas Sinnvolles aus.«

Tristan schüttelte den Kopf. »Dafür habe ich keine Zeit. Meine eigenen Abenteuer halten mich zu sehr auf Trab. Aber ich kann es für *dich* kaufen, wenn du magst. Ich schenke es dir.«

»Das kann ich unmöglich annehmen«, sagte sie, aber ihre Finger schlossen sich bereits fester um die abgegriffenen Seiten.

»Doch, das kannst du«, erwiderte Tristan. »Ist ganz einfach.« Er hielt die Münze hoch. »Entschuldigung«, sagte er zu dem Händler. »Wie viel soll das hier kosten?«

Während Tristan um den Preis feilschte, drückte Aurora das Buch an ihre Brust, und ihr Mund verzog sich zu einem breiten Lächeln.

»Danke«, murmelte sie, nachdem das Geld den Besitzer gewechselt hatte und sie sich vom Marktstand entfernten. »Wirklich. Das hättest du nicht tun müssen.«

»Doch«, sagte Tristan. »Eine so grandiose Geschichte darf ich dir nicht vorenthalten.«

Sie spazierten weiter, Aurora hielt das Buch umklammert. An jeder Straßenecke spielten Musikanten, und zum Takt ihrer Lieder boten Tanztruppen ihr Können dar, machten Salti und ließen bunte Bänder durch die Luft flattern, während die staunende Menge zuschaute. Aurora und Tristan blieben am Rand einer kleinen Menschenansammlung stehen und sahen einem Mann zu, der auf der Spitze einer langen, dünnen Stange balancierte und dazu mit großen Keulen jonglierte. Das Publikum applaudierte begeistert.

Ein Stück weiter hatte sich eine Kapelle auf der steinernen Umrandung eines Brunnens niedergelassen und sang lauthals zum Rhythmus der Trommeln, während Tanzpaare im Kreis um sie herumwirbelten. Aurora wippte im Takt auf den Zehen auf und nieder.

»Willst du tanzen?«, fragte Tristan.

Sie hatte noch nie in ihrem Leben getanzt. Ein bisschen hatte sie in ihrem Turm geübt, indem sie langsam ein paar Schritte ausgeführt hatte, während ihre Mutter den Takt dazu mitzählte, allerdings nie im Beisein anderer, und es war nie so ein Tanzen gewesen wie bei den Menschen hier, die sich nach Herzenslust ausgelassen im Kreis drehten.

»Ich kann nicht«, sagte sie, aber Tristan zog sie mit sich und schlüpfte durch eine Lücke in die Menge. Ein Mädchen ergriff Auroras Hand, ihre Finger berührten sich über dem zusammengerollten Buch, und dann wurde sie in den wirbelnden Reigen hineingerissen, hüpfend, hopsend. Hände lösten sich, Körper drängten zusammen und wieder auseinander, drehten sich auf der Stelle. Tristans Arme lagen eng um ihre Taille, dann fasste wieder ein Fremder ihre Hand, und sie tanzten abermals im Kreis. Auroras Haare flogen ihr ums Gesicht, und sämtliche Farben der Umgebung liefen ineinander, das Grün und Braun der Kleider, das orangefarbene Glimmen der Laternen. Es herrschte eine chaotische Ordnung in den Schritten und Bewegungen, dirigiert von der Musik und dem Willen der Menge. Aurora schloss die Augen und ließ sich treiben.

Sie drehten sich, bis ihnen schwindlig war, dann zog Aurora Tristan fort, sie stolperten aus dem Getümmel heraus, schütteten sich aus vor Lachen, bis sie Seitenstechen bekamen.

»Ich brauche eine Pause«, sagte sie und schnappte nach Luft.

»Machst du schlapp?«

Tristans Haar stand in alle Richtungen vom Kopf ab, und Aurora griff hinein, um es zu ordnen. Ihr Herz raste immer noch vom Tanzen, die Welt um sie herum war bunt gestreift von Licht und Farbe.

Es kam ihr so vor, als hätten sie den Rest der Welt hinter sich gelassen, als könnte sie alles tun, ohne dass es irgendwelche Konsequenzen für die Zukunft hätte. Sie sah Tristan an, und er fing ihren Blick auf, roterhitzt und außer Atem, wie immer mit diesem typischen Grinsen im Gesicht.

Aurora beugte sich vor und küsste ihn.

Seine Augen wurden groß, doch so schnell, wie alles passiert war, so schnell endete es auch wieder. Aurora biss sich auf die Lippe, und Tristans Blick folgte jeder ihrer Bewegungen, aber noch bevor er sich näher zu ihr herunterneigen konnte, rannte sie los, wie beschwipst von ihrem eigenen Wagemut, aber nicht wagemutig genug, um es noch mal zu probieren. Sie kicherte.

»Komm!«, sagte sie. »Wir müssen Distel finden.«

Sie liefen weiter die Straße hinunter, denn tatsächlich war in der Ferne Distels Stimme zu hören. Ihr Lied war weicher, sanfter, kaum hörbar über dem Rufen und dem Klappern der Schritte auf dem Pflaster. Sie stand auf einer behelfsmäßigen Bühne mitten auf einem Platz und sang für eine kleine Schar Zuschauer. Ihr schwarzes Haar wurde von einer Schmetterlingsspange zurückgehalten, und während sie sich beim Singen hin und her wiegte, lösten sich ein paar Strähnen und fielen in ihr Gesicht.

Aurora ließ Tristans Hand nicht los, bis sie mitten auf dem Platz standen, umgeben von Menschen, und nur wenige Meter von Distel entfernt. Tristan zog sie an sich heran, seine freie Hand lag an ihrem unteren Rücken, und sie schaukelten sanft im Takt der Musik. Dann begann ein neues Lied, und er kam sogar noch näher, bis seine Lippen ihr Ohrläppchen streiften. Als er sprach, waren seine Worte so leise, dass sie sie eher fühlte als hörte.

»Wirst du mir jemals verraten, wer du bist, Maus?«

Ihr Herz hämmerte so heftig, dass sie glaubte, er müsste es durch ihre Kleidung und ihre Haut hindurch spüren. Sie schüttelte den Kopf und spürte seinen seufzenden Atem an ihrem Hals.

»Habe ich mir schon gedacht.«

Sie schluckte und kniff ihre Augen zusammen. Die Momente rannen ihr durch die Finger wie Sandkörnchen. Sie wollte irgendetwas sagen, sich ihm anvertrauen, bevor ihr alles aus den Händen glitt. Sie vergrub ihr Gesicht an Tristans Hals. Er roch rauchig und süß. Dann stellte sie sich auf Zehenspitzen und wanderte mit ihrer Nasenspitze am Rand seiner Ohrmuschel entlang.

»Ich bin verloren«, sagte sie.

Distel sang immer weiter, Lieder von Sehnsucht und Liebesschmerz. Aurora hielt den Atem an, und Tristan lächelte, an ihre Wange geschmiegt.

»Ich auch«, sagte er. »Vielleicht können wir zusammen verloren sein.«

ZEHN

Sobald Aurora in ihr Zimmer zurückgekehrt war, machte sie es sich in ihrem Sessel bequem und schlug das neue Buch auf. Wie sich herausstellte, war die Geschichte gleichermaßen schrecklich wie spannend. Der listige Lou klaute sich draufgängerisch durchs halbe Königreich, stürzte sich offenen Auges in die Gefahr, stets nur mit einem Dolch und seiner schlagfertigen Zunge bewaffnet. Seine Feinde johlten, und die Mädchen fielen reihenweise in Ohnmacht, während Lou auf seiner Jagd nach dem legendären Schatz mit knapper Not einer brenzligen Situation nach der nächsten entkam.

Beim Lesen stand Aurora die ganze Zeit das Bild des zehnjährigen Tristans vor Augen, wie er Lous Abenteuer in unglaublicher Geschwindigkeit verschlang. Hatten sie ihn zu seinen Phantastereien über Piraten und Gaukler inspiriert?

Sie glaubte, noch immer seine Lippen auf ihren spüren zu

können. Die ganze Aufregung einer Nacht war eingefangen in diesem einen flüchtigen Moment. Sie wollte nicht schlafen, sondern an dieser Erinnerung festhalten und dem wilden Klopfen ihres Herzens lauschen. Sie wollte das Buch noch einmal lesen und denken: *Das gehört mir … und Tristan.*

Als am nächsten Morgen Betsy die unverschlossene Tür öffnete, hielt sie einen langen Moment inne, den Blick starr zu Boden gerichtet. Dann schloss sie sie leise hinter sich und hastete zu Aurora hinüber.

»Prinzessin«, sagte sie. »Ich weiß, ich bin nur Eure Zofe, und ich hoffe, ihr haltet es nicht für ungehörig, aber …«

»Du bist nicht nur meine Zofe, Betsy«, sagte Aurora. »Du bist überhaupt nichts *nur.*«

Betsy nickte. »Die Sache ist die – wenn jemand Eure Tür aufgeschlossen hat, dann müsst Ihr es mir sagen. Ich weiß nicht, ob Ihr es selbst überhaupt bemerkt habt oder nicht, aber ich mache mir solche Sorgen um Euch.«

»Sei unbesorgt«, sagte Aurora. »Es ist nur so, dass es nachts hier drinnen recht stickig ist. Ich wandle gern durch die Flure. Die Wachen sind die ganze Zeit in meiner Nähe.«

»Dennoch, Prinzessin. Es ist gefährlich für Euch, allein herumzuspazieren.«

Aurora wollte ihr versprechen, dass sie in ihrem Zimmer bleiben würde, wo ihr nichts geschehen könne. Doch die Musik von gestern Abend klang ihr noch in den Ohren, und sie meinte immer noch Tristans Hände auf ihrem Rücken zu spüren, und so brachte sie die Worte einfach nicht heraus. Sie musste ihn wiedersehen. Sie würde verrückt werden, gefangen in diesen vier Wänden.

»Wie auch immer, ich bin froh, dass Ihr wach seid«, sagte Betsy und drehte sich zur Seite. »Prinz Finnegan wünscht, mit Euch zu frühstücken. Ich dachte, vielleicht könntet ihr das goldene Kleid anziehen, das mit dem Band? Ihr werdet ganz reizend darin aussehen.«

»Finnegan möchte mit mir zusammen frühstücken?«

Nachdem sie von der Königin gescholten worden war, nur weil sie Karten mit ihm gespielt hatte, war Aurora davon ausgegangen, dass sie ihn nicht oft zu Gesicht bekommen würde.

»So wurde es mir gesagt. Ist das nicht aufregend?« Betsy holte ein Kleid aus dem Schrank und strich die Röcke glatt.

Aurora unterdrückte ein Schmunzeln. »Deiner Meinung nach ist es also aufregend, Zeit mit Prinz Finnegan zu verbringen?«

Betsy errötete. Sie schüttelte noch einmal das Kleid aus, dann huschte sie zu Aurora hinüber und hielt es vor sie hin. »Na ja, er sieht sehr gut aus, Prinzessin. Er ist nicht so liebenswert wie Rodric, natürlich, aber … gutaussehend.«

»Vielleicht solltest *du* statt meiner hingehen. Du scheinst dich darüber mehr zu freuen als ich.«

»Ach, seid nicht albern«, sagte Betsy. »Ich wüsste doch gar nicht, wie ich mich verhalten sollte. Ich würde kein einziges Wort herausbringen.«

»Oh, das glaube ich dir nicht.«

Betsy kicherte. »Nein, nein, Prinzessin. Mir würde es glatt die Sprache verschlagen Und jetzt holt tief Luft, damit ich Euch schnüren kann.«

Eine halbe Stunde später fegte die Königin in den Raum. Sie musterte Aurora mit kritischem Blick, begutachtete die enggeschnürte Taille und die weiten Röcken, die ihre Füße unter sich begruben. Sie nickte. »Komm jetzt. Prinz Finnegan wartet.«

»Ich dachte, Ihr wolltet nicht, dass ich mit ihm spreche.«

Die Königin runzelte die Stirn. »Betsy, du kannst jetzt gehen.«

Die Zofe knickste und verschwand aus dem Zimmer. Doch kaum hatte die Tür sich hinter ihr geschlossen, ergriff die Königin wieder das Wort.

»Du stellst mich in Gegenwart von Dienstboten in Frage?«

»Ich glaube, diese Frage steht mir zu«, entgegnete Aurora. »Gerade gestern habt Ihr mich gewarnt, ich solle mich von ihm fernhalten. Ihr sagtet, er sei gefährlich. Und heute soll ich mit ihm frühstücken, als wären wir die besten Freunde?«

»Nein«, blaffte die Königin. »Nicht, als wärt ihr beste Freunde. So als wärt ihr Verbündete. Denn genau das seid ihr. Finnegan hat darum gebeten, mit dir zu frühstücken, und da er unser Gast ist, kann ich ihm diesen Gefallen schlecht verwehren.«

»Aber …« *Ihr seid die Königin*, wollte Aurora sagen. Bestimmt konnte die Königin jeden Gefallen verwehren, ganz so, wie es ihr beliebte.

»Musst du mir immer widersprechen?«, fuhr die Königin

ihr ins Wort. »Komm jetzt. Je eher du da bist, desto schneller kannst du wieder gehen. Zeige dich von deiner allerbesten Seite und behandle ihn mit mehr Respekt als mich.«

Die Königin brachte sie in einen kleinen gemütlichen Raum in einem der unteren Stockwerke. Finnegan stand neben dem Kaminfeuer und starrte ein Gemälde an der Wand an. Er lächelte, als er sie kommen sah.

»Wie wundervoll, Euch wiederzusehen, Aurora.« Er verneigte sich. »Vielen Dank, dass Ihr gekommen seid. Ich wollte unbedingt noch einmal die Gelegenheit bekommen, mit Euch zu sprechen.«

Die Königin rang sich ein Lächeln ab. »Einer meiner Diener wird draußen an der Tür stehen, falls Ihr irgendetwas benötigen solltet. Ich werde jetzt das Frühstück bringen lassen.«

Der Prinz verbeugte sich zum Dank. Iris schleuderte Aurora einen warnenden Blick zu, dann ging sie.

»So ist es doch gleich viel besser, oder?«, sagte der Prinz, sobald sich die Tür schloss. »Ich kann diese Frau nicht ausstehen.«

Aurora starrte ihn an. Sie verspürte den plötzlichen Drang, die Königin zu verteidigen, obwohl sie genau die gleichen Worte gedacht hatte.

»Ach, erzählt mir bloß nicht, dass Ihr sie mögt! Sie ist ein grässliches altes Weib. Ich glaube nicht, dass ihr schon jemals irgendetwas Aufrichtiges über die Lippen gekommen ist.«

Seine Selbstsicherheit grenzte schon an Dreistigkeit, er grinste feixend und hatte offenbar an jedem seiner unverschämten Worte eine geradezu diebische Freude.

Eine Dame ist stets höflich, sagte sie sich selbst. So hatte die oberste Regel ihrer Mutter gelautet: Mit Höflichkeit konnte man alles erreichen.

»Iris meint es gut«, sagte sie schließlich. Eine zarte Röte kroch auf ihre Wangen. »Sie war mir eine große Hilfe.«

»Sie meint es gut?« Er lachte schallend. »Ist das schon das größte Lob, das unserer schlafenden Schönheit zur Königin einfällt?« Er lehnte sich über den Tisch, bis seine Hände die Kante an ihrer Seite umfassten. »Ihr seid eine miserable Lügnerin, Aurora. Selbst bei dieser harmlosen Unaufrichtigkeit steht Euer Gesicht förmlich in Flammen.«

»Vielleicht bin ich eine schlechte Lügnerin«, konterte Aurora, »aber ich durchschaue die Menschen, genau wir Ihr. Immerhin habe ich gestern das Kartenspiel gewonnen, wisst Ihr noch?«

»Ja, das habt Ihr«, sagte er. »Mit ein bisschen Hilfe von mir. Zusammen sind wir äußerst erfolgreich.« Er hievte sich hoch und stand auf. »Ist ein Weilchen her, dass wir das letzte Mal allein waren.«

»Dass wir das letzte Mal allein waren?«, echote sie.

Er nickte. »Im Sommer 668 nach Alyssinia-Zeitrechnung, an meinem achtzehnten Geburtstag. Ein einziger Kuss, aber offenbar hat er Euch nicht gefallen.« Er legte den Kopf schräg. »Ich hoffe, Ihr findet mich im Alter attraktiver?« Als sie nichts erwiderte, fügte er hinzu: »Seht Ihr, Ihr erinnert Euch nicht. Das kränkt mich sehr, Mylady.«

»Tja, wisst Ihr«, entgegnete Aurora, »ich habe so viele

Männer geküsst. Nur wenige waren einprägsam.« Die Worte auf ihrer Zunge schmeckten gefährlich, aber sie würde nicht hier sitzen und lammfromm zuhören, während er sie süffisant lächelnd verspottete.

»Aber waren sie alle so gutaussehend wie ich?«

»Ich erinnere mich nicht.«

»Die Grausamkeit verschmähter Liebe.« Er seufzte. »Ich erinnere mich natürlich an Euch. Noch nie zuvor hatte ich ein Mädchen gesehen, das so schön ist.«

»Sind denn in Vanhelm die Frauen so hässlich?«

»Nein«, sagte er. »Sie sind der Inbegriff der Eleganz. Und doch Unkraut im Vergleich mit Eurer Schönheit und Eurem Charme.«

»Ihr schmeichelt mir.«

»Und funktioniert es? Seid Ihr schon so weit, Prinz Rodric zu verlassen und mit mir durchzubrennen? Hach, wir werden herrliche Abenteuer erleben!«

Aurora stutzte, er hatte sie völlig aus dem Konzept gebracht.

»Ich vergesse mich gerade, Aurora. Natürlich liebt Ihr Prinz Rodric. Ihr seid dazu bestimmt, glücklich miteinander zu leben bis ans Ende Eurer Tage und viele goldige Kinder zu bekommen, um die Thronfolge zu sichern.«

Sie sah weg, vor Verärgerung und Beschämung spannten sich ihre Muskeln an. »Wenn Ihr mich hergebeten habt, um mich zu verhöhnen …«

»Euch verhöhnen? Welche Beleidigung gegen den armen

Rodric. Ich habe lediglich den Wunschtraum aller beschrieben.«

Ein Klopfen an der Tür rettete sie davor, antworten zu müssen. Finnegan öffnete die Tür, und auf der anderen Seite stand ein Dienstmädchen, ihr rotes Haar fiel ihr ins sommersprossige, blasse Gesicht. Sie trug ein Tablett mit Tee und Gebäck in den Händen. »Ich bringe das Frühstück, Eure Hoheit. Wenn es Euch genehm ist.«

»Oh, das ist es, Sylvia«, sagte er. »Herein damit, herein damit. Ein bezauberndes Mädchen wie du sollte nicht auf der Türschwelle warten müssen.«

Das Dienstmädchen lief rot an bis unter die Haarwurzeln. Finnegans Augen folgten ihr, während sie das Tablett auf den Tisch stellte und einen tiefen Knicks machte.

»Müsst Ihr immer alle Mädchen zum Besten halten?«, fragte Aurora, sobald die Bedienstete gegangen war.

»Nur jene, die Glück haben.« Er ließ sich vor dem Tablett in einen Sessel sinken. »Kommt. Frühstückt mit mir. Normalerweise teilt man sich ein Frühstück ja unter ganz anderen Umständen, aber sei's drum. Esst. Erzählt mir von Euch.«

Sie rührte sich nicht. »Ich bin sicher, dass Ihr bereits alles über mich wisst.«

»Von den Überlieferungen? Meine Mutter hat mir eingebläut, nicht an Märchen zu glauben. Ich bekomme meine Informationen lieber aus erster Hand. Was meint Ihr wohl, warum ich hier bin? Die Chance, dass Rodric Euch aufwecken würde, schien überaus gering, aber ich habe mich für alle

Fälle trotzdem in der Nähe aufgehalten. Ich wollte die Gelegenheit nicht verpassen, Euch so bald wie möglich kennenzulernen.« Als sie sich nicht zu ihm setzte, fügte er an: »Wenn Ihr mir Eure Geschichte nicht erzählen wollt, könnt Ihr mir ja vielleicht meine erzählen. Es würde mich brennend interessieren, was ein ehrliches Mädchen wie Ihr von mir hält.«

»Ich kenne Euch doch kaum.«

»Oh, jetzt lasst das Prinzessinnengetue«, sagte er. »Wir hatten eben noch so viel Spaß. Warum gebt Ihr euch plötzlich so zugeknöpft?«

Sie runzelte die Stirn. »Nun gut. Ich finde Euch lächerlich und arrogant«, sagte sie. »Ihr seid irgendein Prinz aus einem fremden Land, der mich zu seinem Vergnügen verspotten und herabwürdigen will.«

»Sprecht weiter. Der erste Eindruck ist bekanntlich sehr wichtig.«

»Ihr seid dreist und respektlos, und ich verstehe nicht, warum Iris wollte, dass ich mich mit Euch treffe.«

»Sehr Ihr? Ist die Wahrheit nicht viel angenehmer? Glaubt mir, Iris denkt das gleiche, und hätte sie die Wahl, würde ich jetzt hier nicht sitzen.« Er biss von einem Stück weichem Brot ab. »Aber ich bin zu bedeutend, um ignoriert zu werden. Und wenn man erst mal dermaßen bedeutend ist, kann man tun und lassen, was man will. Offenbar ist das eine Lektion, die Ihr noch nicht gelernt habt. Oder vielleicht seid Ihr auch gar nicht so bedeutend, wie alle behaupten?«

Sie zwang sich zu einem neutralen Gesichtsausdruck und

ließ sich, das Kinn vorgereckt, auf dem Sessel ihm gegenüber nieder. »Ich bin ich selbst. Sagt Ihr mir, ob das ausreichend bedeutend ist.«

»Das ist schwierig«, erwiderte er. »Ihr habt mir ja noch überhaupt nichts von Euch erzählt. Wenn Ihr wollt, dass ich Euer *wahres* Ich erkenne, wären ein paar Details hilfreich.«

»Lieber nicht.«

»Schön. Dann muss ich eben sehen, womit ich selbst aufwarten kann.« Er lehnte sich nach vorn, und seine Augen wanderten über ihr Gesicht. »Ihr seid es leid«, sagte er. »Ihr seid gezwungen, Euch duldsam und sanftmütig zu geben, dabei habt ihr Feuer in den Adern und wohl auch eine gewisse Aggressivität, würde ich sagen. Ihr sehnt Euch nach Abenteuer. Die anderen sagen nein, aber Ihr … Ihr wollt mehr. Na, liege ich damit einigermaßen richtig?«

Sie schluckte, krampfhaft bemüht, seinem Blick standzuhalten. »Ihr wisst ja nicht, was Ihr da redet.«

Er zog die Augenbrauen hoch. »Lügen stehen Euch wahrlich nicht gut zu Gesicht.« Er biss abermals von seinem Brot ab, und die Spannung zwischen ihnen nahm ein wenig ab.

Aurora blickte auf ihre Hände, die ineinander verschlungen in ihrem Schoß lagen

»Vanhelm würde Euch gefallen«, sagte er. »Dort ist es ganz anders als hier. Es trennt uns nur ein kleines Meer, und doch sind unsere Welten grundverschieden. Unsere Gebäude sind turmhoch, Aurora. Dahinter ließe sich mit Leichtigkeit Euer läppisches Schloss verstecken. Während Ihr Euch über das

Land ausbreitet, bauen wir in den Himmel, nutzen noch die allerkleinsten Flächen, die für die Drachen nicht so interessant sind.«

»Drachen?« Ihr blieb die Luft weg. Drachen waren Fabelwesen, die in Büchern und Legenden und Träumen existierten. Solange es Alyssinia gab, hatte es keine Drachen gegeben – und davor vermutlich auch nicht, denn wer konnte schon sagen, ob all die Mythen auch nur ein Körnchen Wahrheit enthielten?

»O ja«, sagte er. »Wusstet Ihr das nicht? Vor fünfzig Jahren sind sie eines Tages einfach erwacht. Ein bisschen so wie Ihr. Sie kamen aus den Bergen und verbrannten mein halbes Königreich zu Asche. Warum glaubt Ihr, dass Euer König und Eure Königin uns so fürchten? Sollten wir jemals herausfinden, wie man diese Geschöpfe zähmt, dann …« Er grinste. »Findet Ihr das nicht ungeheuer aufregend, Aurora?«

Fabelkreaturen, die gar nicht existieren sollten, lebten und atmeten jenseits des Meeres. Natürlich fand sie das aufregend.

»Warum?«, fragte sie. »Wie sind sie aufgewacht?«

»Das weiß keiner. Würdet Ihr das herausfinden wollen? Wenn Ihr mit mir kommen würdet, könnte das eine unglaubliche Geschichte werden. Nichts von diesem Märchenunsinn. Ein Abenteuer voll nervenaufreibender Gefahr und mit ein bisschen Feuer.«

Am schlimmsten war, dass sein Angebot so verlockend klang. Einfach von hier weggehen. Prinz Rodric und die ganze Verantwortung zurücklassen und davonrennen, um all das zu sehen, was ihr bisher vorenthalten geblieben war. Ärger wallte in ihr auf, sie war wütend auf ihn, dass er sie derart in Versuchung führte, und wütend auf sich selbst, dass sie sich in Versuchung führen ließ.

»Seid Ihr so entschlossen, mich auf Abwege zu führen«, sagte sie. »Oder seid Ihr nur ein armseliger Tropf, der auf Phantasiegeschöpfe zurückgreifen muss, um mich für sich zu gewinnen?«

»Funktioniert es denn? Meine Familie wäre darüber jedenfalls hocherfreut. Wir haben dieselben Vorfahren, wisst Ihr. Das ist nämlich der eigentliche Grund, warum ich hier bin, so vergnüglich es auch ist, Euch zu necken.« Er machte einen Schritt auf sie zu. »Seit dem Tod Eures Vaters wurde Alyssinia von unwürdigen Männern regiert. Meine Familie hat einen viel legitimeren Anspruch auf den Thron. Wir wünschen uns, die beiden Königreiche zu vereinen, um einen Teil unseres Fortschritts in dieses rückständige Land zu bringen und neue Gebiete zu erschließen. Mit Eurer Rückkehr als rechtmäßige Thronfolgerin allerdings verändern sich die Dinge ein wenig, aber wenn Ihr eine solche Allianz anstreben würdet …«

»Ihr meint, wenn ich mein Volk verraten würde.«

»Verrat ist so ein harsches Wort«, sagte er. »Wenn Ihr König John unterstützt, können wir lernen, uns mit der jetzigen Situation abzufinden. Wir alle wollen doch solch einem liebenswerten Geschöpf, wie Ihr es seid, helfen. Wenn Ihr aber irgendwelche Zweifel haben solltet …«

»Ich unterstütze ihn«, beeilte sie sich zu sagen.

»Euer Gesicht straft Euch Lügen. Ihr solltet anfangen, eine Maske zu tragen, wenn Ihr überzeugend sein wollt.«

Sie stand auf, ihr Essen war unangetastet. »Gibt es sonst noch etwas, das Ihr mir sagen wollt?«

»So unerschütterlich höflich, selbst wenn sie wutentbrannt davonrauschen will. Das Angebot steht, Aurora. Kommt mit mir mit, und Ihr werdet Euer Königreich und Euer Abenteuer bekommen. Alyssinia ist so ein rückständiges Land. Ich kann etwas Besseres draus machen. Und Ihr könntet die Welt sehen. Ich weiß, dass Euch diese Vorstellung reizt, egal, was Ihr auch sagt.«

»Ihr glaubt also, Ihr könntet mich mit einem Augenzwinkern und einem Lächeln dazu bringen, mein Königreich zu verraten?«

Ganz egal, wie unwohl sie sich in diesen Mauern fühlte, plötzlich wurde ihr klar, wie froh sie sein konnte, einen bescheidenen Jungen wie Rodric zu bekommen statt eines arroganten Mannes wie Finnegan. Ein Mann, der glaubte, auf den ersten Blick alles zu verstehen und alles sagen zu können, was ihm beliebte, ohne Rücksichtnahme oder Konsequenzen.

»Natürlich nicht«, sagte er. »Aber eins macht mich stutzig … Ihr sprecht von Alyssinia, aber mit keinem Wort von Eurem angeblichen Liebsten.« Er stand auf und reichte ihr die Hand. »Ihr habt mir einiges zum Nachdenken gegeben, Prinzessin. Danke, dass Ihr Euch Zeit für mich genommen habt.« Er streifte ihre Hand mit dem Hauch eines Kusses. »Ich bin mir sicher, dass wir uns bald wiedersehen.«

ELF

Aurora verbrachte den Nachmittag damit, gemeinsam mit den anderen Damen des Hofes Taschentücher zu besticken. Das geistlose Geplapper gab ihr die Möglichkeit, in aller Ruhe über Finnegans Worte nachzudenken, sich seine subtilen Seitenhiebe durch den Kopf gehen zu lassen und die perfekten Retourkutschen darauf zu ersinnen. Er war so *überheblich* gewesen, so über die Maßen selbstsicher, und hatte anscheinend erwartet, dass Aurora ihm zu Füßen liegen würde, wobei er ihre Weigerung, dies zu tun, nur als besonders reizvolle Herausforderung ansah. Sobald sie an sein selbstgefälliges Grinsen dachte, stieg Ärger in ihr hoch, der von Mal zu Mal größer wurde.

Die Königin saß so dicht neben Aurora, dass ihre Ellbogen sich jedes Mal berührten, wenn sie den Faden straffzog. Jeden Stich der Prinzessin beobachtete sie mit Argusaugen, korrigierte und rügte sie, als wäre sie ein kleines Kind. In Gegenwart der Königin konnte Aurora sich nicht mit den anderen Damen unterhalten. Sie tauschten Hofklatsch aus – Lady Soundso erwartete ihr drittes Kind, hoffte jedoch, an den Hof zurückkehren zu können, Perlen aus Falreach waren neuerdings äußerst beliebt und die junge Wie-hieß-sie-doch-gleich hatte große Schwierigkeiten, eine geeignete Zofe zu finden. Die Themen wechselten, ohne dass die Themen selbst irgendwie von Belang zu sein schienen.

Iris musste von Finnegans Plänen, den Thron zu übernehmen, wissen. Warum sonst hätte sie Aurora einschärfen sollen, sich von ihm fernzuhalten? Entweder misstraute sie Finnegan, aus Sorge um Auroras Sicherheit, wenn er in ihrer Nähe war, oder sie misstraute Aurora aus Sorge, sie würde seinem vermeintlichen Charme erliegen. Sie stach sich mit der Nadel in den Finger und schnappte nach Luft. Die Königin sah sie stirnrunzelnd an. Aurora lutschte das Blut ab, was mit einem noch strengeren Stirnrunzeln quittiert wurde.

Finnegan hatte ihr angeboten, sie von hier fortzubringen, so als würde sie nur herumsitzen und darauf warten, dass er sie rettete. Er glaubte, sie würde sich in seinem Königreich verstecken und einen Krieg gegen ihr eigenes Volk anzetteln. Glaubte, sie würde sich einem arroganten Prinzen ausliefern, der ebenso gut ihr Feind sein konnte, nur um all dem hier entfliehen zu können.

Wenn sie von hier fortwollte, gab es für sie noch eine andere Option. Tristan. Bei dem Gedanken lief ein Kribbeln durch ihren Körper. Ins Wirtshaus verschwinden, mit Tristan herumalbern, Distels Gesang lauschen, Met trinken, Tristan küssen und sich niemals wieder wegen irgendwelcher Verpflichtungen Gedanken machen müssen.

Sie bohrte die Nadel in den Stoff.

Tristans Kuss lag noch immer auf ihren Lippen. Wenn sie die Augen schloss, sah sie die Lichter um sich herumschwirren. Spürte immer noch seine Hand auf ihrem Rücken, so als würde er sie nie wieder loslassen.

Letztlich war das alles nur eine Phantasie. Aber sie würde daran festhalten, so lange sie konnte.

In dieser Nacht rannte Aurora buchstäblich zum *Tanzenden Einhorn*, schwindlig vor Nervosität, Tristan wiederzusehen. Im Wirtshaus war es ruhiger, als sie erwartet hatte, aber Tristan war da und wischte mit einem Lappen den Tresen sauber. Ausnahmsweise lächelte er nicht. Er hob den Blick, kaum dass sie durch die Tür geschlüpft war, und kam sofort auf sie zugestürmt.

»Maus«, sagte er. »Du bist hier.« Er legte ihr eine Hand auf den Arm, dann sah er kurz über seine Schulter nach hinten. »Ich muss mit dir reden.«

»Ich muss auch mit dir reden!«, sagte sie. »Ich habe letzte Nacht das Buch durchgelesen. Du musst mir verraten, was mit Belinda passiert. Gibt es noch mehr …«

»Dafür ist jetzt keine Zeit, Maus. Komm!«

Er setzte sich in Bewegung und schlängelte sich zwischen

den Tischen hindurch bis zur anderen Seite des Raumes. Aurora folgte ihm. »Was ist los? Ist es wegen gestern Nacht?«

»Nein, nicht deswegen«, sagte er. »Wir müssen reden. Aber nicht hier.«

Er schnappte sich eine Laterne von einem Tisch und führte Aurora durch eine Tür hinter der Theke in einen unordentlichen Lagerraum, in dem sich Fässer und Gläser bis unter die Decke stapelten. Die Luft war erfüllt vom Geruch nach Alkohol, und die scheinbar unerschöpflichen Vorratsmengen ließen kaum irgendwo Platz zum Stehen. Er platzierte die Laterne auf einem Fenstersims, von wo aus sie trübe Lachen von Licht auf den Boden warf. Dann drehte er sich um und sah sie an.

»Ich muss dir etwas sagen«, sagte er. »Aber du darfst keiner Menschenseele verraten, was ich dir gleich anvertraue. Niemandem.«

Das Licht der Laterne erhellte seine eine Gesichtshälfte. »Ja, gut«, sagte Aurora. »Worum geht's?«

»Du musst es versprechen«, sagte er. »Wenn du es irgendjemandem erzählst, ist niemand von uns mehr sicher. Verstehst du das?«

»Ja«, sagte sie. »Ich versprech's. Jetzt sag schon.«

Er stieß einen langen Atemzug aus. »Ich bin Teil einer Bewegung«, sagte er. »Eine Gruppe von Leuten, die unzufrieden sind mit den Verhältnissen. Wir wollen die Dinge verändern.«

»Eine Bewegung?«, sagte sie. »Du meinst, du gehörst den Rebellen an?«

Sie warf einen Blick zur Tür. Ihr Herz hämmerte gegen

ihre Rippen. Iris hatte sie vor den Rebellen gewarnt. Leute, die bereit waren, sie in Stücke zu reißen, wenn sie die Gelegenheit dazu bekämen. Niemals hätte sie gedacht, dass Tristan einer von ihnen sein könnte.

»Rebellen hört sich an, als wären wir der Feind«, sagte er. »Aber das stimmt nicht.« Er ergriff ihre Hand. »Du hast es selbst gesehen, Maus. Du bist noch nicht lange hier, und doch hast du es sofort erkannt. Wie hungrig die Leute sind. Wie grausam der König ist. Wie er diejenigen, die Hilfe brauchen, einfach an den Rand der Stadt kehren lässt.«

Seine heiße Hand schien ihre Haut förmlich zu verbrennen. Sie schluckte mühsam. Ihre Gedanken rasten, so dass sie ihnen kaum folgen konnte.

»Und ihr wollt ihnen helfen?«

»Wir versuchen es«, sagte er. »Ich weiß nicht, ob wir es schaffen. Wir hatten bereits große Fortschritte gemacht, immer mehr Menschen waren bereit, uns anzuhören, aber dann … tja. Die Dinge haben sich geändert. Mit dem Erwachen der Prinzessin.«

Angst krallte sich um ihren Magen. Tristans Griff um ihre Hand war zu fest. »Warum erzählst du mir das alles?«

»Weil ich dir vertraue«, sagte er. »Weil ich weiß, dass du es verstehst. Und wenn *du* uns unterstützt … Es sah nicht gut aus, aber mit dir auf unserer Seite haben wir wieder eine Chance. Eine echte Chance.«

Aurora machte einen Schritt rückwärts. Ihr Rücken stieß gegen den Türknauf. »Du weißt, wer ich bin?«

Tristan rührte sich nicht. »Ja«, sagte er. »Ich weiß es.«

Das war unmöglich. Ihre Gedanken verquirlten sich, angestrengt versuchte sie, etwas herauszufiltern, was sie gesagt hatte, etwas, was sie getan hatte, das ihm ihre wahre Identität offenbart hatte. »Woher?«, flüsterte sie.

»Ich habe es vom ersten Moment an gewusst«, entgegnete er. »Es war nicht schwer zu erraten.«

Sie schüttelte den Kopf. »Du hast nichts gesagt.«

»Ich sage es dir jetzt.«

Sie schüttelte weiterhin den Kopf und versuchte, einen klaren Gedanken zu fassen. »Dann hast du mich also belogen?«, sagte sie. »Die ganze Zeit?«

»Ich habe nicht gelogen«, entgegnete er. »Hätte ich schon früher etwas gesagt, wärst du nicht wiedergekommen. Und ich musste herausfinden, warum du hier bist. Ich musste herausfinden, was du vorhattest.«

»Dann hast du also deshalb Zeit mit mir verbracht? War das alles … war das nur so eine Art Spiel?«

»Nein. Nichts von alldem ist ein Spiel.« Er rückte näher an sie heran. »Ich hätte dir nicht die Wahrheit sagen müssen«, sagte er. »Aber ich wollte es. Weil … weil du ein guter Mensch bist. Und weil du mir nicht egal bist. Und ich weiß, dass du helfen willst.«

»Helfen?« Aurora versuchte, einen weiteren Schritt zurückzuweichen, sie hatte das dringende Verlangen nach mehr Luft, aber der Türknauf bohrte sich in ihren Rücken.

»Ich weiß, du kannst den König und die Königin nicht

ausstehen.« Seine Augen funkelten. »Ich habe dich gesehen, an diesem ersten Tag. Du bist nicht die Art von Mädchen, die irgendeinen stocksteifen Prinzen heiratet, nur weil eine Geschichte das so verlangt. Du wirst nicht artig dabeistehen wollen und all die Grausamkeiten unterstützen, die sie anrichten.« Er geriet beim Sprechen immer mehr in Rage. Und sie konnte ihren Blick nicht abwenden von seinem Gesicht. »Denn genau das haben sie mit dir vor. Dich zu ihrer hübschen kleinen Galionsfigur zu machen, bis sie dich nicht mehr brauchen.«

»Das weiß ich«, sagte sie. »Natürlich weiß ich das.«

»Dann ist dies deine Chance, die Dinge zu ändern. Gegen sie zu kämpfen.«

Sie konnte nicht klar denken. Der Raum war zu klein und Tristan zu nah. »Wie soll ich gegen sie kämpfen?«

»Indem du uns berichtest, was im Schloss so vor sich geht, und nach Leuten Ausschau hältst, die möglicherweise mit uns sympathisieren …«

»Aber warum?«, sagte sie. »Was habt ihr vor?«

»Letztendlich?«, sagte er. »Wir wollen den König stürzen.«

»Du meinst, ihm die Krone runterreißen und ihn einsperren?«

Tristan gab keine Antwort.

Kälte durchflutete sie. Sie rückte ein Stück zur Seite, versuchte, Luft zu holen, aber es gab keinen Platz in der kleinen Kammer, nur Fässer, den Gestank nach Alkohol und ihn. »Ihr wollt, dass ich euch helfe, den König zu *ermorden*?«

»Nein«, sagte Tristan. »Es ist kein Mord, weil er es verdient.«

»Doch«, sagte sie. »Das ist es wohl.«

»Es ist Gerechtigkeit«, erklärte Tristan. »Er hat so viele schreckliche Dinge getan, ist verantwortlich für so viele Tote. *Er* ist der Mörder. Und ihn zu töten … Ihn zu töten würde Leben retten.«

Aurora schüttelte den Kopf. Das Atmen fiel ihr schwer. »Manchmal müssen Könige schwierige Entscheidungen treffen«, sagte sie. »Manchmal sterben Verbrecher und Soldaten. Das bedeutet aber nicht, dass man ihn einfach töten darf.«

»Du hast keine Ahnung, wie er ist, oder?«

»Ich weiß, dass er ein unangenehmer Mensch ist«, sagte sie. »Ich weiß, er ist grausam. Aber …«

»Er ist durch Mord auf den Thron gekommen. Wusstest du das? Er hat einen Wachmann dazu überredet, den alten König durch ein Fenster hindurch mit Pfeil und Bogen zu erschießen, und hat den Wachmann danach für dieses Verbrechen auf den Stufen des Schlosses verbrennen lassen.« Seine Stimme war fest. Er hielt den Blick unverwandt auf sie gerichtet, die ganze Zeit. Jedes Wort durchdrang sie. »Und dann ließ er all seine Feinde töten. Alle Unruhestifter. Jeden, der den Thron für sich hätte beanspruchen können. Er behauptete, den Grund dafür zu kennen, warum es keine Magie mehr gäbe. Weil ein paar wenige Menschen sie sich einfach unter den Nagel gerissen hätten und uns nun leiden und hungern ließen. Wenn wir sie verbrennen würden, so sagte er, würde die Magie wieder frei sein und in der Welt wirken können. Die

Prinzessin würde erwachen. Und binnen eines Jahres wurden sämtliche Gegner von ihm angeklagt und verbrannt, bis sich ihm keiner mehr widersetzte, entweder aus Angst oder aus tatsächlicher Überzeugung.«

Aurora zwang sich dazu, ihm in die Augen zu sehen. Ein Kloß hatte sich in ihrer Kehle gebildet. »Und dann bin ich aufgewacht«, sagte sie. »Und deshalb glauben die Leute, dass er die ganze Zeit recht hatte.«

»Ja«, sagte Tristan. »Darum brauchen wir deine Unterstützung. Wenn *du* dich gegen ihn stellst, werden sich uns mehr Menschen anschließen. Und dann könnte er uns nicht mehr aufhalten.«

Bittere Galle brannte in ihrer Kehle. »Ich kann nicht«, sagte sie. »Es ist furchtbar, was er getan hat, aber … ich kann nicht. Ich kann nicht dabei helfen, ihn zu ermorden.«

»Es ist kein Mord«, sagte Tristan. Er biss frustriert die Zähne zusammen. Jeder Muskel in seinem Körper war angespannt. Er brannte förmlich vor Zorn.

»Er hat dir etwas angetan«, sagte Aurora. »Stimmt's?«

»Das spielt keine Rolle«, entgegnete er.

»Doch«, sagte Aurora. »Ich habe recht, oder?« *Meine Eltern sind tot,* hatte er gesagt. Es war zu schrecklich, um darüber nachzudenken. Aber wenn ihr Verdacht nun stimmte …

»Ich glaube, inzwischen gibt es weit und breit niemanden mehr, dem er *nicht* etwas angetan hat«, sagte er. »Aber ja. *Ja.*«

Aurora streckte ihre Hand aus und berührte sein Handgelenk. »Was ist passiert?«

»Er hat meine Eltern getötet.« Tristans Stimme war ein heiseres Flüstern. »Vor knapp fünf Jahren. Es war ein schlechter Winter, nirgendwo wuchs irgendwelches Getreide. Nur auf dem Land meines Vaters. Die Leute in meinem Dorf beschuldigten ihn, er würde Magie anwenden, und rissen ihn in Stücke. Buchstäblich, um die Magie aus ihm herauszuholen. Und als meine Mutter mit mir in die Hauptstadt ging, um eine Entschädigung zu erbitten, weißt du, was der König da getan hat? Er hat sie hinrichten lassen, weil sie mit meinem Vater zusammengearbeitet hat. Und dann hat er mich zum Schlossdiener gemacht, aus reiner Herzensgüte, um zu verhindern, dass ich irgendwelchen Ärger mache.« Er zog seine Hand weg. »Und da willst du mir erzählen, er sei ein guter König? Ich soll nicht dafür kämpfen, ihn vom Thron zu stoßen?«

»Nein«, sagte sie leise. »Ich würde ihn auch tot sehen wollen, wenn er mir so etwas angetan hätte. Aber …« Alles in dem Raum fühlte sich zu eng an. »Ihn töten vergilt dieses Unrecht nicht.«

»Es wäre ein Anfang.«

Sie sah zu der Laterne auf dem Fensterbrett. Das Licht brannte in ihren Augen. »Was wollt ihr tun, wenn es euch gelingt?«, sagte sie. »Werdet ihr Rodric auf den Thron hieven? Oder mich?«

»Nein. Das geht nicht«, sagte er. »Wenn wir es tun, muss sich alles ändern. Die Leute glauben ja, du seist zurückgekehrt wegen all der Dinge, die er getan hat. Wenn du Königin würdest und uns rettest, würde das nur beweisen, dass er im Recht war. Sie würden ihn als Helden verehren.«

»Dann willst du also, dass ich euch dabei helfe, mich selbst zu vernichten?«

»So wäre es doch gar nicht. Du wärst keine Prinzessin mehr, sondern so viel mehr. Mehr als eine dumme kleine Galionsfigur. Du hättest hier ein Zuhause. Du könntest ein Leben haben.«

»Ich brauche nicht dich, um mir ein Leben zu verschaffen. Das kann ich selbst.« Sie schloss die Augen und versuchte, den Ärger, der in ihr aufstieg, zurückzudrängen. Sie musste Ruhe bewahren. »Aber was geschieht, wenn ihr es schafft?«, fragte sie langsam. »Wer besteigt dann den Thron?«

»Wir müssen ihn erst einmal töten«, sagte er. »Der Rest wird sich finden.«

Auroras Augenlider sprangen auf, und Fassungslosigkeit ergriff sie. »Ihr habt keinen Plan? Und wenn nun jemand noch viel Schlimmeres den Platz des Königs einnimmt?«

»Jeder andere wäre besser als er.«

»Das kannst du nicht ernst meinen«, sagte sie. »Es wäre ausgesprochen dumm zu glauben, es könnte nicht noch schlimmer kommen. Es geht *immer* noch schlimmer.« Sie trat einen Schritt zurück, bewegte sich auf die Tür zu, um den Abstand zwischen ihnen zu vergrößern. »Ich kann dir nicht helfen, Tristan«, sagte sie. »Ich kann mich an dieser Sache nicht beteiligen.«

Er ballte die Hände zu Fäusten. »Dann willst du also lieber selbstsüchtig sein? Und dein eigenes behagliches Dasein schützen, statt zu helfen?«

»Das ist nicht der Grund«, sagte sie. »Aber du hast mit keinem Wort die Menschen erwähnt. Ich dachte, ihr wolltet die Dinge *besser* machen.«

»Den König loszuwerden wird alles besser machen«, sagte er. »Man muss an die Wurzel des Problems, ansonsten wird sich nichts ändern.«

»Das ist Selbstmord, Tristan. Für dich und das Königreich. Das musst du doch einsehen.«

»Ich dachte, du würdest mir zuhören«, sagte er. »Ich dachte, wenn ich dir die Wahrheit sage …«

»Ich *höre* dir zu«, sagte sie. »Aber das kannst du alles nicht ernst meinen.« Der Tristan, den sie kannte, war kein Mörder. Allerdings, so wurde ihr jetzt bewusst, kannte sie Tristan eigentlich gar nicht.

»Natürlich meine ich es ernst«, sagte er. »Er hat meine Eltern auf dem Gewissen, Aurora.«

»Nenn mich nicht so«, sagte sie. »Nicht jetzt.«

»Warum nicht?«, sagte er. »Maus bist du nicht. Das Mädchen, von dem ich dachte, es würde sich nicht nur für sich selbst, sondern auch für die anderen interessieren. Oder vielleicht ist es dir lieber, wenn ich mich vor dir verneige und dich Eure Hoheit nenne?«

Sie starrte in sein wütendes Gesicht. »Tja, offenbar hast du dich in mir getäuscht«, sagte sie. »Ich bin eben doch nur eine dumme Prinzessin.«

Sie zog die Tür auf, doch noch ehe sie hindurchtreten konnte, ergriff er ein letztes Mal das Wort: »Du machst einen Fehler. Und ich werde dich nicht beschützen können.«

Sie lachte. Es war nicht lustig, eigentlich nicht, aber der Gedanke, dass dies seine Abschiedsworte an sie waren, halb Warnung, halb Drohung, dass es letztlich nur darum ging, sie zu beschützen, damit sie andere manipulieren könnte … das war zu schmerzhaft, um es ernst zu nehmen. »Ich habe einen hundertjährigen Fluch überlebt, Tristan«, sagte sie. »Ich brauche dich nicht, um mich zu beschützen.«

Sie schlüpfte durch die Tür und ließ sie schwer hinter sich ins Schloss fallen. Er folgte ihr nicht.

Draußen nieselte es, die Tröpfchen schwebten als feiner Nebel über der Gasse. Aurora verharrte auf der Türschwelle, ihr schwirrte der Kopf. Ein Mann rempelte sie beim Betreten des Wirtshauses an, und sie wich erschrocken zur Seite.

An der Außenwand des Wirtshauses, wo das leicht überhängende Dach sie vor dem Regen schützte, lehnte Distel, die Sängerin. Ihre Gestalt war schlank und eckig, ihr langes schwarzes Haar fiel ihr in die Augen, Knie und Ellbogen traten spitz hervor. Sie warf Aurora einen Blick zu.

»Ist alles in Ordnung mit dir?« Ihre Stimme klang genauso rauchig, wie wenn sie sang.

»Oh«, sagte Aurora. »Ja. Tut mir leid, wenn ich dich … bei deiner Pause störe.«

Distel stellte sich aufrecht hin. »Nein«, sagte sie, »du störst nicht. Du siehst aus, als hättest du gerade was Schlimmes erfahren.« Distel sah sie an, mit nahezu regloser Miene, so als würde sie nur übers Wetter plaudern.

»Ja, das habe ich wohl.«

»Tristan hat dir also gesagt, dass er es weiß?«

Aurora starrte sie an, zu perplex, um so zu tun, als verstünde sie nicht, was die Sängerin meinte.

»Du bist überrascht, dass ich es auch weiß? Keine Sorge. Ich glaube nicht, dass es irgendjemand sonst bemerkt hat.«

»Tristan hat es bemerkt«, sagte sie. »Im ersten Moment.«

Distel legte den Kopf auf die Seite.

Tristan hatte die Sängerin als stachelig beschrieben, aber dieses Wort passte nicht so recht zu ihren Bewegungen und ihrer bedächtigen Art zu sprechen. Sie war reserviert, aber aufrichtig, und beobachtete Aurora wie eine Kuriosität, über die sie gestolpert war und die sie nun zu enträtseln versuchte.

»Vermutlich konnte er dich nur schwerlich übersehen. Das Mädchen, das alle seine Hoffnungen zunichtemacht.«

»Ich mache seine Hoffnungen nicht zunichte«, sagte Aurora. »Ich weiß ja nicht mal, was ich eigentlich tue.«

»Er doch genauso wenig«, erwiderte Distel. »Aber wenigstens kannst *du* es dir eingestehen.« Sie setzte sich. Ihr langes Kleid glitt in eine Pfütze und färbte sich dunkel vom Wasser. Später, wenn sie aufstünde, würden ihre Beine mit braunem Schlamm besprenkelt sein. Aber entweder bemerkte Distel es nicht, oder es war ihr egal. Sie starrte geradeaus und war die Ruhe selbst. »Magst du dich zu mir setzen? Es ist zu kalt und still hier draußen, um allein zu sein, aber ich will noch nicht wieder reingehen.«

Aurora zögerte, doch die Sängerin hatte recht. Sie wollte auch nicht allein sein.

Sie ließ sich neben Distel auf dem Boden nieder, und das Regenwasser kroch in den Stoff ihrer Röcke.

»Willst du drüber reden?«

»Ich weiß nicht«, sagte Aurora. »Ich bin einfach …« Sie starrte auf die Wand gegenüber, beobachtete den Regen, der am Stein herablief. Sie zog die Knie an ihren Körper heran. »Tristan hat ein paar Dinge gesagt, die … ich weiß nicht.«

»Er ist ziemlich verbittert«, sagte Distel. »Er versucht, es mit Witzeleien zu überspielen, aber er ist die ganze Zeit zornig. Das ist ein gefährlicher Gemütszustand.«

Hinter ihnen waren gedämpfte Stimmen im Wirtshaus zu hören, und der Regen pladderte auf ihre nackten Arme.

»Er ist nicht der, für den ich ihn gehalten habe.«

Distel beobachte sie nach wie vor aufmerksam. »Wie lange kennst du ihn jetzt?«

Die Nächte verschwammen ineinander, ein Gemenge aus Lächeln und Angst und Met, der ihre Lippen wärmte. »Vier Tage, würde ich sagen.«

»Du triffst also einen Jungen und stellst dir vor, er sei alles, wonach du dich immer gesehnt hast. Und das fühlt sich gut an. Aber plötzlich wehrt sich der echte Junge dagegen.«

»Darum geht es gar nicht«, sagte Aurora. »Er hatte Geheimnisse vor mir. Die ganze Zeit hat er nur daran gedacht …«

»Aber du hattest doch auch Geheimnisse vor ihm, oder?«

»Das ist was anderes. Meine Geheimnisse … ich durfte nichts sagen. Zu meiner eigenen Sicherheit.«

»Vielleicht ging es ihm ja genauso.«

»Nein«, sagte sie. »Er hat sehr deutlich gemacht, dass es hier nicht um irgendjemandes Sicherheit geht, weder um meine noch um seine.«

»Tristan ist ein Idiot«, sagte Distel. »Er weiß nicht, was er sagt. Er sprudelt förmlich über von seinen eigenen Plänen und Ideen, so dass er nichts anderes mehr sehen kann.«

Aurora lehnte sich an die Mauer und ließ den rauen Stein an ihrem Hinterkopf kratzen. Der Regen tropfte einen gleichbleibenden Rhythmus neben ihre Füße, und sie wollte über etwas anderes reden, wollte die Aufmerksamkeit von sich weglenken.

»Ist Distel dein echter Name?«, fragte sie.

Distel sah sie an. Eine einzelne schwarze Strähne streifte ihre Nase. »Ich habe die Leute gebeten, mich so zu nennen. Wird er dadurch nicht zu meinem echten Namen?«

»Tut mir leid«, sagte Aurora. »Ich wollte dich nicht kränken.«

»So leicht bin ich nicht zu kränken. Aber du musst wissen, dass Namen nur Schall und Rauch sind.« Sie veränderte ihre Sitzposition, zog das Knie heran und legte ihr Kinn darauf. »Es ist nicht der Name, den mir meine Mutter gegeben hat und auch keine Übersetzung davon, obwohl mir die Leute früher etwas anderes weismachen wollten. Jungs wie dein

Tristan, die aber gleichzeitig gar nichts mit Tristan gemein hatten. Zu der Zeit, als ich mein Königreich gerade erst verlassen und zu reisen begonnen hatte, als ich eure Sprache noch nicht beherrschte, da gaben sie mir einen Namen. *Distel.* So wie die Blume, nach der ich früher benannt war. Sie sagten, der Name passe zu mir. Erst später fand ich heraus, was er bedeutete. Sie hielten mich für Unkraut. Etwas Lästiges, das man herausreißt und wegwirft.«

Aurora drehte den Kopf herum und sah sie an. Ein paar ihrer Haare blieben dabei am schroffen Stein der Mauer hängen. »Warum hast du ihn trotzdem behalten?«

»Blumen sind so zart. Eine grobe Hand, eine starke Brise, ein Hauch von Frost ... sie sterben so schnell. Bleiben sie sich selbst überlassen, welken sie und sind im Nu dahin. Aber Unkraut ... Unkraut ist stark. Beinahe unmöglich zu vernichten. Und wenn jemand versucht, eine Distel zu zerstören, fügt sie demjenigen Schmerzen zu.« Sie stand so unvermittelt auf, wie sie sich hingesetzt hatte. »Lass mich dir einen Rat geben«, sagte sie. »Vertraue niemandem außer dir selbst.«

»Warum sagst du das?«

»Weil ich früher einmal wie du war.« Distel verlagerte ihr Gewicht auf den anderen Fuß. Von Auroras Sitzposition am Boden aus betrachtet, sah sie zerzaust, kalt und unglaublich schön aus. »Die Leute hören nicht *mich* in meinen Liedern. Sie hören nur sich selbst. Egoistisch und selbstbezogen denken sie *Das Lied handelt von mir. Von meinem Leben.* Und das ist auch gut so. Aber jetzt versuche ich nicht, dir zu sagen, wie du dich fühlst. Ich sage dir, wie die Dinge sind. Und die Wahrheit ist, dass du nicht erwarten darfst, dass andere so sind, wie du sie in deiner Vorstellung gern hättest. Du darfst sie nicht an dich heranlassen.« Distel warf einen Blick zur offenen Tür rüber. »Ich muss wieder rein und singen. Aber denk drüber nach, was ich gesagt habe.« Sie schlüpfte durch die Tür in den Schankraum, noch bevor Aurora etwas erwidern konnte.

Aurora legte ihr Kinn auf die Knie und bibberte leise vor sich hin. Ihr blondes Haar war mit Wasser getränkt, aber der Regen hatte aufgehört, und zurück blieben ein kühler Nebel und frische, klare Luft. Kurz darauf drang Distels Gesang aus dem Wirtshaus zu ihr nach draußen. Sie holte tief Luft, dann noch einmal, genoss das friedliche Gefühl, die Klarheit und das leichte Brennen in ihrer Brust. Sie schloss die Augen und tauchte ein in die Musik, versuchte, den Moment in die Länge zu ziehen. Sie konnte nicht wieder hierher zurückkommen. Das wusste sie. Aber noch füllte Distels Stimme einen Teil der Leere in ihrem Inneren aus, und davon wollte sie nicht lassen. Noch nicht.

ZWÖLF

Die Königin erwartete sie bereits, als sie in ihr Zimmer zurückkehrte. Sie saß in Auroras Sessel, eine Stickarbeit in den Händen.

»Es freut mich, dass du beschlossen hast, uns endlich wieder die Ehre zu geben«, sagte sie. »Mach bitte die Tür zu.«

Aurora schloss die Tür hinter sich und trat tiefer in den Raum. Woher wusste die Königin, dass sie ihr Zimmer verlassen hatte? Hatte Betsy sie verraten?

»Ich muss gestehen, ich war neugierig«, erklärte die Königin und legte die Stickerei beiseite. Der Stuhl schabte über den Holzboden, als sie aufstand. »Ich wollte die Erste sein, die dich nach deiner Rückkehr in Empfang nimmt.« Sie klang beinahe freundlich. »Wo warst du?«

»Ich bin ein bisschen spazieren gewesen«, sagte Aurora. »Im Schloss.«

»Das ist merkwürdig. Ich wusste nicht, dass es im Schloss geregnet hat. Und ich bin mir auch sicher, dass die Tür verschlossen war.«

»Jemand muss vergessen haben, sie abzusperren, Eure Majestät.«

»Lüg mich nicht an, Aurora. Das passt nicht zu dir.« Die Königin strich mit der Hand über ihre Röcke, glättete unsichtbare Knitterfalten. »Betsy kam zu mir, nachdem sie deine Tür unverschlossen und dein Zimmer leer vorfand. Sie war in großer Sorge.«

Aurora vergrub ihre Finger in den Falten ihres Umhangs. »Es tut mir leid, wenn ich euch Sorgen bereitet haben sollte, Eure Majestät.«

»Sorgen bereitet? Hätte dir das gefallen?« Die Königin streckte sich nach der Kristallkaraffe und goss sich ein Glas Wasser ein. Ihre Hände zitterten, und Wasser spritzte auf den Boden. »Dass wir alle kopflos herumrennen und nach dir suchen? Dass du im Zentrum der Aufmerksamkeit stehst?« Sie trank einen kleinen Schluck und schürzte die Lippen. »Nein. Deine einfältige Zofe mag befürchtet haben, dass dir etwas Schreckliches zugestoßen sei, aber ich wusste es besser. Wärst du von einer barbarischen Rebellentruppe entführt worden, wäre das natürlich ungünstig gewesen, aber das hätten wir klären können. Dass du dich nachts aus deinem Zimmer stiehlst und Gott weiß was für Unfug treibst … ist jedoch weit weniger hinnehmbar.«

»Weit weniger hinnehmbar?«, sagte Aurora. »Ihr sperrt

mich ein wie eine Gefangene. Ich bin lediglich spazieren gegangen.«

»Lediglich? Du hättest alles ruinieren können.« Die Königin hielt immer noch ihr Glas in der Hand, ihre Knöchel traten weiß hervor. »Ich habe dir doch erklärt, dass da draußen überall Gefahren lauern. Ich habe dir gesagt, dass es nicht sicher ist. Glaubst du, ich sage diese Dinge nur so zum Vergnügen? Ich habe diese Tür zu deinem Schutz abschließen lassen, und du brichst sie einfach auf, als wüsstest du es besser.«

Das Schlimmste war, dass die Königin recht hatte. Aurora war den Schlossmauern entflohen, und die erste Person, die sie kennengelernt hatte, war ein Rebell gewesen. Der plante, Iris' Ehemann umzubringen, und versucht hatte, sie zu rekrutieren. Sie fühlte sich so schuldig, dass ihr der Magen schlingerte. »Es tut mir leid. Aber …«

»Aber?« Die Königin zog eine Augenbraue hoch. »Du solltest mich lieber um Vergebung bitten, Aurora, statt mir noch zu widersprechen. Du bist eigensinnig, stur und verzogen, und wir haben weder Zeit noch die Geduld für deine Fehltritte.«

Aurora ballte die Hände an ihren Seiten zu Fäusten. Erst behandelte Tristan sie wie ein Dummchen, das nicht in der Lage war, selbständig zu denken, und nun auch noch die Königin. »Wenn Ihr nur Geringschätzung für mich übrig habt, warum wollt Ihr mich dann überhaupt bei Euch haben? Wenn die Vorstellung, ich könnte entführt worden sein, für Euch so viel angenehmer ist, wozu dann überhaupt diese ganze Mühe mit mir?«

Die Königin legte die Stirn in Falten, als würde sie über die Frage ernsthaft nachdenken. »Ich empfinde keine Geringschätzung für dich«, sagte sie. »Du bist letztlich gar nicht so maßgeblich. Das mag dir missfallen, aber so ist es nun mal.« Sie schloss die Augen, so als hätte sie Schmerzen. »Ich weiß, du hältst mich für eine boshafte Frau, die dir ihren Willen aufzwingen will. Aber ich versuche nur, dir zu helfen. Du weißt einfach nicht, was das Beste für dich ist.« Als sie die Augen wieder öffnete, sah sie erschöpft aus und ihr Gesicht spiegelte leise Abscheu. »Ich habe es so bestimmt nicht gewollt, aber uns bleibt keine andere Wahl. Wenn du nicht endlich auf mich hörst, wirst du dafür büßen müssen. Alle werden das tun. Herrgott nochmal, Aurora«, ihre Hand knallte auf die Tischplatte, »das Einzige, was von dir erwartet wird, ist, dass du lächelst und knickst. Den Rest denken sich die Leute. Warum fällt dir das so schwer?«

»Fragt Ihr mich im Ernst, wieso es mir schwerfällt, so zu tun, als wäre ich ein Nichts? Als wäre ich nur dieses hohle, kleine lächelnde Ding? Ihr wisst ja nicht, wie sich das anfühlt.«

»Ich weiß nicht, wie sich das anfühlt?« Das Lachen der Königin klang wie berstendes Glas. »Ich habe das vor dir durchlebt. Du hast deine gesamte Familie verloren? Dein Zuhause ist weit weg? Ich weiß genau, wie das ist, Aurora, du brauchst mir also nicht das verlorene Seelchen vorzumachen. Das Leben ist hart. Wir bekommen nicht, was wir wollen.

Wir können nicht einfach sein, wer wir wollen. Und damit müssen wir uns abfinden. Meinst du etwa, die Leute geben sich mit Absichten zufrieden? Glaubst du, irgendjemand auf dieser Welt schert sich darum, was du eigentlich mal vorhattest?« Die Königin, die stets höflich lächelte und unterkühlt freundlich war, schien mit einem Mal förmlich zu glühen. »Ich bin immer eine Außenseiterin gewesen. Aber die Leute *wollen* dich lieben. Also lass sie.«

»Ich habe nicht darum gebeten.« Aurora kam sich überaus töricht vor, das zu sagen, doch ihr Widerstandsgeist ließ sich nicht unterdrücken. »Ich will das alles nicht.«

»Ich habe nicht darum gebeten, Königin zu werden«, entgegnete Iris. »Ich habe nicht darum gebeten, von allen gehasst zu werden oder mich um dich kümmern zu müssen. Und trotzdem sind wir jetzt hier.«

»Sie hassen Euch?«

»Ich bin aus Falreach«, sagte sie. »Natürlich hassen sie mich. Aber mittlerweile ist etwas Ruhe eingekehrt. Die Leute haben wieder Hoffnung, zum ersten Mal seit vielen Jahren. Willst du das zerstören? Willst du, dass Rodric vom Mob auf der Straße in Stücke gerissen wird? Denn eins kann ich dir versichern, Aurora, die Leute haben schon zu lange gelitten. Wenn du sie enttäuschst …«

»Aber wenn sie nun mehr verlangen, als ich ihnen geben kann?«

»Tja.« Die Königin lächelte ihr sprödes, eisiges Lächeln. »Dann solltest du wohl alles geben, meinst du nicht?«

Aurora drehte sich zum Fenster um. Wenn die Situation wirklich so dramatisch war, wie Tristan behauptete – und es gab keinen Grund, daran zu zweifeln –, dann musste sie den Menschen helfen. Irgendwie.

»Zum Glück«, sagte die Königin, »ahnt niemand sonst, dass du weg warst. Rodric weiß es nicht. John weiß es nicht. Das ist unser Geheimnis, Aurora. Diese eine Chance bekommst du von mir.«

Aurora wusste, dass sie der Königin dankbar sein sollte, zumindest für die Diskretion, aber die Worte wollten ihr nicht über die Lippen kommen. Ihre Glieder fühlten sich schwer und seltsam weit weg an.

»Die Zofe wird natürlich bestraft, weil sie zugelassen hat, dass du überhaupt dein Zimmer verlassen konntest.«

Betsy? Ihr hatte immer nur Auroras Wohl am Herzen gelegen. Die Königin durfte Betsy nicht bestrafen. »Aber es ist nicht ihre Schuld …«

»Du hast recht. Aber dich kann ich nicht bestrafen.« Sie stellte ihr Glas auf den Tisch und erhob sich. »Ich werde nicht allzu streng mit ihr sein. Aber wenn du sie nicht in Gefahr bringen willst, solltest du nie wieder so etwas Unbesonnenes tun. Hast du verstanden?«

»Ja.« Aurora hörte ihre eigene Stimme kaum.

»Von heute an wird meine persönliche Leibwache vor deiner Tür postiert. Du darfst das Zimmer nur in Begleitung verlassen. Und welches Begehren dich auch immer umtreibt, bedenke, dass es nicht die Konsequenzen wert ist, die erfolgen, wenn du mir gegenüber noch mal ungehorsam bist. Habe ich mich klar und deutlich ausgedrückt?«

Aurora zwang sich dazu, Iris in die Augen zu sehen. »Ja, Eure Majestät«, sagte sie.

DREIZEHN

»Guten Morgen, Prinzessin.« Betsy blickte zu Boden, als sie ins Zimmer schlüpfte. Ihr Haar war zu einem nachlässigen Knoten zusammengeschlungen, und ihre normalerweise so rosige Haut war fleckig. »Verzeiht, dass ich zu spät bin.«

»Betsy.« Aurora stand auf und eilte auf sie zu. »Es tut mir so leid …«

»Nicht nötig, sich bei mir zu entschuldigen, Prinzessin«, sagte Betsy mit tonloser, fester Stimme. »Ich bin nur die Zofe.«

»Das ist nicht wahr«, sagte Aurora. Betsy sah sie noch immer nicht an. »Ich wollte nicht, dass dir weh getan wird. Ich habe nicht gedacht …«

»Prinz Rodric wird bald hier sein«, sagte Betsy, als hätte sie sie nicht gehört. »Die Königin wünscht, dass Ihr einen Spaziergang mit ihm macht. Welches Kleid möchtet Ihr zu diesem Anlass tragen?«

»Irgendeins«, sagte Aurora. »Es spielt keine Rolle.«

»Ich kann keins für Euch aussuchen, Prinzessin. Bitte, trefft eine Wahl.«

Aurora starrte Betsys Rücken an. Einer der wenigen Menschen, den sie zu ihren Freunden zählen konnte – verloren durch ihre eigene Torheit. »Das grüne«, sagte sie. »Das grüne ist gut.«

Betsy half ihr beim Anziehen und frisierte ihr schweigend das Haar. Dann verließ sie mit einem kleinen Knicks das Zimmer, ohne Aurora auch nur ein einziges Mal anzusehen. Aurora saß an ihrer Frisierkommode, flocht ihre Haarenden und löste sie wieder. Sie hätte vorsichtiger sein sollen. Betsy hatte sie gewarnt, aber sie hatte, blind und dumm, einfach weitergemacht. Ein paar schwungvolle Tänze, ein Kuss im Dunkeln? Sie war eine Närrin gewesen, dass sie Tristan vertraut hatte, und dies hier war nun ihr Lohn.

»Seid Ihr bereit für unseren Spaziergang?«, fragte Rodric, als er eine halbe Stunde später erschien. »Der Garten sieht heute reizend aus.«

Aurora beobachtete ihn, wie er mit steifem Rücken und glühenden Wangen unter Verbeugungen das Zimmer betrat. Er war, so dachte sie, wirklich liebenswert. Er verheimlichte nichts vor ihr so wie Tristan und war kein süffisant lächelnder Verführer wie Finnegan. Er war auf eine naive Weise ehrlich, aber eben dennoch ehrlich.

Vielleicht wenn sie mit Rodric irgendwohin ginge, wo sie ihr altes Selbst wieder aufleben lassen könnte und einfach wieder das Mädchen im Turm sein könnte, das auf den Tag wartete, an dem sie endlich vom Fluch befreit wäre … vielleicht würde sie sich dann wohler fühlen in seiner Gegenwart.

»Eigentlich hatte ich gehofft, wir könnten irgendwo anders hingehen«, sagte sie vorsichtig. »Ich möchte Euch etwas zeigen.«

»Gefällt Euch der Garten nicht?«, fragte Rodric. »Ich bin mir nicht sicher, ob meine Mutter damit einverstanden wäre, wenn wir uns zu weit …«

»Mir gefällt der Garten«, sagte Aurora hastig. »Ich will einfach … bitte. Lasst es mich Euch zeigen.«

Rodric lächelte sie zaghaft an. »Gut.«

Sie marschierte zielstrebig durch die Flure, Rodric unmittelbar hinter ihr. Auroras Herz hämmerte in ihrer Brust, als sie sich der schweren Tür zum Turm näherte, von einer Angst gepackt, die sie nicht erklären konnte. Dieser Ort war ihr Gefängnis und ihre Zuflucht zugleich gewesen. Überall in den Räumen waren erstarrte Relikte ihres alten Lebens verteilt.

Sie stieg langsam die Wendeltreppe hinauf, setzte die Füße mit Nachdruck auf die mit einem abgewetzten Teppich belegten Stufen. Den Blick hielt sie dabei unverwandt geradeaus gerichtet und versuchte, die Wandbehänge rundherum zu ignorieren. Rodric folgte ihr, ohne ein Wort zu sagen.

Auf dem vorletzten Treppenabsatz blieb sie stehen.

Sie konnte nicht in das Zimmer zurückkehren, in dem sie über hundert Jahre lang geschlafen hatte. Sie wollte nicht den aschefreien Kamin ansehen müssen und das zerwühlte Bettzeug und daran denken, wie sie dort geschlafen hatte, während die Welt unbeirrt ihren Lauf nahm. Stattdessen trat sie an eine andere Tür: das Spielzimmer, das sie schon seit Jahren nicht mehr betreten hatte, selbst damals zu ihrer Zeit nicht. Die seit einer Ewigkeit unbenutzten Scharniere der Tür bewegten sich schwerfällig, und als sie sie aufstieß, stieg eine Staubwolke auf. Sie stolperte vorwärts, eine Hand über den Mund gelegt, und hustete.

»Prinzessin? Vielleicht ist das keine so gute Idee.«

Aurora fegte mit der Hand ein Spinnennetz beiseite und spähte in den dämmrigen Raum. »Es dauert nur einen Moment.«

Staubpartikel tanzten wirbelnd in dem Lichtstrahl, der durchs Fenster fiel. Unter der hundert Jahre alten Patina des Verfalls sah das Spielzimmer noch genauso aus, wie Aurora es in Erinnerung hatte. Ein Schaukelpferd wartete in einer Ecke, seine Mähne zerlumpt und verschlissen, der einst flammend rote Sattel so stark verblasst, dass kaum mehr eine Farbe erkennbar war. An einer anderen Wand stand ihr altes Puppenhaus. Holzspielzeuge und Bälle lagen auf dem Boden verteilt. Aurora schlängelte sich dazwischen hindurch, und in ihren langen Röcken verfingen sich Staub und Spielzeuge. Am anderen Ende des Raums angekommen, setzte sie sich im Damensitz auf das Schaukelpferd, legte eine Hand zwischen seine Ohren und schloss die Augen, versuchte sich vorzustellen, sie wäre wieder sechs Jahre alt und würde sich stundenlang in diesem Zimmer verkriechen.

Aber es funktionierte nicht. Es roch falsch. Der Staub, das modrige Holz, die Verwahrlosung, die allem anhaftete … Es kratzte in ihrer Nase und an ihrer Kehle, und es war unmöglich, an der Kindheitserinnerung festzuhalten.

»Ist es das, was Ihr mir zeigen wolltet?«

Aurora öffnete die Augen. Rodric stand immer noch auf der Türschwelle und ließ seinen Blick mit einer Mischung aus Furcht und Neugier durch den Raum wandern.

»Ich glaube schon«, sagte sie. Was hatte sie damit erreichen wollen? »Ich weiß nicht.«

»Es ist großartig.« Rodric machte einen Schritt auf sie zu, seine Augen fixierten das Pferd. »Als ich klein war, wollte ich immer eines haben, ein Schaukelpferd, meine ich – aber … na ja. Vater wollte mir keins geben. Er fand, ich sollte lieber lernen, auf einem richtigen Pferd zu reiten. Wenn ich gewusst hätte, dass es hier eins gibt …«

»Ich bin noch nie auf einem richtigen Pferd geritten.« Aurora ließ ihre Finger durch die Überreste der Mähne gleiten. Sie blieb in einem verfilzten Knoten hängen und machte sich vorsichtig frei. »Aber meine Eltern wollten nicht, dass ich das Schloss verlasse.«

»Niemals?«

Wieder fuhr sie mit den Fingern durch die Mähne. »Einmal habe ich die Ställe besucht«, sagte sie, »aber als mein Vater es herausfand, war er außer sich vor Wut, und es kam nie wieder vor.«

»Ich kann es Euch beibringen, wenn Ihr wollt.« Rodric

sah sie nicht an, seine Wangen waren hochrot, aber er klang aufrichtig.

»Danke«, sagte sie. »Das wäre schön.«

Als sie noch klein war, hatte sie sich ausgemalt, wie sie über die Felder galoppierte, sich unter Ästen hinwegduckte und über Schluchten sprang, so wie es die Helden in ihren Büchern immer taten. Der Wind würde ihr Haar zerzausen und Schlamm auf ihre Kleider spritzen, und sie würde lachen, wäre frei und nicht mehr einzuholen.

Vielleicht waren ja nicht alle ihre Träume endgültig verloren. Sie ließ sich vom Schaukelpferd hinuntergleiten.

»Möchtet Ihr es einmal ausprobieren?«

»Oh.« Rodric wandt sich. »Das geht doch nicht … ich bin viel zu groß.«

Sie lächelte. »Bitte. Setzt Euch.« Sie klopfte auf den Sattel.

Er legte seine Hände auf den Widerrist des Pferdes und betrachtete es mit skeptischem Blick, während es sanft vor- und zurückschaukelte. Dann holte er scharf Luft, so als würde er seinen ganzen Mut zusammennehmen, und schwang sich auf den Pferderücken. Natürlich wirkte er darauf wie ein zu groß geratener Ritter, denn sogar mit angewinkelten Knien standen seine Füße flach am Boden.

»Ihr müsst Eure Füße in die Steigbügel stellen«, sagte Aurora.

Er nickte, zog die Knie nach oben Richtung Brust und zwängte seine Zehen in die Metallringe, die sich seitlich am

Pferd befanden. Durch die Bewegung wippte das Pferd erst nach vorn und dann zurück, und Rodric schnappte sich hastig die Zügel.

Aurora konnte nicht anders. Er sah so lustig aus, wie er da auf diesem Spielzeugpferd hockte, das halb so groß war wie er, voller Entschlossenheit und Unbehagen. Sie kicherte los, und daraus wurde ein sprudelndes Lachen, das von den Wänden widerhallte.

Rodric sah sie an. Er lächelte. »Sehe ich wirklich *so* albern aus?«

»Noch schlimmer«, japste sie, »aber ich glaube nicht, dass Frankworth etwas dagegen hat. Es muss für ihn ziemlich einsam gewesen sein, hier so ganz allein.«

»Frankworth?«

Aurora zuckte mit den Schultern. »Ein Pferd braucht doch einen Namen. Er kam in einem Buch vor und hörte sich für mich ausreichend majestätisch an. Ich war damals fünf.«

Rodric nickte, worauf das Pferd wieder vor- und zurückschaukelte und der Prinz, aus dem Gleichgewicht gebracht, beinahe vornüberkippte. Gerade noch rechtzeitig bekam er eine Handvoll Mähne zu fassen und schwang sich mit einem nervösen Lachen vom Pferderücken herunter. »Vielleicht kann ich ihm auch vom Boden aus Gesellschaft leisten.«

Sobald Rodrics Füße den Boden berührten, wurde Aurora die Brust eng. Ohne das Pferd, ohne ein Gesprächsthema, fühlte sich alles wieder unbehaglich und hölzern an, und ihre kindische Ausgelassenheit Sekunden zuvor schien plötzlich unwirklich.

Rodrics Gesichtsröte vertiefte sich, und er ließ seinen Blick durch den Raum wandern, sah hierhin und dorthin, nur nicht zu Aurora. »Das war also Euer Spielzimmer?«

»Ja.« Aurora nahm eine Holzpuppe von einem Stuhl herunter und setzte sich. »Ich habe hier viel Zeit verbracht.«

»Das ist schwer vorstellbar«, sagte Rodric, »Ihr als junges Mädchen.«

Aurora sah auf die Puppe in ihrer Hand. Ihre beiden Glasaugen waren noch heil, und damit starrte sie die Prinzessin beinahe vorwurfsvoll an. »Ich durfte keine Spielkameraden haben, also habe ich hier viel Zeit allein verbracht.« Sie kämmte mit den Fingern durchs Puppenhaar und versuchte, sich ins Gedächtnis zu rufen, wie seidig und glatt es sich früher angefühlt hatte.

Rodric stand immer noch neben dem Schaukelpferd, seine große Gestalt wirkte inmitten des mädchenhaften Spielzeugs völlig fehl am Platz. Er starrte auf den Fußboden, wo ihre Füße Abdrücke im Staub hinterlassen hatten.

Gib dir ein bisschen Mühe, ermahnte sie sich selbst. *Er tut's schließlich auch. Warum kannst du's nicht?*

»Hattest du ein Spielzimmer?«, fragte sie.

Rodric schüttelte den Kopf. »Ein Kinderzimmer und ein paar Spielzeuge, aber ... Vater wollte, dass ich so schnell wie möglich erwachsen werde. Für mich gab es nur Schwerter und Pferde. Allerdings konnte ich weder mit dem einen noch dem anderen besonders gut umgehen.«

»Nicht?«

Er schüttelte den Kopf. »Ich sollte Euch das besser nicht erzählen«, sagte er. »Nachher verliert Ihr jegliche Achtung vor mir.«

»Das werde ich nicht.« Und das stimmte. Dieser ungelenke, ewig errötende Prinz hatte etwas zutiefst Menschliches an sich, was ihn für sie viel liebenswerter machte als irgendeine der heldenhaften Figuren auf den Wandteppichen.

»Ich habe mein Schwert während der Übungen immer fallen lassen«, sagte er. »Es reichte, einmal die Klingen zu kreuzen, und schon flog es mir aus den Händen. Und ich hatte große Angst vor Pferden. Vor den echten, meine ich. Sie bissen mir immer in die Füße, wenn ich versuchte, sie zu reiten. Ich glaube, Vater gab mir absichtlich die boshaftesten.«

»Euer Vater …« Sie stockte und suchte nach den richtigen Worten. Sie wusste nicht, wie sie auf die Grausamkeit zu sprechen kommen sollte, die dem König nachgesagt wurde, ohne Rodric vor den Kopf zu stoßen oder taktlos zu erscheinen. »Es hört sich an, als sei er sehr streng.«

»Er wollte, dass ich so stark werde wie er.« Rodric strich dem Pferd mit einer Hand über den Rücken und zupfte an den losen Fäden am Sattel. »Aber ich bin seinen Erwartungen nie gerecht geworden.«

»Das ist doch bestimmt nicht wahr.«

»Doch, das ist es«, sagte er. »Ich werde nie ein Kämpfer sein.«

»Kämpfen ist nicht die einzige Möglichkeit, um Stärke zu zeigen. Ich bin mir sicher, das ist Eurem Vater bewusst.«

»Nein«, sagte Rodric. »Ist es nicht. Aber ich habe mir sehr viel Wissen angeeignet. Dafür hat er ebenfalls gesorgt. Ich hoffe, ich habe genug getan, um eines Tages ein guter König zu werden.«

Aurora legte den Kopf schräg und musterte ihn eingehend, von den abstehenden braunen Haarsträhnen auf seinem Kopf bis zu seinen großen Füßen, die in Stiefeln steckten. Er sah nicht aus wie ein König. Aber vermutlich sah auch sie nicht immer aus wie eine Prinzessin. »Euer Vater ist vor zehn Jahren König geworden. Aber er hat bereits davor angefangen, Euch auf das Königsein vorzubereiten?«

Falls Rodric den Themenschwenk bemerkt hatte, kommentierte er ihn nicht weiter.

»Für meinen Vaters muss ein Junge einem bestimmten Bild entsprechen, egal, ob er nun ein Prinz, ein Adliger oder sonst was ist. Und er war viele Jahre lang der Berater des Königs gewesen, als Hungersnöte und Revolten und viele andere schreckliche Dinge grassierten. Er glaubte daran, dass ich mit Stärke und Wissen überleben würde.«

Aurora streichelte der Puppe wieder übers Haar. Ihre Hände zitterten. »Herrschten damals wirklich so schreckliche Zustände?«

»An vieles habe ich keine Erinnerung mehr«, sagte Rodric. »Mein Vater bestieg den Thron, als ich acht war, und bis zu diesem Zeitpunkt hatten meine Eltern versucht, mich von allen schlimmen Dingen fernzuhalten. Aber ich weiß noch, dass ich Angst hatte. Als ich sechs war, hatte es einen Aufstand gegeben. Ich erinnere mich daran, wie ich aus meinem Fenster im Schloss schaute und sah, dass die Stadt in Flammen stand und eine Riesenschar von Menschen, Zighunderte, die Straßen füllte. Sie stürmten auf das Schloss zu und hämmerten laut brüllend an die Tore.«

»Was wollten sie?«

»Essen, glaube ich. Ich sagte meiner Mutter, dass sie mein Essen haben könnten. Dass wir ihnen etwas abgeben sollten. Aber sie sagte nein, es ginge in Wahrheit gar nicht um Essen. Sie würden uns hassen, sagte sie, und suchten nur nach einem Vorwand. Das ganze Schloss schien zu beben von dem Trommeln und Poltern gegen die Türen. Ich weiß nicht, was passiert wäre, wenn sie es hineingeschafft hätten. Sie belagerten uns tagelang.«

»Was geschah dann?«

Er drehte sich um und sah aus dem Fenster. Der schmale Lichtstrahl fiel über sein Gesicht und brachte sein Haar zum Leuchten. »Der König – der alte König – rief die Soldaten herbei. Sie töteten jeden, der sich gegen sie zur Wehr setzte.«

Aurora schluckte. »Aber wenn sie es ins Schloss geschafft hätten«, sagte sie, »wenn sie die Türen durchbrochen hätten …«

»Dann hätten sie uns vermutlich getötet. Sie töteten alle Wachleute. Sie töteten die Bediensteten, die das Pech hatten, sich außerhalb der Schlossmauern aufzuhalten. Und die Dinge, die sie skandierten …«

Aurora erschauerte. Es schien ihr, als könnte sie das Gebrüll hören und den Hass in den Augen der Leute sehen, die Richtung Schloss stürmten. Es war derselbe Hass, den sie in Tristans ehedem so gütigem Gesicht gesehen hatte, als er über den König sprach. So etwas durfte nicht noch einmal passieren.

»Danach«, sagte Rodric, »ließ der König meinen Vater in den Kerker werfen, weil er es nicht geschafft hatte, das Königreich vor einer Hungersnot zu bewahren. Seinerzeit war er sein erster Berater, und der König vermutete, dass mein Vater Ränke gegen ihn schmiedete und ihn absichtlich schlecht beriet, um ihn zu untergraben. Er beschuldigte meine Mutter, eine ausländische Spionin zu sein. Eine Weile lang lebte ich allein mit meinen Lehrern, eingesperrt in einem Turm. Man sagte mir nicht, was los war oder wo meine Eltern sich befanden oder ob ich sie jemals wiedersehen würde.« Er senkte den Kopf und starrte auf den ausgeblichenen, ausgefransten Sattel.

»Das tut mir leid«, sagte sie. »Das hört sich schrecklich an.«

»Es ist ja jetzt vorbei«, sagte er. »Und es wird sich auszahlen, wenn … na ja. Es wird sich auszahlen.«

Das Schweigen war wie ein lebendes Etwas, das zwischen ihnen umherschlich und über ihre Haut kroch.

Abrupt trat Rodric einen Schritt vom Pferd zurück und steuerte auf eine klobige Truhe an der Wand zu. Zwei Holzschwerter guckten heraus. »Sind das Eure?«, fragte er. Mit einem Ruck zog er eines hervor.

»Ja«, sagte sie. »Meine Mutter hat sie natürlich missbilligt. Sie sind nicht sehr damenhaft.«

»Ich hatte eher solches Spielzeug«, sagte Rodric und hielt prüfend das Schwert hoch. Es war ein grob geschnitztes, einfaches Ding, das ihr einer der Wachleute zum Geburtstag geschenkt hatte. »Mein Vater hätte es allerdings mit Blei gefüllt, um mir die Übungen möglichst schwerzumachen.«

»Ich habe nicht viel üben können«, sagte Aurora. Sie stand auf und legte die Puppe beiseite. »Ich habe immer gegen Luftgegner gekämpft, da ich nie wirklich jemanden zum Spielen hatte.«

»Niemanden?«

»Freunde sind einem nicht gestattet, wenn der eigene Vater fürchtet, dass man jeden Moment angegriffen wird.«

Er hielt ihr eins der Schwerter hin, und sie griff zu. Es fühlte sich leichter an, als sie es in Erinnerung hatte, und irgendwie war es beruhigend, es in der Hand zu halten. Sie schwang es durch die Luft, die Finger fest ums Heft geschlossen.

»Das ist nicht ganz … ich meine, wenn es Euch nichts ausmacht, Prinzessin …« Rodric trat an sie heran und legte seine Hand auf ihre. »So.« Er korrigierte die Haltung ihrer Finger. »Wenn Ihr ein wenig lockerer lasst, wird es einfacher«, sagte er. »Betrachtet das Schwert als eine Verlängerung Eures Armes. Ihr müsst es nicht umklammern, um es dort zu halten.«

Sie holte erneut mit dem Schwert aus, und er lächelte. »Das

ist gut«, sagte er. »Ihr seid besser, als Ihr meint. Ihr habt zwar nicht so viel Kraft, aber Ihr scheint flink zu sein. Gefährlich flink.«

Er wich einen Schritt zurück und vergrößerte den Abstand zwischen ihnen.

»Wollen wir ein bisschen üben?«, fragte Aurora.

Rodric schüttelte den Kopf. »Das sollten wir nicht tun«, sagte er. »Wenn ich Euch verletze, würde ich mir das … Wir sollten es nicht riskieren.«

»Aber Ihr habt doch selbst gesagt, ich würde mich ziemlich geschickt anstellen.«

»Es ist nicht Euer fehlendes Können, das mir Sorgen bereitet.«

Sie drehte sich weg und ließ langsam das Schwert sinken, bis es seitlich an ihrem Körper herabhing. »Ich wollte immer wie eins dieser Mädchen in den Büchern sein«, sagte sie. »Eins, das Schwerter schwingt, gegen Drachen kämpft und Abenteuer erlebt. Aber …« Sie starrte auf ihre alte zerlumpte Puppe. »Am Ende ist nie irgendwas so, wie ich es mir vorstelle.«

»Bei mir auch nicht.«

Sie hob den Blick. Rodric starrte wieder ins Leere, die Lippen fest zusammengekniffen.

»Und Ihr?«, fragte Aurora. Sie machte einen Schritt auf ihn zu. »Was wolltet Ihr?«

»Ich weiß es nicht«, sagte er. »Es war immer so, dass meine Zukunft bereits festgelegt schien.«

Aurora blickte auf das Schwert in ihrer Hand. Das kleine Mädchen, das durch diesen Raum geflitzt war, um Geister und Schatten kurz und klein zu schlagen, hatte nie so empfunden. Die *Gegenwart* hatte festgestanden, aber die Zukunft … damals war ihr alles möglich erschienen.

»Das muss sehr einsam gewesen sein«, sagte Rodric, immer noch ohne sie anzusehen, »so ganz allein hier im Turm.«

»Ja«, sagte sie leise. »Vermutlich war es das auch.«

VIERZEHN

Am Nachmittag darauf wurde Aurora zur Königin gerufen. Helles Sonnenlicht ergoss sich durch die großen hohen Fenster und ließ den Raum freundlich und luftig erscheinen. Die Königin saß an einem runden Tisch und hielt den Blick konzentriert auf ein paar Papiere gerichtet, die vor ihr lagen. Auroras Magen krampfte sich augenblicklich zusammen, als sie sie sah. Drei ältere Damen standen wartend hinter der Königin, die Haare zu adretten Knoten frisiert.

»Ah Aurora.« Die Königin schenkte ihr ein schmallippiges Lächeln, so als hätte es die Auseinandersetzung bei ihrer letzten Begegnung nie gegeben. »Wie schön, dich zu sehen! Wir haben uns gerade die Entwürfe für dein Hochzeitskleid angesehen. Komm her. Schau's dir an.«

Das Kleid war auf ein großes Stück Pergament skizziert, erst mit Kohle, dann mit Bleistift und zum Schluss gab es eine in zarten Farben kolorierte Version. Es war eine ätherisch anmutende Kreation; Lagen von Tüll flossen verschwenderisch an einer schmal geschnittenen Korsage herab und reflektierten alle Farben des Lichts, wie etwas, das einem Traum entsprungen war. Altmodisch und doch märchenhaft, beinahe unwirklich.

»Es ist wunderschön«, sagte Aurora. Sie fuhr mit dem Finger über das Blatt, zeichnete die Bleistiftstriche und Farbtupfer nach.

»Ich bin froh, dass es Euch gefällt, Prinzessin«, antwortete eine der Frauen. Sie verbeugte sich beim Sprechen mit einer jähen, ruckartigen Bewegung des Kopfes.

»Das hier«, sagte die Königin und stand mit großer Geste auf, »sind die besten Schneiderinnen in ganz Alyssinia. Sie sind nur deinetwegen heute hier und werden bei dir Maß nehmen.«

Die Frauen verneigten sich nun alle und eine murmelte: »Eure Majestät ist zu freundlich.«

Sie umwickelten jeden Zentimeter von Auroras Körper mit Bändern, schnürten ihre Taille so eng ein, dass sie nach Luft rang. Und als sie sämtliche Maße auf ein langes Stück Pergament gekritzelt hatten, fingen sie an, in ihrem Haar herumzufuhrwerken, türmten es am Kopf auf, drehten und zwirbelten es, inspizierten ihre Ohrläppchen und Handgelenke, während die Königin mit kritischem Blick zuschaute.

»Wir sollten ihr Haar offen lassen«, erklärte sie. »Der Schlichtheit wegen. Aber wie wäre es mit einem Kranz …«

»Eine Blumengirlande«, erwiderte eine der Frauen – die größte von den dreien. Sie ließ ihren Finger von Auroras Stirn bis zu ihrem Ohr hinunterwandern. »Hier entlang.«

»Nein, nein«, sagte die Strenge, die das Sagen zu haben schien. »Eine einzige Lilie, hinters rechte Ohr gesteckt. Schönheit, Reinheit, Anmut.«

Die Königin nickte.

Aurora zwang sich, stillzustehen und ein möglichst ausdrucksloses Gesicht aufzusetzen. Niemand fragte nach ihrer Meinung. Schließlich hörte das Zerren und Zupfen auf. Die Schneiderinnen sammelten ihre Blätter ein, die übersät waren mit Maßen und Notizen und Vermerken, dankten der Königin überschwänglich für den Auftrag und versprachen mit feierlichem Ernst, der nicht den Hauch eines Zweifels aufkommen ließ, dass sie sich umgehend an die Arbeit machen und weitere Details bereits am folgenden Tag mit der Königin besprechen würden.

Die Königin entließ sie mit einem angedeuteten Lächeln.

Unter weiteren Verbeugungen und Knicksen bewegten die Schneiderinnen sich hinaus und ließen Aurora und die Königin allein zurück.

»Also, das lief doch sehr gut«, sagte die Königin, und ihr Lächeln war breiter als gewöhnlich, so als wäre sie ehrlich erleichtert über den Stand der Dinge. »Diese Damen haben vor zehn Jahren meine Krönungsrobe angefertigt und sind im Laufe der Zeit nur noch versierter geworden. Du bekommst ein Hochzeitskleid, an das sich die ganze Welt erinnern wird.«

»Ja«, sagte Aurora. »Danke, Eure Majestät.«

»Du sollst mich Iris nennen. Immerhin sind wir doch bald eine Familie. Und jetzt komm.« Sie streckte eine Hand nach ihr aus. »Setz dich einen Moment zu mir, meine Liebe. Ich möchte gern etwas Persönliches mit dir besprechen.«

Aurora setzte sich zögerlich auf einen Holzstuhl, der eine hohe Rückenlehne hatte.

»Ich habe über unser letztes Gespräch nachgedacht«, begann die Königin. »Ich hoffe, du hast dir meine Worte zu Herzen genommen.«

Aurora nickte. Ihr Haar kitzelte sie am Nacken, und sie verspürte den Drang, mit der Hand dort entlangzufahren, wagte es jedoch nicht. Wenn sie sich ruhig und still verhielt, würde dieses Gespräch vielleicht schnell vorbei sein, und sie könnte dem bohrenden Blick der Königin entrinnen.

»Gut«, sagte die Königin. Sie nahm Aurora gegenüber auf einem Stuhl Platz. »Ich tue dies nicht, um dir weh zu tun, Aurora. Ich hoffe, das weißt du. Es ist der einzige Weg.«

»Ich weiß«, sagte Aurora.

»Das freut mich. Aber wenn es irgendein Problem gibt, sollten wir es besser jetzt ausräumen, bevor es zu belastend wird. Also, meine Liebe, bitte sag mir: Wie geht es dir?«

Aurora starrte sie einen Moment lang an. Sie konnte sich nicht vorstellen, dass die Königin eine ehrliche Antwort hören wollte oder dass sie gar helfen würde, wenn sie eine bekäme.

»Es fällt mir schwer, in den Schlaf zu finden«, sagte sie schließlich.

»Das kann ich mir gut vorstellen«, sagte die Königin, »wenn du es nicht mal versuchst.«

»Ich versuche es schon«, sagte Aurora trotzig. »Aber es ist schwierig. Schließlich habe ich alles verloren.«

»Was hast du verloren, meine Liebe?«, sagte die Königin. Ihr Gesichtsausdruck blieb neutral, doch sie zog beim Sprechen kaum merklich die Augenbraue hoch. »Du hast ein Zuhause und ein Königreich. Und du hast deine wahre Liebe an deiner Seite.« Ihr Ton machte deutlich, dass sie in diesem Punkt keinen Widerspruch dulden würde.

»Ich habe meine Familie verloren.«

»Jeder verliert am Ende seine Familie. Und mal ehrlich, Liebes, haben sie dich denn wirklich so gut behandelt?«

Natürlich, wollte Aurora sagen, doch sie brachte das Wort nicht heraus.

»Aber das alles ist nicht länger von Belang«, sagte Iris. »Wir können die Vergangenheit nicht ändern, und wir sollten nicht zulassen, dass sie uns um unseren Schönheitsschlaf bringt. Wir wollen doch bei unserer Verlobungsfeier nicht verhärmt aussehen.«

Nein, dachte Aurora. *Das würden wir nicht wollen.* Niemand wollte sie so sehen, wie sie wirklich war – verwirrt und erschöpft und in Trauer um ein verlorenes Leben. Wie furchtbar unfestlich das wäre.

Iris stand auf. »Ich lasse dir noch mehr Bücher schicken und werde meinem Sohn vorschlagen, dass Ihr längere gemeinsame Spaziergänge macht.«

Es hörte sich so an, als wäre sie damit entlassen. Aurora stand auf und achtete darauf, ihr Kinn gereckt zu halten.

»Danke, Iris.«

Die Königin lächelte. »Mach dir keine Sorgen, Aurora. Wir werden dich ordentlich müde machen, so dass du bis zur Hochzeit nichts anderes willst als schlafen. Du wirst dich schon noch erholen.«

Aurora versank in einem Knicks. Die Entwurfsskizze für ihr Brautkleid lag auf dem Tisch, die Pergamentenden waren leicht aufgerollt. So zart, so perfekt wie ein Traum, der auf Papier festgehalten war. In ihrer Vorstellung rückten die Wände noch ein Stück näher an sie heran.

Sie war fast aus dem Zimmer heraus, als die Königin noch einmal das Wort ergriff: »Denk dran, Aurora. Meine Wachen haben ein Auge auf dich.«

Als Aurora durch die verwinkelten Flure zurückging, eingerahmt von zwei Wachleuten, pochte ihr Herz vor Wut.

Jemand kam durch eine Seitentür auf den Flur hinausgeschossen. Aurora war so tief in Gedanken versunken, dass sie nur einen verschwommenen Fleck aus Seidenstoff und Haaren sah und beinahe mit ihm zusammenprallte.

Isabelle machte einen Satz rückwärts. »Tut mir leid!«, quiekte sie.

»Nein«, sagte Aurora. »Es braucht dir nicht leidzutun. Das war meine Schuld.«

Hastig wich Isabelle noch weiter zurück und stolperte dabei über ihre eigenen Füße. Sie starrte zu Aurora hinauf, dann blieb sie stehen, ihre Wangen zart gerötet. »Was ist los?«

»Nichts, mir geht's gut«, erwiderte Aurora. Aber ihre Stimme klang ein bisschen leiser und weniger entschieden, als ihr lieb gewesen wäre. »Danke.«

Isabelle runzelte die Stirn. »Ihr seht aber nicht so aus.« Sie reckte den Hals und spähte an Aurora vorbei, so als wollte sie nachsehen, ob hinter ihr womöglich irgendwelche Geister oder Kobolde auf der Lauer lagen. »Hattet Ihr ein Gespräch mit meiner Mutter?«

Aurora nickte.

»Manchmal«, fügte Isabelle mit sachlicher Stimme hinzu, »bin ich auch traurig, nachdem ich mit ihr gesprochen habe.«

Der Kontrast zwischen Isabelles Worten und ihrer nüchternen Tonlage machte Aurora stutzig. »Warum macht sie dich traurig?«, fragte sie.

Isabelle sah auf ihre Füße hinunter. Nur die Schuhspitzen lugten unter ihren Röcken hervor. Das Kleid war mit Absicht zu lang, dachte Aurora. Sie erinnerte sich gut an diesen Trick. So war man gezwungen, langsam zu gehen und kleine Schritte zu machen, genau wie es von einer wohlerzogenen jungen Dame erwartet wurde. Und genau wie Isabelle hatte auch sie immer ihre Röcke gerafft und war losgestürmt, sobald niemand sie sehen konnte.

»Du musst es mir nicht sagen«, sagte Aurora. »Manchmal habe ich mich mit meiner Mutter auch nicht gut verstanden.«

Isabelle sah hoch. »Warum nicht?«

Sie hatte sich Mühe gegeben. Das hatte sie wirklich. Aber ihre Mutter hatte sie immer kritisch beobachtet und jede Falte in ihrem Kleid und jeden Fehler in ihrer Haltung kommentiert. Sie war nie richtig kalt ihr gegenüber gewesen, aber ein bisschen reserviert, so als hätte sie Angst, ihr zu nah zu kommen. Ihre Mutter hatte sich immer tadellos ausgedrückt, war immer tadellos gekleidet gewesen, hatte immer tadellos gelebt, und obwohl Aurora sie so sehr vermisste, dass es ihr schmerzlich die Eingeweide zusammenschnürte, schien ihre Mutter sie nie ganz und gar akzeptiert zu haben. Sie hatte stets eine gewisse Distanz zu ihr gewahrt.

»Sie wollte wohl, dass ich mehr wie eine Prinzessin bin.«

»Und was habt Ihr gemacht?«, fragte Isabelle.

»Ich bin mehr wie eine Prinzessin geworden.«

Isabelle biss sich auf die Lippe und nickte, als hätte Aurora ihr eine tiefgründige Lebensweisheit mit auf den Weg gegeben. *Wie schrecklich, ihr so etwas zu erzählen*, dachte Aurora. Dass sie lächeln und knicksen und so tun sollte, als ob. Aber das war die Wahrheit, so wie Aurora sie erlebt hatte.

»Ich vermute …«, sagte Isabelle. »Ich vermute, am Ende hat es funktioniert. Weil ihr jetzt ja Rodric habt.«

»Ja«, sagte Aurora zögerlich. »Ich habe Rodric. Aber nicht deswegen.« Nicht wegen irgendetwas, was sie getan hatte.

»Mutter sagt, ich müsse mich besser benehmen, weil Finnegan hier ist.« Es schien ein seltsamer Themenschwenk, bis Isabelle hinzufügte: »Sie will, dass ich ihn heirate.«

»Ihn *heiraten*?«

»Wenn ich älter bin. Sie sagt, das sei das Beste für Alyssinia, und es wäre meine … mein größtes persönliches Verdienst …« Sie sprach die Worte Silbe für Silbe mit Bedacht aus, »wenn ich uns so seine Unterstützung sichern würde.«

Aurora konnte sich nicht vorstellen, dass ein so liebes Mädchen wie Isabelle die Ehefrau dieses arroganten, intriganten Schnösels werden sollte. Selbst wenn die Kleine älter wäre, war dies keine Verbindung, über die sie hätte nachdenken wollen. Aber für die Königin spielten Dinge wie Zuneigung und persönliche Gemeinsamkeiten keine Rolle, solange es das Beste fürs Königreich war.

»Du könntest so viel mehr erreichen als das«, sagte Aurora. »Mit oder ohne Finnegan.« Sie war sich nicht ganz sicher, ob dies stimmte, aber es schien ihr richtig, es zu sagen. Denn wenn Isabelle daran glaubte, könnte es vielleicht wahr werden.

»Isabelle!«

Die kleine Prinzessin fuhr erschrocken zusammen.

»Was tust du da?«

Eine Frau erschien in der Tür, die Hände in die Hüften gestemmt. Sie wirkte ein bisschen außer Atem.

»So einfach vor mir wegzulaufen! Du sollst die Prinzessin nicht belästigen.«

»Sie belästigt mich nicht«, sagte Aurora, aber die Frau ignorierte sie. Sie machte einen Schritt nach vorn und packte Isabelle am Arm.

»Komm sofort wieder zurück!«

»Auf Wiedersehen!«, rief Aurora leise.

Die Frau scheuchte Isabelle fort und schloss die Tür hinter ihnen. Im Flur wurde es wieder still. Aurora starrte die Wand an. Es war, als wäre ihr früheres Ich wieder zum Leben erwacht, unsicher und hoffnungsvoll und eifrig darum bemüht, immer das Richtige zu tun. Isabelle würde es lernen, so wie sie es gelernt hatte. Aus irgendeinem Grund machte dieser Gedanke sie traurig.

Schnell wandte sie sich ab.

Vielleicht war ihre eigene Mutter wie Iris gewesen, dachte sie, als sie in ihr Zimmer zurückeilte. Sie schien beide Königinnen auf die gleiche Weise zu enttäuschen.

Eine unwillkommene Erinnerung stieg in ihr hoch, die sie seit langem ignoriert hatte. Ihre Mutter, die ausländische Königin, die Auroras Haar kämmte, während sie am Fenster standen. Aurora war gerade groß genug, um über das Fenstersims zu spähen. Sie hatte vor sich hin geplappert, über Bücher und Abenteuer und über ihre kühnen Träume.

»Ich werde mal auf Reisen gehen«, sagte sie. »Genau wie du, Mutter. Und mir alles ansehen. Überall.«

»Nein, mein Kind«, antwortete ihre Mutter. »Das ist viel zu gefährlich.«

Aurora reckte den Hals und zog den Kopf weg, um den ruckartigen, ziependen Bürstenstrichen zu entgehen. »Nicht jetzt«, sagte sie. »Danach.«

In ihrem Kopf teilte sich alles in ein Vorher und Danach. Verflucht und frei.

»Auch nicht danach«, sagte ihre Mutter. »Warum weit weggehen, wenn du hier bei uns geliebt und behütet bist?«

Aurora sagte darauf nichts mehr, aber sie träumte weiter. Plante, hoffte, studierte Karten und Bücher, bis zu ihrem achtzehnten Geburtstag und dem Piks in den Finger, der allem ein Ende setzte. Ihr Wunsch war ihr wohl erfüllt worden. Sie hatte Geschichte gemacht. Allerdings anders, als sie es sich immer vorgestellt hatte. Die Welt da draußen war für sie noch immer unerreichbar.

FÜNFZEHN

Als Aurora in dieser Nacht endlich einschlief, träumte sie wirr und bruchstückhaft. Eine Horde Menschen jagte sie eine Straße hinunter, Tristan zog sie mit sich mit, bevor er sie zu Boden stieß. Hände griffen gierig nach ihren Haaren, ihren Kleidern, während sie mühsam versuchte, sich wieder hochzurappeln.

Als sie erwachte, war sie in kalten Schweiß gebadet. Sie befahl ihren schmerzenden Beinen, aus dem Bett aufzustehen, und ging im Zimmer auf und ab. Sie wollte Tristan sehen. Sie wollte diesen vier Wänden entfliehen, Met trinken und nur für eine weitere Nacht vergessen, wer sie in Zukunft sein sollte. Aber sie konnte nicht. Sie wusste, dass sie dies nicht konnte. Sie war eine Närrin gewesen, dass sie ihm überhaupt jemals vertraut hatte.

Sie zog das Buch, das er ihr geschenkt hatte, aus seinem Versteck ganz hinten im Regal und fing an zu lesen, während sie versuchte, sich den Kitzel jener Nacht in Erinnerung zu rufen. Jedes Wort, das sie las, schien jetzt schal. Sie sah dabei Tristans Gesicht vor sich, als er ihr sein Geheimnis anvertraute, und dachte daran, was für ein grausamer Held er werden wollte.

Am liebsten hätte sie ein paar Seiten herausgerissen, aber dann hielt sie inne und legte das Buch dorthin zurück, wo es zuvor versteckt gewesen war, außer Sichtweite.

»Du liebe Güte, Prinzessin«, sagte Betsy, als sie mit dem Frühstück erschien. »Ihr seht furchtbar aus. Ist alles in Ordnung?«

»Ja«, sagte Aurora. »Ich hatte nur einen Albtraum.«

»Oh.« Betsy zog den Kopf zwischen die Schultern, so als würde sie sich plötzlich wieder daran erinnern, dass sie keine Freunde waren. »Aber wenigstens habt ihr ein wenig Schlaf bekommen.«

An diesem Tag wurde Aurora nicht zur Königin gerufen, und auch Rodric tauchte nicht auf. Sie vermutete, dass sie mit Vorbereitungen für die morgige Verlobung beschäftigt waren, dass Rodric eine Rede auswendig lernte, während seine Mutter jedes seiner Worte kontrollierte, jede Änderung in der Betonung, jedes Fältchen in seiner Kleidung. Aurora war nicht hinzugebeten worden. Wozu sollte sie auch gebraucht werden, wenn ohnehin niemand erwartete, dass sie etwas sagte, und die Königin jede ihrer Bewegungen bis ins Kleinste diktierte? Sie nahm ein Buch zur Hand und versuchte zu lesen, aber die Worte blieben nicht hängen.

Morgen wäre sie offiziell verlobt. Sie würde wieder vor der

Menge stehen, und alle würden jubeln, und Rodric würde lächeln, und ihr Glücklich-bis-ans-Lebensende würde beginnen. Morgen.

Ein leises Klopfen an der Tür riss Aurora aus ihren Gedanken.

»Herein.«

Die Tür ging quietschend auf, und Isabelle schlüpfte durch den schmalen Spalt.

»Isabelle! Was tust du denn hier?«

»Verzeihung. Ich wollte nicht stören. Ich dachte nur …«

»Nein, nein«, sagte Aurora und beeilte sich, die Tür zu schließen, bevor Isabelle wieder verschwinden konnte. »Du hast mich nur überrascht. Hast du denn keinen Unterricht?«

Isabelle blickte zu Boden. Es war offensichtlich, dass sie eigentlich nicht hier sein durfte. »Nur Geschichte«, sagte sie leise. »Mrs Benson wollte mich prüfen.«

»Das solltest du besser nicht versäumen.«

»Es ist aber so langweilig«, seufzte Isabelle. »Viel lieber möchte ich mich mit Euch unterhalten.«

»Du magst die Geschichtsstunden nicht?«

Isabelle schüttelte den Kopf.

»Aber ich dachte, du liebst Märchen und Erzählungen?«

»Ich liebe *Geschichten*«, sagte sie, und sofort wurde ihre Miene lebendig. »Oger und Schwertkämpfe und Romantik und … und alles! Aber Geschichte ist nichts von alledem.« Sie legte den Kopf schräg und betrachtete Aurora eingehend. »Außer in Eurem Fall«, fügte sie hinzu. »Ohne die Oger und

Schwertkämpfe zwar. Aber Ihr seid nicht alt und tot. Ihr seid hier.«

»Alle Dinge, die Teil der Geschichte sind, waren einmal hier«, sagte Aurora. »Genau das macht es ja so interessant.«

Isabelle sah nicht überzeugt aus.

»Meine Lieblingsgeschichte ist übrigens wahr«, fügte sie hinzu. Oder wenigstens hatte sie sie immer für wahr gehalten, wenn sie durch die Seiten des Buchs geblättert und jedes Wort in sich aufgesogen hatte. Wenn sie allein in ihrem Spielzimmer so tat, als wäre sie die großartige Königin Alysse. »Kennst du die Geschichte von Alysse?«

Isabelle seufzte – dieses typische gequälte, erschöpfte Seufzen einer überforderten Neunjährigen. »Alysse hat als Erste Alyssinia besiedelt«, leierte sie mit monotoner Stimme herunter. »Sie hat das Land erschlossen und war eine große Königin.«

»Gut«, sagte Aurora, griff Isabelles Hand und zog sie zu den Stühlen in der Mitte des Raumes. »Aber kennst du auch die *wahre* Geschichte?«

Isabelle schüttelte den Kopf.

Aurora nickte vielsagend und sank auf einen Stuhl nieder. Isabelle nahm zu ihren Füßen Platz, ihr Rock bauschte sich in einer Wolke Stoff um sie herum. Das Buch stand neben den anderen im Regal – makellos und ungelesen –, aber Aurora brauchte es nicht. Sie kannte jedes Wort auswendig.

»Vor langer Zeit«, sagte sie und strich mit den Fingern über Isabelles Haar, »lebten die Menschen von Alyssinia auf der anderen Seite des Meeres, in einem Land aus Metall und Rauch.

Einst war das Land wunderschön gewesen und voller Magie, aber der böse König hatte seine Schönheit zerstört, und die Magie war ausgestorben.«

»So wie hier«, sagte Isabelle.

»Ja«, erwiderte Aurora leise. »So wie hier. Erbost über die Herrschenden und von Verzweiflung getrieben, machte sich eine Gruppe wagemutiger Abenteurer auf die Reise. Sie fuhren übers Meer, bis Land in Sicht kam, das nur so zu strotzen schien von natürlicher Kraft. Hingerissen vom weiten Himmel, den üppigen Wäldern und glasklaren Seen beschlossen sie, sich in diesem Land anzusiedeln, und benannten es nach der wunderschönen jüngsten Tochter ihres Anführers – Alysse.«

»Doch das Land hatte seinen eigenen Willen«, fuhr sie fort. »Die Rodung der Bäume schien allerlei Geschöpfe gegen die neuen Siedler aufzubringen, und es schien, als müsste das Land vielmehr besänftigt als gezähmt werden. Wenn es ihnen nicht gelänge, Alyssinia auf ihre Seite zu bringen, würden die Menschen den sicheren Tod sterben, aber keiner der Männer wusste, was sie tun sollten. Doch Alysse war anders. Sie war in deinem Alter, weißt du, und wenn sie in den Wald ging, dann hörte sie das Flüstern der Bäume. Und sie wusste, wie man zurückflüsterte.«

»Mit Magie?«

»Mit einer Art von Magie, vermute ich«, sagte Aurora. »Sie ebnete den Weg für ihr Volk und führte die Menschen tiefer und tiefer in den Wald hinein, zeigte ihnen verschiedene

Plätze, an denen sie leben durften. Aber nicht in Städten, nicht eingesperrt zwischen Mauern, sondern in kleinen Dörfern, mit einem einzigen Schloss in der Mitte, zwischen Bäumen versteckt, so dass ihnen niemand etwas anhaben konnte.«

Während Aurora die Geschichte von der guten, geduldigen, gütigen Alysse erzählte, die Frieden zwischen den Menschen und dem Land gestiftet und alles ermöglicht hatte, kamen ihr die vertrauten Worte mit einem Mal fremd und falsch vor. So als würden sie nicht in diesen Raum passen. Alysse war ihr immer stark erschienen, als sie noch ein kleines Mädchen war: eine zukünftige Königin, geliebt von allen, die ihren Weg kreuzten, eine Abenteurerin in einer neuen Welt und zudem die Einzige, die diese neue Welt verstand. Sie war so *gut* gewesen. So sanft. Hatte all diese königlichen Eigenschaften besessen, die ihre Mutter ihr vor langer, langer Zeit eingeschärft hatte.

»Was ist mit ihr passiert?«, fragte Isabelle.

»Sie ist verschwunden«, sagte Aurora. »Es heißt, sie sei eines Tages in den Wald gewandert und im Nebel verschwunden. Man glaubte, dass der Wald sie wiederhaben wollte.«

Was für ein Humbug, dachte Aurora. *Sie ist gestorben. Alle sind gestorben.*

»Wird sie zurückkommen?«

»Das weiß keiner.«

»Vielleicht bist du ja Alysse«, sagte Isabelle und hüpfte auf der Stelle auf und nieder. »Alle sagen, dass du uns retten wirst. Dass du die Magie zurückbringst!«

Magie. Sie hörte das Wort, und zum ersten Mal spürte sie dabei ein Ziehen in der Magengegend, eine prickelnde Anspannung. Diese Art von Macht zu haben, diese Art von Einfluss … das war eine heikle Sache. Und doch konnte sie nicht leugnen, dass sie den Gedanken überaus reizvoll fand. Den Gedanken, Bedeutung zu haben, Einfluss zu nehmen, tun und lassen zu können, was immer sie wollte.

Aber natürlich war das unmöglich. Sie war nicht die Wiedergeburt einer vor langer Zeit gestorbenen Königin, und dass sie die Magie zurückholen könnte, war genauso wahrscheinlich wie die Vorstellung, dass sie jemals ihre Eltern wiedersah. Aber sie mochte Isabelles Träume nicht zunichtemachen. Genauso wenig wie dieses Gefühl in ihr selbst.

»Vielleicht«, sagte sie. »Vielleicht.«

An diesem Abend versammelte sich der ganze Hof im Bankettsaal für eine Vor-Verlobungsfeier. Ein Seidenvorhang trennte den hinteren Teil des Raums ab, dahinter verbarg sich eine behelfsmäßige Bühne. Die Höflinge warteten auf Holzbänken, flüsterten und scherzten miteinander. Die Bänke waren zu einem V angeordnet, mit zwei rotgoldenen Thronsesseln in der Mitte für die Ehrengäste.

Aurora ließ sich auf dem linken nieder, die Hände fest im Schoß verschränkt. Neben ihr zupfte Rodric an seinem Ärmel herum. Keiner von ihnen sagte ein Wort.

Finnegan nahm links von Aurora Platz. Sie sah ihn nicht an, spürte aber seine Augen auf sich ruhen.

Ein kleiner Mann trat vor den Vorhang und wandte sich an die Menge. »Meine Truppe und ich, wir fühlen uns überaus geehrt, heute Abend hier vor Euch spielen zu dürfen. Auf Wunsch unserer bezaubernden Königin werden wir ein Pantomimenstück darbieten, das eine Geschichte erzählt, die wir alle gut kennen, und zu Ehren der Prinzessin diese alte Form der Unterhaltungskunst wieder aufleben lassen.« Er verneigte sich vor Aurora.

»Vortrefflich«, rief der König. »Fangt an!«

Der Vorhang glitt auseinander, und dahinter kamen zwei Gestalten zum Vorschein, ein König und eine Königin, in vollem Putz. Die Königin hielt ein Baby in den Armen, und verträumte Harfenmusik erklang, während sie es hin und her wiegte. Aurora vergrub die Hände in ihrem Schoß. Natürlich hätte sie mit solch einer unbesonnenen Grausamkeit rechnen müssen. Sie boten ihr ein Stück über ihr eigenes Leben dar, als wäre es nichts weiter als seichte Unterhaltung.

Finnegan neigte sich dichter an sie heran und zischte in ihr Ohr. »Ah, gut«, sagte er. »Das ist meine Lieblingsgeschichte. Eure auch?«

Sie ignorierte ihn.

Weitere Schauspieler betraten die Bühne, und nacheinander näherten sie sich der Frau und dem Kind, die Gesichter hinter Masken verborgen. Sie verbeugten sich und machten Knickse und übergaben ihre Geschenke. Dann ertönte ein Trommelwirbel, der von den Steinmauern widerhallte, und eine weitere Darstellerin tauchte auf, von Kopf bis Fuß in Schwarz gekleidet, mit einer vogelähnlichen Maske, die dunkle Federn schmückten und rote Ringe um die Augen zeigte.

Die Darstellerin wies auf das Kind, das Kinn trotzig in die Luft gereckt, während die Musik anschwoll. Der König zog sein Schwert und ging näher heran, aber die Frau fuhr mit der Hand durch die Luft, und das Schwert verschwand.

Das Publikum schnappte überrascht nach Luft.

»Die Klinge wurde natürlich durch das Heft hochgezogen«, murmelte Finnegan. »Es ist im Ärmel des Schauspielers verschwunden. Ein ziemlich durchschaubarer Trick.«

»Vielen Dank für die Erklärung.« Sie presste die Worte zwischen ihren Zähnen hindurch. »Das wäre mir selbst nicht aufgefallen.«

»Gern geschehen. Ich weiß ja, dass diese Tricksereien Euch völlig überfordern müssen, seid Ihr doch so unerhört unschuldig.«

Sie fuhr zu ihm herum und sah ihn an, aber er schüttelte den Kopf. »Scht«, machte er. »Seht Euch das Schauspiel an. Ich will wissen, wie's ausgeht.«

Auf der Bühne warf die Hexe den Kopf in den Nacken und lachte. Die Musik wurde lauter, Lichter blitzten auf, und dann wurde der Raum in Dunkelheit getaucht. Als die Lichter wieder angingen, stand eine junge Frau am Rand der Bühne und bürstete ihr langes blondes Haar. Ihre goldene Maske bedeckte nur ihre Augen, die Lippen der Schauspielerin waren rosa geschminkt.

Der Hofstaat schaute zu, während das Mädchen über die

Bühne huschte, eine Hand an die Brust gepresst, den Kopf schief legte und dann die Arme in die Luft reckte. Jede ihrer Bewegungen war anmutig, jedes Lippenzucken fein und grazil. Eine Blume von Mädchen, still und rein.

»Wisst Ihr«, sagte Finnegan, »ich glaube, Ihr gefallt mir besser.«

Die Bühnenprinzessin flatterte wie ein Vogel, tanzte mit einem unsichtbaren Partner, knickste, ohne ein Gegenüber zu haben. Die Musik war schwer von Einsamkeit und geriet jäh ins Stottern, als die falsche Aurora sich umdrehte und die Frau mit der dunklen Vogelmaske hinter ihr stand.

Die Frau winkte.

Die Geigen wimmerten ängstlich, als die Prinzessin kopfschüttelnd zurückwich, die Hände hilfesuchend ins Leere ausgestreckt. Die Hand der Frau fuhr noch einmal durch die Luft, und diesmal ging die Prinzessin auf sie zu.

Aurora schloss die Augen. Es war nur ein Theaterstück. Eine fiktive Geschichte über ihr Leben und nicht so, wie es gewesen war. Aber die kreischenden Geigen beschworen eine flackernde Erinnerung herauf: Eine Melodie, ein auf- und abwippendes Licht und einen Sog, ein Verlangen, ihrer Neugier zu folgen und zu erkunden, was es mit dem Licht auf sich hatte. Bei dem Gedanken fing ihre Fingerspitze an zu brennen, und sie rieb mit dem Daumen darüber.

Wieder blitzten die Lichter auf. Als Aurora ihre Augen öffnete, streckte die Prinzessin sich nach einem Spinnrad aus, einen Finger vorgestreckt.

Rodric ließ seine Hand in ihre gleiten und drückte sie leicht. Sie drückte zurück, ihre Finger umklammerten seine Knöchel.

Der Vorhang fiel, Beifall brandete auf, dann öffnete er sich zum nächsten Akt, und ein neuer Reigen Schauspieler stand auf der Bühne. Ein König mit einer Krone, die noch prächtiger war als die des ersten, seine Maske symbolisierte einen Bären mit gebleckten Zähnen. Die neue Königin trug eine Maske, die der der vorherigen Königin ähnelte. Und die Maske des Prinzen war rot und verdeckte nur seine Augen.

Rodric löste sich sacht von Auroras Hand.

»Es war mein Geburtstag«, murmelte er. Sie konnte ihn über die Musik hinweg kaum hören. »Ich hatte mich seit Jahren davor gegraust. Dass ich an meinem achtzehnten Geburtstag alle enttäuschen würde – keine schöne Vorstellung.«

»Es war Euer Geburtstag?« Aurora sah ihn an. »Das wusste ich nicht.«

»Das macht nichts«, erwiderte Rodric. »Ich hatte es Euch ja auch nicht erzählt.«

Auf der Bühne näherte sich der Prinz nun der schlafenden Prinzessin. Die Musik schwoll an.

»Alles Gute zum Geburtstag«, sagte sie.

Der falsche Prinz küsste das Mädchen. Es erwachte und schmolz in seinen Armen dahin.

Wie viel einfacher alles doch sein könnte, wenn das wahr wäre. Ein Kuss und sie wären glücklich bis an ihr Lebensende.

Das Stück war zu Ende, der Hof applaudierte, und der König erhob sich.

»Vortrefflich«, sagte er. »Vortrefflich. Wie originell. Sobald die Hochzeit vorbei ist, sollt ihr das große Ereignis als Maskenspiel auf die Bühne bringen. Ich bin mir sicher, dass der Hofstaat gerne mitspielen würde, und Rodric und Aurora auch.«

»Ja, Eure Majestät«, sagte der Hauptdarsteller. »Danke, Eure Majestät.«

»Was ist ein Maskenspiel?«, fragte Aurora Rodric, als sie in den anliegenden Raum hinübergingen, in dem lauter bequeme Sessel standen und die Luft stark nach Wein roch. »Ist das eine neue Form des Theaters?«

»Ja, Prinzessin«, sagte Rodric. »Sie ist ein bisschen ausgefeilter. Es gibt Gesang und Tanz und große Reden, und natürlich tragen alle Masken. Ich finde es furchtbar, um ehrlich zu sein. Aber Ihr werdet ganz wundervoll sein.«

»Warum findet Ihr es furchtbar?«

»Weil wir alle darin mitwirken müssen. Wir haben zwar keinen Text, aber sie wollen immer, dass wir tanzen. Und ich bin kein guter Tänzer.«

»Wenn alle Masken tragen«, wandte Aurora ein, »ist das doch aber egal. Woher soll man denn wissen, dass Ihr es seid?«

»Ich weiß, dass ich es bin«, sagte er. »Und das ist schlimm genug.«

Aurora wich Rodric nicht von der Seite, während die Höflinge um sie herumschwirrten, das Stück kommentierten und ihr Gefallen zum Ausdruck brachten und dabei die ganze Zeit *über* sie statt *zu* ihnen sprachen. Aurora nickte, während sie redeten, und blieb so dicht an Rodrics Seite, dass ihre Handrücken sich berührten. Niemand scherte sich darum, dass sie ihren zukünftigen Ehemann nicht liebte oder dass sie bisher keinerlei Anzeichen zeigte, ihrer aller Retterin zu sein. Aber zum ersten Mal verstand sie, dass Rodric genauso in der Klemme saß wie sie. In dem Stück waren sie *beide* falsch dargestellt worden.

Eine der Hofdamen, Alexandra, hakte sich bei Aurora unter und zog sie beiseite. »Ein ganz wundervolles Stück, nicht?«, sagte sie. »Gab es viele Ähnlichkeiten zu Eurer Vergangenheit?«

»Nicht sehr viele«, sagte Aurora. »Es war mir nicht oft gestattet, meinen Turm zu verlassen, und mein Vater hat selten Schauspieler ins Schloss eingeladen. Diese Leute sind so viel auf Reisen, dass sich kaum nachvollziehen lässt, wer sie in Wahrheit sind.«

»Und zudem sind sie natürlich noch wahre Meister der Täuschung«, sagte Alexandra. »Ein Schauspieler, der das nicht ist, wäre ja auch nicht sehenswert.« Sie lächelte.

»Vielleicht solltet Ihr Schauspielerin werden, werte Alexandra.« Finnegan war hinter ihnen aufgetaucht. »Solch eine Schönheit wie Ihr.«

Alexandra beugte sich näher an Aurora heran. »Sollen wir ihn ignorieren?«, flüsterte sie. »Nichts regt ihn mehr auf, als keine Beachtung zu finden.«

»Mich ignorieren? Warum wollt Ihr so grausam sein? Bestimmt ist die Prinzessin für so etwas zu gutherzig. Alles, wonach ich strebe, ist Eure Bewunderung.«

»Ich fürchte, dass meine Bewunderung allein Rodric gilt«, erwiderte Aurora. »Da müsst Ihr schon auf Alexandra zurückgreifen, allerdings scheint sie mir nicht sonderlich gewillt zu sein.«

»Sie verletzen mich alle beide.« Er legte sich eine Hand auf die Brust, so als hätte ihn dort eine Kugel getroffen. »Wenn Ihr es wünscht, entferne ich mich wieder, doch seid gewiss, dass es mich unendlich quälen wird, mir all die Dinge vorzustellen, die Ihr hinter meinem Rücken sagen werdet.«

Alexandra machte zur Antwort nur einen Knicks, und Finnegan verbeugte sich. Dann ging er davon.

»Ein irritierender Mensch«, sagte Alexandra. Sie kritisierte ihn nicht, so wie Iris es getan hatte, voll schlecht verhohlener Abscheu. Sie lächelte stattdessen dabei und schlug einen amüsierten Ton an.

Aurora gab sich redlich Mühe, ein möglichst unschuldiges Gesicht aufzusetzen. »Ihr mögt ihn nicht?«

»O doch, ich mag ihn schon«, sagte Aurora. »Aber das darf man ihm nicht zeigen. Es macht doch viel mehr Spaß, ihn in dem Glauben zu lassen, dass wir ihn nicht ausstehen können. Das wird ihn wütend machen, und dann buhlt er nur umso mehr um unsere Anerkennung.«

Aurora bezweifelte, dass Finnegan sich auch nur einen Deut darum scherte, wie Alexandra zu ihm stand. »Wie ich höre, ist er mit Prinzessin Isabelle verlobt«, sagte sie.

Alexandra wedelte abwiegelnd mit einer Hand. »Im Moment«, sagte sie. »Aber wer weiß schon, wie die Dinge sich noch entwickeln?« Sie seufzte, und ihr Griff um Auroras Ellbogen verstärkte sich. »Es muss angenehm sein, wenn man schon genau weiß, wo die Reise hingeht. Rodric zu heiraten und zu wissen, dass ihr genau das Richtige tut. Nichts kann mehr schieflaufen. Seid Ihr schon aufgeregt wegen der Verlobung morgen?«

»Natürlich«, sagte Aurora. »Aufgeregt und nervös.«

»Es besteht gar kein Grund zur Nervosität. Es ist doch alles vorherbestimmt, nicht? Ihr wisst, wie alles kommen wird. Und es ist alles so furchtbar romantisch.«

»Ja. Es ist sehr romantisch.«

»Alexandra!« Eine Gruppe von drei Damen rief quer durch den Raum nach ihr. »Kommt, spielt Whist mit uns. Wir brauchen noch eine Mitspielerin!«

Alexandra blickte zu Aurora. »Aber die Prinzessin …«

»Geht ruhig«, sagte Aurora. »Mir macht es nichts aus. Und außerdem, wenn ihr am Kartentisch beschäftigt seid, hat Finnegan keine Möglichkeit, Euch anzusprechen. Das ist doch perfekt.«

Alexandra lächelte. »Wenn Ihr Euch sicher seid …«

»Natürlich«, sagte Aurora. »Macht ihn verrückt vor Neid.«

Alexandra knickste und schwebte davon. Aurora blieb an ihrem Platz stehen und schaute sich nach Rodric oder einem anderen vertrauten Gesicht um. Der Prinz war auf der anderen Seite des Raums in ein Gespräch vertieft, der König stand daneben. Aurora wollte sie nicht unterbrechen. Noch bevor sich eine andere Möglichkeit auftat, tauchte Finnegan neben ihr auf.

»Stand Euch nicht der Sinn nach einer Partie Karten, Prinzessin?«

»Und mir so die Gelegenheit entgehen zu lassen, mit Euch zu plaudern? Eure Worte während des Theaterstücks waren so überaus erquicklich.«

»Dem Stück mangelte es an irgendetwas, findet Ihr nicht auch? Ich vermag nur nicht so recht zu sagen, was.«

»Vielleicht mangelte es ihm an Stille«, sagte Aurora. »Wie ich höre, sollte es genau darum gehen.« Wütend drehte sie sich von ihm weg. Er war so selbstsicher, so süffisant. Aber am ärgerlichsten war, dass sie die Wortgefechte mit ihm beinahe genoss. Noch nie hatte sie jemanden kennengelernt, der sie so aufbrachte, der es sich offensichtlich zum Ziel machte, ihr auf die Nerven zu gehen.

»Nein, ich denke, es mangelte ihm an Realismus«, sagte Finnegan. »Obwohl das natürlich gut hierherpasst. Ich denke ja oft, dass die Höflinge Alyssinias allesamt fabelhafte Schauspieler abgäben.«

»Und ihr?«

»Ach Prinzessin«, sagte er. »Ich kann wohl mit Fug und Recht behaupten, dass ich ein herausragendes Schauspieltalent bin.«

SECHZEHN

Als sie sich am nächsten Morgen fertig machte, schrie jeder Muskel in Auroras Körper immer wieder ein und dasselbe Wort: *Lauf!*

Ich könnte es tun, dachte sie, während Betsy ihr Mieder schnürte und ihre Röcke glatt strich. *Ich könnte weglaufen.* Tristan hatte ihr einen Ausweg angeboten. Sie könnte aus dem Schloss fliehen, sich im Wirtshaus verstecken und niemals wieder über das Schicksal oder Verpflichtungen oder irgendwelche Liebesversprechungen nachdenken.

Zumindest, bis sie wieder eingefangen wurde. Bis die Rebellen alle im Schloss umgebracht hatten. Bis die Soldaten des Königs zurückschlugen oder das gesamte Königreich in einem Bürgerkrieg versank. Ihr Magen schlingerte, und sie kämpfte die aufwallende Übelkeit nieder. Sie konnte nicht von hier fort. Das Risiko war zu groß.

Rodric wartete in einem weitläufigen Raum, der leer war, abgesehen von einem Tisch und einer Reihe von Spiegeln an der Wand. Er errötete, als er sie sah, und seine Hand zuckte hoch, um eine Stelle hinter seinem Ohr zu kratzen.

»Prinzessin«, sagte er.

Sie nickte ihm halb knicksend zu, und er verbeugte sich.

»Ich seht wunderschön aus.«

Er ist ein guter Mensch, sagte sie sich. Aber sie liebte ihn nicht, und jeder wummernde Schlag ihres Herzens schrie, dass dies hier falsch, falsch, falsch war.

Die Königin hatte ihr ein altmodisches Kleid gegeben, mit langen, fließenden Ärmeln und schmaler Taille. Sie sah darin aus wie einem Traum entsprungen, wie ein Bild aus der *guten alten Zeit*. Ihr Haar fiel ihr in einer Kaskade aus Locken um die Schultern. Sie strich sich eine Strähne aus dem Gesicht und schlug die Augen nieder. »Danke.«

»Ich habe Euch etwas mitgebracht«, sagte Rodric. »Ein Geschenk. Anlässlich unserer Verlobung.«

Er zog eine Halskette aus seiner Tasche und hielt sie hoch. Ein Collier aus Diamanten – kleine glänzende Edelsteine, mit einem sternförmigen Anhänger, der im Licht funkelte. Es sah aus wie ein Schmuckstück aus einer Piratenschatztruhe, uralt und prächtig. Eindeutig ein Erbstück. Hatte die Königin ihm befohlen, es ihr zu geben?

»Gefällt … gefällt es Euch?«

»Ja«, sagte sie mit bescheidener Zurückhaltung. »Es ist bildschön. Aber ich kann es nicht annehmen.«

»Unsinn.« Die Königin rauschte ins Zimmer. Ihr Haar war oben am Kopf zu einem komplizierten Flechtgebilde aufgetürmt, verziert mit winzigen Glitzersteinchen, möglicherweise ebenfalls Diamanten. »Es wird dir ausgezeichnet stehen.«

»Darf ich?«, sagte Rodric. Aurora nickte, und sacht hob er ihr Haar hoch. Ein paar Strähnen entwischten, streiften ihren Nacken, während er ihr die Kette um den Hals legte und am Verschluss herumfummelte. Seine Berührungen waren nicht mehr als ein Hauch, doch die Kette war schwer und kalt, sie zog wie ein Mühlstein ihre Schultern nach vorn und drückte auf ihre ohnehin schon enge Brust. Als Rodric ihr Haar losließ, kitzelte es auf ihrer Haut.

»Lass dich ansehen«, rief die Königin.

Sie ergriff Auroras Hände und hielt sie vor sich hin, damit sie jede einzelne Locke begutachten konnte. Sie hob ihre Arme höher, so dass Aurora sich auf Zehenspitzen stellen musste wie ein Tanzpüppchen.

»Perfekt. Die Leute werden dich lieben.«

Dabei umfasste die Königin Auroras Hände fester, als würde sie versuchen, noch den letzten Tropfen Schönheit aus ihr herauszuquetschen.

Aurora sog scharf die Luft ein.

»Lächle, meine Liebe, und alles wird gut werden.«

Scheinbar tröstliche Worte, die doch nur wieder eine Drohung bargen. Endlich ließ die Königin ihre Hände los, und Aurora sank auf die Fersen zurück.

»Rodric, hast du die Rede, die ich dir gegeben habe, auswendig gelernt?«

Der Prinz nickte. Er war mit einem Mal ganz blass geworden.

»Gut.« Die Königin sah so gelassen und aufgeräumt aus wie immer, aber als sie sich wegdrehte, war ihre Miene angespannt. »Ich muss mich noch um ein paar letzte Dinge kümmern. Ein Wachmann wird dich holen kommen, wenn du fertig bist.« Dann marschierte sie ohne ein weiteres Wort davon und ließ Rodric und Aurora allein zurück.

Aurora fuhr mit dem Zeigefinger über die Kette an ihrem Hals. Edelstein für Edelstein. Ihre Nerven waren zum Zerreißen gespannt, und es schien ihr, als blieben ihre Lungen beim Atmen leer. Wenigstens würde die Zeremonie draußen an der frischen Luft stattfinden, außerhalb dieser unfreundlichen Mauern.

Rodric trat von einem Fuß auf den anderen und betete stumm seine Rede herunter, seine Lippen formten immer und immer wieder die gleichen Worte, bis Aurora vom Zusehen ganz schwindlig wurde. Es juckte sie in den Beinen, Reißaus zu nehmen. Sie krallte sich in ihre Röcke, um ihr Zittern zu kontrollieren, und kämpfte die aufsteigenden Tränen mit einem tiefen Atemzug nieder.

»Prinz Rodric, Prinzessin Aurora?« Ein Mann in einer leuchtend roten Uniform stand an der Tür. »Folgt mir, bitte.«

Sie warf Rodric einen Blick zu. Er sah beinah grün aus vor lauter Nervosität, aber er nickte einmal knapp und hielt ihr dann seinen Arm hin. Und so legte sie ihre Hand auf seinen Ellbogen, vergrub ihre Finger in dem Stoff seines Wamses. Sie war sich nicht sicher, ob sie es allein schaffen würde, einen Fuß vor den anderen zu setzen.

Der Wachmann lotste sie durch mehrere Flure und hielt dann auf den Haupteingang des Schlosses zu, genau auf den Platz, auf dem Aurora vor gar nicht allzu langer Zeit den Menschen präsentiert worden war. Mit jedem Schritt wurde das Brausen der Menge lauter, und darüber hinweg war die dröhnende, gönnerhafte Stimme des Königs zu hören. Seine Worte hallten von den Mauern wider und vermengten sich zu einem bedeutungslosen Geschrei.

Der Wachmann führte sie zu einem Alkoven links vom Eingangsportal, der vor Blicken gut geschützt war. Aber die kleine Nische war so beengt, dass Aurora meinte, das Auf und Ab von Rodrics atmender Brust neben sich zu spüren. Hinter dem offenen Portal konnte sie die Menge hören, Tausende von raunenden und jauchzenden und ungeduldigen Stimmen; alle waren gekommen, um einen weiteren Blick auf ihre kostbare Prinzessin zu erhaschen.

Einatmen. Ausatmen.

»Sie lieben dich«, sagte Rodric leise.

Sprach er zu sich selbst oder zu ihr? Die Lüge schnitt in ihre Brust, und leichte Panik stieg ihr in der Kehle auf. Sie konnten sie nicht lieben. Das konnte niemand, nicht hier, nicht wirklich. Nicht der Prinz, nicht die Menschenmenge, niemand. Sie ließen sich alle in die Irre führen, von ihrem

Gesicht oder ihrem Schweigen oder ihren eigenen Sehnsüchten. Ihr ganzer Körper kribbelte, so als piksten winzig kleine Nadeln in jeden Zentimeter ihrer Haut.

Sie streckte sich nach Rodric aus und umklammerte seine Hand. Er hielt sie, seine Finger waren warm auf ihrer Haut. Aurora verstärkte ihren Griff, bis ihre Knöchel weiß hervortraten, aber er machte keine Anstalten, sich von ihr zu lösen.

»Aurora …«, begann Rodric, doch noch bevor er seinen Gedanken zu Ende führen konnte, tauchte der Wachmann auf.

»Es ist so weit«, sagte er. Er scheuchte sie aus dem Alkoven heraus und bugsierte sie Richtung Portal. Die Leute kletterten auf die Mauern und bevölkerten die Dächer, schwenkten jubelnd bunte Fähnchen, so dass es aussah wie ein wogendes Farbenmeer. Aurora verzog ihre Lippen krampfhaft zu einem breiten Lächeln und hatte dabei das Gefühl, ihr Gesicht würde jeden Moment in zwei Hälften reißen. Die brodelnde Aufregung rundum raubte ihr den Atem, und sie richtete den Blick nach unten auf die Steinstufen, verzweifelt darum bemüht, ihren schwummrigen Kopf klar zu kriegen. Sie war es leid zu lügen.

Immer hübsch lächeln. Sie versank in einem Knicks, den Kopf gebeugt, und das Brüllen wurde lauter. Ihr Blick huschte über die Menge, sie versuchte, die ineinander verschwimmenden und vor Eifer glühenden Gesichter, die freudig grinsenden Münder auseinanderzuhalten. Eine Frau lächelte nicht.

Sie war groß und dünn, hatte langes blondes Haar und ein

vertrautes herzförmiges Gesicht. Ihre eisblauen Augen schienen sich in Auroras Haut zu bohren.

Aurora machte einen Schritt rückwärts und rutschte auf einem glatten Stein aus.

Rodric fing sie auf, und das Rufen der Menge drang wie durch einen Nebel zu ihr, tönte grell in ihren Ohren. Ihre Lippen taten weh, so als würden sie von zwei Fingern straff auseinandergezogen.

»Küsst sie!«, rief ein Junge. Die Menge lachte und klatschte johlend Beifall, und schon bald verlangten sämtliche Stimmen lautstark: »Küsst die Prinzessin!«

Rodrics Lächeln war beinah entschuldigend, sein Gesicht glühte rot wie immer. Hunderte von Augen schienen auf Auroras Wangen zu brennen, und dazwischen, so wusste sie, stand die Königin und beobachtete sie mit kritischem Blick. Auroras Herz schnürte sich zusammen, mit jedem panischen Schlag schrie es *Lauf, lauf, lauf*, aber sie konnte nirgendwohin. Der Moment zog sich in die Länge. Sie konnte nicht von hier fort, konnte nicht den Kopf wegdrehen, aber genauso wenig konnte sie sich überwinden, auf die Zehenspitzen zu gehen und ihren Mund auf seine Lippen zu legen, um so öffentlich ihre Liebe zu bekunden.

Langsam legte ihr Rodric eine zitternde Hand auf die Wange. Sie fühlte sich heiß an – oder vielleicht war das auch ihre eigene Haut –, und dann streiften seine Lippen die ihren.

Sie schloss die Augen und zählte die Sekunden. Ihr Herzschlag wurde nicht ruhiger und das Brüllen der Menge nicht leiser.

Eins. Zwei. Drei.

Eine Explosion erschütterte den Innenhof. Der Jubel schlug in Panikschreie um. Auroras Ohren schrillten, sie sprang instinktiv zur Seite, gerade noch rechtzeitig, um den goldenen Funkenregen auf einer Seite der Treppe zu sehen, der aus einer Granate herausplatzte. Das Ding hüpfte über den Stein und spie Feuer. Die Menschen kreischten und schubsten sich, um wegzukommen, aber Aurora rührte sich nicht von der Stelle, die Augen starr auf die Flamme gerichtet. In ihr brannte Panik, wie ein Fieber, und durchdrang die Taubheit in ihren Fingerspitzen.

Die Granate detonierte ein weiteres Mal, lauter als zuvor, und diesmal waren die Funken grellrot. Jetzt schrie auch Aurora auf und machte einen Satz rückwärts. Die Funken versengten den Stein, unweit der Stelle, wo Aurora noch eben gestanden hatte.

Hinter ihr erfolgte eine weitere Explosion. Die Menschen schrien erneut, und Rodric packte ihre Hand, zog sie zum Schloss zurück. Aus allen Winkeln strömten Wachen herbei. Sie schienen aus dem Nichts zu kommen, zogen ihre Schwerter, und die Leute wichen panisch zurück, als sie das Glänzen der Klingen sahen.

»Feuerwerk zur Feier dieses Freudentags!«

Der Ruf erhob sich aus der Mitte des Menschengewühls und tönte über das Chaos hinweg.

Die Wachen stürzten sich in die Richtung, aus der die Stimme gekommen war, schubsten Leute unsanft zur Seite. Einige schreckten vor den Klingen zurück, aber von weiter hinten drängten andere nach vorn, um das Spektakel besser sehen zu können. Die Menge wogte vor und zurück, dröhnend und mit ausholenden Ellbogen. Ein Mädchen fiel direkt vor den Füßen eines Wachmanns hin. Er verpasste ihr einen Tritt in den Bauch, dann packte er sie und schleuderte sie zur Seite.

»Halt!«

Rodrics Griff um Auroras Hand lockerte sich kurz, und sie riss sich von ihm los. Sie rannte nach vorn, die Stufen hinunter und griff den Wachmann am Arm. »Halt!«

Der Wachmann schwang sein Schwert, und sie fuhr erschrocken zurück, doch die Spitze erwischte sie an der Seite, schnitt durch den Stoff ihres Kleides, als wäre er aus Luft. Kaum einen Wimpernschlag danach herrschte Stille auf dem Platz. Niemand schrie, niemand rangelte. Niemand rührte sich mehr, außer Aurora. Sie sank auf das Kopfsteinpflaster nieder. Der Wachmann starrte sie an, ein Ausdruck blanken Entsetzens auf seinem Gesicht. Ein roter Fleck breitete sich auf dem Mieder ihres Kleides aus. Sie presste ihre Finger auf die Wunde, heißes Blut pulste dazwischen hervor. Die Welt kippte seitwärts, und sie hob ihre Finger vor ihr Gesicht und starrte auf das Blut, das sich grellrot von ihrer weißen Haut abhob. Es tropfte auf ihren Handteller, rann über ihr Handgelenk und verschwand unter ihrem Ärmel. Blut brannte in ihren Ohren. Brauste. Es peitschte durch ihre Fingerspitzen.

Sie hievte sich mühevoll hoch. Alles um sie herum war verschwommen, weit weg, abgesehen von dem Rot.

Eine Hand griff ihren Arm. »Prinzessin!«, sagte Rodric. »Kommt!«

Sie wollte ihren Arm wegziehen, aber er ließ nicht los, und so wirbelte sie herum und schubste ihn an der Schulter nach hinten. Wut kochte in ihr hoch.

Noch eine Detonation, laut und glühend rot, entlud sich um sie herum.

Der Prinz sprang zurück, seine Füße tänzelten von dem versengten Stein weg. Sein Haar roch nach Rauch.

Ihr ganzer Körper zitterte. Ein hellroter Handabdruck klebte an Rodrics Uniformrock. Sie fasste an ihren Arm, an die Stelle, wo er sie berührt hatte. Auch dort würde sie einen Blutfleck hinterlassen. Es war nur wenig Blut, das wusste sie, und doch schien es ihr, als würde es sich über ihren ganzen Körper verteilen und jeden Flecken Haut besudeln. Für einen wilden Moment wollte sie ihr Gesicht damit beschmieren, ihre ach so vielgepriesene Schönheit.

Rodric starrte sie an, mit weitaufgerissenen Augen, so als würde er sie zum ersten Mal sehen.

»Ganz recht«, sagte sie. »Ihr kennt mich nicht.« Sie vermochte nicht zu sagen, ob er sie hörte. Es kümmerte sie nicht. Das Feuer brannte nun in ihren Adern, all die Anspannung, all die Furcht, pulsierte und raste und loderte in ihr.

»Prinzessin, bitte verzeiht mir. Ich wusste nicht …« Der Wachmann bewegte sich auf sie zu, aber mehrere Hände packten ihn und hielten ihn zürck. Aurora starrte in sein verzweifeltes Gesicht, seine Lippen waren leicht geöffnet. So schnell die Kraft und Wildheit über sie gekommen waren, so schnell verließen sie sie nun auch wieder, und sie fing an zu taumeln. Die Welt um sie herum drehte sich.

»Geht's dir gut«, fragte Aurora das Mädchen, zu dessen Rettung sie geeilt war.

Das Mädchen hatte sich wieder hochgerappelt und wich jetzt langsam in die Menge zurück. Als sie Aurora ansah, war ihr Blick voller Angst.

»Es wird alles gut«, sagte Aurora, aber die Augen des Mädchens huschten zwischen Auroras blutbeschmiertem Kleid und den Brandstellen unter Rodrics Füßen hin und her, und sie ging stolpernd weiter rückwärts, als wäre in diesem Moment alles andere besser, als Aurora gegenüberzustehen.

Links von Aurora stand noch immer die blonde Frau und beobachtete sie. Ihre Augen blickten hungrig.

Ein erneuter Ruf tönte über die Menge hinweg. »Lang lebe der nutzlose Prinz und seine blutbesudelte Braut. Mögen sie immer beieinanderliegen.«

Sie kannte diese Stimme. Sie drehte sich um und suchte die Menge ab, selbst, als die Wachen anfingen, sie zurückzudrängen. Wieder griff eine Hand nach ihr – sie wusste nicht wessen – und versuchte, sie Richtung Stufen zu ziehen, aber sie sträubte sich. Sie wollte sich erst noch versichern.

Er hockte auf einem Dach am äußersten Rand des Platzes und schaute herüber. Ihre Blicke trafen sich. Tristan nickte ihr zu, dann duckte er sich und war weg.

SIEBZEHN

»Es ist nur ein oberflächlicher Schnitt«, sagte die Heilerin, als sie ein Tuch auf Auroras Wunde drückte.

Aurora unterdrückte ein Wimmern, obwohl es höllisch brannte.

»Es sieht schlimmer aus, als es ist.«

»Gut«, sagte die Königin. Sie stand hinter Aurora, mit blassem Gesicht. »Was muss jetzt getan werden?«

»Nicht viel.« Die Frau betrachtete wieder die Wunde. »Ich werde sie säubern und bandagieren und solange sie in den nächsten Tagen nichts Anstrengendes unternimmt, sollte alles gut verheilen.«

Aurora nickte. Was sollte sie auch Anstrengendes tun? Die Möbel in ihrem verschlossenen Zimmer herumrücken? Das Licht ergoss sich durch das deckenhohe Fenster und ließ das Zimmer der Königin ungewöhnlich freundlich aussehen. Aurora war kalt, und sie hatte das Gefühl, weit weg zu sein. Sie musste hier sitzen bleiben und warten, bis die Heilerin ihr die Erlaubnis gab, sich zu bewegen, bis der Platz geräumt war und die Wachen das Schloss bis in den letzten Winkel durchkämmt hatten. Rodric war weggerufen worden, kaum dass sie das Schloss betreten hatten, und so war Aurora allein mit ihrer beunruhigten Schwiegermutter in spe zurückgeblieben. Die Lippen der Königin waren schmaler denn je, und sie schien Schwierigkeiten zu haben stillzustehen. Sie schritt fortwährend im Raum auf und ab, und sobald sie mal innehielt, nestelte sie nervös an ihren Röcken.

»Wird eine Narbe zurückbleiben?«, fragte die Königin.

»Das glaube ich nicht, Eure Majestät. Aber vielleicht.«

Sie sprachen noch ein Weilchen miteinander, wobei die Königin zunehmend mürrisch klang, aber Aurora hörte schon nicht mehr zu. Sie blickte zu den sonnigen Fenstern hinüber. Hatten die Wachen Tristan geschnappt, oder war sie die Einzige, die ihn gesehen hatte, da oben auf dem Dach?

Sie war solch eine Närrin gewesen, ihm zu vertrauen. Selbst als er ihr seine Pläne offenbart hatte, hatte sie nichts getan, um ihn aufzuhalten. Sie hatte nicht geglaubt, dass er unschuldige Menschen verletzen würde. Sie hatte nicht geglaubt, dass er *sie* verletzen würde.

Die Heilerin betupfte Auroras Seite mit einem feuchten Tuch und wusch das Blut ab. Die Königin tigerte weiter unruhig im Raum hin und her. Ihre Knöchel waren weiß, so fest hielt sie ihre Röcke umklammert.

Die Verbände, die die Heilerin Aurora anlegte, bedeckten ihren gesamten Bauch. Frisch und weiß hoben sie sich von ihrer blassen Haut ab.

»Danke«, sagte Iris, sobald die Heilerin fertig war. »Du darfst jetzt gehen. »Bitte sieh heute Abend noch mal nach der Prinzessin.« Die Heilerin machte einen Knicks und schlurfte davon.

»Glaubst du mir jetzt?«, sagte Iris, als sich die Tür wieder geschlossen hatte. »Ich wusste, dass so etwas passieren würde.«

»Ja«, sagte Aurora. »Ich glaube Euch.«

»Es muss ein paar neue Regeln geben«, sagte die Königin und rauschte quer durchs Zimmer, um aus dem Fenster zu schauen. »So etwas darf nicht noch einmal geschehen.« Jetzt, wo sie beide allein und keine Zeugen mehr in der Nähe waren, tat sie nicht einmal mehr so, als wäre sie ganz gelassen.

»Wie geht es jetzt weiter?«, fragte Aurora. »Wird es noch immer eine Hochzeit geben?«

»Natürlich wird es eine Hochzeit geben«, blaffte die Königin. »Wir lassen nicht zu, dass eine Handvoll elender Lumpen den wichtigsten Tag zerstören, den das Königreich in den letzten hundert Jahren erlebt hat. Aber wir müssen ein paar zusätzliche Maßnahmen ergreifen, um deine Sicherheit zu gewährleisten.« Sie sprach schnell und präzise. »Das Schloss wird gründlich durchsucht, und du bleibst bis auf weiteres in deinem Zimmer. Keine Spaziergänge im Garten. Keine Nachmittage mit Angehörigen des Hofes. Keine Mahlzeiten im Freien. Wenn du doch einmal hinausmusst, wird dir ein Wachmann zur Seite gestellt, der dich die ganze Zeit begleitet.«

»Aber …«

»Unterbrich mich nicht, Aurora.« Iris' Gesicht nahm eine tiefrote Farbe an. »Du musst jetzt ausnahmsweise mal still sein und zuhören. Verstehst du mich?«

Aurora nickte.

»Gut«, sagte die Königin. »Ich bin froh, dass du kooperativ sein willst.« Sie trat vom Fenster weg. »Ich wünschte, sie hätten uns mehr Wachleute zur Verfügung gestellt«, sagte sie. »Aber wir haben einfach nicht genügend. Wir müssen jeden Winkel des Schlosses durchsuchen und alle Leute verhören, die sie auf dem Platz festgenommen haben.«

»Ist das wirklich nötig?«, fragte Aurora. Sie wollte nicht, dass noch mehr unschuldige Menschen ihretwegen bestraft wurden.

»Glaubst du, wir würden so viel Aufhebens machen, wenn es *nicht* nötig wäre?«

»Es ist nur so, dass …« Sie blickte zu Boden und dachte an die Menschen, die nachts an der Stadtmauer kauerten, ihre Gesichter leer vor Hunger. »Sie denken bestimmt, sie tun das Richtige.«

Aurora erwartete halb, dass Iris sie anfahren und eine einfältige Idiotin schimpfen würde, aber stattdessen seufzte sie. »Ich war früher einmal wie du«, sagte sie. »Vertrauensvoll. Das war verheerend.«

»Was …«

»Vor vier Jahren gab es hier den letzten großen Aufstand«, sagte sie. »Der schlimmste, seit mein Mann den Thron bestiegen hatte. Betrunkene Horden liefen Sturm auf das Schloss. Sie töteten unsere Wachen. Unsere Dienstboten. Unschuldige Menschen wurden in dem Gedränge zerquetscht. Meine Zofe wurde auf der Straße ermordet, nur weil sie draußen Erledigungen für mich machte. Das sind Tiere, Aurora. Sie kennen keine Moral. Sie wollen uns ruinieren, und es schert sie nicht, wen sie dabei alles vernichten.«

Aurora schluckte. Sie konnte den Gedanken nicht ertragen, dass Tristan ein Teil war von so etwas – von mörderischen Horden und Gewalt. Es klopfte an der Tür.

»Herein«, sagte Iris.

Ein Bote betrat den Raum. »Der Wachmann, der die Prinzessin attackiert hat, ist im Kerker«, sagte er. »Seine Hinrichtung wurde für morgen früh angesetzt.«

»Nein!«, rief Aurora. Sie machte einen abrupten Schritt nach vorn, worauf ihre verletzte Seite schmerzhaft protestierte. »Es war doch nur ein Unfall.« Sie wollte nicht, dass er ihretwegen starb.

»Er war leichtsinnig«, sagte Iris. »Wir dürfen nicht erlauben, dass Leute dich ungestraft verletzen.«

»Dann verhängt eine mildere Strafe«, sagte Aurora.

»Rede nicht von Dingen, von denen du nichts verstehst. Eine mildere Strafe ist keine Strafe. Wenn wir Nachsicht zeigen, wird so etwas wieder passieren.«

Ich bin schuld, dachte Aurora. Hätte sie sich nicht in die Menge gestürzt, müsste der Wachmann jetzt nicht sterben.

Aber dann wäre womöglich das Mädchen tot, das er angegriffen hatte, und dafür hätte ihn niemand bestraft.

»Das ist falsch«, sagte Aurora. »Ihr könnt ihn nicht töten.«

»Ich kann«, konterte die Königin, »und ich werde. Danke, Stefan. Das ist dann alles.«

Der Bote verneigte sich.

»Habt Ihr diejenigen gefasst, die für den Tumult verantwortlich waren?«, fragte Aurora rasch.

Der Bote warf der Königin einen fragenden Blick zu. »Das werden wir noch, Prinzessin«, sagte er. »Keine Sorge.«

Dann hatten sie ihn also nicht gekriegt. Aurora verspürte Erleichterung. Tristan war nicht der Mensch, für den sie ihn gehalten hatte. Dennoch wünschte sie ihm nicht den Tod.

Wenn sie irgendjemandem erzählte, was sie wusste, würde sie ihm die Schlinge um den Hals legen.

Die Sonne war bereits untergegangen, bevor Aurora zurück in ihr Zimmer durfte. Sie wurde von zwei Wachen begleitet, deren Schritte laut durch die leeren Flure hallten. Im Stockwerk über Auroras Zimmer blieb einer der Wachleute stehen.

»Was ist los?«, fragte der zweite Wachmann. »Das ist nicht ihr Zimmer.«

»Nein, ich weiß.« Der Wachmann runzelte die Stirn, so, als wäre er sich selbst nicht sicher, warum er stehen geblieben war. »Ich … ich habe was gehört.« Er blickte hinter sich.

»Ich habe nichts gehört.« Der andere Wachmann drehte

sich ebenfalls um. Erst vernahm Aurora nichts weiter als die gedämpften Geräusche des Schlosses, den Wind, der durch die Ritzen pfiff, und weit entfernte Schritte. Aber dann hörte sie ein Flüstern, halb singend, halb lachend. Die Melodie kroch ihr unter die Haut, die Erinnerung einer Erinnerung.

Während die Wachleute nach hinten sahen, trat ein entrückter Ausdruck in ihre Augen, so als würden sie sich auf etwas konzentrieren, das weit hinter dem Ende des Korridors lag.

»Was ist los?«, fragte Aurora.

Aber sie reagierten nicht. Sie packte den Wachmann, der ihr am nächsten stand, am Arm und rüttelte ihn. Er atmete, aber er reagierte nicht. Es schien fast so, als habe sich sein Geist verflüchtigt.

Aurora stolperte rückwärts. Sie drehte sich um, wollte laut um Hilfe rufen. Da leuchtete vor ihr im Flur ein Licht auf. Grün, diffus, schimmernd wie Wasser.

Das Lied, das Licht … Das kannte sie.

Celestine.

Die Erinnerung zupfte an Aurora, als das Licht außer Reichweite hüpfte und sich tief in ihr der Drang meldete herauszufinden, wo es hinwollte. Ihr Finger glitt über etwas Scharfes.

Das war unmöglich. Die Hexe konnte nicht hier sein, hundert Jahre später. Aber das Licht rutschte wieder näher heran, so vertraut, so selbstverständlich. Wenn Celestine Aurora hundert Jahre lang schlafen lassen konnte, ohne dass sie einen

Tag alterte, dann war sie womöglich auch mächtig genug, ihr eigenes Überleben zu sichern.

Aurora folgte dem Licht. Mit jedem Schritt, den sie machte, huschte der grüne Fleck ein Stück von ihr fort, führte sie den Flur hinunter, um die Ecke herum, immer weiter weg von den paralysierten Wachen.

Sie wusste, sie sollte besser stehen bleiben, sollte auf der Stelle umkehren. Aber was konnte Celestine ihr schon tun? Da war nichts mehr, was ihr die Hexe noch nehmen konnte. Und falls sie tatsächlich hier war, wollte Aurora wissen, warum. Sie musste sie sehen.

Das Licht kam vor einer leeren großen Wand zum Stehen. Aurora ging mit ausgestrecktem Arm näher heran, bis ihre Finger nur noch wenige Zentimeter davon entfernt waren. Und dann verschmolz das Licht mit der Wand, brachte sie für eine Sekunde zum Leuchten, bevor es darin verschwand.

Aurora folgte ihm, und der Stein leistete leisen Widerstand, als sie die Hände daran legte, aber mehr wie eine Erinnerung an ein Hindernis als ein wirkliches Hindernis, dann trat sie durch die Wand hindurch, und der Flur war verschwunden.

Der Raum dahinter war kreisförmig und trostlos, ohne Fenster, ohne Türen, ohne alles, nur Staub und Stein. Das grüne Licht schwebte in der Mitte, genau über Auroras Kopf, und malte Schatten an die Wand.

Eine Frau stand daneben und ließ ihre Finger um das Leuchten herum tanzen, so als würde sie behutsam ein Tier streicheln. Ihr blondes Haar lockte sich dabei um ihre Ellbogen, und das Licht hob die Wangenknochen in ihrem herzförmigen Gesicht hervor. Alles an ihr hatte entweder scharfe Kanten oder war ganz weich, von der kleinen spitzen Nase bis zu den langen Nägeln am Ende ihrer zarten Finger. Sie kam ihr bekannt vor, doch Aurora brauchte einen Moment, bis sie wusste woher. Die Frau vom Schlossplatz. Die Frau mit den hungrigen Augen.

»Aurora«, sagte sie und verzog ihre roten Lippen zu einem Lächeln. »Ich freue mich, dass du mir Gesellschaft leistest.«

»Celestine«, antwortete Aurora.

Die Hexe nickte.

»Du lebst.«

»Natürlich«, sagte sie. »Du hast doch nicht im Ernst geglaubt, dass etwas derart Vergängliches wie die Zeit mich aufhalten könnte, oder? Ich beobachte dich, seitdem du erwacht bist.«

Aurora ballte die Fäuste, und grub die Fingernägel in die weiche Haut ihrer Handflächen. Der Schmerz half ihr, sich zu konzentrieren. Sie durfte keine Angst haben.

»Du hast mich beobachtet?«, sagte sie. »Du hättest dich mir vorstellen sollen.«

»Ich dachte, du würdest dich über meine Anwesenheit nicht sonderlich freuen«, sagte Celestine. »Und ich muss zugeben, dass ich erst sehen wollte, wozu du allein imstande bist. Allerdings war das nicht sehr beeindruckend, muss ich sagen.«

»Und doch sprichst du jetzt mit mir.«

Celestine legte den Kopf schief. Ihr blondes Haar floss über ihre Schulter hinweg zu dem grünen Licht hin. »Ja, denn du hast endlich etwas von dem gezeigt, das in dir steckt. Ich wollte dir gratulieren. Du hast heute eine eindrucksvolle Vorstellung gegeben. Ich hatte richtig Gänsehaut.«

Ihr Lächeln jagte Aurora einen Schauer über den Rücken. »Es hat gutgetan, nach so vielen Jahren wieder mal so zu empfinden.«

Auroras Fäuste ballten sich noch fester zusammen. »Ich weiß nicht, wovon du sprichst.«

»Diese kleine Explosion«, sagte sie. »Deine wahre Liebe zu attackieren … ist nicht gerade eine nette Geste am Verlobungstag. Zum Glück bist du nicht mächtiger, andernfalls hättest du den Jungen womöglich in Brand gesteckt.«

»Die Explosionen habe doch nicht *ich* bewirkt.«

»Die zu Beginn nicht, nein«, sagte sie. »Aber die letzte schon. Oh, vor deiner Wut sollte man sich in Acht nehmen. Ich wusste, dass diese Kraft in dir schlummert. Du hast Rodric in dem Moment gehasst, stimmt's?«

Sie sprach im Plauderton, so als wäre dies nur eine Nebensächlichkeit, die sie beobachtet hatte.

»Du hast ihn gehasst und seine Familie und diese ganze lächerliche Veranstaltung, hm? Und du konntest es nicht unterdrücken. Es war nicht deine Absicht, aber es ist einfach aus dir herausgeplatzt.«

»Ich hasse ihn nicht«, sagte Aurora. Und das war die Wahrheit. Allerdings, so ging ihr auf, war das nur die halbe Wahrheit. Sie hasste nicht Rodric, den liebenswerten, tollpatschigen Prinzen, aber sie hasste Rodric, den Prinzen der sie aufgeweckt hatte, der von wahrer Liebe und Glückseligkeit bis ans Lebensende gesprochen und sie zu diesem Schicksal verdammt hatte. Sie hasste alles, was er repräsentierte, und in jenem Moment inmitten des Chaos, als sie erfüllt gewesen war von Panik, Wut und Angst, war es einfach aus ihr herausgeplatzt. Sie hatte ihn für den Bruchteil einer Sekunde wirklich gehasst.

Und der Boden um ihn herum war explodiert.

Aber das war Zufall gewesen.

»Ich wollte, dass du dich erst beweist, bevor ich mich dir zu erkennen gebe«, erklärte Celestine. »Ich kann nutzlose Menschen nicht ertragen, Aurora, und ich wollte dir nicht *alles* abnehmen. Aber jetzt, wo dies geschehen ist, jetzt, wo du das Feuer in dir gezeigt hast … ist es Zeit, dass wir eine Abmachung treffen.«

Aurora trat einen Schritt zurück, sie bewegte sich langsam, das Gewicht auf die Ballen verlagert. »Eine Abmachung?«

»Jede von uns hat etwas, das die andere braucht. In dir brennt Magie, Aurora. Und davon ist nur noch sehr wenig übrig, selbst für mich. Aber ich weiß, wie man sie benutzt. Ich weiß, wie man ihr Bedeutung verleiht.«

Aurora konnte den Blick nicht abwenden. Celestine log, sie *musste* lügen. Aber ihre Brust war wie zugeschnürt, und sie konnte nicht anders, als den Worten der Hexe zu lauschen. »Was bietest du mir an?«

Celestine kam näher, ihre Schritte waren dermaßen leichtfüßig, dass es so aussah, als würde sie über den Boden schweben.

»Du hast die Wahl. Wenn du deine Macht einsetzen willst, um diese Menschen für alle Demütigungen büßen zu lassen, die sie dir angetan haben … dann kann ich dir helfen. Und falls du das nicht willst, könnte ich machen, dass dies alles aufhört. Ich könnte dich zurückschicken und wieder mit deiner Familie vereinen.«

Auroras Herz hämmerte im Sekundentakt. Celestine versuchte, sie in ihren Bann zu ziehen, das wusste sie, und doch konnte sie nicht wegsehen.

»Was müsste ich dafür tun?«

»Komm mit mir«, sagte Celestine.

Sie war jetzt so nah, dass Aurora jede kleine Pore in ihrer glatten Porzellanhaut erkennen konnte. Ihre Finger glitten durch Auroras Haar und verwirrten die Strähnen.

»Lass es mich dir beibringen. Gib mir von deiner Kraft, damit ich wieder die Frau werde, die ich einst war. Ich bin nur noch ein Schatten meiner selbst, Aurora. Aber du bist die Lösung. Sie lügen nicht, wenn sie behaupten, dass du die Magie zurückbringen kannst. Und wenn du alles gelernt hast, was ich dir beibringen kann, wenn du getan hast, worum ich dich bitte, dann kannst du selbst entscheiden. Du kannst bei mir bleiben, oder du kannst zu deiner Familie zurückkehren und brauchst dir meinetwegen nie wieder Sorgen zu machen.«

»Aber um andere schon«, sagte sie. »Wenn *ich* dir helfe, wirst du *anderen* Schaden zufügen.«

»Vielleicht«, sagt Celestine. »Aber nur denen, die es verdient haben.«

Aurora rührte sich immer noch nicht. »Du bist eine Lügnerin«, sagte sie. »Glaubst du, ich weiß nicht, was du getan hast? Wie viele Abmachungen du schon gebrochen hast? Warum sollte ich dir vertrauen?«

»Ich habe noch nie eine Abmachung gebrochen«, entgegnete Celestine. Sie zog ihre Finger aus Auroras Haaren und fasste das Mädchen grob ans Kinn. »Es ist nicht meine Schuld, dass die Leute unüberlegte Versprechungen machen oder sich plötzlich nicht mehr dran halten wollen. Aber du bist clever, oder, Aurora? Du bist auserwählt. Du musst nicht den Prinzen heiraten. Du musst nicht hierbleiben und so tun, als wärst du glücklich, wo wir doch beide wissen, dass das nicht stimmt. Ich kann dir alles bieten, Aurora. Du könntest wieder mit deiner Familie zusammen sein.«

Aurora machte einen Schritt rückwärts, so dass die Hexe sie nicht mehr berühren konnte.

»Meine Familie ist tot«, sagte sie. »Ohne deinen Fluch wäre ich auch tot. Das ist eine faire Abmachung für dich? Am Ende wirst du mich töten. So ist es doch, oder?«

»Möglicherweise«, sagte Celestine. »Wenn du dich mir nicht anschließen willst. Aber das wirst du. Mit meiner Unterstützung wirst du die sein, die du sein sollst. In dir schlummert so viel Macht, und ich kann dir helfen.«

Auroras Kehle wurde trocken. »Ich werde dir nicht helfen«, sagte sie. »Niemals! Verstehst du?«

»Armes, naives Mädchen.« Celestine streckte die Hand aus, doch Aurora zuckte weg. Ihr Rücken knallte gegen die Wand. »Ich bin alles, was du noch hast.« Ihre Stimme klang noch immer sanft, beinah einlullend, doch plötzlich schnappte sie sich Auroras Handgelenke und riss sie hoch. Sie drückte sie so fest zusammen, dass Aurora glaubte, ihre Knochen müssten brechen. »Komm mit mir, dann kannst du Tod und Leid verhindern. Warte noch länger, und das Leben hier wird dich so zermürben, dass du mich anflehen wirst, dir zu helfen. Das willst du doch nicht, oder? Ich biete dir einen deutlich leichteren Weg an, Aurora. Ein leichteres Leben.«

»Ich will nichts von dem, was du mir bieten kannst.« Aurora zog ihren Arm weg, aber Celestines Griff lockerte sich nicht. Die Fingernägel der Hexe bohrten sich in ihre Handgelenke, gruben sich zwischen die Knochen.

»Ein Jammer«, sagte Celestine. »Du wirst noch an diesen Moment zurückdenken und ihn bitter bereuen. Das verspreche ich dir.«

»Das werde ich nicht.« Aurora wollte ihre Hände loswinden, aber Celestine hielt unerbittlich fest. »Wenn du willst, dass ich mit dir gehe, dann musst du mich schon dazu zwingen. Und dann werde ich dich jede einzelne Sekunde lang bekämpfen. Du hast mich *verflucht*. Wenn du einen Verbündeten brauchst, dann such woanders danach. Ich werde mich niemals auf deine Seite stellen.«

Celestine seufzte. Ihr heißer Atem strich über Auroras Wange. »Ich bin nicht das Monster, für das du mich hältst«, sagte sie. »Ich habe meine Prinzipien, Aurora, und es macht mir keinen Spaß, jemanden zu irgendwas zu zwingen. Ich lasse den Menschen immer die Wahl, nein zu sagen. Selbst wenn es absolut töricht wäre, dies zu tun – so wie jetzt.«

»Damals, als du mich verfluchtest, hast du mir diese Wahl nicht gelassen.«

»Habe ich nicht?« Celestine legte in gespielter Verwunderung den Kopf schräg. »Das habe ich anders in Erinnerung.« Sie ließ Auroras Handgelenke los und wich zurück. Ihre Augen funkelten in der Dunkelheit, blau und unversöhnlich. »Dann geh, wenn du unbedingt willst«, sagte sie. »Falls du deine Meinung noch änderst, denk dran, dass ich ganz in der Nähe bin. Und du wirst zweifellos zu mir kommen. Zusammen werden wir grandios sein.« Hinter ihr fing das grüne Licht an zu sprudeln, und plötzlich gab die Wand an Auroras Rücken nach, und ihre Schultern sanken in den Stein ein. »Du wirst zu mir kommen, meine Liebe.« Celestines Stimme hallte in Auroras Kopf wider. »Du wirst zu mir kommen.«

Aurora schloss für den Bruchteil einer Sekunde die Augen und sog scharf Luft ein. Als sie sie wieder öffnete, stand sie im Flur neben den Wachen. Celestine war verschwunden.

Achtzehn

Anscheinend hatten die Wachen Auroras Abwesenheit nicht bemerkt. Kaum war sie wieder in ihre Mitte getreten, marschierten sie weiter, mit unverändert alarmiertem Gesichtsausdruck.

Aurora lag die ganze Nacht wach, ihr Blick fixierte die verschlossene Tür. Sie konnte noch immer die Fingernägel der Hexe spüren, die sich in ihr Fleisch bohrten; es waren kleine halbmondförmige Abdrücke zurückgeblieben, rot und wund hoben sie sich von ihrer blassen Haut ab.

Celestine lebte. Jeder, den Aurora jemals gekannt hatte, war tot, aber Celestine lebte, lauerte in den Schatten und sprach in Rätseln über irgendwelche Kräfte, die Aurora unmöglich besitzen konnte. Sie schlang die Arme um ihre Knie, jeder Muskel in ihrem Körper war angespannt. Sie fürchtete sich nicht vor ihr. Aber sie konnte sich jetzt nicht erlauben zu schlafen.

Wie immer erschien Betsy am nächsten Morgen, gab aber nicht mehr als ein paar Höflichkeiten von sich. Sie brachte Frühstück und half Aurora beim Anziehen eines schlichten Kleides, dann verließ sie sie wieder, und das Schloss schnappte mit einem Klicken hinter ihr zu.

Aurora sank auf einen Stuhl nieder. Sie fühlte sich wegen des Schlafmangels leicht fiebrig. Ihre Augenlider fielen zu, doch sie riss sie wieder auf. Immer und immer wieder. Sie hatte das Gefühl, stundenlang regungslos dazusitzen.

Dann hörte sie mit einem Mal Geräusche und ein Stimmengewirr draußen vor ihrem Fenster. Trommeln hallten durchs Schloss. *Die Hinrichtung des Wachmanns*, dachte sie. Nach der Begegnung mit Celestine war sie dermaßen erschüttert gewesen, dass sie das völlig vergessen hatte.

Sie eilte zur Tür und hämmerte dagegen. Solange Iris' Männer auf der anderen Seite standen, konnte sie das Schloss nicht knacken, aber wenn sie es bis auf den Platz hinunterschaffte, würde man sie sicherlich anhören. Der König und die Königin würden nicht den Eindruck erwecken wollen, dass es zwischen ihnen und ihr Differenzen gab. Aber die Wachen ignorierten ihr Klopfen, und die Tür blieb fest verschlossen.

Ein Trommelwirbel setzte ein, die Menschenmenge schnappte hörbar nach Luft, und Auroras Chance war dahin.

Sie stand wankend vor der Tür und wusste nicht, wohin mit sich. Ihr Blick fiel auf das Regal. Sie eilte hinüber und zog aufs Geratewohl ein paar Bücher heraus. Suchte nach etwas, irgendetwas, um sich abzulenken.

Ihre Hand steuerte die Geschichte von Alysse an – Auroras Lieblingsbuch. Der Geschichte zufolge war Alysse so gütig gewesen, so edelmütig, von allen geliebt. Jemand, der stets das Richtige getan hatte. Aber das Gleiche erzählten die Bücher auch über Aurora, und kein Wort davon war wahr. Es gab da nur diese Fassade aus Höflichkeitslächeln, Knicksen und Versprechungen, hinter der Aurora litt, während sie glaubte, an den in sie gesetzten Erwartungen zu ersticken. War Alysse vielleicht auch nicht anders gewesen? Nur irgendein Mädchen, unnütz und verwirrt, das von verzweifelten Menschen in eine bestimmte Schablone gepresst worden war?

Aurora riss blindlings irgendeine Seite heraus und knüllte sie mitsamt allen damit verbundenen Hoffnungen in ihrer Faust zusammen. Sie riss noch eine heraus und noch eine, bis der ganze Boden übersät war von Papier. Jeden Traum, jede Lüge, an die sie als Kind geglaubt hatte, zermalmte sie in ihren Händen.

»Prinzessin?«

Rodric stand in der Tür. Sein Mund hing weit offen, angesichts der Szene sah, die sich ihm bot. »Geht … geht es euch gut?«

Ihr schoss das Blut in die Wangen. Jetzt, wo sie Publikum hatte, empfand sie ihren heftigen Ausbruch als furchtbar albern. »Ja«, sagte sie. Sie beugte sich vor, ignorierte das schmerzhafte Ziehen an ihrer Verletzung und sammelte die zerknüllten Seiten auf.

»Hat Euch das Buch enttäuscht?«

»Kann man wohl sagen.« Sie warf die Fetzen ins Kaminfeuer, wo sie sich krümmten, die Ränder verkohlten, und dann schrumpften sie in der Glut zusammen und lösten sich auf.

»Stört … stört es Euch, wenn ich reinkomme?«

Sie zuckte die Schultern und blieb nah am Feuer sitzen. Es wärmte ihre Haut. »Ich kann ja sowieso nicht weg.«

Seine Schritte knirschten auf dem Boden. »Ich habe ein Spiel mitgebracht.« Am Ende des Satzes hob er die Stimme an, als stellte er eine Frage. »Ich dachte mir, dass Ihr vielleicht gern etwas Gesellschaft hättet, aber wenn Ihr lieber allein sein wollt …«

»Nein«, sagte sie. Sie drehte sich zu ihm um und sah ihn an. »Ich würde sehr gern etwas spielen.«

Bei dem Spiel galt es, verschiedenfarbige Spielsteine über ein Brett hüpfen zu lassen. Aurora begriff die Regeln kaum, gewann aber die erste Partie und die zweite auch. Entweder war Rodric ein miserabler Spieler, oder er ließ sie absichtlich gewinnen. Abgesehen davon, dass er kurz die Regeln erklärte und sie hin und wieder auf einen Fehler hinwies, spielten sie, ohne ein Wort zu sagen. Der gestrige Tag fand keine Erwähnung. Die Hochzeit fand keine Erwähnung. Er verlangte nicht nach ihrer Aufmerksamkeit, und sie hatte nicht länger das Gefühl, dass sie ihm zum Gefallen in einem fort plappern musste. Dennoch ragten die Mauern um sie herum auf, und jedes Mal, wenn er ihr ein nervöses Lächeln zuwarf, wurde sie daran erinnert, dass sie nach wie vor nicht zusammenpassten. Weder sie noch er hatten sich das hier ausgesucht.

Sie nahm einen Spielstein in die Hand, dann legte sie ihn wieder dahin zurück, wo sie ihn herhatte. »Warum heiratet Ihr mich?«

Er rieb sich mit einer Hand über den Nacken. »Wie meint Ihr das?«

»Ihr … Ihr kennt mich doch gar nicht. Und … ich verstehe es einfach nicht.«

Das Ticken der Uhr hallte in ihrer Brust wider, während sie darauf wartete, dass er etwas sagte. Er starrte auf das Spielbrett hinunter. »Als ich klein war, wollte ich immer *irgendwas* tun. Ich weiß nicht. Als mein Vater verhaftet und ich in den Turm gesperrt und der König ermordet wurde … wollte ich helfen. Aber … na ja, seht mich doch an.« Er lächelte selbstironisch. »Nicht gerade der edle Prinz. Die Leute sagten immer, das Königreich sei am Ende und die Einzige, die die Dinge wieder richten könnte, wärt Ihr. Ihr und … wohl jetzt *ich*.« Er sah hoch. »Wenn die Chance besteht, dass wir, nur indem wir heiraten, das Glück und die Magie zurückholen … dann will ich es tun. Ich will diese Chance nutzen. Und wenn die Prophezeiungen zutreffen und wir die wahre Liebe erleben, dann wäre das zweifellos wundervoll, doch selbst ohne dies würde ich es wollen, weil ich glaube, dass Ihr ein guter Mensch seid, und weil die Leute glauben, dass Ihr ein guter Mensch seid, und wir eine echte Chance haben, die Dinge wieder so werden zu lassen, wie sie waren, bevor alles zusammenbrach.« Seine Worte klangen so offen, so aufrichtig, dass Aurora abermals errötete. »Wollt Ihr das denn nicht?«

Sie rang die Hände im Schoß. Sie konnte nicht die gleiche Haltung an den Tag legen wie er, so bejahend und optimistisch. »Ich würde … dabei eben nur gern ich selbst bleiben«, sagte sie.

»Aber das könnt Ihr doch.«

Ohne hinzusehen, setzte sie einen Spielstein. »Ihr seid dran«, sagte sie.

Diesmal gewann Rodric.

»Ich gehe jetzt besser«, sagte er, als das Spiel vorbei war. »Vater hat gesagt, er wolle noch mit mir sprechen.«

Aurora nickte.

Mit einer Hand fegte er die Spielsteine in ihre Schachtel zurück.

»Ich danke Euch«, sagte sie so eilig, dass sich die Worte verhaspelten. »Für Euer Kommen. Dass Ihr Euch die Zeit genommen habt, mit mir eine Partie zu spielen. Es ist recht einsam, hier herumzusitzen und darauf zu warten, dass etwas passiert.«

Er nickte. »Das Gefühl kenne ich.« Er hob eine Hand, als würde er sich nach ihrer ausstrecken wollen, stoppte aber mitten in der Bewegung und drehte sich weg.

Er war beinah schon an der Tür, als er stehen blieb. Er sah nicht zurück. »Warum habt Ihr es getan?«

Sie runzelte die Stirn. »Was getan?«

»Euch in den Finger gestochen. Wenn Ihr wusstet, dass das Spinnrad verflucht ist, warum habt Ihr es dann benutzt?«

Darauf hatte sie doch keinen Einfluss gehabt. Das Schicksal

hatte entschieden, und sie hatte sich danach gerichtet. »Ich hatte keine Wahl«, sagte sie. »Celestine hat mich verzaubert.«

»Man hat immer eine Wahl, Prinzessin.«

Er eilte aus dem Zimmer, noch bevor sie etwas erwidern konnte.

Diese Nacht war besonders kalt und spottete sämtlicher Träume vom nahenden Frühling. Aurora wickelte sich fest in die Decke ein, aber die Kälte kroch durch jede Ritze, und sie zitterte. Ihre Augenlider weigerten sich, sich zu schließen. Jedes Mal, wenn sie blinzelte, war die Welt erfüllt von Feuer und Blut und Nadeln, die in ihre Haut stachen. Prinzen beugten sich zu ihr herunter, um sie zu küssen, und wohin sie sich auch drehte, stieß sie auf eiskalte Gitter. Sie war *dermaßen* müde. Sie starrte an die Decke und beobachtete dunkle imaginäre Schemen, die darüber hinweghuschten. Währenddessen hallten Rodrics Worte in ihrem Kopf wider. *Man hat immer eine Wahl.* Er klang so überzeugt, aber letztlich ging es ihm wie ihr: Erwartungen und etwas, was alle Schicksal nannten, diktierten sein Leben.

Aurora war sich nicht sicher, ob sie jemals eine Wahl gehabt hatte. Ihr Leben war doch immer von außen bestimmt gewesen, von Celestine, von der Angst ihrer Eltern, von verschlossenen Türen und Märchengeschichten. Selbst jetzt, wo ihr Hochzeitstermin näher rückte, hatte sie nichts zu entscheiden. Sie war ihrer aller Retterin, so sagten sie, und sie musste ihnen gehorchen.

Aber Rodrics Äußerung ging ihr nicht aus dem Kopf. Sie könnte entscheiden, dem König und der Königin den Gehorsam zu verweigern, das Schloss zu verlassen und alle damit verbundenen Konsequenzen zu akzeptieren … die Einsamkeit und die Vernichtung, die möglicherweise folgen würden. Oder sie könnte bleiben.

Doch welchen Sinn hätte dies, wenn sie doch keinerlei Macht besaß?

Sie setzte sich jäh auf. *Hatte* sie Macht? Celestine hatte behauptet, sie hätte vor Wut und Angst eine Explosion auf dem Platz bewirkt. Das war unvorstellbar. Beängstigend. Aber in jenem Moment hatte sich ein nie gekanntes Gefühl in ihr geregt. Eine Wut, die sich wie Wahnsinn anfühlte, ein Zorn, der sich entlud wie der Tritt eines Pferdes, und etwas, was von einer verlogenen Zunge womöglich als Magie bezeichnet werden konnte. Celestine war so überzeugt gewesen.

Ein Funke glomm in ihr, und sie spürte ein drängendes, wogendes Gefühl, eine Kraft, die sie durchströmte.

Wenn sie Magie besaß und sie benutzen konnte, dann könnte sie Menschen helfen. Sie könnte verhindern, dass Celestine jemals wieder Kontrolle über sie erlangte.

Das *Vielleicht* ließ sie nicht mehr los. Auch wenn es gefährlich war, auch wenn ihr schon allein der Gedanke daran Übelkeit bereitete … sie musste Gewissheit haben. Sie glitt aus ihrem Bett und ertastete die Kommode. Ein Pinsel. Papier. Ein Federkiel. Dann die unverkennbare Glattheit einer Kerze.

Sie zog sie aus dem Ständer, nahm sie in die hohlen Hände und schloss ihre Finger darum.

Im Dunkeln starrte sie auf ihre längliche Form und befahl ihr, sich zu entzünden. *Brenne*, dachte sie, und dann sagte sie es laut, flüsterte die Worte immer und immer wieder wie eine Zauberformel. Brenne, brenne, *brenne.*

Nichts. Die Kerze so fest umklammernd, dass sie schon glaubte, sie würde brechen, stellte sie sich die Flamme vor. Wie sie nach oben züngelte, lockend, hypnotisch. Der Geruch von Rauch. Wärme auf ihrem Gesicht. Sie konnte beinah ihr Knistern und Zischen hören.

Nichts geschah.

Frustration wallte ihn ihr auf. *Nutzlos*, dachte sie. Sie war eine nutzlose, dumme, schlafende Prinzessin, damals wie heute, die vorgab, frei sein zu wollen, während die Gitterstäbe sich in ihre Haut drückten. Schwach und willens, sich von allen um sie herum manipulieren zu lassen. Traurigkeit und Neugier, Pflichtbewusstsein und Angst, all diese Gefühle hatten ihre Gedanken durchdrungen, aber einen Herzschlag lang waren sie fort, verschwunden unter dieser hoffnungslosen Wut. Hass raubte ihr den Atem und ließ sie mit den Zähnen knirschen, Hass gegen das Schloss, gegen die Dunkelheit und gegen Tristan, weil er sie so getäuscht hatte, Hass gegen die Königin und ihre starren, rigorosen Erwartungen, Hass gegen Celestine, weil sie ihr Leben zerstört und entsetzliche Hoffnungen in ihren Kopf gepflanzt hatte, und Hass gegen sich selbst, ihre Schwäche, ihre Lämmerhaftigkeit, gegen dieses Dasein ohne jeden Zweck. Für einen kurzen, brodelnden Moment ließ sie zu, dass dieses Gefühl von ihr vollkommen Besitz ergriff.

Das Brennen tanzte auf ihrer Haut und kroch bis in ihre Fingerspitzen. Der Geruch nach Feuer stieg ihr in die Nase.

Sie schnappte nach Luft. Die ganze Kerze stand in Flammen.

NEUNZEHN

»Prinzessin, was habt Ihr mit Eurer Hand gemacht?« Betsy drehte Auroras Handflächen nach oben und untersuchte das wunde Fleisch und die Brandblasen im hellen Morgenlicht.

»Versehentlich habe ich eine Kerze umgestoßen«, sagte Aurora. Betsy schnalzte mit der Zunge und ging, ohne weitere Fragen zu stellen, eine Salbe zur Linderung der Schmerzen holen.

Aurora versteckte den verkohlten, zusammengeschmolzenen Kerzenrest unter dem Bett, aber sie konnte nicht so ohne weiteres vergessen, was passiert war.

Sie blätterte in ihren Büchern, versuchte, in die Worte einzutauchen, aber jedes Mal, wenn sie eine Seite umschlug, schmerzten ihre Finger, und sie fragte sich, ob das, was sie las, wohl auch nur Lügen waren.

Rodric kam jeden Tag, um Gesellschaftsspiele zu spielen,

aber ihre Gespräche blieben stets unverfänglich und drehten sich um das Wetter oder die köstlichen Speisen, die für den Verlobungsempfang geplant waren. Einmal wagte Aurora es zu fragen, ob man bereits die Hintermänner der Explosionen gefasst hatte, aber Rodric schüttelte nur den Kopf.

Sie fuhr mit dem Daumen über die abheilenden Brandwunden, tastete über den wulstigen, glatten Schorf und die roten Blasen. Seitdem die Kerze in Flammen aufgegangen war, spürte sie *etwas* in sich. Keinen Mut, keine Entschlossenheit und auch nichts von ihrem altem Selbst, sondern *irgendetwas*, das geheimnisvoll und gefährlich war und nur ihr allein gehörte.

Oder nur *sich* allein. Obwohl Aurora unermüdlich versuchte, noch etwas in Brand zu stecken, die Vase auf dem Tisch zerbersten oder ein Buch aus dem Regal hüpfen zu lassen, konnte sie nicht mal den leisesten Luftzug hervorrufen. In ihr schwelte die Hoffnung, dass sie womöglich doch nicht so schwach war, wie sie glaubte, aber sie schien sich nicht zu erfüllen. Ohne die Wunden auf ihrer Haut hätte sie das Ganze vielleicht als einen Traum abgetan, als weiteren Moment des Wahnsinns.

Sie blätterte noch einmal durch ihre eigene Geschichte – *Das Märchen der schlafenden Schönheit*. Hundert Jahre hatte sie unter einem Fluch gestanden. Vielleicht war diese Magie in sie eingesickert und hatte ihr eine Macht verliehen, die sie nicht ganz beherrschte. Eine Macht, die die Hexe jetzt zurückhaben wollte.

»Guten morgen, Prinzessin«, sagte Rodric ein paar Tage später, als er vor ihrer Tür stand. Er verharrte auf der Schwelle, seine Wangen waren leicht gerötet. »Ich hoffe, ich störe Euch nicht.«

»Ncin«, entgegnete sie. Sie schob ihr Frühstückstablett von sich weg und stand auf. »Natürlich nicht.«

»Ich habe eine Überraschung für Euch«, sagte er.

»Eine Überraschung?«

»Ich dachte mir, dass es vielleicht ein wenig langweilig ist, die ganze Zeit in diesem Zimmer zu sitzen«, sagte er. »Deshalb wollte ich mit Euch in den Garten gehen.«

Aurora lächelte. Der Garten war nicht gerade das, was sie sich unter einem Abenteuer vorstellte, aber selbst Stickenlernen mit der Königin wäre ihr lieber gewesen, als noch einen weiteren Tag eingesperrt in diesem Zimmer zu sitzen. Die frische Luft würde ihren Kopf klären.

»Das wäre sehr schön«, sagte sie.

»Es ist zwar noch ein wenig kühl«, fuhr Rodric fort. »Die Sonne steht noch nicht über dem Schloss, aber … na ja, meine Mutter ist gerade anderweitig beschäftigt und wird erst in ein paar Stunden wieder nach uns verlangen.«

»Und sie würde nicht gutheißen, was Ihr vorhabt?«

»Ich glaube nicht, dass sie es nicht gutheißen würde, aber …«, sagte Rodric vorsichtig, »… es ist wohl besser, wenn sie es erst im Nachhinein erfährt.«

Rodric hüllte sich in Geheimnisse? Für Aurora war das nahezu ein Ding der Unmöglichkeit.

»Was genau habt Ihr denn geplant?«

Rodric lächelte. »Das werdet Ihr schon noch sehen. Wollen wir?«

Als sie, begleitet von zwei Wachleuten, die Flure entlanggingen, überlegte Aurora, was Rodric wohl vorhaben könnte. Zum Picknicken war es zu kalt, und die meisten Spiele konnten sie ohne weiteres drinnen spielen. Vielleicht würden sie Isabelle treffen, aber das hätte er ihr auch einfach sagen können.

Als sie endlich einen Blick auf den Garten erhaschte, blieb sie erst wie angewurzelt stehen, dann fing sie an zu strahlen.

Zwei Pferde standen auf dem Weg, gehalten von einem Stallburschen. Das eine war rabenschwarz mit einer üppigen Mähne und einem dichten Schweif. Das Tier warf den Kopf zurück, so als wäre es sich seiner Schönheit voll bewusst und kenne nichts außer bewundernden Blicken. Das andere Pferd war kleiner und stämmiger, mit seidig goldenem Fell und einer weißen Mähne, die genau wie der Schweif wellig herabfiel. Es hatte eine helle Blesse auf der Nase und knabberte zärtlich an der Hand des Stallburschen.

»Ihr hattet gesagt, dass Ihr schon immer mal auf einem Pferd reiten wolltet«, sagte Rodric. »Also habe ich gedacht … Ich meine, das ist jetzt zwar kein richtiger Ausritt in den Wald, das wäre zu gefährlich, aber … Wir könnten es versuchen. Wenn Ihr wollt.«

»Ja«, sagte sie, und ihre Stimme war kaum mehr als ein Hauchen. »Ja, das ist wundervoll. Danke!«

Von Dankbarkeit erfasst, wirbelte sie auf den Zehenspitzen herum und warf ihm ihre Arme um den Hals, drückte ihn, so fest sie konnte.

Überrascht und zaghaft berührte er ihren Rücken.

»Vielen, vielen Dank«, flüsterte sie noch mal, ließ ihn los und drehte sich zu den Pferden um. »Welches ist für mich?«

»Das Palomino«, sagte Rodric. »Das kleinere. Sein Name ist Polly. Das schwarze ist mein Pferd Shadow. Eine schönere Stute habt Ihr noch nie gesehen. Aber sie ist ein bisschen zu groß für Euch.«

Langsam, mit ausgestrecktem Arm näherte Aurora sich Polly. Das Palomino ließ von den Fingerknöcheln des Stallburschen ab und blickte sie an. Aurora streichelte mit den Fingerspitzen über seine Nase und fühlte das weiche Fell.

»Sie mag es, wenn man sie unter dem Kinn krault«, sagte der Stallbursche, und Aurora versuchte es, leicht zögerlich, vor Angst, das Pferd würde nach ihren Fingern schnappen. Stattdessen legte Polly mit zitternder Unterlippe den Kopf auf die Seite und stupste Aurora sanft mit der Nase an.

»Wie habt Ihr sie hergebracht?«, fragte sie. Der Garten war vollständig umschlossen, massive Mauern auf allen Seiten.

»Na ja, um ehrlich zu sein«, sagte Rodric, »ich habe sie einfach durch die Flure geführt und gehofft, dass niemand sich beschwert.«

»Und?«

»Tja«, erklärte Rodric. »Das ist wohl einer der Vorteile, wenn man Prinz ist.«

»Seid Ihr bereit aufzusitzen?«, fragte der Stallbursche, und Aurora verspürte einen Anflug von Panik. Die *Vorstellung* zu reiten war stets aufregend gewesen, aber jetzt, wo sie tatsächlich die Gelegenheit dazu hatte, mit einem richtigen, echten Pferd, dessen Rücken ihren Kopf überragte, ging ihr auf, dass sie völlig ahnungslos war, wie sie es anstellen sollte.

»Ja gut«, sagte sie. »Wenn Ihr mir behilflich seid.«

Der Stallbursche hielt Pollys Kopf fest, während Rodric Aurora half, ihren linken Fuß in den Steigbügel zu stellen. Aurora schwang sich hoch, legte ihr ganzes Gewicht in den Metallsteg, und spürte, wie der Sattel leicht verrutschte, als sie sich hineinsetzte und sich ausbalancierte. Dann saß sie auf dem Pferd, die Zügel locker in den Händen. Ihr Rock war um sie herum aufgefächert und fiel am Körper des Tieres herab. Der Stallbursche zog die Sattelgurte fest und erklärte ihr die Grundlagen: am Zügel ziehen, um anzuhalten, mit den Hacken treten, um loszureiten, mit den Beinen lenken.

Polly drehte den Kopf und nagte an Auroras Zeh.

Trotz seiner vermeintlichen Angst vor Pferden schwang Rodric sich ohne ersichtliches Zögern in den Sattel. Er stellte im Sitzen die Sattelgurte ein, dann drehte er sich mit erwartungsvollem Blick zu Aurora um.

»Nach Euch«, sagt er.

Der Stallbursche hielt Polly noch immer am Zaumzeug fest, dennoch hieb Aurora ihr die Fersen in die Flanken, und das Pferd trottete los. Die Hufe klapperten auf dem Kopfsteinpflaster, und Aurora schaukelte bei jedem Schritt hin und her. Schnell klammerte sie sich am Sattel fest.

»Ist alles in Ordnung?«, fragte Rodric. Er grinste, gab sich aber wenigstens Mühe, besorgt zu klingen.

»Ja«, sagte Aurora. »Sie hat mich nur überrascht.«

»Nehmt die Zügel ein wenig kürzer. So, dass es dem Pferd im Maul zieht, aber nicht zu fest. Und versucht dabei, die Hand nicht zu verkrampfen. Locker lassen. Ja, genau, so ist es gut.«

Der Zügel scheuerte an Auroras Brandwunden, aber das machte ihr nichts aus. Sie spürte die Wärme des Pferdekörpers auf ihrer Haut, den wiegenden Gang, das leise Nicken des Kopfes bei jedem Schritt. Sie spürte die Verbundenheit mit dem Tier, und obwohl sie sich nur langsam bewegten und obwohl sie noch immer von den Schlossmauern umgeben waren, fühlte Aurora sich leichter, freier. Sie traute sich, den Zügel etwas zu lockern und strich über das Fell in Pollys Nacken.

Rodric gesellte sich an ihre Seite.

Sie hatte ganz offensichtlich das sanftmütigste, gemächlichste Pferd im ganzen Stall bekommen. Das Tier befolgte klaglos Auroras zögerliche Instruktionen und dass es ihm an Eleganz mangelte, empfand sie beinah als tröstlich. Ab und zu riss Polly jäh den Kopf zur Seite, um nach Knospen oder Zweigen zu schnappen, aber der Stallbursche zog sie jedes Mal energisch zurück. »Sollte sie auch nur eine einzige von diesen Blumen fressen«, murmelte er, »macht mich die Königin einen Kopf kürzer.«

Nach einigen Runden durch den Garten schlug Rodric ihr zögernd vor, dass sie, wenn sie wolle, versuchen könne zu galoppieren.

»Ihr müsst euch nur mit Eurem vollen Gewicht in den Sattel setzen und sie mit einem energischen Tritt antreiben. Wenn Ihr anhalten wollt, zieht ihr am Zügel. Polly ist ein gutes Pferd. Sie wird auf Euch Acht geben.«

»Gut«, sagte Aurora. »Ich werd's versuchen.«

Der Stallbursche runzelte die Stirn. »Wenn Ihr im Galopp reitet, kann ich Euch aber nicht folgen, Prinzessin. Das ist zu flott für meine alten Beine.«

»Das ist schon in Ordnung.« Aurora war allerdings nicht ganz so zuversichtlich, wie sie klang. »Polly und ich, wir verstehen uns ausgezeichnet, oder?«

Wie zur Zustimmung schnaubte das Pferd.

Der Stallbursche half ihr dabei, in den Trab zu kommen, und dann – auf Rodrics Kommando hin – setzte sie sich resolut in den Sattel und kickte Polly in die Flanken. Das Pferd verfiel in einen leichten Galopp, seine Bewegungen waren auf einmal geschmeidig und gleichmäßig, ein fließendes Auf und Ab. Als sie an einen tiefhängenden Ast kamen, duckte Aurora sich. Zweige streiften ihren Kopf, und sie lachte. Wie beflügelt von Auroras Jauchzen, wurde Polly immer schneller, bis ihre Füße über den Boden donnerten.

Sie erreichten eine der Hofecken. Polly machte einen

Schwenk und lehnte sich in die Kurve, um das Tempo zu halten. Auroras Fuß rutschte aus dem Steigbügel. Das Metall prallte ein paarmal gegen ihren Knöchel, dann geriet Aurora ebenfalls ins Rutschen und glitt Stück für Stück nach links. Sie packte Pollys Mähne, aber noch bevor sie so richtig begriff, was geschah, war es schon zu spät. Der Himmel tanzte vor ihren Augen, dann schlug sie mit einem dumpfen Knall im Blumenbeet auf.

»Prinzessin! Aurora, seid Ihr verletzt?«

Sie blieb kurz liegen und sah hinauf in den Himmel. Ihr Rücken schmerzte ein wenig, ansonsten schien sie unversehrt. Sie setzte sich mühsam auf.

Rodric war von Shadow abgestiegen und eilte nun auf sie zu, die Zügel seines Pferdes in der Hand. Der Stallbursche kam angerannt, um Polly festzuhalten, was jedoch gar nicht notwendig war. Das Palomino stand ein paar Schritte von Aurora entfernt und schaute sie an, als würde es sich fragen, was sie dort auf dem Boden machte.

»Prinzessin, seid Ihr verletzt?«, fragte Rodric wieder. »Tut Euch etwas weh?«

»Mir geht's gut«, sagte Aurora und rappelte sich zum Beweis hoch. Energisch klopfte sie sich den Staub vom Kleid. »Es war nur ein kleiner Sturz.«

Doch Rodric war vor Schreck noch immer ganz blass. »Vielleicht sollten wir für heute besser aufhören.«

»Ich schwöre, mir fehlt nichts«, beteuerte Aurora, Rodric kaute jedoch an seiner Lippe und ihm war deutlich anzusehen, dass ihm plötzlich die Bilder aller möglichen Reitunfälle lebhaft vor Augen standen. »An einem anderen Tag dann? Mit Polly. Ich war einfach zu leichtsinnig. Das nächste Mal bin ich vorsichtiger.«

»Natürlich«, sagte Rodric. »Versprochen. Nach … nach der Hochzeit bekommt Ihr richtigen Reitunterricht. Und dann könnt Ihr auch außerhalb dieser Mauern ausreiten.«

Nach der Hochzeit. Schlagartig verflüchtigte sich ihre Euphorie bei dem Gedanken. Rodric zu heiraten würde viel Gutes mit sich bringen, das wusste sie. Die Freiheit, endlich das Schloss verlassen und auf einem Pferd reiten zu können, war eines davon. Rodrics unglaubliche Güte und Fürsorge eine andere. Trotzdem hegte sie für ihn weiterhin nur freundschaftliche Gefühle, und die nahende Hochzeit erschien ihr wie der Tag, an dem ihr alle Möglichkeiten ein für alle Mal genommen würden.

»Wollen wir zu Eurem Zimmer zurückkehren?«, fragte Rodric.

»Nein«, sagte sie leise. »Nein, Ihr helft hier bei den Pferden. Die Wachen können mich zurückbegleiten.«

»Es wäre mir eine Freude …«

»Nein, schon gut«, sagte sie bestimmt. »Ich hätte gern ein bisschen Zeit zum Nachdenken.«

Rodric nickte, doch sie konnte nicht umhin, sein enttäuschtes Gesicht zu bemerken, als sie fortging.

ZWANZIG

Aurora machte sich gerade bettfertig, als sie eine leise Stimme an der Tür hörte.

»Hallo.«

Aurora sah hoch. Isabelle spähte um die halboffene Tür herum. Aurora legte ihre Bürste auf den Tisch und blickte das Mädchen überrascht sie an.

»Hallo Isabelle.«

Die Kleine schlüpfte ins Zimmer. »Rod sagte, Ihr habt Euch verletzt. Und das sei der Grund, warum Ihr Euch nicht mehr blicken lasst.«

»Mir geht's gut«, erwiderte Aurora. »Es ist … es ist einfach sicherer, wenn ich hierbleibe.«

Isabelle kam näher und hielt die Augen niedergeschlagen. »Kann ich Euch Gesellschaft leisten?«, sagte sie. »Nur ein Weilchen?«

»Wird man nicht nach dir suchen?«

»Die Wachen wissen, dass ich hier bin.« Isabelle rückte noch ein Stück vor. »Es ist nur … Meine Mutter will mich morgen sehen. Sie will, dass ich Finnegan treffe.«

»Mach dir keine Sorgen«, sagte Aurora. »*So* furchtbar ist er nun auch nicht.«

Isabelle kicherte. »Er ist eigentlich ganz in Ordnung. Meistens ist er ziemlich nett. Lächelt und reißt Witze. Aber sobald meine Mutter dabei ist, ändert sich sein Verhalten. Dann ist er nicht mehr er selbst und lächelt so künstlich.«

Aurora setzte sich auf einen Hocker und winkte Isabelle zu sich. »Ich glaube, diese Wirkung hat deine Mutter auf viele Menschen.«

Isabelle schenkte ihr ein kleines Grinsen. Sie ließ sich zu Auroras Füßen nieder, winkelte die Beine an und legte ihr Kinn auf die Knie. »Ich glaube, er will mich gar nicht heiraten.«

»Ich denke, er mag dich«, erwiderte Aurora. »Aber du bist deutlich jünger als er. Und ich glaube nicht, dass Finnegan sich von irgendjemandem etwas vorschreiben lässt. Keiner wird böse sein, wenn er ablehnt, dich zu heiraten.«

Isabelle schwieg einen Moment lang. »Meine Mutter wird böse sein«, sagte sie. »Sie wird sagen, dass ich versagt habe.«

»Es wäre nicht deine Schuld.«

»Doch, wäre es schon, oder?« Isabelle reckte den Hals, um Aurora anzusehen. »Mutter sagt, es wäre die größte Tat, die ich je vollbringen könnte. Dann ist es doch auch das Richtige, oder? Und wenn es nicht dazu käme, hieße das, ich bin nicht gut genug für ihn. Dann hätte ich versagt.«

Aurora ließ ihre Finger durch Isabelles Haar gleiten. »Nein«, sagte sie sanft. »Das stimmt nicht.«

»Ihr habt gut reden«, sagte Isabelle. »Ihr habt Rodric. Es ist alles bereits geregelt.«

»Das ist auch nicht so ganz richtig«, sagte Aurora. »Meine Mutter hat mir das Gleiche erzählt, weißt du. Ich musste zwar keine Prinzen kennenlernen, aber sie hat immer gesagt … dass es meine *Pflicht* wäre, gut und allseits bewundert zu sein. Und dass ich glücklich würde, wenn ich meine Pflicht erfülle.« Die Worte hatten damals so vielversprechend geklungen. Wenn sie pflichtschuldig in ihrem Turm ausharrte, bis sie achtzehn war, würde sie danach glücklich werden.

»Ich glaube, sie hatte für mich ebenfalls ein paar Bewerber ins Auge gefasst«, sagte sie. »Ich erinnere mich, am Tag, als ich … an meinem letzten Tag zu Hause, machte sie mich für einen großen Ball zurecht. Anlässlich meines Geburtstags. Und dabei erzählte sie mir die ganze Zeit von all den Prinzen, die kommen würden. Ich glaube, sie wollte, dass ich einen von ihnen heirate.«

»Aber Ihr werdet Rodric heiraten, oder?«

Aurora nickte. »Diese Prinzen von damals … die sind jetzt schon lange tot.«

»Und Ihr … Ihr liebt ihn. Oder?« Isabelle lugte mit großen, sanften Augen über ihre Schulter hinweg, als erhoffte sie sehnsuchtsvoll eine Antwort. Sehnsuchtsvoll und ein bisschen ängstlich. »Denn in den Geschichten lieben die Prinzessinnen immer den Prinzen, aber meine Mutter sagt, das sei albern. Sie sagt, wir müssen die Verbindung eingehen, die am besten fürs Königreich ist. Glücklich werden wir später. Aber … aber Ihr liebt Rodric, nicht? So wie in dem Buch.«

Am Ende ihrer kleinen Rede zitterte Isabelle. Sie starrte weiterhin Aurora an, ein einziges Bündel Hoffnung und Angst, und Aurora blieb die Antwort in der Kehle stecken. Sie konnte dem Mädchen nicht die Wahrheit sagen. Sie konnte ihr nicht sagen, dass sie für einen Rebellen, dem sie in einem Wirtshaus begegnet war, mehr empfunden hatte als für Isabelles freundlichen, älteren Bruder. Rodric verdiente ihre Zuneigung im Gegensatz zu Tristan, und doch schmerzte sie Tristans Verrat noch immer, während Roderics Güte nicht mehr als freundschaftliche Gefühle in ihr hervorrief.

»Dein Bruder ist ein herzensguter Mann«, sagte sie schließlich langsam und mit Bedacht. »Aber ich kenne ihn kaum. Vielleicht irgendwann in der Zukunft … wenn die Geschichte sich als wahr erweisen sollte …«

Isabelle zuckte nicht mit der Wimper und sah sie weiter mit festem Blick an, aber ihre Mundwinkel verzogen sich kaum merklich nach unten. Sie nickte. »Sie muss wahr sein.«

Nein, dachte Aurora, während sie auf Isabelles Haarsträhnen hinunterstarrte, die sich zwischen ihren Fingern verheddert hatten. Die Geschichte war einfach nicht wahr. Sie war aus einem inneren Drang heraus aufgewacht oder rein zufällig oder weil Celestine befunden hatte, dass es an der Zeit war, oder einfach weil die Wirkung des Zaubers nachgelassen hatte. Nicht wegen einer schicksalshaften Liebe.

Doch letztlich machte es keinen Unterschied. Andere glaubten daran, und das allein reichte offenbar.

In dieser Nacht blieb Aurora wach und las im Schein einer Kerze. Die Füße hatte sie unter ihr Nachthemd gezogen, um ihre Schultern lag eine Decke. Im Schloss war es schon seit Stunden still. Sogar die Dienstboten schliefen, aber Auroras Gedanken kreisten unaufhörlich um ihr Gespräch mit Isabelle, so dass sie keine Ruhe fand. Sie starrte auf die Buchseiten, ohne auch nur ein Worte zu begreifen.

Sie wollte gerade aufgeben und versuchen zu schlafen, als es draußen vor ihrer Tür rumorte. Schritte und ein paar geflüsterte Worte. Angespannt blickte sie zur Tür.

Die Klinke bewegte sich.

Aurora stand auf. Es gab nichts in ihrer Reichweite, was ihr als Waffe hätte dienen können, und so verstärkte sie den Griff um das Buch in ihrer Hand, spürte sein Gewicht. Wenn nun Celestine sie nochmals heimsuchte? Sie wusste nicht, wie sie sich gegen sie zur Wehr setzen sollte.

Doch als die Tür sich einen Spaltbreit aufschob, war es nicht die Hexe, die das Zimmer betrat.

Es war Finnegan.

»Gut«, sagte er. »Ihr seid wach.«

Sie wich einen Schritt zurück, und plötzlich war ihr überdeutlich bewusst, dass sie nur ein knielanges Nachthemd trug. »Finnegan«, sagte sie. »Was tut Ihr hier?«

»Ich muss Euch etwas zeigen.«

Sie schüttelte den Kopf. Ihre Finger schlossen sich noch fester um das Buch. »Meine Wachen …«

»Sie haben mich reingelassen.«

»Sie haben Euch reingelassen?«

»Es ist wirklich frappierend, was Menschen alles tun, sobald man ihnen ein paar Münzen unter die Nase hält. Mit meinem Kommen tue ich Euch übrigens einen Gefallen.«

»Indem Ihr des Nachts in mein Zimmer eindringt?«

»Es ist etwas passiert«, sagte er. »Unten im Kerker. Etwas, das Ihr sehen müsst.«

Aurora fröstelte, und sie schlang sich den freien Arm um ihren Körper. Die Explosionen auf dem Platz, unschuldige Menschen, die in den Kerker wanderten, Rebellen, die den König tot sehen wollten. Ein leises Grauen kroch ihr den Rücken hinauf.

Sie nickte. »Zeigt es mir.«

Abgesehen von ihren Wachen war der Flur menschenleer, aber sie konnte Stimmen und eiliges Fußgetrappel hören. Die Geräusche drangen aus den unteren Stockwerken herauf.

Finnegan nahm ihre Hand. »Hier lang«, sagte er.

Er führte sie den Korridor hinunter, bis sie an einen ramponierten Wandteppich kamen. Er hob ihn mit seiner freien Hand hoch, und darunter kam ein schmaler Tunneleingang zum Vorschein. Das Licht des Wandleuchters erhellte die ersten Meter und offenbarte raue Steinwände, die mit Staub überzogen waren. Dahinter lag undurchdringliche Dunkelheit. Alles Mögliche konnte dort lauern.

Aurora zögerte.

»Das ist der einzige Weg, um unbemerkt zu bleiben«, sagte Finnegan. »Kommt.« Sie duckte sich unter seinem Arm hindurch und schlüpfte in den Tunnel. Er folgte ihr und ließ hinter sich den Wandteppich zurückklappen. Alles um sie herum versank in Finsternis. Aurora klammerte sich an Finnegan fest. Beschwichtigend drückte er ihre Hand.

»Keine Angst«, sagte er. »Ich lasse nicht zu, dass die Monster Euch erwischen.«

»Ich habe keine Angst«, sagte sie. »Ich möchte Euch in der Dunkelheit nur nicht verlieren.«

»Natürlich nicht. Ich würde mich auch nicht verlieren wollen.«

Er ging los. Aurora zog die Zehen an, als sie ihre Füße auf den staubigen Boden setzte, Spinnweben blieben an ihrer Haut kleben. Nur mit Mühe konnte sie den Umriss von Finnegans Schulter vor ihr ausmachen, einen Arm hatte er nach hinten gestreckt, um sie an der Hand zu halten. Abgesehen von ihren Atem- und Bewegungsgeräuschen herrschte im Tunnel Stille.

»Gleich kommen ein paar Stufen«, sagte Finnegan. »Seid vorsichtig.«

Die Treppe wand sich nach unten. Vor jedem Schritt tastete sie vorsichtig mit den Zehen, drehte ihre Füße so, dass sie auf die ausgetretenen Stufen passten. Finnegan bewegte sich ohne das leiseste Zögern, so als wäre er diesen Weg schon viele Male gegangen.

Vor ihnen schimmerte ein Licht. Sie konnte jetzt Stimmen hören, allerdings nur schwach, und der Widerhall machte es unmöglich, die einzelnen Worte zu verstehen. Sie blieben kurz vor der letzten Stufe stehen und lauschten.

Sie erkannte eine der Stimmen. Tristan.

Aurora drängte sich an Finnegan vorbei, geriet vor lauter Hektik ins Rutschen. Am Ende der Treppe war eine kleine Nische, und dahinter konnte Aurora nur eine Steinmauer erkennen, das Licht eines Wandleuchters ergoss sich über den unebenen Fußboden. Aurora hielt sich mit den bloßen Fingerspitzen an der Wand fest und spähte um die Ecke.

Tristan stand am Ende des Korridors. Ein Wachmann hielt ihn gepackt, hatte seinen Arm auf den Rücken gedreht, während ein anderer vor ihm stand und dicht an sein Gesicht heranging. Tristan trug die Uniform der Schlossdienerschaft. »Es ist, wie ich es Euch gesagt habe«, sagte er. »Ich war auf dem Weg, um mich schlafen zu legen, als ich den Tumult hörte. Dann bin ich schnell hingerannt, um zu sehen, was los ist.«

»Komisch, dass ich dein Gesicht noch nie zuvor gesehen habe, du pflichtgetreuer Diener«, sagte der Wachmann.

»Fragt doch den König«, entgegnete Tristan. »Er wird für mich bürgen. Er hat mich selbst eingestellt. Ich arbeite seit vielen Jahren für ihn.«

Auroras erster Impuls war, ihm zu helfen, irgendetwas zu unternehmen. Für Ablenkung zu sorgen, indem sie zu den Wachen rannte und ihnen befahl, ihn freizulassen. Wenn er nicht von hier entkam, würde man ihn bestimmt töten. Doch gewisse Zweifel ließen sie zögern. Ihr fiel keine einzige harmlose Erklärung ein, warum er hier im Schloss war, gekleidet wie ein Diener, mitten in der Nacht.

Finnegan legte ihr eine Hand auf die Schulter und zog sie zurück. Sie schüttelte ihn ab.

»Na, dann ist ja heute ja dein Glückstag«, sagte der Wachmann. »Der König wird nämlich jeden Moment hier sein, um zu entscheiden, was mit euch Dreckspack geschehen soll. Ich glaube nur nicht, dass er sehr erfreut sein wird. Einfach Gefangene aus dem Kerker befreien, ts, ts, ts.«

Aurora biss sich auf die Lippe. Sie erinnerte sich an die alte Frau, die man an ihrem ersten Tag hier am Hof festgenommen hatte, die Heilerin, der zur Last gelegt worden war, dass sie ihr ganzes Dorf vergiftet hätte, und die für diese absurde Unterstellung in den Kerker geworfen worden war. Wenn Tristan Leuten wie ihr zur Flucht verhelfen wollte …

Plötzlich erklangen Kampfgeräusche am Ende des Gangs. Ächzen. Schreie. Metall, das gegen Stein schlug.

Der Wachmann, der Tristan verhörte, drehte sich zu dem Geräusch um, seine Hand fuhr an sein Schwert. Kaum sah er zur Seite, geriet Tristan in Bewegung. Seine Arme entglitten dem Griff des zweiten Wachmanns, fast so, als hätte dieser ihn freigegeben, dann brachte er den ersten mit einem Fußhaken zu Fall. Noch während der Mann stürzte, ergriff er sein Schwert, doch Tristan hatte bereits ein Messer gezückt und bohrte es ihm in die Seite. Der Wachmann wand sich schreiend am Boden und versuchte, die Klinge herauszuziehen. Tristan rannte los, in Richtung Kampfgeräusche, in Richtung Aurora und Finnegan, nahm im Vorbeilaufen aber keine Notiz von ihnen. Er schlitterte um die Kurve herum, schwenkte nach links, und dann war er weg.

Aurora tat einen Schritt in seine Richtung, als wollte sie ihm nach und ihn fragen, was los war, aber Finnegans feste Hand an ihrer Schulter zog sie zurück in die Schatten.

»Vorsicht!«, flüsterte er. »Sie dürfen Euch nicht sehen.«

»Aber …« Sie begriff nicht, was sie soeben beobachtet hatte. »Der Wachmann.«

»Er wird's überleben«, sagte Finnegan. »Diese Verletzung soll ihn nur aufhalten, nicht töten.«

»Und Ihr kennt den Unterschied?«

Er nickte knapp. Wieder eilten Schritte den Gang hinunter. Der blutende Wachmann kam schwankend hoch und stolperte Tristan hinterher, dicht gefolgt von seinem Partner, aber Tristan hatte schon ordentlich Vorsprung. Wenn er nicht gleich in den nächsten Kampf verwickelt wurde, könnte ihm die Flucht gelingen.

Aurora reckte sich, konnte aber nichts sehen. »Wir sollten näher rangehen«, flüsterte sie Finnegan zu.

Er schüttelte den Kopf. »Womöglich sieht man uns.«

Dann hallte eine weitere ihr bekannte Stimme durch den Flur. »Sind alle Verräter gefasst?«

Der König.

»Der Kampf dauert im Nordflügel des Verlieses noch an«, sagte sein Begleiter, als sie um die Ecke bogen und in ihr Blickfeld marschierten.

Aurora fuhr zurück und drängte sich in dem Versuch, in die Schatten einzutauchen, dicht an Finnegan heran.

»Aber sie sind zahlenmäßig unterlegen. Wir werden sie im Handumdrehen überwältigen. Es ist ein vergeblicher Vorstoß.«

»Irgendwelche Verluste auf unserer Seite?«

»Soviel ich weiß, nein. Abgesehen von den Verrätern in unseren eigenen Reihen, natürlich.«

»Gut.«

Die beiden stiefelten an Auroras und Finnegans Schlupfwinkel vorbei. Aurora hielt den Atem an und wünschte, sie könnte eins werden mit der Steinmauer.

»Kein Wort darf darüber nach außen dringen«, fuhr der König fort. »Wir müssen die Sache noch heute Nacht aus der Welt schaffen.«

»Natürlich, Eure Majestät.« Sie bogen rechts ab, wo wenige Momente zuvor noch Schwerter geklirrt hatten. »Und Ihr habt alle Eindringlinge getötet? Jeden, der versucht hat zu fliehen?«

»Alle, die Gegenwehr geleistet haben, Eure Majestät. Die anderen haben wir festgenommen, um sie zu verhören.«

Der König schnaubte verächtlich. »Alles, was Ihr aus denen herausbekommen werdet, sind Lügen«, sagte er. »Tötet sie und damit fertig.«

»Sehr wohl, Eure Majestät.«

Aurora zuckte erneut zusammen. Tristan war in die andere Richtung geflohen, fort vom Kampfgeschehen. Sie wandte sich an Finnegan, um sicherzugehen. »Der Weg, den der Junge eingeschlagen hat«, flüsterte sie. »Führt er aus dem Kerker heraus?«

Finnegan nickte. »Er führt jedenfalls nicht in den Nordflügel. Vermutlich hat er's nach draußen geschafft.«

Die Schritte stoppten. Aurora spitzte die Ohren, um zu hören, was gesagt wurde. »Und die anderen Gefangenen?« Es war wieder die Stimme des Königs. »Wie viele von ihnen sind noch da?«

»Die meisten. Wir haben es noch nicht vollständig überprüft, aber anscheinend wurden nur diejenigen befreit, die erst vor kurzem wegen Aufrührertums eingesperrt worden waren.«

Dann hatte Tristan also doch nicht alle Unschuldigen befreit. Er hatte nur seine Verbündeten gerettet, seine Freunde.

»So etwas darf nicht noch einmal passieren«, schnaubte der König. »Weist die Wachen an, den Gefangenen die Kehlen durchzuschneiden.«

Aurora zuckte nach vorn, aber Finnegan schlang ihr einen Arm um die Brust und zog sie zurück.

Der Begleiter des Königs zögerte. »Alle … Euer Majestät?«

»Alle! Und dann bring mir die Männer, die heute Nacht Wache hatten. Um die kümmere ich mich höchstpersönlich.«

Aurora stemmte sich von Finnegan weg, aber er ließ sie nicht los. »Das kann er doch nicht machen«, zischte sie.

Sie hatte das Bild der alten Frau vor Augen, wie sie mit krummem Rücken vor dem König stand, zuversichtlich, dass er sie beschützen würde. Und dann das Entsetzen in ihrem Gesicht, als man sie davonschleifte.

»Er kann sie nicht töten!«

»Er kann, und er wird. Was, glaubt Ihr wohl, wird er tun, wenn er Euch hier entdeckt?«

»Er wird mir nichts zuleide tun«, sagte sie. »Er braucht mich.«

»So sehr, dass er nicht davor zurückschrecken würde, Euch zu töten? Seid nicht dumm, Aurora. Benutzt Euren Verstand!«

»Ich bin nicht dumm.« Sie wand ihren Arm los und wirbelte zu ihm herum. »Er wird sie alle töten, Finnegan. Unschuldige Menschen.«

»Er hätte sie ohnehin getötet.« Finnegans Stimme war ruhig und gefasst. »Das wisst Ihr doch genau.« Er schüttelte den Kopf. »Lasst uns von hier verschwinden, bevor es noch schlimmer wird.«

»Wir können uns doch nicht einfach davonstehlen.«

»Es gibt nichts, was wir tun könnten.« Er zerrte sie am Arm mit sich ins Dunkel, bis sie mit den Füßen gegen die Treppe stießen.

Sie schubste ihn zurück, legte ihre ganze Wut und Abscheu

in ihre Muskeln. »Warum habt Ihr mich hergebracht?«, sagte sie. »Warum, wenn es nichts gibt, was wir tun können?«

»Weil ich wollte, dass Ihr Bescheid wisst«, sagte Finnegan. »Weil ich wollte, dass Ihr es mit eigenen Augen seht.« Er seufzte und fuhr sich mit der Hand durch die Haare, so dass sie in alle Richtungen abstanden. Die Geste verlieh ihm etwas überraschend Verletzliches.

»Es tut mir leid«, sagte er. »Ich wusste nicht, dass so etwas passieren würde.«

Er klang so aufrichtig, dass Aurora innehielt. Finnegan strich ihr sanft über die Schulter. »Ihr könnt nicht helfen«, sagte er. »Jetzt nicht. Wir *müssen* gehen, bevor man Euer Verschwinden bemerkt.«

Als sie die Stufen hinaufstiegen, meinte Aurora, noch immer in der Ferne das Klirren von Schwertern zu hören. Die Schreie der hilflosen Gefangenen, während ihnen scharfes Metall die Kehlen durchschnitt.

Finnegan brachte sie zu ihrem Zimmer zurück.

»Geht es Euch gut?«, fragte er. Seine Hand ruhte auf ihrer Schulter.

»Nein.« Die Worte kratzten in ihrer Kehle. »Und das sollte es auch nicht.«

Finnegan nickte. »Ich bin für Euch da«, sagte er.

»Ihr seid wegen meines Throns hier«, konterte sie.

»Nein. Ich bin Euretwegen hier.« Er beugte sich zu Aurora herunter, und sie erstarrte, als seine Lippen ihre Wange streiften. Ihre Haut brannte an der Stelle, wo er sie berührt hatte. Aurora kämpfte den Impuls nieder, ihren Kopf zur Seite zu drehen und ihre Lippen näher an seine heranzubringen. Sie hatte sich in den vergangenen Wochen schon einmal zu einem unüberlegten Kuss hinreißen lassen, und außerdem hasste sie Finnegan. Sie *hasste* ihn. Doch dieser Hass durchlief sie wie eine warme Woge, nach dem kalten Grauen, das sie gesehen hatte.

Finnegan wanderte mit seiner Nase an ihrer hinunter, dann machte er einen Schritt rückwärts, ohne die Spur eines Lächelns im Gesicht. »Denkt dran, was ich gesagt habe.«

Aurora schob die Tür auf und betrat das Zimmer. Plötzlich wollte sie nicht, dass er ging. Sie wollte nicht allein zurückbleiben.

»Ich schließe die Tür hinter Euch ab«, sagte Finnegan.

Sie nickte.

Dann ging die Tür zu, und sie war allein.

Ein paar Stockwerke unter ihr starben Menschen. Wurden in ihren Zellen ermordet, während sie hier in ihrem Schlafzimmer stand, in Sicherheit, Welten davon entfernt. Sie konnte das Blut förmlich vor sich sehen, rotbesudelter Stein, rotbespritzte Haut. Die mit Entsetzen erfüllten Augen der alten Frau. Aber es gab nichts, was sie tun konnte.

Sie ging auf die andere Seite des Raums und goss sich ein Glas Wasser ein. Ihre Hand zitterte, Wasser schwappte über den Rand. Sie starrte ihre Hand an, als gehörte sie zu jemand anderem, leichenblass bewegte sie sich ohne ihr Zutun. Aurora musste an die Königin denken, die in diesem Zimmer gesessen und dasselbe Glas gehalten hatte mit vor Wut zitternder Hand, weil ihre schlafende Schönheit ungehorsam gewesen war und alles gefährdet hatte.

Aurora knallte das Glas auf den Tisch. Ihre Hand zitterte noch immer.

Hatte Tristan es lebendig herausgeschafft? Er und seine Männer waren geflohen und hatten die Langsamen und Unschuldigen dem Zorn des Königs überlassen. *Er* hatte sich für diesen riskanten Plan entschieden, nicht sie. Vielleicht verdiente er es dann auch, die Suppe zusammen mit ihnen auszulöffeln.

Sie konnte jetzt nichts mehr für diese Menschen tun. Aber bald … bald wäre sie Kronprinzessin und Thronanwärterin. Ihr Platz war ihr sicher. Dann würden sie alle schon noch sehen, was alles in ihr steckte.

EINUNDZWANZIG

»Geht es Euch gut, Prinzessin?«, fragte Betsy am folgenden Morgen, als sie Auroras Haar hochsteckte. »Ihr seht ein bisschen blass aus.«

»Ja«, sagte Aurora. Sie hatte wie immer nur wenig geschlafen. Ihre Gedanken hatten sich unaufhörlich um den Befehl des Königs gedreht, um die Menschen, die innerhalb der Schlossmauern starben, während sie zusammengerollt unter ihrer Bettdecke lag. Bestimmt wusste Betsy etwas von den Ereignissen, selbst wenn die Wahrheit darüber durch Lügen verzerrt war. Aber Aurora konnte ihr nicht erzählen, was sie gesehen hatte.

»Ich habe … ich habe gestern spät nachts Geräusche gehört. Leute, die rannten und schrien. Ich habe mich gefragt, was da wohl passiert war.«

»Nichts ist gestern Nacht passiert, Prinzessin, soweit ich weiß. Vielleicht habt Ihr geträumt.«

»Vielleicht.« Sie beobachtete Betsy im Spiegel.

Der Gesichtsausdruck der Zofe war gleichmütig, ihre Hände ruhig. Sie sah nicht so aus, als versuche sie, etwas zu verheimlichen.

»Es hat sich aber ziemlich echt angehört.«

»Es war alles in schönster Ordnung, Prinzessin«, sagte Betsy in entschiedenem Ton. »Und selbst wenn nicht, dann seid Ihr mit Euren Wachen hier ja in Sicherheit.«

Aurora nickte. Sie hatte Betsy gestern erneut in Gefahr gebracht, als sie alle Schlösser und Warnungen missachtend ihr Zimmer verlassen hatte und prompt in Schwierigkeiten geraten war. Ein Anflug von schlechtem Gewissen erfasste sie. »Es tut mir leid. Du weißt schon, wegen neulich.«

Betsys Hände verharrten. »Ihr dürft Euch nicht bei mir entschuldigen, Prinzessin.«

»Aber es stimmt.« Sie trat von Betsy weg, so dass ihr Haar aus deren Fingern glitt, und drehte sich zu der jungen Zofe um. »Ich habe deine Warnungen in den Wind geschlagen, und du hast meinetwegen Ärger bekommen. Und das tut mir ehrlich leid.«

Betsy nickte. Sie lächelte. »Ihr solltet Euch wegen Vergangenem nicht unnötig den Kopf zerbrechen, Prinzessin«, sagte sie. »Wir müssen uns jetzt auf Eure Hochzeit konzentrieren.« Sie stellte sich auf die Zehenspitzen, strich Aurora eine weitere Locke aus dem Gesicht und steckte sie mit einer Haarnadel fest. »Und auf den Empfang morgen. Die Königin hat Euch bereits ein Kleid ausgesucht, und ich bin noch nicht sicher, welche Frisur Euch dazu am besten stehen wird. Ich dachte an ein paar Flechtzöpfe vorne, die sich am Hinterkopf zu Schnecken winden, und der Rest des Haares fällt in losen Locken um die Schultern … natürlich nur, wenn es Euch gefällt.«

»Ja«, sagte Aurora. Unwillkürlich kroch ein Lächeln über ihre Lippen. »Das klingt hinreißend.«

Betsy nickte und schob eine weitere Nadel in Auroras Haar. Sie wollte gerade ansetzen, etwas zu sagen, da schwang die Tür auf, und die Königin rauschte herein. Sie hatte einen angespannten, verkniffenen Gesichtsausdruck, ihre Hände waren vor dem Körper verschränkt.

»Prinz Finnegan wünscht Euch zu sehen«, sagte sie. Sie legte besondere Betonung auf die Ns in Finnegans Namen, so dass es beinahe abfällig klang.

Aurora drehte sich zu ihr um, dabei löste sich eine Locke und fiel ihr auf die Schulter. »Jetzt sofort?«

»Ja, sofort«, sagte die Königin. »Warum wäre ich sonst wohl hier? Betsy, lass ihr Haar. So, wie es jetzt aussieht, muss es genügen.«

Er musste Neuigkeiten haben, irgendwelche Informationen über die Ereignisse der letzten Nacht. Aurora gab sich Mühe, ruhig und gefasst zu wirken. »Weswegen möchte er mich denn sehen?«

»Weiß der Himmel, Aurora. Wenn dieser Prinz auch nur einen Funken logischen Verstand besitzt, weiß er ihn gut zu verbergen.«

Die Königin führte Aurora in eines der höheren Stockwerke zu einem kleinen Salon mit bequem aussehenden Sesseln. Finnegan stand auf, als sich die Tür öffnete, und lächelte sie freundlich an. Seine Miene verriet nichts darüber, dass sie sich erst vor wenigen Stunden voneinander getrennt hatten.

»Ah, Prinzessin Aurora«, sagte er. »Wie schön Euch zu sehen.« Er verbeugte sich, und seine Lippen streiften ihren Handrücken.

Ihre Wangen kribbelten bei der Erinnerung an seinen gestrigen Kuss, an ihre erwartungsvolle Anspannung, als sie dachte, dass er sie *richtig* küssen würde, an dieses prickelige Hin- und Hergerissensein, ob sie ihn wegstoßen sollte oder nicht.

»Danke, dass Ihr einem nochmaligen Treffen zugestimmt habt, teure Iris. Ich weiß das wie immer zu schätzen.«

Die Königin nahm dies mit schief gelegtem Kopf zur Kenntnis. »Ich fürchte jedoch, ich kann die Prinzessin nicht länger als eine halbe Stunde entbehren. Wir müssen noch allerhand Vorbereitungen treffen für den morgigen Empfang.«

»Ja, natürlich«, sagte Finnegan. »Ich werde den kurzen Moment genießen.«

Die Königin nickte abermals. »Ich werde dich nachher abholen kommen, Aurora. Meine Wachen stehen draußen vor der Tür, falls du irgendetwas brauchst.« Dann marschierte sie mit wehenden Röcken davon.

Aurora ergriff das Wort, kaum dass die Tür sich geschlossen hatte. »Was ist?«, sagte sie. »Habt Ihr etwas Neues über die gestrige Nacht in Erfahrung gebracht?«

»Nicht mehr, als Ihr bereits wisst. Der König bewahrt darüber Stillschweigen. Ich bezweifle sogar, dass Iris es weiß.«

Aurora schüttelte den Kopf. »Lange wird er es nicht geheim halten können«, sagte sie. »So viele Leute sind tot!«

»Leute, um die sich niemand schert«, entgegnete Finnegan. »Sollten wir davon je etwas hören, dann wird von Rebellen die Rede sein, die ins Schloss eingefallen sind, um die Männer des Königs zu töten. Aber auch das werden sie nicht an die große Glocke hängen. Es wäre nicht gut für den König, Verteidigungslücken einzugestehen, so kurz vor dem ach so glücklichen Tag.«

»Ihr Wort im Bilde«, sagte Aurora. »Ihr wusstet von der Sache, noch bevor es losging.«

»Ich habe meine Quellen«, gab er zu.

»Ihr habt Spione, wollt Ihr damit sagen.«

»Natürlich.«

»Warum habt ihr es dann nicht verhindert?«, fragte sie.

Er setzte sich in einen der gemütlichen Sessel. »Wie hätte ich es denn verhindern sollen, Aurora? Bitte, klärt mich auf. Wie soll ich Leute, die ich nicht mal kenne, an einem Vorhaben hindern, das bereits in vollem Gange ist? Und wie soll ich den Herrscher eines anderen Landes davon abhalten, mit seinen Verbrechern auf die Weise zu verfahren, die er für richtig hält? Soll ich etwa mit meinen Drachen einfallen und alle bedrohen? Aber vielleicht habt Ihr ja auch eine subtilere Art des Vorgehens im Sinn. Soll ich vielleicht alle mit meinem Charme um den Finger wickeln?«

Sie zog die Stirn in Falten. »Verspottet mich nicht«, sagte sie. »Nicht jetzt.«

»Es ist merkwürdig, dass Ihr die Wahrheit immer als Spott auffasst. Vielleicht seid Ihr ja von Natur aus empfänglich für Spott?«

»Oder vielleicht seid Ihr einfach von Natur aus unausstehlich.«

»Unausstehlich?«, sagte er. »Harsche Worte, Aurora. Aber denkt bitte daran, dass ich derjenige war, der Euch gestern über die Machenschaften ins Bild gesetzt hat. Ohne mich wärt Ihr so ahnungslos wie eh und je.«

»Damit seid ihr wohl *mein* Spion«, sage sie. »Allerdings keiner, der über über sehr viele Informationen verfügt.«

»Ich lebe, um zu dienen. Mehr oder weniger.«

Sie weigerte sich noch immer, Platz zu nehmen. Rastlos ging sie auf und ab, innerlich vibrierend von nervöser Energie.

»Es hätte noch schlimmer kommen können«, sagte Finnegan nach einem Moment des Schweigens. »Dieser Freund von Euch hatte Glück, dass er entkommen konnte.«

»Freund?« Sie blieb stehen. »Was wollt Ihr damit –?«

»Ich habe Euer Gesicht gesehen, als der Junge bedroht wurde. Ihr kennt ihn.«

Sie starrte ihn an. Es zu leugnen schien zwecklos. »Ja«, sagte sie, und dieses Geständnis machte ihr weiche Knie. »Ich kenne ihn. Beziehungsweise dachte ich, dass ich ihn kennen würde.«

»Ich habt wohl mit dem Gedanken gespielt, Rodric zu betrügen, was? Aber mit jemand anderem als mit mir? Ich bin zutiefst gekränkt, Aurora, wirklich.« Seine Stimme klang gelassen, doch etwas Hartes, Kaltes lag in seinem Blick.

»Jetzt ist nicht der richtige Zeitpunkt für solch einen Unsinn.«

»Jetzt ist sogar der goldrichtige Zeitpunkt dafür«, sagte er. Er stand auf, so dass sie den Hals recken musste, um ihm in die Augen zu sehen. Er war mindestens einen halben Kopf größer als sie. Ausnahmsweise einmal war seine Miene ernst, ohne die Spur eines Grinsens. »Ihr habt gestern mit eigenen Augen gesehen, wie König John in Wirklichkeit ist. Hier könnt ihr nicht bleiben, nicht nachdem, was geschehen ist.«

»Ich *muss* bleiben.«

»Nein«, sagte er. »Müsst Ihr nicht. Und wenn Ihr es tut, seid Ihr eine verfluchte Närrin. Hier gibt es keine Hoffnung für Euch. Hier gibt es für niemanden Hoffnung.«

»Ihr wollt mich also dazu überreden, mein Land zu verraten, um es zu *retten*? Wie nobel von Euch.«

»Na ja, meine Beweggründe sind nicht nur nobel«, räumte er ein. »Aber Ihr habt es schon ganz gut zusammengefasst.« Er kam so dicht an sie heran, dass sich ihre Nasenspitzen fast berührten. »Es wird alles nur noch schlimmer werden, Aurora. Gestern Nacht war erst eine kleine Kostprobe dessen, was noch passieren wird, wenn Ihr bleibt.«

»Woher wollt Ihr das wissen?«

»Weil ich bereits meine Erfahrungen mit solcherlei Dingen habe. Das ist erst der Anfang, Aurora. Und darum müsst Ihr mir zuhören. Habt Ihr Euch noch nie gefragt, warum der König und die Königin Vanhelm fürchten, wo es doch nur so ein kleines Königreich ist? Ganz einfach, weil wir reich sind. Gut organisiert. Man hat uns gern als Verbündeten.«

Sie wich einen Schritt zurück, um mehr Abstand zwischen sich und ihn zu bringen. »Nein, weil sie dumm genug sind zu glauben, jemand wie Ihr könnte die Drachen beherrschen. Nicht weil Ihr tatsächlich mächtig seid.«

Er reagierte mit einem breiten Grinsen auf ihre Worte, so als hätte er von ihr auch nichts anderes erwartet. »Ah, aber ich habe Ihnen weisgemacht, ich würde derart viel Macht besitzen. Auch das zeugt von Intelligenz und Findigkeit, meint Ihr nicht? Ich bin sicher, Ihr versteht Euch selbst ausgezeichnet darauf, den Leuten Lügen zu verkaufen. Der einzige Unterschied ist, dass meine Lüge mich mächtig erscheinen lässt. Sie verschafft mir, was ich haben will. Eure Lüge drängt Euch in den Hintergrund. Und dort seht Ihr ganz schön kümmerlich aus.«

»Ich werde nicht lange im Hintergrund bleiben«, sagte sie.

»Tatsächlich? Glaubt Ihr das wirklich?«

Sie zwang sich dazu, seinem Blick standzuhalten. »Ich bin nicht ohne Grund aufgewacht«, sagte sie. »Dafür sorge ich.«

»Aber wer sagt, dass dieser Grund Rodric ist? Wer sagt, dass dieser Grund ein Leben auf diesem Schloss ist?«

Sie reckte das Kinn, ihr Haar kitzelte sie im Nacken. »Die Tatsache, dass er mich aufgeweckt hat und nicht Ihr? Rodric wird ein guter König, und ich werde eine gute Königin sein.«

»Daran zweifle ich nicht«, sagte er. »Vielleicht wird Rodric eines Tages ein guter König sein, aber nicht jetzt. Nicht in diesem Chaos. Und was wollt Ihr bis dahin tun?«

Sie antwortete nicht.

»Es ist schon erstaunlich, dass jemand, der so leidenschaftlich ist wie Ihr, sich so bereitwillig der Hilflosigkeit hingibt. Ihr müsst nicht hierbleiben und zusammen mit dem Rest untergehen. Wenn Ihr mit mir kommen würdet, könntet Ihr etwas von Eurem Feuer ausleben und endlich Ihr selbst sein.«

Feuer. Die Brandwunden an ihren Fingern pochten.

»Ich dachte, Ihr habt schon genug Feuer«, sagte sie. »In Anbetracht Eures kleinen Drachenproblems.«

»Die Drachen sind wunderschön«, sagte er. »Aber keiner von ihnen ist so schön und furchteinflößend wie Ihr. John und Iris wissen ja gar nicht, was sie an Euch haben.«

»Was meint Ihr damit genau?«

»Nun ja, es wäre ziemlich töricht von mir, Euch das zu verraten, wenn Ihr Euch nicht auf meine Seite schlagen wollt, nicht? Aber Ihr solltet vorsichtig sein, Prinzessin. Ich bezweifle, dass es Euren Plänen zugutekäme, wenn ihr den lieben Rodric in Brand steckt.«

Aurora sog scharf Luft ein. »Woher …«

»Dann stimmt es also wirklich«, sagte er. »Dachte ich's mir doch. Ein kleiner Ratschlag von mir, Prinzessin: Ihr dürft niemals davon ausgehen, dass der andere genauso viel weiß wie Ihr selbst. Sonst gebt Ihr allzu schnell zu viel preis.«

Sie kniff die Lippen zusammen. Sie hasste ihn. Hasste sich selbst. Weil sie zu viel verraten hatte. Weil sie sich von seinen Argumenten verführen ließ, von diesen schrecklichen Möglichkeiten, die er ihr verhieß, und weil sie vergessen hatte, sich selbst zu schützen. »Ihr seid widerlich.«

»Nein«, sagte er. »Ich bin ehrlich. Zumindest Euch gegenüber.« Er stand zu dicht vor ihr, aber sie war wie versteinert. »Sie werden Euch vernichten«, sagte er. »Wenn sie herausfinden, wer Ihr wirklich seid.«

»Ich werde mein Königreich nicht verraten.«

»Es ist nicht notwendigerweise Verrat, Aurora«, sagte er. »Alle spielen doch das gleiche Spiel. Warum spielt Ihr nicht mit?«

Sie rückte ein Stück von ihm ab. Ihr klopfte das Herz bis zum Hals. »Es ist kein Spiel.«

Finnegan stand noch immer zu nah, seine Präsenz füllte den gesamten Raum aus. Sie bewegte sich auf die Tür zu und versuchte, ihre zitternden Hände zu verbergen. »Danke für Euren Ratschlag«, sagte sie. »Aber an meiner Meinung wird sich nichts ändern.«

»Natürlich nicht, Prinzessin«, sagte er. Seine Stimme klang amüsiert. »Aber falls doch, werde ich da sein.«

Am Nachmittag ließ die Königin Aurora für die letzte Anprobe des Hochzeitskleides zu sich kommen. Das Kleid floss in einer Kaskade aus hauchzartem, glitzerndem Gewebe zu Boden und verwandelte sie in eine Märchenfigur, die wie ein Tautropfen der nebligen Luft entschlüpft war. Zwei der Schneiderinnen schnappten laut nach Luft, entzückt von ihrer Schönheit, während die dritte im Bunde, die große Strenge, ein Stück abseits stand und die Szene mit ernstem, zufriedenem Blick beobachtete.

»Und was sagst du, Aurora?«, fragte die Königin, als eine der Schneiderinnen ihr eine Lilie hinters Ohr steckte. Die Königin fasste sie an den Schultern und drehte sie behutsam zu einem bodentiefen Spiegel herum, der in Silber gerahmt und mit kleinen Edelsteinen besetzt war.

»Es ist wunderschön.« Und das war es. Ihr Haar fiel ihr wie ein Wasserfall aus goldener Seide bis über die Schultern, während der Stoff des Kleides so zart schimmerte, dass es schien, er würde sich bei der leisesten Berührung in Luft auflösen. Das Mieder war eng geschnürt und drückte Auroras Bauch flach, andererseits richtete es ihren Rücken auf und ließ sie groß, elegant und königlich erscheinen. Sie streckte die Hand aus und berührte mit der Spitze ihres Zeigefingers das kalte Spiegelglas. Die Haut schien dort noch immer vom Stich der Nadel zu prickeln. *Dies ist mein Schicksal.* Ihr wurde schwindlig.

Nachdem das Kleid abgesteckt und gesäumt war und die Schneiderinnen sich entfernt hatten, suchte die Königin ihren Blick im Spiegel. »Das ist doch ganz passabel«, sagte sie. Sie kämmte mit den Fingern durch Auroras Haar. »Wenn du meine Anweisungen befolgst, werden die Dinge sich vielleicht zum Guten wenden.«

Wenn sie weiter log. Wenn sie auf der Hut blieb und sich verstellte, genau wie Iris.

Aurora starrte ihrer beider Spiegelbild an. Die Königin verströmte eine mühelose Eleganz, aber darunter, so dachte Aurora, wirkte sie ziemlich müde. »Sagt mir, wie ist es so …«, sagte sie langsam. »Königin zu sein?«

Die Königin runzelte die Stirn, und für einen kurzen Augenblick glaubte Aurora, sie würde sie fortschicken. Doch dann fing sie an, mit leiser Stimme zu sprechen: »Es ist … hart«, sagte sie. »Du wirst ständig von allen beobachtet, Aurora. Dem Erscheinungsbild nach bist du eine Autorität, hast aber keine wirkliche Macht. Doch dieses Erscheinungsbild ist alles, was du hast, also musst du daran festhalten.«

»Wenn Ihr wüsstest … Wenn Euer Gatte etwas Schreckliches tun würde, würdet Ihr ihn aufhalten?«

»Aurora, meine Liebe, ich habe über meinen Mann genauso wenig Kontrolle wie über den Regen. Mit den Jahren habe ich gelernt, ihn zu beschwatzen. Aber in dem Augenblick, als man mich herschickte, um ihn zu heiraten, hat meine Meinung aufgehört zu zählen.« Sie strich über die Spitzen von Auroras Haar. »Aber deswegen brauchst du dir keine Sorgen zu machen. Du hast es gut getroffen, bei all deinem Kummer. Rodric ist nicht so. Er ist ein lieber Junge.«

Kurz überlegte Aurora, Rodric davon zu erzählen, was sie gesehen hatte. Von ihrem nächtlichen Ausflug in den Kerker, von Tristan und der Grausamkeit seines Vaters. Doch das konnte sie nicht. Nicht wenn sie damit Rodrics Vertrauen aufs Spiel setzte. Er hatte etwas Besseres verdient als ihre Lügen und ihr heuchlerisches Lächeln. Er hatte all die Dinge verdient, die sie nicht sein konnte.

Plötzlich wusste sie, was sie tun würde. »Ich möchte Rodric sehen«, sagte sie. Die Worte purzelten ihr unbeholfen aus dem Mund.

Iris legte die Stirn in Falten. »Morgen findet der Empfang statt, Aurora, und wir haben noch so viel zu tun. Das kann doch sicherlich noch warten.«

»Ich möchte ihm gern etwas geben«, sagte Aurora und umfasste mit beiden Händen den Stoff ihres Rockes. Sie hatte gelesen, dass eine junge Prinzessin vor der Vermählung genau solche Art von Bitten äußerte. »Ich möchte … das gern noch tun, bevor wir heiraten.«

Vielleicht lag es an dem Wort *heiraten*, mit dem sie ihre zukünftige Rolle zu akzeptieren schien, dass die Königin innehielt.

»Was möchtest du ihm denn geben?«

»Ein Buch.«

Die Königin zog die Augenbrauen hoch. »Ein Buch? Das ist weiß Gott kein traditionelles Geschenk.«

Auroras Finger krallten sich in den Stoff. Sie zwang sich dazu, der Königin in die Augen zu sehen. »Nein«, sagte sie, »aber ich bin weiß Gott auch keine traditionelle Braut.«

Sie wartete im Garten auf Rodric, saß mit steifem Rücken auf der kalten Holzbank. Die Bäume rundum waren noch kahl, nur ein paar tapfere Narzissen hatten bereits ihre Köpfe aus der Erde gesteckt und blühten als sonnengelbe Kleckse zwischen den dunklen Schatten des Nachmittags. Das Buch lag schwer in Auroras Schoß. Sie hielt es fest umklammert und schloss die Augen, versuchte, die beharrlichen Schritte der patrouillierenden Wachen auszublenden und ein paar Schnipsel Vogelgesang aus der Luft zu pflücken.

»Prinzessin?« Rodric stand vor ihr, das Gesicht in sorgenvolle Falten gezogen. »Mutter sagte, Ihr wollt mich sprechen?«

Sie nickte und machte Anstalten aufzustehen.

»Nein, bitte!«, sagte er. »Ich würde lieber sitzen. Ich möchte nicht herumspazieren, während uns die Wachen auf Schritt und Tritt folgen, als würden jeden Moment Meuchelmörder aus dem Gebüsch springen.«

»Gut.« Sie hielt ihm das Buch hin, nachdem er Platz genommen hatte. Die goldgeprägten Buchstaben glitzerten im verblassenden Sonnenlicht. »Ich wollte Euch das geben.«

Das Märchen der schlafenden Schönheit. Ihr Daumen drückte auf das goldfarbene Spinnrad in der Mitte des Einbands.

Rodric rührte sich nicht.

»Aber … es gehört Euch.«

»Nein«, sagte sie. »Nein, tut es nicht.«

Als er sich noch immer nicht regte, legte sie es ihm auf die Knie. Es rutschte weg und kippte seitwärts, aber Rodric fing es gerade noch rechtzeitig mit einer Hand auf.

»Warum gebt Ihr es mir?«

»Ich will, dass Ihr es habt.«

Mehr konnte sie nicht sagen. Wie sollte sie es erklären? Sie wollte die Geschichte nicht länger in ihrem Zimmer haben, diese Worte und Bilder, die sich über ihre Unvollkommenheit lustig machten. Wie sollte sie ihm sagen, dass er diese Traumversion von ihr verdiente, dass er es verdiente, diese Geschichte in seinen Händen zu halten, auch wenn sie selbst sie niemals verkörpern könnte? Genau so *sollten* die Dinge sein, so war es vom Schicksal vorgesehen; und auch wenn sie niemals diese Märchenfigur sein könnte, so wollte sie ihm dennoch das Versprechen geben, ihr Bestes zu versuchen. Ihre Realität würde nicht *so* aussehen, aber mittlerweile akzeptierte sie die Tatsache, dass sie gemeinsam eine neue schaffen würden, andernfalls würde alles zusammenbrechen. Sie musste dieses Märchen beiseiteschieben, um Platz für die Realität zu machen.

Er starrte weiterhin das Buch an, fuhr mit den Händen über den Ledereinband.

»Es ist ein gutes Buch«, fügte sie an.

Rodric schlug es auf. *Es war einmal vor langer Zeit, als Wünsche noch wahr wurden, da wurde Alyssinia von einem allseits geliebten König und seiner sanftmütigen Frau regiert.* Die Illustration war zauberhaft und elegant, ein bärtiger König und eine Frau mit Haaren so golden wie die Sonne.

Für Aurora fühlte es sich so an, als wäre es erst knapp einen Monat her, dass sie ihre Eltern leibhaftig gesehen hatte, aber die Erinnerung entglitt ihr bereits merklich und wurde allmählich von den verschwommenen, idealisierten Bildern des Buches ersetzt. Hatte ihr Vater Fältchen um die Augen? Wie hatte das Haar ihrer Mutter gerochen, wenn sie sie umarmt hatte? Je länger sie darüber nachdachte, je verzweifelter sie versuchte, die Erinnerung zu fassen zu bekommen, desto weiter schienen ihre Eltern sich – lachend – von ihr zu entfernen.

Rodric blätterte die Seiten durch, verweilte häufig, so als würde er sie zum ersten Mal lesen. Schließlich stieß er auf eine Abbildung von Aurora, oder von jemandem, der ihr ähnlich sah. Das Mädchen im Buch starrte auf ein altes, klappriges Spinnrad und streckte die Hand danach aus. Aurora legte die Fingerspitze auf das Bild und versuchte sich zu erinnern, versuchte, die widersprüchlichen Gedankenschnipsel in ihrem Kopf zu sortieren. *Warum habt Ihr es getan?*, hatte er sie gefragt. *Man hat immer eine Wahl.* Und vielleicht hatte sie ja gewählt. Vielleicht war das alles letztlich ihre Schuld.

»Es war verboten«, sagte sie mit zittriger Stimme. Das erklärte so vieles in ihrem Leben. »Darum habe ich es getan. Weil es verboten war.«

»Ihr erinnert Euch?«

Sie strich mit dem Finger über das Bild, zeichnete die Umrisse des Spinnrades nach. »Nein. Ich weiß nicht. Ich erinnere mich … Ich erinnere mich an Musik, die mich aus meinem Zimmer in den … ich bin nicht sicher. Ich erinnere mich, dass ich die Treppe hinaufging. Dabei war ich bereits ganz oben, und es ging gar nicht mehr weiter hinauf.«

»Celestine war sehr mächtig«, erwiderte Rodric. »Sie hätte so etwas bewirken können.«

»Vielleicht.« Aurora schloss die Augen. »Da war ein Licht,

ein wunderschönes, wippendes Licht, wie eine Fee oder … ich weiß nicht. Ich folgte ihm, immer höher und höher hinauf …« Und plötzlich spürte sie wieder die knarrenden Holzstufen unter ihren Füßen, hörte die betörende Melodie, jetzt gesungen von Distels Stimme, die die Luft um sie herum erfüllte. »Da war ein kleiner, runder Raum, aber anders als in den Illustrationen. Darin saß eine Frau und spann Wolle. Ich hatte nie zuvor ein Spinnrad gesehen, aber ich kannte Bilder davon, und ich dachte … ich dachte, ich wüsste, was ich tat. Es war der Abend vor meinem achtzehnten Geburtstag, der allerletzte Tag, bevor der Fluch zu Ende wäre …« Ein Schauder rieselte ihr über die Haut. Ihr war, als stünde sie wieder in diesem Raum, und mit einem Mal begriff sie, was man unter Schicksal verstand. Es war eine Anziehung, ein unglaublicher Sog, das Gefühl, dass genau jetzt der Moment gekommen war, auf den sie ihr ganzes Leben lang gewartet hatte. »Die Frau sah zu mir hoch. Ich fragte sie nicht, warum sie da war. Stattdessen fragte sie mich: ›Würdest du es gern mal probieren?‹«

Aurora öffnete die Augen.

Rodric starrte sie an.

»Und ich wusste, dass ich es nicht tun sollte. Ich *wusste* es. Aber ich hatte mein ganzes Leben damit verbracht, vor dieser Sache davonzulaufen. Und ich dachte … *Wie es wohl wäre?* Das Rad drehte sich gleichmäßig, und die Spindelspitze glitzerte und … ich wollte es einfach wissen. Ich war es leid, Angst zu haben.«

»Ihr habt Euch absichtlich in den Finger gestochen?«

»Nein«, sagte sie langsam. »Nein. Aber ich setzte mich auf den Schemel, und die Frau zeigte mir, wie man das Spinnrad drehte, um einen gleichmäßigen Faden zu bekommen.«

Abermals schloss sie die Augen und streckte die Hand aus, so als würde der Faden immer noch durch ihre Finger laufen. Vielleicht war es ein Zauberbann gewesen, vielleicht war es Erschöpfung, doch während sie dort saß und spann, angeleitet von der fremden Alten, kam es ihr so vor, als würde die Welt um sie herum verblassen. Sie konnte sich nicht mehr wirklich an dieses Gefühl *erinnern*, aber es hallte noch irgendwo in ihrem Kopf nach wie ein Märchen, das man ihr als Kind erzählt hatte und das seitdem mehr und mehr in Vergessenheit geriet. Es fühlte sich wahr an.

»Doch ich war ungeschickt«, fuhr sie fort. »Ich war ungeschickt, und mein Finger rutschte ab. Er landete auf der Spitze der Spindel, ein winziger Piks an meiner Fingerkuppe, kalt und scharf …«

»Und?«

Sie öffnete die Augen. Die Narzissen wiegten sich in der Brise.

»Und das war's. Als Nächstes erinnere ich mich daran, wie ich aufwache. Und selbst das ist mir schon nicht mehr klar im Gedächtnis. Es fühlt sich an, als wäre ich bereits mein ganzes Leben lang hier.«

Ein Teil von ihr wünschte sich ein poetisches Ende zu dieser Geschichte. Ein langsames In-den-Schlaf-Sinken, der

Gedanke *Gut, das wäre geschafft*, irgendetwas, das ihr helfen würde, diese flüchtige Erinnerung an ihre Gegenwart zu knüpfen. Aber so funktionierte Schlaf nicht. Es passierte alles auf einmal, und die letzten Momente verloren sich, so als hätte es sie nie gegeben.

Rodric schlug wieder eine Seite um. Eine Prinzessin lag in einem prachtvollen Himmelbett, ihr goldenes Haar war übers Kissen gebreitet, und in ihren über der Brust gefalteten Händen hielt sie eine Rose.

»Habt Ihr geträumt?«

Aurora seufzte. Inwieweit würde das irgendwas ändern? Vielleicht hatte ihr Leben in den letzten hundert Jahren völlig anders ausgesehen, vielleicht hatte sie gelebt und geliebt und war gestorben, alles nur in ihrem Kopf. In jedem Fall war davon jetzt nichts mehr übrig.

»Ich weiß es nicht«, sagte sie schließlich. Und es war die Wahrheit.

Rodric blätterte auf die letzte Seite mit dem Bild einer bezaubernden Prinzessin, die in einem weißen Kleid neben einem gutaussehenden Prinzen unter einem Hochzeitsbogen stand, während die Menge zuschaute und Tauben durch die Luft flatterten. *Und wir werden alle glücklich und zufrieden sein, bis an unser Lebensende.* Aurora sah das Bild an und spürte eine tiefe Sehnsucht, nicht nach der Hochzeit, sondern nach dem *Danach*. Sie wollte die Seite umblättern und mehr Worte finden, mehr Hinweise für ihr zerbrechliches, kleines Leben. Selbst wenn jede Silbe nur eine Spinnerei oder Lüge wäre, würde sie etwas Trost finden können in Worten wie *Du musst dieses oder jenes tun* und *So und so wird es sein*. Gegen eine Vorstellung zu rebellieren war besser, als gar keine Vorstellung zu haben.

»Es geschieht so bald«, flüsterte sie.

»Ist es das, was Ihr wolltet?«, fragte Rodric. »Als Ihr Euch an dieses Spinnrad gesetzt habt. Habt ihr Euch dabei Eure Märchenzukunft erhofft?«

Dieser Gedanke war ihr noch nie zuvor gekommen. »Nein«, sagte sie. »Ich weiß nicht, was ich mir erhofft hatte. Ich glaube … ich wollte einfach nur irgendetwas *tun*. Ich war es satt, mein Leben mit Warten zu verbringen.«

Er schwieg eine Weile lang. »Seid Ihr froh, dass Ihr es getan habt?«

»Ich weiß es nicht.« Leise Zweifel machten sich in ihr breit.

Rodric klappte sacht das Buch zu. »Aurora, selbst wenn es nicht vom Schicksal vorbestimmt wäre, würde ich Euch wählen.«

»Liebt Ihr mich?« Sie musste es fragen. Sie wollte die Worte hören.

Er sah sie nicht an. »Ihr seid wundervoll, Aurora. Und zusammen werden wir die Dinge besser machen. Das weiß ich.«

Sie nickte, ihr Verdacht hatte sich bestätigt. Und doch verlangte etwas in ihr, dass der Gedanke laut ausgesprochen wurde. »Aber seid Ihr in mich verliebt? Bin ich alles, was Ihr Euch je erträumt habt?«

»Ich glaube nicht …«

Sie ergriff seine Hand. »Sagt es«, forderte sie ihn auf. »Ich will es Euch sagen hören.«

»Ihr liegt mir am Herzen«, sagte er leise, »aber nein. Ich bin nicht in Euch verliebt.« Seine Miene drückte aufrichtigen Schmerz aus, so als würde er befürchten, dass seine Worte ihr das Herz brechen könnten.

Er war tapfer, wurde ihr bewusst. Er schaffte es zu sagen, was sie nicht konnte. Er wusste, was das Richtige war, ohne Wenn und Aber, und handelte danach. Er würde ein guter König sein. Und doch änderte das nichts an ihren wahren Gefühlen.

»Ich auch nicht«, sagte sie. »Ich liebe Euch nicht.«

»Vielleicht kommt es noch mit der Zeit.« Rodric sah sie fest an. »Aber auch wenn nicht, bin ich sicher, dass wir beide gemeinsam Gutes bewirken werden. Und das muss wichtiger sein als wahre Liebe.«

»Ja«, sagte Aurora. »Ja, vielleicht.« Sie nahm ihre Hand weg und ließ ihren Arm seitlich an ihrem Körper herabfallen. »Bitte, behaltet das Buch.«

Es versprach so vieles, das sie ihm nicht geben konnte.

ZWEIUNDZWANZIG

Am Abend darauf betrat Aurora an Rodrics Arm den Bankettsaal. Ihr war übel vor Nervosität, denn wieder stand ihr ein Abend mit Dauerlächeln, endlosen Knicksen und bedachtsamem Taktieren bevor.

Rodrics Gesicht sah blass aus, beinah fahl, so als wäre auch er nervös angesichts dessen, was sie erwartete.

Die Abgesandten und Höflinge defilierten vor ihnen, um die verloren geglaubte Prinzessin zu begrüßen und ihre guten Wünsche zu überbringen. Aurora knickste und schlug so oft die Augen nieder, dass ihr leicht schwindlig wurde, während ein Mann nach dem nächsten ihr die Hand küsste und ihre Schönheit pries.

»Es ist so wundervoll, Euch zu sehen«, sagten sie. »Das hätte ich mir niemals träumen lassen …«

Aurora spielte mit Inbrunst die Rolle der sittsamen, scheuen und liebenden Prinzessin. Die Täuschung fiel ihr nicht schwer. Nur allzu echt war ihr Widerwille, etwas zu sagen, und es fehlte ihr die Kraft für ein strahlendes Lächeln, so dass sie nur ein zurückhaltendes Aufwärtszucken der Mundwinkeln zustande brachte, das von den Besuchern als elegant, geheimnisvoll, ja perfekt gelobt wurde. Und doch konnte sie nicht anders, als sich zu fragen, wie viele von ihnen nur eine Rolle spielten genau wie sie. So wie Finnegan. Was dachten sie wirklich, während sie all diese Klischees von sich gaben?

Ab und zu, wenn auch höchst selten, stellte ihr jemand eine Frage, sprach *zu* ihr statt *über* sie. Ein stämmiger Mann, der mit so viel Schmuck behangen war, dass sie befürchtete, er müsste vom Gewicht der Ketten nach unten gezogen für immer in seiner Verbeugung verharren, fragte sie mit vergnügter Stimme, wie ihr das neue Alyssinia gefiele.

»Die ganzen Neuerungen der letzten hundert Jahre«, sagte er und zeigte mit ausholender Geste in den Saal, so als wären die alten Steinmauern der Inbegriff technologischen Fortschritts. »Hättet ihr Euch das vorstellen können? Das heutige Leben ist doch fabelhaft, nicht?«

»Nein, das hätte ich mir so nicht erträumen können«, entgegnete Aurora, ungeachtet der Tatsache, dass sich das Schloss im Vergleich zu früher nicht groß verändert hatte. Sie war von anderen Dingen fasziniert, von denen sie offiziell gar nichts hätte wissen dürfen – von fremdartigen Apparaten oder Gebäuden, die hoch über der Straße aufragten, oder von Lampen, die die nähere Umgebung des Schlosses erhellten.

Ein anderer Mann fragte, warum sie weiter an ihren etwas überholten Kleidern festhielte, statt sich für die neueste Mode zu begeistern, die hier in der Stadt geschneidert wurde, (und empfahl ihr sogleich seine Frau als Meisterin ihres Fachs). Doch noch ehe Aurora antworten konnte, trat die Königin dazwischen, murmelte etwas von Komfort und Umstellung und machte deutlich, dass das Kleid ein ganz und gar neuer Entwurf sei, der von ihr selbst stamme und Auroras *Anderssein* betonen solle.

Während immer mehr Besucher kamen und gingen und sich ihr mit Namen vorstellten, die Aurora sofort wieder vergaß, schweiften ihre Gedanken ab. Dabei ließ sie den Blick über die Menge wandern und hielt unbewusst Ausschau nach Celestine. Sie wurde das Gefühl nicht los, dass die Hexe sie beobachtete und nur darauf wartete, sich zu erkennen zu geben. Immerhin war sie berühmt für ihre theatralischen Auftritte.

Doch nirgends war eine Spur von ihr zu sehen.

Prinz Finnegan war der Letzte, der ihre Hand ergriff und sie küsste. Seine Stimme troff vor Höflichkeit.

»Wie reizend, Euch wiederzusehen, Aurora. Ich hoffe, ihr vergönnt mir später am Abend ein kleines Tänzchen?«

»Natürlich«, erklärte die Königin, noch bevor Aurora antworten konnte. »Es wird ihr eine Freude sein.«

Aurora neigte in Erwiderung seiner Verbeugung nur den Kopf.

»Sicher doch«, sagte er. »Wie immer ist die Prinzessin die

Liebenswürdigkeit in Person.« Er bedachte Iris mit einem knappen Nicken, dann ging er weg.

»Genug der Förmlichkeiten«, rief der König in den Saal hinein. »Bestimmt haben alle mächtig Hunger. Ich für meinen Teil schon. Lasst uns essen!«

Aurora fragte sie sich, wie der König es schaffte, diese Fassade der Fröhlichkeit aufrechtzuerhalten. Er hatte erst vor zwei Nächten alle Menschen in seinem Kerker töten lassen, aber jedes Mal, wenn er sich der Öffentlichkeit zeigte, wirkte er heiter und gelassen. Vielleicht war es gar keine Fassade. Vielleicht glaubte er wirklich, dass er der beste Herrscher war, den Alyssinia haben konnte, und dass er alles in seiner Macht Stehende tat, um das Land zu schützen. Vielleicht bereitete ihm das Leid der Menschen gar kein Vergnügen. Vielleicht.

Aurora fand sich in der Mitte einer langen Tafel wieder, eingerahmt von Rodric und Isabelle. Das junge Mädchen trug ein schlichtes Kleid und Juwelen im Haar und ließ, stumm vor Ehrfurcht, verzückt ihren Blick über die Menge im Saal gleiten. Aurora drückte ihr unter dem Tisch die Hand. Der König und die Königin saßen links von Rodric, und daneben kam Prinz Finnegan mit seiner Eskorte. Wenigstens müsste sie beim Essen keine Nettigkeiten mit ihm austauschen oder neben dem König sitzen, wissend, was er getan hatte.

Die Diener trugen nacheinander die verschiedenen Gänge auf, Fleisch, das in dicker Soße getränkt war, und Geflügel mit einer Füllung aus allerlei Dingen, von denen Aurora noch nie etwas gehört hatte. Jedes Mal, wenn die Becher zur Neige gingen, orderte Prinz Finnegan eine neue Runde, bis alle ringsum rotgesichtig und weinselig waren. Sie stocherte in ihrem Essen, hielt den Kopf über ihren Teller gebeugt und lauschte dem belanglosen Geplapper. Hin und wieder wurde sie von jemandem gefragt, wie denn das Leben zu *ihrer* Zeit gewesen sei, doch sie lächelte nur und bemerkte, dass es »mit dem Hier und Jetzt unvergleichbar« sei. Das genügte, um erneutes Gelächter hervorzurufen, und die Gespräche wurden zunehmend unsinniger, obszön und vollkommen inhaltslos. Während der ganzen Zeit blieben Rodric und die Königin still. Die Königin nippte an ihrem Wein, ohne den Becher jedoch je zu leeren, und Rodric rührte seinen gar nicht erst an.

»Wisst Ihr noch«, sagte John mit dröhnendem Lachen, »als Sir Merrick glaubte, er hätte im Wald einen Drachen gesehen?«

»Der Mann war dermaßen betrunken, dass er sich kaum noch im Sattel halten konnte.«

»Er galoppierte los und ritt stundenlang in die falsche Richtung, weil er felsenfest davon überzeugt war, das Vieh würde ihn auffressen und seinen Familienschatz rauben.«

»Und was war es in Wirklichkeit?«, fragte Finnegan.

Obwohl er ständig mehr Getränke herbeirief, wirkte er nüchterner als alle anderen. Aurora vermochte nicht zu sagen, ob er sich überhaupt einmal hatte nachschenken lassen.

»Nichts. So ein Dummkopf. Es war nur ein Feuer im Wald. Angefacht von irgendeinem Bauern. Hinzu kam dann der Schatten eines Rehs, und schon schlotterte er vor Angst.«

»Hätte es denn wirklich ein Drache sein können?«, fragte Aurora.

»Nein«, sagte Finnegan. »Alyssinia hat Glück. Drachen überqueren das Meer nicht. Deshalb sind und bleiben sie Fluch und Segen meines Königsreichs. Wir hatten Tausende von Jahren Ruhe vor ihnen, aber dann erwachten sie und erstürmten die Himmel, so als hätte alle Welt nur auf sie gewartet. Ein bisschen wie Ihr, wenn ich jetzt so darüber nachdenke.«

Aurora errötete, aber das Lachen des Königs kam ihrer Antwort zuvor.

»Oh, unsere Aurora ist wahrlich ein furchterregendes kleines Ding. Ein Lächeln von ihr, und der ganzen Welt zittern die Knie.«

Die Gäste am Tisch stimmten in sein Gelächter mit ein, und Finnegan nickte ihr huldvoll zu.

»Aber lasst uns nicht über solche grässlichen Dinge reden«, rief der König. »Wir wollen fröhlich sein und feiern! Meine Liebe, wann gibt es Musik?«

»Jeden Moment«, erwiderte Iris schnell. »Bedauerlicherweise sind die Schlossmusikanten heute Nachmittag erkrankt, und so mussten wir Ersatz suchen. Wir haben eine etwas ungewöhnliche Wahl getroffen, muss ich dazu sagen, aber …«

»*Ich* hatte die Königin darum gebeten«, sprang Finnegan ihr bei. »Wie ich hörte, weilt derzeit eine Sängerin in Petrichor, mit der wir schon im Schloss von Vanhelm das Vergnügen hatten, und natürlich wollte ich mir die Gelegenheit nicht entgehen lassen, noch einmal in den Genuss ihres einzigartigen Gesangs zu kommen. Zugegeben, die Musik ist alles andere als traditionell, aber es geht heute ja auch darum, das Alte und das Neue zu verbinden, nicht? Beides miteinander zu vereinen und ein neues Zeitalter anzukündigen.«

»Wohl wahr«, sagte der König. »Na, dann soll die Sängerin allmählich in Erscheinung treten. Es ist kein richtiges Festessen ohne musikalische Unterhaltung. Und die jungen Leute wollen doch tanzen!«

»Man musste erst in der Stadt nach ihr suchen lassen«, erklärte die Königin. »Aber die Musik wird sicherlich in Kürze beginnen.«

Einen Menügang später marschierte ein Trupp Wachleute herein, halbversteckt in ihrer Mitte lief eine große Gestalt. Nur ein schwarzer Haarschopf war noch sichtbar.

»Eure Majestät, die Künstlerin für den heutigen Abend!«

Distel trat aus dem Kreis der Männer heraus, ihr schwarzes Haar war zu einem Knoten aufgesteckt. Das letzte Mal hatte Aurora sie an dem Abend vorm *Tanzenden Einhorn* gesehen, als sie draußen zusammen im Regen gesessen hatten. Es war befremdlich, ihr nun hier zu begegnen, in Auroras Gefängnis.

Distel versank in einem anmutigen Knicks, ihre Röcke umflossen ihre Beine, und sie verharrte in dieser Haltung, während der König sie in Augenschein nahm. Sie blickte nicht zu Aurora rüber.

»Schön, schön, erheb dich, meine Gute«, sagte er. »Sag mir, wie ist dein Name?«

»Man nennt mich Distel, Eure Majestät.«

»Das ist ein ungewöhnlicher Name«, bemerkte die Königin. »Woher kommst du?«

»Aus Eko.« Distel knickste erneut. »Ich kam vor langer Zeit hierher.«

»Meine liebe Distel«, Finnegan erhob sich, »ich bin entzückt, dich wiederzusehen. Versprich mir, dass du diese Skeptiker hier mit deinen modernen Klängen betören wirst.«

Sie hob leicht den Kopf, und als sie Finnegan sah, wurden ihre Züge weicher. »Ich werde es versuchen. Versprochen.«

»Vortrefflich!«, rief König John und klatschte in die Hände. »Dann lasst uns beginnen. Rodric, bestimmt möchten du und deine Verlobte den Tanz eröffnen, richtig? Ich bin ohnehin erstaunt, dass wir es geschafft haben, Euch beide so lange voneinander fernzuhalten!«

Rodric tanzte so steif, wie er sich sonst auch bewegte, mit seiner Rechten hielt er ihre Hand, seine Linke lag zaghaft an ihrer Taille. Er schaute starr geradeaus, ließ den Blick über Auroras Kopf hinweg ins Leere laufen und drehte sie mit ungelenken Schritten im Kreis, die Stirn vor Konzentration in Falten gezogen.

»Ist alles in Ordnung?«, fragte sie ihn, nachdem er ihr ein paarmal auf die Zehen getreten war.

»Nein«, sagte er. »Alle beobachten uns.«

Sie verstummte und ließ sich von ihm über die Tanzfläche wirbeln, fixierte einen Punkt oberhalb seiner Schulter und beobachtete, wie die Farben an der Wand ineinanderflossen. Distels Musik erfüllte ihre Ohren, ein gleichmäßiger Walzertakt, aber irgendwie klang sie *falsch*. Weniger ehrlich und deutlich gezügelt, fast so, als fühlte auch sie sich von diesen Mauern erdrückt. Oder vielleicht bildete Aurora sich das auch nur ein. Sie hatte das Lied schon einmal gehört, doch jetzt klang es ganz anders. Es passte nicht zu den strengen, förmlichen Tanzbewegungen. Für sie war es Musik, die mit Met und Staub verbunden war, mit einem trägen Lächeln und Spaziergängen im Dunkeln. Nicht mit steifen Rücken und unbeholfenen Prinzen und lächelnden Gesichtern ohne eine Spur von Freundlichkeit darin.

Über Rodrics Schulter hinweg erhaschte sie einen Blick auf einen Diener, der die Tische abräumte. Dunkelbraunes Haar, das wild in alle Richtungen abstand.

Tristan?

Panik jagte ihren Puls hoch. Rodric machte wieder eine Drehung, und sie riss den Kopf herum, um den Diener nicht aus dem Blickfeld zu verlieren, doch er war weg, so als habe er nie existiert.

»Prinzessin?«, sagte Rodric. »Alles in Ordnung?«

»Ja.« Mit einem Kopfschütteln ließ sie sich wieder von ihm führen. »Ich hatte nur … ich dachte, ich hätte etwas gesehen.«

Sie tanzten immer weiter, ein Lied nach dem nächsten; keiner der beiden wollte den anderen loslassen. Rodric schlang seinen Arm noch fester um ihre Taille, aber seine Hand in ihrer fühlte sich klamm an, und Aurora, die kaum geschlafen und so gut wie nichts gegessen hatte, wurde langsam übel von den ständigen Drehungen.

»Ist Euch nicht bereits schwindlig?« Prinz Finnegan tauchte hinter ihnen auf. »Ihr tanzt ja schon eine halbe Ewigkeit.«

Rodric ließ ihre Hand los, und sie taumelte leicht nach hinten, bevor sie ihr Gleichgewicht wiederfand. »Ja«, sagte sie und starrte den Störenfried an. »Wir sind schließlich verlobt.«

»O ja sicher doch. Und ich will Euch auch gar nicht belästigen, aber ich hatte gehofft, die Prinzessin würde mir die Ehre zuteilwerden lassen. Nur für einen einzigen Tanz.«

Rodric glotzte ihn an, mit leicht gerunzelter Stirn. Dann verneigte er sich. »Natürlich, Finnegan.« Ein leiser Widerwille färbte seine Stimme.

Falls Finnegan es bemerkte, ließ er es nicht erkennen.

»Wie wunderbar. Mylady.« Er schnappte sich Auroras Hand und zog sie mit sich fort.

Er war ein glänzender Tänzer, kein Vergleich zu Rodric, und wirbelte Aurora so schwungvoll übers Parkett, dass ihre Röcke durch die Luft flatterten. Er hielt sie fest im Arm, drückte sie an sich und als sich ihre Körper aneinanderschmiegten, durchlief Aurora ein aufgeregtes Kribbeln. Sie lehnte sich ein Stück von ihm weg und machte sich so steif wie gerade eben noch Rodric.

»Und?«, fragte er mit gedämpfter Stimme über das Brausen der Musik hinweg. »Habt ihr Gelegenheit gehabt, Eure Entscheidung zu überdenken?«

»An meiner Meinung wird sich nichts ändern.«

»Auch nicht, nach allem was Ihr gehört habt?«

»Erst recht nicht nach allem, was ich gehört habe.«

»Ihr wisst selbst, dass es nicht so laufen wird, wie Ihr es plant«, murmelte er, und sein warmer Atem strich sanft über die Wölbung ihres Ohrs. »Ihr könnt den König nicht aufhalten, indem Ihr hierbleibt und sein Spiel mitspielt. Also hört auf, so zu tun, als ob Ihr das nicht längst wüsstet.«

»Das ist meine beste Chance.« Die Worte vibrierten in ihrer Brust.

Sie drehten sich schneller und schneller. Die Welt hinter seinem Kopf verschwamm vor ihren Augen.

»Dann sagt mir, Aurora, was ist Euer Plan? Wollt Ihr weiterhin die Erwartungen der anderen erfüllen, ungeachtet dessen, wer Ihr in Wahrheit seid? So werdet Ihr niemals wirklich Macht besitzen.«

»Vielleicht will ich gar keine Macht besitzen«, antwortete sie. »Vielleicht weiß ich selbst nicht, wer ich bin.«

»Vielleicht«, sagte er. »Aber das ist eher unwahrscheinlich. Ich kenne Euch.«

Er lehnte sie schwungvoll nach hinten, so dass ihr Haar über den Boden fegte. Ein paar Zuschauer applaudierten, und als Aurora wieder hochkam, war sie außer Atem und leicht benommen.

»Das Ganze ist ein Abenteuer für Euch, Drachenmädchen. Widerspruch ist zwecklos.«

Ihr Gesicht fühlte sich heiß an, alles drehte sich. »Ich bin kein Drachenmädchen.«

»Und schon wieder lügt sie.« Sein Atem an ihrem Ohr jagte ihr einen Schauder über den Rücken. »Wie wollt Ihr sein, wozu Ihr bestimmt seid, wenn Ihr nicht mal Euch selbst gegenüber ehrlich sein könnt? In Euch schlummert eine besondere Kraft, Aurora. Magie und Feuer. Benutzt sie.«

Er ließ ihre Hand fallen, machte eine elegante Verbeugung und verschwand in der Menge. Der Raum schwankte, und als Aurora einen Schritt nach vorn tat, war der Boden weiter entfernt als erwartet. Sie stolperte. Einer der Tänzer prallte mit ihr zusammen, und sie fuhr erschrocken zur Seite. Rodric war nirgends zu sehen. *Schnell zurück an die Tafel*, dachte sie. Um so lange wie möglich nicht tanzen zu müssen.

Die Wände schienen näher zu rücken, vibrierend von Farbe und Licht. Die Musik brach ab.

Einer der Wachen legte ihr eine Hand auf den Arm. »Es wird jetzt ein weiterer Gang serviert, Prinzessin«, sagte er. »Wenn Ihr bitte …«

»Ich möchte der Sängerin gern meinen Dank ausdrücken«, sagte sie und riss ihren Arm von ihm los. Die Luft, die ihre Lungen füllte, war heiß und schwer, fast zu dick, um sie zu atmen. Distel war so freundlich gewesen, so klug, und ihre Lieder …

Sie raffte ihre Röcke und hastete ans andere Ende des Saals, wo Distel gerade durch die Tür hinausging. »Ich möchte mit ihr sprechen«, sagte sie zu dem Wachmann, der die Sängerin eskortierte. »Unter vier Augen, wenn Ihr gestattet.«

»Prinzessin, bald wird das Dessert …«

»Das kann warten.« Sie brauchte dringend frische Luft. Und sie wollte nur noch einmal Distels besänftigende Stimme hören. Schon einmal hatte sie ihr die Dinge in schlichter Klarheit vor Augen geführt.

Der Wachmann nickte. »Ihr habt die Prinzessin gehört«, sagte er zu Distel. »Tut, was sie befiehlt.«

Sie traten in einen schmalen, spärlich beleuchteten Nebengang hinaus. Diener eilten mit Tellern in den Händen an ihnen vorbei.

»Ich wollte dir nichts befehlen«, sagte sie. Eine zarte Röte kroch ihr in die Wangen. »Ich wollte … einfach nur mit dir reden.«

»Du brauchst dich nicht zu entschuldigen«, sagte Distel. »Du hast nichts Falsches getan.«

Aurora musterte die Sängerin. Ihr Kleid war eleganter als sonst, der feine Stoff schmiegte sich um ihre Taille und umspielte ihre Füße. Sie balancierte ihr Instrument leicht auf ihren Fingerspitzen und beobachtete Aurora mit schräg gelegtem Kopf. »Worüber wolltest du mit mir sprechen?«

»Tristan«, stieß Aurora hastig hervor. »Ist er …«

»Er lebt, wenn es das ist, was dir Sorge bereitet.«

Erleichterung durchströmte sie. »Hast du ihn gesehen?«

»Ja, ich habe ihn gesehen. Eigentlich sollte ich heute Abend im Wirtshaus auftreten, bevor die Schlosswachen kamen und mich wegholten.«

»Und geht es ihm gut?«

»Er ist verbitterter denn je, und ich glaube, er fühlt sich

schuldig. Seine Bemühungen der letzten Zeit waren nicht so erfolgreich wie erhofft.«

»Seine Bemühungen?«, wiederholte Aurora. »Du weißt, was ... Du weißt, was passiert ist?«

»Ich weiß viele Dinge. Ich komme viel rum und beobachte alles Mögliche.«

Aurora dachte wieder an den Diener mit den zerzausten Haaren, der von Tisch zu Tisch ging. »Ist er heute Abend hier?«, fragte sie.

»Ich glaube nicht«, sagte Distel, »aber er weiht mich nicht in alle seine Geheimnisse ein.«

»Ich wünschte, ich hätte gewusst, wie er ist«, sagte Aurora leise, »bevor ...« Bevor sie ihn geküsst hatte, bevor das alles passiert war. »Einfach vorher.«

»So solltest du nicht denken«, sagte Distel. »Denn wenn man eine Sache ändert, stürzt womöglich alles in sich zusammen.« Sie strich mit den Fingern über Auroras Ellbogen, es war nur der Hauch einer Berührung. »Ich glaube, du liegst ihm am Herzen, auch wenn es vielleicht nicht so scheint.«

»Seine Rache liegt ihm näher am Herzen.«

»Schon möglich«, meinte Distel. »Die Lage spitzt sich immer stärker zu.«

»Für Tristan?«

»Für alle.« Distels Gesicht war beinah traurig, als sie sie ansah. »Die Menschen sehen deiner Hochzeit mit so viel Freude entgegen, so viel Hoffnung ... doch am Ende überwiegt die

Angst. Sie denken … Wenn es nun schiefgeht? Wenn sie nun eine Hochstaplerin ist? Sie sind nervös.«

Aurora blickte auf ihre Füße hinunter. Sie waren unter den voluminösen Röcken begraben, so schwer und unpraktisch im Vergleich zu den Kleidern der Königin. »Dann werde ich dafür sorgen, dass ich sie nicht enttäusche«, sagte sie.

Distel lächelte. Dabei sah sie zweifellos traurig aus. »Das ist unmöglich.«

Aurora wollte darüber nicht nachdenken. Sie hatte ohnehin keine Wahl. »Du bist schon mal vor Prinz Finnegan aufgetreten?«, fragte sie stattdessen. »In Vanhelm?«

»Ja.« Distel setzte eine verschlossene Miene auf. »Du solltest ihn gut im Auge behalten. Auch in ihm steckt mehr, als man auf den ersten Blick meint.«

Daran hegte Aurora keinen Zweifel. »Hast du jemals einen Drachen gesehen?«

»Einmal. Ich habe damals in einem Boot den Fluss überquert … alle hatten schreckliche Angst vor ihnen, und ich war blutjung. Ich sah einen Feuerblitz am Himmel und dann einen Schatten, der über mich hinweghuschte …«

»Hattest du Angst?«

»Ja«, sagte sie. »Und nein. Er war wunderschön.«

»Ich wünschte …« Aurora hielt inne; unschlüssig, wie sie ihre Träume von Feuer und Freiheit in Worte fassen sollte. Bevor sie den Gedanken zu Ende führen konnte, erschien eine der Wachen in der Tür.

»Prinzessin, die Königin verlangt, dass Ihr sofort in den Bankettsaal zurückkehrt. Das Dessert ist serviert.«

Sogleich versank Distel in einem Knicks. »Ich danke Euch, dass Ihr das Wort an mich gerichtet habt, Prinzessin.«

Aurora nickte zur Antwort. Sie wollte nichts lieber als hier draußen bleiben, fernab von Menschenmengen und Erwartungen, aber sie wagte es nicht, sich einem direkten Befehl der Königin zu widersetzen. Im Bankettsaal saßen bereits alle wieder auf ihren Stühlen. Sie beobachteten schweigend, wie Aurora sich langsam durch den Raum bewegte und zwischen Rodric und Isabelle Platz nahm.

»Es freut mich, dass du endlich wieder zu uns zurückgefunden hast«, flüsterte die Königin spitz.

»Ich wollte mit der Sängerin sprechen.«

»Trotzdem.« Die Königin runzelte die Stirn. »Man lässt seine Gäste nicht warten.«

»Lass das arme Kind in Ruhe, Iris«, mischte sich der König ein. »So sind Mädchen nun mal. Wir haben doch alle unsere kleinen Laster. Aber jetzt sollten wir essen. Meint ihr nicht?«

Ein großes Stück Kuchen lag auf Auroras Teller. Es sah üppig und süß aus, mit einer dicken Sahnehaube und reichlich Obst am Rand. Aurora wollte es nicht. Sie wollte nur noch, dass der Abend endlich vorbei war.

»Ihr habt Kirschen«, sagte Isabelle. Sie sprach leise, ihr Kinn war nur wenige Zentimeter von Auroras Arm entfernt. »Ich liebe Kirschen.«

»Hast du keine?«, fragte Aurora. Isabelle schüttelte den

Kopf. »Hier.« Aurora angelte mit der Gabel eine Kirsche von ihrem Teller. Sahne klebte an der roten Frucht. »Nimm dir so viele, wie du willst.«

»Mögt Ihr sie nicht?«

»Ich habe keinen Hunger. Iss ruhig.« Sie hielt ihr die Gabel hin, und Isabelle biss in die Frucht. Sie grinste.

»Lecker?«, fragte Aurora.

Isabelle nickte. »Danke«, sagte sie. Sie nahm ihre eigene Gabel und spießte eine weitere Kirsche auf. Dann hustete sie. Ihre Gabel fiel klirrend zu Boden.

»Isabelle? Alles in Ordnung?«

Isabelle nickte und hustete erneut. Sie schnappte keuchend nach Luft, was sie nur noch heftiger husten ließ.

»Isabelle?« Rodric lehnte sich nach vorn und legte seiner Schwester eine Hand auf den Rücken. »Was ist los?«

»Sie hat nur ein bisschen Obst genascht«, sagte Aurora. »Ich weiß nicht. Vielleicht steckt es in ihrer Kehle fest? Isabelle?«

Isabelle beugte sich über den Tisch, hustete und röchelte im Wechsel.

Iris stand im Nu hinter ihr. »Was ist passiert?«, sagte sie. »Was ist los? So helfe ihr doch jemand!«

Die Erkenntnis, dass etwas nicht stimmte, breitete sich wie eine Welle über den Saal aus. Mehrere Leute fuhren gleichzeitig hoch, drängten hinüber zu dem nach Atem ringenden Mädchen. Ihre Haut war kalkweiß geworden.

Iris schubste Aurora zur Seite und kniete sich vor ihre Tochter. Sie nahm Isabelles Hände und legte sie sich auf die

Wangen. »Isabelle, Isabelle, sprich mit mir. Alles wird gut. Hol tief Luft.«

Hastig sog Isabel noch einmal Luft ein, aber das machte das Husten und Spucken nur umso schlimmer. Dann übergab sie sich. Roter Schleim spritzte auf den Saum des Kleides der Königin, aber sie sah nicht einmal hin. Mehrere Zuschauer wichen hektisch zurück.

Jemand packte Aurora am Arm und zerrte sie nach hinten. Sie keuchte und wollte sich losreißen, aber eine weitere Hand hielt sie eisern fest. »Prinzessin.« Es war eine der Wachen. »Wir müssen Euch fortbringen. Ein Befehl des Königs.«

»Was?«, fragte sie. »Warum? Was passiert hier?«

»Die Lage ist unsicher«, sagte der Wachmann barsch. Den Arm fest um ihre Taille geschlungen, schleifte er sie mit sich zur Tür. »Ihr müsst mitkommen!«

Dreiundzwanzig

Aurora wartete in ihrem Zimmer, unruhig ging sie auf und ab. Ihre Füße taten weh. Ihr Kopf tat weh. Jedes Mal, wenn sie versuchte, sich auf ihrem Bett oder im Sessel niederzulassen, sprang sie sogleich wieder auf, als hätte sie sich in glühende Kohlen gesetzt; die Stille war unerträglich. Hin und wieder eilten Schritte über den Flur oder laute, unartikulierte Stimmen wehten von unten aus dem Hof zu ihr herauf, aber die Wachen vor ihrer Tür weigerten sich, aufzumachen oder Auroras Fragen zu beantworten.

Die Sonne lugte gerade über den Horizont, als die Königin erschien. Ihr Gesicht war bleich und verhärmt, und ihre kunstvolle Frisur war dabei, sich aufzulösen, so dass ihr einzelne Haarsträhnen um die Schultern hingen. Unter ihren Augen lagen dunkle Ringe, ihr Mund war nur ein schmaler roter Strich, und die Lippen waren wund gebissen. Aurora eilte auf sie zu.

»Was ist geschehen? Wie geht es Isabelle?«

Iris schlug so heftig zu, dass Aurora rückwärts taumelte. Ein Muskel zuckte im Gesicht der Königin, und ihre Augen blickten wild. Für einen flüchtigen Moment war sie von purem Hass erfüllt.

Aurora presste sich eine Hand auf die Wange, ihre Haut brannte unter ihren Fingern.

Die Königin sog scharf Luft durch die zusammengebissenen Zähne, dann erstarrte ihr Gesicht wieder zur der gewohnt unergründlichen Maske. »Isabelle ist tot«, sagte sie.

»Was?«

»Bist du taub oder einfach nur dumm? Meine Tochter ist *tot.*«

Aurora starrte sie an. Die Worte ergaben keinen Sinn, nicht in dieser Konstellation, nicht auf diese Weise. Ihr wurden die Knie weich, und sie schwankte.

»Sie ist tot und du, du undankbares Ding …« Die Königin hob erneut ihre Hand zum Schlag, beherrschte sich aber in letzter Sekunde, und ihre durchgestreckten Finger blieben zitternd in der Luft stehen.

Es ergab keinen Sinn.

»Wie?«

»Gift.«

Aurora wankte einen Schritt nach hinten, dann noch einen, bis sie mit den Knien gegen die Sessellehne stieß. Drängende Fragen lagen ihr auf der Zunge, doch sie hielt sie zurück, als sie das schmerzerfüllte Gesicht der Königin sah.

»Es hätte *dich* treffen sollen.« Die Königin spie jedes Wort regelrecht aus, so als wäre das Sprechen eine ungeheure Anstrengung. »Sie hatten es auf *dich* abgesehen. Wenn du doch nur deine Kirschen selbst gegessen hättest … Hättest du sie doch bloß nicht meiner Tochter gegeben …«

»Das wusste ich nicht«, sagte sie. Die Worte kratzten an ihrer Kehle. »Wer … ich meine …«

»Na, wer wohl? Die Rebellen versuchen seit Jahren, uns zu vernichten. Glaubst du mir jetzt? Siehst du, wozu sie fähig sind?«

Wieder stand Aurora das Bild des Dieners vor Augen. Ein Junge mit zerzaustem braunem Haar, der zwischen den Tischen umherging. *Nein*, dachte sie. *So etwas würde er nicht tun.* Aber wissen konnte sie es nicht.

»Ich werde sie alle töten«, erklärte die Königin mit eisig erstarrter Miene. »Ich werde sie aus ihren Schlupflöchern herauszerren und sie verbrennen, bis nur noch schreiende Asche von ihnen übrig ist. Und du wirst dabei zusehen. Und du wirst lächeln und dankbar sein für all das, was wir für dich getan haben.«

»Was passiert jetzt?«, sagte Aurora. Ihre Kehle fühlte sich rau an. »Ich meine, die Hochzeit …«

»Findet in zwei Tagen statt, genau wie geplant. Oder meinst du, wir werden sie triumphieren lassen?« Wieder blitzte Wildheit aus ihren Augen, aber sie unterdrückte sie. »Wenn es nach mir ginge, würdest du auf die Straße geworfen, wo du zusammen mit den Hunden verhungern könntest. Wenn es nach mir ginge, würde ich diese Farce von Hochzeit absagen und um meine Tochter trauern. Aber wie du wohl schon bemerkt hast, geht es im Grunde nie nach mir. Du wirst Rodric heiraten. Und du wirst lächeln und dich der Welt gegenüber dankbar zeigen. Und dann wirst du zum Begräbnis meiner Tochter kommen und dir den Leichnam des Mädchens ansehen, das du auf dem Gewissen hast. Hast du verstanden?«

Aurora antwortete nicht.

»Du bist verflucht. Ich wusste, dass du uns nichts als Unheil bringen würdest.« Die Königin stürmte eilig aus dem Zimmer, nein, sie rannte fast. Die Tür blieb hinter ihr offen stehen, aber ein Wachmann huschte herbei und schloss Aurora in ihr Zimmer ein. Sie war wieder allein.

Ihre Beine gaben unter ihr nach, und sie sackte zu Boden. Ihr Kopf schrammte am Stuhl entlang, und sie fiel hintenüber, genoss, wie die Wucht des Aufpralls sie bis in die Knochen erschütterte. Sie wusste nicht, wie lange sie dasaß und auf die Tür starrte. Draußen heulte der Wind und sprühte Regen an ihr Fenster.

Aurora bekam die Bilder von Isabelle nicht aus dem Kopf, wie sie hinter der Tür hervorlugte und mit großen Augen neugierig schaute, wie sie sich krümmte und Blut auf den Tisch spuckte, schreiend und winselnd vor Schmerzen, wie sie zur Seite kippte und tot war. Stumm. *Es hätte mich treffen sollen*, dachte sie, immer und immer wieder, und fing an zu zittern. Schuldgefühle krochen in ihr hoch. Schuldgefühle und eine schäbige, ekelhafte Erleichterung, dass nicht sie von dem Kuchen gegessen hatte, dass nicht sie tot war, so wie sie es nach allen Gesetzen der Logik eigentlich sein müsste.

Irgendwann nickte sie ein, döste unruhig vor sich hin. Als sie mit einem Ruck wieder aufwachte, waren ihre Arme von kaltem Schweiß bedeckt. Sie sprang hoch und ignorierte das Frösteln, das sie durchlief. Ihr Haar hatte sich gelöst und klebte ihr an Hals und Nacken. Es kümmerte sie nicht. All dies hatte sie nicht gewollt. Menschen litten und starben, und es war ihre Schuld. Nichts davon hatte sie gewollt. Sie sahen in ihr ihre Rettung, aber was konnte sie schon tun? Sie lächelte und knickste und spielte ihre Rolle, und jetzt war Isabelle tot und ihrer Mutter wurde nicht mal Zeit gegeben, sie zu betrauern. Wer sagte denn, dass Aurora, wenn sie eines Tages Königin wäre, mehr Macht besäße als Iris jetzt? Alyssinia brauchte sofort eine Veränderung, nicht erst in zehn oder zwanzig Jahren. Das Land konnte nicht noch mehr Hunger, Morde und Angst verkraften und auch nicht die Brutalität des Königs oder die heimtückischen Vergeltungsschläge der Rebellen, bei denen Unschuldige starben. Wenn sie hier herumsaß und nichts unternahm, würde es immer so weitergehen.

Man hat immer die Wahl, hatte Rodric gesagt.

Er hatte ihr Vertrauen geschenkt. Vertrauen, dass ihr Hier-Sein ein Geschenk war, dass sie gemeinsam die Dinge besser machen würden. Und dies hier war nun sein Lohn. Er hatte Isabelle geliebt, und jetzt war sie tot, und Aurora am Leben und nichts war mehr so, wie es sein sollte.

Sie wollte ihn sehen. Sie wollte ihn um Verzeihung bitten

oder ihn trösten, *irgendetwas* tun. Sie wollte nicht, dass er allein war.

Sie lief quer durch den Raum und warf sich gegen die Tür, so dass sie in den Angeln erbebte. »Bitte«, rief sie. »Macht auf!«

Das Schloss klickte, und einer der Wachen zog die Tür auf. Er sah finster unter buschigen Augenbrauen auf sie herunter, doch seine Züge wurden weicher, als sich ihre Blicke trafen.

»Prinzessin?«, sagte er. »Was gibt's?«

»Ich möchte Rodric sehen.«

»Ihr müsst hierbleiben.«

»Bitte«, sagte sie. Sie hielt sich krampfhaft am Türrahmen aufrecht. »Ich weiß, dass der König und die Königin wollen, dass ich auf dem Zimmer bleibe, aber … ich muss Rodric unter allen Umständen sehen. Bitte!«

Der Wachmann blickte sie einen langen Moment an. Ein Hauch von Mitleid huschte über sein Gesicht. Er nickte.

»Natürlich, Prinzessin. Ich kann Euch kurz zu ihm bringen.«

Vor Erleichterung und Dankbarkeit kamen Aurora fast die Tränen. Sie atmete langsam aus, versuchte, ihr hämmerndes Herz zu beruhigen. »Danke.«

Der Wachmann führte Aurora in einen Flügel des Schlosses, den sie nicht kannte, weit abseits ihres eigenen Zimmers. Er klopfte an eine dicke Holztür.

Es kam keine Antwort.

»Sind das Rodrics Räume?«, fragte sie.

»Ja, Prinzessin.«

Sie nickte. »Habt Dank für Eure Hilfe. Ich beeile mich.«

Die Tür quietschte, als sie sie aufzog und hindurchschlüpfte, und mit einem dumpfen Knall fiel sie hinter ihr zu.

Der große Raum war penibel aufgeräumt, mit ein paar rotlackierten Möbeln und nur wenig schmückendem Beiwerk. Das Einzige, was die Ordnung störte, war Rodric selbst. Er saß in der Mitte des Raums auf dem Boden mit einem Buch in der Hand. Er hielt es so fest umklammert, dass sich die Seiten krümmten.

»Rodric?«, sagte sie.

»Ich wollte ihr das hier geben«, sagte er. »Noch vor der Hochzeit. Aber … das geht jetzt nicht mehr.« Sein Kummer war so drückend, dass er die Luft im Raum zu beschweren schien.

Ich habe das getan, dachte sie. *Ich habe zugelassen, dass das passiert.*

»Es tut mir leid, Rodric.« Tränen brannten in ihren Augen. »Es tut mir so unendlich leid. Isabelle war … ich kann es einfach nicht fassen.«

»Sie war hier«, sagte er. Alle Freude, der ganze vorsichtige Optimismus war aus seiner Stimme gewichen, und übrig blieb nur noch ein resigniertes, tonloses Hauchen. »Und jetzt ist sie weg. Wie ist das möglich? Das ergibt doch alles gar keinen Sinn, oder?«

»Nichts von alldem ergibt einen Sinn.« Sie kniete neben ihm nieder, nur wenige Zentimeter von ihm entfernt. Und doch kam ihr der Abstand riesig, ja unüberwindbar vor. Sie legte ihm eine Hand auf die Schulter, trotzdem schien er weit weg zu sein, wo sie ihn nicht erreichen konnte.

»Alles ist schiefgegangen«, sagte sie, und ihre Stimme brach. »Ich wollte nicht, dass dies geschieht.«

»Jemand hat versucht, Euch zu vergiften«, sagte er. »Es ist nicht Eure Schuld.«

Doch, das war es. Weil sie es überhaupt so weit hatte kommen lassen, weil sie Isabelle von ihrem Teller zu essen gegeben hatte, ungeachtet der wiederholten Warnungen, dass es Menschen gab, die ihr schaden wollten. Und alle hatten recht behalten, nur sie war so dumm und blind gewesen.

»Ich hätte … ich weiß nicht. Ich habe alles falsch gemacht.«

Rodric schüttelte den Kopf. »Es ist nicht Eure Schuld«, sagte er wieder. »Es tut mir leid, Prinzessin. Wir müssen weitermachen, ich weiß. Ich bin einfach nur … ich brauche einen Moment, um mich zu sammeln.«

Er klang so durcheinander, so schuldbewusst, dass sie kurz tief durchatmen musste, um sich zu wappnen, bevor sie das Wort ergriff.

»Ihr braucht euch nicht zu sammeln. Wozu? Warum wollt Ihr so tun, als sei dies nicht unfassbar schrecklich?«

Er starrte auf das ramponierte Buch in seinen Händen. »Weil alles schrecklich ist«, sagte er. »Genau deswegen seid Ihr hier, nicht? Deswegen geschieht dies alles. Um die Dinge wieder in Ordnung zu bringen. Wir können jetzt nicht aufhören.«

»Doch, wir können«, sagte sie. »Wir können jederzeit aufhören. Wir können …«

»Nein«, sagte Rodric ungewohnt energisch. »Das können wir nicht. Warum sollten wir? Wenn wir jetzt nicht heiraten, welchen Sinn hatte das alles dann?«

Sie blickte zu Boden. Ihre Hand war von seiner Schulter heruntergerutscht. *Vielleicht hatte das alles ja gar keinen Sinn?*, dachte sie, brachte es aber nicht übers Herz, es laut zu sagen. Sie konnte Rodric nicht in noch tiefere Verzweiflung stürzen. Sie wollte ihm nicht dieses letzte bisschen Zuversicht nehmen.

»Wenn ich bleibe, wenn wir jetzt heiraten, inwiefern sollte dies verhindern, dass solche Dinge wieder passieren?« Aurora fasste ihre Röcke und knüllte die Seide zwischen den Fingern zusammen. »Ach, Rodric. Ich weiß einfach nicht, was ich denken soll.«

Er sah sie an, mit flehenden Augen. »Werdet Ihr fortgehen?«

Würde sie gehen? Es schien unvorstellbar. »Ich weiß nicht«, sagte sie wieder. Der Gedanke erfüllte sie mit Schrecken, aber zurzeit erschreckte sie jeder Gedanke, und sie hatte schon zu lange stillgehalten und andere über sich bestimmen lassen. »Ich weiß es nicht.«

Er blickte wieder auf das Buch in seinen Händen. »Ich war glücklich, wisst Ihr? Ich weiß, dass ich vermutlich nicht besonders mitteilsam bin, aber ich war glücklich. Ich fühlte mich endlich einmal … zu etwas nütze. Zum ersten Mal wurde ich von jemandem gebraucht.«

»Das ist nicht wahr«, sagte sie. »Ich weiß, Ihr glaubt mir nicht, aber Ihr seid fabelhaft. Isabelle hat Euch geliebt. Und mir seid Ihr immer ein Freund gewesen. Ihr wart stets gut zu mir, obwohl Ihr das nicht hättet sein müssen.«

»Gut?« Er lachte verbittert. »Was bedeutet das schon?«

»Alles.«

Er schüttelte den Kopf, und sie legte ihm einen Arm um die Schultern. Für einen Moment blieben sie so sitzen, dann schlang Rodric seinen Arm um sie und zog sie an sich heran, bis ihr Gesicht an seiner Brust lag. Er drückte sie so fest, dass sie kaum noch atmen konnte, und legte sein Kinn auf ihren Scheitel. Sie öffnete den Mund, hoffend, dass die richtigen Worte herauskämen, sobald sie zu sprechen anfing, aber noch bevor sie einen Ton von sich geben konnte, klopfte es an der Tür.

»Prinzessin?« Es war der Wachmann. »Ich muss Euch auf Euer Zimmer zurückbringen. Euren Majestäten wird es nicht gefallen, wenn Ihr zu lange verweilt.«

»Ihr solltet jetzt gehen«, sagte Rodric, »aber … ich bin froh, dass Ihr hier wart.«

»Ja«, sagte sie leise. »Ich auch.« Sie richtete sich langsam auf und machte mit raschelnden Röcken einen Knicks. Rodric erhob sich ebenfalls und verbeugte sich ruckartig. Dann ergriff er ihre Hand und drückte sie.

»Ihr müsst tun, was Ihr für richtig haltet, Aurora«, sagte er. Seine Stimme brach. »Das Gleiche gilt für mich.«

Sie nickte. Er ließ ihre Hand los, und sie ging langsam aus dem Zimmer.

Bei ihrer Rückkehr wartete bereits ein weiterer Wachmann vor Auroras Tür. Er verneigte sich, als sie näher kamen.

»Die Prinzessin hatte den Wunsch, Prinz Rodric zu sehen«, sagte der erste Wachmann, so als wollte er dem Neuling gleich den Wind aus den Segeln nehmen. »Sie wollte sich ein bisschen die Beine vertreten.«

»Natürlich.« Er hielt ihr eine Papierrolle hin. »Ich bin nur gekommen, um der Prinzessin dies hier zu überbringen. Ein Kondolenzbrief.«

Sie streckte die Hand aus und nahm ihn entgegen. Das Papier fühlte sich rau an – mit Sicherheit keine hochwertige Sorte, so wie man sie im Schloss benutzte.

»Danke«, sagte sie. »Bestimmt müsst Ihr Euch wieder Euren Pflichten widmen.«

Er verbeugte sich noch mal und machte auf dem Absatz kehrt. Aurora sah ihm hinterher, bis er außer Sichtweite war.

Sobald sie zurück in ihrem Zimmer und die Tür hinter ihr geschlossen war, öffnete sie die Nachricht. Sie war in der ungeschlachten Handschrift von jemandem verfasst, der im Schreiben ungeübt war.

Ich habe gehört, was passiert ist. Der König bewahrt Stillschweigen darüber, aber mir ist es trotzdem zu Ohren gekommen. Und mir ist klar, wie das jetzt aussieht, aber du musst wissen, ich war es nicht. Ich habe nichts damit zu tun, keiner von uns.

Du bist im Schloss nicht sicher. Komm heute Nacht ins Wirtshaus.

Vertrau mir.

T.

Sie las die Nachricht immer wieder.

Sie wollte ihm glauben. Er war ihr Freund gewesen, das wärmende Feuer, als sich alles andere kalt und leblos angefühlt hatte. Aber er hatte sie gewarnt, dass er sie nicht beschützen könnte. Er war ins Schloss eingedrungen und dann geflohen, als es gefährlich wurde. Vielleicht lag sie ihm am Herzen, aber seine Sache war ihm wichtiger. Falls er sie opfern müsste, um den König zu Fall zu bringen … wäre er unter Umständen dazu bereit.

Außerdem wusste Tristan auch nicht alles über diejenigen, mit denen er sich umgab. Er mochte glauben, dass sie unschuldig waren, aber deshalb musste es noch lange nicht die Wahrheit sein.

Es änderte nichts an der Tatsache, dass Isabelle wegen Leuten wie ihm jetzt tot war.

Sie warf die Nachricht ins Feuer und beobachtete, wie sie zu Asche zerfiel.

VIERUNDZWANZIG

Anscheinend hatte Aurora in dieser Nacht geschlafen, auch wenn sie sich nicht daran erinnerte, die Augen geschlossen zu haben. Ein lautes Hämmern an ihrer Tür weckte sie, als die Sonne noch nicht vollständig aufgegangen war und ihr Zimmer in ein violettes Leuchten tauchte.

»Wer ist da?« Die Tür vibrierte unter der Wucht der Schläge. »Ich bin noch nicht angekleidet.«

»Der König lässt nach Euch rufen, Prinzessin«, sagte eine Stimme. »Bitte macht Euch fertig. Wir müssen Euch umgehend in den Thronsaal bringen.«

»Der König?« Warum wollte der König sie so früh am Morgen sprechen? Sie spürte jähes Entsetzen.

»Ja, Prinzessin«, sagte die Stimme. »Kommt raus oder wir müssen in Euer Zimmer eindringen, ob Ihr es gestattet oder nicht.«

»Meine Zofe ist nicht da«, sagte sie. »Ich sollte auf sie warten.«

»Nein, Prinzessin. Es muss sofort sein.«

»Na schön.« Aurora war stolz darauf, dass ihre Stimme nicht schwankte. »Einen Moment, bitte.« Schnell schlüpfte sie in ein schlichtes Kleid und kämmte sich mit den Fingern durch ihre wirren Locken, um ein paar Knoten zu lösen.

Eine Gruppe von Wachleuten stand draußen vor ihrer Tür. Aurora trat in den Flur hinaus, und sie stellten sich in einem engen Kreis um sie herum, so dass sie nur noch das Glänzen ihrer Brustpanzer sah.

»Befehl des Königs«, sagte eine der Wachen, als er ihren fragenden Blick auffing. »Zu Eurem eigenen Schutz.«

»Natürlich«, sagte sie. Sie bezweifelte, dass das stimmte.

Der König und die Königin warteten im Thronsaal. Rodric stand an ihrer Seite, ein Stück abseits der Thronstühle. Sein Gesicht war immer noch bleich, und sein Haar stand ihm hinten vom Kopf ab, was lustig ausgesehen hätte, wären seine Züge nicht von tiefem Kummer gezeichnet gewesen. Die Königin sah ebenfalls blass und erschöpft aus, aber sie hatte bereits wieder ihre majestätische Maske aufgesetzt und verbarg ihre Emotionen unter dicken Schichten von Puder. Das Gesicht des Königs war rot und ernst.

»Ah, Aurora. Danke, dass du gekommen bist.« Er blickte zu den Wachen hinüber, die sie hierhergebracht hatten. »Sir Stefan, bitte postiert Euch draußen vor der Tür. Der Rest darf gehen.«

Die Wachleute verneigten sich und marschierten hinaus, so dass nur noch die Leibgarde des Königs zurückblieb. In einer Reihe hinter dem Thron stehend, wurden sie Zeugen dessen, was als Nächstes geschah.

»Aurora«, des Königs Stimme klang beinah fröhlich. »Komm näher, damit ich dich ansehen kann.«

Er lächelte nicht. Seine Stimme donnerte so jovial, als würde er ein Bankett eröffnen, aber seine Augen waren kalt und hart – zwei feuchte Steine, die im Mondlicht glitzerten.

Langsam, wie magnetisch angezogen, durchquerte Aurora den Raum. Nur der Hall ihrer Schritte durchbrach die Stille. Sie blieb in einigem Abstand vor ihm stehen, ließ die Arme locker an den Seiten hängen und reckte das Kinn vor, in dem Bemühen, Selbstsicherheit zu demonstrieren.

»Ich nehme an, du weißt, warum du hier bist.«

»Nein, Euer Majestät.« Sie weigerte sich, vor ihm zu knicksen, solange sie nicht wusste, was das Theater sollte. »Die Wachen haben nichts erklärt.«

»Ich dachte nicht, dass du eine Erklärung bräuchtest, denn ich bin mir sicher, du erinnerst dich an das unglückselige Ereignis bei deinem Verlobungsempfang. Ich bin sicher, du erinnerst dich an die dubiosen Umstände, unter denen meine Tochter gestorben ist.«

»Ja«, sagte sie. Ihre Stimme bröckelte. »Natürlich erinnere ich mich.«

»Nicht gerade das beste Omen für eure Hochzeit, da wirst du mir sicher zustimmen. Normalerweise würde ich sagen, wir sollten dennoch wie geplant fortfahren, aber … na ja, unter den gegebenen Umständen muss ich der Sache auf den Grund gehen.«

Ihr Magen krampfte sich zusammen. »Wollt Ihr damit sagen, dass die Hochzeit verschoben wird?« Sie weigerte sich, über den wahren Grund für seinen unversöhnlichen Gesichtsausdruck nachzudenken.

»Ich will damit sagen, dass ich eine Erklärung suche, Aurora. Dir ist sicher klar, wie das Ganze aussieht. Du verlässt den Saal, um mit einer Sängerin zu sprechen, die in allerletzter Minute engagiert worden ist, genau in dem Moment, wo das Dessert serviert wird. Und dann isst meine Tochter von deiner Gabel.«

»Ihr glaubt doch nicht etwa –« Sie brach ab, schluckte, rang um Fassung. »Ich würde nie …«, sagte sie. »Ich hätte ihr niemals ein Leid angetan.«

»Du hast ihr das Gift höchstpersönlich in den Mund gelegt«, sagte er. »Du kannst also kaum behaupten, dass du nichts mit der Sache zu tun hast.«

»Wenn ich gewusst hätte, dass der Kuchen vergiftet war, hätte ich sie niemals davon kosten lassen.« Ihre Stimme war von Panik erfüllt, aber der König schien unbeeindruckt. »Warum hätte ich ihr weh tun sollen? Warum, wo sie doch so gut zu mir war?«

»Ich weiß es nicht«, entgegnete er. »Ich wundere mich über viele Dinge, die du tust. Und dies ist ein sehr merkwürdiger Zufall.«

»Jemand hat versucht, *mich* umzubringen«, sagte sie. »Ich habe nichts getan.«

»Ach, komm«, sagte der König. »Wer würde solch ein hübsches Ding wie dich schon tot sehen wollen?«

Aus seinen Worten troff solche Häme, dass Aurora stutzte. *Vielleicht er*, dachte sie. Er war derjenige, der am meisten von ihrem Tod profitieren würde. Wenn sie starb und man den Rebellen dafür die Schuld geben könnte … hätte der König zwei Fliegen mit einer Klappe erlegt. Jegliche im Volk vorhandenen Sympathien für seine Gegner wären schlagartig zunichte, und gleichzeitig hätte er sich von einer unkalkulierbaren Last befreit.

Aber bestimmt würde er keine derart riskante Methode wählen. Wäre *er* für das Gift verantwortlich, wäre er über den Tod seiner Tochter doch bestimmt noch um einiges verzweifelter.

Aurora wurde übel, als sie ihn ansah.

»Ich glaube nicht, dass sie darin verwickelt ist, mein Lieber«, bemerkte die Königin. »Bei all ihren Unzulänglichkeiten erscheint mir die Prinzessin nicht verschlagen und gemein.«

»Wenn ich deine Meinung hören wollte, hätte ich danach gefragt, Iris.«

Die Königin blinzelte, doch ihre Miene blieb stoisch.

»Du hast ohnehin viel zu engen Umgang mit dem Mädchen gepflegt. Es ist Zeit, dass *ich* die Zügel in die Hand nehme.«

»Ich habe nichts mit der Sache zu tun, Eure Majestät«, sagte Aurora. Ihre Stimme zitterte. »Das müsst Ihr mir glauben.«

»Ich bin der König, Aurora. Ich *muss* gar nichts tun. Du hingegen musst verstehen, wie verdächtig das alles erscheint. Du hast nie den Eindruck gemacht, als seist du besonders dankbar für all die Dinge, die meine Familie für dich getan hat. Du warst nie so recht die Heilsbringerin, die uns versprochen worden ist. Und falls sich herausstellen sollte, dass du an dieser Sache beteiligt bist, wärst du nicht nur eine Mörderin, sondern auch eine Verräterin. Und weißt du, was wir mit Verrätern tun, Aurora? Wir verbrennen sie.«

Sie biss sich so fest auf die Innenseite ihrer Wangen, dass sie Blut schmeckte.

Rodric starrte seinen Vater an, mit blassem Gesicht und offenem Mund, machte aber keine Anstalten, sie zu verteidigen. So ehrenwert und liebenswürdig er auch sein mochte, sie war ganz auf sich allein gestellt.

»Ich bin keine Verräterin«, sagte sie.

»Ah«, entgegnete er. »Aber woher soll ich wissen, ob das stimmt?«

Sie drückte ihre Hände fest an ihre Oberschenkel, um ihr Zittern zu verbergen, und kämpfte den Drang nieder, sie zu Fäusten zu ballen. »Ich habe Euch nie angelogen«, sagte sie mit fester Stimme. »Ich habe nie behauptet, jemand anders zu sein als die, die ich bin.«

»Das mag stimmen«, erwiderte der König. »Und ich tendiere dazu, Euch zu glauben. Es wäre ein Jammer, die Hochzeit aufgrund solcher Vorwürfe verschieben zu müssen. Aber ich muss Vorsichtsmaßnahmen ergreifen, das wirst du verstehen. Um sicherzugehen, dass du keine Hochstaplerin und keine Verräterin bist, die die Vermählung benutzt, um uns zu schaden. Du wirst unter strengste Bewachung gestellt. Wenn du die bist, die du behauptest zu sein, wird sich das an deinem Verhalten zeigen, und dann werden wir wissen, ob wir dir vertrauen können. Bis dahin stehst du unter meiner Aufsicht.«

Darauf lief es also wieder mal hinaus. Ob der König nun für Isabelles Tod verantwortlich war oder nicht, er wollte ihn in jedem Fall zu seinem Vorteil nutzen. Ein paar gut platzierte Worte, ein drohendes Lächeln und schon wäre Aurora seine Marionette, so lange, wie es erforderlich war.

»Wie lange?«, fragte Aurora heiser. »Wie lange soll ich überwacht werden?«

»So lange es dauert, bis wir uns deiner gewiss sind«, sagte er. »Und anderer auch. Für den Fall, dass du unschuldig bist, wirst du sicher nichts dagegen haben. Wenn tatsächlich jemand versucht haben sollte, dich zu vergiften, dann ist dieser zusätzliche Schutz ja auch nur zu deinem Besten. Ich hoffe, dir ist der Ernst der Lage bewusst«, fügte er an. »Wenn ich auch nur das leiseste Wort des Protests höre, wäre dies ein Beweis für deine mangelnde Loyalität. Und denke bloß nicht, deine Popularität könnte dich retten. Falls sich herausstellt, dass du schuldig bist, wirst du für das, was du meiner Tochter angetan hast, brennen.«

Sie war furchtbar naiv gewesen zu glauben, dass sie etwas verändern könnte. Dass es irgendein anderes Ende geben könnte als dies hier. Bestenfalls wollte der König sie nur einschüchtern, damit sie ihm gehorchte, um zu gewährleisten, dass jede einzelne Sekunde ihrer Zukunft ihm gehörte. Und schlimmstenfalls … könnte er sie umbringen und ihren Tod zu seinem Vorteil nutzen.

Sie sah die Königin an. Ein unsicherer Ausdruck huschte über Iris' Gesicht, womöglich sogar so etwas wie Mitleid, aber sie ergriff nicht noch einmal das Wort.

Rodric hatte sich überhaupt nicht geregt.

Es gab nichts mehr, was Aurora zu ihrer eigenen Verteidigung vorbringen konnte. Sie hatte viel zu lange gewartet. »Ja, Eure Majestät«, sagte sie. »Ich verstehe.«

»Gut«, sagte er. »Es freut mich, dass wir einer Meinung sind. Ich will dich nicht länger aufhalten – du wirst dich vor der Hochzeit morgen sicherlich noch ein wenig ausruhen wollen. Sir Lanford, Sir Richard.« Zwei Männer seiner Leibeskorte traten vor. »Bringt die Prinzessin wieder zurück in ihren Turm. Das ist vermutlich der sicherste Ort für sie. Und schließt die Tür zu ihrem Zimmer ab. Wir können nicht riskieren, dass wir sie erneut suchen müssen.«

FÜNFUNDZWANZIG

Der Raum war nicht so, wie Aurora ihn in Erinnerung hatte. Obwohl sie nur einen Monat fort gewesen war, hatten sich bereits Schleier über die in ihrem Gedächtnis verwahrten Bilder gelegt. Das Zimmer war kleiner, als sie es erinnerte, und die Fenster und der Kamin waren dermaßen verwinkelt positioniert, dass ständig Zugluft herrschte.

Sie ging in dem runden Raum auf und ab und schaute auf die Überreste ihres früheren Daseins. Sie würde ihr ganzes Leben als Gefangene zwischen diesen Mauern verbringen, aus dem Fenster starren und auf ihre Flucht hoffen. Oder darauf warten, dass der König sie tötete, so wie er Isabelle getötet hatte, so wie er bereits viele Menschen getötet hatte.

Ein leerer Wasserkrug stand auf dem Tisch neben ihrem Bett. Sie griff danach und schleuderte ihn an die Wand, wo er gegen den Stein prallte und mit einem befriedigenden Klirren zerbrach. Dann warf sie ein Buch auf die gleiche Stelle, jene kostbare Geschichte von Alysse, und all seine treulosen Versprechungen zerfledderten, als es an die Wand schlug. Sie schickte einen Teller hinterher, und dann einen Kerzenstumpf. Ihre Hände zitterten, sie sah sich suchend im Raum nach weiteren Gegenständen um, die sie in Stücke hauen konnte.

Ihr Blick fiel auf den Kamin. Es war ein hohes, breites Ding, groß genug, dass ein Mädchen ohne weiteres hindurchpasste. Die alte Asche klebte am Stein.

Aurora hielt inne, schweratmend. Sie erinnerte sich an die Musik, das flackernde Licht … spürte einen jähen Stich in der Magengrube, bevor sie hinüberhastete, sich in die Asche kniete und gegen die hintere Wand stemmte. *Bitte*, dachte sie, immer und immer wieder, während sie mit ganzer Kraft gegen die unnachgiebige Wand drückte. *Nimm mich zurück.*

Ihr Haar fiel ihr wirr ins Gesicht, und sie presste die Zähne aufeinander, während die Verzweiflung wie eine Woge über ihr zusammenschlug. *Ich will das nicht*, dachte sie. *Ich will das alles nicht. Bitte. Lass mich zurück!*

Der Stein unter ihren Fingern brannte wie ein glühend heißes Eisen, und sie riss die Hände weg.

Die Wand war verschwunden. Hinter der uralten Asche schwang sich eine rätselhafte Treppe so weit nach oben, bis man sie nicht mehr sehen konnte.

Aurora streckte ihre Hand aus, und sie glitt durch die Luft, wo eben noch die Wand gewesen war. Aurora legte ihre pochenden Fingerspitzen an die erste Holzstufe. Sie war rau, beinah schrundig. Vertraut. Und zweifelsohne echt.

Mit schmerzenden Knien und zitternden Schultern machte Aurora sich an den Aufstieg.

Die Treppe schraubte sich steil nach oben, rankte sich wie Wein um die Wände des Zimmers, und die Dunkelheit verschluckte Aurora, bis von ihr nichts mehr übrig war außer dem Klopfen ihres Herzens und dem Knarren des Holzes unter ihren Füßen.

Über ihr glomm ein Licht.

Die Treppe endete in einer runden Dachkammer. Dünne Lichtstreifen sickerten zwischen den Balken hindurch. Regen tröpfelte aufs Dach. In der Mitte stand ein Spinnrad und schwankte wie in einer leichten Brise hin und her. Die Spindel glänzte.

Aurora machte einen Schritt vorwärts, den Arm ausgestreckt. Der Boden ächzte protestierend, als würde er jeden Moment zusammenbrechen, doch sie setzte den Fuß mit Nachdruck aufs Holz, so als wollte sie es herausfordern. Das Rad war ganz glatt unter ihren Händen. Sie drehte es und ließ die Finger über die Speichen gleiten.

So ein schlichtes, harmloses Ding.

Sie setzte sich auf den dreibeinigen Schemel und schloss die Augen. War es nur ein Hirngespinst, dieses Prickeln auf ihrer Haut, das zu sagen schien, *ja*, sie war schon einmal hier gewesen, und *ja*, sie sollte wieder hier sein?

So viel Macht in einem kleinen Stich.

Die Spindel sah nicht einmal scharf aus.

Sie fuhr mit dem Zeigefinger darüber, wobei sie die Spitze mied. Sie war kalt. Was würde geschehen, wenn sie sich noch einmal daran stach? Würde sie blinzeln und in der Vergangenheit aufwachen, umringt von ihrer Familie? Würde sie noch ein Jahrhundert lang schlafen oder zwei oder vier, bis Alyssinia in Schutt und Asche lag und niemand sich mehr daran erinnerte, dass es jemals existiert hatte? Würde sie sterben?

Sie strich noch einmal über die Spindel. Das Rad begann, sich wie von Geisterhand bewegt zu drehen, und erfüllte die Kammer mit einem sanften Klick, Klick, Klick.

Wie würde es sich anfühlen?

Es wäre zumindest eine Wahl.

Langsam und bewusst bohrte sie die Spitze der Spindel in ihren Finger. Das Rad drehte sich klickend weiter. Regen klopfte aufs Dach. Ihre Fingerkuppe brannte an der Stelle, wo das Metall in die Haut eindrang.

Nichts.

Sie zog ihren Finger zurück. Mit einem sanften Rucken glitt die Spitze aus ihrem Fleisch, und rotes Blut quoll hervor.

Aurora stach sich noch einmal in den Finger, diesmal tiefer. Sie unterdrückte den Reflex zurückzuzucken.

Nichts.

Sie war noch nicht einmal dazu imstande.

Die Treppe knarzte. Als Aurora sich umdrehte, war jedoch niemand da. Aber oben an der Wand war eine Botschaft in den Stein eingebrannt, schwarz verkohlte Buchstaben in verschlungener Schrift, so klar und gestochen scharf, dass es sich nur um Magie handeln konnte.

Sie gehört mir.

Noch während sie hinsah, versengten frische Buchstaben den Stein, geschrieben von unsichtbarer Hand.

Du kannst jetzt nicht aufhören.

Celestine.

Eine Gänsehaut überlief Aurora. Sie fuhr herum, aber die Dachkammer war leer. Der Regen trommelte.

»Ich gehöre nicht dir!«, schrie sie. »Ich gehöre niemandem!«

Eine weitere Lüge.

»Du kannst mich nicht beherrschen!«

Es war, als würden sich die steinernen Wände immer enger um sie herum zusammenziehen, sich gegen ihre Haut drängen, gegen ihre Rippen, ihre Lungen quetschen, bis sie kaum noch Luft bekam. Schockwellen durchliefen ihre Brust, ihre Beine, ihre Füße, die losrannten, mit donnernden Schritten die Treppe hinuntereilten.

Sie platzte in ihr Schlafzimmer und stürzte ans Fenster, knallte die Hände flach auf das Sims und starrte hinaus auf die Stadt, so wie sie es an ihrem ersten Tag getan hatte, als es noch möglich schien, dass das alles nur ein Irrtum war.

Sie hatte sich getäuscht, wurde ihr bewusst, während sie tief durchatmete, um sich zu beruhigen, und das quirlige Treiben unter ihrem Fenster beobachtete. Sie war nicht wieder an den Anfang zurückgekehrt. So viel hatte sich verändert. Möglicherweise war sie nicht dazu imstande, die Zeit mit einem Piks in den Finger zurückzudrehen, aber sie war auch nicht willens, sich brav lächelnd dorthinmanövrieren zu lassen, wo man sie hinhaben wollte. Wenn sie Rodric heiratete, würde sich nichts ändern. Sie wollte ihn nicht kränken oder dass man ihm ein Versagen anlastete, das sich völlig seinem Einfluss entzog, aber sie konnte nicht bleiben und einfach zusehen, wie die Dinge um sie herum zugrunde gingen. Die Leute hatten es nicht verdient, dass sich ihre Hoffnungen zerschlugen und ihre Leben zerstört wurden.

Sie konnte nicht länger hier rumsitzen und darauf warten, dass die Dinge ihren Lauf nahmen. Entgegen allem gesunden Menschenverstand darauf hoffen, dass die Zukunft besser würde. Sie musste gehen. Fort aus dem Schloss, fort von diesem Ort. Sie musste mehr über diese fremden Kräfte erfahren, die aus ihr heraussprudelten und die sie diese Treppe hinauf an jenen verfluchten Ort geführt hatten, zurück zu ihrer ersten Entscheidung, die sie vor langer Zeit einmal getroffen hatte.

Sie dachte wieder an den König, an Celestine und an Tristan. Alle wollten sie manipulieren und erwarteten, dass sie ihre Pläne mittrug und sich ihnen widerspruchslos beugte, und wenn sie es wagte, selbständig zu denken, bekam sie ihren Hass und ihre Strafen zu spüren. Trotz wallte in ihr auf. Sie würde nicht lautlos verschwinden. Sie würde sich nicht in die Schatten zurückziehen und ihnen das Feld überlassen. Sie würde nicht zulassen, dass der König die Tatsachen verdrehte und sie gegen sie benutzte.

Der König sollte seine Hochzeit bekommen! Sie würde vor diesen Altar schreiten, lächeln und alle bezaubern, und dann würde sie es ihnen allen zeigen.

SECHSUNDZWANZIG

Mein lieber Finnegan,
vielen Dank für Eure netten Worte. Es würde mich freuen, wenn Ihr mir morgen vor der Hochzeit Eure Aufwartung machen würdet, um die guten Beziehungen zwischen uns zu bekräftigen …

Aurora las den Brief noch einmal aufmerksam durch und vergewisserte sich, dass sie nichts Anstoßerregendes geschrieben hatte, nichts, woraus man ihr einen Strick drehen könnte. Einerseits war es ihr zuwider, sich an Finnegan zu wenden, andererseits wusste sie, dass sie es ohne fremde Hilfe nicht schaffen würde, den König zu demütigen *und* zu fliehen.

Sie ließ das Schreiben unversiegelt, damit jeder sehen konnte, wie unschuldig die Botschaft war, und eilte damit an ihre verschlossene Tür.

»Verzeiht«, sagte sie in ihrer lieblichsten, sanftesten Prinzessinnenstimme. »Sir Lanford, Sir Richard?«

»Sie sind nicht mehr da«, antwortete jemand. »Kann ich Euch irgendwie helfen?«

»Ich habe eine Nachricht für Prinz Finnegan.«

Es folgte eine zögerliche Pause. »Prinzessin, wir dürfen diese Tür nicht öffnen. Ihr müsst bis morgen auf Eurem Zimmer bleiben.«

»Ich weiß«, sagte sie. »Ich hege auch nicht den Wunsch, irgendwohin zu gehen. Aber Finnegan hat mich um ein Treffen gebeten, noch vor der Hochzeit, und ich möchte ihn auf keinen Fall enttäuschen. Ich denke, das ist ganz im Sinne der Königin und des Königs. Ich möchte ihn einfach nur darüber in Kenntnis setzen, dass ich ihn treffen kann, wann immer es seine Zeit erlaubt. Wenn Ihr ihm also diese schriftliche Nachricht überbringen könntet, wäre ich sehr dankbar.«

Eine erneute Pause. »Schiebt die Nachricht unter der Tür hindurch«, sagte der Wachmann schließlich. »Ich sorge dafür, dass er sie erhält.«

Sie dachte einen kurzen Moment darüber nach. »Nein«, erklärte sie dann.

Finnegan hatte einmal gesagt, dass bedeutende Leute tun und lassen konnten, was sie wollten. Es war Zeit, auf den Prüfstein zu stellen, für wie bedeutend man sie hielt.

»Ich bin die Prinzessin, nicht irgendeine Gefangene, die klammheimliche Botschaften zwischen den Mauerritzen hin- und herwandern lässt. Ihr werdet diese Tür gefälligst öffnen und Finnegan die Nachricht überbringen, und sofern er es wünscht, werdet Ihr ihn höchstpersönlich hierher zurückeskortieren. Habt Ihr dies verstanden?«

Er schwieg einen Moment lang. Dann klickten die Schlösser. »Wie Ihr wünscht, Prinzessin.«

»Danke.« Sie gab ihm durch den Türspalt das Stück Papier. »Bitte richtet Finnegan aus, dass ich mich darauf freue, ihn *bald* zu sehen.«

Der Wachmann machte eine Verbeugung. »Natürlich, Prinzessin.« Dann schloss sich die Tür mit einem dumpfen Knall. Sie blieb dicht dahinter stehen und lauschte auf die sich entfernenden Schritte im Gang.

Lange musste sie nicht warten. Es schien kaum Zeit vergangen zu sein, als die Tür aufschwang und Finnegan in den Raum trat.

»Welch ein Vergnügen, Euch wiederzusehen«, rief er, als sich die Tür hinter ihm schloss. »Ich bin seit mindestens … ach, zwei Jahre nicht mehr in diesem Raum gewesen. Und seid Ihr nun endlich zu dem Schluss gekommen, dass es mein Kuss war, von dem Ihr all die vielen Monate geträumt habt?«

»Ja«, entgegnete sie scharf. »Das ist genau der Grund, warum ich am Tag vor meiner Hochzeit nach Euch habe schicken lassen. Um Euch meine heimliche Liebe zu erklären.«

»Das freut mich zu hören«, sagte er. »Bedauerlicherweise muss ich Eure Avancen zurückweisen. Aus politischen Gründen, wisst Ihr.« Er sah sich im Zimmer um. »Was für eine kuriose Idee. Eine Treppe im Kamin. Ich erinnere mich nicht, sie das letzte Mal hier gesehen zu haben.«

»Dann habt Ihr wohl nicht richtig hingeschaut.«

»Möglich«, sagte er. »Aber es gab weitaus interessantere Dinge, die meiner Aufmerksamkeit bedurften.« Er sah sie wieder mit diesem forschenden Blick an, so als würde er bereits alles wissen, was sie möglicherweise denken oder sagen könnte. »Also, was verschafft mir die Ehre dieses Treffens?«, fragte er schließlich. »Es hat mich einige Silberlinge gekostet hierherzukommen, wisst Ihr, trotz Eurer leichtsinnigen Einladung. Ich hoffe, die Sache ist es wert.«

»Das hoffe ich auch.« Sie griff seinen Arm und zog ihn ein Stück von der Tür fort, weg von etwaigen neugierigen Ohren. »Ich möchte Euch einen Vorschlag unterbreiten.«

»Einen Vorschlag?« Er hob eine Augenbraue. »Klingt höchst interessant.«

»Ich möchte, dass Ihr mir helft, meine Hochzeit zu vereiteln.«

Er starrte sie für einen langen Moment an. »Heißt dass, Ihr nehmt mein Angebot eines Bündnisses an?«, sagte er. »Gemeinsam wären wir unschlagbar.«

»Nein«, sagte sie. »Das heißt es nicht. Es wäre nur ein vorübergehendes Arrangement.«

»Und was würde für mich bei der Sache herausspringen, wenn ich fragen darf?«

»Ich würde in Eurer Schuld stehen«, sagte sie. »Und Ihr würdet die Gelegenheit bekommen, den König öffentlich zu demütigen. Aber Euer Vorteil sollte für Euch nicht von Bedeutung sein. Entweder steht Ihr auf meiner Seite, oder nicht.«

»Natürlich tue ich das. Woran genau hattet Ihr denn gedacht?«

»An ein Ablenkungsmanöver. Ihr müsst zu Beginn der Hochzeitszeremonie irgendetwas tun, wodurch die Aufmerksamkeit der Wachen abgelenkt wird.«

»Die Aufmerksamkeit von Euch ablenken? Undenkbar!«

»Vielleicht …«, sagte sie. »Ich habe nicht vor, sonderlich subtil vorzugehen. Ich werde mich vor die Menschenmenge stellen und sagen, was ich zu sagen habe, und aller Augen werden auf mich gerichtet sein … und *dann* sollt Ihr dafür sorgen, dass alle ihre Augen woandershin richten. So lange wie möglich.«

»Habt Ihr irgendwelche genaueren Vorstellungen?«

»Ihr seid gewieft«, sagte sie. »Euch wird schon etwas einfallen.«

»Meine liebe Aurora«, sagte er. »Ihr schmeichelt mir. Und was wollt Ihr tun, wenn alle abgelenkt sind? Den König töten? Das Schloss bis auf die Grundmauern niederbrennen?«

Ein winziger Teil in ihr horchte bei diesem Gedanken interessiert auf. Sie könnte den König leiden lassen, genau wie er sie und die Gefangenen und Isabelle hatte leiden lassen. Aber das konnte sie nicht tun. Sie konnte es nicht.

»Nein«, sagte sie. »Ich werde wegrennen.«

»Das klingt aber nicht sehr dramatisch.«

»Ich will auch gar nicht dramatisch sein«, sagte sie. »Ich will weg.«

Er gluckste in sich hinein. »Warum mit dem Weglaufen warten, bis die Hochzeit vorbei ist? Wenn ihr von hier fort wollt, könnte ich Euch vermutlich bereits heute Nacht herausholen. Ein Wort von Euch genügt. Es wäre so viel einfacher und weit weniger riskant.«

Sie antwortete nicht.

»Seht ihr?«, sagte er. »Ihr seid doch nicht so unschuldig, wie ihr immer tut. Aber keine Sorge. Ich werde Euch helfen. Ich habe da auch schon ein paar Ideen. Gebt mir morgen einfach ein Zeichen, und Euer Retter wird da sein. Aber sagt mir noch eins. Wie wollt ihr aus der Stadt herauskommen, sobald Ihr erst mal auf der Flucht seid?«

»Ich überlege mir etwas.«

Er lächelte. »Natürlich werdet ihr das. Aber falls es sich als schwierig erweisen sollte, habe ich einen Vorschlag für Euch. Am Westrand der Stadt, jenseits der Slums, gibt es einen alten Entwässerungsstollen, der durch die Stadtmauern auf die andere Seite führt. Hinter dem großen Turm, nahe der beschwipsten Elfe. Der Tunnel ist schmal, aber Ihr seid auch nicht besonders groß. Auf diesem Weg solltet Ihr Euer Ziel erreichen. Außerdem werde ich ein wenig Proviant für Euch dalassen, wenn Ihr wollt. Als Wegzehrung.«

Sie war kaum in der Position abzulehnen. »Danke.«

»Mit Vergnügen. Ihr steckt voller Überraschungen, Aurora. Ich muss sagen, ich bin beeindruckt. Ich bin schon gespannt darauf, was Ihr noch alles anstellen werdet.« Er machte eine schwungvoll-elegante Verbeugung. »Bis morgen, dann.«

»Wartet«, sagte sie, als er sich wegdrehte. Erinnerungen an das letzte Mal, als sie vor der Menge gestanden hatte, blitzten in ihr auf, das Blut und das Schreien. »Es darf niemand verletzt werden.«

»Ihr seid wahrhaft ein Engel, was?«

Er ging, bevor sie antworten konnte.

Noch lange, nachdem er gegangen war, starrte sie die Tür an. Sie wusste, dass sie schlafen sollte, um möglichst viel Kraft zu sammeln, aber sie war zu angespannt, zu fahrig, um zur Ruhe zu kommen. Sie schritt wieder in ihrem Zimmer auf und ab, während sie sich alle erdenklichen Szenarien durch den Kopf gehen ließ. Versuchte, Finnegans letzte frostige Worte zu vergessen.

Sie würde jetzt keinen Rückzieher machen.

Die Hände aufs Fenstersims gestützt, starrte sie auf die Stadt hinunter, wo einst ein Wald gestanden hatte, und versuchte sich vorzustellen, was sie dahinter erwartete.

SIEBENUNDZWANZIG

Die Tür öffnete sich erst wieder, als die Morgenröte durchs Fenster spähte. Der König kam hereinmarschiert, umringt von Wachen.

»Aurora«, sagte er mit einem Lächeln, als würde er sie zu einem gemütlichen Plauderstündchen treffen. »Ich hoffe, du hast gut geschlafen. Heute ist ein großer Tag!« Er klatschte ihr gönnerhaft eine Hand auf die Schulter, sein Daumen bohrte sich in ihren Nacken. »Bist du bereit für deine Hochzeit?«

»Ja, Eure Majestät.« Ihre Stimme zitterte nur ein wenig.

»Vortrefflich. Ganz vortrefflich. Schön, dann sollten wir dich jetzt mal ein bisschen herausputzen, damit du hübsch bist für unser Publikum. Wachen, bringt sie in meine Gemächer. Wir wollen doch nicht, dass der ganze Staub hier im Turm ihr Kleid ruiniert, und wir wollen auch nicht gestört werden, bevor das glückliche Ereignis beginnt, nicht?«

Sie versank in einem Knicks und versuchte, durch ihre zusammengebissenen Zähne zu atmen. Jetzt, da sie einen Entschluss gefasst hatte, jetzt, da sie wusste, was sie wollte und brauchte und plante, fiel ihr das Heucheln leichter.

Einer der Wachen fasste sie am Arm und die anderen blieben so dicht an ihr dran, dass sie bei dem Versuch, mit ihnen Schritt zu halten, beinahe über ihre eigenen Füße stolperte. Im Tross stiegen sie die Wendeltreppe hinab und durchquerten die leeren Korridore, bis sie zu den Privaträumen des Königs kamen.

Wachen flankierten die Tür, sowohl drinnen als auch draußen. Sie standen dicht vor dem Paravent, während ein Mädchen – eine weitere Fremde – sie badete und ihr half, das Hochzeitskleid anzuziehen. Sie blieben in der Nähe, als die Zofen ihr das Haar frisierten.

Immer schön lächeln, sagte sie sich selbst. *Tu so, als ob, und warte auf den richtigen Moment.*

Es klopfte an der Tür, und einer der Wachmänner riss sie auf. Prinz Finnegan trat ein. Aurora setzte ein neutrales Gesicht auf, aber Panik schnürte ihr die Kehle zu. War irgendwas schiefgelaufen? Oder beabsichtigte er etwa, sie zu verraten?

»Ich wollte der Prinzessin meine Aufwartung machen«, sagte er zu der Wache, die unmittelbar neben ihr stand. »Um ihr Glück zu wünschen für diesen Freudentag.«

Der Wachmann nickte – er konnte ihn schlecht zurückweisen –, und Finnegan ging zu ihr, nahm ihre Hand. »Ihr seid ein entzückender Anblick, Aurora.«

Die Wachen beobachteten sie mit Argusaugen. Sie machte einen tiefen Knicks.

»Ich habe ein Geschenk für Euch«, fuhr Finnegan fort. Zwischen den Fingern seiner freien Hand baumelte eine Halskette mit einem kleinen silbernen Drachen als Anhänger. Das Wesen hatte die Flügel ausgebreitet und den Kopf zu einem stummen Brüllen in den Nacken gelegt. Das Licht spiegelte sich auf dem filigranen Schmuckstück, was den Eindruck erweckte, der Drache würde sich auf und ab bewegen, wie Wellen auf dem Wasser. Seine Augen glühten rot.

»Eine kleine Gabe aus meinem Königreich«, sagte Finnegan. »Jeder, der den Anhänger sieht, wird sofort wissen, dass Ihr eine Freundin Vanhelms seid. Und von mir.« Seine Worte klangen freundlich und wohlwollend, doch dahinter lauerte seine wahre Absicht, eiskalt und unerbittlich. *Tragt dies*, sagte er, *und bekennt Euch zu mir. Besiegelt unseren Handel damit.* »Darf ich?«

Sie nickte, zu angespannt, um zu sprechen.

Er glitt hinter sie und wischte ihr Haar beiseite. Nachdem er den Verschluss zugemacht hatte, legte er seine Hände an ihren Nacken. Der Drache fühlte sich überraschend warm an auf ihrer Haut. Er ruhte direkt über ihrem Herzen.

»Die Kette steht Euch.«

Sie knickste noch einmal. »Vielen Dank für diese freundliche Geste«, sagte sie. »Das Schmuckstück ist … wunderschön.«

»Ah, aber nicht annähernd so schön wie Ihr.«

Er hob ihre Hand an seine Lippen und hauchte einen Kuss auf ihre Knöchel. Seine Finger gruben sich dabei in ihre Handfläche und schoben etwas Kleines, Raues hinein. Er grinste verschmitzt, als er von ihr zurücktrat.

»Genießt Euren großen Tag«, sagte er. »Ich werde die Stunden zählen, bis wir uns wiedersehen.«

»Es wird mir ein Vergnügen sein«, murmelte Aurora. Sie hielt an dem fest, was er ihr in die Hand geschmuggelt hatte, was immer es auch war; es fühlte sich an wie Pergament. *Ich bin auf ihn angewiesen*, dachte sie, als er sich verbeugte und zum Gehen umwandte. Er war so abscheulich wie Rodric liebenswert war, aber um das Richtige zu tun, müsste sie ebenfalls abscheulich sein. Sie stopfte das Pergamentstück unter den breiten, perlenbesetzten Gürtel an ihrer Taille.

Wenige Minuten später erschien die Königin in Begleitung einer Eskorte. Sie beäugte Aurora mit ihren klaren, braunen Augen, das Gesicht bleich vor Kummer, die Lippen zu einer schmalen Linie zusammengepresst.

»Du siehst bildschön aus, meine Liebe«, sagte sie und klang beinah traurig. »Du wirst eine hübsche Braut sein.«

Aurora starrte ihr eigenes Spiegelbild an. Sie war blass, ihre flammend roten Lippen und die goldglänzende Lockenpracht hoben sich scharf vom Weiß ihrer Haut ab. Sie war der Inbegriff der tragischen Prinzessin. *Nicht gerade ein glückliches Ende*, dachte sie. Aber vielleicht würden die Leute es nicht bemerken. Oder vielleicht wäre es ihnen egal. Solange sie nur eine Geschichte bekämen.

Einer der Wachleute legte ihr seine Hand fest auf den Arm. »Wir müssen jetzt gehen, Prinzessin.«

Aurora nickte, und er brachte sie wieder hinaus auf die Flure. Sie hielt den Kopf gesenkt und verbarg ihr Gesicht hinter dem Haar. Ihr Herz bebte. Die Welt schien scharf konturiert und jede Sekunde klar und neu. Doch die Eskorte klebte an ihr wie ein Schatten, ließ ihr keine Luft zum Atmen und drängte sie im Stolperschritt vorwärts. Im Nu stand sie in der Eingangshalle des Schlosses, und der König legte ihr seinen Arm um die Taille, presste seine Finger in ihre Seite. Gewaltsam unterdrückte sie den Impuls, sich von ihm loszureißen.

»Komm, Liebes«, sagte er mit einem hungrigen Lächeln. »Lass dich zu einer von uns machen.«

Ekel stieg ihr in der Kehle hoch, und sie versuchte mit zusammengebissenen Zähnen, dieses Gefühl in sich festzuhalten, um Kraft daraus zu schöpfen. Keine Hilflosigkeit mehr. Sondern Wut! Das Blut rauschte ihr in den Ohren, übertönte die Gespräche der Wachen und das Brüllen der Menge und die Musik, die durch die Türen drang.

Aurora merkte, wie sie sich vorwärtsbewegte, durch die Türen hindurch und hinaus ins Sonnenlicht, wo die Helligkeit ihr in die Augen stach. Eine riesige Menschenmenge hatte sich auf dem Platz versammelt, sie ergoss sich bis in die Straßen dahinter, wurde jedoch auf größerem Abstand gehalten als beim letzten Mal. Eine Mauer aus Wachen trennte das Volk von der königlichen Familie und den Reihen der adligen

Gäste. Ihr Blick wanderte über das Menschenmeer hinweg, und sie entdeckte einen Jungen, der Tristan ähnlich sah, aber er war zu weit weg, als dass sie sicher sein konnte. Sie riss ihre Augen von ihm los. Er war kein Teil dieser Geschichte.

Rodric stand oben an den Stufen, unter einem Hochzeitsbogen mit Rosen, die aussahen, als seien sie der Illustration in ihrem Buch entsprungen. Er drehte sich nicht zu ihr um, als sie sich näherte.

Sie streckte sich nach seiner Hand aus, ließ ihre Finger zwischen seine gleiten. Ein Wirrwarr von Gefühlen durchströmte ihre Brust – Dankbarkeit, Verbundenheit, Bedauern darüber, was sie gleich tun würde. Sie konnte ihm jetzt nichts sagen. Sie konnte sich nicht entschuldigen. Aber wenigstens konnte sie sich in gewisser Weise von ihm verabschieden.

Sie ließ ihn los.

»Ich habe etwas zu sagen«, erklärte sie. Sie sprach so leise, dass ihr Zweifel kamen, ob die Leute sie hörten, aber Rodric starrte sie an, und der König trat hinter sie und legte ihr eine Hand auf den untersten Rippenbogen.

»Aber, aber, Liebes«, sagte er. »Nachher ist noch genug Zeit, um Reden zu schwingen.«

»Nein.« Sie rückte einen Schritt von ihm ab und sah die Königin aus dem Augenwinkel, die sie mit ruhiger Miene beobachtete. »Ich muss es jetzt sagen.«

»Aurora«, zischte der König und streckte sich erneut nach ihr aus, aber sie entschlüpfte ihm und drehte sich mit dem Gesicht zur Menge. Alle blickten sie an. Die geballte Aufmerksamkeit ließ ihren Magen verkrampfen, doch sie verdrängte das Gefühl. Sie musste es tun.

»Ich … ich fühle mich geehrt, dass ihr heute so zahlreich gekommen seid«, begann sie. »Und dass ihr so viel Vertrauen in mich setzt. Die Dinge hier sind … anders, als ich sie in Erinnerung habe. Und wie ich höre – und ich höre nichts anderes als dies –, wünschen sich die Menschen eine Veränderung. Keinen Hunger mehr. Keine Aufstände. Keine Kriege. Und anscheinend glaubt ihr, dass ich diejenige bin, die all dies bewirken kann.«

Sie hörte sich selbst sprechen. Klar und deutlich tönte ihre Stimme über die Menge hinweg, so als gehörte sie einem anderen Mädchen, einem, das selbstsicher und ehrlich und ohne Furcht war.

»Ich weiß nicht, wie ich die Dinge ändern soll«, sagte sie. »Ich weiß nicht, was das Richtige ist. Aber ich will helfen. Ich möchte, dass sich die Situation verbessert. Und ich glaube, dass dies hier … nicht der richtige Weg ist.«

Sie blickte zu Rodric hinüber, der sie anstarrte. Sein Gesicht war aschfahl. »Rodric ist wundervoll«, sagte sie, »aber ihn zu heiraten … würde nichts besser machen. Es würde nichts ändern. Es würde nur dazu führen, dass die Dinge genauso bleiben, wie sie sind.«

Sie wollte noch etwas gegen den König sagen, schluckte die Worte aber hinunter. Sie würde Haltung wahren und sich nicht angreifbar machen. Sie würde nichts sagen, was er gegen sie verwenden könnte. »Deshalb gehe ich fort«, sagte sie, »bis ich weiß, was zu tun ist. Bitte glaubt mir, dass ich euch nicht im Stich lasse. Aber ich muss gehen. Ich muss herausfinden, wie ich das Richtige tun kann.«

Stille. Dann lachte der König los, eine Spur zu laut. »Meine liebe Aurora«, sagte er. »Unsere Braut kriegt kalte Füße.« Er wandte sich an die Menge. »Wir sollten ihr jetzt alle unsere Unterstützung zeigen, damit ihre Nerven aufhören zu flattern.«

Die Menge antwortete nicht, aber der König packte sie am Handgelenk und umklammerte es mit schmerzhaftem Griff. »Du wirst tun, was man dir sagt«, drohte er leise. »Und dann wirst du für diesen kleinen Auftritt hier bitter bezahlen müssen.«

»Nein«, sagte sie mit entschiedener Stimme. »Das werde ich nicht.« Sie versuchte, sich von ihm zu befreien, doch er hielt eisern fest. »Lasst mich los!« Als er seinen Griff noch verstärkte, rief sie die Worte noch einmal, diesmal jedoch lauter, so dass alle sie hören konnten. »Lasst mich los!«

Es fühlte sich an, als würde ihr Handgelenk brechen. *Er hat Isabelle getötet*, dachte sie. *Er hat sie getötet.* Sie würde nicht klein beigeben.

Und plötzlich platzte die Magie aus ihr heraus, heiß und verzweifelt. Irgendwo inmitten der Menge zerbarst ein Brunnen in tausend Stücke. Ein Regen aus Staub und Rauch ging über den Menschen nieder. Flammen züngelten aus dem Fuß der Statue und tanzten über die zerbrochenen Steine. Aurora spürte ein Brennen auf der Haut, als der Drachenanhänger über ihrem Herzen anfing zu glühen. Einige Leute schrien, und dann setzte sich die Menge in Bewegung, drängte in Panik von der Zerstörung weg, die Aurora bewirkt hatte.

»Jetzt!« Der Befehl kam von einem der Wachleute. Stahl blitzte auf. Weitere Schreie ertönten, als ein Teil der Wachen die Schwerter gegen ihre Nebenmänner richtete und ihre Klingen Kehlen und Augen durchbohrten. Blut breitete sich auf dem Stein aus, und Schwerter fielen klirrend zu Boden.

Von Entsetzen gepackt fuhr Aurora zurück, aber der König hielt sie noch immer am Arm fest und zerrte sie grob zu sich heran. Kaltes Metall drückte gegen ihre Kehle.

»Nicht so schnell, mein Mädchen«, sagte er. »Glaubst du etwa, du kommst so einfach davon? Wenn ich mit dir fertig bin, wird es dir noch leidtun, dass du jemals den Mund aufgemacht hast.«

Aurora hörte ein Knacken, das dumpfe Geräusch, wenn ein Stiefel auf Knochen trifft. Der Dolch des Königs schepperte zu Boden, und Rodric wich mit wildem Blick und bleichem Gesicht mehrere Schritte von seinem Vater zurück. Für den Bruchteil einer Sekunde sahen sie sich an, und er zuckte mit dem Kopf, ein kaum merkliches Nicken. Der König sank hinab, seine Wade umklammernd, und brüllte. Auch Iris schrie, während die Menge hin und her schwankte und Metall klirrte und der Geruch von Blut die Luft erfüllte. Aurora konnte nur noch eines denken: *Lauf*!

Schnell hob sie den Dolch vom Boden auf und rannte mit wehenden Röcken die Stufen hinab.

»Haltet sie!«, keuchte der König, aber die Wachen kämpften gegeneinander, und das Gefolge war zu beschäftigt damit, sich selbst in Sicherheit zu bringen, und so hörte niemand auf ihn.

Plötzlich sprang ein Mann auf Aurora zu. Aber als sie ihn ansah, löste sich plötzlich eine Druckwelle aus ihrer Brust, und er wurde in hohem Bogen nach hinten geschleudert. Ihr Weg nach vorn war frei.

Von ihrer eigenen Zauberkraft überrascht, rutschte sie in einer Lache aus klebrigem Blut aus, konnte sich aber gerade noch fangen, und schubste mit der freien Hand in Panik die Leute beiseite, unfähig, etwas anderes zu denken, als dass sie rennen musste, nicht stehen bleiben durfte, nicht für einen Moment, für nichts und für niemanden.

Männer des Königs stürmten durch die Straßen, trieben die Menschen zurück auf den Platz und versuchten, Herr der Lage zu werden, aber die panische Masse trampelte sie nieder, drängelnd und schreiend.

Sie rannte. Sie rannte und rannte, blind und in Todesangst, immer weiter durch die heißen Straßen. Ihr schönes Kleid, grellweiß und mit Blut bespritzt, verriet sie schon auf den ersten Blick an jeden, dem sie begegnete. Sie bog um mehrere Ecken und flüchtete sich in eine schmale Gasse, wo sie sich hinter einem Stapel aus Kisten versteckte. Nach Atem ringend stand sie flach an die Hauswand gepresst und versuchte zu begreifen, was soeben geschehen war.

Ihr Fluchtweg befand sich *irgendwo* am Westrand der Stadt,

aber sie wusste weder, in welcher Richtung Norden oder Süden lagen, noch wie viele Straßen sie hinter sich gelassen hatte oder was Finnegans *beschwipste Elfe* sein sollte. Sie war vollkommen verloren. Aber sie konnte nicht mehr zurück.

»Ah, da bist du ja, Mädchen.« Ein Wachmann, so breitschultrig, dass er die ganze Gasse ausfüllte, kam mit erhobenem Schwert langsam auf sie zu. Sein Gesicht glänzte von Schweiß, und die Klinge war blutverschmiert. »Komm jetzt mit mir«, sagte er. »Mir winkt eine hübsche Belohnung, wenn ich dich sicher zurückbringe.«

Sie erhob den Dolch, aber er zitterte in ihrer Hand, und der Wachmann feixte. »Ach, komm. Lass das Theater.«

Aurora wollte zurückweichen, konnte aber nirgendwohin.

»Jetzt wirf den Dolch weg! Mach schon!«

Sie starrten einander an. Dann stieß der Wachmann ein Keuchen aus, und seine Augen quollen aus den Höhlen. Sein Gesicht wurde rot, sein Haar begann zu qualmen. Und schließlich brach seine Haut auf, bröckelte herunter und zerfiel zu Staub.

Das Schwert knallte aufs Pflaster, und Celestine trat in die Gasse ein, ihr Gesicht hager und fahl wie ein Totenschädel. Ihre Lippen bluteten. Ihr blondes Haar fiel in klumpigen Strähnen an ihren Schultern bis zu ihren Füßen hinab, aber ihre Augen glitzerten wie Eisscherben.

»Was … hast du getan?«

Das kann nicht ich gewesen sein, dachte Aurora. *Bitte mach, dass ich das nicht gewesen bin.*

»Du dummes Mädchen«, sagte Celestine. Ihre Stimme brach. »Bist du jetzt endlich so weit, mit mir mitzukommen? Ich kann dir helfen.«

»Ich will deine Hilfe nicht.«

»Noch vor wenigen Augenblicken schien es mir so, als hättest du sie bitter nötig.« Celestine hustete, ein abgehacktes, rasselndes Bellen. »Dann gib mir wenigstens etwas von deiner Zauberkraft. Ich habe dir das Leben gerettet. Gib mir ein bisschen was, und dann ist diese Schuld abgegolten.« Celestine packte Auroras Handgelenk mit knochigen Fingern. »Du brennst förmlich vor Magie. Jede Faser von dir steht in Flammen. Nie hätte ich mir vorstellen können, dass du solche Kräfte besitzt.« Sie fuhr mit ihrem Daumennagel an Auroras Wange hinab. Mit der anderen Hand griff sie in ihr Haar und wickelte sich goldene Strähnen um den Finger. »Nur eine kleine Kostprobe … Ich habe dir das Leben gerettet, und jetzt lasse ich dich sogar gehen.« Sie beugte sich dicht heran, ihr Atem brannte heiß auf Auroras Haut. Sie roch nach Fäulnis und Asche. »Doch vorher gibst du mir noch etwas von deiner Magie. Ich habe dich gerettet.«

Aurora zuckte zurück. Wieder stieg die Energie in ihr hoch, es war purer Hass. Er schoss aus ihr heraus, und Feuer versengte die Luft. Celestine duckte sich weg. Ihre Finger waren noch mit Auroras Haar verwoben, so dass sie Auroras Kopf mit sich riss. Ein scharfer Schmerz fuhr der Prinzessin durch Schädel und Nacken.

Celestine verstärkte ihren Griff. Sie brachte ihr Gesicht

so dicht an Auroras, dass sich ihre Nasenspitzen fast berührten.

»Fordere mich nicht heraus, Mädchen. Ich mag geschwächt sein, trotzdem wäre es ein Kinderspiel, dich zu verbrennen. Also unterschätze mich nicht, so wie es deine liebe Mutter getan hat. Das würde für uns beide kein gutes Ende nehmen.«

Aurora wagte es nicht, sich zu rühren. »Du kanntest meine Mutter?«

Celestine lächelte kaum sichtbar. »Ja. Sie war dir sehr ähnlich. Genauso eigenwillig und zu starrköpfig, um zu merken, wann sie sich geschlagen geben sollte.«

Das klang überhaupt nicht nach der Mutter, die Aurora gekannt hatte. Sie starrte Celestine weiter an und sagte kein Wort.

»Gib mir ein wenig von deiner Magie«, forderte die Hexe. »Vergelte es mir, dass ich dir das Leben gerettet habe, und ich werde dir erzählen, woher ich deine Mutter kenne. Es gibt so vieles, was du nicht weißt.«

Aurora schluckte. »Und wenn ich mich darauf einlasse«, sagte sie, »wirst du mich dann in Ruhe lassen?«

»Fürs Erste«, erwiderte Celestine. »Wenn du es so wünschst.«

Aurora musste es einfach wissen. Selbst wenn Celestine log … sie musste es wissen. »Gut«, sagte Aurora. »Tu es.«

Celestines Finger bogen sich wie Klauen. Sie hieb ihre Nägel in Auroras Wange, und noch bevor Aurora reagieren konnte, drückte Celestine ihre Finger auf die Wunden, bohrte ihre Nägel hinein. Eine große Hitze erfasste Auroras Körper, ein beinahe unerträgliches Brennen, und dann stieß eine Hand in ihre Adern und zerrte an ihrer Brust, quetschte sie zusammen. Ein scharfer Stoß fuhr durch sie hindurch, und Aurora übergab sich.

»Ah.« Celestine ließ sie los, und als sie sprach, klang ihre Stimme bereits wärmer. »Danke.«

Aurora würgte und schüttelte sich immer noch. Sie stützte sich mit einer Hand an der Wand ab. »Ich habe getan, was du wolltest«, keuchte sie. »Jetzt sag mir, wie es kommt, dass du meine Mutter kennst.«

»Sie kam zu mir. So wie du eines Tages auch zu mir kommen wirst. Weinend und verzweifelt. Bettelte um meine Hilfe. Denn wen hasst das Volk mehr als eine fremde Königin, die kein Kind bekommen kann?«

Schwankend versuchte Aurora, sich aufzurichten. »Du lügst!«

»Ist es das, was du gern glauben willst?«, sagte Celestine. »Ich lüge nie. Sie kam zu mir. Hat mich auf Knien angefleht, dass ich meine Magie wirken lassen soll. Sie wollte das Einzige haben, was sie retten konnte, das Einzige, was ihr helfen würde, die Menschen wieder auf ihre Seite zu bringen. Natürlich versuchte sie, mich zu hintergehen, genau wie ich es vorausgeahnt hatte. Sie hatte die Wahl, sich an unsere Abmachung zu halten. Aber das hat sie nicht getan. Und damit lag es an dir.«

»Du hast mich verflucht, um meine Mutter zu bestrafen?«

»Ich habe dich verflucht, weil ich dich brauche«, erwiderte

sie. »Weil du bist, wer du bist. Du hast selbst entschieden, dich in den Finger zu stechen, so wie deine Mutter entschieden hatte, mich zu hintergehen. Du hast dich selbst hierhergebracht. Und darum weiß ich, dass du dich mir über kurz oder lang anschließen wirst.« Sie drehte sich um und blickte die Gasse hinauf. »Hörst du die Schreie, Aurora? Die Stadt brennt. Menschen sterben deinetwegen. Wenn du mein Angebot angenommen und mit mir gekommen wärst, würden sie alle noch am Leben sein.«

Aurora schüttelte den Kopf. »Das ist nicht wahr«, sagte sie. Aber das war es.

»Die Geschichte ist uralt. Du fliehst aus der Stadt, willst nicht mehr unter ihrer Kontrolle stehen, hast den festen Vorsatz, ein guter Mensch zu sein. Aber am Ende werden sie es dir aus dem Leib prügeln. Sie werden dich zermürben, bis alles, was von dir noch übrig bleibt, nur ein Haufen Bitterkeit ist. Bis du genauso bist wie ich.«

»Nein«, sagte sie. »Ich könnte niemals so werden du.«

»Du bist genau wie ich. Genau dies ist dein Fluch, verstehst du? Nicht die wahre Liebe, nicht der endlos lange Schlaf. Das waren alles nur Schachzüge, um dich hierherzubringen, an diesen Moment. Wenn es dir nicht gelingt, den Menschen zu helfen, werden sie dich vernichten. Und wenn du ihnen zeigst, wie mächtig du wirklich bist … werden sie dich ebenfalls vernichten. Dein Fluch besteht darin, dass du nicht anders kannst, als dich für mich zu entscheiden. Die einzige Frage ist, wie viel du auf dem Weg dorthin verbrennen wirst.«

»Ich würde lieber alles verbrennen, als mit dir gemeinsame Sache zu machen.«

Celestines Finger streiften Auroras Nacken und zurück blieben Blutflecken. »Das ist eine hübsche Kette, die du da trägst.« »Ein Geschenk vom Prinzen von Vanhelm, vielleicht?« Sie ließ einen Finger über die Kette wandern. »Ich kann verstehen, was dich daran reizt. Mich faszinieren Drachen ebenso.« Sie machte ein paar Schritte rückwärts. »Wir werden uns bald wiedersehen, so viel ist gewiss, morgen oder nächste Woche oder in einem Jahr … wenn alles um dich herum zusammenbricht, wirst du dir wünschen, du hättest mein Angebot angenommen. Bis dahin … viel Glück, meine Liebe.«

Ihre Schritte verhallten zwischen den Häusern. Aurora stand reglos da und wagte es kaum zu atmen. Doch Celestine kehrte nicht zurück.

Sie hörte den panischen Tumult in den Straßen, Menschen, die schrien und kreischten, Waffen, die gegeneinanderrasselten. Hier konnte sie nicht bleiben, aber ihre Beine zitterten unter ihrem Gewicht und ihr Kopf fühlte sich heiß und klebrig an, wie bei einer plötzlichen Grippe. Ihre Mutter hatte mit der Hexe einen Handel gemacht.

Aber Celestine konnte man nicht trauen. Sie wollte Aurora nur in die Irre führen, wollte sie verhexen. Man durfte nichts von dem glauben, was sie sagte.

Am Eingang der Gasse waren Schritte zu hören. Rasch presste sie sich an die Wand, aber die Person blieb nicht stehen.

Sie musste von hier weg. Jetzt sofort.

Sie starrte auf den Stapel mit Kisten. Tristan hatte gesagt, dass es möglich sei, die halbe Stadt über die Dächer zu umrunden. Hoch oben, außer Sicht. Könnte sie so verschwinden? Die Kisten sahen morsch und hinfällig aus, aber wenn sie vorsichtig wäre … Ihr klopfte das Herz bis zum Hals; den Dolch fest in der linken Hand kletterte sie hoch. Ihr Rock blieb am splittrigen Holz hängen, und mit einem Ruck riss sie ihn los. Die Kisten knarzten und gaben unter ihr nach, brachen aber nicht zusammen. Und dann war sie auf dem Dach.

Die Menschen unter ihr rannten, rempelten, kämpften. Wachen stürmten in alle Richtungen. Aber am Himmel sah sie die Sonne, die gemächlich ihrem mittäglichen Zenit entgegenkroch. Sie drehte ihr den Rücken zu und eilte los Richtung Westen. Ein weiteres Mal würde sie auf Finnegans Wort vertrauen müssen.

ACHTUNDZWANZIG

Aurora kletterte nahe dem Westrand der Stadt vom Dach herunter. Die Straßen hier bestanden nur aus gestampfter Erde, und die Häuser wirkten ziemlich ärmlich. Die ganze Umgebung war wie ausgestorben. So wie es aussah, waren alle zur ihrer Hochzeit gegangen.

Aurora ließ den Blick über jedes umliegende Gebäude wandern. Ein Stück weiter vorne ragte der Stadtwall auf. Die meisten Häuser waren heruntergekommene, zusammengeschusterte Hütten oder verwahrloste, alte Steinbauten, um die sich keiner kümmerte außer den Vögeln. Den Kopf himmelwärts geneigt, verfolgte sie ein paar träge dahinziehende Wolken und sah die zerklüftete Mauerkrone, den Turm, den Finnegan erwähnt hatte, und eine Handvoll hochaufragender Gebäude, die so schief und krumm waren, dass es schien, als würde nur noch die Hoffnung sie aufrechterhalten. An einem davon entdeckte sie oben an der Spitze eine kleine Elfenstatue, die auf einer Zehenspitze balancierend mit ihrem Zauberstab gen Norden wies. Sie war ziemlich ramponiert und hatte eine leichte Schräglage, so als würde sie jeden Moment in den sicheren Tod stürzen.

Die beschwipste Elfe.

Der Biegung der Mauer folgend, huschte sie zu dem Gebäude hinüber. Von nahem sah der Turm sogar noch hinfälliger aus. Schatten hingen in den Fenstern, und am Fuß des Bauwerks tat sich ein grob ausgehobener Graben auf, der sich bis zu einem Brombeerstrauch an der Stadtmauer zog. Sie rannte dorthin und schob die Zweige auseinander. Dahinter trat eine Öffnung in der Mauer zutage, die gerade so breit war, dass sich eine kleine Person hindurchzwängen konnte. Unter Gestrüpp verborgen lag eine braune Tasche. Sie machte sie auf. Obenauf fand sie eine Flasche. Sie trank gierig daraus, ohne vorher den Inhalt zu prüfen, zu durstig und ausgelaugt, um sich darum zu kümmern. Dann warf sie sich die Tasche über die Schulter und kroch auf die Öffnung zu, drückte mit einer Hand das Gestrüpp beiseite und hielt mit der anderen das Gleichgewicht. Ihre Knie schabten über den rauen Untergrund, und ihre Röcke verhedderten sich an den Zweigen, die hinter ihr an ihren Platz zurückschnellten, aber sie kroch immer weiter, bis sie ihre Schultern durch den schmalen Spalt im Stein zwängte. Sie schrammte an den Wänden entlang und befürchtete schon, für immer steckenzubleiben, aber dann wand sie sich hindurch und ihr Kopf schob sich ins Freie, an die frische Luft.

Der Wald breitete sich bis unmittelbar an den Rand der Stadt aus, so dass seine höchsten Äste die Krone der Mauer berührten. Die hohen Tannen filterten das Licht, das den grasigen Boden tüpfelte, und die Äste der ansonsten kahlen, gekrümmten Bäume waren mit Knospen in Rosa, Weiß und Grün gesprenkelt. Der Tannennadelduft kitzelte Aurora in der Nase, und sie hörte den zwitschernden, flatternden Chor der Vögel in den Zweigen.

Es roch wie zu Hause.

Aurora legte ihre Hand an eine Eiche, und der knorrige Stamm unter ihren Fingern schien eine Geschichte zu flüstern, die so alt war, dass sie unter der Borke Ring um Ring bis ins Mark zu reichen schien.

Kühle Luft füllte ihre leere Brust aus. Jedes Quäntchen *Prinzessin* in ihr, alles, was sie mit der Vergangenheit verband, alles, was ihr in dem vergangenen Monat Trost geschenkt hatte, war ausgelöscht oder verbrannt oder ihr entrissen worden, und zurück war nichts als Leere geblieben. Ein Chaos von Gefühlen tobte in ihr – Schuld, Angst, Egoismus, und doch war sie zum ersten Mal seit Wochen oder vielleicht sogar zum ersten Mal in ihrem Leben frei von dieser erstickenden Panik, von all den Grenzen. Sie atmete frische Luft unter einem freien Himmel, und in diesem Augenblick, auch wenn er vielleicht nur kurz währte, hatte sie die Freiheit, diejenige zu sein, die sie sein wollte. Und niemand, nicht der König, nicht Iris, nicht Tristan und auch nicht Celestine, konnte ihr das nehmen.

Sie wanderte los, und gesprenkeltes Licht fiel durch das Geäst. Über ihr zwitscherten die Vögel. Nachdem sie eine Weile durchs Unterholz marschiert war, zitterten ihr vor Erschöpfung die Knie, und so setzte sie sich auf den Boden, lehnte sich an einen Baumstamm und hob die Tasche auf ihren Schoß. Darin lag ein modern geschnittenes Wollkleid, aber von billiger Qualität. Perfekt, um in der Masse unterzutauchen. Sie zog es an und stopfte stattdessen das blutbesudelte Brautkleid in die Tasche. An ihren Fingern klebte ebenfalls Blut, aber sie erinnerte sich nicht daran, wie es dorthingekommen war. Es konnte von jedem stammen.

Menschen waren ihretwegen tot. Sie waren gestorben, und Aurora hatte nicht ein Mal zurückgeblickt, als sie davongelaufen war. Aber das Sterben war unvermeidlich gewesen, egal, wofür sie sich entschieden hätte. Seit ihrem Erwachen hatte sie ausschließlich vor unmöglichen Entscheidungen gestanden.

Sie ließ den Kopf gegen den Stamm sinken, und die Kette um ihren Hals klimperte leise. Ein Silberdrachen und ein Schnipsel Papier, der ihr in die Hand geschmuggelt worden war.

Sie wühlte in der Tasche nach dem Zettel, und er war immer noch da. Sie faltete ihn auseinander, bis sie ein Stück Pergament zwischen den Fingern hielt, das nur wenig größer als ihre Hand war.

Eine Karte. Winzig klein, aber sehr detailliert zeigte sie eine Stadt, mit dichtzusammengedrängten Häusern, die auf allen Seiten von Wasser umgeben war. Vanhelm. Genau in der Mitte war ein großes Gebäude mit einem Stern markiert. Der Palast. Jenseits des Flusses auf der linken Seite hatte der Kartograph einen Drachen eingezeichnet, der genauso aussah wie ihr Anhänger.

Mit schwarzer Tinte hatte jemand eine Nachricht darunter gekritzelt. Sie war leicht verwischt, aber Aurora konnte die Worte gerade noch so entziffern.

Verbrenne sie alle, kleiner Drache.

Im ersten Impuls wollte sie die Karte zusammenknüllen, beherrschte sich aber und verstaute sie stattdessen sorgfältig in ihrer Tasche. Schließlich hatte Finnegan ihr geholfen. Er hatte ihr Dinge erzählt, die sie nicht hatte hören wollen, doch von Tag zu Tag hatten sie sich immer mehr als die Wahrheit herausgestellt. Und er hatte sie gewarnt, dass ihre Flucht nicht ohne Verluste ablaufen würde. Sie konnte ihm nicht vertrauen, noch nicht, aber eines Tages … eines Tages würde er sich womöglich noch einmal als nützlich erweisen.

Als sie weiterwanderte, schlug sie ein langsameres Tempo an und gestattete ihren Händen, über jeden Baumstamm zu streichen, an dem sie vorüberkam. *Ich bin kein Drache,* dachte sie. *Ich weiß nicht, was ich bin.*

Der Boden unter ihren Füßen stieg an, und sie begann zu klettern, suchte mit den Füßen Halt an Baumwurzeln. Noch nie war sie so weit in den Wald vorgedrungen. Aurora holte tief Luft und versuchte, ihr aufgeregt pochendes Herz zu beruhigen. Als sie erspähte, was hinter dem Bergkamm lag, war sie sprachlos.

Der Boden vor ihr fiel steil ab, ein glatter baumloser Hang, an dessen Fuß, eingebettet in ein kleines Tal, ein großer See lag. Die Nachmittagssonne spiegelte sich in dem leicht gekräuselten Wasser, Vögel planschten, und am seichten Ufer standen ein paar Hirsche und tranken. Dahinter erstreckten sich nur noch Bäume, so weit das Auge reichte, ein endloser Teppich in Grün und Braun.

Einen Moment lang starrte sie auf die Landschaft. Dann rannte sie los, dass ihre Röcke wehten. Ihre Tasche schlug mit jedem Schritt gegen ihre Seite, und sie hörte das Klimpern der Münzen darin, die ihre Rettung sein würden. *Ich weiß nichts*, dachte sie, während ihre Füße über den Boden stampften, immer schneller bergab auf den See zu. Nicht, wer sie war, nicht, wohin sie gehen würde oder was sie tun sollte. Sie würde ihre Antworten finden, aber wohin sie das führen würde, das wusste sie nicht. Sie folgte keinem bestimmten Weg, außer ihrem Instinkt und diesem drängenden Gefühl, dass *etwas* auf sie wartete, da draußen in der Welt, jenseits der Bäume. Irgendwann würde die Pflicht sie einholen, und sie würde wieder die ihr zugedachte Rolle einnehmen, aber noch nicht.

Sie fühlte sich unsichtbar und frei. *Ich bin nichts,* dachte sie. *Nichts, außer ich selbst.*

DANKSAGUNG

für Teil 1

Ich kann mich glücklich schätzen, von so vielen unglaublichen, wundervollen Menschen umgeben zu sein, die mich unterstützen und mir das Schreiben möglich machen. Mein grenzenloser Dank gilt:

Meiner Agentin Kristin Nelson, die immer an mich und mein Buch geglaubt hat. Ohne sie wäre ich verloren.

Sarah Landis, die mit Klarblick und Enthusiasmus geholfen hat, ein Buch mit dem Titel *After* in ein weit besseres mit dem Titel *Liebe brennt ewig* zu verwandeln.

Catherine Wallace, die dieses Buch davor bewahrte, unlektoriert in der Versenkung zu verschwinden, und sofort alles daran setzte, um ihm die beste nur mögliche Chance zu geben.

Allen bei HarperTeen dafür, dass sie mein Buch unterstützen, für das umwerfende Cover, für all die Anstrengungen, die sie um meinetwillen unternehmen – für alles!

Phoebe Cattle, die diese Geschichte als Erste gelesen hat und mir als Erste jenen entscheidenden Rat gab, der im Laufe des Lektorats noch so oft wiederholt werden sollte: »Mehr Finnegan!« Unsere wöchentlichen Sessions mit heißer Schokolade bewahrten mich während des Schreibens (halbwegs) vorm Durchdrehen, und ich weiß nicht, was ich ohne sie tun würde.

Alexandra Ashmore, mein allererstes Fangirl, die alle kniffligen Fragen stellte und mir das beste Weihnachtsgeschenk von allen machte – Illustrationen zum Buch. Wir stecken in dieser Sache gemeinsam drin, und ich könnte mir keine bessere Schreibpartnerin oder Freundin wünschen.

Allen Leuten, die diverse Frühversionen der Geschichte lasen und mir sagten, was sie davon hielten, während ich weiter daran feilte: die weltbesten Mitbewohnerinnen Meg Lee und Anna Li; meine Mitnerds, Brettspiellehrmeister und phantastischen Freunde Matthew Goodyear und Rachel Thompson; und meine wundervollen Gefährten aus dem *The Colonial Club*: Brendan Carroll, Maria Chevtsova, William Ngyen und Andrew Weintraub.

Und schlussendlich meinen Eltern, Brian und Gaynor Thomas, die meine Liebe fürs Phantastische weckten und den Traum vom Schriftstellerleben überhaupt erst ermöglichten. Sie haben tapfer alle meine verrückten Ideen mitgetragen – »Ich ziehe nach Amerika!«, »Ich studiere nicht an der *Graduate School*! Ich werde Schriftstellerin!« – und immer an mich geglaubt. Jetzt darfst du das Buch lesen, Mum!

Teil 2

Für Alex,
BFF und
Schreibkomplizin

EINS

Gesucht wegen Hochverrats und Verbrechen gegen das Königreich.

Für tausend Goldmünzen hätte selbst Aurora geglaubt, dass das lächelnde Mädchen auf dem Plakat eine Mörderin war.

Sie riss das Papier vom Baumstamm und knüllte es zusammen. Eine Woche lang war sie jetzt auf der Flucht und offensichtlich immer noch nicht weit genug gelaufen. Sogar diese kleine Siedlung am Rande des Waldes schien auf ihr Kommen vorbereitet.

Sie war so naiv gewesen zu glauben, sie könnte es schaffen. Ihre Fingernägel starrten von Schmutz, ihr Haar hing in filzigen Strähnen um ihre Schultern, und die Blasen an ihren Füßen waren blutverkrustet. Sie wusste nicht, wohin. Sie wusste nicht, wie man einen Unterschlupf baute oder Nahrung fand. Sie wusste nicht einmal, welchen Dialekt die Leute außerhalb der Hauptstadt sprachen, und würde überall herausstechen.

Und zu allem Überfluss war das Königreich nun auch noch mit Fahndungsplakaten zugepflastert, die für ihre Ergreifung eine saftige Belohnung versprachen.

Aber Aurora musste ins Dorf gehen. Sie war noch nie zuvor so hungrig gewesen. Nie zuvor hatte sie hoffen müssen, im Wald auf einen Bach zu stoßen, um Wasser trinken zu können. Nie hatte sie überlegen müssen, ob eine bestimmte Beerensorte giftig war, und sich nie Sorgen gemacht, ob sie im Laufe des Tages noch etwas zu essen bekäme. Sie hatte sich nie darum geschert, woher ihre Mahlzeiten kamen, oder daran gezweifelt, dass sie welche haben würde, und hatte ihren Teller allzu oft unangerührt stehen lassen. All die guten Dinge, die weggeworfen worden waren … Sie brauchte dringend Nahrung, sonst würde sie es nicht sehr viel weiter schaffen, und dann würden die Soldaten des Königs sie so oder so erwischen.

Und außerdem, wer würde bei ihrem jetzigen Anblick schon vermuten, dass sie eine Prinzessin war?

Das Dorf lag ruhig im Morgengrauen. Ein paar Leute kamen die Straße entlang, aber sie waren noch so verschlafen oder so sehr mit ihren Besorgungen beschäftigt, dass sie Aurora im Vorübergehen kaum wahrnahmen.

Aurora roch frisch gebackenes Brot und folgte dem Duft, bis sie zu einem Laden kam, auf dessen Türschild das Bild einer goldenen Ähre prangte. Aurora schloss die Augen, sog tief Luft ein, und es schien ihr, als könnte sie den Geruch des Brots sogar *schmecken*. Wie zur Antwort krampfte ihr Magen sich schmerzvoll zusammen.

Sie blickte sich um. Keine Wachen oder Soldaten in Sicht. Sie würde es wagen müssen.

Als sie die Tür aufdrückte, erklang eine Glocke. Eine Frau mittleren Alters stand hinter dem Tresen und verteilte dampfende Brotlaibe auf bereitstehende Tabletts. »Willkommen, tretet ein«, sagte sie, ohne den Blick zu heben. »Bitte entschuldigt meinen Aufzug, heute ist einfach einer dieser Tage. Was kann ich für Euch tun?«

»Äh …« Aurora trat näher.

Die Frau sah sie an und verharrte in der Bewegung, ihre Hand mit dem Brot schwebte über dem Tablett.

Auch Aurora erstarrte. Sie spähte zur Tür, innerlich gewappnet, blitzschnell losrennen zu müssen.

»Du lieber Himmel, Mädchen«, sagte die Bäckersfrau. »Du siehst ja furchtbar aus. Was ist denn mit dir passiert?«

»Ach«, sagte Aurora. »Ich bin bloß auf Reisen.« Sie zuckte unwillkürlich zusammen, als sie ihren eigenen geschliffenen, altmodischen Akzent hörte.

Die Frau schnalzte mit der Zunge. »Ist schon ein Jammer, wie viele Leute heutzutage auf Wanderschaft sind. Nicht genug zu essen, nicht genug Arbeit, und jeder meint, er müsse sein Glück woanders suchen. Für solche jungen Dinger wie dich ist es da draußen doch viel zu gefährlich!«

Aurora rückte noch näher an den Tresen heran. Das frische Brot duftete einfach unwiderstehlich. »Ich wollte Brot kaufen.«

»Ach herrje, natürlich. Verzeihung. Wenn ich könnte,

würde ich dir ja eins schenken. Ehrlich. Aber wir haben's auch schwer. Ich kann's mir nicht leisten, großzügig zu sein.«

»Ist schon in Ordnung, danke«, sagte Aurora. »Ich habe Geld.« Sie griff in ihre Tasche und holte die Börse hervor, die Finnegan ihr gegeben hatte. Als die Bäckersfrau das Klimpern der Münzen hörte, machte sie große Augen. Aurora öffnete den kleinen Beutel, zum Schutz vor neugierigen Blicken dicht vor ihre Brust gepresst, und kramte ein paar Kupfertaler heraus. Dann zog sie die Schnur der Börse wieder zu.

Die Frau empfahl ihr eine Spezialität der Region, und Aurora nahm zwei Laibe. »Wenn du einen Schlafplatz suchst«, fügte die Bäckerin hinzu, während sie die Brote in eine Papiertüte schob, »solltest du es beim *Roten Löwen* am Ende der Straße versuchen. Das sind anständige Leute. Diskret, verstehst du?«

Auroras Finger schlossen sich fest um die Papiertüte. »Ich habe nichts zu verbergen«, sagte sie. »Aber vielen Dank für den Tipp.«

Die Ladenglocke bimmelte, und ein kleines Mädchen kam mit fliegenden Zöpfen hereingestürmt. »Mama!«, rief sie. »Mama! Da sind Soldaten!«

Soldaten. Aurora wirbelte so schnell herum, dass sie mit dem Hüftknochen gegen den Tresen stieß. Waren die Wachen ihr gefolgt? Oder war sie in der kurzen Zeit, in der sie hier im Dorf war, bereits von jemandem erkannt worden?

Der Blick der Frau wanderte verstohlen zu Aurora. »Woher weißt du das, Suzie? Was hast du gesehen?«

»Sie kommen aus dem Wald. Ich habe das Brot bei Mistress Jones abgeliefert, genau, wie du's gesagt hast, und da sind die Soldaten ins Dorf reinmarschiert. Sie sind gerade dabei, alle aus ihren Häusern zu scheuchen.«

Die Bäckerin hielt kurz inne. »Das ist aber kein Grund, dass du aufhörst, die Ware auszuliefern, Suzie. Die Leute brauchen doch ihr Brot, egal, was passiert. Hopp, hopp, bring den nächsten Schwung zu den Masons. Und mach dir wegen der Soldaten keine Sorgen.«

»Aber …«

»Tu, was ich sage!«

Das Mädchen starrte seine Mutter mit offenem Mund an. Sie warf Aurora einen neugierigen Blick zu, dann nickte sie.

»Gut«, sagte sie. »Bin schon auf dem Weg. Ich wollte dir eben nur kurz Bescheid geben.« Mit einem letzten Blick zu Aurora flitzte sie durch die Ladentür hinaus.

»Vielen Dank für das Brot«, sagte Aurora und versuchte, das Zittern in ihrer Stimme zu unterdrücken. »Und das Wirtshaus, das Ihr erwähnt habt, schaue ich mir mal an.«

»Unsinn, Kindchen.« Die Bäckersfrau huschte um den Tresen herum. »Du musst machen, dass du wegkommst, wenn sie dich suchen.«

»Mich suchen?« Aurora rang die aufsteigende Panik nieder und zog die Stirn demonstrativ in Falten. Ob ihre Miene halbwegs verwirrt aussah? Doch die Bäckersfrau ließ sich nicht täuschen. Sie packte Aurora am Handgelenk und schob sie hinter den Tresen.

»Ab durch den Hinterausgang mit dir! Du willst keine Bekanntschaft mit den Soldaten machen. Hier entlang kommst du auf eine ruhigere Straße und bist schnell am Ende des Dorfes.«

Sie drängte Aurora in eine kleine Kammer. Säcke mit Mehl lehnten an einer der Wände, und auf einem Tisch in der Mitte standen Bleche, die vollbeladen waren mit rohem Teig. Die niedrige Decke wurde von zwei Holzpfeilern gestützt, an denen die Frau sich flink vorbeiwand, um zur Tür zu gelangen.

»Los, los, komm«, sagte sie. »Dich zu verstecken wär sinnlos. Sie werden alle Häuser auf den Kopf stellen, und wie willst du dann noch fliehen? Schnell, da raus.«

Es klopfte laut an der Hintertür. »Aufmachen!«, brüllte eine Männerstimme. »Befehl des Königs. Wir müssen das Haus durchsuchen.«

Die Bäckerin prallte erschrocken zurück, wobei sie Auroras Hand fest umklammert hielt. Hastig zog sie das Mädchen wieder Richtung Vordereingang, doch da bimmelte bereits die Glocke. Zwei Soldaten polterten herein. Als sie Aurora erblickten, blieben sie wie angewurzelt stehen und rissen die Augen auf. Sie hatten sie in der Gegend vermutet, aber natürlich nicht gewusst, dass sie ausgerechnet hier Glück haben würden. Hätte sie sich doch bloß rechtzeitig versteckt!

Die Soldaten zogen ihre Schwerter, und der eine rief laut nach Verstärkung. Aurora riss sich von der Bäckersfrau los und rannte zurück zum Hinterausgang. In dem Moment trat ein Soldat die Tür mit dem Stiefel auf, und drei Männer stürzten mit gezückten Waffen in die Kammer. Aurora zog den Dolch aus ihrer Tasche.

Wie töricht von ihr, anzunehmen, sie könnte einen Laden betreten, ohne sich damit in Gefahr zu bringen. Jetzt würden sie sie kriegen und in die Hauptstadt zurückschleifen, zurück zu König John mit seinem dröhnenden Lachen und den eiskalten Augen. Zurück zu einem qualvollen Tod auf dem Scheiterhaufen.

Der Soldat, der ihr am nächsten stand, streckte sich nach ihr aus. Sie duckte sich weg, während Panik und Trotz in ihr hochwallten, und plötzlich schossen Flammen über den Kammerboden. Der Umhang des Soldaten fing Feuer, und er riss ihn sich brüllend vom Körper. Die Leinensäcke gerieten in Brand, genau wie die Holzpfeiler mitten im Raum. Die Schreie der Bäckerin gellten in Auroras Ohren. Sie hatte das Gefühl, ihr ganzer Körper würde in Flammen stehen. Mit eingezogenem Kopf stürmte sie durch den nun freien Hinterausgang hinaus auf die offene Straße.

Jetzt eilten aus allen Richtungen Soldaten herbei. Aurora wirbelte um die eigene Achse. Wo sollte sie nur hin?

»Halt!«, rief ein Soldat, den Bogen im Anschlag. »Stehen bleiben, oder ich schieße.«

Doch er konnte sie nicht töten. Der König wollte, dass man sie ihm lebendig brachte.

Rauch quoll aus den Fenstern und Türen der Bäckerei. Aurora schlug einen Haken und rannte seitlich am Gebäude entlang, wich geschickt einem heranschießenden Pfeil aus.

Flammen züngelten aus den Fenstern, und die Bäckersfrau schrie immer noch.

Aurora bog in eine Straße ein, dann in eine andere, aber das Dorf war nicht sehr groß. Nirgends gab es ein Versteck. Sie lief in Richtung Wald, doch die Blasen an ihren Füßen schmerzten, und sie geriet ins Straucheln.

Ein Soldat packte sie am Arm. Sie stieß ihn weg, und neue Flammen schlugen hoch. Mit einem gellenden Schrei ließ der Mann sie los.

Die Luft war rauchgeschwängert. Die Soldaten waren immer noch dicht hinter ihr, brüllten und schrien. Ihr schwirrte der Kopf von all den Stimmen.

Sie würden sie kriegen. Die Soldaten würden sie schnappen, und der König würde sie foltern und verbrennen lassen, bis nichts mehr von ihr übrig wäre.

Das durfte sie nicht zulassen.

Sie schickte einen Schwall Flammen über den Boden, die, angefacht von ihrer Panik, wie eine wild lodernde Wand zwischen ihr und den Soldaten emporwuchsen, so hoch, dass sie alle umliegenden Gebäude überragten.

Ein Haus am Dorfrand fing Feuer. Noch mehr Leute schrien, und die Flammen leckten immer höher. Sie waren zu heiß, zu stark. *Halt*, dachte Aurora, aber das Feuer tobte weiter.

Sie floh in den Wald und rannte Richtung Fluss, wich im Laufen Ästen und Baumwurzeln aus. Mit einem Satz sprang sie über den schlammigen Uferstreifen und landete wasserspritzend auf der anderen Seite.

Vor ihr stand ein Baum mit tief hängenden Ästen. Aurora schwang sich daran hoch, schürfte sich an der rauen Rinde die Haut auf. Sie kletterte immer höher, bis die Äste unter ihrem Gewicht erzitterten.

In der Ferne stieg Rauch auf.

Das ganze Dorf stand in Flammen.

Die Bäckersfrau hatte versucht, sie zu beschützen, und zum Dank hatte sie ihren Laden bis auf die Grundmauern niedergebrannt.

Sie musste weiter. Immer dem Lauf des Flusses folgen, damit die Soldaten sie nicht erwischten. Doch sie war wie gelähmt. Sie starrte auf die wütenden Flammen, die inzwischen weithin über die Baumwipfel sichtbar waren. Sie konnte den Blick nicht losreißen.

Es war ihre Schuld. Sie hatte nicht absichtlich gezaubert. Sie hatte nichts in Brand setzen wollen. Aber die Panik hatte sie übermannt und jetzt …

Sie hatte das getan. Sie wusste nicht, wozu sie noch imstande wäre, wenn sie ihre Kräfte nicht kontrollieren lernte.

Sie beobachtete wie gebannt das Feuer, das allmählich ausbrannte, während die aufgehende Sonne in den Himmel stieg.

Sie musste zurückgehen. Sie *musste*. Soldaten hin oder her, *sie* hatte das angerichtet. Das Feuer war ihre Schuld. Sie musste helfen.

Doch es war bereits dunkel, bevor ihre Beine ihr endlich gehorchten und den Baum hinabkletterten. Sie machte sich stromabwärts auf den Rückweg, war bei jedem Schritt auf der Hut, aus Angst, jeden Augenblick von Soldaten entdeckt zu werden.

Aber sie sah niemanden.

Der Gestank nach Rauch und verbranntem Holz wurde immer stechender, je näher sie dem Dorf kam. Und dann war plötzlich der Waldrand in Sicht. Die Welt dahinter war dunkel, eingehüllt in dichte Rauchschwaden, die sich wie eine Decke über den Nachthimmel legten.

Sie versteckte sich zwischen den Bäumen. Nirgends Soldaten, die auf der Lauer lagen. Nirgends ein Mensch.

Das Dorf war nur noch Asche.

ZWEI

Rauch brannte in Auroras Augen, während sie auf die Überreste des Dorfes starrte. Ein paar wenige Häuser kämpften noch mit letzter Kraft um Haltung, mit halb eingestürzten Wänden und verkohltem Gebälk, aber alles sonst war zerstört. Alles war weg.

Das konnte nicht sie getan haben. Niemals! Bisher war ihre Magie immer so spärlich gewesen, ein Kerzenlicht, eine zuckende Flamme. Kurz vor ihrer Flucht aus dem Schloss hatte sie auf dem Platz den Brunnen explodieren lassen, aber unbewusst ein ganzes Dorf niederbrennen?

Sie hoffte, dass die Bäckersfrau entkommen war. Sie hoffte … viele Dinge.

Sie trat hinter den Bäumen hervor. Es war niemand zu sehen, aber bestimmt war irgendwer dageblieben, um zu retten, was noch zu retten war, und zu betrauern, was verloren war.

Sie machte einen zögerlichen Schritt vorwärts. Ein Zweig knackte unter ihren Füßen.

»Wer da?«, rief ein Mann irgendwo aus den schwelenden Ruinen. Ein Überlebender oder ein Soldat? Falls es ein Überlebender war, musste sie ihm helfen. Womöglich war er verletzt. Aber wenn es ein Soldat war …

Eine Hand legte sich über ihren Mund. Aurora schnappte erschrocken nach Luft, wobei das Geräusch vom Handteller ihres Angreifers erstickt wurde. In Panik stieß sie mit dem Ellbogen nach hinten und versuchte, sich zappelnd loszuwinden oder das Feuer zurückzuholen.

»Scht, Aurora.« Ihr Angreifer, eine Frau, raunte in ihr Ohr. »Ich bin's. Distel.«

Die Sängerin aus dem *Tanzenden Einhorn*. Was machte sie hier? Sie sollte doch kilometerweit weg in Petrichor sein und nicht durch den Wald schleichen und Aurora überfallen.

»Nicht bewegen!«, sagte sie so leise, dass nur ein schwacher Atemhauch Auroras Ohr streifte. »Auf der anderen Seite des Dorfes stehen zwei Soldaten.« Sie ließ von Aurora ab und bückte sich. Was Distel als Nächstes tat, konnte Aurora nicht sehen, aber sie registrierte eine schnelle Armbewegung sowie den leichten Luftzug, mit dem etwas unmittelbar an ihrem Kopf vorbeisauste. Es folgten ein dumpfer Knall sowie ein Ächzen von sprödem Holz, während eines der verkohlten Häuser erbebte.

Zwei Soldaten kamen in Sicht, Fackeln in den Händen. Das Licht der Flammen erhellte die Trümmer, Asche und

Ruß rieselten von dem Balken herunter, der von Distels Wurfgeschoss getroffen worden war.

Das Gebälk knirschte. Der eine Soldat warf einen Blick darauf und ließ ein verächtliches Schnauben vernehmen, der andere aber sah sich weiter aufmerksam um. »Ich habe etwas gehört. Ganz sicher.«

»Das waren nur die Balken«, erwiderte der andere.

»Wir müssen trotzdem nachsehen.«

Erneut legte sich Distels Hand über Auroras Mund, doch diese Vorsichtsmaßnahme war unnötig. Vor Angst wagte Aurora nicht mal, laut zu atmen.

Der zweite Soldat schaute genau in ihre Richtung. Zwar konnte er unmöglich erkennen, was eingehüllt in dichtem Rauch außerhalb des Fackelscheins lag, doch einen oder zwei Atemzüge lang blickte er angestrengt in das Waldstück hinein, in dem sie standen.

Ein Knacken zerschnitt die Stille. Der erste Soldat hatte dem Holzbalken einen Tritt verpasst. Er kickte ein weiteres Mal dagegen, worauf es erneut Holzsplitter regnete.

»Was tust du da?«

»Ich erbringe einen Beweis«, sagte der erste Soldat. Er trat zum dritten Mal gegen den Holzbalken, und ein Schwall Rußflocken wirbelte herab. »Sie knirschen. Sie knacken. Außer uns ist niemand hier.«

Wie zur Bekräftigung ächzte der Balken noch einmal.

»Wir sollten trotzdem alles kontrollieren.«

»Na schön«, sagte der erste Soldat. »Tu, was du tun musst.

Ich für meinen Teil setze mich da drüben hin, genehmige mir einen Schluck Rum und lasse den lieben Gott einen guten Mann sein. Ich meine, wenn *du* dieses Mädchen wärst, würdest du dann im Ernst hierher zurückkehren? Nein.«

Er stiefelte davon. Der zweite Soldat warf noch einen letzten suchenden Blick zwischen die Bäume am Waldrand, dann ging er seinem Kameraden hinterher.

Distel nahm ihre Hand von Auroras Mund. »Schnell«, flüsterte sie. »Aber pass auf, wo du hintrittst!«

Aurora zögerte. Sie verstand nicht, wieso Distel hier war, doch die Sängerin hatte ihr geholfen, und Aurora musste schleunigst verschwinden. Und egal, wo Distel auch hinwollte, dort konnte es nicht gefährlicher sein als hier.

Sie schlichen durch den Wald. Distel ging voran und hielt Aurora an der Hand. Sie sprachen kein Wort. Anfangs zuckte Aurora noch jedes Mal zusammen, wenn unter ihren Füßen knackend ein Zweig zerbrach oder sie raschelnd Laub aufwirbelte, aber auch der Wald um sie herum war voller Geräusche. Allerlei Getier huschte durchs Unterholz, und in den Wipfeln riefen Eulen. Doch sie hörten keine menschlichen Stimme, sahen keine Fackellichter oder irgendwelche Verfolger.

»Wir müssen raus aus dem Wald«, sagte Distel, nachdem sie eine Stunde lang schweigend gewandert waren. »Querfeldein kann man uns schwerer verfolgen. Auf offenem Gelände gibt es weniger knackende Zweige, und man wird schneller von der Dunkelheit verschluckt.«

Vor ihnen hörten sie Wasser plätschern. Der Boden wurde

leicht abschüssig, und ein kleiner Bach kam in Sicht, in dem sich glitzernd das Mondlicht spiegelte.

»Um unsere Fährte zu verwischen, falls sie Suchhunde einsetzen«, erklärte Distel, als sie ins Wasser trat. Aurora tat es ihr nach. Wasser schwappte in ihre Schuhe und kühlte ihre wundgelaufenen Füße.

Der Bach führte sie aus dem Wald hinaus, mitten in eine hügelige Landschaft. Schafe schliefen grüppchenweise auf den Wiesen, aber nirgends gab es Häuser oder irgendwelche Anzeichen menschlichen Lebens.

»Können wir jetzt wieder sprechen?«, fragte Aurora.

»Ja«, sagte Distel. »Aber leise. Du hast sicher viele Fragen.«

Aurora schwirrten so viele Dinge durch den Kopf, dass sie einen Moment lang kein Wort über die Lippen brachte. Distel hatte ihr geholfen, so viel stand fest, doch bislang hatte die Sängerin mit keiner Silbe erwähnt, was sie hier eigentlich wollte oder wo sie jetzt hingingen oder was genau in dem Dorf passiert war. Als Aurora endlich ihre Sprache wiederfand, fragte sie: »Wie hast du mich gefunden?«

»Das war nicht weiter schwer. Um ehrlich zu sein, war's reines Glück, dass du den Soldaten so lange entkommen bist.«

»Bist du mir gefolgt? Seit ich Petrichor verlassen habe?«

»Du hattest ungefähr einen Tag Vorsprung. Als ich von weitem das Feuer sah, dachte ich mir schon, dass ich dich irgendwo in der Nähe finden würde. Ich bin froh, dass ich recht hatte.«

»Aber wieso?«, sagte Aurora. »Warum bist du mir gefolgt?«

»Prinz Finnegan hat mich darum gebeten.«

»Finnegan?« Aurora stockte. Finnegan, der Prinz von Vanhelm, der ihr bei ihrer Flucht aus dem Schloss geholfen hatte. Warum sollte er ausgerechnet Distel bitten, ihr zu folgen? Das Wasser umspielte ihre Knöchel. »Finnegan hat dich darum gebeten, mich zu beschatten?«

»Aurora, wir müssen jetzt weiter.«

»Du arbeitest für Finnegan?«

»Ja«, erwiderte Distel. »Das sagte ich doch bereits. Los, wir können uns im Gehen weiter unterhalten.«

Aurora bewegte sich nicht. Distel arbeitete für Finnegan. Natürlich. Sie hatte auf Finnegans Einwirken hin bei ihrem Verlobungsbankett gesungen, nachdem die eigentlich engagierten Musiker plötzlich erkrankt waren. Anschließend war sie »zufällig« beim Ball erschienen; sie hatte mit Aurora gesprochen, kurz bevor Isabelle vergiftet worden war. Und kurz danach war sie verschwunden …

Aurora wich so jäh zurück, dass Wasser um sie herum hochspritzte. »Finnegan«, sagte sie. »Hatte er etwas mit Isabelles Tod zu tun? Hast *du* sie getötet?«

»Nein!«, entgegnete Distel scharf. »Natürlich habe ich das kleine Mädchen nicht umgebracht. Und Finnegan genauso wenig. Er mag zuweilen schamlos sein, aber niemals würde er ein *Kind* in seine Pläne verwickeln. Und er würde dir niemals schaden wollen. Ich weiß nicht, wer sie getötet hat.«

Distel schien aufrichtig empört über diese Anschuldigung, doch Aurora blieb skeptisch. »Und das soll ich dir glauben?«

»Ja«, erwiderte Distel. »Denkst du allen Ernstes, ich bin eine Mörderin? Oder dass ich mit einem Mörder gemeinsame Sache machen würde? Ich war als Kundschafterin auf dem Bankett. Als ein zusätzliches Paar Augen und Ohren. Das ist alles.«

»Dann musst du doch wissen, wer's getan hat«, sagte Aurora. Sie schrie jetzt beinahe. Sie biss sich auf die Zunge. Sie musste sich zusammenreißen. Nicht dass sie Distel und sich selbst am Ende noch vor lauter Wut an ihre Verfolger verriet. »Wenn du als Spionin da warst, hättest du es doch bemerken müssen und verhindern können.«

»Prinzessin.« Distel streckte die Hand nach Auroras Arm aus, aber Aurora ging einen Schritt rückwärts.

»Nein, lass mich«, sagte sie. »Hast du mich etwa schon die ganze Zeit ausspioniert? Warst du nur deshalb im *Tanzenden Einhorn*? Sollst du mich jetzt zu Finnegan bringen?«

»Nein, Prinzessin«, sagte Distel sanft. »Und ich habe ihm nichts von dem verraten, was du mir anvertraut hast. Ich war in Petrichor, um die Rebellen zu observieren, lange bevor du überhaupt erwacht bist. Finnegan wollte, dass ich dir helfe. Aber er hat nicht verlangt, dass ich dich nach Vanhelm verschleppe, und selbst wenn er es wollte, würde ich es nicht tun. Er hat sich um dein Wohl gesorgt. Genau wie ich.«

»Ich kann sehr gut allein auf mich aufpassen.« Distel betrachtete still Auroras Gesicht, während sie darauf wartete, dass sie weitersprach. »Wohin bringst du mich?«, fragte Aurora schließlich. Sie hätte mehr Fragen stellen sollen, *bevor* sie der

Sängerin gefolgt war. Distel hatte sie fortgebracht, und das hatte Aurora genügt. Jetzt kam sie sich deswegen unglaublich naiv vor.

»So weit weg von diesem Dorf, wie wir es heute Nacht noch schaffen. Das ist keine Falle, Aurora. Aber wir dürfen nicht mehr draußen unterwegs sein, wenn es hell wird.«

»Wohin?«, hakte Aurora nach. »Ich werde keinen Fuß in ein weiteres Dorf setzen!« Nicht, solange sie ihre Zauberkräfte nicht bändigen konnte.

»Das sollst du auch nicht«, sagte Distel. »Ich kenne einen guten Schlupfwinkel. Eine Höhle. Allerdings müssen wir jetzt weiter, wenn wir sie noch heute erreichen wollen. Du musst mir nicht vertrauen. Du kannst weglaufen, wenn du willst. Ich werde dir nicht folgen. Doch ich bin um deine Sicherheit besorgt und glaube, dass es weniger gefährlich für dich ist, wenn du bei mir bleibst.«

»Natürlich glaubst du das«, sagte Aurora. Aber sie rührte sich nicht von der Stelle. Distel hatte sie vor den Soldaten bewahrt. Und welche tieferen Gründe auch immer sie dazu bewogen hatten, zumindest schien sie Aurora nicht schaden zu wollen. Im Gegenteil. Aurora straffte die Schultern und setzte sich wieder in Bewegung. Distel marschierte neben ihr am Ufer entlang.

»Warst du dabei?«, fragte Aurora. »Hast du gesehen … was im Dorf passiert ist?«

»Als ich ankam, brannte es bereits lichterloh«, sagte Distel. »Aber die Soldaten haben keinen Finger gerührt, um das

Feuer zu stoppen. Sie haben die Dorfbewohner zusammentrieben und sie sogar davon abgehalten, ihre Häuser zu retten. Sie haben sie alle weggebracht.«

»Ich war das«, sagte Aurora. »Das war meine Schuld.« Sie hatte ein ganzes Dorf zerstört, hatte die Bewohner ins Unheil gestürzt, allein durch ihre bloße Anwesenheit.

»Ist deine Magie außer Kontrolle geraten?«

»Du weißt davon?« Eigentlich sollte sie nicht überrascht sein. Wie lange hatte Distel sie schon beobachtet und sich jedes Detail gemerkt, um ihrem Auftraggeber davon zu berichten?

»Ich habe dich gesehen«, erklärte Distel. »Bei deiner offiziellen Vorstellung und bei deiner Hochzeit. Und dieses Feuer eben wurde nicht von Johns Männern gelegt. Das ist offensichtlich.«

»Ich habe das Dorf zerstört«, sagte Aurora. »Ich wollte das nicht. Es war ein Unfall, aber … Ich trage die Schuld.« Man hatte ihr in ihrer Kindheit stets eingeschärft, dass Magie etwas Böses war, und sie hatte den Fluch gefürchtet, wissend, dass er nichts als Verderben und Zerstörung verhieß. Und das hier war nun der Beweis: Ihre eigene Magie war keinen Deut besser.

»Du hast das Feuer zwar entfacht«, sagte Distel, »aber es waren die Soldaten, die dafür sorgten, dass es das ganze Dorf zerstört. Und sie werden diesen Vorfall gegen dich verwenden.«

Auroras Füße schmerzten bei jedem Schritt. Sie strauchelte

immer wieder, weigerte sich aber, langsamer zu gehen. Der Bach wurde zu einem Rinnsal und versiegte schließlich ganz. Distel schlug eine neue Richtung ein und führte Aurora an den Rand eines weiteren Waldes.

Der Himmel hellte sich bereits auf, als Distel Aurora eine Hand auf den Arm legte und auf eine kleine Anhöhe deutete. »Da oben befindet sich eine Höhle«, sagte sie. »Wenn man nicht weiß wo, ist sie schwer zu finden. Dort sollten wir uns eine Weile ausruhen.«

»Eine Höhle?« Aurora konnte nirgends eine Öffnung erkennen. »Und angenommen, sie entdecken uns doch? Dann sitzen wir in der Falle und können nicht weg.«

»In einem Unterschlupf ist es auf jeden Fall sicherer als hier draußen im Freien. Aber du kannst natürlich woanders hingehen, wenn dir das lieber ist.«

Distel begann, die Böschung hochzuklettern, wobei sie jeden Schritt so setzte, dass sie möglichst wenig Spuren hinterließ. Aurora warf einen suchenden Blick über ihre Schulter, doch sie wusste nicht, wo sie hinsollte. Und so folgte sie der Sängerin hangaufwärts.

Am Höhleneingang blieb Aurora zögernd stehen. Vielleicht wollte Distel sie ja auch in eine Falle locken? Doch die Sängerin war bereits dabei, Decken auf dem Boden auszubreiten. Dann legte sie zwei mit Wasser gefüllte Bälge, einen Laib Brot und Nüsse daneben. »Du hast bestimmt Hunger«, sagte sie, als Aurora eintrat. »Iss. Aber langsam.«

Über die Gräuel des Tages hatte Aurora das nagende Gefühl in ihrem Magen ganz vergessen. Sie brach ein Stück Brot ab und biss hinein. Es war nicht mehr ganz frisch, und das Kauen bereitete ihr einige Mühe. Trotzdem war es das Köstlichste, was sie je gegessen hatte.

Sie lehnte sich zurück an die Höhlenwand und lockerte die brennenden Waden. Sie streifte ihre blutbesudelten Schuhe ab.

»Deine Füße«, sagte Distel. »Sie müssen versorgt werden.«

»Es ist nicht so schlimm«, sagte Aurora. »Ich bin es nur nicht gewohnt, so viel zu laufen.«

»Und schon gar nicht in Hochzeitsschuhen. Darf ich?« Distel nahm Auroras Fuß am Knöchel und untersuchte die Sohle. Aurora wollte nicht hinschauen. Aufgrund der Schmerzen und ihrer blutigen Schuhe wusste sie bereits, dass ihre Füße sehr gelitten hatten. Nicht nötig, das Elend mit eigenen Augen zu sehen.

Ob es wirklich so schlimm war, ließ Distels Mimik nicht erkennen. »Ich hole frisches Wasser, um das zu säubern«, sagte sie. »Hoffen wir mal, dass es sich nicht entzündet. Bitte sei vorsichtig, solange ich weg bin.«

Aurora sah ihr nach, als sie die Höhle verließ. Ihre Füße taten unbeschreiblich weh und waren mittlerweile so geschwollen, dass sie nicht mehr in ihre Schuhe passten. Hinter ihrer Stirn dröhnten entsetzliche Kopfschmerzen. Wenn nötig, würde sie kämpfen, aber rennen könnte sie nicht, es sei denn, es blieb ihr keine andere Wahl.

Als Distel zurück war, kniete sie neben Aurora nieder und

kramte ein zerschlissenes Kleid aus ihrem Rucksack. Mit einem Ruck riss sie ein Stück Saum ab.

»Dein Kleid!«, rief Aurora.

»Ich habe noch andere«, erwiderte Distel mit gelassener Miene. Sie schüttelte sich resolut die Haare aus dem Gesicht und tränkte das Tuch mit Wasser. Aurora sog scharf Luft ein, als sie ihre Blasen berührte. Schweigend und behutsam tupfte Distel die Wunden sauber. Als sie fertig war, begutachtete sie mit schief gelegtem Kopf ihr Werk. »Wir sollten das in jedem Fall verbinden«, erklärte sie. »Damit kein Schmutz rankommt. Außerdem kannst du dann besser auftreten.« Sie trennte noch ein weiteres Stück Stoff vom Kleid ab und wickelte es um Auroras Fuß, unbeeindruckt von ihren Schmerzenslauten. Sobald der Verband fixiert war, richtete sie ihre Aufmerksamkeit auf den anderen Fuß.

»Erzähl mal«, begann sie, während sie das Tuch neu anfeuchtete. »Was hast du als Nächstes vor?«

»Du willst vermutlich, dass ich nach Vanhelm mitkomme.«

»Das ist, was Finnegan möchte«, entgegnete Distel. »Mir ist das letztlich egal, solange du in Sicherheit bist.«

»Aber wieso kümmert es dich überhaupt?«

»Ich weiß, wie es sich anfühlt, hier draußen auf sich allein gestellt zu sein, Prinzessin. Finnegan kann seine Angelegenheiten selbst regeln. Die Frage ist vielmehr: Was willst *du* tun?«

Aurora legte den Kopf nach hinten an die Höhlenwand. »Ich weiß es nicht«, sagte sie. Es fiel ihr schwer zuzugeben, dass sie die Flucht ergriffen hatte, ohne vorher darüber nachzudenken, was auf der Flucht sein bedeuten würde. Sie hatte beide Hilfsangebote, sowohl das von Finnegan als auch das der Hexe Celestine, zurückgewiesen, und war in die Welt hinausgestürmt ohne Plan, ohne Ziel, ohne *irgendetwas* außer dem verzweifelten Wunsch, woanders sein zu wollen. »Ich weiß nur, dass ich nicht hierbleiben kann.«

»Nein«, sagte Distel. »Das kannst du nicht.«

Es gab Falreach, jenseits der Berge. Das Königreich ihrer Mutter. Dort hätte sie auf Hilfe hoffen können, wäre es nicht gleichzeitig auch das Heimatland von Prinzessin Iris gewesen. Und dann waren da noch die entlegeneren Königreiche Palir oder Eko, aber sie lagen beide mehrere tausend Kilometer entfernt. Zu weit weg, um sie zu Fuß zu erreichen, und außerdem war es fraglich, ob man sie dort unterstützen würde.

Und zum Schluss noch Vanhelm, das Drachenreich am anderen Ufer des Meeres. Prinz Finnegan hatte ihr Hilfe versprochen, aber konnte sie ihm wirklich trauen? Er war ihr gegenüber nie ganz ehrlich gewesen.

»Warum rätst du mir nicht, nach Vanhelm zu gehen, wenn du doch in Finnegans Dienst stehst?«

»Ich liefere ihm Informationen«, sagte Distel, »keine Menschen. Dich zu beobachten war ein eher ungewöhnlicher Auftrag für mich, auch wenn ich's gern gemacht habe. Und selbstverständlich werde ich Finnegan darüber informieren, was du gedenkst, als Nächstes zu tun. Aber ich werde dich zu nichts zwingen.«

Distel machte sich daran, den zweiten Fuß zu verbinden.

Aurora fühlte sich schon viel besser, die Anspannung fiel von ihr ab. Sie zog die Halskette mit dem Drachenamulett unter ihrem Kleid hervor. Der Drache hatte die Flügel gespreizt, und sein eines Bein war angehoben, als wollte er jeden Moment losfliegen. Ein blutroter Edelstein glitzerte in seinem Auge. »Glaubst du, ich kann ihm vertrauen?« Sie drehte den Anhänger zwischen den Fingern, als würde er die Antwort in sich tragen.

»Schwer zu sagen.« Distel befestigte den Verband. »Er wird seine eigenen Interessen immer voranstellen, egal, worum es geht. Du musst bei ihm vorsichtig sein. Andererseits ist er ein anständiger Mann. Er neigt weder zu Grausamkeit noch zu Willkür. Als Verbündeter ist er keine schlechte Wahl.« Sie nahm Auroras Hand. »Probier mal, aufzutreten«, sagte sie. »Das Laufen sollte dir jetzt wieder leichter fallen.«

Aurora verzog das Gesicht zu einer schmerzerfüllten Grimasse, als sie ihr Gewicht auf die bandagierten Füße verlagerte, aber obwohl sie noch immer weh taten, waren sie nicht mehr ganz so empfindlich. Sie machte einen zaghaften Schritt vorwärts. »Ja, gut«, sagte sie, »danke.« Sie durchquerte die Höhle, indem sie vorsichtig einen Fuß vor den anderen setzte und sich dabei an der Felswand abstützte.

Distel nickte und bückte sich, um ihre Sachen zusammenzupacken.

»Distel«, sagte Aurora leise. »Wenn du die Rebellen in Petrichor ausspioniert hast … weißt du dann auch, was mit ihnen passiert ist?«

Distel schüttelte den Kopf, während sie das zerrissene Kleid zusammenlegte. »Nein, seit ich aus Petrichor fort bin, habe ich nichts mehr von ihnen gehört. Ihre Pläne waren nie sonderlich ausgeklügelt. Weswegen sie umso riskanter waren. Ihre Aktionen zogen Konsequenzen nach sich, die sie nicht vorausgesehen hatten. Falls du also überlegst, *sie* um Hilfe zu bitten …«

»Nein«, sagte Aurora. Sie setzte sich hin und stützte ihr Kinn auf die Knie. »Das tue ich nicht.« Selbst wenn es ihr gelänge, einen der Rebellen zu finden, könnte sie ihnen oder ihren Plänen nicht trauen. Nicht nach den Aktionen, die sie erlebt hatte. Einen Überfall auf das königliche Verlies, bei dem viele der Gefangenen zu Tode gekommen waren. Und eine törichte Aktion in aller Öffentlichkeit, die beinahe einen Aufstand ausgelöst und einen Wachmann das Leben gekostet hatte. Sie hatten keine Strategie, keine Moral, keine Disziplin. Mit ihnen könnte sie sich unmöglich zusammentun.

Aber es gab noch eine weitere Option, einen Gedanken, der sie immer öfter quälte, je mehr Tage ins Land zogen. Celestine. Ständig wurde sie von dem Gefühl begleitet, dass die Hexe sie beobachtete, so als würden ihre stechend blauen Augen sie durch die Dunkelheit ansehen. Celestine hatte Aurora bei ihrer letzten Begegnung kurz nach ihrer Flucht aus dem Schloss aufgefordert, sich ihr anzuschließen. Sie hatte angedeutet, dass Aurora es bereuen würde, wenn sie sie zurückwies, und dass sie sie am Ende noch anflehen würde, mit ihr gehen zu dürfen. Und dann hatte die Hexe erzählt, dass Auroras Mutter einen Handel mit ihr abgeschlossen habe. Einen Handel, den die damalige Königin nicht eingehalten habe. Einen Handel, der Auroras Verwünschung zur Folge gehabt habe.

War ihre Magie auch Teil des Fluchs? Die Zauberkräfte, die sich nicht bändigen ließen und die alles zu Asche verbrannten?

Celestine kannte die Antworten. Aber Aurora konnte sie nicht fragen. Alle, die sich auf einen Handel mit der Hexe eingelassen hatten, hatten für ihre Naivität bitter büßen müssen. Doch der Gedanke ließ Aurora nicht los. Celestine hatte sämtliche Antworten, die sie brauchte, wenn sie nur zu fragen bereit wäre.

»Du solltest dich jetzt ausruhen«, sagte Distel. »Du musst heute nicht entscheiden, was du tun wirst.«

»Aber ist es nicht gefährlich?«, fragte Aurora. »Zu schlafen?«

»Nicht so gefährlich, wie nicht zu schlafen. Keine Angst, ich werde dich nicht verraten.«

Seltsamerweise fand Aurora es beruhigend, Distel ihre Ängste so offen aussprechen zu hören. Sie wickelte sich in eine der Decken und drehte sich auf die Seite. Distel streckte sich an der gegenüberliegenden Wand aus und bettete ihre Wange auf den steinigen Boden. Und obwohl Aurora nach wie vor angespannt war und sich keinesfalls in Sicherheit wähnte, war sie einfach zu müde, um wach zu bleiben. Kaum hatte sie die Augen geschlossen, war sie auch schon eingeschlafen.

Als sie wieder erwachte, war es draußen dunkel. Distel war weg, doch ihre Sachen lagen noch da. Aurora streckte ihre steifen Glieder. Sie hatte seit mindestens einer Woche nicht mehr so tief geschlafen, und mit dem ausgeruhten Zustand kehrte auch ihr klares Denken zurück.

Sie konnte nicht in Alyssinia bleiben, wenn dies bedeutete, sich nutzlos im Wald verstecken zu müssen. Aber sie konnte ihr Königreich auch nicht im Stich lassen. Es war ihre Pflicht, den Menschen zu helfen, die sich darauf verließen, dass sie sie vor dem Zorn des Königs rettete. Sie musste John aufhalten. Und sie musste diese unberechenbaren Zauberkräfte beherrschen lernen.

Finnegan war ihr einziger Ausweg. Sie traute ihm nicht, aber er schien viel zu wissen. Er hatte Anspielungen auf ihre magischen Fähigkeiten gemacht und sie »kleiner Drache« genannt. Und sie hatte das Dorf in Brand gesteckt. Genau so etwas taten Drachen doch, oder?

Er hatte ihr schon einmal geholfen, auch wenn es in einem Blutvergießen geendet hatte. Möglicherweise verfolgte er seine eigenen Ziele, doch wie es schien, standen diese zumindest im Moment mit Auroras im Einklang. Mit seiner Hilfe könnte sie sich neu sammeln, bevor König John sie wieder in die Enge trieb.

Und die Tatsache, dass Finnegan Distel beauftragt hatte, sie in Sicherheit zu bringen, und nun nichts unversucht ließ, sie davon zu überzeugen, zu ihm zu kommen, legte die Vermutung nahe, dass er sie ebenfalls brauchte. Er wollte etwas von ihr. Das gab ihr Hoffnung. Dadurch würde es leichter werden zu bekommen, was *sie* wollte.

»Distel«, sagte sie, als die Sängerin mit einer Handvoll Kräuter zurückkehrte. »Ich habe mich entschieden. Ich gehe nach Vanhelm.«

DREI

Sie reisten vor allem nachts und mieden die Straßen. Auroras Füße schmerzten noch immer, aber Distels Verbände machten das Gehen halbwegs erträglich. Sie borgte sich von der Sängerin ein paar Kleider, die sie kürzte, um sich nicht im Saum zu verheddern. Sie sprachen nur wenig, aber ab und zu summte Distel leise ein paar Takte irgendeiner Melodie vor sich hin, die Aurora nicht kannte.

Alle paar Tage machte Distel einen Abstecher in die nächstgelegene Stadt und kaufte ein, während Aurora sich in einem hohlen Baum oder einer Höhle versteckte. Jedes Mal kehrte die Sängerin mit frischen Vorräten und einer bemüht neutralen Miene zurück.

»Was gibt's Neues?«, fragte Aurora stets. »Was ist passiert?«

Es waren nie schöne Geschichten. Soldaten, die auf der Suche nach ihr ganze Städte in Trümmer legten. Straßenhändler, die drangsaliert wurden und deren Waren im Dreck landeten. Gerüchte über anhaltende chaotische Zustände in der Hauptstadt, Rebellenkämpfe, Häuserverwüstungen und Hinrichtungen auf offener Straße. Sowie Berichte über erst ein, dann drei, dann sechs Dörfer, die angeblich von der Prinzessin in ihrem blinden Hass gegen den König niedergebrannt worden waren.

All dies schilderte Distel mit fester Stimme, ohne Zögern und Ausflüchte. Ganz sachlich, nur die Fakten, so als wäre das Königreich nicht im Begriff, wegen Aurora zusammenzubrechen.

»Ich habe endlich Nachricht von Finnegan erhalten«, sagte Distel, nachdem sie von einer dieser Stippvisiten zurückgekehrt war. »Er wird uns ein Boot schicken. Ich bin froh, dass er sich gemeldet hat. Wir nähern uns nämlich langsam dem von mir vorgeschlagenen Treffpunkt. Und es wäre zu gefährlich, wenn wir dort länger verweilen oder gar auf eigene Faust ein Boot suchen müssten.«

»Glaubst du, die Soldaten des Königs sind uns auf den Fersen?«

Distel schüttelte den Kopf. »So wie's aussieht, haben sie die Suche nach dir eingestellt. Sie wissen nicht, wo du steckst. Und wir wollen nicht, dass sich daran etwas ändert.«

Es dauerte noch einige Tage, bis sie endlich die Küste erreichten, doch dann, eines Morgens, erklommen sie im frühen Dämmerlicht einen Hügel, und da war plötzlich das Meer. So weit das Auge reichte, breitete sich vor ihnen graues, kabbeliges Wasser aus. Ein Schiff schaukelte in etwa dreißig Meter Entfernung erstaunlich ruhig auf den schäumenden Wellen.

Aurora blieb auf dem Hügelkamm stehen. Der Ozean. Er war ungestümer, als sie ihn sich vorgestellt hatte, beinahe wütend, so als würde er jeden Beobachter herausfordern wollen. Ein kalter böiger Wind blies landeinwärts, und Aurora zog ihren Umhang fest um ihre Schultern.

Hier war das Ende des Königreichs. Das Ende der Welt, zumindest so, wie Aurora sie kannte. Sie atmete tief ein und genoss die Schärfe der frischen, salzigen Seeluft. Und dann stapfte sie los, den Hügel hinunter, dicht gefolgt von Distel.

Ein grimmig dreinblickender Mann wartete neben einem Ruderboot am Ufer. Er nickte Aurora und Distel zu, als sie näher kamen. Distel raunte ihm etwas ins Ohr, worauf er wieder nickte und wortlos aufs Boot zeigte. Aurora ließ ihren Blick über das aufgewühlte Wasser gleiten, dann schaute sie zurück auf den Wald und den Hügelkamm.

Sobald sie in das Boot einstieg, gab es kein Zurück mehr. Sie würde nicht fliehen können, falls die Seeleute sie verrieten. Aber sie musste ihnen vertrauen. Finnegan verfügte über Mittel und Möglichkeiten, und er wusste so viele Dinge, von denen sie nicht mal etwas ahnte. Es gab im Moment niemanden, der als Verbündeter besser geeignet war als er.

Sie stieg in das Boot ein. Es schwankte leicht, und sie landete strauchelnd auf der Sitzbank. Distel stieg neben ihr ein, wobei das Boot erneut ins Schaukeln geriet. Als schließlich beide auf ihren Plätzen saßen, ruderte der Mann los Richtung Segelschiff.

Aurora heftete ihren Blick auf das Ufer, das immer kleiner wurde und zusammenschrumpfte, während die Bäume zu einem grünblauen Streifen verschmolzen.

Sie seufzte tief. Solange sie zurückdenken konnte, hatte sie reisen wollen, um sich *alles* anzusehen. Und jetzt war sie umgeben von der wogenden See, das Land rückte immer weiter in die Ferne, und ein tiefer Schmerz überkam sie. So hatte sie nicht weggehen wollen.

Aber sie würde wiederkommen. Sie musste wiederkommen.

Das Schiff segelte aufs offene Meer hinaus, und als die Sonne unterging, konnte Aurora das Ufer von Alyssinia schon nicht mehr sehen. Sie stand an Deck an der Reling und schaute dorthin zurück, wo die Küste gewesen war. Ihr Königreich war im Nebel entschwunden, und ein anderes rückte näher. Vanhelm. Finnegans Heimat.

Bevor sie dort ankam, musste sie genau wissen, was sie wollte. Sie musste mit einer Reihe präziser Forderungen in sein Schloss marschieren und sie ihm in klaren Worten darlegen. Ansonsten würde der scharfzüngige Prinz all ihre Hoffnungen im Handumdrehen zerschlagen. Sie durfte es nicht auf gut Glück angehen, durfte nicht auf sein Entgegenkommen bauen.

Sie wollte in Erfahrung bringen, was er alles über den

Fluch und ihre Magie wusste. Sie wollte wissen, wieso er sie *kleiner Drache* genannt hatte, und warum er so erpicht darauf war, sich mit ihr zu verbünden. Sie wollte, dass er ihr dabei half, ihre Kräfte zu verstehen und den König aufzuhalten. Doch ohne zu wissen, was Finnegan von *ihr* wollte, ließ sich ihre eigene Verhandlungsposition schwer einschätzen.

Ein kalter Wind fuhr in ihre Haare und ließ sie frösteln. Das Meer und der Himmel flossen nahtlos ineinander über, und die Sterne spiegelten sich schimmernd auf dem Wasser.

Sie lehnte sich nach vorn, um einen Blick auf das brodelnde Kielwasser zu erhaschen. Die Reling drückte sich fest in ihren Bauch.

Tristan hatte ihr mal eine wilde Geschichte über seine Zeit als Pirat erzählt. Dass er erst entführt und später sogar zum Captain des Schiffes gemacht worden sei. Alles frei erfunden, natürlich, und doch hatte sie angenommen, dass in seinen Flunkereien auch ein Funken Wahrheit steckte. Er stammte nicht aus Petrichor. Er war unbekümmert, ein Witzbold mit einer blühenden Phantasie. Und mehr hatte sie anscheinend nicht über diesen Jungen wissen müssen, um ihm ihr Vertrauen zu schenken. Um mit ihm in die Dunkelheit zu verschwinden, Händchen haltend auf den Dächern der Stadt zu sitzen, wo sie einander Geheimnisse zuflüsterten.

Sie war so dumm gewesen!

Distel kam, eingehüllt in eine Decke, von unten aufs Oberdeck. Ihr schwarzes Haar flatterte lose um ihr Gesicht. »Sei bloß vorsichtig!«, sagte sie. »Die See kann sehr rau sein.«

»Keine Sorge.«

Ein Schatten wanderte über den Horizont. Vielleicht ein anderes Schiff.

»Du misstraust mir«, sagte Distel. »Das verstehe ich.«

»Ich misstraue nicht *dir*«, erwiderte Aurora. Distel hatte ihr das Leben gerettet, ihre Wunden versorgt, war tagelang neben ihr hergewandert und hatte im selben Unterschlupf geschlafen. Das verband sie. Aurora empfand tiefen Respekt für die Sängerin. Sie schätzte ihre Gesellschaft. Vielleicht mochte sie sie sogar. Aber sie wusste einfach nicht, ob sie ihr trauen konnte. »Ich bin misstrauisch, was deine Beziehung zu Finnegan angeht.«

Distel schwieg eine Weile lang. »Ich bin nicht sein verlängerter Arm, Aurora«, sagte sie schließlich. »Ich handle nicht blindlings auf seinen Befehl hin. Wenn ich ihm helfe, dann nur, weil ich will. Und nur, wenn ich es für richtig halte.«

»Du hast mich auf seinen Befehl hin beschattet.«

»Auf seine Bitte hin. Und ich hab's gern getan. Ich war selbst besorgt um dich.«

»Weil ich Hilfe brauchte.«

»Ja«, sagte Distel. »Und weil ich weiß, wie sich das anfühlt.«

Machte es einen Unterschied, ob Distel dazu gezwungen oder darum gebeten worden war, ihr zu folgen? So oder so hatte Finnegan dahintergesteckt. Aurora starrte aufs dunkel schimmernde Wasser. Alles, was sie zu Distel sagte, konnte bei Finnegan landen. Aber andererseits war die Sängerin im Augenblick Auroras wichtigste Informationsquelle.

»Was will Finnegan von mir?«, fragte Aurora. »Warum hat er dich geschickt?«

»Ich glaube, er ist fasziniert von deinen magischen Fähigkeiten.«

»Fasziniert? Was soll das heißen?«

»Ich bin nicht sicher«, sagte Distel. »Ich möchte ungern wild spekulieren. Vermutlich glaubt er, sie seien nützlich. Aber das liegt auf der Hand, oder? Magie in einer magiefreien Welt? Jeder wäre daran interessiert.«

Aurora nickte. Das klang einleuchtend und brachte sie endlich ein Stück weiter. Sie beherrschte ihre Magie noch nicht, aber Finnegan schien einiges darüber zu wissen, Details, die er ihr noch nicht erzählt hatte. Wenn er ihre Zauberkräfte für seine eigenen Zwecke benutzen wollte, musste er ihr helfen, sie zu bändigen. Und dass Celestine noch lebte, wusste er anscheinend nicht. Er würde also alles Mögliche anbieten, um im Gegenzug dafür Zugang zu der Magie zu bekommen, von der er annahm, dass sie die letzte auf der Welt sei.

»Denk jedoch nicht, das sei der einzige Grund«, fuhr Distel nach einer kurzen Pause fort. »Ich glaube, er ist um dich besorgt.«

»Besorgt?«

»Um dein Wohl. Er ist selbstsüchtig, Aurora, aber er hat auch eine sehr liebenswerte Seite.«

Das passte dazu, wie sie ihn vor ihrer Flucht aus Alyssinia erlebt hatte. Auch sie war von Finnegan fasziniert gewesen, und das, obwohl er sie schier zur Raserei getrieben hatte.

Doch etwas an Distels Äußerungen machte sie stutzig. »Du bist mir gegenüber sehr offen.«

»Wie meinst du das?«

»Du berichtest mir von Finnegans Plänen, erzählst mir von seinen möglichen Beweggründen … Du hast gesagt, du seist seine Spionin, und ich glaube nicht, dass Spione so etwas ausplaudern sollten. Das verstehe ich nicht.«

Distel lehnte sich ebenfalls nach vorn und richtete den Blick aufs Wasser. »Ich nehme meine Arbeit sehr ernst, Aurora«, sagte sie. »Aber ich finde, du hast Ehrlichkeit verdient. Ich weiß, wie es ist, wenn man sich vollkommen verloren fühlt. Ich will es für dich nicht noch schwerer machen, als es ohnehin schon ist.«

Aurora neigte den Kopf zur Seite und blickte sie an. »Warum arbeitest du ausgerechnet für Finnegan?«, fragte sie. »Wieso für *ihn*?«

Distel schwieg eine Weile und fixierte das Wasser. »Da, wo ich herkomme, kennt jeder jeden, und alle meinen, sie hätten das Recht, einem Vorschriften zu machen. Und das gefiel mir nicht. Ich konnte dort nicht ich sein. Ich wollte meine eigenen Erfahrungen machen. Als ich dann sechzehn wurde, bin ich von zu Hause fort. Mir war nicht klar, wie hart das Reisen sein würde. Denn egal, wohin ich auch kam, egal, welches Königreich, die Leute behandelten mich immer schlecht. Sie nutzten mich aus, bestahlen mich, und ich dachte: *So sind also die Menschen.* Und ich war mir sicher, dass Finnegan nicht anders sein würde als der Rest. Aber er erkannte mein Talent.

Dass ich gelernt hatte, mich im Hintergrund zu halten, dass ich eine gute Beobachterin war, dass ich Menschen durchschauen konnte. Wir wurden Freunde. Und er bat mich, ihm zu helfen.«

»Und das hast du dann getan.«

»Ich kann nach wie vor durch die Welt reisen und Menschen beobachten. Aber ich leide keinen Hunger mehr. Im Gegenteil. Und ich habe so etwas wie einen Freund. Irgendwann wirst du merken, wie wertvoll solche Dinge sind, Aurora.«

»Ich weiß, wie wertvoll sie sind.«

»Wirklich? Bis vor kurzem bist du noch nie hungrig gewesen. Du warst noch nie wochenlang mutterseelenallein unterwegs, hast nie erlebt, dass Menschen dich geringschätzig behandeln, nur weil du aus einem anderen Land kommst. Du solltest mich nicht dafür verurteilen, dass ich mich mit ihm verbündet habe, oder glauben, dass ich deswegen gegen dich bin.«

Aurora beobachtete das Auf und Ab der Wellen. »Ich verurteile dich nicht«, sagte sie leise. »Es ist nur so, dass …« In Auroras Kopf herrschte ein einziges Durcheinander. »Seit ich wach bin, haben sich alle Menschen verstellt, mit denen ich zu tun hatte. Alle wollen mich für ihre eigenen Zwecke benutzen. Tristan wollte mich für die Revolution gewinnen, der König und die Königin wollten mich als willenlose Marionette, und selbst Finnegan hatte bereits meine Flucht geplant, noch bevor ich überhaupt etwas davon erwähnt hatte.

Und jetzt auch noch du. Du solltest nur eine Sängerin sein. Kein Rätsel, sondern einfach nur du. Und jetzt … jetzt weiß ich gar nichts mehr.«

»Vielleicht liegt genau da das Problem«, sagte Distel. »Niemand ist einfach nur so oder so. Menschen sind vielschichtig.«

»Vielschichtig zu sein bedeutet aber nicht, dass man Spion ist.«

»Ein Spion zu sein macht niemanden zwangsläufig zu einem schlechten Menschen. Es bedeutet nicht, dass die Person dich ausnutzen will.«

»Nein«, sagte Aurora. »Das weiß ich.« Und so war es auch. Sie konnte Distels Beweggründe verstehen, sah, dass sie ein gutes Herz hatte. Doch sie wusste nicht so recht, was sie noch weiter sagen sollte, und so drehte sie sich von Distel weg und blickte wieder zum Horizont.

Als Aurora am nächsten Tag erwachte, schmeckte die Luft nach Rauch. Distel war nicht in ihrer Kabine, und durch das Bullauge konnte Aurora nichts als Wasser erkennen. Also stieg sie die Stufen zum Hauptdeck hinauf. Distel lehnte an der Reling und schaute zur Küste hinüber.

Es war verödetes Land, schwarz und rot. Rauchsäulen stiegen vom Boden auf, und selbst der Himmel sah versengt und grimmig aus. Alles Leben war ausgelöscht worden, und zurück war eine verkohlte, leere Hülle geblieben. Es schien falsch, dass solch eine Kargheit in unmittelbarer Nähe des vor Lebenskraft strotzenden Wassers existierte.

Aurora hätte es nie für möglich gehalten, dass es so etwas überhaupt gab. Dass *dies* hier auf der anderen Seite des Meeres wartete, dass dies die Welt jenseits der Grenzen ihres Königreichs war.

Aurora ging zu Distel hinüber. Irgendwie kam es ihr angesichts der verwüsteten Landschaft vor ihnen falsch vor, sich schnell zu bewegen oder laut zu sprechen. »Welcher Ort ist das?«, flüsterte sie.

»Vanhelm«, sagte Distel. »Jedenfalls früher einmal.«

Vanhelm. In Auroras Vorstellung hatte Finnegans Königreich so ähnlich ausgesehen wie ihr eigenes, mit Wäldern und Schlössern und voller Leben. Nicht wie diese Ruinenlandschaft aus Asche und Rauch.

»Was ist passiert?«

Die Sängerin starrte unverwandt über das Wasser. »Drachen.«

Wie Distel es sagte, klang es wie eine Selbstverständlichkeit. Aber da war rein gar nichts mehr übrig. *Nichts.* Wie hätten Drachen so etwas anrichten sollen?

Das Schiff fuhr an den Ruinen eines Hauses vorüber, das nah am Ufer stand. Seine Mauern waren geschmolzen und eingesunken, so als würde es sich unter der gleißenden Sonne zusammenkauern.

»So wie Finnegan immer von Vanhelm gesprochen hat, und nach allem, was Iris erzählte, hätte ich nicht gedacht, dass es hier so aussieht.«

»Er meinte nicht das hier. Das, was du hier siehst, ist nicht das Königreich, nicht mehr. Wenn sie Vanhelm sagen, dann meinen sie die Insel, die Hauptstadt«, sagte sie. »Ein ganzes Land in nur einer Stadt.«

Aurora sah zum Heimatland ihrer Vorfahren hinüber, das jetzt in Schutt und Asche lag. »Nur eine Stadt hat überlebt?«, fragte sie. »Eine einzige?«

»Nur eine«, erwiderte Distel. »Es war der einzige Ort, der von Wasser umgeben war. Nur dort ist es sicher.« Der Wind fuhr in ihr Haar und blies ihr dunkle Strähnen ins Gesicht.

»Haben viele Menschen außerhalb der Stadt gelebt? Bevor … bevor es so wurde?«

»Sehr viele Menschen«, entgegnete Distel. »Und nur wenige sind entkommen.«

Wie viele hatten allein in diesem Teil von Vanhelm gelebt? Es mussten Tausende von Menschen gestorben sein. Zehntausende. Mehr, als sie sich je würde vorstellen können.

Aurora griff nach der Drachenkette an ihrem Hals. Der vom Wind verwehte Rauch kratzte in ihrer Kehle.

Finnegan hatte sie mit den Drachen verglichen, die nach ihrem Erwachen sein ganzes Königreich dem Erdboden gleichgemacht hatten. Was erwartete er da von *ihr*?

VIER

Am Horizont kam langsam die Stadt Vanhelm in Sicht. Zuerst war sie nur ein unscharfer Schatten, ein grauer Fremdkörper im morgendlichen Nebel, doch je näher das Schiff heranglitt, desto klarer wurden ihre Formen zu Häusern, Türmen und Zinnen, alle unterschiedlich hoch in den Himmel aufragend. Aurora hatte bereits Petrichor beeindruckend gefunden, mit seinem Gewirr aus verwinkelten Straßen, die sich vom Schloss aus in alle Richtungen wanden, aber Vanhelm war atemberaubend. Genauso respekteinflößend wie das Ödland, aber zugleich auch strahlend wie eine Stadt voller Geheimnisse.

Das Schiff erreichte am frühen Nachmittag den Hafen. Der Kai quoll fast über von Menschen, die zu den Booten drängten und dabei Geldstücke in die Luft reckten und lauthals ihr Reiseziel herausschrien. Eine Kette von Seeleuten versuchte, die wogende Menge zurückzuhalten, während andere die Fracht löschten, schwere Kisten, auf denen die Wappen verschiedener Königreiche prangten. Ein Stück davon entfernt am Ufer sortierten ein paar Fischer ihren Tagesfang.

Ein Steinwall trennte die Hafenanlage vom Rest der Stadt, und um von der einen auf die andere Seite zu gelangen, musste man einen unbewachten Torbogen passieren. Daran angelehnt stand Finnegan und verfolgte mit aufmerksamem Blick, wie Aurora und Distel sich mühsam einen Weg durchs Gewühl bahnten. Der Prinz erschien Aurora noch attraktiver als bei ihrer letzten Begegnung. Sie hatte dieses unverschämte Lächeln, das seine Lippen bisweilen umspielte, schon fast vergessen, wie hübsch das Grün seiner Augen mit seinem schwarzen Haar kontrastierte, und diese lässige Pose, die so wirkte, als hätte er noch nie in seinem Leben auch nur einen Hauch Selbstzweifel verspürt. Den Blick auf sie geheftet, wartete er, dass sie näher kamen.

»Ihr seid spät dran«, sagte Finnegan.

»Das Schiff hat bei der Überfahrt Zeit verloren«, erklärte Distel. Sie trat dichter an ihn heran, knickste aber nicht. Sie waren fast gleich groß. »Darauf haben wir nun mal keinen Einfluss.«

»Aurora vielleicht schon, hätte sie's versucht. Ich warte schon seit Stunden.« Er zog Distel an sich heran und umarmte sie. Sie drückte ihm einen Kuss auf die Wange. Dann drehte er sich zu Aurora um. »Aurora«, sagte er. Er ergriff ihre

Hand und küsste ihre Fingerknöchel. Es erinnerte sie an das letzte Mal, als er sie geküsst und ihr dabei eine Karte seiner Stadt zugesteckt hatte. Und an die sanfte Berührung seiner Lippen an ihrer Wange, spät nachts im Schloss. »Schön, Euch wiederzusehen.«

Sie schenkte Finnegan ein, wie sie hoffte, entschlossenes Lächeln, das keine Angst zeigte. »Ich bin ebenfalls erfreut, Euch zu sehen.«

»Tatsächlich? Und ich dachte, Ihr seid nur gekommen, weil Ihr keine andere Wahl hattet.«

Sie hörte auf zu lächeln. »Ich bin mir sicher, Ihr seid es gewohnt, dass man Euch als letzten Ausweg betrachtet«, sagte sie. »Solltet Ihr Euch dadurch jedoch brüskiert fühlen, werde ich die Stadt mit dem nächsten Schiff wieder verlassen.«

»Dazu würde ich Euch nicht raten. Unser Freund König John lässt auf der Suche nach Euch jeden Stein umdrehen. Ihr werdet doch nicht so töricht sein, jetzt nach Alyssinia zurückzukehren.«

»Nein«, sagte sie, »aber Vanhelm ist nicht der einzige Ort, an dem ich mich verstecken kann.«

»Dann ist es ja ein Glück, dass ich so überwältigend charmant bin. Aber lasst uns jetzt nicht darüber reden. Wir sollten uns solch einen herrlichen Tag nicht mit Politik vermiesen, oder? Erst einmal werde ich Euch und Distel in den Palast bringen.«

Finnegan führte sie eine kopfsteingepflasterte Straße hinunter, wobei er sich geschickt einen Weg durch die Menge bahnte. Schon in Petrichor hatte reger Betrieb geherrscht, aber Vanhelm war ein einziges Gewimmel aus Menschen, Geräuschen und Gerüchen. Die Straßen lagen im Schatten der Häuser, die turmhoch in den Himmel ragten. Aurora reckte den Hals und versuchte, die Fenster der Gebäude zu zählen, an denen sie vorbeikamen. Zehn, zwanzig … Es schienen endlos viele.

An einer Straßenecke stand ein Mann. Er schwenkte einen Stapel Flugblätter und brüllte jeden an, der sich ihm näherte. »Seid gewahr, der Untergang ist nahe«, schrie er, und seine Stimme hallte laut über das Chaos der Straße hinweg. »Die Drachen sind gekommen, dieses Land zu vernichten! Tut Buße, bevor Euer Fleisch vom Feuer verzehrt wird!« Energisch streckte er Aurora im Vorbeigehen ein Flugblatt entgegen.

»Glauben die Leute daran?«, fragte Aurora Distel.

»Die Leute glauben, was sie glauben wollen. Ich habe noch nie auf eine göttliche Macht vertraut.«

»Aber sie glauben, die Drachen seien göttlich?«

»Oder die Werkzeuge irgendwelcher Götter«, erklärte Distel. »Götter, die man schon lange vergessen hat oder ignoriert. Die Menschen werden immer irgendwelche Erklärungen finden, um ihre Ängste zu beruhigen. Um sich einzureden, dass *ihnen* nichts geschehen kann.«

Sie sahen noch weitere Männer, die an Straßenecken standen und den Passanten mahnende Worte entgegenschleuderten. Keiner der Vorübergehenden hob auch nur den Blick.

Anscheinend hatten sich die Leute schon so an ihre Gegenwart gewöhnt, dass niemand mehr groß Notiz von ihnen nahm.

Vom Laufen auf dem harten Pflaster taten Aurora bald die Füße weh. Ihre Beine schmerzten, und doch machte sich mit jeder neuen Straße, die sie betraten, ein leises aufgeregtes Kribbeln in ihrem Bauch bemerkbar. Die Stadt war so anders als Petrichor, anders als alles, was sie bisher gesehen hatte. Sie vibrierte vor Energie und besaß eine Dynamik, die Alyssinia vermissen ließ.

Schließlich erreichten sie das Schloss. Es war ein ausladender Bau mit mächtigen Säulen an der Stirnseite, der sich eindrucksvoll von den umliegenden Gebäuden hervorhob und alle Aufmerksamkeit auf sich zog.

Finnegan führte sie in einen breiten Hof mit zahlreichen Springbrunnen, der den Palast von der Straße trennte. Zwei Mädchen saßen auf dem Rand eines der Brunnen und ließen die Hände durchs Wasser gleiten. Finnegan grüßte sie mit einer angedeuteten Verbeugung, und sie brachen in Gekicher aus.

Breite Marmorstufen schwangen sich zum Schlosseingang hinauf. Die imposante Flügeltür war von bronzenen Drachen flankiert. Die beiden Wachen daneben verneigten sich tief, als Finnegan sich näherte.

»Wo hält sich meine Mutter gerade auf?«, fragte er sie.

»Ihre Majestät ist in ihrem Arbeitszimmer«, erwiderte einer der Wachmänner. »Wünscht Ihr eine Eskorte?«

»Nein, ich will sie nicht stören.« Der Wachmann streckte eine Hand nach der Tür aus, aber Finnegan signalisierte ihm mit einem Winken, Platz zu machen, und schob sie dann selbst auf. »Gäste haben Vortritt«, sagte er zu Aurora.

Sie trat ein. Zwei deckenhohe Fenster ließen goldenes Sonnenlicht hereinfluten, so dass die Eingangshalle hell und luftig wirkte. Die Decke hoch über ihnen wölbte sich zu einer Glaskuppel, die am Rand von handgemalten Mustern überzogen war, die in der Sonne leuchteten. Vor ihnen schwang sich eine imposante, mit rotem Teppich belegte Treppe nach oben. In der Halle gab es nur eine einzige Tür, die sich links am Fuß der Treppe befand, und von einem Wachmann bewacht wurde. Von der anderen Seite des Raums ging ein Korridor ab, aber Aurora konnte nicht sehen, wohin er führte.

Ein Glasdrache stand am Fuß der Treppe. Das Licht spiegelte sich auf seiner Oberfläche, so dass es beinahe so aussah, als würde sich die Statue bewegen. Er nahm die gleiche Pose ein wie der Drache an Auroras Kette: die Flügel gespreizt, ein Bein angehoben, als wollte er jeden Moment losfliegen. Sein smaragdgrünes Auge schien Aurora zu beobachten, als sie näher heranging. Sie strich mit der Hand über seinen Hals. Seine gläsernen Rückenstacheln piksten in ihre Haut.

»Er sieht genauso aus wie der Drache an meiner Kette«, sagte sie.

»Gefällt er Euch nicht? Das ist das Wahrzeichen meines Königsreichs. Diese Drachen haben die lästige Angewohnheit, immer dann zu erscheinen, wenn man mal nicht hinsieht.« Er ging auf die Treppe zu. »Kommt. Ich zeige euch eure Zimmer.«

»Nein.« Aurora verharrte und ließ ihre Hand auf dem Nacken des Drachens liegen. Sie musste jetzt Stärke beweisen, bevor er wieder die Oberhand gewann. »Wir müssen über unsere Allianz sprechen.«

»Jetzt? Noch bevor Ihr ein heißes Bad genommen und eine Weile ausgeruht habt?« Seine Worte klangen beinahe besorgt, aber Aurora hörte einen leisen Anflug von Spott in seiner Stimme. »Bestimmt kann die Diplomatie noch warten.«

»Jetzt«, entgegnete sie. »Ich denke, wir sollten im Vorfeld ein paar Dinge klarstellen, meint Ihr nicht?«

»Wie überaus vorausschauend von Euch«, sagte er. »Vertraut Ihr mir etwa nicht, Aurora? Ich habe nicht vor, Euch mit meiner Gastfreundschaft in eine Falle zu locken.«

»Ich bin nur der Meinung, wir sollten Klarheit schaffen.«

»Was immer die Prinzessin verlangt. Distel, ich vermute, du weißt noch, wie du zu deinen Räumlichkeiten kommst?«

»Ich wäre eine armselige Spionin, wenn ich mich daran nicht mehr erinnern könnte.« Distel lächelte. Sie warf Aurora einen raschen Blick zu, und obwohl sie nur einmal kurz blinzelte, hatte Aurora das untrügliche Gefühl, die Sängerin wollte ihr Mut machen. »Wir sehen uns später.« Mit einem knappen Nicken verschwand sie die Treppe hinauf.

»Also«, sagte Finnegan. »Dann lasst uns verhandeln. Meint Ihr wirklich, dass Ihr schon so weit seid?«

»Das werden wir gleich herausfinden.«

Finnegan führte sie die Treppe hinauf und dann links durch eine weitere bewachte Tür. »Die Aufteilung des Schlosses ist ziemlich simpel«, erklärte er. »Im rechten Flügel befinden sich alle öffentlichen Räume und die Gästezimmer, im linken die privaten. Wenn Ihr inkognito bleiben wollt, empfehle ich Euch dringend, Euch immer hier aufzuhalten.«

Sie verstand nicht so recht, was das bringen sollte. Ihre Anwesenheit würde so oder so bemerkt werden. Von den Dienstboden oder den Hofangehörigen. »Was soll ich sagen, wenn mich einer der Höflinge sieht? Ich weiß nicht, ob wir ihnen die Wahrheit anvertrauen können.«

»Hier gibt es keinen Hofstaat«, erklärte Finnegan. »Wenn weite Teile des Königreichs überraschend von Drachen vernichtet werden, bleibt nicht viel vom Adel übrig.«

»Sie sind alle tot?«

»Die meisten«, sagte er. »Aber bei uns werden die Dinge auch … gerechter gehandhabt als in Alyssinia. Die Gilden regeln ihre Angelegenheiten unter sich. Meine Mutter kümmert sich um alles selbst, zu Lasten ihrer Freizeit und ihres Schönheitsschlafs.«

»Eure Mutter?«, fragte sie. »Die Königin?«

»Natürlich. Ich werde Euch zu gegebener Zeit mit ihr bekannt machen, aber nicht heute.«

Sie runzelte die Stirn. »Wollt Ihr mich etwa geheim halten?« Vor einem nicht existierenden Hofstaat versteckt zu werden war eine Sache, aber vor der Königin?

»Niemand hat Geheimnisse vor meiner Mutter«, erwiderte

er. »Ich will einfach noch etwas warten. Bis wir unsere Vereinbarung getroffen haben. Bis dahin werden wir allen erzählen, dass Ihr Rose seid, ein Gast aus Falreach. Eine ausländische Adlige, die zu Besuch ist, um die Bibliothek zu besuchen. Keiner wird irgendwelche Fragen stellen.«

»Immer vorausgesetzt, dass ich bleibe«, sagte sie, während sie sich einer weiteren bewachten Tür näherten.

»Natürlich«, sagte Finnegan. »Vorausgesetzt, Ihr bleibt.« Er nickte dem Wachmann zu, als er die Tür aufdrückte. »Schickt jemanden in mein Arbeitszimmer, der uns etwas zu essen bringt, Smith. Egal was.«

»Ja, Eure Hoheit«, erwiderte der Wachmann.

Hinter der Tür lag ein breiter Flur, der von einem einzigen deckenhohen Fenster ganz am Ende erhellt wurde. Es gab mehrere Türen, die alle angelehnt waren. Finnegan führte sie in einen Salon mit grünen Sesseln, auf einem kleinen Beistelltisch lag ein aufgeschlagenes Buch mit dem Rücken nach oben. *Die Binsen* lautete der Titel.

»Wenn Ihr mögt, könnt Ihr es Euch ausleihen«, sagte Finnegan, als er ihrem Blick folgte. »Es ist nicht besonders gut. Ein bisschen zu prätentiös für meinen Geschmack.«

»*Euch* ist es zu prätentiös?«, sagte sie. »Dann muss es in der Tat unerträglich sein.« Sie setzte sich auf die äußerste Kante eines Sessels.

Finnegan nahm ihr gegenüber Platz. »Na schön, Aurora«, sagte er. »Ihr wolltet verhandeln, dann beginnt. Wieso habt Ihr euch entschieden, dass Ihr nun doch meine Hilfe wollt?«

Sie setzte sich aufrechter hin und wägte ihre Worte ab. »Ich nehme an, Ihr wisst über die Situation in Alyssinia Bescheid?«

»Ich hörte, Ihr habt ein ganzes Dorf bis auf die Grundmauern niedergebrannt.«

»Ich hörte, ich hätte gleich mehrere Dörfer bis auf die Grundmauern niedergebrannt. Ihr solltet nicht alles glauben, was die Leute sagen.«

»Nicht alles, nein. Aber oft steckt eben doch ein Körnchen Wahrheit darin. Fast immer sogar. Und ich habe mit eigenen Augen gesehen, wozu Ihr fähig seid.«

»Aber nicht, dass ich ein Dorf niedergebrannt habe.«

»Doch, ich habe Eure Zauberkräfte schon erlebt«, sagte er. »Von daher schätze ich Euch als mächtig genug ein, um den Gerüchten Glauben zu schenken.«

»Alyssinia steckt in großen Schwierigkeiten«, sagte sie. »Überall im Königreich sind Soldaten unterwegs, die Häuser zerstören und alles verwüsten. In der Hauptstadt gibt es Aufstände und Straßenkämpfe. Der König hat ganze Dörfer niederbrennen lassen, um mich zum Sündenbock zu machen.«

»Und Ihr wollt ihn aufhalten?«

»Ja.«

»Und Ihr meint, ich werde Euch dabei helfen?«

Sie lehnte sich nach vorn. »Ich weiß, dass Ihr mich auf Eurer Seite haben wollt«, sagte sie. »Ich weiß, dass Ihr auf etwas von mir angewiesen seid. Ihr wusstet von meinen Zauberkräften, noch ehe ich überhaupt etwas ahnte. Deswegen seid Ihr auch nach Alyssinia gekommen. Ihr braucht mich. Warum sagt Ihr mir nicht hier und jetzt, was Ihr von mir wollt?«

»Oh, auf diese Frage gibt es so viele Antworten, Aurora.«

Sie umfasste die Armlehnen ihres Sessels. »Dann wollen wir ganz simpel beginnen. Weshalb wolltet Ihr mich in Alyssinia kennenlernen?«

Es klopfte an der Tür.

»Herein«, rief Finnegan.

Ein Lakai erschien in der Tür, in den Händen ein Tablett mit Kuchen und einer Flasche Wein. Er schenkte zwei Gläser ein und stellte sie vor ihnen hin. Dann verließ er unter mehrmaligem Verbeugen wieder das Zimmer. Finnegan nippte an seinem Glas, bevor er fortfuhr.

»Ich war neugierig.«

Sie wartete darauf, dass er ausführlicher antwortete. Doch mehr sagte er nicht.

»Neugierig?«, sagte sie. »Inwiefern?«

»Wäret Ihr etwa nicht neugierig, wenn jemand, der hundert Jahre geschlafen hat, plötzlich erwacht? Ich wollte sehen, wie Ihr so seid, und sei es nur, um meine Vermutungen zu bestätigen.«

»Und entsprach ich Euren Erwartungen?«

»O nein, ganz und gar nicht«, erwiderte Finnegan. »Sonst hätte ich schon vor langer Zeit aufgehört, mit Euch zu sprechen. Ich hatte angenommen, Ihr seid hochnäsig wie Iris, oder sogar noch schlimmer, schwach und tumb wie Rodric. Die Wahrheit stellte sich als weitaus amüsanter heraus.«

Sie lehnte sich wieder nach vorn. »Ihr lügt.«

»Dass Rodric tumb ist? Ich versichere Euch, es stimmt.«

»Dass Ihr auf mich neugierig geworden seid, weil ich erwacht bin. Ihr wart schon *vorher* in Alsyssinia. Zwar nicht im Schloss und auch nicht als Teil einer offiziellen Delegation, aber doch nah genug, um in wenigen Tagen im Schloss zu erscheinen. Ihr hättet nicht bloß aus einer Laune heraus so eine lange Reise auf Euch genommen, bevor ihr wissen konntet, dass ich wirklich erwache.«

»Vielleicht war ich einfach nur auf Reisen, Aurora. Ich habe vielseitige Interessen, wisst Ihr.«

»Ihr wart nicht einfach auf Reisen. Ihr habt Vorbereitungen getroffen. Wenn Ihr so wenig von Rodric haltet, habt Ihr auch nicht damit gerechnet, dass sein Kuss mich aufwecken würde. Und doch wolltet ihr vor Ort sein, für alle Fälle. Und ich will wissen, warum.«

»Vielleicht weil ich ein eifersüchtiger Verehrer bin, der gehofft hat, Euch Eurer wahren Liebe entreißen zu können.«

Sie stand auf. »Finnegan, wir können dieses Spielchen noch stundenlang weitertreiben. Allerdings würde ich ungern noch mehr Zeit verschwenden. Ich biete Euch eine Allianz an, an der Ihr eindeutig sehr interessiert seid. Also beantwortet mir meine Fragen, und dann sehen wir, ob irgendeine Form von Einigung möglich ist oder ob ich mich besser an jemand anderen wenden soll.«

Er blieb sitzen, legte den Kopf schräg und ließ seinen Blick auf Aurora ruhen. »Glaubt Ihr wirklich, Ihr könntet mithalten?«

»Womit?«

»Wenn wir stundenlang weiterspielen würden. Meint Ihr, das würdet Ihr durchstehen?«

»Ihr *wolltet* Unruhe stiften in Alyssinia«, sagte sie. »Ihr wolltet, dass ich aus dem Schloss fliehe und mich auf Eure Seite schlage. Ihr wusstet von meiner Magie oder habt zumindest etwas davon geahnt. Also, sagt mir, warum.«

»Erst, wenn Ihr Euch wieder hinsetzt.«

Sie starrte ihn eine Weile lang an, ohne sich zu bewegen. Dann wich sie ein kleines Stück zurück und ließ sich wieder auf dem Sessel nieder, während sie ihren Blick fest auf ihn gerichtet hielt, und strich ihre Röcke glatt, so wie sie es schon hundertmal Iris hatte tun sehen. »Ich höre«, sagte sie.

Finnegan beugte sich näher an sie heran. »Ihr müsst erst verstehen, was in Vanhelm vor sich geht«, sagte er. »Ich glaube, dann erklärt sich vieles von selbst. Ich nehme an, Ihr habt auf dem Weg hierher einen Blick auf mein Königreich werfen können? Beziehungsweise auf das, was noch davon übrig ist?«

»Ja«, sagte sie. »Das habe ich.«

»Die Drachen sind vor fünfzig Jahren aus dem Nichts aufgetaucht und haben das gesamte Königreich in Schutt und Asche gelegt. Nur wenige Menschen konnten sich retten. *Alles* war zerstört. Ziemlich bitter, wie Ihr mir zustimmen werdet. Das Einzige, was diese Stadt hier vor den Drachen schützt, ist die Tatsache, dass sie kein Wasser überqueren. Sollte sich das jemals ändern … wäre es das Ende. Aber das ist noch nicht alles. Die Stadt ist klein. Sie kommt einem zwar groß vor, aber wir können nicht noch höhere Häuser bauen, nicht noch mehr Menschen auf so kleinem Raum unterbringen. Uns geht der Platz aus.«

Sie grub die Fingernägel in ihre Handflächen und gab sich Mühe, ihre Stimme fest klingen zu lassen. »Und deshalb wollt Ihr mein Königreich haben? Oder erwartet Ihr, dass meine Magie auf irgendeine Weise alles wieder in Ordnung bringt?«

»Ursprünglich Ersteres. Anfangs war das Gerede über Eure Magie nichts weiter als ein Scherz von mir. Ich wusste gar nichts darüber, als ich im Schloss erschien. Eigentlich wollte ich die aufgeheizte Stimmung in Alyssinia ausnutzen, um die verheißene Prinzessin auf meine Seite zu ziehen … und die Königreiche zu vereinen – mehr Platz für uns, mehr Fortschritt für euch. Ein Plan, für den es sich durchaus lohnte, auf gut Glück das Meer zu überqueren für den Fall, dass Ihr tatsächlich erwachen würdet. Doch Alyssinia ist für meinen Geschmack ein bisschen zu rückständig. Und dann stellte sich heraus, dass ich mit meinem Gescherze richtiggelegen hatte. Und da sag noch mal einer, auf die Intuition könne man sich nicht verlassen. Sobald mir bewusst wurde, wozu Ihr imstande seid, war klar, dass ich die ganze Zeit den falschen Weg verfolgt hatte. Vanhelm muss die Drachen loswerden, statt sich vor ihnen zu verkriechen. Und ich glaube, Ihr könnt uns dabei helfen.«

Sie glaubte, sich verhört zu haben. »Ihr meint, *ich* könnte Euch von den Drachen befreien?«

»Ihr könnt zaubern«, entgegnete er. »Ihr beherrscht Feuer. Zum ersten Mal seit hundert Jahren verfügt Alyssinia über so etwas wie Macht. Wie sonst soll man mit einem Drachen fertigwerden, wenn nicht so?«

»Mit *Wasser*magie?«

Er lachte. »Touché. Aber Wassermagie gibt es hier nicht. Es gibt gar keine Magie, außer Eure.«

Sie schüttelte den Kopf. War das wirklich sein Ernst? »Und Eure Annahme gründet sich allein auf die Tatsache, dass ich Feuer entfachen kann, und die Drachen können es auch? Das ist alles?«

»Anfangs war es nur ein Gedankenspiel«, sagte Finnegan. »Eine Hoffnung vielleicht. Niemand weiß, warum die Drachen aufgewacht und zurückgekehrt sind, und wenn nun *Ihr* nach Eurem Erwachen auch Feuer in Euch hättet ... Es war eine reizvolle Vorstellung. Aber mittlerweile gibt es dafür Beweise.« Er lehnte sich nach vorn, ergriff ihr Drachenamulett und drehte es zwischen seinen Fingern. Das rote Auge des Tieres funkelte. »Am Tag Eurer Hochzeit, als Ihr den Brunnen gesprengt habt ... da glühte der Drache. Habt Ihr es nicht gespürt?«

»Doch«, sagte Aurora. Sie unterdrückte den Drang, ebenfalls nach dem Anhänger zu greifen. »Und?«

»Ihr habt wirklich keine Ahnung, was ich Euch da gegeben habe? In dem Amulett steckt Drachenblut. Das ist der Grund, warum die Augen so rot glühen. Und es hat auf Euch reagiert. Das Drachenblut hat Eure Kräfte verstärkt. Zwischen Euch und den Drachen besteht eine Verbindung, Aurora. Und wenn Ihr lernt, Eure Kräfte zu bändigen, könntet Ihr uns womöglich die erhoffte Rettung bringen.«

Sie zog den Anhänger aus seinen Fingern. Das Metall war warm, allerdings nur von Finnegans Berührung. Da gab es keine besondere Verbindung. »Ich habe Alyssinia verlassen, weil man sich dort hinsichtlich meiner Magie völlig unmögliche Hoffnungen machte. Warum meint Ihr, ich würde nun bei Euch anders reagieren?«

»Weil ich das Gleiche will wie Ihr. Ich will, dass Ihr lernt, Eure Kräfte zu beherrschen. In Vanhelm seid Ihr in Sicherheit. Ihr seid nicht mehr auf der Flucht, und Ihr braucht Eure Magie nicht geheim zu halten. Ihr habt genug Zeit, der Sache in Ruhe auf den Grund zu gehen. Und sobald Ihr mir geholfen habt, kann ich Euch helfen. Ich kann Euch helfen, König John loszuwerden.«

»Aber erst, *nachdem* ich die Drachen losgeworden bin. Ihr wollt, dass ich sie töte.«

Finnegan schüttelte den Kopf. »Manche Leute behaupten, man könne Drachen nicht töten. Und ich glaube, das stimmt. Die Drachen haben all die Jahre in den Felsen des Berges geschlafen. Vielleicht könnt Ihr sie ja davon überzeugen, sich wieder schlafen zu legen. Oder woanders hinzugehen, weit weg nach Westen, so dass sie uns keinen Ärger mehr machen.«

»Und Ihr helft mir, mich in meiner Magie zu üben? Und offenbart mir alles, was Ihr wisst, arbeitet mit mir Hand in Hand?«

»Ja«, sagte er. »Und was dann? Wollt Ihr Eure Kräfte einsetzen, um Alsyssinias Thron zu erobern? Um den König zu töten und die siegreiche Königin zu werden?«

»Nicht, um ihn zu töten«, sagte Aurora. »Aber die Menschen wollen Magie. Sie setzen verzweifelt all ihre Hoffnungen darauf. Und wenn ich sie ihnen geben kann … dann wird der König beim Volk Rückhalt verlieren. Ich könnte seinen Platz einnehmen oder jemand Geeigneteren unterstützen.«

»Jemand Geeigneteren? Etwa Rodric?« Finnegan lachte. »Wir wissen doch beide, dass er nicht das Zeug zum König hat.«

»Dann eben ich«, sagte Aurora. Die Worte schmeckten bitter in ihrem Mund, aber sie musste sie aussprechen. Sie wollte keine Regierungsverantwortung übernehmen, wollte sich nicht mit noch mehr Erwartungen belasten, wenn sie doch eigentlich gar nicht wusste, was das Königreich in seiner jetzigen Situation wirklich brauchte. Aber trotzdem glaubten die Menschen an sie. Die Bäckerin hatte an sie geglaubt. Sie hatten einen besseren Herrscher verdient als John. Aurora musste etwas unternehmen, um ihnen zu helfen.

»Ihr seid naiv, Aurora«, sagte Finnegan. »Ohne den König zu töten, werdet Ihr ihn nicht vom Thron vertreiben. Er wird Euch nicht kampflos das Feld überlassen.«

»Das werden wir ja sehen.«

»Ja«, entgegnete er mit beinahe trauriger Stimme. »Das werden wir wohl.«

Sie drehte den Drachenanhänger zwischen ihren Fingern, während sie sich seine Worte durch den Kopf gehen ließ. Anscheinend verfolgte er gute Absichten. Aber selbst wenn sie nicht gut waren … tja. Solange sie in Sicherheit wäre und einen Ort hätte, an dem sie in Ruhe das Bändigen ihrer Zauberkräfte erlernen würde, könnte sie sich nach außen hin kooperativ zeigen. Sie würde seine Unterstützung annehmen, während andererseits ihre scheinbar ehrlichen Bemühungen, ihm zu helfen, scheitern würden. So würde sie verhindern, dass er zu viel Macht über sie bekäme.

Doch auf eine schwer zu beschreibende Weise klangen seine Worte auch verlockend. Drachenzauber, Drachenfeuer. Unvorstellbar viel Macht. Falls er recht hatte, was eine Verbindung anging, waren ihre Kräfte an jenem Morgen im Dorf möglicherweise durch das Drachenblut im Anhänger verstärkt worden. Das würde erklären, warum sie dermaßen außer Kontrolle geraten waren.

»Na schön«, sagte sie, erhob sich und schlug in seine dargebotene Hand ein. Ein Kribbeln durchlief ihren Arm. »Abgemacht.«

»Sehr schön«, sagte er. »Dann fangen wir gleich morgen an und unternehmen einen Ausflug ins Ödland, um es uns näher anzusehen.«

Sie ließ seine Hand los. »Seid Ihr verrückt?«, sagte sie. »Ich kann nicht schon morgen die Drachen vertreiben.«

»Das will ich doch auch gar nicht. Ihr sollt sie nur mal sehen. Um einen Eindruck zu bekommen, womit Ihr's zu tun habt. Betrachtet es als einen ersten Annäherungsversuch. Eventuell erfahrt Ihr da draußen ja schon mehr über Eure Zauberkräfte, wer weiß.«

Selbstverständlich wollte sie hinfahren. Aber das Risiko … »Ist es sicher?«

»Natürlich nicht. Aber was ist schon sicher?« Er ergriff ihre Hand und zog Aurora näher an sich heran. Seine grün blitzenden Augen schienen sich in ihre zu brennen. »Kommt schon, Drachenmädchen. Wo ist Eure Abenteuerlust!«

»Na schön«, sagte sie, bevor ihre Zweifel wieder die Oberhand gewinnen konnten. »Zeigt sie mir.«

»Dann bis morgen«, erwiderte er. »Wenn alles seinen Anfang nimmt.«

FÜNF

Finnegan klopfte im Morgengrauen an ihre Tür. Aurora riss sie auf, noch bevor er dazu kam, ein weiteres Mal anzuklopfen. Sie war schon seit Stunden wach und hatte über Celestine und die Drachen nachgedacht. Hatte mit einer Mischung aus Aufregung und Furcht dem heutigen Abenteuer entgegengefiebert, der Gefahr, die auf der anderen Seite des Flusses lauerte.

Sie verließen das Schloss und nickten beim Hinausgehen den Wachposten zu. Nur wenige Menschen waren unterwegs, ein paar huschten durch die Straßen, während andere bereits eifrig bei der Arbeit waren, ihre Ladentüren aufschlossen und Verkaufsstände aufbauten.

Finnegan führte sie durch verschiedene Gassen und um ein paar Ecken, dann blieb er plötzlich stehen, genau an einer Stelle, wo im Pflaster eine sternförmige Markierung zu sehen war.

»Worauf warten wir?«, fragte Aurora.

»Das werdet Ihr gleich sehen.«

Ein paar Minuten verstrichen, bevor ein schrilles Läuten die Luft zerschnitt. Die Leute auf der Straße sprangen beiseite, und ein Mann prallte mit Aurora zusammen. Sie krallte sich an Finnegans Ärmel fest, um nicht hinzufallen.

»Keine Angst, kleiner Drache«, sagte er grinsend. »Ich lasse nicht zu, dass Euch etwas passiert.«

Sie ließ seinen Ärmel los, so schnell, wie sie ihn sich geschnappt hatte. Ein seltsames Vehikel aus Metall und Glas sauste heran. Es war eine riesige Kutsche, die völlig selbständig fuhr. Finnegan streckte den Arm aus, und das ratternde Fahrzeug hielt an. Der Prinz stieg ein, nickte dem Fahrer zu und warf zwei Münzen in einen Schlitz. Dann bedeutete er Aurora einzusteigen.

»Was ist das für ein Ding?«, fragte Aurora, als sie auf einer harten Holzbank Platz nahm.

»Eine Straßenbahn«, sagte er. »Das ist der schnellste Weg, um durch die Stadt zu kommen. Für Pferde fehlt uns hier der Platz.«

»Und sind die Prinzen von Vanhelm immer auf diese Art unterwegs?«

»Nicht immer.« Er setzte sich neben sie auf die Bank. »Aber mir gefallen die Straßenbahnen. Außerdem erfährt meine Mutter so nichts von unserem kleinen Ausflug.«

»Wird Eure Mutter nicht bemerken, dass Ihr fort seid?«

»Bis zum Abend sind wir wieder zurück«, erklärte er. »Bestimmt denkt sie nur, ich fröne mal wieder dem Vergnügen, und zerbricht sich deswegen nicht weiter den Kopf.«

Die Räder quietschten laut beim Beschleunigen, und als die Tram um eine Kurve schoss, wurden alle Passagiere auf eine Seite geworfen.

»Wie kann das Ding überhaupt fahren?«, fragte Aurora. »Magie kann's ja nicht sein.«

»Seht das Seil da oben. Die Tram ist daran festgemacht«, erklärte Finnegan. »Sie wird gezogen.«

»Und wer oder was zieht an dem Seil?«

Finnegan lachte. »Magie«, sagte er.

»Finnegan.«

»Na ja, unsere Art von Magie«, sagte er. »Eure Art gibt's hier schon seit tausend Jahren nicht mehr. Während sich Euer Königreich auf Magie verließ und in Panik verfiel, als diese verlorenging, haben wir unsere Köpfe benutzt. Wir haben einen Weg gefunden, wie man ohne lebt, haben Magie durch Wissenschaft ersetzt. Und deshalb sieht Vanhelm heute so aus, während Alyssinia … na ja, Ihr habt Alyssinia ja gesehen.«

»Anscheinend braucht Ihr aber trotzdem Magie von *mir.*«

»Stimmt.« Er lächelte. »Unterm Strich ist wohl beides ganz nützlich.«

Die Tram kam ruckelnd zum Stehen. Durch das Fenster sah Aurora eine Ansammlung von Steinhäusern, die alle deutlich älter schienen als die turmartigen Bauten rundherum. Eines davon hatte ein Schild über dem Eingang mit der Aufschrift *Vanhelm-Institut.*

Ein Mann stieg in die Tram ein. Er war schon etwas älter, schätzungsweise um die siebzig, mit krausem weißen Haar, dunkler Haut und vielen Falten, die auf eine starke Mimik schließen ließen. Als er sie sah, hob er den Arm und winkte.

»Das ist Lucas«, erklärte Finnegan. »Er wird uns heute führen.«

Lucas verneigte sich, während er näher kam, doch Finnegan lachte und schüttelte dem Mann stattdessen die Hand. Dann zeigte er auf Aurora. »Lucas, das ist Rose«, sagte er. »Ich habe dir ja bereits von ihr erzählt. Sie hegt eine große Leidenschaft für Drachen.«

»Freut mich, Euch kennenzulernen, Miss«, sagte er und reichte ihr die Hand. »Wer sich für Drachen begeistert, ist schon mein Freund.« Er nahm neben Finnegan Platz und hielt sich mit seiner ledrigen Hand an der Stange vor ihm fest.

»Lucas ist der beste Drachenexperte, den wir haben«, erläuterte Finnegan. »Er war am Tag ihrer Rückkehr dabei und der Erste, dem auffiel, dass Wasser ihr wunder Punkt ist.«

»Damals war ich noch ein bisschen jünger«, gluckste Lucas leise.

»Und trotzdem ist er nach wie vor derjenige, der sich am besten auskennt.«

»Ich habe die Drachen bereits studiert, als niemand ahnte, dass es sie noch gibt«, erklärte Lucas. »Eine nutzlose Wissenschaft, bis sich plötzlich alles änderte.«

Die Tram fuhr kreischend um die Kurve und rumpelte

dann weiter die Straße entlang, die parallel zum Fluss verlief. Die Ruinen auf der anderen Uferseite waren in Nebel gehüllt.

»Wie geht es weiter, wenn wir im Ödland sind?«, fragte Aurora.

»Wir wandern«, sagte Lucas. »So weit wie nötig. Die Drachen halten sich selten in der Nähe des Wassers auf.«

»Und wenn wir sie finden?«

»Dürfen wir uns nicht von *ihnen* finden lassen.«

»Wir verstecken uns in den Ruinen«, sagte Finnegan. »Und dann warten wir. Aber erst mal müssen wir dort hinkommen.« Er stand auf und signalisierte dem Fahrer anzuhalten. Nachdem sie ausgestiegen waren, führte Finnegan sie am Flussufer entlang, bis sie zu einem kleinen Hafen kamen. Nur wenige Boote lagen hier vor Anker, und den größten Platz nahmen Stapel von Kisten mit Fischen und Netzen ein. Ein junges Mädchen mit rotem Kräuselhaar kam auf sie zu.

»Bereit zum Übersetzen?«, fragte sie. »Am besten, wir bringen es schnell hinter uns. Hier einsteigen, wenn ich bitten darf.« Sie zeigte auf ein mittelgroßes Segelboot mit drei Sitzbänken. Es wippte auf dem Wasser auf und ab.

Finnegan winkte Aurora zu sich. »Ladies first.«

Aurora stieg in der Mitte des Bootes ein. Es schaukelte, und sie verlor kurz das Gleichgewicht. Finnegan hielt sie am Arm fest. »Vorsicht, kleiner Drache«, sagte er und zwängte sich an ihr vorbei. »Wir wollen doch nicht, dass Ihr ins Wasser fallt.«

Er ließ sich auf einer der Bänke nieder und zog Aurora

neben sich. Als sie sich auf ihrem Platz zurechtrückte, stieß sie mit ihrem Knie an seines.

Als alle saßen, kletterte die Rothaarige an Bord und legte ab.

Je näher sie dem anderen Ufer kamen, desto deutlicher traten die Details hervor. Das Gelände war übersät mit schwarz versengten Steinen. Einige der Häuser sahen noch halbwegs intakt aus, verkohlt, aber nutzbar, doch als das Boot dann ein Stück weiterglitt, wurden die zusammengeschmolzenen Dächer und eingefallenen Mauern sichtbar. Die Stadt war ein einziges Trümmerfeld.

Sie gingen in einer kleinen Bucht vor Anker, ganz in der Nähe von Ruinen, die offenbar einst zu einer Hafenanlage gehört hatten. Vom Feuer geschwärzte Holzpfähle ragten aus dem Wasser, und am Ufer standen in sich zusammengesackte Steinbauten.

»Die Leute versteckten sich im Hafen«, erklärte Lucas. Seine Stimme klang rau. »Warteten hier auf Rettung. Dachten, sie wären in der Nähe des Wassers in Sicherheit. Es war aber nicht nah genug.« Er lachte heiser, so wie jemand, der schon so viel Grauen erlebt hatte, dass er darüber nur noch makabre Scherze machen konnte.

Das Lachen hallte von den Ruinen wider, während Aurora aus dem Boot kletterte. Ihre Füße versanken im Uferschlamm und blieben stecken. Mit einem schmatzenden Geräusch zog sie sie heraus. Als sie den Blick hob, sah sie in Finnegans feixendes Gesicht.

Das Mädchen im Boot beugte sich nach vorn. »Haben alle ihre Talismane?«

Aurora runzelte die Stirn. »Talismane?«

»Niemand verlässt mein Boot ohne einen.« Sie zog etwas aus ihrer Tasche und warf es Aurora zu. Es war ein kleiner Lederbalg, der mit Runen verziert war. Aurora hielt ihn sich näher vors Gesicht und kramte in ihrem Gedächtnis nach der Bedeutung der Zeichen. *Schutz* symbolisierte das eine. *Mut* ein anderes. Und *Wasser, Wasser, Wasser* auf jedem Zentimeter der Tierhaut, in jeder nur erdenklichen Farbe.

»Ich hoffe, er beschützt dich«, sagte die Rothaarige.

»Danke.«

Das Mädchen nickte. »Ich hole Euch wieder ab, wenn ich die gehisste Fahne sehe.« Sie zeigte auf ein Gebäude, das ein paar Schritte entfernt stand. An seiner Seite hing eine an einem Flaschenzug befestigte Fahne.

»Ihr wisst, wo ihr die Leuchtkugeln findet, für den Fall, dass Nebel aufzieht?« Lucas nickte. »Aber falls wirklich Nebel aufzieht, müsst ihr sofort hierher zurückkommen. Denn wenn ich euch nicht sehe, kann ich euch nicht abholen, richtig?«

»Alles klar, Laney«, sagte Finnegan. »Vielen Dank für deine Hilfe.«

»Seid vorsichtig«, sagte sie, bevor sie davonsegelte.

»Ihr habt die Talismane nie erwähnt«, sagte Aurora zu Finnegan, als sie losstiefelten. »Wolltet Ihr mich etwa schutzlos lassen?«

»Sie wirken nicht«, erklärte Finnegan. »Hätte gar nicht gedacht, dass Ihr eine abergläubische Ader habt. Aber tragt ihn ruhig, wenn Ihr Euch dann besser fühlt. Vielleicht gleicht er ja das Drachenblut aus.«

Sie hängte sich den Talisman um den Hals und steckte ihn unter ihr Oberteil. Er fühlte sich kühl an auf ihrer Haut. »Es war nett von ihr, mir einen zu schenken.«

»Für sie macht's keinen Unterschied.«

»Für mich schon.«

Unkraut wucherte durch die Lücken zwischen den Backsteinen, kroch bis zu den Dächern empor und wuchs überall, außer an den Stellen, wo der Stein schwarz verkohlt war. Unten am Fuß einer Mauer standen wie hastig hingekritzelt ein paar Namen: *Anna* und *Rachel* und *Matthew.* Spuren von leibhaftigen Menschen, Menschen, die eventuell dort gestanden und hochgeblickt hatten, als die Drachen auf sie herabstießen.

Aurora schloss die Augen und nahm die Überreste der Pflastersteine unter ihren Füßen wahr. Beinahe glaubte sie, im Wind das Gewirr von Stimmen zu hören, die Geräusche einer quirligen Hafenstadt.

Sie schlug die Augen auf. »Was war das für ein Ort?«, fragte sie. »Bevor die Drachen kamen?«

»Eine Stadt«, erwiderte Finnegan.

»Das meinte ich nicht.«

»Wir nennen sie Alte Stadt«, sagte er, »aber ich weiß nicht, ob man sie früher auch so bezeichnet hat.«

»Ja, haben wir«, warf Lucas ein. »Es war eine Handelsstadt. Ein Ort, an den man kam, wenn man woanders hinwollte.«

Hatten die Menschen hinter den Namen auf der Mauer woanders hingewollt? Hoffentlich hatten sie es geschafft, bevor die Drachen gekommen waren, dachte Aurora.

»Wenn es so gefährlich ist, den Fluss zu überqueren«, sagte Aurora, während sie an noch mehr ausgebrannten Häusern vorbeigingen, »wieso gibt's dann Leute, die es so einfach tun?« Die Überfahrt schien für das Mädchen Routine gewesen zu sein.

»Es ist strikt verboten, herzukommen«, erklärte Finnegan, »was nicht heißt, dass sich alle daran halten. Abenteurer, Forscher, Historiker und Schatzsucher … Es gibt immer irgendwen, der bereit ist, die Gefahr zu ignorieren. Die Schatzsucher haben die geringsten Chancen, lebendig zurückzukehren. Sie gehen immer hohe Risiken ein auf der Suche nach Wertgegenständen, die hier zurückgelassen wurden.«

Je weiter sie gingen, desto spärlicher gesät waren die verkohlten Gebäude und das Unkraut, und zurück blieb das Vanhelm, das Aurora vom Boot aus gesehen hatte: harte, rotbraune Erde mit ein paar Häusergerippen am Horizont. Es war karg und heiß, die Luft stickig.

»Ab hier müssen wir sehr vorsichtig sein«, sagte Lucas. »Es ist gefährlich, sich im freien Gelände zu bewegen.«

»Es ist noch zu früh am Tag für Drachen«, wandte Finnegan ein.

»Am Morgen schlafen sie meist«, erklärte Lucas, »solange Nebel herrscht. Aber sobald der sich verzogen hat, sind sie wach und munter, Tag und Nacht.«

»Wie viele sind es?«, fragte Aurora.

»Mindestens fünfzig. Alles ausgewachsene Exemplare. Keiner weiß, wie viele sich weiter landeinwärts tummeln, in sicherer Entfernung zur Küste und zum Wasser.«

Am Horizont konnte Aurora einen kleinen See erkennen, der silbrig im Sonnenlicht glitzerte. Schilfrohr und Riedgras begrenzten die Wasserfläche und bildeten einen kleinen grünen Farbtupfer inmitten der öden Landschaft.

»Wenn sie Wasser nicht ertragen«, fragte Aurora, »was trinken sie dann?«

»Sie trinken nicht«, sagte Finnegan. »Oder zumindest vermuten wir das.«

»Mein ganzes Leben lang forsche ich schon über die Drachen«, sagte Lucas, »und doch wissen wir so gut wie nichts über sie. So wie's aussieht, fressen sie Steine. Und verbrannte Erde. Gelegentlich auch Fleisch, obwohl sie's anscheinend nicht brauchen. Und Metall. Wir glauben, dass der Berg, in dem sie leben, voller Erz ist, allerdings hatte noch niemand den Mut, nachzusehen. Schon vor der Zeit der Drachen galt der Berg als gefährlich. Die Einsturzgefahr ist einfach zu groß. Letztlich ist es ein Glück, dass wir dort nie gegraben haben. Schon die Stollen am Fluss stellten sich als lebensgefährlich heraus, bis wir einen schützenden Wassergraben drumherum bauten.«

»Und trotzdem haben Leute dort freiwillig gearbeitet?«, fragte Aurora.

»Die Leute brauchen das Geld«, erklärte Finnegan. »Im

Bergwerk kann man besser verdienen als anderswo. Außerdem werden die Arbeiter heutzutage nur noch sehr selten verbrannt.«

»Nur noch sehr selten?«, fragte sie entsetzt nach. »Aber ab und zu passiert so was noch?«

»Nur den Dummköpfen. Leuten, die unvorsichtig sind. So wie wir.«

»Und was geschieht mit Leuten wie uns, wenn sie verbrannt werden?«

»Sie sterben«, erwiderte Finnegan. »Nichts lebt, wo Drachen Feuer hinspeien.«

»Wie du ja hier sehen kannst, Rose«, sagte Lucas. »Pflanzen können auf von Drachen verbrannter Erde nicht gedeihen, auch nicht nach fünfzig Jahren. Verbrannte Haut heilt auch nicht mehr. Selbst wenn die Leute nicht auf der Stelle sterben, ist es ein qualvoller, unvermeidbarer Tod.«

Der Wind blies scharf über die Ebene, deren sanft gewellte Landschaft ihnen so gut wie keinen Schutz bot. Er pfiff laut in Auroras Ohren, so durchdringend wie der Schrei eines Drachen.

Lucas blieb stehen und hob eine Hand. »Wartet!«, sagte er. »Dahinten, am Horizont.«

In der Ferne zeichnete sich eine rote Silhouette am Himmel ab. Ein Drache. Er schwebte einen Augenblick lang in der Luft, mit weit ausgebreiteten Flügeln, dann schoss er pfeilartig nach unten und außer Sicht.

Aurora starrte zu der Stelle hinüber, wo der Drache verschwunden war. Das sollte unmöglich sein! Dass sie hier stand, hundert Jahre nach ihrer Geburt. Dass Drachen existierten. Und doch war beides wahr. Es erinnerte sie an die Geschichten, als sie noch klein war, an Kinderträume, diese Sehnsucht nach Abenteuer … Waren die Menschen von dem gleichen Gefühl ergriffen gewesen, als der König ihr Erwachen verkündet hatte, als das benommene Mädchen taumelnd vor sie hingetreten war: dass von nun an alles möglich war?

»Siehst du, Drachenmädchen?«, sagte Finnegan. »Ich wusste, du würdest nicht widerstehen können.«

Sie schaute weg. »Ihr wisst nur halb so viel, wie Ihr glaubt zu wissen.«

Sie wanderten weiter durch die verödete Landschaft, bis die Sonne hoch am Himmel stand. Ein paar weitere Drachen flogen am Horizont, aber keiner von ihnen kam näher. Am späten Mittag erreichten sie eine weitere verlassene Siedlung mit schwarzen zusammengeschmolzenen Gebäuden. Sie lag eingebettet zwischen einem schützenden Hang und einem kleinen Fluss.

»Wir sollten hier Rast machen«, sagte Lucas. »Und etwas essen.«

Sie ließen sich auf dem ehemaligen Marktplatz nieder. Ein kleiner Bach plätscherte dahin, daneben wuchs ein wenig Grün. Das Gras kitzelte an Auroras Füßen; nach dem Marsch auf hartem Boden fühlte es sich besonders weich an.

»Kann man aus dem Bach trinken?«, fragte sie.

Lucas nickte, also beugte sie sich vor und schöpfte mit hohlen Händen etwas Wasser. Es schmeckte eigenartig, beinahe ein wenig verbrannt. Es enthielt eine Spur Drachenfeuer, so als wären selbst die Dinge, die sie nicht berühren konnten, von ihrer bloßen Anwesenheit verdorben.

Sie aßen schweigend. Aurora starrte auf die Ruinen und versuchte sich vorzustellen, dass hier einmal Menschen gelebt hatten. Menschen wie sie, Frauen, die im selben Jahr wie sie geboren waren, Frauen, die womöglich noch miterlebt hatten, wie die Drachen vom Himmel herabstießen. Kinder, die jetzt im Alter ihrer Enkelkinder wären, hätte sie nicht der Schlaf heimgesucht.

Der Himmel grollte, und Aurora zuckte erschrocken zusammen. Sie blickte hoch und rechnete damit, einen Drachen im Anflug zu sehen. Stattdessen traf ein dicker Regentropfen ihr Auge, und dann ein weiterer ihr Kinn. Binnen Sekunden war ihr Oberteil durchnässt und klebte an ihr wie eine zweite Haut.

»Los, schnell wir müssen uns unterstellen!«, brüllte Finnegan. Über das Rauschen des Regens hinweg war er kaum zu hören. »Irgendeins der Häuser hier hat bestimmt noch ein Dach.«

Sie huschten durch die Straßen und flüchteten sich in ein großes, schiefes Gebäude. Die Tür fehlte, aber sobald sie drinnen waren, klang das Trommeln des Regens deutlich gedämpft. Wären nicht die Spuren von fünfzig Jahren Verfall gewesen, hätte Aurora fast glauben können, das Haus sei noch bewohnt. In der Mitte stand ein Tisch, leicht zur Seite geneigt, so als wäre er betrunken, und die Wand dahinter war mit Regalen bedeckt. Ein Haufen modriger Kleider lag auf dem Tisch, als wären sie zwar gewaschen, dann aber vergessen worden.

Finnegan fuhr sich mit der Hand durchs Haar und schüttelte das Wasser von sich.

Lucas setzte sich auf einen der leeren Stühle, in der Hoffnung, dass er nicht zusammenbrach, während Finnegan in der Ruine herumging und alles genau in Augenschein nahm.

Aurora lehnte am Türrahmen und sah hinaus in den Regen. Alyssinia schien weit weg. Und die Hauptstadt mit ihren Regeln und Mauern und Königin Iris' ständiger Missbilligung schien sogar noch weiter weg, so als wäre auch sie Teil einer anderen Welt gewesen, ein Traum, aus dem sie endlich langsam erwachte. Dieser Ort hier war zwar irgendwie auch ein Albtraum, dachte sie, aber wenigstens einer, in dem sie sich frei bewegen konnte. Wenigstens konnte sie hier sein, um alles mit eigenen Augen zu sehen.

Und sie wollte noch mehr sehen.

»Ich werde mich mal ein wenig umschauen«, sagte sie nach zehn Minuten ununterbrochenem Regen.

»Das halte ich für keine …«, sagte Lucas, aber sie war schon halb durch die Tür. Sie drehte sich noch einmal kurz um.

»Drachen kommen bei Regen nicht raus«, sagte sie. »Mir wird schon nichts passieren.«

»Wollt Ihr Gesellschaft?«, fragte Finnegan.

Sie schüttelte den Kopf. »Ich möchte ein wenig rumlaufen. Allein. Ich bin bald wieder zurück.«

Der Regen tränkte ihre Kleider, ihre Haare, ihre Haut. Er hämmerte auf den Boden und übertönte alle anderen Geräusche. Der Himmel war klar und blau, gleichzeitig donnerte es. Einer von diesen verrückten Stürmen, die eigentlich unmöglich waren, so wie Drachen, so wie dieser Ort hier.

Die verlassene Stadt war wie ein Labyrinth, und alles um sie herum verschwamm in Regenschleiern, so dass sie nicht einmal ahnte, wo sie hinging. Sie folgte ihrem Instinkt und tastete sich an den Mauern voran. Die Steine offenbarten ihr so vieles, die glatt geschmolzene Oberfläche, die Kerben und Mulden, die eingeritzten Namen und Nachrichten. Vielleicht hatte diese Stadt bereits gestanden, als Alysse geboren worden war, als Auroras Vorfahren den Weg übers Meer angetreten hatten.

Ihr Streifzug führte sie an den Rand der Stadt, wo die Landschaft anstieg, erst sanft und dann immer steiler, bis daraus ein Hügel wurde, der fast schon ein Felsen war. Von ihrer Position aus schien er sich endlos nach oben zu erstrecken, Hier und da standen weitere Ruinen, die noch kaputter waren als die anderen. Das Erdreich war so hart, dass es selbst der heftige Regen nicht aufweichen konnte. Ein paar zersprungene Steine am Boden ließen erkennen, wo einst ein Weg gewesen war.

Aurora wollte den Felsen erklimmen. Sie wollte auf dem Gipfel stehen und alles überblicken, sich ein genaues Bild machen. Sie fühlte sich wie ein Mädchen in seinem Turm, das hinaussah auf alles, was sie eines Tages berühren würde.

Zielstrebig kletterte sie den Weg hinauf, indem sie ihre Zehen in die Lücken zwischen den Steinen schob, um nicht abzurutschen. Der Regen ging in ein dünnes Nieseln über, doch Aurora ging beharrlich weiter bergauf, ihre Knie schmerzten von der Anstrengung. Sie blickte über ihre Schulter zurück auf die Stadt, die immer kleiner wurde. Sie sah Häuser mit eingesunkenen oder auseinandergebrochenen Dächern und Häuser, deren Dächer ganz fehlten.

Sie marschierte weiter.

Der Regen versiegte. Die Sonne erschien hell am Himmel und wärmte Auroras Haut. Ein Stück weiter oben entdeckte sie eine Höhle.

»Aurora!«, rief plötzlich Finnegan hinter ihr.

»Moment«, sagte sie. »Ich will mich nur umsehen.«

Sie hörte, wie Finnegan ihr folgte, seine Schritte stampften schwer über den steinigen Boden. Sie runzelte die Stirn. Sie hatte ihm erklärt, dass sie allein sein wolle. Wie typisch für ihn, dass er in seiner Arroganz davon ausging, sie trotzdem einfach stören zu können. Dabei war sie dem Gipfel so nah. So nah. Neben ihr tat sich die Höhle auf, das Innere schien schwarz wie die Nacht, die Luft rundherum wärmer und schwerer.

Nur einen Moment lang verharrte sie am Eingang, als plötzlich lautes Gebrüll losbrach wie von einer rasenden Menschenmenge. Es dröhnte in ihren Ohren und ließ den Boden vibrieren.

Ein Drache kam aus der Höhle. Zuerst tauchte sein Kopf auf, bedeckt mit rotglänzenden Schuppen. Auch die tief in den Höhlen liegenden Augen waren rot, erfüllt von Hunger, Hass und Zorn. Schwarze Linien verliefen von seinen Augen hinunter bis zur krokodilartigen Schnauze. Die Zähne waren so groß wie Auroras Hände. Bevor sie reagieren konnte, schnellte sein Kopf an ihr vorbei, und ein langer Hals kam zum Vorschein, dann ein langer Körper, der nicht enden zu wollen schien, rot und furchtbar und so glühend heiß, dass sie zusammengezuckt wäre, hätte sie sich auch nur einen Millimeter bewegen können. Der Drache breitete seine Flügel so dicht neben ihr aus, dass Aurora die Flughäute zwischen den Knochen sah, fein und stark wie Spinnweben und so breit, dass sie ihr jegliche Sicht nahmen. Für einen Moment war ihre ganze Welt ein einziges Rot.

Es war das fürchterlichste, prachtvollste Geschöpf, das sie je gesehen hatte. Sein Körper pulsierte vor Hitze, die ihr unter die Haut und in ihr Blut kroch. Der mit Stacheln gespickte Schwanz peitschte an ihr vorbei, die Spitze so dünn, dass sie sie mit einer Hand hätte umschließen können.

Nichts existierte außer dem Drachen. Aurora konnte sein Feuer beinahe schmecken. Und plötzlich begriff sie, was Finnegan gemeint hatte, warum sein zurückhaltendes Lächeln sich in aufrichtige Begeisterung verwandelte, sobald er von diesen Wesen sprach. Sie waren wunderschön, überwältigend. Sie entsprangen der Erde selbst und weigerten sich, wieder zu schlafen.

Der Drache drehte den Kopf. Er ließ sein Maul auf- und zuschnappen und sah sie einen Herzschlag lang an. Sie erwiderte den Blick, den Mund leicht geöffnet, unfähig zu atmen. Mit einer kraftvollen Bewegung entfaltete er seine Flügel zu voller Länge und schoss über den Bergkamm hinweg. Auroras Blick folgte ihm. Eine Feuerspur zog sich durch den Himmel, und dann war die Kreatur verschwunden.

Sie bemerkte Finnegan, der auf halber Höhe des Hangs wartete. Ihr Herz pochte noch immer wild, ihr Blut jagte heiß durch ihre Adern. Sie fühlte sich berauscht von der Möglichkeit, die sich plötzlich auftat. Mit einem Mal erschien ihr das Ödland nicht mehr so trostlos.

Sie rannte den Abhang hinunter und geriet dabei auf den Steinen ins Rutschen.

»Ihr hattet recht!«, rief sie. »Ich fühle es. Es gibt eine Verbindung zwischen uns. Ihr hattet recht!«

»Natürlich hatte ich recht«, sagte er, als wäre dies die einzige mögliche Antwort, als hätte er es die ganze Zeit gewusst. Und ausnahmsweise war es Aurora egal, dass er so selbstgefällig war. Es war egal, dass er glaubte, alles schon zu wissen. Hier draußen, wo die Luft noch immer von Drachenhitze erfüllt war, schien alles andere gering und unbedeutend. Und so lachte sie. Er schlang seinen Arm um ihre Taille, und sie drehte sich mit ihm im Kreis, trunken vor Euphorie.

Lucas stand ein paar Meter hinter Finnegan. Er starrte sie verdattert an. »So etwas habe ich in meinem ganzen Leben noch nicht gesehen«, stammelte er. »Ihr müsstet tot sein.«

»Bin ich aber nicht«, erwiderte sie. »Bin ich *nicht.*« Weil Finnegan recht hatte. Weil sie Zauberkräfte besaß. »Wo sind die anderen?« Sie kam schwankend wieder ins Gleichgewicht. »Wo ist der Rest? Ich will sie alle sehen.«

»Sie leben im Berg«, entgegnete Lucas und deutete mit einem Nicken auf den Horizont. »Aber ich halte das für …«

»Wir gehen da hin«, schnitt sie ihm das Wort ab. »Wir *müssen* da hin.« Sie wirbelte noch immer lachend im Kreis, und ihre Brust schwoll an vor Glück. »Ich bin Prinzessin Aurora, und ich befehle Euch, uns dorthin zu führen.«

Lucas zog die Augenbrauen hoch. »Mir war nicht bewusst, dass eine alyssinische Hoheit zugegen ist.«

Irgendwo in Auroras Hinterkopf meldete sich eine warnende Stimme, dass sie alles abstreiten sollte, dass sie besser geschwiegen hätte, aber sie fühlte sich *so* unglaublich gut. So *mächtig.* Und wenn sie schon beim bloßen Anblick eines Drachens so empfand, wie würde sie sich erst fühlen, wenn sie ihre Magie einsetzte und sich mit den Drachen verband?

»Wir müssen mehr Drachen aufspüren«, sagte sie. »Wir müssen zum Berg wandern. Stimmt's, Finnegan?«

»Ja«, sagte er. »Aber vielleicht sollten wir zuerst noch ein paar Vorkehrungen treffen. Wie sieht's zum Beispiel aus mit Proviant? Und einem Plan?« Er legte beide Hände auf Auroras Schultern, als wollte er sie am Boden festhalten. Er blickte ihr geradewegs in die Augen. Er lächelte nicht. »Wir sollten jetzt zum Schloss zurückkehren«, sagte er. »Bevor meine Mutter uns vermisst.«

Sein ernster Gesichtsausdruck ließ sie innehalten. »Gut«, sagte sie.

Aber ihr Herz klopfte noch bis zum Hals, als sie das Dorf verließen.

SECHS

Noch den ganzen Rückweg über spürte Aurora das Adrenalin in ihren Adern. Finnegan und Lucas unterhielten sich über den Drachen, den sie gesehen hatten, seine Reaktion auf Aurora und über die Geisterstädte, an denen sie vorbeikamen. Aurora schwieg. Sie wollte mit ihren Gedanken und Gefühlen so lange wie möglich allein sein.

Nach der Stille des Ödlands erschien ihr Vanhelm noch hektischer als vorher. Die Leute hetzten durch die Straßen, während die Unheilsverkünder ihre Verheißungen hinausschrien. Die Warnungen vor dem alles verzehrenden Feuer hallte jetzt, da das Drachenblut ihre Haut erwärmt hatte, lauter denn je in Auroras Ohren.

Doch nachdem sie sich von Lucas verabschiedet hatten und wieder auf den Schlosshof zusteuerten, kamen Aurora erneut Zweifel. Der Drache hatte sie in einen rauschhaften Taumel versetzt, der sie alle Vernunft und die gesunde Portion Angst vergessen ließ.

»Das war dumm von mir«, sagte sie, als sie an einem der zahlreichen Springbrunnen im Hof vorbeigingen. »Ich hätte Lucas nicht sagen sollen, wer ich bin.«

»Vermutlich nicht, nein«, erwiderte Finnegan. »Aber ich vertraue Lucas blind. Er wird Euer Geheimnis für sich behalten.«

Auch wenn Lucas kein Anlass zur Sorge war, musste Aurora sich doch um ihrer selbst willen Sorgen machen. Was war nur in sie gefahren, dass sie sich so offen, so leichtfertig geäußert hatte? Vor lauter Übermut war sie fast schon hochmütig gewesen.

Als sie die Eingangshalle betraten, kamen zwei Frauen die Haupttreppe herunter. Die Ältere hatte langes, schwarzes Haar mit einzelnen grauen Strähnen. Um Mund und Augen war ihre blasse Haut von Falten durchzogen, und dank der Krone auf ihrem Kopf bestand kein Zweifel daran, dass es sich bei ihr um die Königin handelte. Sie unterhielt sich angeregt mit einem schlanken Mädchen mit langem roten Haar und zarten Sommersprossen auf der Nase, das nicht viel jünger als Aurora zu sein schien. Mit großen grünen Augen blickte sie die Königin ernst an.

»Finnegan«, sagte diese nun. Sie blieb auf halber Treppe stehen und sah stirnrunzelnd zu ihm. »Du bist spät dran.«

»Ich bin aufgehalten worden.«

»Das wirst du immer.« Sie richtete ihren Blick auf Aurora.

»Und das ist wohl der Grund, weshalb du *aufgehalten* wurdest. Wann wolltest du mir mitteilen, dass eine alyssinische Prinzessin unser Gast ist?«

»Gerade eben«, entgegnete Finnegan. »Darf ich vorstellen: Prinzessin Aurora, Thronerbin von Alyssinia.«

Aurora sank in einen Knicks. Die Königin machte keine Anstalten, die Begrüßung zu erwidern. Sie stieg die letzten Stufen hinab und musterte Aurora von Kopf bis Fuß.

»Nicht knicksen«, sagte sie zu ihr. »Ihr macht Euch damit nur die Knie kaputt.«

»Das stimmt doch nicht«, sagte Finnegan.

»Vielleicht nicht. Aber es ist verschwendete Energie.« Die Königin warf Finnegan einen Blick zu. »Warum hast du mich nicht schon früher über ihre Ankunft unterrichtet?«

»Sie ist erst gestern angekommen«, erwiderte Finnegan. »Ich wollte Euch nicht behelligen, bevor feststand, ob sie auch vorhat zu bleiben.«

»Mich nicht behelligen?« Die Königin lachte. »Oh, deine Lügen sind doch wahrhaft entzückend, Finnegan. Mir ist wirklich schleierhaft, wo du das gelernt hast.«

»Ich bitte vielmals um Verzeihung, Eure Majestät«, mischte Aurora sich ein. »Mir war nicht bewusst, dass …«

»Orla«, sagte die Königin. »Ich heiße Orla, nicht Eure Majestät. Und du brauchst dich nicht zu entschuldigen. Es ist nicht deine Schuld, dass mein Sohn dermaßen gedankenlos ist.« Erneut musterte sie Aurora von Kopf bis Fuß. »Du bist also diejenige, die den ganzen Ärger in Alyssinia ausgelöst hat.«

»Das war nicht meine Absicht …«

»Ein Jammer. Wenn man schon so einen Wirbel verursacht, sollte man auch den Taktstock dazu schwingen.« Dann lächelte Orla. »Ich hätte nicht damit gerechnet, dich hier zu sehen. Ich sagte zu Finnegan, seine Reise nach Alyssinia wäre vergebliche Mühe. Er ist nämlich nur halb so charmant, wie er glaubt.«

Aurora lachte.

»Und als er dann mit leeren Händen zurückkehrte … Na ja. Ich hatte gehofft, er hätte begriffen, dass nicht immer alles nach seinem Willen geht. Aber jetzt bist du hier!« Sie kniff die Augen zusammen. »Nur *warum* bist du hier? Muss ich etwa eine Hochzeit planen? Das käme mir doch arg überstürzt vor.«

»Sie würde mich niemals heiraten«, sagte Finnegan. »Nicht, solange der gute alte Rodric zu haben ist. Nein, ich habe Aurora angeboten, dass sie bei uns Zuflucht erhält. Und sie hat entschieden, mein Angebot anzunehmen.«

»Und in Alyssinia gibt's keine Möglichkeit, unterzutauchen? Keine Gruppe, die dein Anliegen unterstützt?«

»Zurzeit ist es dort nicht sicher, Eure Majestät«, sagte Aurora. »Und Finnegan hat mir angeboten …«

»Oh, ich bin mir sicher, Finnegan hat dir so einiges angeboten. Von dem er nichts wahr machen wird. Aber du bist herzlich eingeladen, so lange zu bleiben, wie du möchtest. Was soll's, König John ist sowieso schon nicht gut auf uns zu sprechen.« Orla wandte sich an das Mädchen, das noch immer neben der Treppe stand. »Meine Tochter hast du vermutlich auch noch nicht kennengelernt?« Als Aurora den Kopf schüttelte, seufzte sie. »Das ist meine Tochter Erin. Erin, darf ich vorstellen, Prinzessin Aurora. Ich bin sicher, dass ihr zwei euch eine Menge zu erzählen habt.«

Erin schenkte Aurora ein kleines Lächeln und nickte, worauf Aurora zurücklächelte.

»Wir müssen uns bald in Ruhe unterhalten«, sagte Orla, »aber ich befürchte, du hast mich zu einem schlechten Zeitpunkt erwischt. Nicht alle von uns geben sich so ungeniert dem Müßiggang hin wie mein lieber Sohn.« Sie drehte sich zu ihm um. »Finnegan, ich erwarte dich in fünf Minuten im Empfangssaal. Sei pünktlich.« Und dann ging sie weg, während sie, den Kopf zu ihrer Tochter geneigt, das Gespräch von eben fortführte.

Finnegan rührte sich nicht von der Stelle. »Tja«, sagte er. »Zumindest habt Ihr soeben die aktuelle sowie die zukünftige Herrscherin von Vanhelm kennengelernt.«

Aurora runzelte die Stirn. »Ich dachte, Ihr wärt der zukünftige Herrscher von Vanhelm.«

»Ich bin zwar der Ältere«, sagte er, »aber wer kann schon dem hinreißenden Charme meiner Schwester widerstehen?« Sein gewohnt makelloses Lächeln sah leicht verkrampft aus. »Ihr werdet heute Abend bestimmt auf meine Gesellschaft verzichten können? Wir unterhalten uns morgen weiter. Und legen uns einen Plan zurecht.«

Aurora sah ihm nach, wie er davonschritt. Sie konnte sich

nicht daran erinnern, dass sie Finnegan jemals bedrückt erlebt hatte. Ein Teil von ihr wollte ihm am liebsten hinterhereilen, um mit ihm über seinen abrupten Abgang zu reden, doch sie spürte, dass das ein Fehler wäre. Sie tat besser daran, die Zeit zu nutzen, um die im Ödland gewonnenen Eindrücke zu verarbeiten und ihr weiteres Vorgehen zu planen.

Aber es war zu viel in den vergangenen Tagen passiert, als dass sie nun so ohne weiteres zur Ruhe kam. Sie vermisste Distels Gegenwart, ihr beruhigendes, leises Summen, das die Stille durchbrach. Auch wenn sie gar nichts Bedeutsames bereden und tun würden, Aurora wollte sie einfach nur sehen.

Ein Wachmann führte sie zum Zimmer der Sängerin, doch Distel bugsierte sie sofort wieder hinaus ins Freie, darauf beharrend, dass sie dringend frische Luft atmen müsse, ohne dass ihr Soldaten oder Drachen drohend im Nacken säßen. Und so landeten sie schließlich in einem kleinen Straßencafé, wo sie an einem runden Tisch mit Fruchtmus bestrichene Brote aßen. Anfangs beobachtete Aurora die vorbeihastenden Menschen noch voller Misstrauen, aber niemand würdigte sie auch nur eines Blickes. Niemand schien sich darum zu kümmern, wer sie war oder was sie tat.

Distel und Aurora sprachen über allerlei Dinge, wobei nichts davon von Belang war. Keine Neuigkeiten über Alyssinia, keine Pläne für die Zukunft. Eine entspannte Unterhaltung zum Durchatmen nach den Anstrengungen der vergangenen Tage. Und doch ging Aurora die ganze Zeit eine Frage im Kopf herum, die nach einer Antwort verlangte.

»Finnegan hat nie erwähnt, dass er eine Schwester hat«, sagte sie wie nebenbei, als sie eine weitere Brotscheibe mit Fruchtmus bestrich.

»Er spricht nicht viel von ihr.«

Aurora legte das Messer hin und bemühte sich, eine neutrale Miene zu bewahren. »Warum nicht? Verstehen sie sich nicht gut?«

»Doch«, sagte Distel. »Aber es gibt da wohl ein paar Spannungen. Er ist ein bisschen eifersüchtig auf sie, glaube ich.«

Aurora konnte sich beim besten Willen nicht vorstellen, dass Finnegan jemals auf irgendwen eifersüchtig war. »Warum?«

»Die beiden sind ähnlich veranlagt«, erklärte Distel, »treten aber ganz anders auf. Beide besitzen die Fähigkeit, in anderen Menschen zu lesen, nur dass Erin weitaus diskreter ist. Sie behält ihre Erkenntnisse für sich, während Finnegan …« Sie lachte. »Du hast Finnegan ja erlebt. Und deshalb hält seine Mutter sie für charakterstärker. Sie sieht in Erin eine Herrscherin, so wie sie selbst, wogegen sie Finnegan nicht wirklich ernst nimmt. Und Finnegan mag es nicht, wenn man ihn nicht ernst nimmt.«

»Hat *er* dir das alles erzählt?«, fragte Aurora.

»Das ist, was ich im Laufe der Zeit so beobachtet habe. Möglicherweise irre ich mich auch.«

Ihr Tonfall ließ jedoch keinen Zweifel daran, dass das so gut wie ausgeschlossen war. Und wenn Distel glaubte, recht zu haben, glaubte Aurora es auch.

»Finnegan hat Erin als zukünftige Herrscherin von Vanhelm bezeichnet«, sagte Aurora vorsichtig. »Aber er ist doch älter als sie, nicht? Also wird *er* König, egal, wie seine Mutter dazu steht.«

»Es wäre nicht das erste Mal, dass jemand in der Thronfolge übersprungen wird. Soweit ich weiß, war auch Finnegans Großmutter das jüngere Geschwisterkind. Man traute ihrem älteren Bruder nicht zu, mit den Drachen fertigzuwerden. Das Volk von Vanhelm wird seit zwei Generationen von Königinnen regiert. Finnegan wäre eine Veränderung, und er macht sich Sorgen, dass es eine Veränderung ist, die die Leute nicht akzeptieren werden. Aber wie dem auch sei, zurzeit wird Finnegan noch als nächster König gehandelt.«

Finnegan als König. Das schien nicht recht zu passen. Aurora konnte ihn sich nicht auf dem Thron vorstellen, wie er die Klagen der Leute anhörte, Gesetze erließ und sich in allen Details um die politischen Angelegenheiten Vanhelms kümmerte.

»Will er deswegen meine Hilfe? Hofft er, so mehr Akzeptanz beim Volk schaffen zu können?«

»Möglich«, sagte Distel.

Aurora ließ sich tiefer in den Stuhl sinken und stocherte mit dem Messer auf ihrem Teller herum. Das würde auch sein Interesse an ihr erklären und weshalb ihn der Gedanke, dass sie über Magie und eine besondere Beziehung zu den Drachen verfügte, so faszinierte. Er brauchte sie als Unterstützung. Doch auf vieles andere konnte sie sich immer noch keinen Reim machen.

»Finnegan wollte unbedingt, dass ich mir heute die Drachen ansehe«, sagte Aurora. »Und als es dann so weit war … Ich habe mich nicht wie ich selbst gefühlt. Gleichzeitig fühlte ich mich mehr wie ich selbst als jemals zuvor. Ich weiß nicht, wie ich es beschreiben soll. Aber als wir dann wieder im Schloss waren, ist Finnegan einfach davonmarschiert, ohne noch mal darüber zu sprechen. Wenn es ihm dermaßen wichtig ist …«

»Es ist ihm sehr wichtig«, fiel ihr Distel ins Wort, »aber wenn es etwas gibt, das ihn aus der Fassung bringt, dann ist das seine Mutter. Du wirst es noch erleben. Ich glaube …«

»Hey! Lady!« Aurora und Distel sahen beide hoch. Ein rotgesichtiger Mann schritt auf sie zu. Unwillkürlich rückte Aurora in ihrem Stuhl ein Stück nach hinten, aber Distel straffte ihre Schultern und blickte ihm entegegen.

»So eine wie Euch wollen wir hier nicht haben.«

Es dauerte einen Moment, bis Aurora begriff, dass er Distel und nicht sie meinte. Die Sängerin sah ihn einen Moment lang an, dann drehte sie sich zu Aurora um. »Ich glaube«, setzte sie von neuem an, »dass er –«

»Hey!«, rief der Mann. »Ihr braucht mich gar nicht zu ignorieren! Ihr seid hier nicht willkommen.«

»Ich lebe hier«, erwiderte Distel mit ruhiger Stimme. »Und Ihr stört gerade meine Unterhaltung.«

»Ihr glaubt, Ihr könnt hierherkommen, Euch unser Essen nehmen, Euch überall breitmachen, und wir nehmen das einfach so hin? Mit Euresgleichen ist es immer dasselbe.«

»Mit Euresgleichen?« Aurora stand auf. »Was genau wollt Ihr damit sagen?«

»Leute wie *sie*«, fauchte der Mann. »Fremde. Meint Ihr vielleicht, wir hätten hier Platz im Überfluss? Sie sollte in ihrem eigenen Königreich leben und nicht unseres in Beschlag nehmen.«

»Leute wie sie?«, wiederholte Aurora. »Ich bin auch nicht aus Vanhelm. Warum pöbelt Ihr *mich* nicht an?«

Der Mann stutzte.

»Sie hat genauso viel Recht, hier zu sein, wie ich.« Aurora spürte, wie der Zorn in ihr aufbrodelte. Sie holte tief Luft und zwang sich, ruhig zu bleiben. »Wie könnt Ihr es wagen!«

»Gibt es hier ein Problem?« Eine dürre Frau mit einer Schürze trat an den Tisch heran. Sie sah Distel an. »Miss, Ihr stört die anderen Gäste. Ich muss Euch leider bitten zu gehen.«

»Das ist doch absurd!«, rief Aurora, aber Distel schob einfach nur ihren halbleer gegessenen Teller zur Seite und stand auf. Sie verzog keine Miene. Mit einer knappen Aufwärtsbewegung ihres Kinns drehte sie sich auf dem Absatz um und rauschte davon. Aurora hastete ihr hinterher.

»Distel, was war das?«

»Was das war?«, sagte Distel. »Das war Vanhelm, Aurora. Das ach so fortschrittliche Königreich, wo man so tüchtig ist, *so* gastfreundlich … und so wenig Platz und Ressourcen hat. Da muss man schon Prioritäten setzen. Und für einige bedeutet das, dass es nur bestimmten Leuten erlaubt sein sollte, sich hier niederzulassen. *Echten* Vanhelmianern. Leuten wie *mir* nicht.«

»Aber das ist doch lächerlich«, sagte Aurora.

»Es ist, wie es ist. Reg dich nicht auf, Aurora. Ich bin es gewohnt. Wobei heutzutage diese Einstellung in Vanhelm wieder stärker verbreitet ist als früher.«

Sie gingen ein Weilchen schweigend nebeneinanderher. Dann warf Aurora einen Blick zurück Richtung Café. »Wir haben nicht bezahlt«, sagte sie.

»Ich weiß.« Und endlich lächelte Distel.

SIEBEN

Als Finnegan am darauffolgenden Morgen an Auroras Tür klopfte, war sie vorbereitet. Sie hielt ihm ein Stück Papier unter die Nase, noch bevor er richtig »Guten Morgen« sagen konnte.

»Hier ist mein Plan«, sagte sie, als er durch die Tür trat. »Was unser weiteres Vorgehen betrifft.«

»Auch schön, Euch zu sehen, Aurora«, entgegnete Finnegan. »Und danke, ich habe *sehr* gut geschlafen.« Er nahm das Papier entgegen und las. »Ihr habt euch bewundernswert viel Mühe gemacht, aber meint Ihr wirklich, man kann das alles so planen?«

»Ich habe nicht viel Zeit«, sagte Aurora. Sie war schon seit dem Morgengrauen wach und hatte das lange Warten auf das Erscheinen des Prinzen überbrückt, indem sie ihre Gedanken detailliert zu Papier gebracht hatte.

»Es ist wichtig, dass wir genau wissen, was wir tun.«

»Und das musstest Ihr alles aufschreiben?«

»Ich wollte Klarheit schaffen.« Sie trat dicht an ihn heran und deutete auf die hingekritzelten Worte, als sie weitersprach. »Ich muss lernen, meine Magie bewusst einzusetzen, um Alyssinia zu helfen. Und Ihr wollt, dass ich sie benutze, um Euch die Drachen vom Hals zu schaffen. Also: Als Erstes lerne ich, meine Kraft zu bändigen. Das können wir trainieren. Gleichzeitig helft ihr mir, mehr über Zauberei im Allgemeinen zu erfahren – wie sie früher eingesetzt wurde, warum sie verschwand und über welche Art von Magie die Drachen verfügen – sowie über meinen Fluch und was genau mit mir geschehen ist.«

»Weil ich auf diesem Gebiet Experte bin?«

»Nein«, sagte sie. »Aber Ihr scheint gut darin zu sein, Dinge in Erfahrung zu bringen. Wir werden gemeinsam herausfinden, wie meine Zauberkraft funktioniert und was es mit meiner Verbindung zu den Drachen auf sich hat.«

»Und erfahren dabei hoffentlich auch, wie man mit den Biestern fertigwird?«

»Genau. Wenn ich den Drachen Einhalt gebieten und sie zum Schlafen bewegen soll, müssen wir zu diesem Berg, den Lucas erwähnt hat – dorthin, wo alles begann. Und sobald das erledigt ist, helft Ihr mir, nach Alyssinia zurückzukehren, die Gewalt dort zu beenden und den König zu entmachten.«

»Ein Kinderspiel!«, sagte Finnegan. »Ich kann mir nicht vorstellen, was da jetzt noch schiefgehen soll.«

»Na, hoffentlich doch«, erwiderte Aurora. »Dann können wir nämlich entsprechend vorausplanen.«

Finnegan lachte. »In Ordnung, Drachenmädchen. Ich bin dabei.«

»Gut.« Sie ging ihren Umhang holen. »Wir sollten diesem Institut, wo Lucas arbeitet, einen Besuch abstatten«, sagte sie. »Das ist wahrscheinlich der beste Ausgangspunkt.«

Finnegan legte seine Hände auf ihre, so dass sie stillhalten musste. »Wartet«, sagte er. »Ich habe eine bessere Idee.«

Er führte sie ins Erdgeschoss und durch die Tür hindurch, hinter der der Privatflügel lag. Die Zimmer dort waren sehr viel kleiner, als sie es bei königlichen Gemächern erwartet hätte, strotzten aber vor Persönlichkeit: Beistelltische, auf denen aufgeschlagene Bücher – leider mit dem Rücken nach oben – lagen, flauschige Läufer, die jeden Quadratzentimeter des Bodens bedeckten, und Regalborde, die überquollen mit Krimskrams, der mehr Charme als Nutzen hatte. Einige der Räume hatten bodentiefe Fenster, die auf die Straße oder den Garten hinausgingen. Es gab keine Flure, keine erkennbare Struktur, sondern nur eine verwinkelte Flucht von Zimmern voller Verzweigungen, ein undurchschaubares Labyrinth, das selbst den erfahrensten Einbrecher zum Aufgeben gezwungen hätte.

Und dann endlich machte Finnegan eine Tür auf und forderte sie mit einer Geste auf, als Erste hindurchzugehen. Leicht nervös, was sie dahinter wohl erwartete, trat sie über die Schwelle.

Bücher. Wohin das Auge schaute, Bücher, die drei der Wände bedeckten. Die vierte bestand komplett aus Fenstern, durch die das Morgenlicht drang und helle Muster aufs Parkett malte. Seitlich der Regale wanden sich spiralförmige Treppen empor, die ungefähr alle drei Meter an einer kleinen Galerie endeten, bevor sie sich weiter hinaufschwangen. Sie schraubten sich höher und immer höher, über alle Etagen hinweg bis nach oben zum Dach des Schlosses. Und jedes der Regalbretter war zum Bersten voll mit Papier, Geschichten und Wissen.

»Finnegan.«

»Mhm. Beeindruckend, nicht? Noch nicht mal ich weiß, was hier alles steht. Es sind einfach zu viele Bücher, um sie in einundzwanzig Jahren alle zu lesen. Ach was, zu viele, um sie in hundert Jahren zu lesen. Ich bin mir sicher, dass sich hier irgendwo etwas finden lässt, das uns weiterhilft. Sogar die Institutsbibliothek kann sich mit dieser Sammlung nicht messen.« Er hielt geradewegs auf eine der Wendeltreppen zu, dicht gefolgt von Aurora. Die Windungen waren so eng, dass ihr der Kopf schwindelte, als sie die erste Plattform erreichten. »Hier stehen die etwas langweiligeren Sachen«, erklärte er. »Zumeist Bücher über Botanik. Essbare Pflanzen, Heilkräuter und so … sicher ganz nützlich, wenn man nicht in einem Land wohnt, das in eine unfruchtbare Einöde verwandelt wurde.« Er stieg weiter die Treppe hinauf, an der zweiten Galerie vorbei und auch an der dritten. »Hier finden sich Schriften über Fabelwesen. Also weitaus interessanter. Die Geschichten über Einhörner stehen da drüben zusammen mit den Phoenixdichtungen, und ein Stück darunter sind die irdischeren Geschöpfe einsortiert, und *hier*«, sagte er, als sie die oberste Galerie erreichten, »steht alles, was wir über Drachen haben.«

»Das sind alle?« Es gab nur vier Regalbretter, und davon war die Hälfte leer. Aurora trat an eines heran und ließ ihre Finger über die Buchrücken wandern. Die älteren Bände trugen geheimnisvoll klingende Titel wie *Die Legende der Drachen* oder *Der Tag, an dem die Drachen starben*, während die neueren Abhandlungen zur Herkunftsgeschichte, Studien zur Anatomie sowie Karten mit den Verbreitungsgebieten enthielten.

»Es gibt drei Dinge, die wir über Drachen wissen«, sagte Finnegan. »Sie existieren, sie verabscheuen Wasser, und sie töten uns. Alles andere ist reine Spekulation. Niemand nähert sich den Drachen und überlebt es, geschweige denn, dass er Bücher darüber schreibt.«

Aurora drehte ihr Drachenamulett zwischen den Fingern hin und her. »Aber ein paar Leute sind ihnen doch nahe gekommen«, sagte sie, »um das Drachenblut zu sammeln.«

»Aber das haben sie nicht lange genug überlebt, um noch etwas dazu niederschreiben zu können. Oder besser gesagt, um noch irgendetwas tun zu können. Zumindest in den meisten Fällen. Sie haben vielleicht ein paar Theorien aufgestellt, konnten aber keine Beweise sammeln.«

»Wenn Ihr Drachenblut habt«, sagte Aurora, »heißt das doch, dass man weiß, wie man sie verletzen kann. Warum habt ihr sie dann nicht bekämpft?«

»Weil wir ihnen nichts anhaben können«, erklärte Finnegan. »Nicht wirklich. Wir haben versucht, sie zu bekämpfen, seinerzeit, als sie auftauchten. Zuerst mit gewöhnlichen Kanonen und Speeren, aber offenbar fressen diese Biester Metall. Jedenfalls machte ihnen das alles nichts aus. Dann erfanden ein paar schlaue Köpfe Speere und Pfeile aus Eis, die die Drachen verletzen und ihre Magie auslöschen sollten. Die Waffen verletzten die Drachen tatsächlich, aber dann schmolzen sie schnell, und zurück blieben leicht verletzte Ungeheuer, die entsprechend wütend waren. Die Männer schafften es, ein paar Tropfen Blut für weitere Untersuchungen aufzufangen, aber darüber hinaus erreichten sie nichts.«

»Und dieses schwer erkämpfte Blut wurde in ein Amulett eingearbeitet?«

»Es war ein Geschenk für meine Großmutter«, erklärte Finnegan. »Man wollte ihr damit eine besondere Ehre erweisen, aber sie war davon nicht sonderlich angetan.«

»Ein Geschenk, das ihr rein zufällig dabeihattet, als wir uns in Alyssinia kennenlernten?«

Er lachte. »Ihr seid furchtbar misstrauisch, Aurora. Ich hatte mir das Amulett schicken lassen, nachdem sich die ersten Anzeichen Eurer Zauberkraft zeigten. Ich wollte herausfinden, wie seine Magie auf Euch wirkt.«

Sie fuhr mit dem Finger über die raue Kante des Drachenflügels. Sie versuchte, sich das Blut darin vorzustellen, das einst durch die Adern eines Drachen geflossen war.

»Aber wie habt Ihr bemerkt, dass ich Magie besitze?«, fragte sie. »Anscheinend wusstet Ihr ja noch vor mir darüber Bescheid. Dabei gab es noch eine Million weitaus plausiblerer Erklärungen für das, was passiert war. Wie habt Ihr es erkannt?«

»Ich habe einfach gut hingesehen.«

»Erwartet Ihr etwa von mir, dass ich das glaube?«

»Was soll ich sagen, Drachenmädchen? Es fällt nun mal schwer, den Blick von Euch abzuwenden.«

Sie rechnete mit einem spöttischen Lächeln, einer ironischen Verbeugung, aber er suchte weiter die Regale ab, ohne jeden Hauch von Selbstgefälligkeit.

»Ich habe ein Buch«, sagte er, als wäre nichts Ungewöhnliches geschehen, »über Drachen. Mein Lieblingsbuch, als ich noch klein war. Ich leihe es Euch gern. Ihr solltet die Legenden kennen.«

»Oh«, sagte Aurora. »Vielen Dank.«

Sie folgten der Galerie auf die andere Seite des Raumes. Die meisten der Bücher dort waren schon mehr als hundert Jahre alt, mit brüchigen, verwitterten Einbänden. Einige von ihnen sahen so aus, als wären sie seit der Erbauung der Bibliothek nicht mehr angerührt worden. Doch ein kleiner Bereich war frei von Staub.

»Hier«, sagte er, »stehen alle unsere Bücher über Magie.«

Ein einzelner Band ragte ein paar Zentimeter über die ansonsten tadellos in Reih und Glied stehenden Bücher hinaus. Sie zog ihn heraus.

»Habt Ihr das vor kurzem gelesen?«, sagte sie. Er nickte. »Dann werde ich es mir als Erstes vorknöpfen.«

»Befürchtet Ihr etwa, dass ich Euch nicht alles sage, was ich weiß?«

»Ich denke einfach, wir sollten die gleiche Wissensbasis haben. Das macht die Sache leichter.«

»Na schön«, sagte er. »Wenn Ihr mich braucht, ich bin in der Drachenabteilung.«

Sie sah ihm nach, als er sich entfernte, dann setzte sie sich hin und schlug das Buch auf. Die erste Zeile, gedruckt in großer, geschwungener Schrift, sprang sie förmlich an.

Magie ist Energie, unbezähmbar.

Sie blätterte beinahe zu rasch durch die Seiten und versuchte, beim Überfliegen den Sinn der Worte zu erfassen. Magie war Energie, Wildheit, Natur, so las sie. Sie war ein Teil der Welt, aber unabhängig von einzelnen Individuen. Nur einige wenige Menschen konnten sie aus der Luft schöpfen und beeinflussen.

Doch das traf auf Aurora nicht zu. Zumindest soweit sie wusste. Ihre Zauberkraft war jedes Mal einfach aus ihr herausgebrochen. *Du brennst förmlich vor Magie*, hatte Celestine zu ihr gesagt. Die Energie entlud sich immer dann, wenn ihre Gefühle am stärksten waren, und sie schien stets aus *ihr* selbst heraus zu entstehen, aus ihrer Wut, ihrem Frust oder ihrer Angst.

Sie legte das Buch aufgeschlagen auf den Boden und nahm eine Kerze von einem nahen Tisch. Sie starrte den Docht an.

Wenn Magie aus der Luft kam, dann müsste sie sie herausfiltern können. Sie atmete tief ein und versuchte, Magie zu erspüren, suchte nach einer Spur von Feuer.

Nichts. Sie schloss die Augen und versuchte es erneut, aber wieder mit demselben Ergebnis. Sie öffnete die Augen und probierte diesmal, den Docht mit Willenskraft zu entzünden.

Noch immer nichts.

Sie war nicht wirklich überrascht. Ihre Magie zeigte sich nie, wenn Aurora es wollte. Aber sie musste lernen, sie zu beherrschen und Zugang zu der Energie finden, die in ihrem Inneren schlummerte.

Sie starrte den Docht an und beschwor ihn zu brennen. Sie dachte an Flammen, an ihre eigene lodernde Wut. Wie es sich das letzte Mal angefühlt hatte, als sie vor Zorn explodiert war.

»Wenn Ihr meine Bibliothek niederbrennt, werde ich Euch das niemals verzeihen.«

Sie fuhr erschrocken hoch. Finnegan stand an der Treppe, ein Buch unter den Arm geklemmt.

»Ich war nicht im Begriff, die Bibliothek in Brand zu stecken. Ich habe bislang gar nichts gemacht.«

»Läuft's nicht gut?«

Sie legte die Kerze auf den Boden. »In dem Buch steht, dass man die Magie aus der Luft schöpfen muss«, sagte sie. »Aber das fühlt sich irgendwie falsch an.«

Finnegan trat neben sie. »Ihr meint, man muss sie eher aus sich heraus lenken?«

»Vielleicht«, sagte sie. »Aber das würde allem, was in dem Buch steht, widersprechen.«

»Aber der Autor hat *Euch* nie kennengelernt.« Er hob das Buch auf und wog es in seinen Händen. »Ihr seid die Einzige in Alyssinia, die über Magie verfügt, sonst niemand. Es wäre also nur einleuchtend, wenn Ihr Eure eigene Magiequelle hättet. Genau wie die Drachen.«

Aber das erklärte nicht, warum sie anders sein sollte. Sie sah auf die langen Reihen von Büchern vor ihnen, auf die dicke Staubschicht, die zeigte, wie alt dieses Wissen teilweise schon war. Es würde eine Ewigkeit dauern, sie alle zu lesen. Ihre Eltern hatten ihr als Kind nie erlaubt, irgendwelche Bücher über Magie zu lesen, so als würde allein die Erwähnung genügen, um den Fluch auszulösen. Sie hatten sie völlig im Dunkeln gelassen über all die Dinge, die sie am nötigsten wissen musste.

»Der König von Alyssinia hat behauptet, dass die Magie des Königreichs gestohlen wurde. Ist so etwas überhaupt möglich? Könnte das der Grund sein, warum sie verschwunden ist?«

»Ich weiß nicht«, sagte Finnegan. »Sie kann nicht wirklich gestohlen worden sein, oder? Sie hat ja niemandem gehört. Mir scheint vielmehr, dass sie einfach verbraucht wurde. Es gab einst Magie in Vanhelm, bis sie dann mehr und mehr verschwand. Und es gab einst Magie in Alyssinia, bis sie dann irgendwann nicht mehr da war. Vielleicht ist sie wie eine natürliche Quelle, die irgendwann erschöpft ist.«

»Dann habe ich offenbar mehr davon bekommen, als mir

zusteht«, sagte Aurora. Sie nahm wieder die Kerze in die Hand. »Wie soll ich nur lernen, meine Zauberkraft zu benutzen, wenn es niemanden gibt, der damit Erfahrung hat?«

»Erst mal braucht Ihr einen geeigneteren Ort zum Üben«, sagte Finnegan. »Wo die Gefahr nicht so groß ist, dass Ihr Tausende unbezahlbarer Bücher vernichtet und meinen ewigen Hass heraufbeschwört.«

»Ich würde es glatt drauf ankommen lassen«, erklärte Aurora lächelnd.

»Ich muss jetzt zu einer Besprechung«, sagte Finnegan. »Ihr recherchiert derweil weiter und unterdrückt bitte den Drang, meine Bücher zu verbrennen. Ich sehe, was ich tun kann.«

Aurora verbrachte den Rest des Nachmittags inmitten staubiger Bücher und unterbrach ihre Lektüre nur, um zu essen. Die Seiten der Bände waren vergilbt und brüchig, einige drohten, zwischen ihren Fingern zu zerfallen, aber ihre veraltet anmutenden Texte bargen keine neuen Erkenntnisse. Sie alle beschrieben Magie als eine äußerliche Kraft, auf die nur einige wenige Einfluss nehmen konnten. Sie berichteten von großartigen Taten, die mit Hilfe von Magie vollbracht worden waren, von Kräften, die Ernten gesteigert und Dürren beendet hatten, von Zauberei, mit der Menschen beeinflusst oder auch getötet wurden, aber jedes Mal schöpfte der Zaubernde etwas aus der Luft, das dann zur Entfaltung gebracht oder auch in böser Absicht in etwas Dunkles verwandelt wurde. Niemand hatte jemals Feuer aus sich selbst heraus erzeugt. Und wenn doch, hatte nie jemand davon berichtet.

Wirklich mächtige Zauberer waren wohl selten. Einige Menschen bedienten sich der Magie, um kleinere Aufgaben zu bewältigen, und es gab relativ viele Heiler, doch nur ganz wenige verstanden sich darauf, mit Hilfe von Magie wirklich Einfluss auszuüben, Kontrolle zu erlangen oder etwas zu vernichten. Es war nur eine Handvoll männlicher Zauberer, die herumreisten und sich ihre besondere Fähigkeit teuer bezahlen ließen. Und hin und wieder eine furchterregende Hexe.

Laut der Bücher war Alysse die erste von ihnen gewesen.

Aurora beugte sich tiefer über das Buch und verfolgte den Text Zeile für Zeile mit dem Finger. Alysse war die Heldin ihrer Kindertage gewesen, aber aufgrund ihrer eigenen Erlebnisse seit ihrem Erwachen hatten die Geschichten von der gütigen, magischen Königin einen bitteren Beigeschmack bekommen.

Die Berichte schienen ihre Vorbehalte zu bestätigen. Anfangs war es noch die altbekannte Geschichte: Alysse war die Tochter eines der Siedler, die über das Meer setzten, um nach Alyssinia zu gelangen, und für die Leute war sie die letzte Bewahrerin vanhelmischer Zauberkraft, eine fleischgewordene Erinnerung daran, was Vanhelm hätte sein können, wenn die Magie dort nicht verschwunden wäre. Sie hatte von ihrer Begabung nichts geahnt, bis sie Alyssinia erreichten, eine Landschaft wie ein endloser Wald, wo die Magie noch unberührt war. Das Land, das alle anderen schroff zurückwies, schien flüsternd zu ihr zu sprechen, und sie brachte ihrem Volk bei, dieses Flüstern zu verstehen.

Doch je weiter Aurora blätterte, desto mehr wich die Geschichte von der Version ab, die sie kannte. Alysse wurde zu mächtig, hieß es da. Sie konnte den Bäumen befehlen, sich vor ihr zu verneigen, und den Flüssen, ihre Richtung zu ändern, und Vögel pflückte sie mühelos im Flug aus der Luft. Am Ende fürchteten die Menschen sich vor ihr. Ein Mädchen, das mit der Natur sprechen konnte und machte, dass das Land sie willkommen hieß, war liebenswert, nützlich. Doch eine Frau, die so viel Macht besaß und dermaßen kühn, furchtlos und absolut unbeugsam war, war etwas anderes. Sie trauten dieser Zauberin nicht, die mit bloßen Gedanken so viel geschehen lassen konnte. Und so ermordeten sie sie wenige Tage vor ihrer Krönung. Die Alyssinier waren neuer Chancen und der Magie wegen übers Meer gereist, erschraken aber davor, als sie beides in den Händen ihrer einst so geliebten Tochter liegen sahen.

Aurora setzte sich auf die Fersen. Bislang hatte sie noch nie etwas davon gehört, aber angesichts dessen, was sie am eigenen Leib erfahren hatte, erschien ihr das Ganze glaubhaft. Und welche Version war wahrscheinlicher: eine wunderschöne Königin, die einfach verschwand, oder eine Prinzessin, die man gewaltsam noch vor der Thronbesteigung verschwinden ließ, weil sie zu mächtig geworden war?

Vielleicht hatte Alysse es aber geschafft, denjenigen zu trotzen, die sie aus dem Weg räumen wollten. Vielleicht hatte sie regiert und war glücklich und zufrieden gewesen, und die Wahrheit hatte sich auf der anderen Seite des Meeres zu einer Legende verdreht.

Aurora wusste selbst nicht so genau, was sie glauben sollte. Alysse war möglicherweise nicht Alyssinias erste Königin gewesen, aber sie war Alyssinias erste Hexe. Und das, so wurde Aurora bewusst, brachte Gefahr mit sich.

ACHT

Finnegan kehrte nach dem Abendessen in die Bibliothek zurück und führte Aurora durch eine Tür, die von der zweiten Galerie abging. Der Raum dahinter war klein und rechteckig, mit einem Tisch in der Mitte, einigen Kisten, die an der Wand standen, und einer leeren Feuerstelle.

»Das hier ist das Verbindungszimmer zwischen der Bibliothek und meiner Suite. Ich dachte, das wäre ein guter Ort zum Üben, darum habe ich es leergeräumt.«

»*Ihr* habt es leergeräumt?«

»Meine Diener haben es leergeräumt«, korrigierte er sich. »Wie auch immer, in den Kisten sind jede Menge Kerzen, und nirgendwo stehen Bücher herum, die Opfer der Flammen werden könnten. Ich dachte mir, das würde helfen.«

»Ja«, entgegnete sie. »Danke.« Sie trat an eine der Kisten heran und begutachtete die Kerzen darin. Sie waren alle von verschiedener Größe und Farbe, so als glaubte Finnegan, dass die Nuancen des Wachses den entscheidenden Unterschied machen könnten. Sie suchte eine rechteckige Stumpenkerze heraus und stellte sie auf den Tisch. Dann ging sie einen Schritt zurück und blickte konzentriert auf den Docht.

»Wartet!« Finnegan machte einen Schritt auf sie zu. »Die Kette. Die sollten wir vorher noch ablegen. Mir wäre nämlich eindeutig lieber, Ihr würdet nicht das gesamte Schloss abfackeln.« Er fasste an die Halskette und fingerte den Verschluss auf. Mit einem zarten Kitzeln glitten die Metallglieder über ihren Nacken, als er sie abnahm.

Der Drachenanhänger war klein, und doch vermisste Aurora augenblicklich sein Gewicht auf ihrer Brust. Sie legte ihre Hand an die Stelle, wo er eben noch gelegen hatte.

»Glaubt Ihr denn, der Anhänger war schuld, dass meine Magie in diesem Dorf in Alyssinia so außer Kontrolle geraten ist?«

»Möglich«, sagte er. »Aber das finden wir besser nicht in meiner Suite heraus.«

Finnegan zog sich wieder in den Hintergrund zurück, und Aurora richtete ihre Aufmerksamkeit erneut auf die Kerze. Das Einzige, was sie tun musste, war, sie zu entzünden. Das hatte sie schon einmal getan. Und so starrte sie den Docht an und versuchte, ihn zum Gehorsam zu zwingen. *Brenne!*

Nichts geschah.

Sie spürte, wie Finnegan sie beobachtete. Ausharrte. Voller

Spannung ihre Magie erwartete. »Habt Ihr nichts zu tun?«, fragte sie.

»Wollt Ihr mich loswerden, Drachenmädchen?«

»Nein«, sagte sie. »Aber habt Ihr keine Angst? Ich bin völlig ahnungslos, was meine Zauberkraft angeht. Einmal hätte ich fast Rodric in Brand gesteckt. Findet Ihr das nicht ein wenig … nervenaufreibend? Es wäre jedenfalls sicherer für euch, den Raum zu verlassen.«

»Nervenaufreibend?« Finnegan lachte. »Aurora, es ist phänomenal! Ihr besitzt die Macht, *Feuer* heraufzubeschwören und Dinge in Brand zu setzen. Ihr blickt einem Drachen ins Auge und überlebt es. Wie könnte ich nicht dabei sein wollen, um das zu erleben!«

»Weil ich *Euch* in Brand setzen könnte.«

»Ich wusste ja gar nicht, dass Ihr so um mein Wohl besorgt seid. Aber ich kann Euch beruhigen, Aurora. Ich werde mir alle Mühe geben, nicht Euren Zorn zu erregen.«

Jetzt war sie es, die lachen musste. »Und Ihr meint, das schafft Ihr?«

»Nein«, sagte er. »Aber dieses Risiko gehe ich gern ein.«

Sie strich sich eine Strähne aus dem Gesicht und starrte auf die Kerze. »Das Problem ist, dass ich keine Ahnung habe, wie ich es anstellen soll. Ich habe schon einmal versucht, willentlich eine Kerze zu entzünden. Und es hat nicht funktioniert. Kein einziges Mal. Immer nur aus Versehen. Und immer nur in Situationen, in denen ich viel zu aufgewühlt war, um bewusst daran zu denken. Es passierte einfach.«

»Dann solltet Ihr es vielleicht nicht so krampfhaft darauf anlegen«, entgegnete Finnegan. »Hört auf, Euch auf das Entzünden der Flamme zu konzentrieren.«

»Ich soll mich also darauf konzentrieren, sie *nicht* zu entzünden?«

»Ich will damit sagen«, erwiderte er, »dass Handlungen keine reine Willenssache sind. Wenn Ihr bloß denkt: ›Lauf!‹, bewegt Ihr euch noch kein Stück vorwärts. Ihr könnt das Laufen nicht *denken*. Ihr müsst es tun.«

Sie fuhr sich mit den Fingern durchs Haar. »Das stimmt so nicht«, sagte sie. »Kinder zum Beispiel denken bestimmt über das Laufen nach und welche Muskeln sie bewegen müssen. Und wie soll ich denn üben, ohne über das, was ich tue, nachzudenken?«

Finnegan trat an sie heran und legte ihr eine Hand auf die Schulter. »Na ja«, sagte er mit leiser Stimme. »Wie hat es sich denn das letzte Mal *angefühlt*, als Ihr Magie benutzt habt?«

Sie schloss die Augen und tastete nach der Erinnerung, nach dem Hauch Magie, den sie sich selbst verboten hatte zu spüren. Es fühlte sich nach Macht an, nach Verzweiflung, und so, als hätte sie die Grenzen ihres Körpers überwunden. *Gefährlich.*

Doch jetzt, während sie in diesem schummrigen Raum stand, spürte sie nichts außer sich selbst. Arme, Beine, goldblonde Locken – sie war sich der vier Wände um sie herum und der damit verbundenen Enge nur allzu bewusst.

»Es ist schwierig«, sagte sie. »Etwas zu fühlen, was man nicht wirklich fühlt.«

»Aber wenn Ihr es vor kurzem schon einmal gefühlt habt, dann könnt Ihr es auch wieder fühlen.«

Sie dachte an das erste Mal, als sie, eingesperrt in ihrem Zimmer im Schloss von Petrichor, versucht hatte, eine Kerze zu entzünden. Was den Funken seinerzeit entfacht hatte, war ihre Frustration darüber, dass sie so unsagbar nutzlos war. Dass sie lächelte und knickste und einfach nur zusah, wie ihr Leben zerrieben wurde. Dass selbst ihre eigenen Eltern sie verraten hatten. Dass alle sie feierten, ohne sie als Person mit Gefühlen und Träumen zu sehen.

Sie bündelte all diese Gedanken, und dann drängte sie vor. *Licht*, dachte sie, *Licht*.

Aber nichts passierte. Kein Lüftchen regte sich.

Sie kniff die Augen fest zusammen. Sie konnte Feuer beschwören, den Beweis dafür hatte sie mit eigenen Augen gesehen, aber jetzt glomm nicht mal der leiseste Funke. War sie nur in Alyssinia dazu imstande, wo die Erinnerung an Magie noch frischer war? Oder *sollte* Magie unbezähmbar sein?

Finnegan ließ seine Hände an ihrem Arm heruntergleiten. »Habt Ihr von Eurer Zauberkraft gewusst, bevor Ihr in den Schlaf gefallen seid?«

»Nein«, sagte Aurora, »habe ich nicht.«

»Wenn es so einfach wäre, sie zu gebrauchen, hättet Ihr schon viel früher etwas davon gemerkt. Es musste erst viel passieren, bevor sie das erste Mal zutage trat. Ist doch klar, dass sie schwer zu kontrollieren ist.«

»Aber davor hatte ich auch noch nie versucht, Magie zu benutzen.« Es gab keine Beweise, ob sie damals überhaupt schon Magie *besessen* hatte. Sie war frustriert gewesen. Sie war wütend gewesen. Aber sie hatte nie etwas zum Brennen gebracht.

Möglicherweise war die Zauberkraft ein Überbleibsel des Fluchs, Reste von den Energien, die beim Versuch, sie aufzuwecken, benutzt worden waren. Möglicherweise gehörte die Magie ja gar nicht ihr.

Celestine hatte Aurora erzählt, dass sie mit Hilfe eines Zaubers entstanden war, der Teil der Abmachung zwischen ihrer Mutter und der Hexe gewesen war. War das der Grund, warum sie über Magie verfügte? War ihre Zauberkraft ein Extra, das Celestine diesem Handel beigemischt hatte?

»Vielleicht lässt sie sich ja gar nicht bändigen. Vielleicht ist genau das Bestandteil des Fluches? Celestine hätte mir doch niemals Zauberkräfte verliehen, die ich nach Belieben einsetzen kann, oder?«

»Vielleicht«, sagte Finnegan, »allerdings glaube ich das nicht.« Sie konnte seinen Atem an ihrem Ohr spüren. »Denkt einfach nicht so viel darüber nach. Versucht, das Feuer aufzuspüren. Vertraut darauf, dass es da ist. Schnappt es Euch.«

»Es ist da«, sagte sie. Das verkohlte Dorf war der Beweis. »Es ist … Es kommt, wenn ich wütend bin. Wenn ich Angst habe, mich bedroht fühle, dann ist es plötzlich da, ohne dass ich einen Gedanken daran verschwendet hätte. Aber sonst …« Sonst konnte sie nicht die kleinste Spur Feuer entdecken. Wie sollte sie etwas bändigen, das nur dann zum Vorschein kam, wenn sie aufhörte, es bändigen zu wollen?

»Na ja«, sagte Finnegan gedehnt. »Im Grunde werdet Ihr doch gerade die ganze Zeit bedroht. Wenn man bedenkt, was König John plant.«

»Also sollte ich ständig Angst haben, um mächtiger zu werden?« Das hörte sich nicht nach Stärke an. »Nein«, sagte sie. »Ich müsste wütend sein.« Genau in solchen Momenten hatte sie ihre Zauberkraft benutzt. Wenn sie Hass gegen den König verspürte, Hass gegen Rodric oder Hass gegen sich selbst. Wenn sie Dinge brennen sehen wollte. »Wir reden hier von Feuer«, sagte sie. »Feuer hat keine Angst.«

Sie sah sich wieder die Kerze an und sammelte ihre Gedanken. Als Erstes dachte sie an die Wut, die sie auf sich selbst hatte, weil sie so nutzlos gewesen war, weil sie in ihrem Streben, alles richtig zu machen, so viel Schaden angerichtet hatte. Dann schob sie diese Gedanken beiseite. Ihre Magie sollte sie stark machen, und sie konnte nicht stark sein, wenn sie sich selbst niedermachte.

Stattdessen tauchte sie ein in dieses schwelende Gefühl des Verraten-worden-Seins … König John, der ihr an ihrem Hochzeitstag drohte; das Rasseln des Schlüssels, als Iris die Tür zu ihrem Zimmer abschloss; Celestine, die ihr hungriges Lächeln zeigte; Tristan, der sie vom Dach aus anstarrte, während auf dem Schlossplatz Blut vergossen wurde. Und dann drang sie noch tiefer vor zu jenen ungerechten Gedanken, die sie selbst nicht wahrhaben wollte: dass sie wütend auf Rodric war, weil er sie aufgeweckt hatte. Zornig auf die Menschen von Alyssinia, weil diese glaubten, sie wäre ihrer aller Rettung. Und auf ihre eigene Mutter, die einen Handel mit einer Hexe abgeschlossen hatte, obwohl sie genau wusste, dass das nicht gutgehen konnte. Keiner von ihnen hatte ihr je eine Wahl gelassen. Keiner von ihnen hatte sie je wie einen echten Menschen behandelt. Sie wollte nicht ihre Rettung sein, wollte nicht ihre Königin sein, aber sie scherten sich keinen Deut darum, was *Aurora* wollte. Der Druck in ihrer Brust wuchs, in ihren Ohren rauschte es. Sie dachte nicht *Licht*, sondern packte das Gefühl und schleuderte es gegen die Kerze.

Sie ging in Flammen auf.

Finnegan sprang nach vorn und löschte das Feuer. »Vielleicht ein bisschen kleiner das nächste Mal«, sagte er. »Kerzen haben Dochte, wisst Ihr.«

»Ich soll meiner Wut freien Lauf lassen, dabei aber nur ein kleines Feuer entfachen?«

»Nicht freien Lauf«, sagte er. »Umarmt sie. Und dann findet den Funken, den Ihr braucht.«

Sie starrte auf den verformten Rest, der von der Kerze noch übrig war. »Es ist nur so, dass … Das Feuer, dieses Gefühl, es strömt einfach aus mir heraus. Vielleicht kann ich versuchen, es zurückzuhalten, und dann irgendwie nur einen Strang davon herausziehen …«

Diesmal trat die Magie sachter zum Vorschein. Ein Schwall Energie, ein Funken am Docht der Kerze.

Am Ende des Abends flackerten mehrere Kerzen, und im Kamin brannte ein großes Feuer. Aurora nahm jeden Schlag ihres Herzens wahr. Ihr taten alle Glieder weh, aber es war eine angenehme Müdigkeit.

Sie saß auf dem Boden, die Beine unter den Körper gezogen. Finnegan hatte ihr einen Arm um die Schulter gelegt, ohne dass es ihr etwas ausmachte oder sie ihn wegstoßen wollte. Das stundenlange Üben hatte sie einander nähergebracht. In Einklang. Die vielen Stunden, in denen sie Fragmente ihrer Wut genommen und durch den Raum geschleudert hatte, während er immer noch mehr aus ihr herausgeholt hatte. Insgeheim wollte ihre sture Seite es trotzdem noch allein schaffen, damit die Magie *ihre* Fähigkeit war. Aber selbst wenn sie Finnegan teilhaben ließ und ihn als Partner akzeptierte, würde die Magie dennoch ihr gehören.

»Gut«, sagte Finnegan. »Ich denke, das reicht für heute. Wir sollten aufhören.«

Er drehte den Kopf zu ihr herum, seine Nasenspitze war nur wenige Zentimeter von ihrem Gesicht entfernt. Wenn er sich nur ein kleines Stück nach vorn beugte, könnte er sie küssen.

Sie sah auf seinen Mund.

Es lag gewiss am Schummerlicht, am Kerzenschein, dass sie so durcheinander war. Aber ihr Herz schlug schneller, und ihr stockte der Atem, als er beinahe unmerklich näher kam.

Er würde sie küssen.

Das durfte sie nicht zulassen. Nicht jetzt, nicht, wo alles so verwirrend war, nicht, wo sie darauf angewiesen war, dass dieses Bündnis funktionierte. Sie drehte den Kopf weg. »Ich bin erschöpft«, sagte sie. »Ich sollte mich ausruhen.«

»Keine Sorge«, sagte er und lehnte sich wieder zurück. »Ich werde Euch nicht küssen.«

»Warum nicht?« Die Worte waren heraus, noch ehe sie es verhindern konnte. Sie hatte etwas ganz anderes sagen wollen. *Ich will gar nicht von Euch geküsst werden* vielleicht. Oder: *Was sollen diese Andeutungen? Untersteht Euch.* Einen Moment lang war da etwas zwischen ihnen gewesen, aber das bedeutete noch lange nicht, dass sie sich danach verzehrte, von ihm geküsst zu werden.

»Ich warte darauf, dass Ihr *mich* küsst. Ich finde, *Ihr* seid schon oft genug geküsst worden. Aber wenn Ihr *mich* küssen würdet, dermaßen überwältigt vor Verlangen, dass Ihr einfach nicht widerstehen könntet … also, das wäre doch etwas Besonderes, oder?«

Sie stand auf. »Da könnt Ihr lange warten.«

Er erhob sich ebenfalls, vollkommen ruhig, und lächelte sein irritierendes Lächeln. »Keine Sorge, Aurora«, sagte er im Hinausgehen. »Das Warten wird sich lohnen.«

NEUN

Etwas fühlte sich anders an, als Aurora am nächsten Morgen erwachte. Eine Zofe hatte offenbar das Fenster geöffnet, um zu lüften, und der Raum schien einen Tick zu grimmig, einen Tick zu kalt.

Aurora rollte sich auf die Seite und kroch tiefer unter ihre Decke.

Eine Rose lag auf dem Kissen neben ihr. Der Stängel war mit einem Stück Papier umwickelt. Aurora setzte sich auf, und das Haar fiel ihr wirr ins Gesicht. War das ein Scherz von Finnegan, eine Anspielung auf gestern Abend? Sie nahm die Rose. Nur ein einziges Wort stand auf dem Zettel: *Bald*. Aurora erkannte die Handschrift. Sie hatte sie an der Wand ihres Turmes gesehen, eingebrannt in den Stein.

Celestine.

Celestine war hier gewesen. In dieser Stadt, in diesem

Schloss, in ihrem Schlafzimmer, während sie schlief. Aurora ließ die Rose fallen und krabbelte hastig aus dem Bett, wobei sie einen großen Bogen um die Blume machte, so als befürchtete sie, von ihr gebissen zu werden.

Sie drehte sich einmal um sich selbst. Celestine war nicht hier. Sie war nirgends in diesem Zimmer, lauerte in keiner Ecke und wartete, dass Aurora sie bemerkte.

Aurora riss die Zudecke vom Bett herunter und schleuderte die Kissen beiseite, auf der Suche nach einer weiteren Nachricht, einem weiteren Hinweis. Nichts. Ihr Frisiertisch war unangetastet, genau wie ihr Schreibtisch. Da war nur das offene Fenster und die Rose auf dem Kissen.

Sie hob die Blume auf, wobei sie darauf achtete, nicht an die Dornen zu fassen. Celestine war in ihr Zimmer eingebrochen, während Aurora schlief. Aber wozu? Um ihr zu drohen? Sie zu warnen?

Offensichtlich wusste sie Bescheid, dass Aurora das Zaubern übte. Sie musste gesehen haben, wie sie das Feuer beschworen hatte, und das hier war ihre Art, ihr zu gratulieren. Oder sie zu beunruhigen. Sie wollte Aurora wissen lassen, dass sie in der Nähe war.

Aurora rannte in die Eingangshalle, das Haar noch ganz zerzaust vom Schlaf, die Rose fest in der Hand. Ein Wachmann stand stramm, als sie sich näherte, doch sie war viel zu aufgebracht, um sich um Protokoll und Etikette zu scheren. »Ist heute Nacht irgendjemand ins Schloss gekommen?«, fragte Aurora atemlos. »Eine Frau? Eine Fremde?«

Der Wachmann runzelte die Stirn. »Nein, Miss.«

Doch Celestine besaß die Fähigkeit, die Realität zu verzerren und Leute vergessen zu lassen, was sie gesehen hatten. »Gab es sonst irgendwelche merkwürdigen Vorkommnisse?«, fragte sie weiter. »Irgendwelche unerklärlichen Geräusche, irgendwas in der Art?«

»Ich kann Ihnen versichern, Miss, es ist nichts dergleichen vorgefallen.«

»Seid Ihr sicher?«, sagte sie. »Vielleicht ist jemand durch einen anderen Eingang hereingekommen oder …«

»Es gibt keine anderen Eingänge«, entgegnete der Wachmann. »Das kann ich Euch garantieren. Ihr seid hier in Sicherheit.«

»Aber …«

»Was gibt es für ein Problem?« Aurora wirbelte herum. Finnegan eilte auf sie zu. Er hatte die Stirn in Falten gezogen. »Jackson, unser Gast soll sich hier frei bewegen können.«

»Das weiß ich, Eure Hoheit«, sagte der Wachmann mit einer Verbeugung. »Sie wollte wissen, ob heute Nacht jemand Fremdes hier gewesen ist. Aber wie ich bereits sagte, ich habe niemanden gesehen. Alles in bester Ordnung.«

»Wenn Ihr es sagt, dann wird es auch so sein, da bin ich sicher.« Er legte Aurora eine Hand auf den Arm. »Wir werden Euch jetzt auch nicht länger stören.«

Er schob Aurora durch eine Seitentür in eines der Studierzimmer. Sobald sie allein waren, ließ er ihren Arm los und sah sie an. »Aurora«, sagte er. »Wollt Ihr mir vielleicht erklären, was das gerade sollte? Warum seid Ihr im Nachthemd? Und weshalb haltet Ihr eine Rose in der Hand?«

Aurora ließ ihren Blick durchs Zimmer wandern, halb damit rechnend, einen weiteren Hinweis auf Celestines Gegenwart zu entdecken. Die Hexe beobachtete sie. Vielleicht sogar genau in diesem Augenblick.

»Aurora?«

»Ach, nichts«, sagte sie. Sie atmete tief durch. »Ich wollte mich nur vergewissern, dass die Wachen hier auch gut aufpassen. Oder ob Leute kommen und gehen können, wie es ihnen beliebt.«

»Natürlich können die Leute nicht kommen und gehen, wie es ihnen beliebt. Wir werden die Soldaten von König John nicht so einfach hier reinspazieren lassen.«

»Aber es gibt bestimmt noch andere Wege, um in den Palast zu kommen«, sagte Aurora. Sie fing an, unruhig auf und ab zu gehen, sie konnte einfach nicht still stehen. »Dienstboteneingänge, Geheimgänge. In Petrichor bin ich aus dem Schloss raus und wieder rein, ohne dass mich jemand gesehen hat. Solche Tunnel muss es hier auch geben.«

»Dieses Schloss hier ist nicht so alt wie Eures. Vertraut mir, wir kennen den Grundriss in- und auswendig. Es gibt keine Geheimgänge.« Er beobachtete ihr nervöses Hin und Her. »Ist irgendetwas vorgefallen, Aurora? Wurdet Ihr bedroht?«

»Nein«, sagte sie und schüttelte den Kopf. »Ich weiß nicht.«

»Aurora.« Er legte ihr eine Hand auf die Schulter, damit sie endlich stehen blieb. »Was ist passiert?«

Sie blickte in sein Gesicht. Sie hatte niemandem von Celestine erzählt, hatte kein Wort über ihre Existenz oder ihre Drohungen verlauten lassen, doch wenn sie jetzt irgendwo *hier* im Palast war, musste Aurora sich jemandem anvertrauen. Und bei all seinen Marotten war Finnegan trotzdem stets sehr verständnisvoll. Er würde mit ihr gemeinsam überlegen, was zu tun war. »Jemand hat eine Rose in meinem Zimmer hinterlassen.«

»Eine Rose?«

»Ja. Jemand hat sie auf mein Kissen gelegt, während ich schlief. Der Stängel war mit einem Zettel umwickelt. Darauf stand nur ›Bald‹«.

Finnegans Griff um ihre Schulter verstärkte sich. »So raffiniert ist König John nicht. Ominöse Botschaften durch die Blume sind nicht gerade sein Stil.«

»Nein«, sagte Aurora. »König Johns Stil nicht, nein.« Sie schaute zum Fenster. Die aufgehende Sonne warf ihr oranges Licht ins Zimmer. »Aber Celestines.«

»Celestine?« Finnegan machte große Augen. »Die Hexe, die Euch verflucht hat?«

»Ich weiß, das klingt völlig verrückt«, sagte sie, »aber ich habe sie gesehen. Sie ist in Petrichor im Schloss zu mir gekommen und dann kurz nach meiner Flucht noch einmal auf der Straße. Sie sagte …« Die Worte schienen fast zu gefährlich, um sie laut auszusprechen. »Sie wollte, dass ich mich ihr anschließe. Sie sagte, das sei meine Bestimmung.«

»Aber Ihr habt nein gesagt.«

»Natürlich! Sie meinte, sie würde mich weiter beobachten, aber ich dachte nicht … Ich dachte, jenseits des Meeres wäre ich in Sicherheit. Aber nun ist sie hier. Ich bin erst seit zwei Tagen in Vanhelm, und sie ist bereits hier.«

»Glaubt Ihr, sie will Euch angreifen?«

»Nein«, erwiderte Aurora. »Ich weiß nicht.« Sie fuhr sich mit der Hand durch die Haare und verhedderte sich mit den Fingern in den Strähnen. Wenn Celestine sie angreifen wollte, hätte sie es bereits vor Wochen getan. Dazu hatte es zahlreiche Gelegenheiten gegeben. »Sie spielt mit mir. Will mich nervös machen. Sie will, dass ich mich aus freien Stücken dafür entscheide, mich ihr anzuschließen. Aber ich weiß nicht, wie sie darauf kommt, dass ich das je tun würde. Was denkt sie, wird passieren? Wieso glaubt sie, ich würde mich mit der Frau zusammentun, die mich verflucht hat?«

»Was hat sie Euch angeboten?«, sagte Finnegan. »Dafür, dass Ihr Euch mit ihr verbündet?«

»Antworten. Die Beherrschung meiner Magie. Rache.«

»Klingt doch alles recht vielversprechend.«

»Sie hat mich verflucht. Wie kann sie annehmen, dass ich mich mit ihr verbünden würde?«

Celestine musste eine furchtbare Zukunft voraussehen, wenn sie glaubte, Aurora würde je ihre Magie mit ihr teilen wollen.

»Hat sie denn gesagt, was sie von Euch will?«

»Nur andeutungsweise. Aber ich weiß, dass sie Magie will. *Meine* Magie. Sie schien nicht mehr … ganz bei Kräften zu sein.« Sie sah Finnegan an, während sie krampfhaft nach den richtigen Worten suchte. »Sie hat mir etwas von meiner Magie gestohlen. Durch eine Schnittwunde an meiner Wange. Ich glaube, sie denkt, dass sie dadurch ihre Macht zurückerlangen kann. Aber ich wüsste nicht *wie*. Wie ist es möglich, dass ausgerechnet *ich* Magie besitze und niemand sonst?«

»Vielleicht weil Ihr geschlafen habt?«, vermutete Finnegan. »Vielleicht hat sie so in Euch überdauert.«

»Ja«, sagte Aurora wieder. »Vielleicht.« Das würde erklären, warum Celestine dermaßen besessen von ihr war. Aber warum nahm sich Celestine dann nicht einfach so viel Magie, wie sie brauchte? Warum spielte sie mit ihr und schickte ihr subtile Drohungen?

»Sie will Euch verunsichern«, erklärte Finnegan. »Aber Ihr müsst nichts tun, was Ihr nicht tun wollt.« Er ließ sie los. »Doch Ihr könntet Euch die Sache zunutze machen«, fuhr er fort. »Bestimmt weiß sie mehr über Eure Magie als irgendjemand sonst. Ihr könntet so tun, als würdet Ihr auf ihr Angebot eingehen, um ihr Informationen zu entlocken …«

»Nein«, sagte Aurora. »Celestine ist gefährlich. Ich weiß nicht, was sie mit meiner Magie tun würde.«

»Vielleicht solltet Ihr sie einfach fragen?«

»Nein«, entgegnete sie. »Ich kann ihr nicht trauen.«

»Aber wenn Ihr sie besser kennenlernen würdet, findet Ihr möglicherweise auch mehr über Eure Magie heraus. Und über den Fluch. Die Drachen. Sie weiß darüber bestimmt Bescheid.«

»Dann werde ich eben selbst recherchieren«, erwiderte Aurora. »Ich gehe sämtliches verfügbares Material über die letzten hundert Jahre durch, alles über Celestine, bevor ich verflucht wurde. Ich drehe jeden Stein um. Ich kann Antworten finden, ohne sie zu fragen.« Allerdings würde das von Vanhelm aus schwierig sein. Sie müsste Gerüchten und Geheimnissen auf den Grund gehen, die über ein Jahrhundert zurücklagen, während sie Hunderte von Kilometer von dem Ort entfernt war, wo diese Ereignisse stattgefunden hatten. Womöglich würde sie gar nichts herausfinden können.

Sie strich sich eine Haarsträhne aus dem Gesicht. »Ich gehe mich jetzt ankleiden«, erklärte sie. »Und dann ziehe ich mich in die Bibliothek zurück. Das ist ein guter Ausgangspunkt.«

»Soll ich Euch zu Eurem Zimmer geleiten?«

»Ich finde selbst den Weg.«

»Ich dachte nur, in Anbetracht der Rose solltet Ihr ein wenig vorsichtiger sein. Ich kann jemanden schicken, der vor Eurer Tür Wache hält, wenn Ihr wollt.«

»Oh.« Das war überaus fürsorglich von ihm. »Danke, aber mir wird schon nichts passieren.« Celestine wollte ihr Angst einjagen. Aurora durfte keine Schwäche zeigen.

Sobald sie angezogen war, kehrte sie in die Bibliothek zurück und stieg die Stufen zur Magieabteilung hinauf. Es musste sich hier doch irgendetwas finden lassen, das ihnen weiterhalf!

In ein paar Büchern wurde Celestine in der Tat erwähnt,

aber ansonsten enthielten sie nicht viel Brauchbares. Offenbar war Celestine zum ersten Mal zwanzig Jahre vor Auroras Geburt gesichtet worden und zum letzten Mal anlässlich des Banketts, bei dem sie der Babyprinzessin mit einer Nadel in den Finger gestochen und sie mit dem Schlaffluch belegt hatte. In der Zeit dazwischen, so hieß es, lebte sie in einem Turm im Wald, zu dem die Menschen pilgerten, um auf der Suche nach Hilfe mit der Hexe einen Handel abzuschließen.

Einige Bücher stellten sie als rachsüchtige Hexe dar, die das Königreich aus purem Vergnügen verfluchte, andere jedoch berichteten, dass sie sich aus allen Angelegenheiten heraushielt, es sei denn, man bat sie um Hilfe.

Ein Autor behauptete, man habe sie ungerechterweise für die Probleme des Königsreichs und das Verschwinden der Magie verantwortlich gemacht. Aurora hätte das Buch am liebsten an die Wand geschleudert. Was immer Celestine auch getan oder nicht getan haben mochte, sie hatte Aurora verflucht, als sie gerade mal fünf Tage alt war. Sie hatte Auroras Leben zerstört. Sie war auf keinen Fall das Opfer.

»Aurora?«

Finnegan stand in der Mitte der Bibliothek und reckte den Hals, um zu den Galerien hochzuspähen. »Seid Ihr hier?«

»Ja«, sagte sie und stand auf. »Ich bin hier.«

Mit einem dumpfen Knall ließ Finnegan einen dicken Stapel Papier auf den großen Tisch der Bibliothek fallen. »Was ist das?«, fragte Aurora, als sie die Treppe hinunterstieg.

»Sämtliche diplomatische Dossiers der letzten hundert Jahre, die Alyssinia betreffen. Ein paar haben bereits hundertzwanzig Jahre auf dem Buckel.« Er hievte einen zweiten Stapel auf den Tisch. »Sie sind zwar bestimmt nicht so aufschlussreich wie die Dokumente in Alyssinia, aber irgendetwas lässt sich darin sicher finden. Ich fand es am sinnvollsten, gleich die Quelle anzuzapfen.«

»Das ist ja phantastisch!«, sagte Aurora. »Wo habt Ihr die Schriftstücke her?« Sie nahm das Blatt, das zuoberst auf einem der Stapel lag. Darauf standen ein paar Notizen und Abkürzungen, in einer Handschrift, die nahezu unleserlich war. Die Seite darunter enthielt eine Auflistung von Geschenken, die nach einem diplomatischen Treffen ausgetauscht worden waren.

»Ich bin ins Archiv gegangen und habe sie mir einfach genommen«, erklärte Finnegan. »Einer der Vorteile, wenn man der Prinz ist.«

Aurora setzte sich und nahm weitere Seiten vom Stapel. Sie würden jede Menge unbrauchbarer Information sichten müssen, haufenweise belanglose Details, aber es mussten auch wertvolle Hinweise zu finden sein.

Celestine wurde so gut wie nie erwähnt, genauso wenig wie Magie. In einem Schriftstück, das schon neunzig Jahre alt war, wurden Zweifel laut, ob sich Alyssinia aufgrund seines erschöpften Magievorkommens noch länger als Verbündeter eignete. Und ein Dokument noch älteren Datums erwähnte eine Dürre, für die »eine Hexe« verantwortlich gemacht worden war, »die oft dem Vorwurf ausgesetzt ist, das Königreich ins Verderben stürzen zu wollen«. »Beweise gibt es dafür augenscheinlich keine«, hatte der Botschafter weiter notiert, »aber die Alyssinier sind nun mal ein verbohrter, abergläubischer Haufen.« Aurora und Finnegan trugen alle Erwähnungen von Magie zusammen und sortierten sie nach ihrem Datum, in dem Versuch, eine Chronologie ihres Niedergangs zu erstellen. Aber das Ergebnis mehrerer Stunden mühevoller Arbeit fiel spärlich aus. Celestine waren diverse Gräueltaten zur Last gelegt worden, und die Magie war versiegt. Nichts, was sie nicht schon vorher gewusst hätten.

Finnegan hielt Aurora ein Blatt Papier hin. »Ich glaube, das hier dürfte Euch interessieren«, sagte er.

Es war ein Brief, der zwei Tage nach Auroras achtzehntem Geburtstag geschrieben worden war. Die Prinzessin, so war darin zu lesen, sei durch einen Fluch in einen Schlaf gefallen. Der Botschafter warnte vor drohender Unruhe im Land, da der König Jagd auf die für das Unglück verantwortliche Hexe machen ließ, und bemerkte, dass diese »abergläubischen Alyssinier« verzweifelt nach einem Weg suchten, die Prinzessin wieder zu erwecken. Eine Überlegung sei es, das Mädchen möglicherweise durch den Kuss eines Prinzen zu retten; vielleicht könnte Vanhelm ebenfalls einen Kandidaten aussenden. Die Prinzessin aufzuwecken wäre ein nicht zu verachtender diplomatischer Coup.

Es war verstörend zu lesen, mit welch analytischer Präzision ihre eigene Notlage dargelegt wurde. Aurora legte das

Blatt in die passende Lücke der Zeitleiste und nahm sich ein neues, bemüht, das Zittern ihrer Hand zu überspielen.

Finnegan beobachtete sie. Sie weigerte sich, ihn anzusehen.

»Warum machen wir nicht eine kleine Pause und gehen etwas nach draußen«, sagte er.

»Wir haben noch viel Arbeit vor uns«, entgegnete sie. »Da liegen so viele Schriftstücke, die alle noch gelesen werden müssen.«

»Und die liegen alle noch da, wenn wir zurückkommen.« Behutsam zog er ihr das Blatt Papier aus den Fingern, das sie sich gerade genommen hatte. »Wir müssen unsere Gedanken sammeln und den Kopf frei machen.«

Sie atmete tief aus. Ihre Schultern waren verspannt, und zwischen ihren Schläfen pochte es leise, aber sie mussten zügig weiterarbeiten. Sie konnten jetzt nicht einfach gemütlich durch die Gegend spazieren.

»Also *ich* für meinen Teil brauche jedenfalls eine Pause«, sagte Finnegan und stand auf. »Kommt schon. Ich zeige Euch noch ein bisschen mehr von der Stadt.«

Sie wusste, was er da tat. Er hatte ihre steifen Schultern bemerkt und wie tief erschüttert sie war von dem Brief, von Celestines Rose und allem, was geschehen war. Es war beinahe schon rührend, wie er versuchte, sie loszueisen, ohne ihr das Gefühl zu geben, dass eigentlich *sie* es war, die sich dringend ausruhen musste.

Aber das Schloss zu verlassen wäre riskant. »Distel hat mich bereits ein wenig herumgeführt.«

»Oh, aber Vanhelm verändert sich doch dauernd«, sagte er. »Wer weiß, ob alles noch genauso aussieht wie gestern?« Er nahm ihre Hand.

»Und die Spione von König John?«

»Wenn sie wissen, dass Ihr hier seid, dann wissen sie, dass Ihr hier seid. Solange ich und meine Wachen bei Euch sind, werden sie nichts tun können.«

»Weil Ihr so ungemein abschreckend seid?«

»Ja, sicher.«

Sie wollte tatsächlich gern noch mehr von der Stadt sehen. Und dabei dem Druck entfliehen, ihre Magie verstehen lernen zu müssen, und der Bürde, alle Hoffnungen erfüllen zu wollen – wenigstens für ein paar Stunden. Wenn sie zurück wäre, könnte sie sich wieder ihrer Verantwortung stellen. Und insgeheim wollte sie auch wissen, wohin Finnegan sie führen würde. Wollte sein Grinsen sehen und sein Lachen hören, ohne an höfische Konventionen oder an Drachen denken zu müssen.

Eine kleine Pause konnte nicht schaden.

»Gut«, sagte sie. »Zeigt mir Eure Stadt.«

ZEHN

Der Wind peitschte auf sie ein, als sie die Straße hinuntergingen, zerrte an Auroras Umhang und blies ihr das Haar ins Gesicht.

»Der legt sich gleich wieder«, rief Finnegan gegen das Brausen an. Er ergriff Auroras Hand, seine Haut fühlte sich angenehm warm an. Sie gingen Richtung Norden, während in einigem Abstand hinter ihnen eine Eskorte folgte. Der kühle Wind stach Aurora in die Wangen. Sie vergrub ihr Kinn im Kragen ihres Umhangs.

»Na schön, Reisende«, sagte Finnegan. »Was wollt Ihr als Erstes unternehmen?«

»Ich dachte, Ihr wolltet mir Vanhelm zeigen«, sagte sie. »Also, zeigt mir Vanhelm.«

»Ich habe da auch schon einen Ort im Sinn, der Euch bestimmt gefallen wird.«

Die Straßen wurden immer belebter. An den Kreuzungen standen wieder Unheilsverkünder und warnten die vorübergehenden Passanten lautstark vor dem Weltuntergang, aber nur wenige Leute beachteten sie. Finnegans Wachen verschwanden im Getümmel. Ein paar Leute schienen Finnegan zu erkennen – ein Mädchen stieß ihrer Freundin mit dem Ellenbogen so heftig in die Seite, dass diese beinahe hinfiel –, aber niemand machte Anstalten, ihn anzusprechen.

Sie näherten sich einem quadratischen, zehnstöckigen Gebäude, an dessen Stirnseite eine Reihe Büsten von Fabelwesen stand. Ein Einhorn, das den Kopf zurückgeworfen hatte, und ein Drache, der mit geblähten Nüstern die Zähne bleckte.

Ein kleiner Junge versuchte, die stachlige Mähne des Einhorns zu erklimmen, und rutschte ab, worauf sein Freund laut loslachte.

»Was ist das?«, fragte Aurora.

»Das Museum«, antwortete Finnegan. »Ich fand, dass Ihr hervorragend hierher passt.«

Sie war so verblüfft, dass sie lachte. Sie verpasste ihm einen spielerischen Schubs, und er tänzelte geduckt zur Seite, bevor er wieder neben sie trat. »Also Finnegan, eigentlich seid *Ihr* ja der Ältere von uns beiden. Insofern gehört Ihr wohl eher in ein Museum.«

»Das ist wahr«, sagte Finnegan. »Ich werde nie wieder achtzehn sein. Aber *ich* kann mich nicht ans letzte Jahrhundert erinnern.«

Sie ging über seine Bemerkung hinweg und hielt geradewegs auf den Museumseingang zu. Drinnen stellte sie mit Erstaunen fest, dass die Ausstellung keine alten Relikte und Gedenkstücke vergangener Schlachten zeigte, sondern Kunst. Von Tonscherben über opulente Gemälde bis hin zu halbzerfallenen Steinstatuen und Bronzeabdrücken strotzten die Räume nur so von Formen und Farben.

»Das ist doch kein Museum«, sagte sie.

»Es ist ein Kunstmuseum. Sagtet Ihr nicht, Ihr würdet Euch mit Geschichte schon gut auskennen? Ich wollte Euch nicht langweilen.«

Sie schlenderten langsam durch die Säle, ließen sich ziellos durch die Ausstellung treiben. Vor einem großen Ölgemälde, das eine ganze Wand einnahm, blieb Aurora stehen. Ein blondes Mädchen kauerte in einem Wald, über ihrer ausgestreckten Hand flatterte eine kleine Fee. Das Mädchen schien unsicher, ob sie angesichts der Magie Angst oder Freude empfinden sollte. Aurora konnte es ihr nachfühlen

Ein anderes Gemälde mit violettem Nebel, der einen verfallenen Turm einhüllte, war skurrilerweise düster und farbenfroh zugleich. In der Mitte stand ein junges Mädchen, mit grimmig verzogener Miene und einem Schwert in der Hand. Aurora ging mit dem Finger bis auf wenige Millimeter an das Bild heran. Es schnürte ihr die Kehle zu.

»Das hier …«, presste sie hervor. »Es erinnert mich an ein Buch, das ich mal gelesen habe.«

»*Die Dunklen?* Von Rosamund Frith?«

»Ja! Habt Ihr es gelesen?«

»Nur an die zehnmal oder so. Bei diesem Gemälde hier muss ich auch immer daran denken. Ich wollte es für das Schloss erwerben, aber meine Mutter möchte nicht, dass wir Kunst zur privaten Nutzung aus dem Museum entfernen.«

»Es ist so ein großartiges Buch. Die Szene im Turm? Als ihre Gedanken Realität werden und so alles immer unheimlicher wird, je größer ihre Angst wird? Danach habe ich kein Auge mehr zugetan.«

»Ich hätte ja eher gedacht, Ihr habt ein Faible für Liebesgeschichten, Aurora.«

»Es gibt doch eine Liebesgeschichte in *Die Dunklen*.«

»Zwischen dem Mädchen und dem Dämon.«

»Es ist trotzdem eine Liebesgeschichte, oder etwa nicht?« Sie betrachtete wieder das Gemälde, folgte mit den Augen der schwungvollen Pinselführung. »Und zwar eine realistischere als dieser ganze Wahre-Liebe- und Bis-an-ihr-Lebensende-Unfug.«

»Mit solchen Dingen kennt Ihr Euch vermutlich besser aus.«

Sie linste zu ihm rüber, aber er schien sie nicht zu verspotten. »Kommt«, sagte sie. »Ich möchte mir noch die anderen ansehen.«

Viele der Bilder zeigten Motive, die leicht phantastisch anmuteten. Sämtliche Gemälde, die Aurora aus Alyssinia kannte, waren entweder Portraits oder Landschaftsdarstellungen, diese hier jedoch erzählten Geschichten. Die Menschen darauf wirkten wie mitten in ihrem Tun erstarrt, so als würden sie einfach weitermachen, sobald Aurora den Blick abwandte.

Sie bogen um die nächste Ecke, und Aurora blieb wie angewurzelt stehen. Dann eilte sie auf ein kleines Gemälde an der rückwärtigen Wand zu, das in sanften Blau- und Grautönen gehalten war. Ein schwarzhaariges Mädchen stand barfuß an einem steinigen Strand mitten im aufgewühlten Wasser. Ihre Füße waren halb im Sand vergraben, und die zurückströmende Gischt malte schaumig wirbelnde Muster auf die Wasseroberfläche. Ihr Haar war vom Wind zerwühlt, wie im Einklang mit den tosenden Wellen.

»Das hier«, sagte sie. »Kennt Ihr die Geschichte dazu?«

»Ich kenne zwar viele Geschichten über das Meer«, sagte er. »Aber keine davon erinnert mich in irgendeiner Weise an dieses Bild.«

»Ich kenne nur eine.« Doch während Aurora das zerzauste Haar des Mädchens betrachtete, war sie sicher, dass das Bild auf jener Geschichte basierte.

»Erzählt sie mir.«

Aurora unterdrückte den Drang, den Schaum auf der Leinwand zu berühren. »Na gut«, sagte sie. »Es war einmal ein Mädchen, das lebte am Meer. Jeden Tag ging sie ans Ufer, tauchte ihre Füße ins Wasser und blieb dort stehen, bis sie mit den Knöcheln im Sand versunken waren.« Für die kleine Aurora, die eingesperrt in ihrem Turm nur die Aussicht auf den Wald kannte, hatte das höchst geheimnisvoll geklungen. Sie hatte nicht gewusst, wie sich das Meer anfühlte oder wie

Sand beschaffen war, oder wie es möglich war, durch bloßes Stehen darin zu versinken, aber die Vorstellung davon hatte sich ihr eingeprägt. »Jeden Tag fragte sich das Mädchen: ›Was ist da draußen?‹, und überlegte, ob sie es wohl erfahren würde, wenn sie nur lange genug dort stehen bliebe. Ob sie je eine Antwort bekäme. Sie kehrte jeden Tag ans Ufer zurück, Jahr für Jahr, stand im Sand und malte sich aus, was sie da draußen erwartete.«

»Und dann eines Tages erschien aus dem Nichts eine Hexe und half ihr?«

»Nein«, sagte Aurora. »In dieser Geschichte gibt's keine Hexe. Eines Tages glaubte das Mädchen, etwas im Wasser zu sehen, weit entfernt am Horizont. Ein Lebewesen oder ein Schiff, irgendetwas. Sie wusste nicht, was, aber sie konnte den Blick nicht davon losreißen, und so zog sie die Füße aus dem Sand und ging einen Schritt tiefer ins Wasser hinein. Nur ein Schritt noch, dachte sie, und ich kann vielleicht sehen, was es ist. Sie ging weiter und immer weiter, bis ihr das Wasser bis an die Knie reichte, dann bis zur Taille. Ihr Rock bauschte sich auf und trieb schaukelnd auf den Wellen. Und doch watete sie immer weiter, denn *irgendetwas* war da draußen, und sie hatte nun schon so lange gestanden und gewartet, wie festgewachsen, jetzt wollte sie endlich Gewissheit. Bald schon schwebte das Mädchen im Wasser, und das Land lag weit hinter ihr, ein zweiter Strich am Horizont, und doch konnte sie das Ding im Wasser nicht erkennen.«

»Schaffte sie es bis ans andere Ufer?«

»Nein«, sagte Aurora. »Sie ertrank auf offener See. Die Strömung zog sie nach unten, und sie konnte den Kopf nicht länger über Wasser halten. Von ihr blieb nichts übrig als ihre Fußabdrücke im Sand.«

Finnegan musterte ihr Gesicht. »Und das ist Eure Lieblingsgeschichte, Aurora?«

»Nein, nicht meine Lieblingsgeschichte«, entgegnete sie bedächtig. Aber sie hatte sie immer sehr gemocht, denn sie war ein melancholisches Kind gewesen. Etwas daran hatte ihr Herz gerührt. »Mach dich nicht auf den Weg ins Ungewisse. Das will die Geschichte wohl eigentlich sagen. Auch wenn ich sie so nie verstanden habe, sondern eher wie … Mach dich nicht unvorbereitet auf den Weg. Dieses Mädchen hat jahrelang nur dagestanden und geschaut. Vielleicht hätte sie in dieser Zeit ja einfach schwimmen lernen sollen. Aber wie auch immer, letztlich ist sie dort gestorben, wo sie sein wollte.«

»Sie ist auf dem Weg gestorben.«

»Sie wollte sehen, was da draußen im Meer war. Und das hat sie getan. Also, mir wäre das lieber so, als das Mädchen zu sein, das ewig am Strand wartet.« Sie biss sich auf die Zunge. Sie redete zu viel. Finnegan würde sich bestimmt über sie lustig machen und sie eine hoffnungslose Romantikerin nennen. Doch stattdessen strich er ihr sacht das Haar über die Schulter nach hinten. Seine Fingerspitzen streiften ihren Nacken.

»Ihr seid nicht sie«, sagte er. »Ihr seid hier, nicht wahr? Und Ihr wart klug genug, Euch in ein Boot zu setzen.«

Sie drehte leicht den Kopf und sah ihn an. Er war sehr groß, bemerkte sie plötzlich. Fast einen Kopf größer als sie.

»Wollen wir weitergehen?«, fragte er. »Ihr habt noch gar keins der Drachengemälde gesehen.«

Auch die Drachenbilder strotzten vor Vitalität und Dynamik, mit lodernden Flammen und feurig glühenden Augen. Fasziniert starrte Aurora die Kreaturen an, wie in Bann geschlagen von den leuchtenden Farben und der unglaublichen Kraft, bis sie die überschatteten Gestalten wahrnahm, die geduckt in den Bilderecken hockten.

Sie zwang sich, weiterzugehen.

Sie waren auf dem Weg zurück ins Schloss, als Aurora ihn sah. Wuscheliges braunes Haar, diese für ihn typische Art, sich einen Weg durchs Gewühl zu bahnen. Der Schock des Wiederkennens war wie ein Schlag in die Magengrube.

Tristan.

Sie blieb so abrupt stehen, dass Finnegan um ein Haar gegen sie prallte. Sie drehte sich in die Richtung um, in die der junge Mann gegangen war, doch er war nicht mehr zu sehen. Das konnte unmöglich Tristan gewesen sein. Er befand sich auf der anderen Seite des Meeres, wo er für seine Revolution kämpfte. Es gab viele Jungen mit braunem Haar, und sein Gesicht hatte sie nur sehr flüchtig gesehen. Er konnte es nicht gewesen sein.

»Aurora?«, sagte Finnegan. Er hatte sich ebenfalls umgedreht. »Was habt Ihr gesehen? Einen von Johns Männern?«

Sie konnte es ihm nicht erzählen. Wie würde er reagieren,

wenn der Verdacht im Raum stand, dass sich einer der Rebellen in seiner Stadt aufhielt? »Nein«, sagte Aurora. »Nein. Ich dachte … Ich dachte, ich hätte Distel gesehen. Aber sie war es nicht.«

Finnegan sah nicht so aus, als würde er ihr glauben.

ELF

Distel war in ihrem Zimmer und flocht ihr langes schwarzes Haar zu einem aufwändigen Kranz. Sie hob den Blick, als Aurora an die Tür klopfte und eintrat.

»Aurora«, sagte sie. »Was ist los?«

»Kann ich dir ein Geheimnis anvertrauen? Versprichst du mir, Finnegan nichts davon zu sagen?«

»Kommt drauf an, was es ist.« Die Hände in einem schmerzhaft aussehenden Winkel verdreht, flocht Distel die Nackensträhnen mit ein. »Falls du vorhast, dich gegen ihn zu stellen, solltest du es mir besser nicht auf die Nase binden. Willst du mir jedoch erzählen, was für ein furchtbarer Flegel er ist, dann ist dein Geheimnis bei mir sicher.«

»Und angenommen, ich wollte, dass du etwas für mich herausfindest? Etwas, was nichts mit Finnegan zu tun hat. Wovon er aber nichts wissen soll. Noch nicht, jedenfalls.«

Distel hielt im Flechten inne. »Was ist passiert?«

»Ich glaube, ich habe Tristan gesehen.« Sie kam sich lächerlich vor, als sie es laut aussprach. »In Vanhelm. Heute. Also, ich bin nicht sicher, aber … irgendwie sah er so aus. Aber Tristan ist in Petrichor. Oder?«

»Etwas anderes habe ich jedenfalls nicht gehört«, sagte Distel. »Doch Petrichor ist zurzeit kein sicherer Ort für einen Rebellen. Jetzt, wo der König die Revolution gewaltsam zerschlagen lässt. Vielleicht hat er das Land ja verlassen.«

»Aber er würde dort nicht weggehen«, sagte Aurora. »Er wollte den Aufstand. Er wollte Gewalt. Da wäre er doch nicht jetzt geflohen.«

»Vielleicht hat er festgestellt, dass die Idee und die Wirklichkeit der Revolution nicht ein und dasselbe sind. Oder vielleicht hofft er ja auch, hier Unterstützung zu finden.«

Aurora ging nahe der Tür auf und ab. Das war möglich. Doch es erschien ihr nicht einleuchtend. »Dann hättest du das aber sicher erfahren. Von einem Rebellen, der Unterstützer sucht, hättest du doch gehört.«

»Vielleicht. Aber ich höre auch nicht alles.« Distel fuhr mit dem Frisieren fort. »Willst du, dass ich ihn finde?«

»Ich will wissen, ob er wirklich in Vanhelm ist. Und wenn ja, warum er hier ist. Meinst du, das kriegst du heraus? Ohne dass Finnegan es erfährt?«

Distel schwieg einen Moment lang, während sie die letzte Strähne einflocht. »Gibst du mir mal die Nadel da?«, sagte sie und deutete mit einem Nicken auf ihre Frisierkommode.

Aurora gab sie ihr. »Danke. Also, möglich wär's schon. Aber in der Stadt wimmelt es von Menschen, und falls er irgendwo untergetaucht ist, dürfte es schwer werden, ihn zu finden. Vor allem, weil wir nicht mal wissen, ob er wirklich vor Ort ist. Aber ich werde es versuchen, Aurora. Ich lasse es dich wissen, sobald ich irgendetwas herausfinde.«

Unter den gegebenen Umständen konnte Aurora nicht mehr erwarten. Sie wusste nicht einmal, welche Antwort sie sich erhoffte. Tristan hatte ihr in Alyssinia eine Menge Probleme bereitet, aber womöglich hatte er nützliche Informationen. Vielleicht hatte er Neuigkeiten. Sie durfte sich die Gelegenheit, mit ihm zu sprechen, nicht entgehen lassen. »Danke«, sagte sie. »Ich möchte es … einfach nur wissen.«

»Ich kann nichts versprechen, Aurora«, sagte Distel. »Aber ich werd's versuchen.«

An diesem Abend sträubte die Magie sich wieder. Aurora vermochte kaum einen Funken zu entfachen und ging schließlich erschöpft und gereizt zu Bett. Als sie am nächsten Morgen erwachte, lag keine Rose auf ihrem Kissen, was sie jedoch nicht beruhigte. Bestimmt beobachtete Celestine sie immer noch.

Aurora war bereits in der Bibliothek und blätterte in den Dossiers, als Finnegan auftauchte.

»Ich habe etwas höchst Merkwürdiges bekommen«, sagte er statt einer Begrüßung. Sie drehte sich um und sah ihn die Stufen von seiner Suite herunterkommen, ein Stück zusammengerolltes Papier in den Händen. »Die liebe Königin Iris hat mir einen Brief geschrieben. Findet Ihr das nicht auch sehr bemerkenswert?«

»Ihr seid bei Ihr zu Gast gewesen«, erwiderte Aurora. »Sie ist eben ausgesprochen höflich.«

Er näherte sich dem Tisch. »Eigentlich würde man meinen, es gibt derzeit genug andere Dinge, um die sie sich Sorgen machen müsste, nach dem Tod ihrer Tochter und angesichts der Tatsache, dass das Königreich vor einem Bürgerkrieg steht. Und doch hat sie mir den zuvorkommendsten, überflüssigsten Brief geschrieben, den ich je erhalten habe. Sie ergeht sich in Nettigkeiten, dankt mir, dass ich zu Eurer Hochzeit gekommen bin, entschuldigt sich für den Tumult, nichts Überraschendes also, und dann plötzlich dies: *Hoffentlich werde ich Vanhelm alsbald einen Besuch abstatten können, um sein legendäres Feuer mit eigenen Augen zu sehen. Meine Tochter Isabelle war von dieser Vorstellung stets begeistert, aber mein Mann mag Seereisen nicht. Zudem würde er aus Sicherheitsgründen eine solche nur unter schwerer Bewachung antreten, aber da die Suche nach der Hochstaplerprinzessin derzeit alle unsere verfügbaren Kräfte bindet, ist dies natürlich nicht möglich.* Seltsam, oder. Dass es Iris in solch bewegten Zeiten nach einem Urlaub verlangt?«

»Vielleicht ist es reine Höflichkeit«, erwiderte Aurora. »Nichts als das leere Versprechen eines Gegenbesuchs.«

»Vielleicht«, sagte Finnegan. »Aber hört Euch noch den Rest an: *Ich habe das Gefühl, dass wir alle seit dem Tod meiner Tochter in Gefahr sind. Das Unheil kann unerwartet zuschlagen, genau dann, wenn wir uns in Sicherheit wähnen. Bitte schreibt mir zurück, zu meiner Beruhigung, damit ich weiß, dass Ihr Vanhelm wohlbehalten erreicht habt. Und hütet Euch vor den Gefahren jenseits des Meeres. Die Lage ist bedrohlicher denn je.«* Finnegan sah Aurora über den Rand des Briefes hinweg an. »Jenseits des Meeres gibt's keine Drachen, dafür aber die Soldaten des Königs.«

»Meint Ihr, er bedroht Vanhelm?«

»Ich glaube, Iris weiß, dass Ihr hier seid. Sie mag unausstehlich sein, aber sie ist auch sehr klug. Und wenn *sie* es weiß, dann weiß John es auch. Sie warnt Euch.«

»Er ist nicht annähernd so klug wie sie«, entgegnete Aurora. Sie streckte die Hand aus, nahm den Brief entgegen und las ihn noch einmal durch. »Wenn sie es ihm nicht gesagt hat, dann …«

»König John verdächtigt Vanhelm ständig irgendeines Verrats«, erklärte Finnegan. »Dass Ihr hierher geflohen seid, war mit Sicherheit einer seiner ersten Gedanken. Und Iris ist nicht durch und durch schlecht. Vielleicht will sie Euch schützen.«

Ihrem Eindruck nach hatte Iris sich stets mehr um ihren Sohn und den Thron gesorgt als um Auroras Wohl. Allerdings hatte sie zum Ende hin versucht, Aurora in Schutz zu nehmen, als der König sie bedroht hatte. Sie hatte getan, was sie für richtig hielt.

Und sie würde Rodric beschützen wollen, was auch immer das bedeutete.

»Könnt Ihr dem alyssinischen Hof eine Nachricht zukommen lassen, ohne dass jemand davon erfährt?«, fragte Aurora.

»Ihr wollt Iris schreiben?«

»Nein«, sagte sie. »Aber Rodric. Er hat keine Ahnung, was mit mir geschehen ist, und ich weiß nicht, was mit ihm ist. Wenn es also irgendeinen Weg gäbe, ihn zu kontaktieren, ohne dass jemand etwas davon mitbekommt … Dafür wäre ich sehr dankbar.«

»Ich schicke ihm eine Nachricht«, sagte Finnegan.

»Danke.« Aurora las den Brief noch einmal durch. »Sie bezeichnen mich jetzt also als Hochstaplerin.«

»Na ja, die wahre Prinzessin, die ihnen verheißen worden war, würde sich niemals gegen sie wenden.«

»Wollen sie damit etwa behaupten, dass die *wahre* Aurora irgendwo versteckt ist?«

»Bisher ist mir nichts dergleichen zu Ohren gekommen«, sagte Finnegan. »Aber ich denke nicht, dass sie davor zurückschrecken würden, wenn es ihnen helfen würde. Dann finden sie eben jemanden Neues, der Eure Rolle übernimmt.«

Sie würden mit Leichtigkeit irgendein Mädchen finden, das sich für ein bequemes Leben im Schloss bereitwillig als ihr Aushängeschild benutzen ließ. Der König würde wieder die Oberhand gewinnen, und die echte Aurora würde man als Hochstaplerin jagen, die ihre Position missbraucht hatte, um das halbe Königreich in Flammen aufgehen zu lassen.

»Er wird nicht einfach abtreten, stimmt's?«, sagte sie. »Er wird kämpfen.«

»Natürlich wird er kämpfen, Aurora. Das wusstet Ihr aber schon.«

»Ja, sicher«, sagte Aurora. »Ich habe nur … Ich habe gehofft …« Die Worte wollten ihr nicht über die Lippen. »Ich will nicht kämpfen«, sagte sie. »Das Blutbad bei der Hochzeit, das Feuer im Dorf … So etwas will ich nie wieder verursachen. So etwas will ich auch nie wieder mit ansehen. Aber er wird mich dazu zwingen. Er wird dafür sorgen, dass es wieder passiert.«

»Es sei denn, Ihr macht einen Rückzieher«, sagte Finnegan. »Und überlasst ihm das Feld.«

Die Vorstellung war beinahe verlockend. Sie könnte weit weggehen und müsste sich nie wieder verantwortlich fühlen. Aber dann erinnerte sie sich an den Gesichtsausdruck der Bäckerin, daran, welche Hoffnung die Menschen in sie setzten. »Das kann ich nicht«, sagte sie. »Und ich will es auch nicht. Ich wünschte nur, meine Magie wäre so stark, dass er von sich aus auf einen Kampf verzichtet. Wenn ich ihn einschüchtern oder so mächtig erscheinen könnte, dass er aus reinem Selbstschutz kapituliert … aber ich weiß nicht, wie ich das erreichen soll, ohne dabei viele Menschen zu töten.«

Finnegan schwieg einen langen Moment und sah sie einfach nur an. In seinen Augen lag wieder dieses wilde Funkeln, mit dem sich ankündigte, dass er gleich etwas Gefährliches vorschlagen würde.

»Was ist?«, fragte sie.

»Was ist mit den Drachen?«

Sie runzelte die Stirn. »Was soll mit ihnen sein?«

»Ihr habt eine Verbindung zu ihnen«, sagte er. »Was, wenn

Ihr Euch die Drachen zunutze machen könntet? Wenn sich Eure und ihre Kräfte bündeln ließen? Wenn Ihr in Begleitung der Drachen in Alyssinia auftaucht, würde es niemand mehr wagen, Euch herauszufordern.«

»Weil sie Todesangst hätten.«

»Aber ihr würdet niemandem weh tun müssen.«

Sie schüttelte den Kopf. »Schon möglich, dass zwischen mir und den Drachen eine besondere Verbindung besteht, aber das heißt noch lange nicht, dass ich sie übers Meer locken und dazu bringen kann, Alyssinia zu bedrohen, ohne das Königreich dabei zu zerstören. Wir wissen beide, wie Vanhelm aussieht, Finnegan. Wir wissen doch beide, dass nur der Fluss die Stadt vor der Vernichtung bewahrt.«

»Wenn Ihr sie so weit bändigen könntet, dass sie Euch bis nach Alyssinia folgen, dann könntet Ihr sie auch so beherrschen, dass sie niemanden angreifen. Oder nur auf Befehl. Denkt drüber nach, Aurora. Niemand würde es mehr wagen, sich Euch in den Weg zu stellen.«

»Ich denke bereits darüber nach«, erwiderte sie. »Und es ist nicht möglich.«

Aber es wäre eine unglaubliche Macht. Davor konnte sie nicht die Augen verschließen. Nicht, solange Celestine sie beobachtete, und nicht, wenn die Notwendigkeit, *etwas* zu unternehmen immer dringender wurde.

Und insgeheim musste sie zugeben, dass sie die Vorstellung reizvoll fand. Die glühende Hitze der Drachen, die geballte Kraft ihrer Magie, die ihr den Rücken stärkte.

»Irgendjemand muss früher schon mal in der Lage gewesen sein, sie zu bändigen«, sagte Finnegan. »Die Menschen leben bereits seit Tausenden von Jahren in Vanhelm. Irgendwie müssen sie damals friedlich mit den Drachen koexisitiert haben. Wir wissen nicht viel über vanhelmische Magie, bevor sie versiegt ist. Vielleicht war sie genauso geartet wie Eure?«

»Woher sollte ich vanhelmische Magie besitzen?«, fragte Aurora.

»Eure Vorfahren stammten aus Vanhelm, oder nicht? Ihr seid eine direkte Nachfahrin von Prinzessin Alysse. Und man sagt, sie habe über bis dahin ungeahnte Zauberkräfte verfügt.«

»Ich bin keine direkte Nachfahrin«, wandte Aurora ein. »Sondern höchstens weitläufig mit ihr verwandt. Ich weiß nicht. Aber angenommen, ich habe meine Zauberkraft wirklich von ihr geerbt, dann hätte doch jemand anders aus meiner Familie sie auch haben müssen. Und wenn es sich um vanhelmische Magie handelt, dann müsste es auch noch jemanden *hier* in Vanhelm geben, der darüber verfügt. Das alles ergibt keinen Sinn, Finnegan.« Sie lehnte sich nach vorn, die Hände flach auf die Tischplatte gestützt. »Nicht mal Alysse verfügte über meine Art von Magie, richtig?«, sagte sie. »Zumindest laut den Überlieferungen. Sie wusste nicht mal, dass sie zaubern konnte, bis sie nach Alyssinia kam und dort die Energie spürte.«

»Aber das ist bloß eine Legende«, wandte Finnegan ein. »Und Ihr seid der lebende Beweis dafür, dass Legenden nicht immer wahr sind.«

Das Ende von Alysses Geschichte war reichlich verwirrend. Als Kind hatte Aurora gelernt, dass Alysse allseits geliebt worden war, doch hier in den Büchern stand, man hätte sie ermordet, weil sie zu mächtig geworden wäre, und dass das Volk sie abgelehnt hätte. Wer vermochte zu sagen, welche Version stimmte?

»Möglicherweise hatte es ja bereits in Vanhelm Anzeichen für ihre Magie gegeben«, sagte Finnegan. »Weshalb sie dann von hier fort ist.«

»Um einen Ort zu finden, an dem sie sie zur Entfaltung bringen konnte?«

»Oder um zu fliehen. Vielleicht war das der Grund, warum sie übers Meer gefahren sind. Offenbar hatten die Leute von Vanhelm Magie nicht *so* dringend nötig. Sonst wären doch alle den Siedlern gefolgt. Nein, diese Menschen hatten einen guten Grund, warum sie die weite Reise auf sich nahmen, um einen Neuanfang zu machen.«

Aurora klopfte mit einem Stift auf den Tisch und überlegte. Soweit sie wusste, hatte es in ihrer Familie schon seit mehreren Generationen keine Magie mehr gegeben, aber es war schon möglich, dass sie mit Alysse verwandt war. Bisher hatte Aurora noch nie davon gehört, dass Alysse eigene Kinder gehabt hätte, aber einigen Quellen zufolge war ihr nach ihrem Tod eine Cousine auf den Thron gefolgt. Die Aufzeichnungen hierüber waren jedoch zu spärlich und lückenhaft, um ganz sicher zu sein.

Eine entfernte verwandtschaftliche Beziehung, die mehrere hundert Jahre zurücklag, reichte nicht aus als Erklärung für ihre Kräfte. Aber vielleicht der Handel zwischen Celestine und ihrer Mutter? Celestine hatte Aurora gesagt, sie wäre aus Magie gemacht. Und wenn nun Celestines Magie auf die schlafende Drachenkraft gestoßen war … war das Ergebnis vielleicht Auroras Feuer?

Doch irgendetwas hielt sie davon ab, Finnegan diese Theorie zu unterbreiten. Der geheime Handel zwischen ihrer Mutter und der Hexe, der Gedanke daran, wie Aurora angeblich entstanden war … das alles schien zu intim, so als würde sie Finnegan unter ihre Haut schlüpfen lassen, indem sie ihm davon erzählte.

»Ich muss mehr über Alysse in Erfahrung bringen«, sagte sie. »Gibt es irgendwelche Aufzeichnungen aus der Zeit, als die Siedler Vanhelm verließen?«

»Vielleicht«, sagte Finnegan, »aber an die ist schwer heranzukommen, insbesondere, wenn irgendetwas Geheimes drinsteht. Und die Menschen erforschen diese Geschichte schon seit Hunderten von Jahren. Jemand hätte schon längst Hinweise auf Alysses frühe Magie gefunden.« Er erhob sich. »Ich habe eine bessere Idee«, sagte er, »auch wenn es vielleicht ein bisschen riskant ist.«

»Sagt es mir.«

»Alysses Familie lebte in einer kleinen Stadt in Vanhelm«, sagte er, »ein Stück weiter flussabwärts. Ihr Wohnhaus wurde in ein Museum umgewandelt. Heutzutage liegt es mitten im Ödland und ist mit Sicherheit größtenteils zerstört, aber …«

»Aber Ihr glaubt, dass dort eventuell noch ein paar Antworten zu finden sind«, beendete Aurora den Satz. »Antworten, die in keinem Buch stehen?«

»Ihr besitzt Magie«, sagte Finnegan. »Und zwischen Euch und Alysse besteht eine Verbindung. Vielleicht gelingt es *Euch* ja, Geheimnisse aufzudecken, die alle anderen übersehen haben.«

Die Sache hatte allerdings gleich mehrere Haken: die Drachen, zum einen. Dass es absolut notwendig wäre, heimlich zu reisen. Dass es eventuell nur noch eine Museumsruine gab, die keine Antworten mehr barg. Dennoch, schon allein die Vorstellung war aufregend: Wieder den Fluss zu überqueren, den Ort kennenzulernen, an dem Alysee aufgewachsen war, womöglich mit eigenen Augen einen Drachen Feuer speien zu sehen …

»Wann können wir los?«, fragte sie. »Noch heute?«

Finnegan ergriff ihre Hand und zog sie vom Stuhl hoch. »Ich werde sofort alles Nötige in die Wege leiten.«

ZWÖLF

Das Museum entsprach in keinster Weise Auroras Erwartungen. Wie sie aus den Überlieferungen wusste, hatte die Familie von Alysse dem niederen Adel angehört, wobei der Adligenteil vielleicht eher dem Wunschdenken der Biographen entsprungen war. Dennoch hatte Aurora sich immer vorgestellt, Alysse wäre in einem herrschaftlichen Haus aufgewachsen, in einem Gebäude mit Zinnen und Geheimgängen, das von einem dichten Wald umgeben war. Stattdessen war ihr Zuhause ein kleines Steinhaus am Rande einer halbverfallenen Stadt. Ein brüchiges Schild davor hieß die Besucher noch immer im »Haus von Alysse« willkommen.

Die Haustür war restlos verbrannt, und das Mauerwerk drum herum zerbröckelt, so dass nur noch eine gähnende Öffnung übrig war. Aurora trat vorsichtig als Erste hindurch und fand sich in einem unerwartet großen Raum wieder. In der

Mitte stand ein Steintisch, auf dem einige vermoderte Informationsblätter lagen. Aurora nahm eines in die Hand, doch es zerbröselte zwischen ihren Fingern.

Das Zimmer dahinter war anscheinend einst als ein Stück »Geschichte-zum-Anfassen« so hergerichtet worden, wie es zu Alysses Zeiten ausgesehen haben mochte. Unechtes Essen lag auf dem Tisch, neben dem Herd eine Eisenzange, und auf den Stühlen waren sogar noch Reste des alten Polsterstoffs zu erkennen. Ein Schreibtisch, der an der rückwärtigen Wand stand, war originalgetreu erhalten, mitsamt handschriftlich verfasster Notizen, die laut Exponatsschild angeblich aus Alysses Feder stammten und jetzt unter einer schützenden Glasplatte lagen. Die kindliche Schrift hatte übertrieben spitze Buchstaben.

Aurora legte eine Hand auf die Scheibe. Das Papier darunter war der Beweis dafür, dass Alysse eine reale Person gewesen war, vor Hunderten von Jahren. Eine berühmte Königin, die sich mit ganz banalen Dingen beschäftigt hatte.

Niemand könnte Aurora daran hindern, das Glas zu entfernen und die Zettel einfach an sich zu nehmen. Doch auch sie würden bei der leisesten Berührung vermutlich zu Staub zerfallen.

»Spürt Ihr was?«, fragte Finnegan. »Irgendwelche magischen Schwingungen?«

Sie schüttelte den Kopf.

Ganz hinten in der Ecke befand sich eine Wendeltreppe, die sowohl hinauf- als auch hinunterführte. Mehrere Stufen nach oben fehlten, so dass Aurora die erste Stufe nach unten vorsichtig mit dem Fuß testete. Sie schien zu halten. Mit einem letzten Blick zu Finnegan machte sie sich an den Abstieg.

Es gab keine Spinnweben und nur wenig Staub. Mit jeder Windung wurde das Licht schwächer, bis Aurora nur noch das Grau der Wände zu beiden Seiten erkennen konnte. Unten angekommen, konnte sie die eigene Hand nicht vor Augen sehen. Die Luft war klamm und kalt.

Finnegan gab ihr eine Kerze, und sie konzentrierte sich so lange auf den Docht, bis er brannte. Im Schein der Flamme konnte sie einen rissigen Steinboden ausmachen.

Zögerlich trat Aurora tiefer in den Raum hinein und stieß dabei mit dem Fuß gegen etwas Weiches am Boden. Eine Decke. Sie bückte sich, um sie sich näher anzusehen. Sie war in fast tadellosem Zustand, der Stoff zwischen ihren Fingern fühlte sich geschmeidig an. Zu neu, um noch aus der Zeit vor der Dracheninvasion zu stammen.

»Wo sind wir hier?«

»Ich weiß nicht«, sagte Aurora. »Ich dachte, das wäre lediglich der Keller, aber …« Sie hielt die Kerze höher. »Hier hat jemand gewohnt.«

Auf einem Tisch stapelten sich ein paar Bücher, vor allem Romane, die meisten davon Abenteuergeschichten, aber eins davon war die Legende von Alysse, die Aurora inzwischen auswendig kannte. Der Umschlag war in zwei Hälften zerrissen. Darunter lag *Die Geschichte der schlafenden Schönheit.*

Ein Großteil der Seiten war herausgerissen.

Sie sah sich den zerfledderten Rest an. Jemand hatte sich

mit einem spitzen Gegenstand über die verbliebenen Zeichnungen hergemacht und die Gesichter ihrer Eltern, das des Prinzen und ihr eigenes zerschlitzt. Nur eine einzige Seite hatte unbeschadet überstanden. Die Schlussworte waren wie eh und je die gleichen. *Und wir werden alle glücklich und zufrieden sein, bis an unser Lebensende.*

Aurora hielt die Kerze noch ein Stück höher. Jetzt wurden auch die Wände beleuchtet. Sie waren mit Schrift übersät. Kein Zentimeter Stein war frei geblieben, einige Worte waren eingeritzt, die meisten aber mit Tinte geschrieben, die aussah wie getrocknetes Blut. Daneben gab es eine grob skizzierte Karte von Vanhelm, auch sie war über und über bedeckt mit immer den gleichen Worten: *verbrennt sie, verbrennt sie, verbrennt sie.* An einer anderen Wand standen ein paar Kinderreime, und ganz unten am Rand war ein eher kümmerlicher Vers zu lesen: *Feuer, Stein, Knochen, Blut.*

Auf der gegenüberliegenden Seite waren in großen Lettern zwei Worte in die Steinwand gekerbt: *Nur sie.*

»Celestine«, hauchte Aurora. Sie waren zufällig auf Celestines Schlupfwinkel gestoßen. In den sie sich *nach* der Dracheninvasion verkrochen haben musste – sonst wäre sie mit Sicherheit entdeckt worden. Vielleicht wohnte sie sogar noch immer hier.

»Seid Ihr sicher?«, fragte Finnegan.

»Ich kenne ihre Handschrift. Der Zettel an der Rose.« Aurora ging näher an die Wand heran und fuhr mit den Fingern über die eingebrannten Buchstaben. »Das war sie.«

Wieso war Celestine ausgerechnet hierher gekommen?

Dieser Ort war zu bedeutungsvoll, um eine zufällige Wahl darzustellen. Aurora schaute wieder auf die Bücher auf dem Tisch. Die Legende von Alysse und das Märchen der schlafenden Schönheit. Das Mädchen mit der uralten vanhelmischen Kraft und eine Prinzessin mit Feuermagie.

Nur sie.

»Das«, sagte Finnegan, »ist in der Tat ein verstörender Anblick. Das und wie Rodric Euch küsst.«

Aurora trat einen Schritt zurück, den Blick starr auf die Wand gerichtet. Unter ihren Füßen knirschte Papier, und sie bückte sich danach.

Es war eine Illustration aus ihrem Buch. Der gezeichnete Finger Auroras schwebte über der Spindel, aber die Spindelspitze und ihre Fingerkuppe waren bereits blutgetränkt.

Genau genommen war das ganze Bild viel roter, als Aurora es in Erinnerung hatte. Rot am Spinnrad, rot auf dem Boden, rote Flecken auf ihrem Kleid.

Mit einem Aufschrei ließ Aurora die Buchseite fallen. Celestine hatte das Blut hinzugefügt. Oder rote Farbe. Aurora hoffte, dass es nur rote Farbe war.

»Blut«, sagte sie. »Seht nur. Sie war geradezu besessen von Blut. Hat sie mich deswegen mit dem Spindelfluch belegt? Wollte sie so an mein Blut kommen?«

Aber wozu sollte Celestine ihr Blut brauchen? Und warum sollte sie es auf so umständliche Weise beschaffen, mit einem Fluch, mit Magie? Weshalb sollte Celestine sich in den

Ruinen von Alysses Haus verstecken und die Wände mit irren Worten über Blut und Feuer vollschreiben?

Vermutlich hatte sie einen bestimmten Plan in Vanhelm verfolgt. Einen Plan, der dann schiefgelaufen war. Einen Plan, der sie gezwungen hatte, sich hier zu verkriechen.

Wieder und wieder wanderte Aurora mit dem Finger über die Worte *Nur sie.* »Seht mal die Bücher da. Sie meint *mich*. Sie wollte mich benutzen. *Verbrenne sie alle.*«

»Verbrenne wen *alle*?«

»Ich weiß nicht. Alle eben.«

»Aber sie hat Euch verflucht«, entgegnete Finnegan. »Wenn sie Euch tatsächlich für ihre eigenen Zwecke benutzen wollte, warum hat sie Euch dann in einen Schlaf versetzt?«

»Ich weiß es nicht«, sagte sie wieder. In ihrem Kopf rasten die Gedanken so schnell, dass ihr schwindlig wurde. Dieses *Nur sie* wirkte beinahe wie ein Schrei – Worte der Verzweiflung. »Was, wenn ich etwas mit dem Erwachen der Drachen zu tun habe? Wenn das Celestines Werk ist?« Die Worte sprudelten nur so aus ihr heraus. »Vielleicht hat *sie* ja die Drachen aufgeweckt? Und vielleicht brauchte sie dazu mein Blut, das Blut von der Spindel …«

»Aurora.« Finnegan packte sie energisch am Arm, »Ihr redet Unsinn.«

»Aber seht doch«, sagte sie, riss sich los und zeigte aufgebracht auf die Wand. »*Feuer, Stein, Knochen, Blut.* Für irgendwas brauchte sie Blut. Und ihr Fluch ließ mich bluten. Angenommen, sie wollte es dafür? Um die Drachen aufzuwecken, als Teil irgendeines niederträchtigen Plans. Vielleicht ist das der Grund, warum ich diese Verbindung zu den Drachen habe. Aber dann ist irgendetwas schiefgelaufen.« *Nur sie.* »Vielleicht hatte sie vor, die Drachen zu bändigen. Aber das kann sie nicht. Nur ich kann das.« Sie taumelte, als ihr die Tragweite ihrer Worte bewusst wurde. Falls sie recht hatte, dann hatte Celestine sie erschaffen, um zu zerstören. Deshalb hatte die Hexe sie an ihrer Seite haben wollen.

Sie war dazu bestimmt, zu brennen.

Sie stolperte rückwärts, und Finnegan fing sie gerade noch rechtzeitig auf. »Aurora«, sagte er sanft. »Das sind doch alles nur Spekulationen. Ihr wisst es nicht.«

»Nein«, sagte sie. »Vermutlich nicht.« Doch das Blut in ihren Adern brannte heiß, so als wollte es ihr zu verstehen geben, dass sie recht hatte. Sie hatte recht. Genau das war Celestines Plan. Deshalb hatte sie sie verflucht. Deshalb beobachtete sie sie. Aurora konnte das Feuer in die Hand nehmen und es nach ihrem Willen formen.

»Notiert alles, was sie hier hingeschrieben hat«, sagte Aurora schließlich. »Wir müssen vor Einbruch der Dunkelheit fort sein.«

Finnegan widersprach nicht. Sie durchsuchten den Rest des Raums sowie die Zimmer darüber, fanden aber keine weiteren Hinweise auf Celestines Pläne.

Sie wollten gerade wieder auf die Straße hinaustreten, als ein Schatten sich über das Haus legte und die Luft schlagartig heiß wurde. Ein Drache. Der Boden erbebte, als er landete.

Aurora huschte an eines der kaputten Fenster. Der Drache saß direkt vor dem Haus, so nah, dass sein blau schimmerndes Schuppenkleid ihr ganzes Blickfeld einnahm. Finnegan packte sie an der Hand und zerrte sie nach hinten außer Sicht. Der Drache kreischte. Er schlug mit den Flügeln, schleuderte sie krachend gegen das Dach und schrie erneut. Die Luft zischte, und der Drache spie einen Feuerstrahl aus.

Die Worte von den Wänden rasten noch immer in Auroras Kopf herum: *Verbrenne sie* und *nur sie, nur sie*. Eine von Celestine erschaffene Prinzessin, eine Prinzessin mit Magie im Blut, mit einer Verbindung zu Vanhelm und den Drachen. Aurora konnte sich nicht verstecken. Da war ein Drache, gleich hier draußen. *Jetzt*. Sie musste wissen, was er vorhatte.

Sie riss sich aus Finnegans Griff los und war zur Tür hinaus, noch ehe er sie aufhalten konnte. Auf dem Dach des Hauses gegenüber tanzten Flammen, und die Pflastersteine unter den Füßen des Drachen waren geborsten und schwarz.

Der Drache ruckte mit dem Kopf zu Aurora herum, und die Welt schien stillzusehen. Sie starrte direkt in seine schwarzen Augen und spürte, wie das Blut durch ihre Adern pulsierte, die Magie in ihre Fingerspitzen strömte.

»Geh«, befahl sie dem Drachen. »Geh.«

Er legte den Kopf schief und schien einen Moment zu überlegen. Dann spreizte er die Flügel, schwang sich in die Luft hoch und flog davon, während am Himmel eine leuchtende Feuerspur zurückblieb.

DREIZEHN

Aurora hatte recht gehabt. Der Drache hatte ihr gehorcht. Die Drachen sollten ihr gehören.

An diesem Abend fand die Magie mühelos zu ihr, Flammen züngelten durch den Übungsraum und verschwanden so schnell, wie sie gekommen waren. Sie dachte an den Drachen, an seine schimmernden Schuppen, und das Feuer kam wie von selbst, so natürlich wie Atmen. Auch schien es ihr, dass sie die Drachen spüren konnte, das Rauschen ihres Blutes und das Klopfen ihrer Herzen.

Das war die Antwort, nach der sie gesucht hatte, die Lösung, wie sie dem König Einhalt gebieten konnte.

Aber die Magie war beinahe zu stark. Sie machte eine kurze Pause, die Welt um sie herum schien zu schwanken.

Diese Magie war von Celestine erschaffen worden. Sie war dazu bestimmt, zu zerstören. Und so nützlich sie auch war, so mächtig sie auch zu sein schien, sie versetzte Aurora in einen Rausch. Würde sie ihre Zauberkraft jemals wirklich beherrschen? Oder wäre es eher umgekehrt?

Sie ließ sich auf den Boden sinken. Überall um sie herum waren Brandspuren zu sehen.

»Aurora«, sagte Finnegan. Er trat näher an sie heran, die Stirn in Falten gezogen. »Was ist los?«

»Ich muss mich nur mal kurz ausruhen. Ich muss nachdenken.«

Er sah sie einen Moment lang an. »Soll ich gehen?«

»Nein«, antwortete sie und war selbst überrascht, dass sie es auch so meinte. »Nein, geht nicht.« Sie fuhr mit dem Finger über eine verkohlte Stelle am Boden.

»Mir hat heute ein Drache gehorcht«, sagte sie. »Ein Drache.« Eine Kreatur, die eigentlich nicht mal existieren sollte, und sie hatte ihr gehorcht. Sie hatte ihm befohlen zu verschwinden, und er war weggeflogen. Sie nestelte an ihrem Amulett. »Die Nachforschungen, meine Magie. Es funktioniert.«

»Und ist das nun schlecht?«

»Nein«, sagte sie. »Ich weiß es nicht. Wenn Celestine die Drachen mit Hilfe meines Blutes aufgeweckt hat, müsste ich sie doch eigentlich auch wieder in Schlaf versetzen können. Ich kann verhindern, dass sie jemals wieder jemandem etwas zuleide tun. Das ist *gut.*«

»Aber Ihr seid nicht glücklich.«

»Ich mache mir Sorgen«, sagte sie. »Sorgen, dass ich recht

habe. Dass dies alles Teil von Celestines Plan ist. Wenn ich nun lerne, meine Zauberkräfte zu bändigen, könnte ich die Dinge damit am Ende nur noch schlimmer machen.«

»Es gibt keine Beweise, dass Celestine irgendetwas davon absichtlich getan hat«, sagte Finnegan. »Und selbst wenn Ihr recht haben solltet … Ihr seid noch immer Ihr selbst. Magie ist nichts Schlechtes, nur weil Celestine es so entschieden hat. Es kommt darauf an, wie man sie einsetzt.«

»Ich habe ein Dorf bis auf die Grundmauern niedergebrannt«, sagte Aurora. »Ganz allein. Und König John verbreitet das Gerücht, ich hätte noch weitere zerstört. Wenn ich meine Zauberkräfte einsetze, um ihn zu bekämpfen … werde ich so vielen weiteren Menschen Leid zufügen.«

»Schon möglich«, sagte Finnegan. Als er sich neben sie setzte, wirbelten feine Rußflocken in die Luft auf.

»Wie soll ich da weitermachen?«

»Indem Ihr Euch vor Augen führt, dass noch mehr Leute leiden müssen, wenn Ihr es nicht tut. Indem Ihr auf Euch selbst vertraut.«

Aber wenn sie nichts täte, würden die Menschen nicht durch *sie* Leid erfahren. Nicht direkt zumindest. Sie würde nicht ihr Blut vergießen.

»Als ich den Drachen angesehen habe …«, setzte sie an, »als er mich angesehen hat … Danach habe ich mich nicht mehr wie ich selbst gefühlt.«

»Wie habt Ihr Euch denn gefühlt?«

Der Gedanke schien ihr so schlimm, dass sie nicht mehr

als ein Flüstern hervorbrachte. »Mächtig«, sagte sie. »Als gäbe es nichts, was ich nicht tun könnte. Als hätte ich vor nichts mehr Angst.«

Finnegan rückte näher an sie heran. »Und wieso sollte das etwas Schlechtes sein?«

»Es hat mich leichtsinnig gemacht.«

»Manchmal«, sagte Finnegan, »habe ich das Gefühl, dass leichtsinnige Menschen die einzigen sind, die etwas erreichen. All die Vorsichtigen und Vernünftigen sind nämlich viel zu sehr damit beschäftigt, die möglichen Folgen ihres Tuns abzuwägen, um überhaupt je auch nur einen Schritt Richtung Veränderung zu machen.«

Sie grummelte zustimmend. Es musste doch etwas Gutes daran sein. Wahre Macht, die ihr allein gehörte. Vielleicht war dieser Rausch ja nur die erste Phase. Dennoch verursachte das Ganze ihr Bauchschmerzen. Sie wollte die Magie nicht, wenn damit einherging, dass sie Brände entfachen würde.

Sie blies eine verirrte Strähne aus ihrem Gesicht und sah Finnegan an. »Distel hat erzählt, Ihr haltet es für möglich, dass Euch der Thron verwehrt wird«, sagte sie. »Weil Ihr zu leichtsinnig seid. Glaubt Ihr wirklich, dass Eure Schwester Königin wird?«

Aurora rechnete nicht damit, dass er ihr den Themenwechsel so ohne weiteres durchgehen lassen würde, doch er zuckte mit den Schultern. »Gut möglich.«

»Ärgert Euch das?«

Er erwiderte ihren Blick, eine Augenbraue hochgezogen. »Dass ich mein Kronerbe verlieren könnte, weil meine Schwester sympathischer ist als ich?«

»Ich meine …« Sie zog die Knie an. »Wenn Ihr die Wahl hättet, würdet Ihr dann König sein wollen?«

Er starrte ins Kaminfeuer, mit gerunzelter Stirn. Als er schließlich antwortete, sprach er langsam, so als würde er sich jedes Wort genau überlegen.

»Es gibt ein paar Aspekte, die mir am Prinzsein gefallen«, sagte er, »und ich vermute, die würden mir auch am Königsein gefallen.«

»Welche zum Beispiel?«

»Mir gefällt die damit einhergehende Macht«, sagte er. »Mir gefällt es, dass Leute wie Iris nett zu mir sein müssen, obwohl sie mich im Grunde ihres Herzens verabscheuen. Mir gefällt, dass ich so viele Mittel besitze und so großen Einfluss habe. Aber ich bin nicht sicher, ob ich für das Wohl eines jeden Einzelnen im Königreich verantwortlich sein möchte. Ich treffe gern Entscheidungen für *mich*. Ich bezweifle, dass ich Entscheidungen für alle treffen will.«

»Und das ist die Wahrheit?«, fragte sie.

»Und das ist die Wahrheit.«

Sie fuhr mit den Fingern über den Boden und malte verschlungene Muster in den Ruß. Sie bemerkte, dass Finnegan sie aus dem Augenwinkel beobachtete.

Er beugte sich zu ihr. Sie hatte das Gefühl, jeden Millimeter Luft zwischen ihnen zu spüren. »Und vertraut Ihr mir im Gegenzug auch ein Geheimnis an?«

»Ich dachte, ich könnte keine Geheimnisse vor Euch haben«, erwiderte sie. »Ich dachte, Ihr wisst bereits alles über mich.«

»Beweist mir, dass ich unrecht habe.«

Sie drehte den Kopf und sah ihn an. Sogar im Sitzen musste sie den Kopf ein wenig in den Nacken legen, um ihm in die Augen schauen zu können. Sie wollte aufrichtig mit ihm sein, wurde ihr bewusst. Sie wollte etwas von sich mit ihm teilen, warum auch immer. »Ich werde nicht schlau aus Euch«, sagte sie. »Das ist mein Geheimnis.«

»Das ist aber kein großes Geheimnis.«

»Aber es ist die Wahrheit. Ich weiß einfach nicht, was ich von Euch halten soll.«

»Weil ich so unglaublich charmant bin?«

»So ungefähr, ja.«

Er roch noch immer nach Hitze und Asche. Und er war ihr wieder so nah, nah genug, um sie zu berühren, sobald er sich auch nur das kleinste bisschen bewegte.

Als er gesagt hatte, er würde darauf warten, dass *sie* ihn küsste, hätte sie es einfach tun sollen, noch bevor er zu Ende gesprochen hatte, und sei es nur, um sein verdattertes Gesicht zu sehen. Und dann hätte sie jede weitere besserwisserische Bemerkung einfach durch noch mehr Küsse im Keim ersticken sollen. Er hätte gelacht, und sie hätte dabei das Vibrieren seiner Brust gespürt. Aber dann … hätte er nicht mehr gelacht. Dann hätte er mit seinen Händen ihre Taille umfasst oder vielleicht eine Hand in ihren Nacken gelegt und seine

Finger mit ihrem Haar verwoben. Er hätte sich heruntergebeugt, um sie zu küssen … oder vielleicht hätte er sie auch hochgehoben, erst auf die Zehenspitzen und dann auf den Tisch. Ein dreister Akt, um wieder die Oberhand zu gewinnen.

Sie schaute auf seinen Mund. Sie könnte es jetzt noch tun. Mit der Kraft der Drachen und ihrer Magie im Rücken könnte sie endlich ausnahmsweise ihr Leben in die Hand nehmen und handeln. Sich etwas nehmen, was sie haben wollte.

Seine Mundwinkel zuckten nach oben. Lippen, die sie schon einmal geküsst hatten, in ihrem Turm, obwohl Aurora sich nicht mehr daran erinnern konnte. Weil dieser Weg, eine Allianz einzugehen, fehlgeschlagen war. Denn Finnegan war nicht ihre wahre Liebe, falls der Fluch wahr war.

Sie durfte ihn nicht küssen. Sie musste weg, bevor sie etwas tat, was sie bereuen würde. »Ich sollte mich ein wenig ausruhen«, sagte sie. »Es war ein langer Tag.«

Finnegans müdes Lachen sprach Bände. Er wusste genau, was sie gedacht hatte. Er wusste, warum sie jetzt fortwollte.

Sie stand auf und marschierte ohne ein weiteres Wort davon.

»Ich möchte Finnegan küssen.«

Distel sah sie an und zog eine Augenbraue hoch. Die Sängerin stand in der offenen Tür ihres Zimmers, zurechtgemacht für einen Ball. Ihr rotes Seidenkleid schmiegte sich an ihren Körper, und das dezente Augen-Make-up ließ ihren Blick erstrahlen. Eine kleine drachenförmige Spange hielt ihr Haar zurück. Auf den Schuppen des Drachens glitzerten Rubine.

»Überrascht dich das etwa?«, sagte Distel.

»Nein«, erwiderte Aurora. »Ich weiß nicht. Darf ich reinkommen?«

»Natürlich.« Distel trat einen Schritt beiseite. »Was ist passiert?«

»Nichts ist passiert«, erwiderte Aurora. »Das ist das Problem. Wir haben uns unterhalten – und ich wollte ihn küssen. Ich konnte praktisch an nichts anderes denken.«

»Dann hättest du ihn wohl küssen sollen, was? Meiner Erfahrung nach ist es recht befreiend, wenn man solchen Impulsen nachgeht. Zumindest für den Moment.«

Aurora lachte. »Du weißt, dass ich das nicht tun kann.«

»Und warum nicht? Du willst es. Er will es. Ich verstehe das Problem nicht.«

Aurora ließ sich aufs Bett sinken. »Ich bin nicht sicher, ob ich ihm vertrauen kann.«

Distel drehte sich wieder zu ihrem Spiegel um und legte ein wenig Lippenrot nach. »Und du musst ihm vertrauen, um ihn zu küssen?«

»Nein«, sagte Aurora. »Ich weiß nicht. Aber so langsam tue ich es ja. Ihm vertrauen, meine ich.«

»Umso mehr ein Grund, ihn zu küssen.«

»Aber ich kann nicht.« Wie sollte sie es erklären? Sie konnte ihre Gefühle ja selbst kaum verstehen. »Ich muss vernünftig sein. Ich muss tun, was das Beste für Alyssinia ist.«

»Und wie sieht's damit aus, was das Beste für *dich* ist?«

»Ihn küssen ist auch nicht das Beste für mich.«

Distel sah Aurora in ihrem Spiegel an. »Es ist nur ein Kuss.«

Aber es wäre eben nicht nur ein Kuss. Ihre Küsse mit Rodric waren einfach nur Küsse gewesen, eine publikumswirksame Demonstration von Gefühlen, die sie in Wahrheit nicht empfunden hatte. Finnegan zu küssen würde jedoch etwas anderes bedeuten. Es würde bedeuten, von etwas zu kosten, das sie wollte, und gegen alles zu handeln, was ihr Schicksal ihr vorausbestimmt hatte. Finnegan zu küssen wäre nicht das Ende der Geschichte. Beim Anblick ihrer halbaufgelösten Frisur entwich Distel ein Seufzen. Sie zog die Drachenspange heraus, und ihr Haar fiel ihr wieder vors Gesicht. Dann nahm sie die widerspenstigen Strähnen, zwirbelte sie hoch und steckte sie erneut fest.

Aurora sah auf die Tagesdecke hinunter. In den Stoff waren blaue Kringel eingestickt. »Wir sind heute ins Ödland gefahren«, sagte sie. »Ich glaube ... Ich glaube, ich könnte es schaffen, die Drachen zu bändigen.«

»Das ist eine recht kühne Behauptung.«

Aurora nickte.

»Ich habe auf meinen Reisen viel Sonderbares gesehen, aber nichts war so sonderbar wie die Drachen.«

»Finnegan meint, ich könnte sie dazu benutzen, Alyssinia zurückzuerobern. Um König John zu verjagen. Aber ich weiß nicht.«

Distel war einen Moment lang still. »Ich glaube nicht, dass

es möglich ist, Alyssinia gewaltlos zu befrieden. Aber es ist nicht wichtig, was ich denke. Wichtig ist, was *du* denkst.«

»Ich weiß nicht, was ich denke.«

»Dann unternimm am besten nichts, bis du dir darüber im Klaren bist.«

»Mir bleibt keine Zeit, um nichts zu tun«, entgegnete Aurora. Das war mit am schlimmsten an der Sache – dass es so lange dauerte, Nachforschungen anzustellen und alles zu verstehen, während ihr Königreich auseinanderbrach. »Alyssinia braucht *jetzt* Hilfe.«

»Aber sich ohne einen konkreten Plan in die Sache zu stürzen wird es nicht besser machen.«

»Du hast doch selbst gesagt, ich soll mich ins Abenteuer stürzen und Finnegan küssen.«

»Aber daran ist nichts überstürzt, wenn du es wirklich tun möchtest.«

Aurora fuhr mit dem Finger das Muster der Decke nach. Ein paar Haarsträhnen fielen ihr vor die Augen. »Ich habe mich schon einmal geirrt«, sagte sie schließlich. »Als ich meinte, jemanden gern zu haben.«

»Redest du von Tristan?«

Sie nickte. »Ich habe ihn wirklich sehr gemocht«, sagte sie, »eine Zeitlang. Ich dachte, wie *romantisch.* Einem Jungen im Wirtshaus begegnen, zusammen auf den Dächern der Stadt sitzen … wie *aufregend*. Doch so war es dann gar nicht.«

Die Matratze sank ein, als Distel sich neben sie setzte. »Aber Finnegan ist nicht so«, sagte sie.

»Ist er nicht?«

»Tristan sollte dein romantischer Held sein, nicht wahr? Du wolltest, dass er die Lösung für all deine Probleme ist. Aber Finnegan … Du hast ihn nicht ausstehen können. Du wolltest seine Hilfe nicht annehmen. Und doch hast du jetzt, nachdem du ein wenig Zeit mit ihm verbracht hast, Gefühle für ihn entwickelt. Das ist doch etwas anderes, meinst du nicht?«

»Vermutlich hast du recht«, seufzte Aurora. Trotzdem konnte sie diesem Gefühl nicht so einfach nachgeben. Sie musste Alyssinia helfen. Das musste oberste Priorität haben. Sie durfte sich jetzt nicht von einem weiteren Jungen ablenken lassen, nach all dem Ärger mit Erweckerprinzen, Rebellen und ihrem eigenen wechselhaften Schicksal.

»Hast du etwas von Tristan gehört?«, fragte sie. »Gibt's irgendwelche Hinweise, dass er hier ist?«

»Ich habe nichts gesehen und nichts gehört, Aurora. Sollte er wirklich hier sein, dann will er nicht gefunden werden.«

Aurora legte ihren Kopf an Distels Schulter. Was wäre ihr lieber? Dass Tristan hier in Sicherheit war oder dass er in Petrichor kämpfte? Sie wusste es nicht. Und der Tag war zu anstrengend gewesen, um sich darüber auch noch den Kopf zu zerbrechen. »Was hast du denn gesehen?«, fragte sie stattdessen, »auf deinen Reisen? Was war das Sonderbarste, das dir je untergekommen ist.«

»Na ja«, sagte Distel. »Da gab es dieses Königreich, in dem eine Prinzessin über hundert Jahre lang geschlafen hat, bevor sie von einem Kuss geweckt wurde. Das war schon recht sonderbar.« Aurora lachte, und Distel lehnte sich zurück, mit dem Kopf an die Wand. »Lass mal überlegen«, sagte sie. »Im Nordwesten gibt es diesen Stadtstaat, in dem alle Konflikte durch Schachturniere geklärt werden. Es gibt ein Volk in den Bergen, das Angst hat, man könnte in der Nähe des Meeres ersticken, weil die Luft zu schwer und salzig zum Atmen ist. Und es gibt eine tödliche Wüste in der Nähe von Palir, die die Leute in mehreren Tagen durchlaufen, einfach so zum Spaß. Nur um sagen zu können, dass sie's gemacht haben. Aber trotzdem, Prinzessin, ich glaube, deine Geschichte ist mit Abstand die sonderbarste.«

»Ich würde sie mir eines Tages gern mit eigenen Augen ansehen«, sagte sie, »all diese Orte, von denen du sprichst.«

»Das wirst du auch«, erwiderte Distel. »Du bist doch schon dabei.« Sie kämmte mit den Fingern durch Auroras Haarspitzen. »Soll ich dein Haar hochstecken?«

»Ja, gern.«

Distel ließ die Finger durch Auroras Haar gleiten und teilte ein paar Strähnen ab. Dann zwirbelte sie eine nach der anderen hoch und steckte sie am Hinterkopf fest, ließ die Enden aber lose um die Schulter fallen.

»Und?«, sagte Distel. »Wirst du ihn nun küssen?«

Aurora schloss die Augen. »Ich weiß nicht, was ich tun werde.«

»Was *würdest* du denn gern tun?«

Eigentlich hätte diese Frage leicht zu beantworten sein sollen, und doch … »Ich weiß es nicht.«

»Tust du doch«, sagte Distel. »Du willst es dir nur nicht eingestehen.«

»Muss ich es mir denn eingestehen?«

»Du musst gar nichts«, erklärte Distel. »Aber es wäre hilfreich, glaube ich. Es muss sich dadurch ja nichts ändern, doch dich weiterhin selbst zu belügen … damit gewinnst du gar nichts.«

VIERZEHN

Eine weitere Rose wartete auf Auroras Kissen, als sie in ihr Zimmer zurückkehrte. Diese war blutrot und hatte nur einen einzigen Dorn am Stängel. Die Hälfte der Blütenblätter war abgerissen. Es gab keine Nachricht.

Sollte das eine Botschaft an sie sein? Ein Hinweis, dass sie der Wahrheit immer näher kam? Oder wollte Celestine Aurora verspotten? Die erste Rose war aufgetaucht, als Aurora begonnen hatte, ihre Magie erfolgreich zu bändigen. Lag diese nun hier, weil sie anfing zu durchschauen, was Celestine von ihr wollte?

Aurora zupfte die Blütenblätter ab und ließ sie langsam zu Boden segeln. Sie zerquetschte sie unter ihren Sohlen, als sie ans Fenster ging, um den Stängel hinauszuwerfen.

Wenn Celestine ihr Angst einjagen wollte, müsste sie sich schon mehr Mühe geben.

Aber in der Nacht wälzte Aurora sich unruhig hin und her, ihr Herz schien vor Hitze zu glühen. Sie glaubte, auch in dem Anhänger einen Herzschlag wahrzunehmen, ein Flüstern, das ihr galt. Sie stellte sich Finnegan vor, wie er neben ihr im Dunkeln lag, seine Hand an ihrer Hüfte, seine Lippen ihrem Gesicht so nahe, dass sie ihn atmen spürte.

Sie träumte von Finnegan, und der Drachenanhänger lag warm auf ihrer Haut.

Am nächsten Morgen wurde Aurora von einem Klopfen an der Tür geweckt. »Ja?«, sagte sie, ohne groß zu überlegen. Sie strich sich ein paar wirre Strähnen aus dem Gesicht und setzte sich auf.

Finnegan rauschte zur Tür herein. »Guten Morgen, schlafende Schönheit. Wie ich sehe, seid Ihr wohlauf.«

Mit funkelndem Blick zog sie die Decke fester um sich. »Es ist noch sehr früh, Finnegan«, sagte sie. »Was macht Ihr in meinem Zimmer?«

»Meine liebe Mutter hat nach uns rufen lassen. Ich nehme an, sie hat irgendwelche Neuigkeiten. Vielleicht will sie aber auch nur sichergehen, dass wir noch kein größeres Chaos angerichtet haben.«

Aurora kletterte aus dem Bett und kämmte sich rasch mit den Fingern durchs Haar. »Und da konntet Ihr keine Zofe schicken, um mich zu holen?«

»Und diesen entzückenden Anblick verpassen? Niemals! Los, los, zieht Euch schnell an. Meine Mutter ist zuweilen zwar recht zwanglos, aber so zwanglos nun auch wieder nicht.«

»Und weswegen wünscht sie, uns so früh am Morgen zu sprechen?«, fragte Aurora, als sie zum Schrank hinüberging und das erstbeste Kleid herauszog.

»Wie ich bereits sagte: Ich weiß es nicht.«

»Also, das sind Worte, die ich nicht oft aus Eurem Mund höre.« Sie drehte sich wieder zu ihm um, das Kleid an die Brust gepresst. »Geht bitte raus, solange ich mich umziehe.«

»Wenn Ihr darauf besteht.«

Sie wartete, bis die Tür ins Schloss fiel, dann setzte sie sich wieder in Bewegung. Sie versuchte, auf die Schnelle ein herzeigbares Erscheinungsbild zu zaubern, aber selbst fertig angezogen und mit gebürsteten Haaren sah sie immer noch aus wie jemand, der gerade erst aufgewacht war. Sie drückte sich mit den Handballen auf die Augen, so als würden sie dadurch weniger verquollen erscheinen. Weshalb wollte die Königin sie sehen? Von Auroras Verbindung zu den Drachen konnte sie unmöglich erfahren haben. Wusste sie womöglich von ihrem Abstecher ins Ödland und wollte sie nun dafür schelten?

Finnegan wartete draußen im Flur und wirkte so aufgeräumt wie eh und je. Er bot Aurora seinen Arm an, und sie durchquerten zusammen die Flure.

Orlas Arbeitszimmer war unordentlicher als der Rest des Schlosses. Auf einem wuchtigen Eichenschreibtisch türmten sich stapelweise Bücher, und mittendrin war eine große Karte ausgerollt, deren Ecken von mehreren dicken Bänden beschwert wurden. Über die Tischplatte verstreut lag eine ganze Batterie von verschieden langen Federkielen. Erin saß eingekeilt zwischen Tür und Schreibtisch, hinter dem Orla mit halbverrutschtem Dutt Platz genommen hatte.

»Ah, Aurora«, sagte sie. »Und Finnegan. Ich bin froh, euch zu sehen. Setzt euch. Aurora, ich wollte mich schon längst mit dir unterhalten, aber angesichts der gegenwärtigen Umstände – die näher rückenden Drachen, die gestörten Handelsbeziehungen zu Alyssinia – habe ich einfach keine Zeit dafür gefunden. Doch jetzt ist sogar ein noch dringlicheres Problem aufgetaucht, so dass wir unsere Unterredung nicht länger aufschieben können. Sag mir, was hältst du von Prinz Rodric?«

Ihre Meinung zu Prinz Rodric war eine dringliche Angelegenheit? Aurora musterte Orla einen Moment lang in der Hoffnung, etwas aus ihrer Miene herauslesen zu können; irgendeinen Hinweis darauf, was die Königin von ihr hören wollte, aber ihr Gesichtsausdruck ließ nichts erkennen. »Er ist nett«, sagte Aurora mit Bedacht. »Ein guter Mensch. Anders als sein Vater.«

»Ja. Ich bin mir sicher, er ist ganz großartig«, erwiderte Orla. »Aber glaubst du, er würde einen guten Regenten abgeben?«

Einen guten *Regenten*? Beabsichtigte Orla etwa, sich in alyssinische Angelegenheiten einzumischen? Oder war irgendetwas passiert? »Er sorgt sich ums Volk«, sagte sie. »Und er möchte Gutes bewirken. Ich glaube, die Menschen würden ihm treu ergeben sein, wenn sie ihn besser kennen würden. Warum? Was ist los?«

Orla ignorierte ihre Frage. »Neigt er zur Skrupellosigkeit?«

»Nein«, entgegnete Aurora. »Kein bisschen.«

»Dann ist er also keiner, der harte Entscheidungen trifft«, sagte Orla. »Und besitzt er Raffinesse? Politisches Gespür?«

»Worum geht's hier eigentlich?«, fragte Aurora. »Ihr habt Rodric doch sicherlich schon persönlich kennengelernt?«

»Ja, das habe ich«, entgegnete Orla. »Obwohl das schon viele Jahre her ist. Aber ich wollte *deine* Meinung über ihn hören. Du scheinst diejenige zu sein, die ihn am besten einschätzen kann.«

»Aber wieso?«, sagte Aurora. »Inwiefern ist es von Bedeutung, ob er meiner Meinung nach *Raffinesse* besitzt?«

»Alles steht und fällt mit seiner Raffinesse«, erwiderte Orla. »Wenn du mir deine ehrliche Meinung sagst, werde ich deine Fragen gern beantworten.«

Aurora fixierte sie. Falls irgendetwas Schlimmes geschehen war, falls Orla eine Intervention plante, dann musste sie jetzt das Richtige sagen. »Er kann Geheimnisse für sich behalten«, erklärte sie. »Ich würde ihm mein Leben anvertrauen.«

»Und doch hast du ihn verlassen.«

»Es war nicht seinetwegen.«

Orla nickte. »Na schön«, sagte sie. »Ich habe Informationen aus Alyssinia erhalten hinsichtlich deines Prinzen. Anscheinend arbeitet Rodric gegen seinen Vater. Ich wollte einfach wissen, inwieweit das stimmen könnte.«

Rodric arbeitete gegen den König? »Das ist durchaus möglich«, sagte Aurora. Menschen starben wegen der Unruhen, Häuser brannten nieder, es gab nicht genug zu essen … Er würde helfen wollen. Er hatte immer darüber geklagt, wie nutzlos er sich fühlen würde, genau wie sie. Und er war in einer Position, in der er Gutes bewirken konnte. Er hatte das nötige Geld und den nötigen Einfluss. Vielleicht versuchte er ja wirklich zu helfen.

Aber Rodric war nicht für diesen Ort und diese Zeit geschaffen. Er war für ein Leben in Frieden geschaffen.

»Was soll er den Gerüchten zufolge denn getan haben?«

Wenn der König herausbekäme, dass Rodric in irgendeiner Weise an der Rebellion beteiligt war, würde seine Strafe nicht lange auf sich warten lassen. König John würde keinen Verrat dulden, und Aurora glaubte nicht, dass er Rodric vergeben würde, nur weil dieser sein Sohn war.

»Soweit ich weiß, hat er vor allem Lebensmittel verteilt. Und Leuten geholfen, die die Stadt verlassen mussten.«

Das könnte stimmen. Rodric war liebenswert genug, selbstlos genug. Aber wäre er auch mutig genug, sich seinem Vater entgegenzustellen? Aurora war sich nicht sicher.

»Woher wisst Ihr das?«, fragte Aurora. Wenn Orla diese Gerüchte hier auf der anderen Seite des Meeres gehört hatte, dann waren sie mit Sicherheit auch König John zu Ohren gekommen.

»Ich habe meine Quellen«, sagte sie. »Andere als König John, natürlich. Vielleicht ist er zurzeit auch zu sehr mit anderen Dingen beschäftigt, um ständig ein Auge auf seinen Sprössling zu haben.«

»Wie können wir ihm helfen? Was sollen wir tun?«

Orla schürzte die Lippen. »Momentan gar nichts. Wir können uns nicht einfach einmischen.«

»Ihr habt Euch bei mir doch auch eingemischt.«

»Mein *Sohn* hat sich eingemischt. Ich sagte ihm, er solle sich von Petrichor fernhalten. Und wir werden uns ganz bestimmt nicht einem fremden Prinzen zuliebe in Gefahr bringen, der vielleicht oder vielleicht auch nicht, Dinge tut, die sein Vater missbilligt.«

»Wieso habt Ihr mich dann kommen lassen?«, sagte Aurora. »Wieso fragt Ihr mich seinetwegen?«

»Ich war noch unschlüssig«, entgegnete die Königin. »Ob das Ganze der Wahrheit entspricht und wie ich darauf reagieren soll. Ich bin noch immer zu keinem endgültigen Entschluss gekommen. Doch nach dem, was du angedeutet hast, ist Rodric loyal, kein Ränkeschmied. Keine Führungspersönlichkeit. Ohne *Raffinesse*. Seine Versuche werden mit großer Wahrscheinlichkeit scheitern, so dass eine Einmischung für uns zu riskant wäre. Wir werden die Situation weiter beobachten, und sollten sich die Dinge ändern … ziehen wir es möglicherweise in Erwägung, entsprechende Maßnahmen zu ergreifen. Aber im Moment nicht.«

»Er ist ein guter Mensch«, sagte Aurora leise. »Ein guter Prinz. Wenn Ihr jemanden in Alyssinia unterstützen wollt, dann wäre er eine gute Wahl.«

»Aber Aurora«, sagte Orla. »Es ist ja wohl recht offensichtlich, dass wir uns bereits entschieden haben, *dich* zu unterstützen.« Sie seufzte. »Ich werde der Sache weiter nachgehen. Vielleicht ergibt sich noch etwas. Aber zum jetzigen Zeitpunkt musst du dich in Geduld üben.« Sie wedelte leicht mit der Hand. »Ich möchte gern mit meinen Kindern sprechen. Allein. Entschuldige uns bitte.«

Aurora stand auf. Am liebsten hätte sie Einwände erhoben, lauthals protestiert, aber Orla war ihre Gastgeberin. Sie war hier aufgrund ihres Wohlwollens. »Er verdient es, in Sicherheit zu sein«, sagte sie schließlich. »Er verdient Eure Unterstützung.«

Orla nickte, mit so etwas wie Verständnis im Blick. »Wenn ich doch nur alle meine Entscheidungen danach ausrichten könnte, was die Menschen verdient haben«, sagte sie.

Am Nachmittag übte Aurora sich wieder im Zaubern, aber sie konnte sich nicht konzentrieren. Sie konnte nicht aufhören, an Rodric zu denken, daran, wie es ihm wohl gerade ging. Rodric in Gefangenschaft. Rodric hinter Gittern. Rodric, verletzt von den Rebellen, denen er helfen wollte. Rodric, der mittendrin steckte, während sie weggelaufen war.

Sie hatte ihn im Stich gelassen, und nun musste er es allein gegen seinen Vater aufnehmen. Er hatte gewollt, dass sie gemeinsam den Menschen halfen, und sie war auf und davon und hatte ihn aller Hoffnung beraubt.

Aber am schlimmsten war, dass sie bisher so gut wie keinen

Gedanken an ihn verschwendet hatte. Sie hatte nicht darüber nachgedacht, dass er in Gefahr sein könnte oder sich irgendeinem Risiko aussetzte. Ab und zu hatte sie ein leiser Anflug von Sorge ereilt, weswegen sie Finnegan gebeten hatte, ihm zu schreiben, aber das war schon alles gewesen. Sie hatte den Brief noch nicht einmal eigenhändig verfasst.

Wie hatte sie nur so selbstsüchtig sein können?

Flammen tanzten um die Kerze herum, schlugen immer höher und höher. Sie versuchte, das Feuer zu besänftigen und einzudämmen. Es wurde noch heller.

So viele Übungsstunden, so viel Eifer, und noch immer hatte sie es nicht unter ihre Kontrolle gebracht. Währenddessen war Rodric den Menschen eine wirkliche Hilfe. Er sorgte für greifbare Veränderungen.

Wenn die Gerüchte stimmten.

Zu frustriert, um weiter zu üben, klopfte sie ein wenig später an Distels Zimmertür. »Aurora!«, sagte Distel, als sie öffnete. »Alles in Ordnung?«

»Hast du schon gehört?«, fragte Aurora. »Sie glauben, dass Rodric gegen den König arbeitet.«

»Ja, ich hab's gehört«, sagte Distel. Sie forderte Aurora mit einer Geste auf einzutreten und schloss hinter ihr die Tür.

»Erzähl mir alles, was du gehört hast«, sagte Aurora. »In allen Einzelheiten. Ich muss wissen, ob es die Wahrheit ist.«

»Ich bezweifle, dass ich mehr weiß als du.«

Aurora fing an, im Zimmer auf und ab zu gehen. »Wenn Orla davon erfahren hat, dann weiß es der König auch.« Und der König würde nicht sehr erfreut reagieren. »Ich verstehe es nicht. Macht Rodric gemeinsame Sache mit den Rebellen? Aber sie hassen ihn doch! Oder handelt er allein? Nur woher soll er überhaupt wissen, wie er vorgehen muss?«

»Ich weiß es nicht, Aurora. Ich wünschte, ich könnte es dir sagen.«

Mit einem Mal fiel Aurora auf, dass der Raum halbleer war. Der Großteil der bunten Tiegel auf dem Frisiertisch war verschwunden, die Kleider ebenso. Distels Rucksack lehnte an der Wand.

Aurora hielt mit dem Auf- und Abmarschieren inne. »Du reist ab?«

Distel nickte.

»Um mehr über Rodric in Erfahrung zu bringen?«

»Um herauszufinden, was an den Gerüchten dran ist.«

»Wann?«

»Morgen früh.«

Morgen früh? Das war schon so bald. Aurora ließ sich aufs Bett sinken. »Hättest du mir noch Bescheid gegeben?«

»Ja«, sagte Distel. Sie setzte sich neben Aurora. »Natürlich. Ich habe es selbst erst vor kurzem erfahren.«

»Aber ist das nicht zu gefährlich?«, sagte Aurora. »Wenn es in Petrichor nicht sicher ist …«

»Egal, wo ich hingehe, es ist nirgends sicher, Prinzessin. Mach dir um mich keine Sorgen.« Distel kämmte mit ihren Fingern durch Auroras Haare. »So wunderschönes Haar«, sagte sie. »Hast du etwas dagegen, wenn ich es noch einmal flechte?« Aurora schüttelte den Kopf, und Distel machte sich mit flinken Fingern ans Werk.

»Pass auf Rodric auf«, sagte Aurora. »Wenn du kannst.«

»Ich werd's versuchen«, antwortete Distel sanft. »Aber ich bin Spionin, keine Kämpferin. Ich weiß nicht, ob ich viel für ihn tun kann.«

»Dann versprich, dass dir nichts passieren wird. Bitte!«

»Nur, wenn du es zuerst versprichst.«

»Na gut. Versprochen.«

Mit einem sachten Ruck zog Distel an ihren Haaren. »Du Lügnerin.«

Erst jetzt merkte Aurora, dass Distel ihr eine Krone flocht. Sie langte nach oben und betastete das verschlungene Gebilde auf ihrem Kopf, aber Distel schob ihre Hand weg. »Nicht«, mahnte sie. »Ich bin noch nicht fertig.«

Aurora schloss die Augen. Ein Schauer rieselte ihr über die Kopfhaut. Distels bloße Anwesenheit wirkte beruhigend. Sie hatte so viel für sie getan. Auf ihre ganz eigene Weise hatte sie Aurora gerettet. »Danke«, sagte sie leise. »Dafür, dass du mir in dem Dorf in Alyssinia geholfen hast. Ich weiß nicht, was aus mir geworden wäre, wenn du nicht aufgetaucht wärst.«

»Du hättest überlebt, Aurora. Du bist gut im Überleben.«

»Ich meine nicht nur das. Du bist mir auch eine Freundin. Und davon gibt es wahrlich nicht viele, aber mit dir … mit dir ist alles leichter. Danke dafür.« Sie wollte noch mehr sagen, fand aber nicht die richtigen Worte. Sie konnte spüren, wie Distel hinter ihr lächelte. Schweigend flocht die Sängerin die Enden des Zopfes zusammen und steckte ihn fest. »Da, fertig«, sagte sie schließlich. »Du siehst bezaubernd aus.«

»Wie eine Prinzessin?«

»Oh«, sagte Distel. »Noch viel bezaubernder.« Sie zögerte kurz, so als überlegte sie etwas, dann ging sie zu ihrem Frisiertisch und nahm ein zusammengefaltetes Stück Papier herunter. »Hier«, sagte sie. »Das solltest du sehen.«

Aurora faltete den Zettel auseinander. In gestochener Schrift stand eine Adresse darauf geschrieben, gefolgt von einer Uhrzeit.

»Was ist das?

»Ich habe Tristan gefunden.«

Aurora starrte sie an. »Du hast ihn *gefunden*?«

»Vielleicht. Ich habe ihn nicht mit eigenen Augen gesehen. Aber angeblich ist er morgen zu dieser Zeit an dieser Adresse. Vermutlich wäre es besser gewesen, ich hätte dir gar nichts davon erzählt, aber da ich es morgen nun nicht mehr selbst dorthin schaffe … Ich weiß, was das für eine Adresse ist, dort ist es einigermaßen sicher, was jedoch nicht heißt, dass es ungefährlich ist. Aber du solltest selbst entscheiden, was du mit dieser Information anfangen willst.«

»Danke«, sagte Aurora. Ihre Stimme schwankte. Das war ein echter Vertrauensbeweis: Distel gab ihr Informationen, ohne sie zu verfälschen, ohne Hintergedanken. »Wie hast du ihn gefunden?«

»Ein Alyssianer, auf den seine Beschreibung passt und der neu ist in der Stadt? Das war keine große Herausforderung für mich.« Distel sah wieder auf den Zettel und schlug einen warnenden Ton an. »Ich kann nicht garantieren, dass er es wirklich ist. Und ich kann nicht garantieren, dass es ungefährlich ist, ihn zu treffen. Nimm dich also in Acht. Aber wenn du wissen willst, weshalb er hier ist, wirst du vielleicht dort eine Antwort finden.«

Aurora lenkte ihren Blick wieder auf den Zettel mit der Adresse. Sie musste auf jeden Fall dorthin. »Was soll ich zu ihm sagen?«

»Was du willst.« Distel lehnte sich nach vorn und strich eine lose Strähne hinter Auroras Ohr. »Du brauchst nicht hinzugehen, wenn du nicht magst. Aber wenn doch …«

»Ja«, sagte Aurora. Sie faltete das Papier wieder zusammen und legte es sich in den Schoß. »Danke.«

Distel lächelte sie an. »Du wirst das schaffen, Aurora«, sagte sie. »Das weiß ich. Vertraue deinen Instinkten. Sie sind stärker, als du denkst.«

Als Aurora am nächsten Tag zurückkehrte, um sich von Distel zu verabschieden, war sie bereits fort.

FÜNFZEHN

Die Adresse führte Aurora in den Westen der Insel. Vor ihr erstreckte sich das Meer bis zum Horizont, und eine salzige Brise zerzauste ihr Haar. Weiße Schaumkronen tanzten auf den Wellen. Mehrere Leute schlenderten den Pier entlang: Freunde, die sich untergehakt hatten, Pärchen, die aneinandergeschmiegt gingen, und hie und da ein einsamer Spaziergänger, der versonnen aufs Wasser blickte.

Eine Reihe von Gebäuden stand am Wasser, jedes so hoch und schmal, dass es kaum vorstellbar war, wie darin auch nur ein einziges Zimmer pro Etage Platz finden sollte.

Aurora ging die Straße hinunter und prüfte die Hausnummern über den Eingangstüren. Sie hielt Ausschau nach der Nummer 33, aber bei 29 hörten die Zahlen auf. Hinter einer Lücke setzten sie unerklärlicherweise mit der Nummer 50 wieder ein.

Aurora drehte sich um und blickte aufs Meer, auf die dort entlangspazierenden Leute. Im Vergleich zum brodelnden Rest der Stadt war es hier geradezu friedlich. Auf einer Steinbank nahe der Uferböschung saß ein Junge. Er hatte unordentliches braunes Haar.

Aurora starrte auf seinen Hinterkopf. Sie war nicht sicher, ob es Tristan war. Und sie wusste nicht, inwieweit es für sie gefährlich werden könnte, falls er es war. Aber sie war nicht hergekommen, um in letzter Minute einen Rückzieher zu machen.

Sie überquerte die Straße. Als hätte er ihren Blick auf sich gespürt, drehte der Junge sich um. Seine Augen wurden weit vor Schreck, und er fuhr von der Bank hoch.

»Maus?«

Er wirkte schmaler, als Aurora es in Erinnerung hatte, und sein braunes Haar war länger. Irgendwie sah er beinahe welk aus, ohne seinen früheren Schwung. Sie ging langsam auf ihn zu und blieb in einigem Abstand vor der Bank stehen.

»Ja«, sagte sie. »Ich bin's.« Sie wusste nicht, was sie sonst sagen sollte.

»Was machst du hier?«

Der Wind blies ihr die Haare ins Gesicht. Sie strich sie beiseite. »Dasselbe könnte ich dich fragen. Warum bist du nicht in Alyssinia?«

Sie konnte es kaum fassen, dass er hier leibhaftig vor ihr stand, am helllichten Tag, vor der Kulisse des Meeres. Seit ihrer letzten Begegnung war ihre Erinnerung an ihn mehr und mehr verblasst, und nur ein paar wenige kleine Details waren geblieben: sein vielsagendes Lächeln, das Funkeln der Wut in seinen Augen, wenn er vom König sprach. Und sie erinnerte sich noch sehr deutlich an die aufwallende Übelkeit, als sie begriff, dass seinetwegen Menschen hingerichtet wurden. Und doch war er hier.

»Ich dachte, ich treffe Distel«, sagte er. »Es gibt ein paar Dinge, die ich ihr sagen wollte, jetzt, wo ich weiß, für wen sie arbeitet.«

»Sie kann nicht kommen. Und außerdem war ich es, die mit dir sprechen wollte.« Sie wagte sich einen Schritt näher heran. Diesmal würde sie sich nicht von ihm zum Narren halten lassen. Diesmal nicht.

Eine Gruppe Leute kam vorbei. Aurora und Tristan standen da und schwiegen, bis sie außer Hörweite waren.

»Warum bist du hier, Tristan? Was ist mit der Rebellion passiert?«

Er ließ sich auf die Bank sinken. Nach kurzem Zögern setzte Aurora sich daneben. »Es gibt keine Rebellion. Nicht mehr.«

»Was soll das heißen?« Das konnte nicht stimmen.

»Was meinst du denn, wie der König auf die Geschehnisse auf deiner Hochzeit reagiert hat? Wir waren nicht dafür verantwortlich, und doch hat der König uns die Schuld gegeben. Er war so entschlossen, uns zu zerschlagen, dass ihm jedes Mittel recht war. Er zerstörte wahllos Häuser und ließ Unschuldige töten. Das hat viele Leute aufgebracht, und sie fingen an, sich gegen ihn zu wehren, zumindest eine Weile lang.«

»Aber es funktionierte trotzdem nicht?«

»Er war unerbittlich und machte dem Ganzen binnen einer einzigen Nacht ein Ende. Nur eine Nacht – nach allem, was war. Die Männer des Königs überfielen die Menschen in ihren Häusern und trieben alle zusammen, die man verdächtigte, mit den Rebellen zu sympathisieren. Sie wurden alle getötet. Die Hochzeit auf seiner Schlosstreppe hat er nicht gekriegt, da sollte es wohl wenigstens eine Massenhinrichtung sein.«

Aurora griff haltsuchend nach der Banklehne. »Wie viele?«, hauchte sie.

Tristan zuckte mit den Schultern. »Ich konnte sie nicht zählen.«

Er scherte sich andererseits auch herzlich wenig um den Tod unschuldiger Menschen, oder? Er war an einer Aktion beteiligt gewesen, die viele das Leben gekostet hatte, viele *Unschuldige.* Aurora hatte es selbst miterlebt. Da sollte er bloß nicht versuchen, sich selbst als Opfer hinzustellen.

»Wie bist du entkommen?«, fragte Aurora. »Immerhin bist du jetzt hier.«

»Ich war nicht im Haus«, sagte er. »Ich war auf den Dächern und habe sie kommen sehen …«

Aurora packte ihn am Arm. »Das Wirtshaus«, sagte sie. »Deine Cousine … Nell …«

»Ich weiß nicht, ob sie es geschafft haben«, sagte er. »Als

ich zum Wirtshaus zurückkam, stand es bereits in Flammen. Unter den Hingerichteten waren Trudy und Nell nicht, vielleicht konnten sie fliehen … Aber ich konnte sie nicht finden. Ich habe gar nichts tun können.«

»Also bist du weg?«

»Ich habe sie nicht finden können«, wiederholte er. »Entweder sind sie tot, oder sie verstecken sich irgendwo. Es war jedenfalls sinnlos, weiter nach ihnen zu suchen, damit hätte ich nur Aufmerksamkeit erregt und die Soldaten womöglich noch direkt zu ihnen geführt. Es gab keinen Grund, dort noch länger zu bleiben.«

»Das tut mir sehr leid«, sagte Aurora. Die Worte schienen ihr hohl, aber sie wusste nicht, was sie anderes sagen sollte.

»Ja, Maus«, sagte er. »Mir auch.«

Sie schaute aufs wogende Meer. »Es ist noch nicht vorbei«, sagte sie. »Ich werde zurückgehen. Ich werde etwas dagegen unternehmen.«

Er lachte. Lachte aufrichtig, ein kehliger Laut der Erheiterung.

»Du glaubst mir nicht?«

»Was kannst du schon erreichen? Du hältst dich hier versteckt. Du weißt ja nicht mal, was gerade in Alyssinia passiert. Und es ist deine Schuld, nicht wahr? Du hast das Ganze angezettelt und bist dann einfach verschwunden. Du hast uns in dem Schlamassel sitzen lassen, den du angerichtet hast.«

»Ich?« Sie rang den Impuls nieder, aufzuspringen und auf der Stelle zu gehen. Sie hatte um nichts von alldem gebeten.

Sie war aufgewacht und mitten in dieses Chaos gestoßen worden. Sie hatte vermutlich nicht bestmöglich reagiert, aber wer hätte das schon? Wer hätte es überhaupt *gekonnt*? »Du steckst genauso in dieser Sache wie ich, Tristan. Und du bist auch geflohen. Dort gibt es nach wie vor Menschen, die Hilfe brauchen, aber du bist weg.«

»Ich schätze, dann sind wir beide uns wohl doch ziemlich ähnlich.«

Sie schaute auf die Wellenkämme, ihr blondes Haar flatterte um ihr Gesicht. Sie hatte so viele Fragen zu Rodric und Alyssinia, doch die Worte steckten ihr in der Kehle fest. »Warum bist du hergekommen«, fragte sie schließlich.

»Weil Vanhelm am einfachsten zu erreichen war. Und was ist mit dir? Sieht nicht so aus, als wärst du noch auf der Flucht. Hat Finnegan dich unter seine Fittiche genommen? Oder bist du jetzt ein Spitzel wie Distel?«

Aurora schüttelte ihr Haar nach hinten und machte den Rücken gerade. »Finnegan hilft mir«, sagte sie schließlich. »Ich werde zurück nach Alyssinia gehen. Aber allein schaffe ich es nicht.«

»Wenn du noch länger wartest, ist nichts mehr da, wohin du zurückgehen kannst.«

Am Horizont zog langsam ein Schiff vorbei und durchbrach das endlose Blau. »Wie bist du geflohen?«, fragte sie. »Hat Rodric dir geholfen?«

»Prinz Rodric?« Tristan klang ehrlich verwundert. »Warum hätte er mir helfen sollen?«

»Den Gerüchten nach hat Rodric sich gegen seinen Vater gestellt«, erklärte sie. »Es heißt, er hilft Leuten dabei, heimlich die Stadt zu verlassen. Ich dachte, vielleicht unterstützt er die Rebellion, aber …«

»Nein«, sagte Tristan. »Mir ist er nirgends begegnet. Und es gibt auch keine Rebellion mehr, die man unterstützen könnte. Falls er irgendwas tut, tut er es auf eigene Faust.«

Aurora konnte sich nicht vorstellen, dass Rodric allein handelte. Andererseits war er immer auf das Wohl des Volkes bedacht gewesen. Er hatte stets helfen wollen. Vielleicht hatte er inzwischen einen Weg gefunden.

Was würde Rodric zu ihrem Plan sagen? Mehr Zerstörung, mehr Grausamkeit, alles im Namen des Friedens. Drachen und Magie und Feuer. Er würde es nicht gutheißen.

Sie hätte Tristan fragen können, was er von ihrem Plan hielt, ob er meinte, dass es das Risiko wert war. Denn trotz allem lag Alyssinia ihm am Herzen. Doch sie schluckte die Worte im letzten Moment herunter. Sie hatte Tristans Methoden bereits kennengelernt, und sie waren ihr zutiefst zuwider. Seine Einschätzung zählte nichts.

Und er hatte Alyssinia verlassen. Nach all seinen leidenschaftlichen Worten, nach all den Opfern, die er von ihr gefordert hatte, den Risiken, die er eingegangen war … hatte er sich einfach aus dem Staub gemacht, um seine eigene Haut zu retten. Er hatte das Recht darauf, ihr Handeln zu beurteilen, vor langer Zeit verwirkt. »Was wirst du jetzt tun?«, fragte sie stattdessen. »Wirst du in Vanhelm bleiben?«

»Ich weiß es nicht«, sagte er. »Ich weiß nicht, was ich tun werde.«

Sie schaute ihn wieder an. Er sah so kümmerlich aus. Gar nicht mehr wie *Tristan*. »Du solltest zurückkehren«, sagte sie. »Du solltest helfen.«

»Und was tun? Was könnte ich denn schon ausrichten?«

»Ich weiß es nicht«, sagte sie. »Versuch es wenigstens.«

Ein weiteres Lachen, begleitet von leichtem Kopfschütteln. »Als ich's versucht habe, hat's dir nicht gefallen. Warum sollte es jetzt anders sein?«

Und da war sie, die Wahrheit, die keiner von ihnen hatte aussprechen wollen. Sie wollten beide, dass der König verschwand, und es hatte mal einen kurzen Moment der Nähe zwischen ihnen gegeben, aber mehr verband sie nicht. Sie konnte in ihm nichts anderes sehen als den unbesonnenen Hitzkopf, und für ihn war sie nach wie vor die engstirnige Privilegierte, die nichts begriff. Sie könnten stundenlang auf einer Bank am Meer sitzen und reden, aber daran würde sich nichts ändern.

»Und du?«, sagte er. »Was tut das Königreich Vanhelm für dich?«

»Wir suchen nach einem Weg, wie ich gewinne«, sagte sie.

»Damit du Königin werden kannst?«

»Damit ich helfen kann. Was auch immer das heißen mag.« Sie stand auf. »Ich sollte jetzt gehen. Ich hätte mich nicht so lange aufhalten sollen. Aber es war schön, dich zu sehen. Es ist gut zu wissen, dass du am Leben bist.«

»Geht mir mit dir genauso, Prinzessin.«

Sie betrachtete ihn einen langen Moment. Sie bezweifelte, dass sie ihn je wiedersehen würde. Er würde nach Alyssinia zurückkehren oder noch weiter fortrennen und sich irgendwo ein neues Leben aufbauen. Und sie hatte bereits zu spüren bekommen, wie gefährlich es war, sich auf Rebellen einzulassen. Sie wusste, mit welcher Skrupellosigkeit sie ihre Ideale verfolgten.

Aber er hatte ihr einmal etwas bedeutet. Dank ihm hatte sie sich in den ersten Tagen, nachdem sie aufgewacht und völlig orientierungslos gewesen war, weniger verloren gefühlt. Doch was auch immer einmal zwischen ihnen gewesen sein mochte, dies hier war der Abschied.

Es gab keine Worte, um es auszudrücken. Keine Brücke, um die Kluft zu überwinden. Und so ging sie einen Schritt zurück, sah ihn ein letztes Mal an, prägte sich seine Züge genau ein. Und dann drehte sie sich um und ließ ihn zurück.

Erst nach ein paar Minuten bemerkte sie, dass sie verfolgt wurde. Drei Männer, die hinter ihr hergingen, als sie die Uferstraße verließ, und danach, immer gut sechs Meter Abstand haltend, genau dieselben Straßen einschlugen wie sie. Aber die Stadt wimmelte von Menschen, die in alle Himmelsrichtungen unterwegs waren; die Tatsache, dass die Männer ihr folgten, war womöglich vollkommen bedeutungslos, aber einer der Männer war weizenblond, ein seltener Anblick in Vanhelm, und irgendetwas an der Art, wie sie nebeneinanderher gingen, war seltsam. Sie sprachen nicht miteinander, fiel Aurora auf, während ihr das Trio um eine weitere Straßenecke folgte.

Sie blieb vor einer Schneiderei stehen und sah sich die leuchtenden Stoffe und ausgestellten Kleider im Schaufenster an.

Einige Schritte hinter ihr blieben die Männer vor einem anderen Geschäft stehen.

Aurora huschte in den kleinen Laden und tat so, als würde sie interessiert durch das Stoffangebot stöbern.

Als sie wieder auf die Straße hinaustrat, waren die Männer immer noch da.

Sie beschleunigte ihre Schritte und schaffte es, weil sie zum Glück nicht sehr groß war, unter leichtem Rempeln durch die Lücken in der Menge zu schlüpfen. Der Abstand zwischen ihr und den Männern nahm etwas zu, aber nach wie vor waren sie ihr auf den Fersen.

Eine weitere Biegung, die nächste belebte Straße. Von allen Seiten bohrten sich Ellenbogen zwischen ihre Rippen. Die Menge schien sie verschlingen zu wollen, und sie konnte kaum noch atmen, kämpfte sich aber weiter vorwärts und huschte in eine Nebenstraße. Sie rannte, so schnell sie konnte.

Sie lief um eine weitere Ecke, wich geschickt einem Unheilsprediger aus und stand in einer schmalen Straße mit Läden auf beiden Seiten. Stoffmarkisen hingen über den Eingängen der Geschäfte, und draußen auf der Straße verteilten

Leute Kostproben von Backwaren oder boten Ohrringe und Armbänder feil.

Aurora warf einen Blick über die Schulter. Die Männer waren noch immer hinter ihr, wieder näher als zuvor.

Arbeiteten sie mit Tristan zusammen? Nein, das glaubte sie nicht. Hätte er sie gefangen nehmen wollen, hätte er damit nicht gewartet, bis ihre Unterhaltung vorbei war. Also entweder ließ Finnegan sie beschatten, oder die Männer arbeiteten für König John.

Sie brauchte Gewissheit. Und eine belebte Geschäftsstraße wäre der beste Ort, um ihre Verfolger zur Rede zu stellen.

Sie blieb vor einem Schaufenster stehen und wartete, bis die Männer ebenfalls anhielten. Dann drehte sie sich zu ihnen um.

»Warum folgt Ihr mir?«

Sie rechnete damit, dass sie alles abstreiten würden, doch stattdessen machte einer der Männer eine kleine Verbeugung. »Wir sind hier, um Euch nach Hause zu bringen, Prinzessin. Wenn Ihr Euch kooperativ zeigt, ist es für alle Beteiligten angenehmer.«

»Prinzessin?«, sagte sie. »Ich weiß nicht, wovon Ihr sprecht.«

»Ich denke schon. Wir beobachten Euch bereits eine Weile, Prinzessin. Ihr wohnt im Schloss. Fahrt mit Prinz Finnegan herum. Versucht also nicht, uns irgendwelche Lügen zu erzählen.«

Aurora rückte einen Schritt zur Seite, näher an den Ladeneingang heran.

»Dort werdet Ihr keine Hilfe bekommen«, sagte der Mann. »Hier kümmert sich jeder nur um seine eigenen Angelegenheiten. Kommt einfach still und leise mit uns, Prinzessin, das spart uns allen Ärger.«

»Wenn Königin Orla erfährt, dass Ihr versucht, jemanden, der unter ihrem Schutz steht, gewaltsam wegzubringen, wird das als Kriegserklärung aufgefasst.« Sie war sich dessen nicht sicher, aber es klang in ihren Ohren recht glaubhaft. Sie hatte Finnegans Unterstützung, und die Königin würde sich in ihrem eigenen Reich nicht den Drohungen einer fremden Macht beugen.

»Das ist das Problem des Königs«, erklärte der Mann ungerührt. »Alles, was ich weiß, ist, dass für Eure Ergreifung eine verdammt gute Belohnung winkt. Und es wurde nichts darüber gesagt, wo oder wann man Euch schnappen darf.«

Einige Passanten schauten jetzt zu ihnen herüber, aber genauso viele sahen demonstrativ weg. Sie standen mit steifen Rücken da und blickten angestrengt in eine andere Richtung oder hoben die Stimmen, während sie sich durchs Warenangebot wühlten. Keiner rührte sich von der Stelle, um einzuschreiten.

Sie funkelte die Männer wütend an und hoffte, Stärke zu signalisieren. »Ihr werdet sofort aufhören, mir zu folgen.«

Der Mann lachte. »Ich glaube, das werden wir nicht, Teuerste.« Er streckte sich nach ihr aus. In dem Moment, als sich seine Finger um ihren Oberarm schlossen, platzte Aurora der Kragen. Sie riss sich los, und grelles Feuer spritzte über das

Pflaster. Die Männer fuhren erschrocken zurück. Brandspuren markierten die Stelle, wo sie noch eben gestanden hatten, und die Hand des Mannes, der sie gepackt hatte, war rot und übersät von Blasen.

Der Drache an ihrem Hals glühte.

»Es ist also wahr«, keuchte er. »Du Hexe!« Er stürzte sich auf sie, doch sie reagierte schnell und witschte an seinem ausgestreckten Arm vorbei. Die Welt um sie herum verschwamm. Mit ausholenden Ellenbogen bahnte sie sich einen Weg durch die Menge, schwenkte auf eine hektisch belebte Straße ein und bog nach wenigen Metern gleich wieder in die nächste ab. Hinter ihr waren stampfende Schritte zu hören, und jemand schrie, aber sie sah sich nicht um.

Sie erreichte eine breite Straße. Mittig darüber hing ein Drahtseil in der Luft, die Oberleitung der Straßenbahn. Sie rannte darunter hindurch, den Blick zu Boden gerichtet, auf der Suche nach dem sternförmigen Haltestellenzeichen. Aurora hoffte inständig, dass die Bahn jeden Moment angerumpelt käme, um sie in Sicherheit zu bringen.

Sie bog um eine Ecke, und ein Stück weiter vorn stand eine Straßenbahn. Sie war rappelvoll mit Menschen, und gerade versuchte noch ein letzter Passagier, sich unter Schieben und Drängeln hineinzuzwängen.

»Halt!«, rief sie und schwenkte wild die Arme. »Halt. Bitte!« Sie zwang sich, noch schneller zu laufen. Der Fahrer warf ihr durch die Scheibe einen trägen Blick zu, aber das Fahrzeug setzte sich nicht in Bewegung. Sie schwang sich in den Wagen, prallte gegen einen Fahrgast, rappelte sich hoch und steckte eine Münze in den Schlitz.

»Danke«, japste sie.

Der Mann schüttelte den Kopf. »Die jungen Leute heutzutage«, sagte er, »immer in Eile. Seht zu, dass ihr das nächste Mal einfach pünktlich da seid.«

»Ja«, erwiderte sie. »Danke.«

Die Verfolger sahen ihr hinterher, als die Bahn davonfuhr.

SECHZEHN

Aurora eilte in die Bibliothek. Die Wut und die Angst darüber, was alles hätte passieren können, waren so groß, dass sie das Gefühl hatte zu ersticken.

Hatte Tristan diese Männer gekannt? War er der Lockvogel gewesen, mit der Aufgabe, sie abzulenken? Nein. Das war unlogisch. Er hatte ja nicht mal gewusst, dass sie zum Treffpunkt kommen würde. Und diese Männer hatten nicht wie Rebellen gewirkt. Aber die Begegnung mit Tristan hatte sie aus dem Gleichgewicht gebracht, und diese Männer hatten sie am helllichten Tag überfallen, fast so, als hätten sie nichts zu befürchten, als könnte niemand sie aufhalten.

In der Mitte des Tisches stand eine alte Kerze. Aurora griff danach und hielt sie sich vors Gesicht. *Brenne*, dachte sie. Sie nahm all ihre Wut zusammen und lenkte sie auf den Docht, der sich prompt entzündete. Voll grimmigem Triumph blies sie ihn wieder aus und entzündete ihn erneut, und dann noch einmal, bis all ihr Zorn und ihre Frustration verraucht waren.

Während sie sich beruhigte und das Adrenalin verebbte, versiegte auch das Feuer in ihr. Die Attacke hatte sie erschüttert und erzürnt. Der Drang, Feuer zu entfachen, war übermächtig gewesen, hatte ihr ganzes Denken verschlungen.

Sie kontrollierte die Magie nicht. Die Magie kontrollierte sie.

Sie warf die Kerze weg. Mit einem kümmerlichen Plopp landete sie auf dem Boden.

»Oh!«

Aurora wirbelte herum. Erin stand in der Tür, mit einem Stoß Bücher unter dem Arm.

»Tut mir leid, wenn ich störe«, sagte Erin. Sie zögerte kurz an der Schwelle, dann trat sie einen Schritt tiefer in den Raum. »Ich wollte nur ein paar Bücher zurückbringen.«

»Nein«, entgegnete Aurora. »Nein, Ihr stört gar nicht. Ich habe nur …«

»… Rache an der Kerze verübt?« Erin lächelte. »Hoffentlich war es nicht mein Trottel von Bruder, der Euch so erbost hat. Ich versichere Euch, er lohnt die Aufregung nicht.«

»Nein«, sagte Aurora wieder. »Nein, ich habe nur … Tut mir leid. Ihr habt recht, ich darf nicht so die Beherrschung verlieren.«

»Wer bin ich, Euch zu sagen, was Ihr tun dürft oder nicht? Und falls Ihr wirklich auf meinem Bruder wütend gewesen sein solltet, würde mich das nicht überraschen. Er hat es oft verdient.«

Erin legte die Bücher auf dem Tisch ab. Alle trugen Titel, in denen das Wort Alyssinia vorkam.

»Geschichtsbücher?«, fragte Aurora. »Über Alyssinia?«

»Ja. Meine Mutter wollte, dass ich mich ein bisschen genauer mit der Geschichte Alyssinias befasse … Ich vermute, weil Ihr unser Gast seid.«

»Ich bin auch dabei, mir einiges anzulesen«, sagte Aurora. »Ich habe so viel verpasst, während ich geschlafen habe.«

»Ich fürchte, keins der Bücher hier ist sonderlich aktuell. Sie behandeln vor allem die ältere Geschichte. Alysse, Königin Desdemona, das goldene Zeitalter …« Erin nestelte an den Büchern. »Die mag ich am liebsten, wisst Ihr«, sagte sie. »Die verhassten Königinnen. Die vom Thron verjagt wurden, weil sie zu mächtig wurden. Das ist sehr faszinierend.«

»Ja«, sagte Aurora. »Faszinierend.«

Erin schob ihr eines der Bücher über den Tisch zu, dann hielt sie kurz inne. »Es gibt da etwas, das ich Euch fragen wollte. Als Ihr neulich von Prinz Rodric spracht, hörte es sich so an, als würdet Ihr ihn mögen.«

»Ja«, sagte Aurora. »Er ist ein guter Mensch. Warum?«

»Ich habe mich gefragt, schließlich seid Ihr hierher geflohen … Die Leute äußern sich immer so positiv über Prinzen, aber trotzdem wolltet Ihr ihn nicht heiraten.«

»Ich bin aber nicht deswegen weggelaufen.«

Erin nickte. »Es stand mal die Überlegung im Raum, uns

zu Bündniszwecken zu verheiraten, wisst Ihr. Ich glaube, meine Mutter wollte dann lieber eine Verbindung zu Palir, aber angesichts der Tragödie um Isabelle … ändert sie ihre Meinung vielleicht. Sollte es Finnegan nicht gelingen, ein Bündnis einzugehen, könnte diese Aufgabe unter Umständen mir zufallen. Darum hatte ich gefragt.«

Aurora betrachtete die junge Prinzessin, die bis in die Spitzen ihres langen roten Haares der Inbegriff von Eleganz war. Genau so ein Mädchen hatte Iris vor Augen gehabt. Ein junge Frau, die imstande war, die ihr entgegengebrachte Bewunderung anzunehmen und sie klug und wohlmeinend einzusetzen. Aurora hätte vielleicht Eifersucht empfinden sollen bei dem Gedanken, dass Erin und Rodric eines Tages möglicherweise heirateten. Aber Rodric verdiente es, glücklich zu sein, und mit Aurora würde das nie geschehen. Sie konnte keinen Besitzanspruch auf ihn erheben, er war nur ihr Freund. Sie *wollte* gar keinen Anspruch auf ihn erheben.

»Rodric ist großartig«, sagte sie. »Er wäre ein guter Ehemann, glaube ich.«

»Und doch habt Ihr ihn nicht geheiratet.«

Aurora schlug das Buch auf, das vor ihr lag, und fing an, in den Seiten zu blättern, ohne auf die Worte zu achten. Ihre Hände konnten einfach nicht stillhalten. »Ich konnte nicht bleiben«, sagte sie. »Ich konnte John nicht auf diese Weise unterstützen …«

»Und das ist der einzige Grund?«

Aurora hob den Kopf und sah sie an. Erin hatte den Blick

auf sie geheftet, die Lippen leicht geöffnet. Wie gebannt. »Es ist seltsam«, sagte Aurora. »Anfangs erschien mir Rodric furchtbar … ungelenk. Ich fand, dass wir nicht zueinander passten. Aber ich habe wohl noch nie einen liebenswerteren Menschen getroffen als ihn. Es war, als ob … Er schien genau die Sorte von Mensch zu sein, die ich lieben *sollte*. Dass ich eine Närrin wäre, wenn ich ihn nicht zu schätzen wüsste.«

»Aber ihr habt ihn zu schätzen gewusst«, warf Erin ein, »nach dem, wie Ihr über ihn sprecht.«

»Aber ich habe nicht die entsprechenden Gefühle für ihn gehegt«, sagte Aurora. »Ich mochte ihn als Freund, und vielleicht wären wir miteinander auch halbwegs glücklich geworden, aber … ich habe nicht gefühlt, was ich hätte fühlen sollen.«

»Für seine Gefühle kann man nichts«, sagte Erin. »Und wenn Ihr ihn nicht liebt und die Hochzeit dem Königreich womöglich geschadet hätte, dann war es besser, dass Ihr weggelaufen seid, meint Ihr nicht? Eine so liebenswerte Person wie er verdient jemanden, der ihm nicht ablehnend gegenübersteht.«

»Ich lehne ihn nicht ab.«

»Wenn das stimmt, seid Ihr ein besserer Mensch als die meisten.«

Aurora blätterte die nächste Seite um. »Meint Ihr denn, Ihr werdet demjenigen, den Ihr mal heiratet, ablehnend gegenüberstehen?«

»Nein«, sagte Erin leise. »Nein, natürlich nicht. Ich denke, es gibt einen Unterschied, ob man ein diplomatisches Bündnis eingeht, mit dem man sein Leben lang gerechnet hat, oder ob man irgendwann in der Zukunft aufwacht und feststellt, dass man den Thron, der einem einst gehörte, verloren hat und nun den neuen Erben heiraten soll. Das ist schon eine äußerst verzwickte Lage, wenn ich das so sagen darf.« Sie ließ ein ungeduldiges Seufzen vernehmen. »Außerdem, je früher feststeht, dass ich Königin eines *anderen* Königreichs werde, desto eher begreift Finnegan, dass ich nicht vorhabe, ihn zu verdrängen.«

»Ich glaube nicht, dass er das vermutet«, sagte Aurora mit Bedacht. »Aber er hat das Gefühl, die Leute würden lieber Euch auf dem Thron sehen.«

»Das ist doch lächerlich«, sagte Erin, und zum ersten Mal nahm ihre Stimme einen schroffen Ton an. »Er ist der Ältere; er ist der nächste in der Thronfolge. So ist es vorgesehen. Wenn er sich den Leuten doch nur mal ab und zu von seiner seriösen Seite zeigen würde, müsste er sich darum nicht so viele Gedanken machen.« Sie verstummte und sah Aurora an. »Das hätte ich nicht sagen sollen«, sagte sie. »Es spielt auch keine Rolle. Er ist der rechtmäßige Erbe. Meine Mutter mag sich über ihn ärgern, aber das ändert rein gar nichts.«

Aurora bemerkte Erins rote Wangen. Es war das erste Mal, dass sie Anzeichen von Unbehagen zeigte. Aber selbst diese Röte stand ihr gut zu Gesicht. Sie sah einfach aus wie jemand, der zum Herrschen bestimmt war. »Wollt Ihr gern Königin sein?«

»Wenn es mein rechtmäßiger Titel wäre«, erwiderte sie. »Aber wenn ich Königin von Vanhelm wäre, würde das ja heißen, dass Finnegan entweder tot oder enterbt ist. Und ich würde mir keins von beidem wünschen. Und … na ja. Wenn man der Geschichtsschreibung glauben mag, nehmen Königinnen nie ein gutes Ende, nicht wahr?«

»Eure Mutter scheint Erfolg zu haben.«

»Vielleicht«, sagte Erin. »Aber ich bin nicht meine Mutter.«

»Glaubt ihr denn, Ihr wärt eine gute Königin?«

Erin reckte das Kinn. »Ja, das tue ich.«

»Ich auch.«

»Ihr kennt mich doch kaum«, erwiderte Erin. »Und Eure Loyalität sollte ja wohl Finnegan gehören. Oder habt Ihr anderweitige Hoffnungen, was ihn betrifft?«

»Anderweitige Hoffnungen?«

Erin legte den Kopf schief und sah sie forschend an. Aurora erkannte Finnegan in ihr wieder, in dem Schwung ihrer Lippen und dem Grün ihrer Augen. Sie hatten genau die gleiche Farbe und blickten ebenso verständnisvoll. Doch Erins Gesichtsausdruck war sanfter, vermischt mit einem Hauch von Entschlossenheit. »Tut mir leid«, sagte sie. »Das war anmaßend von mir.« Sie warf einen Blick zur Tür. »Danke, dass ich stören durfte. Ich werde Euch jetzt besser in Ruhe lassen.«

Als Erin gegangen war, widmete Aurora sich wieder ihrer ramponierten Kerze. Doch Erins Worte hallten in ihr nach. Wollte sie nicht, dass Finnegan König wurde? Sie wollte, dass er glücklich war, ja; sie war davon ausgegangen, dass er König sein würde, aber die Vorstellung, dass er den Thron *nicht* bestieg, war auf unvermutete Weise verlockend. Sie genoss es, mit Finnegan zu flirten, diesem unverschämten Prinzen, der Pläne schmiedete und träumte und sich über alle Regeln hinwegsetzte, aber als König würde er anders sein. So schwer beladen mit Verantwortung und mit so vielen anderen Dingen befasst als mit sich selbst. Sein ganzes Handeln wäre auf das übergeordnete politische Wohl des Königreichs ausgerichtet. Prinz Finnegan war anziehend, aber *König* Finnegan …

Es sollte egal sein, was die Zukunft für Finnegan bereithielt. Sie hatten ein temporäres Bündnis geschlossen, mehr nicht. Aber dieser Gedanke an eine andere Art von Zukunft machte sie nervös. Da war diese Stimme in ihr, die sie krampfhaft versuchte zu ignorieren und die verlangte, dass Finnegan ihr gehören sollte. Die verlangte, dass alle anderen Verpflichtungen und Loyalitäten verschwinden sollten.

Sie wollte, dass Finnegan an *ihrer* Zukunft teilhatte. Und dieser Gedanken machte ihr die größten Sorgen.

SIEBZEHN

»Es muss faszinierend sein«, sagte Finnegan, als sie an diesem Abend zusammen speisten.

Aurora blickte ihn über den Tisch hinweg an. Sie war so in Gedanken versunken gewesen, dass sie seine Worte nur am Rande registriert hatte.

»Was muss faszinierend sein?«, fragte sie nach.

»Das, worüber ihr gerade nachsinnt. Zumindest hat es Euch die letzte halbe Stunde von allem anderen abgelenkt.«

Sie konnte nicht aufhören, über Erins Worte nachzudenken und über die neugewonnenen Einsichten über sich selbst. Sie wünschte, sie könnte mit Distel darüber sprechen. Die Sängerin würde es verstehen und sie nicht verurteilen. Sie schob ein Stück Fleisch auf ihrem Teller herum. »Tut mir leid«, sagte sie. »Mir fehlt Distel. Ich hoffe bloß, dass ihr nichts passiert.«

»Es geht ihr sicher hervorragend, Aurora. Sie beherrscht ihr Metier aus dem Effeff.« Er legte sein Messer hin. »Und jetzt sagt mir, was Euch wirklich bedrückt. Hat Celestine Euch wieder bedroht?«

»Nein«, sagte Aurora. »Das ist es nicht.« Aber sie konnte ihm nicht den wahren Grund für ihre Zerstreutheit nennen, und sie war sich auch nicht sicher, ob sie ihm gegenüber Tristan erwähnen sollte. Sie konnte nicht einschätzen, wie er reagieren würde. »Heute in der Stadt wurde ich von ein paar Männern bedrängt«, sagte sie stattdessen. »Sie wollten mich einfangen und an den König ausliefern, um die Belohnung einzustreichen. Aber mir geht's gut. Ich habe nur nicht damit gerechnet, dass mich seine Männer so schnell finden würden.«

»Er hat Wachleute auf Euch angesetzt?«

»Nein«, sagte sie. »Ich glaube, dass er zurzeit alle Männer, die ihm treu ergeben sind, zu seinem eigenen Schutz braucht, sofern die Berichte aus Petrichor stimmen. Aber anscheinend gibt es genug andere Leute, die bereitwillig die Drecksarbeit für ihn erledigen.«

Finnegan runzelte die Stirn und sah auf einen Schlag viel älter und furchtbar müde aus. »Es ist ziemlich riskant, Euch am helllichten Tag auf offener Straße entführen zu wollen.«

»Eintausend Goldtaler sind eine stattliche Belohnung.«

»Ich werde veranlassen, dass noch mehr Soldaten auf den Straßen patrouillieren und den Hafen bewachen.« Einen Moment lang ließ er seinen Blick auf ihr ruhen, als würde er nachdenken, dann schob er den Stuhl zurück. »Kommt, lasst uns ins Theater gehen«, sagte er. »Gerade läuft ein ausgezeichnetes Stück – geballte Dramatik und jede Menge Herzschmerz. Es wird Euch gefallen. Es bringt nichts, hier zu hocken und sich darüber den Kopf zu zerbrechen.«

»Außerhalb des Schlosses ist es nicht sicher«, wandte sie ein. »Die Männer des Königs …«

»Nirgends ist es sicher«, schnitt er ihr das Wort ab. »Und Ihr lebt noch, oder?«

Er ging zu ihr auf die andere Seite des Tisches, ergriff ihre Hand und zog sie auf die Füße. »Kommt, Aurora«, sagte er. »Ohne einen Hauch Nervenkitzel macht das Leben doch nur halb so viel Spaß.«

Das Stück hielt, was Finnegan versprochen hatte: dramatische Verstrickungen, eine vom Schicksal gebeutelte Liebe und ein als Freund getarnter Feind. Die Lieder gingen Aurora ins Ohr, die Sterbeszene trieb ihr die Tränen in die Augen, und als der letzte Vorhang fiel, sprang sie auf und klatschte begeistert Beifall.

»Und?«, sagte Finnegan, als sie wieder hinaus auf die Straße traten. »Das war gar nicht so übel, was?«

»Es war ganz passabel«, gab Aurora neckend zurück. »Ihr habt einen besseren Geschmack, als ich dachte.«

»Danke für die Blumen.« Er hielt ihr den Arm hin. »Wollen wir in den sicheren Palast zurückkehren, Mylady?«

Aurora zögerte. Die Nacht war ungewöhnlich warm, und

am Himmel leuchteten die Sterne. In der Dunkelheit hier draußen fühlte sie sich sicherer. Sie war noch nicht bereit, zu ihren Sorgen zurückzukehren.

»Vielleicht könnten wir noch ein bisschen spazieren gehen«, sagte sie. »Nur ein Weilchen.«

Finnegan lächelte. »Und ich weiß auch schon, wohin.«

Sie legte ihre Hand in seine Armbeuge, und dann tauchten sie gemeinsam in die Stadt ein. Straßenlaternen warfen ihr flackerndes Licht über das steinerne Pflaster, und in der Ferne bimmelte eine Straßenbahnglocke.

Sie schlenderten schweigend nebeneinanderher. Hier und da hörte Aurora gedämpfte Stimmen hinter verschlossenen Türen, aber sie sah nur noch wenige Menschen. Vanhelm war so anders als Petrichor, mit seiner Nachtkirmes und den überfüllten Wirtshäusern.

Und dann wichen die Häuser zurück und machten einer ausgedehnten Fläche mit Gras und Bäumen Platz. Drumherum zog sich ein niedriger Eisenzaun.

»Das ist … ein Garten!«, sagte sie.

»Ein Park. *Der* Park. Bei all dem Stahl und Rauch brauchen wir ein wenig Grün.«

Über dem Eingang hing ein Schild. *Coppergate Park. Geschlossen von Sonnenuntergang bis Sonnenaufgang.* Das Tor war mit einem Hängeschloss gesichert.

»Es ist geschlossen, Finnegan«, sagte sie »Wir können da nicht rein.«

»Ich bin der Prinz«, entgegnete er. »Und Ihr seid eine Prinzessin. Da können wir die Regeln wohl getrost außer Acht lassen.«

»Das fühlt sich falsch an.«

»Niemand wird davon erfahren.« Finnegan schwang sich mühelos über das Tor. Er hielt Aurora die Hand hin. »Habt Ihr etwa Angst?«

Sie ignorierte seine Hand und stellte ihren linken Fuß auf die unterste Zaunsprosse. Nur mit Mühe reichte sie mit dem rechten Bein an die obere Strebe heran. Sie stellte sich auf Zehenspitzen, hievte sich nach oben und zog das andere Bein nach, während sich ihr Rocksaum in den Zaunspitzen verhedderte. Finnegan fing sie lachend auf der anderen Seite auf.

Er zog sie mit sich tiefer in den Park hinein. Über ihnen raschelte der Wind in den Bäumen.

Es war so friedlich, so befreiend. Aurora trat einen Schritt von Finnegan weg und formte mit den Händen vor ihrem Körper eine Schale. Sie beschwor die Wut herauf, die sie gegen die Männer, die sie entführen wollten, empfunden hatte, sowie die bange Sorge um Tristan und Rodric. Aber nein. Daran wollte sie jetzt nicht denken. Stattdessen schloss sie die Augen und versuchte, andere Gefühle aufleben zu lassen. Etwa die Empörung, die in ihr hochgewallt war, als Finnegan ihr grinsend erklärt hatte, er würde darauf warten, dass sie *ihn* küsste, und dann die erwachende Neugier, dieses Gefühl, bei dem sich ihr der Magen zusammenzog und Reue aufkam, dass sie ihn einfach hatte stehen lassen.

Da. Sie erhaschte den Funken in ihrem Inneren, eine zarte

Ranke Magie, und versuchte, sie herauszulocken. Hinein in ihre gewölbten Hände. Um es brennen zu lassen.

Warme Zungen leckten an ihren Handflächen, und hinter ihren geschlossenen Lidern flammte Licht auf. Sie schlug die Augen auf. Ein kleiner Feuerball schwebte über ihren Händen.

»Beeindruckend!«, sagte Finnegan.

Das Licht flirrte, dann wurde es stärker. Sie hielt es Finnegan entgegen. »Hier«, sagte sie. »Nehmt.«

»Wenn Ihr mich in Brand stecken wollt, müsst Ihr es schon ein bisschen geschickter anstellen.«

»Nehmt«, wiederholte sie. Sie ließ ihre Hände zur Seite kippen, so dass das Feuer von ihren Handflächen glitt und nur etwa einen Meter vor Finnegans Brust in der Luft hing. Der Widerschein der Flammen zuckte über sein Gesicht. Seine Augen glitzerten.

»Danke.«

Sie versank in einem ironischen Knicks, und er lachte.

»Könnt Ihr noch mehr davon herzaubern?«

Das konnte sie. Ihre Brust füllte sich mit etwas, das jenseits von Wut und Angst existierte, eine Freude, die von der Welt außerhalb des Parks nicht berührt werden konnte. Sie schuf einen zweiten Flammenball an ihren Fingerspitzen. Auch diesen ließ sie frei, und dann einen weiteren und noch einen, bis die Luft von Lichtern schimmerte, als würden hundert herbeigerufene Feen um sie herumtanzen.

Einer wirbelte dicht an Finnegans Kopf vorbei, und er

duckte sich lachend weg. »Vorsicht«, sagte er. »Bitte nicht *mich* in Brand setzen, wenn es sich irgendwie vermeiden lässt.«

Sie stimmte in sein Lachen ein. Ein weiteres Licht schlüpfte zwischen ihren Fingern hindurch, diesmal war es grün, so wie das Licht, mit dem Celestine sie vor mehr als hundert Jahren in Bann geschlagen hatte. Es schwebte durch die Luft und wirbelte um Finnegans Kopf herum.

»Aufhören, halt!«, sagte Finnegan, machte einen Satz nach vorn und ergriff ihre Hände. Doch er lachte, als er sagte: »Das ist immer noch *Feuer*, Aurora.«

»Vertraut Ihr mir nicht?«

»Oh, genau so sehr, wie Ihr mir vertraut.« Er zog sie an sich heran. »Wie wäre es mit einem kleinen Feuerwerk?«, sagte er. »Hoch oben am Himmel.«

Feuerwerk. Die Explosion auf der Schlosstreppe, die Schreie der flüchtenden Menschen, das Blut, das an ihren Fingern klebte, als sie Rodric wegstieß. So viel Schmerz. Sie machte sich von Finnegan los und warf den Kopf in den Nacken. Dann schleuderte sie die Erinnerungen in die Luft, ein goldener, wirbelnder Flammenball. Er sauste hoch und immer höher, an den Bäumen vorbei, über die Dächer hinweg, hinauf zu den Sternen. Dann gab sie ihm einen letzten Stoß, und er explodierte. Winzige Feuerbänder regneten herab.

»Wenn die Leute das sehen, denken sie, dass jetzt wirklich das Ende nah ist«, sagte Aurora.

»Sollen sie doch«, erwiderte Finnegan. »Was wissen die schon.«

Aurora legte den Kopf noch weiter zurück und betrachtete die Sterne. Die Nacht war dunkel, es war fast Neumond, aber die Sterne leuchteten hell.

Sie ließ sich ins Gras fallen. Lichter schwebten um sie herum, wippten hin und her, als wären sie unschlüssig, wo sie hinwollten. Sie griff nach Finnegans Arm und zog ihn mit zu sich nach unten. Er plumpste neben sie, und sie kicherte.

»Ihr seid betrunken, Rora.«

»Wie kann ich betrunken sein?« Sie räkelte sich im Gras. »Ich habe keinen Tropfen getrunken.«

»Berauscht von Magie«, sagte er. »Berauscht von Euch selbst.«

Sie drehte den Kopf und sah ihn an. Eine Strähne fiel auf ihre Wange. »Glaubt Ihr wirklich, ich kann es? Die Drachen bändigen und König John aufhalten?«

»Ich glaube, Ihr könnt alles.«

»Das stimmt nicht«, wandte sie ein. »Es gibt viele Sachen, die ich nicht kann.«

»Nennt mir nur eine.«

»Rodric heiraten. Das konnte ich nicht«, flüsterte sie. »Ich konnte Alyssinia nicht helfen, als ich noch dort war. Ich konnte nicht all die Gräueltaten verhindern, die der König begangen hat.«

»Diese Dinge zählen nicht.«

»Natürlich zählen sie.«

»Warum solltet Ihr dafür verantwortlich sein? Warum könnt Ihr nicht einfach tun, was *Ihr* wollt.«

»Weil«, sagte sie und schloss die Augen. Sie spürte das Gras an ihrer Wange, »ich es nicht kann.«

»Ihr könnt tun, was Ihr wollt, Aurora«, sagte er. »*Alles*, was Ihr wollt.«

»Und wenn ich nicht weiß, was ich will?«

»Dann solltet Ihr wohl alles einmal ausprobieren«, sagte er. »Um es herauszufinden.« Sie konnte das Feixen in seiner Stimme hören und musste unwillkürlich lachen. Es tat gut, zu lachen. *Hier* zu sein.

»Ihr wolltet mein Geheimnis wissen?«, flüsterte sie. Als sie die Augen aufschlug, konnte sie seine sehen, ein grünes Funkeln in der Dunkelheit, nur wenige Zentimeter von ihr entfernt. »Manchmal bin ich beinahe froh, dass König John so ein Monster ist. Dadurch hatte ich einen guten Grund, das Land zu verlassen. Andernfalls wäre ich jetzt mit Rodric verheiratet, und dann …«

»Dann wärt Ihr niemals hier zusammen mit mir gelandet?«

»Ja«, sagte sie. »Mein Leben hätte auf ewig dem alyssinischen Königshaus gehört. Es brauchte einen Anlass, um fortzugehen. Um meine Magie kennenzulernen. Nur der Wunsch, es zu tun, genügte nicht.«

»Und was denkt Ihr jetzt?«, sagte er mit dunkler Stimme. »Denkt Ihr, etwas zu wollen, genügt?«

»Ich weiß es nicht.« Ihre Worte waren so leise, dass sie vom lauen Wind fast verschluckt wurden. Gänsehaut überzog ihre Arme.

Er wird mich nicht küssen, dachte sie. *Ich bin es, die ihn küssen muss.*

Die Spannung war unerträglich. Sie drehte den Kopf weg und sah zu den Sternen hinauf. »Warum, glaubt Ihr, verschwanden die Drachen einst?«

»Weil die Welt sie nicht behalten konnte«, sagte Finnegan. »Drachen sind magisch, oder? Und als die Magie dahinschwand, schwanden auch sie dahin. Oder zumindest legten sie sich schlafen, bis ihre Zeit gekommen war. Und das war tausend Jahre später, als wir sie schon vollkommen vergessen hatten.«

»Und Ihr glaubt nicht, es war ein tapferer Held, der sie vertrieb?«

»Was soll ein Held allein gegen die Drachen schon ausrichten? Nein, Rora, glaubt mir. Es war die Welt, die sie überwunden hatte.«

»Und doch denkt Ihr, dass ich allein es schaffe, dass sie sich schlafen legen?«

»Ich glaube, Eure Magie kann es. Meint Ihr nicht?«

Aurora befühlte ihren Anhänger und spürte, wie die scharfen Kanten der Flügel in ihren Daumen schnitten.

»Und was ist mit Celestine?«, sagte sie. »Sie ist diejenige, die mich in Schlaf gezaubert hat. Sie hat das alles geplant. Ist sie auch ein Produkt dieser Welt?«

»Vielleicht«, sagte Finnegan. »Aus irgendeinem Grund muss sie ja so geworden sein, wie sie ist, oder?«

Aurora verspürte das Verlangen, ihm die Wahrheit zu sagen. Sie trug Celestines Geheimnisse schon viel zu lange mit sich herum und ließ zu, dass sie sie allmählich von innen auffraßen. Sie wollte, dass Finnegan Bescheid wusste. »Sie behauptet, meine Mutter hätte einen Handel mit ihr abgeschlossen«, sagte sie. »Und als meine Mutter ihren Teil der Abmachung nicht einhielt, hat Celestine mich verflucht.«

Sie weigerte sich, Finnegan dabei anzusehen, spürte aber, dass er sie beobachtete. »Was war das für ein Handel? Worum ging es dabei?«, fragte er.

Jetzt neigte sie den Kopf zur Seite. Sie waren beinahe auf Tuchfühlung, seine Miene drückte Neugier aus, ohne sie zu drängen. »Um mich«, sagte sie. »Sie wollte mich.«

»Celestine? Oder Eure Mutter?«

»Meine Mutter. Ich weiß nicht, was Celestine im Gegenzug verlangte.«

Halb rechnete sie damit, dass Finnegan gleich wild drauflosspekulieren und eine Theorie entwerfen würde. Aber er sah sie einfach nur weiter an, mit fast zärtlicher Miene. »Darum also besitzt Ihr Magie«, sagte er. »Darum glaubt Ihr, dass Celestine Euch benutzen wollte, um die Drachen zu bändigen.«

»Ja«, sagte Aurora. Sie schloss die Augen. »Vielleicht. Aber was hat meine Mutter ihr im Gegenzug angeboten?«, murmelte sie. »Und wie konnte sie bloß annehmen, Celestine austricksen zu können?«

»Vielleicht hat sie ihr Macht angeboten«, sagte Finnegan. »Die Menschen streben immer nach Macht.«

»Aber inwiefern wäre das für Celestine verlockend gewesen? Sie hatte mehr als genug Macht.«

»Vielleicht merkte sie, dass ihre Macht dahinschwand. Oder sie wollte einfach noch mehr.«

Hatte Celestine ihre Verfluchung womöglich von Anfang an geplant? Vielleicht war es gewollt gewesen, dass ihre Mutter ihren Teil der Abmachung nicht einhalten konnte. Vielleicht war der Handel von vornherein darauf ausgelegt gewesen zu scheitern.

»Und dann benutzte sie mich, um die Drachen zu wecken«, sagte Aurora. »Um auch an *deren* Magie heranzukommen.«

»Ja«, sagte Finnegan. »Vielleicht.«

Sie richtete sich auf. Etwas von den Drachen hatte sie in sich. Und sie war nicht sicher, ob sie wirklich wissen wollte, was es war. Wenn ihre Magie genauso zerstörerisch war wie die der Drachen, wenn nichts mehr leben konnte, wo ihr Feuer gebrannt hatte …

Sie drückte ihre Hände fest ins Gras und befahl ihm zu wachsen. Sich um ihre Hand zu winden, als Beweis, dass sie nicht bloß Feuer, sondern auch Leben entfalten konnte. Um zu zeigen, dass sie mehr war, als sie befürchtete.

Das Gras regte sich nicht. Sie zog daran, so als ließe sich das Wachsen erzwingen. Die Halme rissen ab.

»Rora?«

Sie drehte sich zu Finnegan um und sah ihn an. Sein Gesicht war ihrem ganz nahe. »Sie sagte mir, ich sei wie sie. Was, wenn meine Magie nur zerstören kann, so wie bei ihr, egal, was meine Absichten sind? Was wird mit mir geschehen, wenn ich weiterhin versuche zu zaubern?«

»Ich weiß es nicht«, sagte Finnegan langsam. »Vermutlich müsst Ihr einfach daran festhalten, Ihr selbst zu sein.«

»Aber ich weiß ja nicht einmal, wer ich bin.«

»Nicht Celestine. Ihr seid nicht wie sie.«

Lose Grashalme rieselten aus ihren Händen zu Boden. Sie drehte sich weg und starrte auf die umliegenden Häuser, die sich als Schattenriss schwarz vor dem Nachthimmel abhoben. »Es scheint, als hätte ich nur zwei Möglichkeiten: Entweder tue ich nichts und lasse zu, dass die schrecklichsten Dinge geschehen, oder ich versuche zu kämpfen, und tue dann selbst die schrecklichsten Dinge. Und manchmal … weiß ich nicht, was schlimmer ist.«

»Warten müssen«, sagte er. »Gar nichts tun können. Das ist immer am schlimmsten.«

»Für Euch vielleicht«, sagte Aurora. »Ich bin mir da nicht so sicher.«

Sie legte ihren Kopf an Finnegans Schulter und schloss die Augen. Er schlang einen Arm um sie herum, und sie verfielen in einträchtiges Schweigen, während ihre Magie noch immer um sie herum flimmerte.

Achtzehn

In dieser Nacht hatte Aurora Mühe, Schlaf zu finden.

Es war nicht nur eine Frage von Gut oder Böse, von Kämpfen oder Warten, von wer sie sein wollte. Rodric half. Und wenn sie untätig blieb, wenn sie ihn allein kämpfen ließ … Wie sollte er das durchhalten, mit seinem Vater so gefährlich nah? Doch wenn sie mit ihm zusammen kämpfen, wenn sie König John herausfordern würde, und zwar mit Hilfe der Drachen … Aber würde Rodric ihre Hilfe überhaupt annehmen, wenn dadurch noch mehr Zerstörung drohte? Er würde nicht wollen, dass sie das Königreich in seinem Namen niederbrannte.

Aber die Menschen glaubten an sie. Die Menschen verließen sich auf sie. Sie konnte sie nicht einfach im Stich lassen. Aber genauso wenig durfte sie sie dem Feuer ausliefern.

Sie musste sich Rat holen von jemandem, dem sie vertrauen konnte. Und obwohl sie mit Finnegan gesprochen und ihm im Schutz der Dunkelheit Dinge gestanden hatte, die sie am liebsten vor sich selbst verschwiegen hätte, kannte er sich in Sachen Krieg nicht wirklich aus. Trotz seines forschen Auftretens war er, was das anging, ebenso unerfahren wie sie.

Aber Orla war darin bewandert. Freilich durfte sie ihr gegenüber nichts von dem Plan mit den Drachen verraten, aber um ihr Vertrauen zu gewinnen, könnte sie ihr etwas über ihre Magie und die Machenschaften von König John erzählen, und dic Königin könnte ihr erläutern, ob man Frieden jemals mit Gewalt erringen konnte. Orla schien ein sachlich denkender Mensch zu sein, und Aurora vermutete, dass sie schon viele schwierige Entscheidungen treffen musste. Sie wirkte gleichermaßen aufrecht und pragmatisch, und Aurora konnte sich nicht vorstellen, dass sie sich je von ihren Emotionen daran hindern ließ, die richtige Entscheidung zu fällen.

Bei Sonnenaufgang setzte Aurora sich an den Schreibtisch und schrieb eine Nachricht an die Königin, in der sie sie bat, mit ihr zusammen zu Mittag speisen zu dürfen, und schickte einen Dienstboten damit los. Eine halbe Stunde später kehrte der Lakai mit einem neuen Stück Papier zurück, welches das königliche Siegel von Vanhelm trug. Der Brief war mit Tintenklecksen übersät. In nachlässiger Schrift hatte die Königin Aurora eingeladen, zu ihr ins Arbeitszimmer zu kommen.

»Ich bin froh, dass du mir geschrieben hast«, sagte Orla, nachdem Aurora sich gesetzt und der Diener die Tür hinter sich geschlossen hatte. »Ich wollte schon seit längerem unter vier Augen mit dir sprechen. Die Situation ist angespannt, wie du sicher weißt. Vanhelm hat es gerade nicht leicht, das Problem mit den Drachen auf der einen Seite und das mit Alyssinia auf der anderen … Jeden Tag Diskussionen, jeden Tag Strategieplanungen. Aber das ist nun mal die Aufgabe einer Königin, nicht wahr?«

Sie sah Aurora auffordernd an, so als erwarte sie irgendeine Reaktion. Aurora nickte.

»Also, leg los«, fuhr Orla fort. »Worum geht es? Ich bin sicher, dass es dich nicht bloß nach meiner Gesellschaft verlangt hat.«

»Oh«, sagte Aurora. Ihr fielen nicht die rechten Worte ein. »Ich wollte Euren Rat einholen.«

»Du willst einen Ratschlag von mir? Aber ich bin doch die Feindin deines Königreichs, oder nicht?«

»Das sehe ich nicht so«, erklärte Aurora. »Und selbst wenn es so wäre. Das heißt doch nicht, dass es sich nicht lohnt, Eure Sichtweise zu hören.«

»Und in welcher Angelegenheit suchst du meinen Rat?«

Aurora strich die Falten ihres Rockes glatt, um sich davon abzuhalten, ständig an ihren Haaren zu nesteln. »So wie es aussieht«, setzte sie vorsichtig an, »kann ich König John nur aufhalten, indem ich ihn herausfordere. Ob mich jetzt Leute vor Ort unterstützen oder ich mir Hilfe von außerhalb suche … Ich werde gegen ihn kämpfen müssen.«

»Ihr *müsst* nicht gegen ihn kämpfen«, wandte Orla ein. »Ihr könntet die Dinge auch einfach auf sich beruhen lassen.«

»Das ist richtig«, erwiderte Aurora. »Aber wenn ich Veränderungen will, muss ich kämpfen. Allerdings quält mich der Gedanke, dass ich die Situation damit vielleicht noch verschärfe. Unter Umständen wäre ich dann schuld an schrecklichen Dingen, die ohne mein Handeln nicht passieren würden. Doch wenn es letztlich einem guten Ziel dient … ist es dann nicht besser zu handeln?«

»Aurora.« Orla stützte die Ellenbogen auf den Schreibtisch und verschränkte die Hände vor ihrem Kinn. Sie betrachtete Aurora mit nachdenklicher Miene. »Mit diesen Fragen beschäftigen sich seit Menschengedenken die klügsten Köpfe dieser Erde. Wenn du dir nun von mir eine unstrittige, klare Antwort erhoffst, muss ich dich leider enttäuschen. Diese Frage kann dir niemand beantworten, außer du selbst. Aber vielleicht ist es auch die falsche Frage, die du dir stellst. Es geht nicht so sehr darum, was richtig, sondern was machbar ist. Was ist die *beste* Vorgehensweise, unter der Prämisse, dass *alle* negative Konsequenzen mit sich bringen? Als Erstes solltest du dir vielleicht darüber im Klaren werden, ob du überhaupt nach Alyssinia zurückkehren willst.«

»Ich muss nach Alyssinia zurückkehren«, entgegnete Aurora. »Früher oder später.«

»Warum? Alyssinia hat bereits eine Königin. Und einen König und einen Prinzen ebenfalls und obendrein noch viele andere Leute, die um den Thron ringen. Wenn du das Land zum Positiven verändern kannst, dann solltest du zurückkehren. Aber kannst du das wirklich?«

»Ich muss«, sagte Aurora. »Das ist meine Bestimmung.«

»Bestimmung? Ach, mein armes Kind. Niemand ist für irgendetwas bestimmt. Nach Ansicht deines Königreichs ist keine Frau dafür bestimmt, Alleinherrscherin zu sein, und sicherlich denkt man in Alyssinia, die Drachenplage wäre Vanhelms gerechte Strafe dafür, dass wir uns darüber hinwegsetzen. Aber ich glaube, dass ich diejenige bin, die am besten für die Position geeignet ist, die ich innehabe, und dass ich ausgezeichnete Arbeit für mein Königreich leiste. Ich schlafe zwar kaum, aber ich bin gut in dem, was ich tue. Im strategischen Planen, im Unermüdlichsein, im Aushandeln von Kompromissen. Du musst dir überlegen, wo du deine Fähigkeiten am erfolgreichsten einsetzen kannst, und dann der Welt klarmachen, dass du genau dafür bestimmt bist. Wenn du überzeugend genug auftrittst, wird man dir glauben.« Orla sah Aurora aufmerksam an. »Ich gebe nicht viel auf Gerüchte und Klatschgeschichten«, fuhr sie fort. »Das ist eher das Metier meines Sohnes. Aber mir ist zu Ohren gekommen, dass du Magie besitzt. Und ich denke nicht, dass das nur abergläubisches Gewäsch ist. Habe ich recht?«

Orlas entwaffnende Offenheit machte Aurora es leicht, ehrlich zu antworten. »Ja«, sagte sie. »Ich verfüge über ein bisschen Magie. Auch wenn ich sie nicht wirklich verstehe.«

»Und das ist womöglich auch besser so. Man sollte sich nicht auf Magie stützen, wenn man solche Pläne verfolgt wie du.« Orla tippte mit dem Finger gegen den Schreibtisch. »Die Wahrheit über Magie ist, dass sie die Menschen schwach macht, Aurora. Sie hören auf, Fragen zu stellen, sie strengen sich nicht mehr an, weil sie erwarten, dass die Magie alles für sie richten wird. Und wenn die Magie dann versagt … tja. Du weißt ja, was aus Alyssinia geworden ist. Oder was es sogar schon zu deiner Zeit war. Ein rückständiges, überlebensunfähiges Königreich. Ich verstehe also nicht, inwiefern Magie helfen soll.«

Doch in diesem Punkt hatte Orla ausnahmsweise nicht recht. Magie war Auroras einzige Chance. Magie mochte vielleicht nicht das Allheilmittel sein, aber sie hatte selbst erlebt, was Zauberei bewirken konnte. Sie hatte ihr eigenes Leben zerstört. Wenn der eine Magie besaß und der andere nicht, würde immer derjenige mit Magie gewinnen.

»Du glaubst mir nicht«, sagte Orla. »Das ist Euer alyssinisches Blut, schätze ich. Aber sieh dir an, was mit deinem Königreich in deiner Abwesenheit geschehen ist. Selbst nach deiner Verwünschung waren sie noch borniert und verblendet. Sie hatten die Berge, und sie hatten die Erinnerung an Magie, aber keinerlei wirksame Verteidigungsmittel, keinen Stadtwall, keinen Fortschritt, nichts, um sich zu schützen, als Falreach angriff.«

»Aber sie haben überlebt.«

»Ja«, sagte Orla. »Sie haben überlebt. Weil mein Königreich ihnen half. Alyssinia war unser Nachbar und Handelspartner, nicht Falreach, und sie schienen uns vielversprechender: Sie konnten uns Gegenhilfe zusichern, für den Fall, dass *wir* jemals in Schwierigkeiten gerieten. Sie konnten uns zur schlafenden

Prinzessin vorlassen, für den Fall, dass ihre wahre Liebe aus unserem Königreich käme. Ohne Vanhelms Hilfe wäre Alyssinia gefallen. Das wäre nicht in unserem Interesse gewesen.«

Eine ähnliche Version der Ereignisse hatte Aurora in den diplomatischen Schriftstücken gefunden, die Finnegan ihr gegeben hatte. »Dann habt Ihr also mein Königreich gerettet?«, sagte sie mit Bedacht. »Ist das der Grund, warum John und Iris Euch so argwöhnisch gegenüberstehen? Befürchten sie, Ihr könntet fordern, dass sie ihre Schuld begleichen sollen?«

»Nicht ganz. Du musst wissen, dass nach dem Krieg eine schwere Zeit für Alyssinia anbrach. Dürren, Hungersnöte, Könige, die so schnell wechselten wie die Jahreszeiten, wobei jeder neue Regent weiter von der königlichen Abstammungslinie entfernt lag … und dann griff Falreach erneut an. Und wieder bot mein Königreich seine Hilfe an, wofür wir nur eine einzige Kleinigkeit verlangten. Wir wollten in die Thronfolge von Alyssinia mit eingeschlossen werden. Meine Mutter sollte den Sohn des Königs heiraten. Die beiden waren damals noch Kinder, erst vier und sieben Jahre alt, doch es wurde ein entsprechender Vertrag aufgesetzt, und wieder retteten wir Alyssinia vor dem Untergang.«

»Aber die Hochzeit kam nicht zustande?«

»Nein, das tat sie nicht. Wir hatten nicht mit der Rückkehr der Drachen gerechnet. Sie verwüsteten unser Land, und wir kämpften mit den Folgen. Alyssinia versagte uns jede Hilfe. Sie behaupteten, sie seien selbst noch zu geschwächt. Und dann, als der alte König von Alyssinia starb, trat ein Rat aus

Adligen auf den Plan. Sie enterbten seinen Sohn, inszenierten einen Staatsstreich und schlossen Vanhelm aus. Vanhelm war zu schwer angeschlagen, um sich dagegen wehren zu können. Beide Königreiche mussten um ihr Überleben kämpfen … aber Vanhelm war schon seit jeher widerstandsfähiger gewesen, und während Alyssinia nach und nach dahinschwand, erholten wir uns wieder. Und jetzt fürchtet Alyssinia, dass wir Rache nehmen wollen. Dass wir den uns versprochenen Thron fordern.«

»Und tut Ihr es?«, fragte Aurora. »Trachtet Ihr nach dem Thron?«

»Rache ist verschwendete Energie«, sagte Orla. »Wir haben Besseres zu tun, als einen Krieg zu führen wegen einer Kränkung, die fünfzig Jahre zurückliegt. Ich selbst habe kurz nach meinem Amtsantritt die Verträge zwischen den beiden Königreichen erneuert. Finnegan sollte die Chance erhalten, Euch aufzuwecken, obwohl er bei der Unterzeichnung der Vereinbarung gerade erst ein Jahr alt war, und schließlich wurde entschieden, dass er Prinzessin Isabella heiraten würde, sobald sie erwachsen wäre. Rache interessiert uns nicht.«

Trotzdem beantwortete das nicht Auroras Frage. Rache nehmen und den Thron besteigen wollen waren zwei verschiedene Dinge.

»Du siehst also«, sagte Orla, »Magie ist nicht halb so segensreich, wie du denkst. Du sorgst dich um das Falsche. Nicht das Kämpfen wird sich als dein größter Fehler herausstellen, sondern der Glaube, dass Magie hilft, statt zu schaden.«

Aurora hatte Magie nie für harmlos gehalten. Orlas Worte fielen bei ihr nicht auf fruchtbaren Boden. Magie war gefährlich, ja. Doch in der jetzigen Situation war sie Auroras einziger Vorteil. Darauf konnte sie nicht verzichten.

»Also?«, sagte Orla. »Was sagst du nun zu der Wahrheit über Alyssinias Feind?«

»Sehr aufschlussreich«, erwiderte Aurora.

»Eine durch und durch diplomatische Antwort, das muss ich dir lassen. Iris war eine gute Lehrmeisterin.«

Die Tür schwang knarrend auf, und der Lakai kehrte zurück, in den Händen ein Tablett, das mit Backwaren und Obst beladen war.

»Aber komm jetzt«, sagte Orla, als die Teller unter lauten Klappern auf dem Tisch verteilt wurden. »Für einen Mittagsplausch wird's mir allmählich zu ernst. Warum erzählst du mir nicht lieber, wie sich mein Sohn bei seinem Besuch in Petrichor aufgeführt hat? Ich brauche jetzt etwas Unterhaltsames.«

Danach sprachen sie nur noch über triviale, heitere Dinge. Orla erzählte Aurora Anekdoten aus ihrer Jugend und aus Finnegans Kindheit, und Aurora schilderte, welch tiefen Eindruck Vanhelm auf sie gemacht hatte, wie überwältigend und inspirierend sie die Stadt fand.

Doch als Aurora das Arbeitszimmer verließ, unter gegenseitigen Beteuerungen, dass man, sobald die Königin wieder mehr Zeit hätte, erneut zusammenkommen wolle, war ihr einziger Gedanke, wie verschieden Orla und Iris doch waren. Die Königin von Vanhelm war so selbstbewusst, so wahrheitsliebend, so mächtig, und doch schien niemand sich gegen sie auflehnen zu wollen. Sie war die unangefochtene Alleinherrscherin.

Und eigentlich sollte sie auch über Alyssinia herrschen. Beide Königreiche gehörten zu ihrem rechtmäßigen Erbe. Beide Königreiche gehörten im Grunde *Finnegan*.

Aurora fand Finnegan in einem der vielen Studiersäle. Er saß an einem Tisch über ein Schachbrett gebeugt, mit einem Turm in der Hand, und sinnierte über seinen nächsten Zug. Erin saß ihm gegenüber, die Hände im Schoß gefaltet.

»Denk ja nicht, dass ich für dich von den Regeln abweiche«, sagte sie, als Aurora durch die Tür schlüpfte. »Sobald du eine Figur angefasst hast, musst du sie ausspielen. Ist ja nicht meine Schuld, wenn du es dir vorher nicht gut genug überlegst. Hab ich nicht recht, Aurora?« Das junge Mädchen drehte sich zu ihr um und lächelte. »Er kann doch nicht mogeln, nur weil er verliert.«

»Jedenfalls nicht, wenn er ein Gentleman ist.«

»Na schön.« Finnegan setzte seinen Turm und räumte dabei einen weißen Bauern ab. »Erledige mich, wenn's sein muss.«

Erin lehnte sich nach vorn und streckte sich nach ihrer Königin aus, dann lachte sie. »Du glaubst doch nicht im Ernst, dass du mich nach sechzehn Jahren so leicht hinters Licht führen kannst, Bruderherz? Ich werde mich von dir bestimmt nicht in die Schachmattfalle locken lassen.« Sie ignorierte seinen Turm und setzte statt der Königin einen Bauern.

»Guter Zug«, sagte Finnegan.

»Ich weiß.«

»Na ja, du hattest ja auch einen ausgezeichneten Lehrmeister.«

»Und wenn der keine Zeit hatte, konnte ich mir zumindest bei dir abschauen, wie man tunlichst *nicht* spielen soll.« Sie sah Aurora an. »Spielt Ihr Schach?«

»Ein bisschen. Ich hatte jedoch nicht oft Gelegenheit, mit einem Partner zu üben.«

Erin stand auf. »Wolltet Ihr meinen Bruder sprechen?«

Auroras Blick wanderte zu Finnegan. »Ja«, sagte sie. »Ganz kurz.«

»Aber gern«, sagte Erin. »Passt nur auf, dass er die Finger vom Brett lässt, solange ich weg bin. Er hatte noch nie Hemmungen, sich durch Tricksereien einen Vorteil zu verschaffen.«

»Oh, aber ich wollte Euch nicht vertreiben«, sagte Aurora, doch Erin machte eine abwiegelnde Handbewegung.

»Schon in Ordnung«, sagte sie. »Ich wollte sowieso noch etwas mit meiner Mutter besprechen. Ich bin bald zurück.«

Ihre Schritte hallten durch den Flur, als sie sich entfernte.

Finnegan rührte sich nicht auf seinem Stuhl. Das schwarze Haar hing ihm in die Augen, und ein dunkler Bartschatten lag auf seinem Kinn. Bei seinem Anblick zog sich Auroras Magen zusammen. Sie war ihm letzte Nacht so nah gekommen. Sie hatte ihm Geheimnisse anvertraut, die womöglich besser ungesagt geblieben wären.

»Wolltet Ihr etwas Bestimmtes?«, fragte Finnegan. »Oder haltet Ihr es einfach keinen Tag ohne meine Gesellschaft aus?«

Sie trat näher an ihn heran. »Ihr habt mir nie gesagt, dass Ihr ein *Anrecht* auf meinen Thron habt.«

»Ich habe ein Anrecht auf viele Dinge«, sagte er. »Mir war nicht bewusst, dass Euer Thron dazuzählt.«

»Eure Mutter hat mir davon erzählt«, entgegnete sie. »Von Eurem Vertrag. Sie sagte, dass Vanhelm einen rechtmäßigen Anspruch auf beide Throne hätte, auf den von Alyssinia und auf den von Vanhelm.«

»Tja, und so, wie's aussieht, werde ich weder den einen noch den anderen besteigen, nicht wahr?«, entgegnete Finnegan. »Aber was macht das schon.«

»Es macht was«, sagte sie, »weil Ihr es mir nicht gesagt habt. Ihr habt mir einen Riesenstapel mit Schriftstücken aus den letzten hundert Jahren gegeben, doch darüber stand nichts drin.«

»Ich habe Euch alles ausgehändigt, was ich finden konnte, Aurora. Und wir haben noch nicht alle Papiere gesichtet. Ich habe das nicht absichtlich vor Euch geheim gehalten.«

»Aber Ihr müsst davon gewusst haben. Ihr habt mir selbst gesagt, dass wir ein gemeinsames Erbe teilen. Aber über diese Sache habt Ihr kein Wort verloren.«

»Weil Ihr mir doch nie im Leben vertraut hättet, wenn ich von einem *Anspruch* auf Euch erzählt hätte. Ihr hättet nicht mal so *getan*, als würdet Ihr mir vertrauen. Es reicht doch schon, dass Rodric Ansprüche auf Euch erhebt, oder? Außerdem möchte ich mein Leben nach meinen eigenen Vorstellungen gestalten. Glaubt Ihr, dass ich mich auch nur einen Deut um Traditionen schere oder darum, was von mir erwartet wird? Wann hatte so etwas je Einfluss auf mein Tun?«

»Ich weiß es nicht«, sagte sie. »Ich versuche immer noch, schlau aus Euch zu werden.«

»Tja, dann lasst mich wissen, wenn Ihr es geschafft habt.« Er nahm einen Turm und drehte ihn zwischen den Fingern hin und her.

Damit schien alles gesagt zu sein. Aurora drehte sich um und ging zur Tür. Die Hand auf dem Knauf hielt sie inne. »Ich will Euch glauben«, sagte sie. »Wirklich. Aber Eure Worte klingen einfach zu schön, um wahr zu sein.«

Sie verließ das Zimmer, bevor er ihr antworten konnte. Doch in dieser Nacht glitt ein Stück Papier durch den Schlitz unter ihrer Tür. *Wahrheit ist das, was man daraus macht*, hatte Finnegan geschrieben. *Warum also nicht etwas Gutes daraus machen?*

NEUNZEHN

Das Ende kündigte sich auf harmlose Weise an. Ein Brief in Finnegans Hand. Besorgnis, die er nicht verbergen konnte. Und ein mit Schlamm bespritztes Plakat, das auf einem Schiff über das Meer gereist war.

»Ich habe einen Brief von Distel erhalten«, sagte Finnegan, als er völlig überraschend in die Bibliothek platzte. »Das müsst Ihr sehen.«

Aurora blickte hoch. Sie hatte in den diplomatischen Dossiers nach Hinweisen gesucht, die bestätigen sollten, was Orla gesagt hatte. Bisher war sie nicht fündig geworden. »Worum geht's?«, fragte sie, als Finnegan zu ihr trat. »Hat sie etwas über Rodric in Erfahrung gebracht?«

»Nein«, sagte Finnegan. »Über ihn gibt's nichts Neues; sie hat den Brief bereits vor ihrer Ankunft in der Hauptstadt geschrieben. Aber sie hat dies hier geschickt.«

Er hielt Aurora ein Stück abgewetztes Papier hin, und sie nahm es. Es war erstaunlich dick, mit von Feuchtigkeit verzogenen Kanten. Aurora faltete es auseinander.

Es war ein Fahndungsplakat, ähnliche hatte Aurora bereits in Alyssina gesehen. Ihr Ebenbild starrte ihr mit hoheitsvoller, gebieterischer Miene entgegen. Inzwischen hatte der König eine Belohnung von zweitausend Goldtaler für ihre Ergreifung ausgesetzt.

Es war übersät mit Schmierereien. In verschiedenen Handschriften standen allerhand Schimpfworte darauf geschrieben, kreuz und quer, sie füllten das ganze Blatt. *Verräterin* war zu lesen. *Mörderin. Hure.* Und am unteren Rand, mehrfach unterstrichen: *Hexe.*

Ihre Hand schloss sich fester um das Plakat, so dass die Worte zerknitterten. *Mörderin. Hexe.*

»So denken sie über mich?«

Sie hätte nicht überrascht sein sollen. Sie kannte die Lügen, die der König über sie in Umlauf gebracht hatte. Aber sie schwarz auf weiß zu sehen, diesen Hass der Leute, diese Worte, die als Wahrheit in die Welt hinausgeschleudert wurden …

Sie hatte geglaubt, die Menschen würden sie brauchen. Sie hatte geglaubt, sie würden darauf warten, dass Aurora ihnen half. So etwas hatte sie nicht erwartet.

»Lag noch ein Brief bei? Ein paar erklärende Worte?«

Finnegan hielt zwei dünne Papierseiten hoch. Aurora nahm sie, aber die Worte waren verschlüsselt. »Was steht da?«

»Seitdem Ihr fort seid, hat sich die Lage dramatisch verschlechtert. Niemand will mehr in der Hauptstadt bleiben. Distel schreibt, es kursieren Gerüchte, dass die Magie zurückkehrt, wenn Ihr getötet werdet. Sie erwähnt nicht, ob sie vom König in die Welt gesetzt worden sind, aber das ist es, was sich alle erzählen. Man sagt, dass das die wahre Bedeutung der Prophezeiung sei.«

Aurora schloss die Augen. »Natürlich sagen sie das«, entgegnete sie. »Natürlich.« Sie hatten geglaubt, dass Aurora ihre Heilsbringerin war, die durch einen Zauberkuss erweckt worden war. Wenn man das glaubte, schien jede neue Geschichte danach ebenfalls überzeugend.

Sie knüllte das Fahndungsplakat zu einer Kugel zusammen.

»Nicht alle werden es glauben«, sagte Finnegan.

»Aber viele«, sagte sie. »Viele, die diese Dinge über mich schreiben.«

»Habt Ihr etwa erwartet, dass alle auf Eurer Seite sind?«

»Ich weiß nicht.« Sie warf die zerknautschte Papierkugel auf den Tisch. Vielleicht hatte sie das. Sie hatte so viel Zeit damit verbracht, sich um diese Menschen zu sorgen, Pläne für sie zu schmieden, Opfer für sie zu bringen. Selbstverständlich sollten sie ihre Hilfe da auch wollen. Aber nein. Während Aurora sich um sie sorgte, hatten sie sie die ganze Zeit gehasst. »Sie glauben, was sie glauben wollen.«

Finnegan legte ihr eine Hand auf den Arm. »Es ist gut, dass Ihr hierhergekommen seid«, sagte er so leise, dass sie ihn kaum hören konnte. »Wärt Ihr dort geblieben, hätten sie Euch in Stücke gerissen.«

Sie starrte die Papierkugel an. Sie konnte die Beschimpfungen nicht mal Lügen nennen. Sie hatte sich bei Alyssinias Feind verkrochen wie eine Verräterin, richtig? Und sie war eine Hexe, was auch immer das heißen mochte.

»Sie haben recht«, sagte sie. »Sie haben recht mit dem, was sie über mich sagen.«

»Nein, haben sie nicht.«

»Doch.« Sie dachte an Petrichor, an Tristan, Iris, an das Geknickse und Gelächle – und an ein kleines Mädchen, das an einer Kirsche würgte, die sie von Auroras Hand empfangen hatte. An ungelenke Küsse mit einem verheißenen Prinzen, unter den Augen von Hunderten von Zuschauern. An Menschen, die ihr zujubelten und sich dann bei der erstbesten Gelegenheit gegen sie stellten. Und an die Wut, die in ihr brannte, an das Feuer, das sie unkontrolliert entfachte. Sie schluckte. »Ihr versteht nicht. Wenn ich all meinen Gefühlen freien Lauf ließe, dann würde ich die ganze Stadt zu Asche verbrennen.«

»Warum tut Ihr's nicht einfach?«

»Warum *nicht*? Warum ich nicht eine ganze Stadt vernichte und alle Menschen darin töte?«

»Vernichtet den König«, erwiderte Finnegan. »Zerstört das Schloss und löscht den Fluch aus. Oder lasst sie alle links liegen und tut einfach das, was *Ihr* tun wollt. Benutzt Eure Magie, wofür auch immer. Nichts kann Euch aufhalten, außer Ihr selbst.«

»Nein«, sagte sie. »So bin ich nicht.«

»Rora.« Finnegans Stimme klang sanft und bestimmt. Er fasste sie an den Schultern, sein Gesicht nur eine Nasenlänge von ihrem entfernt. Er strich ihr eine Strähne aus dem Gesicht. »Ich weiß, wir haben viel über Alyssinia gesprochen. Darüber, wie Ihr helfen könnt, aber Ihr müsst das nicht tun. Ihr müsst niemals wieder dorthin zurückkehren. Ihr seid zu gut für diese Menschen. Warum lasst Ihr es nicht einfach auf sich beruhen?«

»Weil«, erwiderte sie, »ich es nicht kann.«

Doch als sie abends in ihrem Bett lag und auf den Baldachin starrte, regten sich Zweifel in ihr. Sie konnte nicht aufhören, an das Fahndungsplakat zu denken, an all die boshaften Worte in verschiedenen Handschriften, daran, wie verhasst sie sein musste. Sie hatte sich solche Mühe gegeben, es den Menschen in ihrem Königreich recht zu machen, und dies war nun deren Reaktion, sobald sie ihre Erwartungen enttäuschte. Sie hatte sich Sorgen wegen ihrer Magie gemacht, Sorgen darüber, wie viel Schaden sie anrichten könnte, und die Leute schimpften sie eine Mörderin.

Sie hatte Rodric heiraten wollen, für *sie*, um *ihnen* Hoffnung zu geben, und sie schimpften sie eine Hure.

Sie hatten Aurora gefeiert und geliebt, in der Hoffnung, dass sie die Welt wieder mit Magie füllen würde. Eine Vorstellung, die sie abgelehnt hatte, weil sie sich fürchtete vor dem, was die Magie ihr einst angetan hatte, und weil sie sich sicher war, dass sie niemals imstande wäre zu tun, was die

Menschen sich erträumten. Doch nun besaß sie Magie, und die Menschen lehnten *sie* ab, beleidigten sie, machten sie für all ihr Unheil verantwortlich.

Ihr fiel wieder die Geschichte von Alysse ein. *Sie trauten dieser Zauberin nicht, die mit bloßen Gedanken so viel geschehen lassen konnte.* Sie würde ihnen nie genügen. Sie ballte ihre Hände so fest zur Faust, dass ihr die Nägel ins Fleisch schnitten.

Sie war für ihr Volk nie mehr gewesen als eine schöne Geschichte.

Aurora schlüpfte aus dem Bett und schlich zurück ins Übungszimmer. Wilder Trotz erfüllte sie, eine wütende, verzweifelte, stolze Entschlossenheit, zu sein, wer sie sein wollte, ungeachtet dessen, was andere verlangten oder erwarteten. Sie ballte das Gefühl in ihrer Brust zusammen und holte es Stück für Stück hervor, bis die Kerzen im Raum und die Scheite im Kamin brannten, bis sie das Feuer in ihren Händen halten und es mit einem Atemhauch verschwinden lassen konnte, bis die Flammen um sie herumwirbelten, ohne dass sie ihr auch nur ein Haar versengten. Es war eine vom Wahnsinn besessene Macht. Sie war unzerstörbar. Aurora schleuderte sie hinaus und sog sie wieder auf. Die Wut, die Traurigkeit, die Magie drang in jede Faser ihres Körpers, bis sie sich anfühlte wie ein Teil von ihr, wie das Blut, das in ihren Adern kochte.

Und während die Magie in ihr brannte, ging ihr auf, was sie sein musste. Wie sie ihre Magie einsetzen konnte, wie sie ihnen helfen konnte, wie sie frei sein konnte.

Nur eine schöne Geschichte.

Sie marschierte in Finnegans Suite, kaum dass die Sonne über den Horizont spähte. Er lag im Bett, mit bloßem Oberkörper, und seine Brust hob und senkte sich im Schlaf. »Finnegan«, sagte sie leise, doch bestimmt. Er fuhr erschrocken hoch. »Ich bin bereit.«

Er blinzelte benommen, das Haar vom Schlaf zerzaust. »Bereit wofür?«

»Lasst uns ein paar Drachen suchen.«

ZWANZIG

Finnegans Haar stand in alle Richtungen ab. Er kämmte es mit den Fingern und strich die widerspenstigen Strähnen glatt. Dabei starrte er sie fragend an. »Was?«

»Ihr hattet recht«, sagte sie. »Mit den Drachen, mit Alyssinia. Ich muss die Drachen dazu benutzen, Petrichor anzugreifen. Und dafür werden die Menschen mich hassen. Aber ich muss es tun. Ich muss ihren Hass auf mich ziehen.«

»Rora«, sagte er. »Was redet Ihr da?«

»Sie hassen mich«, sagte sie. »Sie hassen mich ohnehin schon. Sie wollen meine Macht, und gleichzeitig fürchten sie sich davor. Sie haben Angst, dass sie mich nicht zähmen können. Doch das lässt sich nicht ändern. Niemals.« Nicht, wenn die Geschichte von Alysse der Wahrheit entsprach. »Deshalb werde ich die Drachen holen«, sagte sie. »Ich schaffe sie Euch vom Hals. Und dann bringe ich sie nach Alyssinia und werde dort die Gewalt beenden. Ich werde den König stürzen.«

»Um eine Königin zu werden, vor der sich alle fürchten?«

»Nein«, entgegnete Aurora. »Damit bliebe alles beim Alten. *Rodric* ist die Lösung. Er hilft dem Volk bereits. Wenn er der König eines anderen Zeitalters ist, dann läute ich dieses andere Zeitalter ein. Sie können mich hassen, und er kann der Held sein.«

»Und was dann?«, fragte Finnegan. »Wollt Ihr Euch von ihnen töten lassen?« Er kletterte aus dem Bett und baute sich vor ihr auf.

»Ich kann verschwinden«, sagte Aurora und lächelte ein Lächeln, das direkt aus ihrer Seele zu kommen schien. »Genau wie Alysse. Rodric würde niemals Jagd auf mich machen. Ich werde aufhören, ihre schlafende Schönheit zu sein; ich werde diese Verantwortung abschütteln; ich werde tun können, was ich will.«

Wieder fuhr Finnegan sich mit der Hand durchs Haar. »Was ist mit Celestine?«, fragte er. »Und ihrem Plan?«

»Sie wollte, dass ich gegen die Alyssinier vorgehe«, sagte Aurora. »Sie hat sicher einiges beabsichtigt, was jetzt passiert. Aber Ihr hattet recht. Selbst wenn Celestine mich erschaffen hat, selbst wenn sie der Grund ist für meine besondere Verbindung zu den Drachen, kann sie mich dennoch zu nichts zwingen. Ich werde meine Zauberkraft einsetzen, um Gutes zu bewirken, auch auf die Gefahr hin, dass die Menschen mich dafür hassen. Das ist das Einzige, was ich tun kann.«

Finnegan schoss nach vorn und nahm ihr Gesicht in seine Hände. Einen schwindligen Moment lang glaubte Aurora, er würde sie küssen, doch stattdessen lachte er auf. »Ihr seid umwerfend, Rora.« Und dann hob er sie hoch und wirbelte sie im Kreis herum, während sie sich quietschend vor Lachen an ihm festklammerte.

»Ihr seid selbst umwerfend«, sagte sie, als er sie schließlich auf dem Boden absetzte. Und es fühlte sich so an, als sei dies der Augenblick, an dem sich alles ändern würde, an dem sie sich küssen würden.

Aber dann drehte Finnegan sich weg und angelte sein Hemd vom Stuhl. »Ich kontaktiere Lucas«, sagte er. »Wir machen uns noch heute zu dem Berg auf, wo die Drachen hausen.« Er zog sein Hemd an. »Gebt mir zwei Stunden, Drachenmädchen. Und dann wollen wir mal sehen, was Ihr so auf dem Kasten habt.«

Sie brachen noch am Nachmittag desselben Tages auf. Eine mehrtägige Expedition ins Ödland auf die Beine zu stellen, vor allem, ohne dass Orla davon erfuhr, war sicher nicht ganz einfach gewesen, aber offenbar hatte Finnegan es schon seit längerem geplant. Und so schüttelte er die Ausrede aus dem Ärmel, dass es nötig sei, eine Bibliothek hoch im Norden der Insel aufzusuchen, um dort Recherchen über Auroras Magie anzustellen. Durch diese Lüge würden sie ein paar Tage Zeit gewinnen, bevor man sie vermisste.

Lucas besorgte Rucksäcke, die mit Wasserbälgen, unverderblichen Lebensmitteln, Anfeuerholz, wärmenden Decken, Landkarten und Kompassen ausgestattet waren. Die Rucksäcke waren innen mit Teer beschichtet und dadurch wasserdicht, für den Fall, dass sie sich während ihrer Reise schwimmend in Sicherheit bringen müssten. Sie beinhalteten alles zum Überleben Notwendige, wobei Auroras Rucksack merklich leichter war. Sie hatte kein Anfeuerholz bekommen. »Ich will Euch nicht zu viel aufladen«, sagte Lucas mit einem Lächeln. »Ihr müsst noch anständig wandern können.«

»Im Wandern habe ich in den letzten Wochen einige Übung bekommen«, erwiderte sie.

»Gut«, sagte Lucas. »Die werdet Ihr auch brauchen. Trotzdem kein Grund, Euch die Sache unnötig zu erschweren.«

Laut Finnegan hatte er nicht viel Überzeugungsarbeit leisten müssen, um Lucas dazu zu bewegen, mit ihnen gemeinsam ins Ödland zu reisen. Genau wie sie war er begierig darauf zu sehen, ob die Drachen sich wirklich beherrschen ließen.

Diesmal nahmen sie Finnegans eigenes Boot, das über Lucas als Mittelsmann erworben worden war, um die Transaktion geheim zu halten. Sie segelten über den Fluss und versteckten das Boot in einem leeren Gebäude am Hafen.

»Und wenn es jemand entdeckt?«, fragte Aurora. »Oder wenn es verbrannt wird?«

»Dann müsst Ihr ein paar Signalfeuer in den Himmel schicken«, sagte Finnegan. »Bemüht Euch also, im Verlauf der Reise nicht zu sterben.«

Bald schon ließen sie die Hafenruine hinter sich und stapften tiefer ins Ödland hinein. Die verbrannte Erde unter ihren Füßen war früher möglicherweise mal eine Straße gewesen, mittlerweile gab es dafür jedoch keinerlei Anhaltspunkte mehr. Keinen Baum, keinen Strauch, kein Unkraut, das zwischen den Steinansammlungen wuchs. Nichts als Staub und Asche und Tod. Ein paar Hügel und Felsen durchbrachen die Landschaft, und hier und da sah man Häusergerippe mit ihren im Sonnenlicht weiß glühenden Knochenresten.

In der Ferne ragte ein Berg auf. Aurora glaubte an seiner Spitze eine Bewegung auszumachen, wie von einem Drachen, der sie umkreiste, aber vielleicht spielte ihr auch nur ihre Einbildung einen Streich. Schon bald würde sie selbst dort sein.

Lucas' Berechnungen nach würde die Reise zwei Tage dauern. Sie planten, den Nachmittag ohne Rast durchzumarschieren, bis sie auf einen weiteren breiten, langsam fließenden Strom stoßen würden. Diesem wollten sie dann, immer dicht am Ufer, in Richtung Norden folgen, bis sie an die Stelle kämen, wo er nach Südwesten schwenkte. Nördlich des Flusses lag Lucas zufolge das Drachengebiet. Inzwischen waren die Drachen auch auf der Südseite ansässig – sie bevölkerten das gesamte Ödland –, doch der überwiegende Teil lebte nahe des Berges, in dem sie der Legende nach im Schlummer gelegen hatten, sowie in dem Trockengebiet, das sich westwärts ausdehnte.

Wenn sie das Ödland auf direktem Weg durchquerten, würden sie nur halb so lange brauchen, um zu den Drachen zu kommen. Aber ohne den Fluss, der ihnen Orientierung und einen gewissen Schutz bot, wären ihre Überlebenschancen geringer. Und so bestand Lucas darauf, dass sie dem gesunden Menschenverstand folgten und die Route entlang des Flusses nahmen.

Lucas würde sie sicher bis zum Berg führen und auf dem Weg dorthin um die Drachen einen möglichst weiten Bogen machen. Und dann wäre Aurora an der Reihe. Keiner wusste mit Gewissheit, wie der Berg von innen aussah, aber Aurora stellte sich eine Art riesige Höhle vor, in die sie hineinmarschieren könnte, um tief in ihrem Herzen die Aufmerksamkeit der Drachen zu erlangen, und dann … dann wusste sie auch nicht weiter. Sie wusste nicht, wie viele von ihnen sie auf einen Schlag bändigen konnte.

Vielleicht wäre es ratsamer, sich vom Rand her zu nähern und erst einen unter ihre Kontrolle zu bringen und dann einen zweiten, bis sie merkte, dass sie ihr Limit erreicht hatte. Sie würde diese Drachen wieder in den Schlaf lullen und dann noch weitere, bis nur noch ein paar übrigblieben, die sie für Alyssinia brauchte.

Der Plan war nicht gerade sicher, doch woher sollte sie wissen, wie man am besten mit Drachen umging? Sie würde einfach auf ihre Instinkte vertrauen, so, wie sie es schon oft getan hatte. Sobald sie den Drachen gegenüberstünde, würde sie wissen, was zu tun war.

Als die Sonne unterging, erreichten sie den Fluss. Er war breiter als eine Allee, und das Wasser strömte kraftvoll vorbei, rauschte über Steine hinweg und schwappte gegen das Ufer.

Das Schilfgras an den Rändern neigte sich dem Wasser entgegen, als wollte es dem Flussgott huldigen.

»Ein Stück weiter stromaufwärts steht eines verlassenes Haus«, sagte Lucas. »Dort werden wir unser Nachtlager aufschlagen und uns noch einmal in Ruhe sammeln. Das wird für eine ganze Weile der letzte halbwegs sichere Unterschlupf sein.«

Haus war eine wohlwollende Bezeichnung für den kleinen Trümmerhaufen, den sie vorfanden, aber wenigstens hielt die zum Ufer gerichtete Mauer noch stand und bot ihnen ausreichend Sichtschutz. Die anderen Außenmauern hatten sehr viel stärker gelitten, doch ein besseres Versteck würden sie inmitten der Wildnis vermutlich nicht finden.

Sie traten durch eine Öffnung, die wohl einst eine Tür gewesen war. Das Erdgeschoss war ein einziger großer Raum, und obwohl die Wände sich gefährlich nach innen neigten und der Boden mit Schutt übersät war, machte alles einen recht stabilen Eindruck. Töpfe hingen über dem Herd, und ein umgekippter Tisch lag in der Mitte des Raums.

»Wir sollten sicherheitshalber auch oben nachsehen«, sagte Finnegan.

»Ein Drache passt hier nicht rein«, erwiderte Aurora.

»Ein Drache nicht, aber ein Geächteter schon. Wer weiß, wer noch alles denkt, dies sei ein guter Platz zum Rastmachen.«

Die Treppe führte hinauf in eine Dachkammer, die durch Feuer und den Zahn der Zeit halb zerstört worden war.

Schindeln und Staub waren durch die Sparren herabgefallen, und der klägliche Rest eines Bettgestells stand von Asche bedeckt in der Ecke. Im Dämmerlicht zeichnete sich unten am Boden beim Fußende eine unscharfe Kontur ab. Mit klopfendem Herzen beschwor Aurora einen kleinen Feuerball herbei, der den Raum in ein zuckendes Licht tauchte.

Es war ein Skelett. Es saß in sich zusammengesunken an die bröcklige Wand gelehnt. Aurora starrte es an. Es starrte mit leeren Augenhöhlen zurück, als wollte es sie eines unbekannten Verbrechens anklagen.

»Die Leute hier wollten nicht weg«, erklärte Finnegan. Sie schrak zusammen, und das Feuer verlosch. »Sie glaubten, sie wären in nächster Nähe zum Wasser in Sicherheit, und blieben. Aber es war nirgends sicher.«

Sie hatte noch nie zuvor ein Skelett gesehen. Ihr Leben war in den letzten Wochen angefüllt gewesen mit Sterben und Tod, aber sie hatte noch nie gesehen, was danach übrigblieb und wie die Zeit alles an sich riss.

»Hier oben scheint so weit alles in Ordnung zu sein«, sagte Finnegan. »Kommt, macht unten ein Feuer. Ich glaube, heute Nacht wird es kalt.«

Am Kamin kauernd ließen sie sich von Auroras Feuer Gesicht und Knie wärmen, während ihnen die Nachtkälte über den Rücken kroch. Lucas richtete ein einfaches Mahl aus Pökelfleisch und Brot an, aber Aurora aß nur wenig. Ihre Haut kribbelte unangenehm, so als würde das Skelett sie noch immer aus dem Schatten heraus beobachten.

Finnegan saß dicht neben ihr, und jedes Mal, wenn er sich bewegte, stieß er sie mit dem Ellenbogen an. Aurora rückte nicht näher an ihn heran, rückte aber auch nicht von ihm ab. Der Stoff seines Ärmels streifte ihren Arm, und sie verspürte das drängende Verlangen, ihn zu küssen.

Lucas beugte sich dichter ans Feuer heran. Im Licht der Flammen sah er furchtbar hohläugig aus. Er hatte bereits so viel erlebt, dachte Aurora, da draußen im Ödland. Er hatte es noch gekannt, bevor die Drachen aufgetaucht waren. Er hatte gesehen, wie es sich verändert hatte.

»Lucas«, sagte sie. »Könnt Ihr mir erzählen, was geschah, als die Drachen zurückkehrten. Woran erinnert Ihr Euch?«

Lucas rutschte noch näher ans Feuer heran. »Sie tauchten aus heiterem Himmel auf«, sagte er, »und wir hatten nichts, um uns gegen sie zu verteidigen. Die meisten Leute glaubten ja nicht mal, dass sie je existiert hatten, und plötzlich verbrannten sie alles zu Staub und Asche. Niemand hat die Geschichten derjenigen geglaubt, die die Angriffe überlebt hatten. Ein Drache, der eine Stadt in Brand steckt? Wohl eher ein Feuer, das außer Kontrolle geraten war, und ein Überlebender, der vor Verzweiflung darüber den Verstand verloren hatte. Oder vor Schuldgefühlen. Es dauerte eine Weile, bis die Leute begriffen, dass die Drachen real waren.«

»Wann habt Ihr es begriffen?«, fragte Aurora.

»Ich hatte es von Anfang an geahnt. Nach all den Dingen, die ich gehört und gelesen hatte – ich wusste, dass sie existiert hatten, und ich glaubte, dass sie zurückgekehrt waren. Ich war einer der Ersten, der sie sah und über sie berichtete. Ich war jung und töricht, und so zog ich los, um sie aufzuspüren. Um zu beweisen, dass die Gerüchte stimmten. Und so war es dann auch.«

Den Blick aufs Feuer gerichtet, versuchte Aurora, sich das Ganze bildlich vorzustellen. Wesen, die einer Legende entstiegen und die Welt, so wie man sie kannte, zu Asche verbrannten. »Wie hat es sich angefühlt?«, fragte sie und blickte ihn wieder an. »Als Ihr zum ersten Mal einen Drachen saht.«

Lucas starrte in die Flammen. Vom Widerschein des Feuers erhellt, traten seine Gesichtszüge und das Weiß seiner Augen noch deutlicher hervor. »Es war furchterregend«, sagte er. »Natürlich. Was auch sonst.« Doch so, wie er es sagte, klang es beinahe, als wollte er sich selbst von der Richtigkeit seiner Worte überzeugen.

Hatte er sich vielleicht genauso gefühlt, wie Aurora sich gefühlt hatte, als sie zum ersten Mal einem Drachen begegnet war? Ergriffen und so lebendig, als würde nichts anderes mehr auf der Welt existieren?

»Seid ihr manchmal glücklich deshalb?«, fragte sie. »Denkt Ihr je … wenigstens habe ich sie gesehen?«

»Nein.« Seine Antwort kam so scharf, dass Aurora leicht zusammenzuckte und die Finger fester um ihre Knie schloss. Lucas starrte noch immer ins Feuer und runzelte die Stirn, wodurch sich die Falten um seine Augen vertieften. »Niemals. Das Leid, die Schreie … Es gibt nichts, wofür sich so etwas lohnen würde.«

»Tut mir leid«, sagte sie. »Ich habe nicht richtig nachgedacht.«

»Nein«, murmelte Lucas. »Ich auch nicht.« Ein tiefer Seufzer entrang sich seiner Brust. »Ich werde mich jetzt ein wenig ausruhen. Löscht das Feuer, bevor Ihr Euch schlafen legt.«

Dann streckte er sich ein paar Schritte entfernt mit dem Rücken zu ihnen auf dem Boden aus.

»Das war gedankenlos von mir«, sagte Aurora zu Finnegan mit gedämpfter Stimme. »Ich habe mich nur gefragt …«

»Schon gut«, sagte Finnegan. »Ich habe mich das Gleiche gefragt.«

Sie nestelte am Saum ihrer Tunika und zwirbelte den Stoff zwischen den Fingern.

»Bereut Ihr es, hergekommen zu sein?«, fragte Finnegan.

Sie dachte an die Knochen in der Dachkammer. Auch sie würde zu Knochen zerfallen, morgen oder in hundert Jahren oder irgendwann. Knochen, zu denen sie längst zerfallen wäre, wenn alles normal verlaufen wäre.

Vielleicht war ihr Fluch ja auch ein Geschenk. Sie durfte in einer Zeit leben, die sie normalerweise nie erlebt hätte, und hatte so die Chance bekommen, sich mit Rodric anzufreunden, mit Finnegan zu flirten und in einer Wüste auf Drachenjagd zu gehen, die vor ihrem langen Schlaf noch ein Ort voller Leben gewesen war. Hier, am anderen Ufer des Meeres, boten sich ihr so viele Möglichkeiten, sogar jetzt noch, wo ihr eigenes Königreich sie zu vernichten drohte. Um nichts in der Welt wollte sie das aufgeben.

»Nein«, sagte sie. »Nein. Ich bin genau da, wo ich sein will.«

Als sie sich endlich zur Ruhe legte, kam es ihr so vor, als würde sie die Drachen *fühlen*, als spürte sie ihren Herzschlag an ihrer Haut.

Sie sehnte sich danach, sie am dunklen Nachthimmel leuchten zu sehen. Nur ein letztes Quäntchen Vernunft hielt sie davon ab, sich aus dem Haus zu schleichen. Sie musste warten.

Aber sie riefen nach ihr, noch lange, nachdem sie die Augen geschlossen hatte. Und alles, woran Aurora denken konnte, war *morgen*. Morgen würde sie sie endlich wiedersehen.

Einundzwanzig

Am nächsten Morgen weckte Finnegan sie mit einem sanften Rütteln an der Schulter. Aurora setzte sich auf und streckte ihre steifen Muskeln.

»Heute geht's weiter stromaufwärts«, erklärte Lucas.

»Ich hoffe, Ihr habt unser bescheidenes Quartier genossen«, sagte Finnegan. »Etwas Vergleichbares werden wir wohl nicht mehr finden, sobald wir Drachenterritorium betreten haben.«

»Wie wollen wir dann die kommende Nacht verbringen?«

»Mit äußerster Vorsicht«, entgegnete Finnegan. »Wir halten Wache. Sollten die Drachen sich nähern, müssen wir eben spontan schwimmen gehen.«

Aurora war noch nie in ihrem Leben geschwommen. »Gut«, sagte sie und hievte sich den Rucksack auf die Schultern.

Der Marsch gen Norden stellte sich als äußerst anstrengend

heraus, und das Gebirge am Horizont gewann beim Wandern dermaßen langsam an Größe, dass es Aurora so vorkam, als würden sie die ganze Zeit auf der Stelle treten. Im Gehen ließ sie ihre Hand durch das wogende Ufergras gleiten. Es pikste auf ihrer Haut.

Die Drachen waren jetzt deutlich am Himmel zu sehen. Aurora konnte genau erkennen, wo die Flügel am Körper ansetzten, und die Klauen an ihren Beinen. Sie beobachtete, wie sie sich durch die Lüfte schwangen.

Einer der Drachen landete in unmittelbarer Nähe der drei Abenteurer, wobei der Boden so stark bebte, dass Aurora sich nur mühsam auf den Beinen halten konnte. Sie blickte nach Osten, wo der Drache mit hin und her peitschendem Schwanz seine Flügel ausschüttelte. Er starrte zu ihr zurück. Selbst auf die Entfernung hin konnte sie seine Augen auf sich spüren, die sich ihr direkt ins Herz zu bohren schienen.

Aurora berührte ihr Amulett, und es kam ihr so vor, als würde das Drachenblut darin heiß glühen.

Während sie marschierten, dachte Aurora an das zerfledderte Fahndungsplakat und an die Worte, die darauf gekritzelt waren. *Hexe* hatten sie sie genannt. Sie würde ihnen zeigen, was für eine Hexe sie war.

Als die Nacht anbrach, schlugen sie am Fluss ihr Lager auf, so nah wie möglich am Wasser, ohne zu riskieren, im schlammigen Uferstreifen zu versinken. Aurora entzündete ein Feuer.

»Ich halte Wache«, erklärte Aurora, nachdem sie ein kärgliches Mahl zu sich genommen hatten. »Ich werde ohnehin nicht schlafen können.«

Sie rechnete mit Widerspruch, aber Finnegan nickte. »Weckt uns sofort, falls Ihr irgendwas hört«, sagte er. Da der Prinz sich einverstanden erklärt hatte, konnte Lucas schwerlich protestieren. Er und Finnegan streckten sich, in Decken gehüllt, auf dem harten Boden aus, und Aurora löschte das Feuer. Sie wollten die Drachen nicht auf ihre Anwesenheit aufmerksam machen.

Aurora mummte sich in ihre Decke ein und wartete, bis sich ihre Augen an die Dunkelheit gewöhnt hatten. Hunderte Sterne blinkten am Himmel, ein nicht enden wollender Teppich aus Lichtsprenkeln, so weit das Auge reichte. Sie legte den Kopf zurück und nahm den atemberaubenden Anblick in sich auf. Sie hatte sich auf eine gespenstisch lautlose Nacht eingestellt, darauf, dass die Stille ihr bis tief in die Knochen kriechen würde, aber selbst dieses trostlose Fleckchen Erde war angefüllt mit Geräuschen, wenn man nur angestrengt danach lauschte. Der Wind raunte in ihr Ohr, und sie hörte das sanfte Schwappen des Wassers gegen die Steine und Lucas' leise Atemzüge und das gedämpfte Rascheln, mit dem Finnegan sich im Schlaf bewegte. Das hier war eine andere Art von Schlaflosigkeit, dachte sie, und zog die Beine unter ihren Körper, während sie über das dunkle Wasser starrte. Es war eine Stille, die alles andere als still war. Um sie herum atmete die Welt.

Der Mond spiegelte sich auf der Oberfläche des Flusses,

auf der, wacklig und verschwommen, ein zweiter Himmel zu sehen war. Sie fasste an ihr Amulett und strich mit den Fingern über den Rand der Drachenflügel. Finnegan regte sich abermals, und seine Decke rutschte zur Seite. Obwohl er nichts sagte, wusste sie, dass er nicht schlief.

»Können Drachen im Dunkeln sehen?«, wisperte sie.

»Ich weiß es nicht«, antwortete Finnegan. »Das hat noch niemand ausprobiert.« Die Decke raschelte dumpf, und er setzte sich auf. »Sie können sich allerdings selbst Licht machen.«

»Ja«, sagte Aurora. »Das stimmt.« Sie drückte ihren Daumen unten gegen den Fuß des Schmuckdrachens, so dass er wie zum Abflug bereit auf ihrem Finger hockte. »Ihr schlaft ja gar nicht.«

»Nein, ich kann nicht«, sagte er. »Wenn Ihr wollt, übernehme ich und schiebe jetzt Wache.«

Sie lachte leise. »Ihr kennt wohl keine Angst, was?«

»Wovor sollte ich Angst haben? Vor Menschen fressenden Drachen? Ich doch nicht.« Er rutschte näher an sie heran. Seine Hand legte sich auf ihre Hand, und seine Finger verwoben sich mit ihren. Sie konnte die Konturen seines Gesichts erkennen, die gerade Linie seiner Nase. Sie vermochte nicht zu sagen, ob er lächelte.

Aurora sah weg, richtete ihren Blick wieder auf die Sterne und suchte am Horizont nach Spuren von Drachen. Rote Schlieren zogen durch den Himmel.

»Eine Sache verstehe ich immer noch nicht«, sagte sie.

»Wieso hat Rodric mich aufwecken können? Ich liebe ihn nicht, jedenfalls nicht so, wie man es bei einer wahren Liebe erwarten würde. Und er liebt mich genauso wenig. Und selbst wenn es die wahre Liebe wäre … Wieso hätte Celestine mir so etwas gegönnt? Warum mich ausgerechnet auf diese Weise vom Fluch erwachen lassen?«

»Vielleicht hat sie gelogen«, sagte Finnegan. »Vielleicht seid Ihr gar nicht deswegen erwacht.«

»Aber wieso dann? Purer Zufall?« Sie legte ihr Kinn auf die Knie. »Es passt natürlich perfekt zusammen, vermute ich. Es lässt alles so einfach und klar erscheinen. Die gütige Heilsbringerin, die von ihrer wahren Liebe gerettet wird, damit alle glücklich und zufrieden bis an ihr Lebensende sind. In der Vorstellung der Menschen kann ich sie auf diese Weise retten, ohne tatsächlich etwas zu tun. Und wenn sich dann herausstellt, dass es nicht die wahre Liebe ist und nichts perfekt zusammenpasst, ist es ein Leichtes, sich vorzustellen, dass ich die Böse bin. Weil ich gar keine wirkliche Person für sie bin. Ich bin nur ein Teil einer Geschichte.« Sie drehte sich halb zu ihm um, und dabei stießen ihre Knie zusammen. Sie versuchte angestrengt, im Dunkeln seinen Gesichtsausdruck zu erkennen. »Erinnert Ihr Euch noch an den Rebellen im Kerker von Petrichor?«, sagte sie. »Tristan. Bestimmt hat Distel Euch von ihm erzählt.« Finnegan schwieg. »Ich dachte, ich würde ihn mögen«, sagte sie. »Ich dachte, er wäre mein Freund, weil … weil er nett zu mir war und mit mir gescherzt hat und Welten entfernt war vom höfischen Leben und all dem, wie ich sein sollte. Doch anscheinend … war das nichts als ein Hirngespinst. In Wahrheit war er ganz anders, als ich dachte. Er wollte mich nur benutzen, genau wie alle anderen.«

»Glaubt Ihr das auch von mir?«

»Nein«, sagte sie. »Ich habe Euch gehasst, als wir uns kennenlernten.« So arrogant, so selbstbewusst, so sicher, dass er sie auf Anhieb durchschaut hatte. »Es ist besser, wenn man meint, jemanden zu hassen, und dann bemerkt, dass er doch gar nicht so übel ist.«

»Nicht so übel?«, sagte er. »Ihr seid wirklich zu freundlich, Rora.«

Sie versetzte ihm einen sanften Stoß mit der Schulter, worauf er leicht nach hinten taumelte. »Ich mein's ernst, Finnegan«, sagte sie. »Ich bin nicht … Ich kenne Euch. Da gibt's keine Hirngespinste.« Hier im Dunkeln, wo sie sein Gesicht nicht erkennen konnte, mit ihrem Knie an seinem, mit ihren ineinander verwobenen Händen, war es leicht, ehrlich zu sein.

Finnegan war nicht ihre wahre Liebe. Er war diese staubige Wendeltreppe hinaufgestiegen und hatte seine Lippen auf ihren Mund gepresst, während sie schlief, in der Hoffnung, ihre gemeinsame zukünftige Liebe würde sie erwecken. Aber das Schicksal hatte ihn zurückgewiesen. Er war nicht ihr Held, der sie rettete.

Und doch hieß das nicht, dass nicht *sie* ihn erwählen könnte. Bei dem Gedanken durchrieselte sie ein zarter Schauer. All die Möglichkeiten, die Finnegan verkörperte. Nichts Prophezeites, nichts Vorherbestimmtes. Nur sie beide.

Jetzt war es Finnegan, der den Kopf wegdrehte und in den Himmel blickte. Betrachtete er auch die roten Linien? Konnte er die Drachen erkennen, dort am Rande der Welt?

Morgen würde sie diese Drachen bändigen. Vielleicht war es ein Verrat an Alyssinia, dem Feind zu helfen, schon möglich … oder ein Verrat an König John, den sie ohnehin hasste. Diese Macht, dieses Feuer, das alles würde ihr gehören. Wenn sie wollte, könnte sie sich das ganze Königreich nehmen.

Bis jemand daherkäme, der *sie* stürzte. Bis das Misstrauen des Volkes wieder in eine Rebellion mündete.

»Ich bin froh, dass ich der Feind sein darf«, sagte sie mit kratziger Stimme. »Ich wollte nie auf den Thron. Ich will nicht über sie herrschen.«

Finnegan drehte sich wieder zu ihr um, und sie spürte seinen bohrenden Blick auf sich. »Was wollt Ihr dann?«

Das hier, dachte sie, aber diese Wahrheit war unerreichbar; diese zwei schlichten Worte, die sie nicht einmal im Dunkeln auszusprechen wagte. »Ich weiß nicht«, sagte sie stattdessen. »Ich weiß nur … Mein ganzes Leben lang habe ich mir von anderen Leuten sagen lassen, wer ich zu sein habe. Und doch hassen sie mich. Ich möchte einfach nur die Freiheit haben, ich selbst zu sein.«

»Die könnt Ihr haben«, sagte Finnegan. »Wenn das hier vorbei ist, werdet Ihr tun, was immer Ihr wollt.«

Sie merkte, dass sie nickte. Ihre freie Hand umfasste den

Drachenanhänger, dieses schlichte, unerwartete Geschenk. »Finnegan …« Sie ließ das Wort kurz in der Luft hängen, unschlüssig, was sie als Nächstes sagen wollte, unsicher, ob es überhaupt noch etwas zu sagen gab. Sie veränderte ihre Sitzposition und merkte plötzlich, dass ihr Oberschenkel an seinem lag.

Alles, wonach es sie verlangte, war so vage und schien unmöglich: Feuer und Leben und Abenteuer, halbgare Träume, die so weit weg waren. Und außerdem noch Finnegan. Der unglaubliche, wundervolle, eigenwillige Finnegan. Jemand, über den sie kaum etwas wusste, aber an den sie nicht aufhören konnte zu denken, jemand, der ihr jedes Mal, wenn er sie ansah, am ganzen Körper eine Gänsehaut bescherte. Sie sollte ihn nicht so gern haben, das wusste sie. Sie sollte sich nicht auf ihn einlassen wollen. Aber sollen und nicht sollen hatten sich in den letzten Wochen verworren, und das Einzige, worauf sie sich verlassen konnte, waren ihre Instinkte, dieser Teil von ihr, der sie dazu drängte, sich eng an ihn zu schmiegen, um bei ihm geborgen zu sein.

Ihr Herz schlug so heftig, dass sie es in ihrer Kehle spüren konnte. Alle anderen hatten sie immer zurückhalten wollen, Finnegan dagegen hatte sie ermutigt. Kämpfe! Sei zornig! Denk nach! Weine! Küsse! Sei frei!

Wieso sich also ausgerechnet dann beherrschen, wenn es um ihn ging?

Sie neigte sich vor. Sein Haar kitzelte sie an der Nase und am Mund. Sie zögerte, Millimeter von seinem Ohr entfernt.

Seine freie Hand legte sich auf ihr Knie und zog sie näher heran. Ihre Hand wanderte an seinem Arm hinauf und blieb in seinem Nacken liegen. Sie wagte kaum zu atmen.

Finnegan drehte den Kopf, so dass sich ihre Nasen beinahe berührten, und seine Finger pressten sich besitzergreifend in ihre Haut. Doch er machte keine Anstalten, sie zu küssen.

Ihre Lippen streiften seinen Mundwinkel, verfehlten im Dunkeln jedoch ihr eigentliches Ziel. Ein Kichern stieg aus ihrer Kehle auf, und sie beugte sich noch ein Stück weiter nach vorn. Ein schneller, sanfter Kuss. Unaufdringlich. Sie wich zurück. Sein Atem wärmte ihre Lippen. Sie umfasste seine Schulter und küsste ihn noch einmal, fester, inniger, als seine Hand sich in ihrem Haar vergrub und die andere ihren unteren Rücken berührte. Sie lehnte sich noch weiter in ihn hinein, in dem brennenden Bewusstsein, dass selbst die kleinste Entfernung noch zu groß war und dass sie platzen müsste, wenn sie jetzt aufhörte. Noch nie im Leben hatte sie so geküsst, ihr Verlangen und ihre Unerfahrenheit verschmolzen zu etwas Heißem, Kraftvollem und Ewigem.

Der Drache an ihrem Hals glühte rot.

ZWEIUNDZWANZIG

Das Morgenrot warf flammende Streifen über den Himmel. Aurora hatte die Nacht über nicht geschlafen, auch nicht, nachdem Finnegan sie nach unzähligen Küssen, die sie die Welt um sie herum vergessen ließen, mit einem Lächeln darum gebeten hatte, sich noch ein wenig hinzulegen. Er hatte Wache gehalten, und sie hatte ihn in dem Glauben gelassen, sie würde schlafen, während sie in Wahrheit nur an seine zärtlichen Blicke denken konnte und an die Worte, die sie einander im Dunkeln zugeflüstert hatten. Noch immer glaubte sie, seine warmen Lippen auf ihrer Haut zu spüren. Sie wollte diesen Moment nie wieder loslassen, selbst auf die Gefahr hin, dass sie dann nie wieder schlafen würde. Sie hatte bereits so viel geschlafen, dass es ein ganzes Menschenleben lang reichte.

Die Nachtwache wechselte, und als sie sich letztlich aufsetzte und ihr Kinn auf die angewinkelten Knie stützte, sagte Lucas nichts dazu.

Sie stand auf und reckte sich. Mit einem an Lucas gerichteten Nicken entfernte sie sich vom Lager und spazierte ein Stück am Ufer entlang. Sie musste einen Moment allein sein, um durchzuatmen.

Heute würden sie den Drachen entgegentreten, aber sie hatte keine Angst. Es fühlte sich richtig an, hier draußen zu sein und ins Drachengebiet einzudringen, lediglich mit Entschlossenheit bewaffnet. So unvernünftig und doch richtig, genau wie die Küsse in der Nacht.

Sie tauchte ihre Zehen ins Wasser und genoss die schneidende Kälte.

Als sie zum Lager zurückkehrte, waren alle Sachen bereits fertig gepackt und sämtliche Spuren ihrer nächtlichen Rast beseitigt. Finnegan und Lucas unterhielten sich leise miteinander, aber als Finnegan sie näherkommen sah, lächelte er. Aurora blickte zur Seite. Bei Tageslicht fühlte sie sich in seiner Gegenwart auf einmal wieder befangen. Ihn zu sehen rief ihr ins Bewusstsein, dass sie die Erinnerungen an ihre Zärtlichkeiten von nun für immer mit ihm teilen müsste, und dieser Gedanke behagte ihr nicht. Sie fühlte sich unwohl in ihrer Haut, so als wäre sie ihr zwei Nummern zu klein.

Sie setzte ihren Rucksack auf. »Wir sollten losgehen, sonst wird die Zeit knapp.«

Sie marschierten schweigend nebeneinanderher, erst eine

Stunde lang, dann eine zweite, ohne dass irgendwer die tödliche Bedrohung in der Luft erwähnte.

Die Mittagssonne stand gleißend am Himmel, als sie an eine Stelle kamen, wo das Terrain steil anstieg; lose Steine knirschten unter ihren Sohlen, und jeder Atemzug brannte in den Lungen.

Sie kletterten den Berg hinauf, ohne ein Wort zu sagen. Auroras Beine schmerzten vor Erschöpfung, aber sie zwang sich dazu, beharrlich einen Fuß vor den anderen zu setzen. Unter ihnen streckte sich das weite Ödland aus.

Dann wurde das Gelände wieder abschüssig, der Grund fiel steil ab, und eine Höhle tat sich auf, die tief in den Berg schnitt. »Na schön«, sagte Lucas, als sie am Eingang stehen blieben und ins Dunkel blickten. »Da wären wir.«

»Seid ihr schon mal hier gewesen?«, fragte Aurora.

»Ein Mal«, antwortete Lucas. »Erst ein einziges Mal.«

Sie atmete tief ein, und ihre Lungen füllten sich mit heißer Luft. Sie konnte noch immer die Hitze der letzten Nacht spüren, Finnegans Hände an ihrer Taille, die Kette, die auf ihrer Haut brannte. *Drachenmädchen* hatte er ihr ins Ohr geflüstert, wieder und wieder. Sie hatte keine Angst.

»Vielleicht solltet ihr zwei besser hier warten«, sagte sie. »Es ist sicherer, wenn ich allein gehe.«

Finnegan lachte kurz auf. »Seit wann ist sich aufteilen eine gute Idee? Wenn etwas schiefgeht, und du bist allein, ist das dein sicherer Tod. Wir kommen mit.«

»Aber die Drachen überlasst ihr mir«, sagte sie.

Mit jedem Schritt auf dem abfallenden Pfad bekam sie mehr Schwung, bis sie irgendwann in einen unbeholfenen Galopp verfiel. Die Männer folgten ihr.

Je tiefer sie vordrangen, desto dunkler wurde es um sie herum. Ein paar Sonnenstrahlen spähten noch durch die Öffnung, trotzdem konnte Aurora im Inneren der Höhle nichts sehen, so als absorbierten die Felsen alles Licht.

Sie streckte die Hand aus, spürte ihren Emotionen nach und beschwor einen kleinen Feuerball herauf, der orange leuchtendes Licht auf die Wände warf. Jetzt konnte sie die Struktur der Felsen neben sich erkennen sowie die Konturen von Finnegans Gesicht, doch der dahinter liegende Bereich wirkte dafür umso finsterer und bedrohlicher. Die Flammen zuckten zaghaft, aber Aurora zwang sie mit gerunzelter Stirn dazu, weiterzubrennen.

»Licht zu machen scheint mir etwas riskant«, sagte Lucas.

»Das ganze Vorhaben ist riskant«, konterte Aurora. »So können wir wenigstens sehen, wenn sich etwas nähert.«

Vorsichtig tasteten sie sich durch rutschiges Geröll vor, drangen tiefer und tiefer in den Höhlenschlund ein. Dann beschrieb der Pfad eine Biegung und gabelte sich. Aurora konnte nicht erkennen, was am jeweiligen Ende der beiden Tunnel lag, und so wählte sie den linken aus, dessen Boden weniger steil abfiel.

»Kannst du das Licht vielleicht ein Stück vorausschicken?«, fragte Finnegan, die Stimme zu einem kaum hörbaren Flüstern gesenkt.

Doch sobald Aurora versuchte, das Licht wegzustoßen, wurde es flackernd schwächer, und das Brennen in ihrer Brust ließ nach. Im Park war es ihr so leichtgefallen, aber hier, umgeben von massivem Gestein, hatte sie Mühe, das Feuer am Leben zu halten. Sie schüttelte den Kopf. »Ich gehe voran«, sagte sie.

Finnegan ergriff ihre freie Hand, aber er hielt sie nicht zurück.

Plötzlich schlug ihnen ein Hitzeschwall entgegen. Aurora zuckte erschrocken zusammen, als ein Drache auf sie zuschoss, mit rot schimmerndem Schuppenkleid und glühenden Augen wie schwelende Kohlen. Nur etwa zwei Meter von Aurora entfernt kam er zum Stehen. Er musste seine Flügel dicht am Körper halten, um in die schmale Höhle zu passen, aber Aurora wusste, dass es dennoch ein eher kleines Exemplar war, nichts im Vergleich zu den Biestern, die sie gesehen hatten. Sein Kopf fuhr vor und zurück, während er sie mit halboffenem Maul anstarrte. Das Licht von Auroras Feuerball spiegelte sich glitzernd in seinen rasiermesserscharfen Zähnen.

Er konnte sie alle auf einen Schlag vernichten. Er konnte sie verbrennen, bis nichts mehr von ihnen übrigbliebe, was noch an ihre Existenz erinnerte. Aber stattdessen schaute er sie einfach nur an, als wäre er neugierig, warum sie in sein Territorium eingedrungen waren.

»Aurora …«, sagte Lucas, worauf der Drache seinen Kopf zur Quelle des Geräuschs herumriss und die Zähne fletschte.

»Hallo«, sagte Aurora mit sanft beruhigender Stimme. Sie ging einen Schritt auf den Drachen zu, den Feuerball in die Höhe haltend. »Hallo. Sieh mich an.«

Der Drache drehte den Kopf zu ihr herum und hielt inne, beinahe als versuchte er, schlau aus ihr zu werden. Aurora blickte ihm in die Augen und erschauderte vor Angst und Aufregung. Das Feuer schwoll an.

Finnegan griff wieder nach ihrem Arm, aber sie entzog sich ihm. Der Drache sah ihn an und schlug dabei mit dem Schwanz gegen die Felswand. Unbeirrt ging Aurora einen weiteren Schritt auf das Wesen zu und streckte ihm die Hand hin. »Na du«, sagte sie. »Keine Angst, wir tun dir nichts.« Der Drache senkte langsam den Kopf, bis Aurora seinen heißen Atem auf ihrer Haut spürte. Das Feuer in ihrer Hand verlosch mit einem Zischen. Sie nahm es kaum wahr. Sie hatte nur noch Augen für dieses majestätische Geschöpf. Sie wusste – *wusste* es aus tiefster Seele –, dass er ihr nichts zuleide tun würde. Er war von ihr genauso fasziniert wie sie von ihm.

Sie fuhr mit dem Finger über seine Schnauze. Die Schuppen fassten sich glatt und kühl an, so als würde der Drache so viel Hitze verströmen, dass nichts mehr für seine eigene Haut übrig war.

Finnegan war ohne Bedeutung. Lucas war ohne Bedeutung. Das Chaos in Alyssinia, der Hass und die Erwartungen … alles war ohne Bedeutung, während sie gebannt dieses unglaubliche Geschöpf streichelte.

»Hallo«, sagte sie noch einmal.

Der Drache beobachtete sie.

»Vorsicht, Aurora«, raunte Finnegan.

Der Drache bewegte sich. Seine Augen richteten sich auf Finnegan. Aurora streichelte ihn sanft, um seine Aufmerksamkeit wieder auf sich zu lenken, aber er war ganz auf Finnegan fixiert, auf diesen Eindringling, der unerlaubterweise sein Terrain betreten hatte.

»Ganz ruhig«, sagte Aurora, aber der Drache beachtete sie nicht. Seine Muskeln zuckten vor Anspannung. Der Anhänger an ihrem Hals brannte. Sie wich einen Schritt zurück.

»Aurora«, sagte Finnegan.

Der Drache brüllte.

»Aurora!«

Fingernägel kratzten über ihren Hals. Aurora fuhr erschrocken herum, als Lucas ihr die Kette mit dem Amulett auch schon herunterriss.

»Was …« Die Kette ging kaputt. Lucas schleuderte sie in die Luft.

Aurora reckte blitzschnell die Hände, um sie noch zu erwischen. Da landete die Kette mit einem metallischen Geräusch auf dem Boden, wo Sekundenbruchteile später auch Aurora landete. Mit hastigen Fingern klaubte sie sie aus dem Dreck.

Der Drache brüllte erneut. Sein Schrei ließ die Höhlenwände erzittern, während der Boden schwankte, als würde er von einer Welle erfasst. Er riss ruckartig den Kopf hoch, die Augen immer noch auf Finnegan geheftet. Sein Schwanz peitschte knallend gegen den Fels.

»Finnegan, pass auf!«, schrie Aurora. Finnegan hechtete in dem Moment zu Boden, als ein Feuerstrahl gegen die Wand prasselte, vor der er eben noch gestanden hatte. Die ganze Höhle war ein einziges Gleißen.

»Finnegan!« Sie stürzte zu ihm hin und griff seinen Arm. Er wimmerte. Seine Haut fühlte sich furchtbar heiß an, zu heiß, und sie war rot und schwer verbrannt.

Wasser flog durch die Luft, und der Drache zuckte zusammen. Lucas stand vor ihm, einen leeren Wasserbalg in der Hand. Hastig wühlte er in seinem Rucksack nach einem weiteren.

Aurora suchte verzweifelt nach ihrer Magie, fand aber nicht mal das kleinste Fünkchen. Sie begriff weder, was hier geschah, noch wusste sie, was sie als Nächstes tun sollte. Finnegans Hand umklammernd, zog sie ihn die Steigung hinauf, fort von dem tobenden Ungeheuer. Lucas starrte den Drachen an, mit aschfahlem Gesicht.

»Lauft!«, rief sie. Sie stieß Finnegan zu Lucas hinüber. »Los, schafft ihn hier raus!«

Das ließ Lucas sich nicht zweimal sagen. Mit überraschend großer Kraft hievte der alte Mann Finnegan hoch und lief los Richtung Höhleneingang.

»Aurora«, stieß Finnegan hervor, halb rufend, halb stöhnend, aber sie hatte sich bereits abgekehrt und trat dem Drachen erneut entgegen. Sie konnte nicht klar denken, konnte nicht atmen, ihr Herz raste. Eben noch war der Drache von ihr fasziniert gewesen, hatte sich ruhig und zahm verhalten;

sie musste ihn dazu kriegen, dass er ihr wieder seine Aufmerksamkeit schenkte. Sie war abgelenkt gewesen, und nun war Finnegan verletzt, womöglich sogar tödlich. Sie könnten alle sterben, wenn sie sich nicht augenblicklich wieder zusammenriss.

»Aufhören!«, rief sie. »Hör auf. Ich tue dir nichts!«

Der Drache brüllte weiter, während er sich wand und krümmte, aber er schnappte nicht nach ihr und spie auch kein Feuer mehr.

Sie musste ihn bändigen. Sobald sie ihn besänftigt hätte, wären sie alle außer Gefahr. Aber sie wusste nicht *wie*. Er hörte ihr nicht zu, und sie selbst war wie versteinert. Sie konnte nichts tun, außer den Drachen anzustarren und sich selbst zum Atmen zu zwingen.

Es war zu viel auf einmal: Ihre Angst um Finnegan, der Drache, der sie fixierte, ihr eigenes Versagen – das alles zusammen lähmte ihr Denken, sie bekam keinen klaren Gedanken zu fassen, kein einziges Gefühl, aus dem sie Magie schöpfen konnte.

Sie wich einen Schritt zurück, ihr Fuß zitterte beim Aufsetzen. Dann noch einen Schritt und noch einen, den Blick unverwandt auf den Drachen geheftet, in der sicheren Erwartung, dass sie jeden Moment hinfallen und sterben würde.

Der Drache machte eine Rückwärtsbewegung, die erhobenen Flügel hielt er über dem Kopf zusammengepresst.

Aurora drehte sich um und rannte los. Sie rannte schneller, als sie es je für möglich gehalten hätte. Mit fliegenden

Füßen jagte sie Finnegan und Lucas hinterher, die ein Stück weiter vorn den Pfad hinaufstolperten. Sie rannte, und hinter ihr hob der Drache ab, katapultierte sich unter kräftigem Flügelschlagen in die Luft. Aurora warf sich mit einem Hechtsprung nach vorn und riss Lucas und Finnegan mit sich zu Boden, genau in dem Moment, als der Drache über ihnen hinwegschoss und feuerspeiend durch die Höhlenöffnung nach draußen verschwand.

Sie blieben regungslos liegen. Auroras hämmerndes Herz schien sich durch ihre Kehle einen Weg nach oben bahnen zu wollen. Sie rappelte sich hoch, die entzweigerissene Kette noch immer in ihrer Faust geborgen, und starrte im Dunkeln auf Finnegan hinunter. Sie konnte nicht die Hand vor Augen sehen, jetzt, da der Drache fort war, aber sie fand nicht die Kraft, Licht herbeizuzaubern. Panik stieg in ihr hoch, dass Finnegan verletzt war, dass er verbrannt war und sie sie alle im Stich gelassen hatte.

»Aurora«, keuchte Finnegan. »Aurora, geht es dir gut?« Seine Stimme war von Schmerz erstickt.

»Ja, alles in Ordnung«, sagte sie. »Mir geht's gut. Finnegan, wir müssen dich schleunigst hier rausschaffen. Wir müssen hier weg, wir müssen …«

»Brichst du etwa in Panik aus, kleiner Drache?« Finnegan hustete. »Das ist jetzt aber nicht der richtige Zeitpunkt.«

»Kannst du aufstehen?«, fragte sie.

»Ich glaube schon.«

Sie und Lucas hievten ihn auf die Füße, und gemeinsam

wankten sie Richtung Höhleneingang. Finnegan stützte sich schwer auf Aurora und umklammerte mit einer Hand ihre Schulter. Das Oval aus Tageslicht vor ihnen schien unerreichbar.

Als sie aus der Höhle ins Freie traten, stach das plötzliche Sonnenlicht Aurora schmerzhaft in die Augen. Sie zwang sich dazu, den Blick stur geradeaus zu halten und Finnegan nicht anzusehen, nicht mal für einen Sekundenbruchteil, bis sie ein gutes Stück abseits der Höhle hinter einem Felsenhaufen erschöpft zu Boden sackten.

Erst da schaute sie ihn an. Seine linke Körperhälfte – jene, mit der er sich auf sie gelehnt hatte – sah weitgehend normal aus. Schmutzig und voller Schrammen zwar, doch ansonsten unversehrt. Aber die rechte Seite seines Gesichts war schwarz, sein Arm von Brandwunden bedeckt, und sein Hemd hatte sich am Bauch in die Haut eingeschmolzen.

»Finnegan!«

Lucas bettete Finnegan im Schutz der Felsen vorsichtig auf den Boden. Er betastete die Ränder der Wunden. »Holt die Salbe«, sagte er. »Aus meinem Rucksack.«

Mit zitternden Händen zog Aurora die Kordel des Rucksacks auf und wühlte darin herum. »Wird er damit wieder gesund?«

»Nein«, sagte Lucas. Er riss ihr den Tiegel aus der Hand, kaum dass sie ihn zutage gefördert hatte, und entnahm mit den Fingern etwas Salbe. Ein zischender Schmerzenslaut entrang sich Finnegans Kehle, als Lucas seine Brandwunden einrieb. »Aber es wirkt lindernd. Wir müssen ihn nach Vanhelm zurückbringen. Sofort.«

»Das bedeutet einen Zweitagemarsch!«

»Möglicherweise schaffen wir es an einem Tag«, erklärte Lucas. »Wenn wir die direkte Route nehmen. Abseits des Flusses. Aber ohne das Wasser wird's gefährlich. Wenn uns ein Drache aufspürt …«

»Das ist mir egal«, sagte Aurora. »Wir haben keine andere Wahl.«

Nichts, das mit Drachenfeuer in Berührung kam, überlebte. Das sagten alle, das schrie ihr die Ödnis entgegen, als sie den Berg hinabstiegen.

Die Sonne verbrannte Auroras Nacken, aber sie schleppten sich immer weiter, Schritt für Schritt für Schritt, ohne auf das Brüllen der Drachen zu achten, ohne auf irgendetwas anderes zu achten als darauf, einen Fuß vor den anderen zu setzen. Sie wanderten an ausgebrannten Dörfern vorbei, mitten durch trostlose Leere und lauernde Schatten, ständig begleitet vom Wispern des Windes. Und ganz langsam nahm Vanhelm in der Ferne Gestalt an, eine Anhäufung blasser Häuser, die sich bis in den Himmel zu erstrecken schienen.

DREIUNDZWANZIG

Es war bereits dunkel, als Finnegan sich wieder zu Wort meldete. »Halt«, sagte er zwischen zusammengebissenen Zähnen hindurch. »Ich muss mich ausruhen. Nur für eine Minute.« Sie ließen sich schwerfällig auf dem Boden nieder und lehnten sich an eine halb zusammengefallene Mauer.

»Wie lange brauchen wir noch bis Vanhelm?«, fragte Aurora.

»Spätestens mittags sollten wir da sein«, erwiderte Lucas.

Mittags. Und die Sonne war noch nicht einmal ganz untergegangen. Sie konnten Finnegan keine sechzehn Stunden oder länger mitschleifen. Und er konnte mit seinen schweren Brandwunden nicht ohne Hilfe gehen. Sie würden es niemals zurück ins Schloss schaffen.

Aber sie hatten keine andere Wahl. Sie *mussten* es schaffen.

»Bist du verletzt, Aurora?«, fragte Finnegan.

Jede Faser ihres Körpers tat weh, aber sie schüttelte den Kopf und zwang sich zu einem Lächeln. »Mir geht's gut«, sagte sie. »Gesund und munter. Aber um dich mache ich mir Sorgen.«

»Was ist mit deiner Hand? Du hältst sie so komisch.«

In ihrer fest geballten Faust steckte der Drachenanhänger. Er hatte bereits tiefe Rillen in ihre Haut gedrückt.

»Ach so, das ist nur meine Kette«, sagte sie. »Die habe ich ganz vergessen.« In ihrer Panik hatte sie alles vergessen. Sie blickte so abrupt zu Lucas hoch, dass ihr ein stechender Schmerz durch den Nacken fuhr. »Ihr habt sie kaputtgemacht«, sagte sie. »Ihr habt sie auf den Boden geworfen.«

»Ja, das hab ich«, entgegnete er. »Dieser Drache war kurz vorm Wildwerden. Ich dachte schon, jeden Moment tötet er Euch.«

»Und deswegen habt Ihr meine Kette kaputtgemacht?«

»Da steckt doch Drachenblut drin«, entgegnete er. »Ich dachte, wenn ich sie wegwerfe, dann jagt der Drache hinter ihr her, und wir können fliehen.«

Sie starrte den Anhänger an. Die Kette war in zwei Teile gerissen, die jetzt nutzlos auf ihrer Handfläche lagen. Sie glaubte Lucas nicht. Was er sagte, klang plausibel, aber das leichte Schwanken in seiner Stimme und die hastige Art, wie er sprach, ließen vermuten, dass er log. Und was auch immer ihn dazu bewegt hatte, ihr den Anhänger herunterzureißen, er hatte es nicht getan, um sie zu schützen.

»Ich brauche eine neue Kette«, sagte sie. »Sobald wir zurück sind.« Etwas anderes fiel ihr dazu nicht ein.

Finnegan lachte, doch es klang mehr wie ein Stöhnen. »Ich besorge dir eine neue«, sagte er. »Die hast du dir nach dem heutigen triumphalen Erfolg verdient.«

»Wer ist jetzt ein schlechter Lügner?«

»Immer noch du, Aurora.« Finnegan rappelte sich mühsam hoch und zog eine schmerzerfüllte Grimasse. »Wir sollten jetzt weiter«, sagte er. »Wir wollen doch nicht zu spät zum Mittagessen kommen.«

Der weite, dunkle Himmel war erhellt von einer Handvoll Sterne und einer kaum sichtbaren, schmalen Mondsichel, aber mit jedem Schritt, den Aurora tat, wurde die Silhouette der Stadt in ihrem Blickfeld immer größer.

Sie wagte es nicht, Licht zu zaubern.

»Wenn du doch nur Wassermagie besitzen würdest«, sagte Finnegan. »Das wäre hier draußen äußerst praktisch.«

Sie rang sich ein Lächeln ab. »Ich hätte diesen Drachen ausschalten können«, sagte sie. Aber seine Worte hallten in ihr nach, und sie überlegte, was zum Wasserzaubern wohl nötig war. Ruhe, Geschmeidigkeit, das Gefühl von absoluter Kontrolle. Alles, was ihr zu eigen sein *sollte*.

Am Vormittag erreichten sie die alte Stadt. Mit zittrigen Füßen tappte Aurora durch den Schutt. Das Boot lag noch immer sicher versteckt, und sie und Lucas trugen es gemeinsam zum Fluss. Aurora war sich sicher, dass ihre Kräfte sie jeden Moment im Stich lassen würden, aber sie hielt durch. Sie halfen Finnegan ins Boot und setzten Segel Richtung Vanhelm-Stadt.

Sie bemühte sich, nicht auf seine Wunden zu achten, nicht die Stunden zu zählen, die er nun schon Qualen litt, nicht zu bemerken, dass er mittlerweile keine Versuche mehr unternahm, Witze zu reißen. Stattdessen starrte sie zur Stadt hinüber, auf diese Silhouette, die ihr schier den Atem verschlagen hatte, als sie sie zum ersten Mal gesehen hatte.

Das Boot krachte gegen die Mole, und Aurora sprang mit letzter Kraft unter lautem Rufen und Armeschwenken von Bord. »Der Prinz«, rief sie. »Der Prinz wurde verbrannt. Er braucht Hilfe!« Plötzlich liefen von überall Leute herbei, so als hätten sie nur auf ihren Hilfeschrei gewartet. Wie ein Lauffeuer verbreitete sich die Kunde, und es dauerte nicht lange, bis die ersten Schlosswachen erschienen.

Sie brachten ihn eilig fort, und Aurora blieb auf der Straße zurück, schmutzig und erschöpft. Mit leerem Blick starrte sie auf die Stelle, wo Finnegan noch eben gelegen hatte.

Eine dichte Menschenmenge drängte sich um das Schloss.

Ja, der Prinz. Ich habe gehört, er ist verletzt. Ich habe gehört, er ist tot. Ich habe gehört, das waren Drachen.

Aurora drängelte sich zwischen den Leuten hindurch und humpelte die Treppe hinauf. Der Wachmann am Eingang öffnete ihr wortlos die Tür.

»Finnegan«, sagte sie mit erstickter Stimme. »Ist er …«

»Er ist drinnen«, sagte der Wachmann. Mehr nicht. Er blickte sie nicht einmal an.

Sie trat durch die Tür. Dienstmädchen und Wachleute

huschten eilig durch die Empfangshalle, und aus dem links von ihr gelegenen Zimmerlabyrinth tönte lautes Rufen.

Sie packte eine der Zofen am Arm, einen Tick fester als beabsichtigt, und verlor beinahe das Gleichgewicht. »Wo ist Finnegan?«, fragte sie. »Ihr müsst mich zu ihm bringen.«

»Er ist in seiner Suite«, sagte die Zofe. »Hier entlang, Mylady.« Sie führte Aurora die Treppe hinauf und dann durch den oberen Flur. Die Schmerzen in ihren Füßen waren von einem Gefühl der Taubheit abgelöst worden. Es kam ihr so vor, als würde sie über den Boden schweben.

Zwei Wachposten standen vor Finnegans Tür.

»Ohne die ausdrückliche Erlaubnis der Königin darf niemand rein«, sagte einer der Männer.

Aurora würde sich jetzt von keinem Wachmann aufhalten lassen. »Ich muss Finnegan sehen«, erklärte sie. »Ich muss mich vergewissern, ob es ihm gutgeht.«

»Nicht ohne Erlaubnis der Königin.«

»Und wo ist die Königin?«, fragte sie. »Bringt mich zu ihr. Ich muss Finnegan sehen. Ich muss …«

»Hier bin ich.« Orla trat aus Finnegans Suite heraus. Ihr Gesicht war kalkweiß, ihr Haar hing ihr halblose um die Schultern, und ihr Mund war verkniffen vor Sorge.

Aurora wollte näher heran und schnell durch die offene Tür schlüpfen, aber ihre Beine gehorchten ihr nicht mehr. »Finnegan«, sagte sie wieder. »Wird er … wieder gesund? Wird er …«

»Ich glaube nicht. Es ist sehr unwahrscheinlich.«

Aurora schwankte. Mit einer Hand stützte sie sich an der Wand ab. »Was meint Ihr damit?«, sagte sie. »Wird er sterben?«

»Er wurde von einem Drachen verbrannt, Aurora. Glaubst du im Ernst, er kann wieder gesund werden? Niemand, der von einem Drachen verbrannt wird, kann sich davon jemals wieder vollständig erholen.«

»Aber …«

»Aber was? Habt ihr beide euch für unsterblich gehalten? Habt ihr gedacht, ihr könntet gefahrlos durchs Ödland spazieren?«

Nicht wirklich. Sie hatte gewusst, dass es riskant war, aber Finnegan hatte so selbstsicher gewirkt, so über den Dingen stehend, dass es ihr geradezu unmöglich erschienen war, es könnte ernsthaft gefährlich für ihn werden. Sie hatte lediglich eine romantische Vorstellung von der Gefahr gehabt, ein aufregendes Abenteuer zum späteren Geschichtenerzählen, das sie jedoch mit heiler Haut überstehen würden.

»Unfassbar, dass ihr zwei so dumm ward. Habt ihr nicht mal einen Moment nachgedacht?«

»Es tut mir leid«, sagte Aurora. »Wirklich. Ich wollte nicht …« Sie fand nicht die richtigen Worte. Sie wusste nicht mal genau, was sie sagen wollte.

»Dein Bedauern ist wertlos, wenn du sonst nichts tun kannst, um zu helfen. Ich nehme an, deine Zauberkräfte können hier nichts bewirken, oder du hättest ihn schon längst geheilt.«

»Nein«, sagte Aurora. Ihre Stimme brach. »Ich weiß nicht, wie ich ihm helfen kann.«

»Dann geh mir aus den Augen.«

Aurora rührte sich nicht von der Stelle. »Gebt Ihr mir Bescheid?«, fragte sie. »Wenn er … Wenn sich irgendetwas tut?«

Orla starrte sie nur an. »Ich werde jemanden zu dir schicken«, sagte sie schließlich mit eisiger Stimme.

»Danke.« Aurora wollte nicht weg, aber sie konnte nicht ewig in diesem Flur herumstehen und auf eine verschlossene Tür starren. Sie drehte sich zum Gehen um und hielt dann kurz inne. »Er dachte, er tut das Richtige«, sagte sie. »Er dachte, er könnte Vanhelm helfen.«

»Dann war er ein noch größerer Dummkopf, als ich dachte«, entgegnete Orla. »Verschwinde jetzt.«

Als Aurora davonging, hallten ihr ihre eigenen Schritte unerträglich laut in den Ohren wider.

Sie könnte sich einfach durch die Bibliothek in Finnegans Suite schleichen. Eine kleine Schmiergeldzahlung an den Wachposten, und dann wäre sie bei ihm. Sie wollte bereits zur Treppe abbiegen, blieb dann aber stehen. Was sollte das nützen? Sie konnte ihm nicht helfen. Wie Finnegan treffend bemerkt hatte: Sie besaß nur Feuermagie. Sie verstand nichts vom Heilen.

Celestine hingegen schon.

Celestine würde wissen, was zu tun wäre. Sie hatte bereits ein paarmal Leben gerettet, nicht wahr? Bestimmt besaß sie ein Heilmittel.

Aurora schleppte sich in ihr Zimmer und ließ sich von innen gegen die Tür fallen. Sie musste einen Weg finden, um Finnegan zu helfen, ohne die Hexe auf den Plan zu rufen. Aber es hatte Wochen gedauert, bis sie endlich das Feuer beherrscht hatte. Sie wusste nicht mal, ob sie außer Feuer und Licht machen noch andere Kräfte besaß. Und Finnegan konnte nicht warten. Finnegan lag im Sterben.

Er hatte ihr vertraut. Er hatte ihrer Magie vertraut. Und sie konnte nichts für ihn tun.

War dies die Art von rasender Verzweiflung, die die Menschen bereits vor über hundert Jahren in die Arme von Celestine getrieben hatte? Die Hoffnung, dass Celestine helfen könnte? Dass sie zumindest *irgendetwas* tun könnte?

Niemand ließ sich auf einen Handel mit Celestine ein und gewann. Aurora war der lebende Beweis dafür. Und Aurora wusste auch schon genau, welchen Preis Celestine von ihr fordern würde. Ein Bündnis. Dass sich Aurora mit ihr zusammenschloss.

Aber wenigstens würde Finnegan leben. Er war der einzige Mensch, der sie jemals *wirklich* gesehen hatte, mit all ihren Stärken und Schwächen, und der sie dennoch gemocht hatte. Durch ihn hatte sie ein Stück weit mehr zu sich selbst gefunden und das Gefühl gehabt, dazuzugehören. Und falls er starb, würden alle sagen, dass er selbst schuld dran wäre. Dass sein Egoismus und sein Leichtsinn ihn umgebracht hätten. Sie würden nicht erkennen, dass er den aufrichtigen Wunsch gehabt hatte, zu helfen.

Aurora stolperte über ihre eigenen Füße. Der langsam schleichende Verlust der Magie hatte Celestine schwach und halb wahnsinnig gemacht. Wenn Aurora nun einen klugen Handel abschlösse, wenn sie die Hexe überlisten könnte, indem sie nahm, was sie brauchte, und dann davonrannte, so wie sie schon einmal davongerannt war …

Sie könnte Celestine einen Gefallen anbieten, eine weitere kleine Dosis ihrer Magie. Und vielleicht könnte sie dann über Finnegans Rettung hinaus sogar noch mehr erreichen. Wenn sie sich der Hexe gegenüber verhandlungsbereit zeigte, würde diese im Laufe des Gesprächs womöglich irgendetwas verraten, was Aurora nützen könnte. Celestine würde Aurora für schwach halten, aber Aurora würde genau zuhören. Aurora würde stark sein.

Und selbst wenn sie Celestine *wirklich* helfen würde, wieso sollte sie das auch nur ansatzweise bekümmern? Die Menschen in Alyssinia hassten sie. Sie verachteten sie. Alle, die ihr je nahegestanden hatten, waren entweder tot oder lagen im Sterben, ihr Königreich stand in Flammen, und sie schimpften sie eine Verräterin. Und Schlimmeres.

Wieso also sollte sie ihnen zuliebe eines der wenigen guten Dinge opfern, die es in ihrem Leben gab? Für sie würden sie so etwas auch nicht tun.

Sie konnte nicht zulassen, dass Finnegan starb. Celestine war die einzige Antwort, die sie hatte.

Und sie wusste, dass die Hexe irgendwo in der Nähe war.

Die Bibliothek war menschenleer. Mit einem energischen Ruck schloss Aurora die Vorhänge und sperrte die grelle Nachmittagssonne und den Trubel der Straße aus. Dann beschwor sie Flammen herbei, die den höhlenartigen Raum abwechselnd in Licht und Schatten tauchten.

»Celestine«, sagte sie. Die schweren Vorhänge schluckten alle Geräusche. »Celestine!«, sagte sie wieder, diesmal etwas lauter. »Ich weiß, dass du mich hören kannst. Ich will dir einen Handel vorschlagen.«

Nichts geschah. Aurora war so angespannt, dass sich ihr die Haare im Nacken sträubten. Aber Celestine *wollte*, dass sie sie um Hilfe bat. Sie würde sie nicht ignorieren.

»Celestine!«

»Du hast geübt.« Aurora wirbelte herum. Celestine stand hinter ihr. Ihre Finger tanzten um eines von Auroras Flämmchen herum. Sie sah frischer aus als bei ihrer letzten Begegnung, ein Stück größer, das blonde Haar war dichter. Es fiel in Locken um das herzförmige Gesicht, und ihre lächelnden roten Lippen sahen aus wie eine Wunde. »Beeindruckend. Aber bei mir hättest du mehr gelernt.« Sie hob eine Hand, und die Flamme erlosch. »Armes Mädchen. Ich habe dich gewarnt, meine Liebe. Ich habe dir gesagt, dass es dir noch leidtun würde, wenn du dich von mir abwendest. Aber du wolltest es nicht wahrhaben, und jetzt sind wir hier.« Sie trat vor Aurora hin und ließ einen Finger über ihren Hals wandern. »Ohne die Hilfe von Magie wird Finnegan sterben. Das ist dir klar, nicht?«

»Was muss ich tun?«

»Na, na, na. So läuft das nicht, und das weißt du. Sag mir, was du wünschst, und dann sehen wir weiter.«

»Rette ihn«, sagte Aurora. »Heile seine Wunden. Mach, dass er wieder so wird wie vorher. So als hätte er sich nie verbrannt. *Bitte.*«

Celestine legte den Kopf schief. »Und als Gegenleistung? Was hast du mir zu bieten?«

»Eine weitere Dosis meiner Magie«, sagte Aurora. »So wie die, die du schon mal erhalten hast.«

Celestine lachte. Es war ein helles, scharfes Geräusch. »Komm schon, Aurora. Ist dir das Leben deines Prinzen nur so wenig wert?«

»Dann meinetwegen ein Bündnis.«

»Wieso sollte ich darum feilschen? Du gehörst doch sowieso schon mir. Wenn Finnegan stirbt, hast du keinen einzigen Freund mehr. Königin Orla wird dich davonjagen, weil sie dir die Schuld am Tod ihres Sohnes gibt. König John wird dich nicht am Leben lassen wollen, und Rodric kann dich nicht beschützen. Wenn Finnegan stirbt, wirst du angekrochen kommen und mich anflehen, an ihnen allen Rache zu üben. Und ich verhandle nicht über Dinge, die ich auch einfach so haben kann.«

»Was willst du dann?«

»Nur eine Kleinigkeit. Ich will, dass du zu dem Berg zurückkehrst und einen der Drachen tötest. Ich will, dass du mir ein Drachenherz bringst.«

Aurora rang nach Atem. Sie hatte recht gehabt. Mit all ihren Vermutungen über Celestine, über ihre Pläne, dass sie die Drachen zurückgeholt hatte … Sie hatte recht gehabt.

»Bring mir ein Drachenherz, Prinzessin. Leg es mir in die Hände, und ich werde deinen kostbaren Prinzen retten.« Sie hob einen Finger und strich über Auroras Kinn. »Was ist? Hast du Skrupel, einer Kreatur, die Zehntausende von Menschen auf dem Gewissen hat, das Herz rauszureißen, um deinen Prinzen zu retten? Bist du dafür zu *gut*?«

Nein. Sie war nicht gut. Sie verhandelte schließlich bereits mit Celestine. Aber wenn sie dies tat, würde Celestine bekommen, was sie wollte – die Fähigkeit, Drachen zu bändigen, genau wie Aurora.

Aber Celestine hatte nur verlangt, dass Aurora es ihr in die Hände legen sollte. Die Wortwahl war bei dieser Art von Handel von Bedeutung. Sobald Aurora Celestine das Herz gegeben hätte, wäre der Handel perfekt. Die Hexe hatte nichts davon gesagt, dass Aurora sie das Herz *behalten* lassen müsste. »Warum holst du dir das Herz nicht selbst, wenn du doch so viel mächtiger bist als ich?«, fragte Aurora.

»Ich kann nicht«, sagte Celestine. »Du musst es tun.«

Die Worte an der Turmwand. *Nur sie.* Sie hatte recht gehabt.

»Und wenn ich tue, was du verlangst, wird Finnegan leben.«

»Er wird leben.«

»Nicht nur leben«, sagte Aurora. »Er wird wohlauf sein und

vollkommen gesund, genau wie vorher. Es werden keinerlei Spuren der Drachen zurückbleiben.«

»Es werden keinerlei Spuren zurückbleiben, aber er wird sich an die Sache noch erinnern.«

Wenn Aurora der Hexe ein Drachenherz gab, würde sie die Drachen beherrschen. Aber Finnegan würde leben.

Und Aurora konnte Celestine überlisten. Sie würde ihren Teil des Handels erfüllen und ihr dann das Herz entreißen. Sie könnte es selbst gebrauchen. Sie könnte ihre Verbindung zu den Drachen nutzen, um Celestine ein für alle Mal zu vernichten. Möglicherweise würde das Herz bei Celestine auch gar nicht funktionieren. Die Hexe hatte sich, was die Drachen betraf, schon einmal geirrt. Sie hatte angenommen, selbst imstande zu sein, ein Herz zu holen. Vielleicht würde sie es gar nicht benutzen können, wenn es in ihren Händen lag.

Aber Aurora konnte sich dessen nicht sicher sein.

»Was willst du mit dem Herz?«, sagte sie.

»Das ist weder Teil des Handels, noch geht es dich etwas an.«

»Das reicht mir nicht. Wenn ich dir das Herz gebe, will ich dafür auch Antworten. Und zwar ehrliche.«

»Du hast mir deinen Preis aber schon genannt«, erwiderte Celestine. »Doch weil ich großzügig gestimmt bin, werde ich dir drei Fragen beantworten. Das ist eine gute Zahl, meinst du nicht? Drei Fragen und das Leben deines kostbaren Prinzen für ein Drachenherz. Abgemacht?«

Aurora schloss die Augen. Hier im Dunkeln sah sie wieder Finnegans verbrannte Haut. Sie konnte seine Hände an ihrer Taille spüren, seine Lippen auf ihrem Mund, wie jede Faser ihres Körpers zum Leben erwachte. Es war eine egoistische Entscheidung. Eher würde sie Petrichor eigenhändig bis auf die Grundmauern niederbrennen, als Finnegan sterben zu lassen.

»Ja«, sagte Aurora. »Abgemacht.«

Celestine packte Aurora am Handgelenk und zog sie so dicht an sich heran, dass Aurora den Atem der Hexe an ihrer Wange spürte. »Gut entschieden«, sagte sie.

VIERUNDZWANZIG

Aurora wäre am liebsten sofort aufgebrochen. Doch die Erschöpfung steckte ihr zu tief in den Knochen, und sie würde ihre ganze Kraft brauchen, wenn sie überleben wollte. Sie musste den Tag nutzen, um sich auszuruhen und Vorbereitungen zu treffen.

Ihr Rucksack war noch gut gefüllt mit Vorräten, und nach einem kleinen Abstecher in die Hofküche hatte sie auch wieder frisches Brot und Wasser. Ihre Füße waren mit Blasen übersät und blutig, und so legte sie sich Verbände an, wobei sie bemüht war, sie so gut hinzubekommen wie Distel Wochen zuvor. Wenn Distel doch bloß hier wäre!

Sie fand eine weitere Silberkette in dem Schmuckkästchen auf ihrem Frisiertisch, aber sie war kürzer als die vorherige, so dass der Drache nun knapp unter ihrer Schlüsselbeinmulde hing. Jedes Mal, wenn sie sich bewegte, klimperte es.

Am nächsten Tag ging sie im Morgengrauen los, mit sauberer Tunika und Hose bekleidet, das Haar in einem Dutt nach hinten gesteckt. Ihren Dolch hatte sie unter den Gürtel geschoben. Die flache Seite der Klinge tippte bei jedem Schritt an ihren Oberschenkel.

Der Hafen war nahezu menschenleer, abgesehen von zwei Fischern, die ihre Boote für den Tag rüsteten. Finnegans Boot wartete noch immer dort, wo sie es zurückgelassen hatte. Irgendeine treue Seele hatte es an der Mole vertäut, nachdem Aurora in heller Aufregung zum Schloss zurückgerannt war. Sie ging direkt darauf zu. Niemand beachtete sie.

»Mädchen!«

Lucas marschierte hinter ihr über den Hafenplatz.

»Was tut Ihr da, Aurora? Ihr wollt doch wohl nicht allein los?«

Sie griff nach dem Tau, um es vom Poller loszumachen. »Es geht nicht anders«, sagte sie. »Es gibt da etwas, was ich tun muss.«

»Da draußen? Ihr werdet dabei umkommen. Und inwiefern sollte Finnegan das helfen?«

Sie starrte ihn an. Seine Körperhaltung sah angespannt aus, beinahe aggressiv. Instinktiv wanderte ihre Hand zum Drachenamulett.

»Ich will zum Berg zurück«, erklärte sie. »Um nachzusehen, was dort ist. Genau, wie wir es geplant hatten. Mir fällt nichts ein, womit ich sonst helfen könnte.«

»Ich verstehe, was Euch antreibt. Aber es wird keinen Unterschied machen.«

»Vielleicht nicht«, entgegnete Aurora. »Aber ich muss es trotzdem versuchen.« Sie sah ihn weiterhin unverwandt an. »Was macht Ihr hier? Hattet Ihr vor, ins Ödland zu reisen?«

»Ja«, sagte er mit beinahe schon provozierendem Unterton. »Ich dachte, wenn ich noch ein paar mehr Informationen sammele, kann ich vielleicht ein Heilmittel finden. Doch ich bin Experte auf diesem Gebiet. Ich weiß, worauf ich mich einlasse. Ihr könnt nicht gehen.«

Er log. Er wusste über ihre Kräfte Bescheid. Wusste, wozu sie in der Lage war. Für sie war es im Ödland weit weniger gefährlich als für ihn. Lucas verheimlichte ihr etwas.

»Ihr könnt mich nicht aufhalten«, sagte sie. »Ihr solltet bei Finnegan bleiben. Er braucht Eure Expertise.«

Lucas schüttelte den Kopf. »Ich kann ihm gerade nicht helfen«, sagte er. »Und wenn Ihr Euch partout nicht aufhalten lasst, sollten wir am besten zusammen gehen. Zwei Augenpaare sehen mehr als eines. Und Finnegan würde mir nie verzeihen, wenn Euch etwas zustößt.« Behände löste er den Knoten und machte das Tau los.

Sie sollte ihn wegschicken. Sie konnte nicht noch mehr Komplikationen gebrauchen. Aber sie musste sich beeilen, und Lucas kannte sich im Ödland besser aus als irgendwer sonst. Wenn sie sich verirrte, würde sie Finnegan nicht helfen können. Und außerdem war sie neugierig. Was genau hatte Lucas vor? Er hatte ihre Feuermagie mit eigenen Augen gesehen.

Er wusste, dass er ihr nichts würde anhaben können. Also was befand sich da draußen, zu dem er so unbedingt hinwollte?

»Na schön«, sagte sie. »Los geht's.«

Sie wanderten schweigend durchs Ödland, nahmen die gleiche Route wie bei ihrem Gewaltmarsch mit Finnegan. Nur dass ihr da die Welt ganz still erschienen war, als würde das Königreich den Atem anhalten. Oder vielleicht hatte Aurora sich auch nur zu sehr auf Finnegans Schmerzen und ihre eigene Panik konzentriert, um irgendetwas anderes um sich herum wahrzunehmen. Doch jetzt schien die Luft vor Drachen zu wimmeln. Ständig wurden sie von lautem Brüllen oder aufziehenden Schatten dazu gezwungen, ihre Reise zu unterbrechen. Und jedes Mal, wenn sie dann wieder den Schutz der verfallenen Häuserruinen verließen und sich zurück ins offene Gelände wagten, verfielen sie in eine Art huschendes Laufen in geduckter Haltung, so als würden ein paar Zentimeter weniger Körpergröße sie davor bewahren, von den Drachen entdeckt zu werden.

Zum ersten Mal überkam Aurora beim Anblick der Drachen nackte Angst. Sie hatte es nicht geschafft, den Drachen in der Berghöhle zu bändigen. Und wenn sie sich nun geirrt hatte? Was, wenn sie sie gar nicht bändigen *konnte*? Womöglich marschierte sie geradewegs in eine Falle.

Aber nein. Celestine wollte ein Drachenherz haben, und um es zu bekommen, brauchte sie Aurora. Das bedeutete, dass Aurora recht gehabt hatte und eine besondere Verbindung zwischen ihr und den Drachen bestand. Dass sie das gleiche Blut teilten. In der Höhle hatte sie die Nerven verloren, aber das würde ihr nicht noch einmal passieren.

Sie und Lucas sprachen kein Wort. Stunde um Stunde zermarterte Aurora sich den Kopf, wie sie am geschicktesten mit Celestine umgehen sollte. Und mit Lucas. Der Forscher machte die Sache noch komplizierter. Möglicherweise würde Celestine sich weigern, in seiner Gegenwart mit Aurora zu sprechen, und Aurora wusste nicht, wohin sie sich in dieser trostlosen Öde für ein Privatgespräch zurückziehen sollte.

Unter Umständen könnte seine Anwesenheit aber auch von Vorteil für sie sein. Vielleicht ließ sich Celestine durch ihn ablenken. Andererseits würde die Hexe ihn, ohne zu zögern, umbringen, wenn er ihren Plänen in irgendeiner Weise im Weg war.

Aurora spielte in Gedanken ihren eigenen Plan durch. Sie würde Celestine das Herz anfassen lassen, es in ihre Hände legen und es dann zu Asche verbrennen. Wenn sie mit den Drachen tatsächlich durch eine wie auch immer geartete Verwandtschaft verbunden war, wenn sie das gleiche Blut teilten, wäre es ihr unter Umständen möglich, die Zauberkräfte des Herzen anzuzapfen und es von innen heraus zu verbrennen. Celestine würde mit leeren Händen dastehen, und Aurora hätte den Handel erfüllt.

Es war kein guter Plan, aber es war der einzige, den sie hatte.

Und außerdem hätte sie noch drei Fragen frei. Drei ehrliche Antworten von der Hexe. Das würde bei weitem nicht ausreichen. Sie könnte sie zum Fluch befragen, zu ihrer Mutter, ihrer Magie, den Drachen und zu Celestines Vergangenheit. Sie könnte herausfinden, was Celestine wollte oder was sie vorhatte, jetzt zu tun. Daran gemessen waren drei Fragen geradezu lächerlich, egal, wie umfassend sie sie auch formulieren würde.

Vor allem müsste sie mehr über Celestines Pläne in Erfahrung bringen. Obwohl es andere Fragen gab, die ihr viel mehr auf den Nägeln brannten. Sollte sie ihre einmalige Chance, Antworten zu erhalten, opfern, damit sie Menschen helfen konnte, die sie hassten?

Sie wusste es nicht.

Bei Sonnenuntergang erreichten sie ein Dorf, das noch halbwegs intakt war. Ein paar der Häuser besaßen sogar noch ein Dach, und in der Mitte des Marktplatzes befand sich ein kleines Becken mit Wasser. Aurora kniete sich davor auf den Boden und schöpfte etwas Wasser mit den hohlen Händen. Es schmeckte nach Asche, so wie alles hier, und doch war es herrlich erfrischend. Die Sterne funkelten, und der Himmel war von Spuren aus Feuer durchzogen.

»Wir sollten Rast machen«, erklärte Lucas. Er klang außer Atem. »Heute Nacht noch weiterzuwandern wäre zu gefährlich, und das Dorf hier ist der sicherste Ort, um bis morgen auszuruhen.«

»Wir müssen so schnell wie möglich vorankommen«,

wandte Aurora ein. Ihr Körper war ein einziger Schmerz, aber sie mussten weiter. »Finnegan kann nicht warten.«

»Besser eine Nacht warten, als überhaupt nicht zurückzukehren.«

»Wir können uns eine Stunde lang ausruhen«, willigte Aurora ein. »Aber dann gehe ich weiter, mit oder ohne Euch.«

Lucas ließ sich neben ihr auf dem Boden nieder und seufzte schwer. »Das ist riskant«, sagte er.

»Hierzubleiben genauso.«

Aurora ließ ihre Finger durchs Wasser gleiten, während sie schweigend nebeneinandersaßen und in den Himmel starrten. Überall um sie herum waren Drachen, sie kamen blitzend in Sicht und verschwanden dann wieder.

»Und habt Ihr sie Euch so vorgestellt?«, fragte sie. »Ihr hattet sie doch schon jahrelang erforscht, bevor sie zurückkamen. Sind sie so, wir Ihr gedacht habt?«

»Nein«, sagte er. »Das sind sie nicht.«

»Was hattet Ihr denn erwartet?«

»Ich hatte nicht erwartet, dass sie so brutal sind«, erklärte Lucas. »Ich hatte nicht erwartet, dass sie das Königreich vernichten würden. Natürlich wusste ich, dass Drachen töten und Feuer entfachen, das ist ja kein großes Geheimnis, aber es gibt einen Unterschied zwischen wissen und akzeptieren. Etwas wirklich verstehen. Ich *wusste* es, als ich das erste zu glühender Asche zerfallene Dorf sah. Und hat man so etwas erst mal gesehen, verändert das für immer, wie man über diese Kreaturen denkt.«

»Ja«, sagte Aurora. »Vermutlich.« Es kribbelte in ihren Beinen, und sie verspürte den Drang, sich zu bewegen, dieses Geisterdorf hinter sich zu lassen und zu Ende zu bringen, was sie sich vorgenommen hatte. Sie rappelte sich hoch. »Ihr könnt hier warten, wenn Ihr wollt«, sagte sie. »Aber ich gehe jetzt.«

Wortlos stand Lucas auf, und zusammen marschierten sie weiter durch die verödete Ebene.

Die Sonne ging auf, und der Berg vor ihnen wuchs, bis er Auroras gesamtes Blickfeld einnahm, den Himmel aussperrte und die ganze Welt ausfüllte. Ein paar Drachen umkreisten den zerklüfteten Gipfel. Aurora machte sich an den Aufstieg und schleppte sich mit brennenden Waden, an Felsvorsprünge und Gesteinsbrocken geklammert, den Berghang Stück für Stück weiter hoch.

Dann fiel der Boden jäh ab, und die Höhle verschlang sie. Alle Geräusche wurden erstickt. Diesmal wagte Aurora nicht, Licht zu machen. Sie würden blind in die Tiefe hinabsteigen und sich durch das Licht der Drachen leiten lassen.

Vielleicht war es das leichte Beben der Erde, das sie warnte, das Scharren von Schritten unmittelbar hinter ihr. Vielleicht war es Lucas' angstvoller, schwerer Atem an ihrem Ohr oder das geflüsterte *Tut mir leid*, mit dem er sich nach vorn lehnte. Vielleicht war es die Vorahnung der kalt blitzenden Klinge, die ihre Kehle ansteuerte. Ein scharfer Schmerz schnitt in ihr Kinn, und die Magie schoss aus Aurora hervor.

Lucas schrie. Das Messer fiel aus seiner Hand, glühend rot. Es fiel klappernd zu Boden, und Aurora kickte es weg, während sie ihn gleichzeitig mit dem ausgestreckten Arm wegdrängte und nach ihrem Dolch griff. Licht flackerte zwischen ihnen auf und erhellte Lucas' panisches Gesicht.

»Was tut Ihr da?«, fauchte sie.

»Ich musste«, sagte er. »Versteht doch …«

»Ihr musstet was? Versuchen, mich umzubringen?«

»Es tut mir leid«, sagte er. »Ich kann Euch nicht da runtergehen lassen.«

»Warum nicht?«, zischte sie. »Weil es zu *gefährlich* ist?«

Ihre Finger schlossen sich um den Dolch. Sie machte einen Schritt vorwärts und drängte Lucas rückwärts gegen die Felswand. »Warum habt Ihr mich angegriffen?«, fragte sie.

»Das versteht Ihr nicht.« Er warf einen verstohlenen Blick den Tunnelgang hinunter. Jetzt zitterte er am ganzen Körper. »Finnegan und Ihr, ihr seid beide Dummköpfe. Die Drachen haben bereits einen Großteil des Königreichs zerstört. Und niemand weiß, was sie anrichten werden, wenn Ihr Euch einmischt. Was, wenn sie das Meer überqueren? Das kann ich nicht zulassen.«

Weiter vorn im Tunnel brüllte ein Drache.

»Und da seid Ihr den ganzen langen Weg bis hierher marschiert, um mich zu töten?« Ihre Hand mit dem Dolch zitterte. »Warum habt Ihr's nicht schon am Hafen getan, dann wäre die Sache erledigt.«

»Ich habe gehofft, Ihr würdet umkehren«, erklärte Lucas. »Ich wollte es nicht so weit kommen lassen.«

»Ihr habt mir die Kette vom Hals gerissen«, sagte sie, »weil

Ihr dachtet, dadurch könntet ihr uns aufhalten. Ihr wusstest, dass es die Drachen in Rage versetzen würde. Es ist Eure Schuld. Ihr wart es, der Finnegan verletzt hat.«

»Nein«, sagte er, ohne eine Miene zu verziehen. »Das wart Ihr.«

Aber Aurora würde jetzt keinen Rückzieher machen. Sie musste das zu Ende bringen. »Los«, sagte sie und deutete mit dem Dolch den Tunnel hinunter. »Ihr geht voran.«

FÜNFUNDZWANZIG

Der Weg wurde ebener und so schmal, dass nicht mehr als drei Leute nebeneinandergepasst hätten. Jetzt verstand sie auch, weshalb ihnen auf dem Weg nach unten nur ein einziger Drache begegnet war. Die meisten der Biester waren zu groß für den Tunnel. Es musste noch viele weitere Gänge geben, Hunderte von Wegen, die in das Herz des Berges führten, und breite Durchlässe, die für die Drachen gut passierbar waren.

Sie folgten einer Biegung, und Lucas blieb so plötzlich stehen, dass Aurora beinahe mit ihm zusammenprallte. Im letzten Moment riss sie ihre Hand herunter, so dass der Dolch seinen Rücken knapp verfehlte.

Der Tunnel endete in einer riesigen Höhle, ein Gewölbe aus Hitze und Stein.

Die Wände schimmerten von Juwelen, und die Decke war so hoch, dass Aurora sie fast nicht sehen konnte, abgesehen von den Stellen, die hier und da von den glühenden Flügeln vorbeifliegender Drachen erhellt wurden. Ihre Schreie wurden, hundertfach verstärkt, zwischen den Wänden hin und her geworfen.

Einen Moment lang war sie zu nichts anderem fähig, als mit staunend offenem Mund alles um sich herum aufzunehmen. Es waren so viele Drachen. So viel Feuer.

Langsam tastete sie sich in die Mitte der Höhle vor, schlängelte sich vorsichtig zwischen Stalagmiten hindurch. Sie glitzerten, als hätten sie einen magischen Kern. Aurora strich mit der Hand über einen der Tropfsteine, insgeheim damit rechnend, sich die Finger zu verbrennen. Er fasste sich kühl an und rau und rieb an ihrer Haut.

Sie reckte den Hals und beobachtete die Schatten, die an der Decke um die Stalaktiten herumhuschten.

Kommt, dachte sie.

Die Luft wurde schwer von Hitze, und Auroras Zauberkräfte fingen an, in ihr zu brodeln, dass ihr schwindelte. *Kommt her*, dachte sie wieder, und diesmal sandte sie ein wenig Magie aus, einen kleinen Feuerball, der um sie herumflitzte.

Hinter ihr brüllte ein Drache. Aurora drehte sich in dem Moment um, als er dumpf auf dem Boden aufsetzte und mit blitzenden Augen seinen Kopf hin und her warf.

Vorsichtig ging sie einen zittrigen Schritt vorwärts. Er würde ihr nichts tun, das wusste sie. Sie ähnelten einander, durch ihre Adern flossen Feuer und Blut und Celestines Magie.

Sie streckte ihre Hand nach ihm aus. Hitze drang durch ihre Haut.

Sie betrachtete die Brust des Drachen, suchte nach einer Schwachstelle, nach einem Weg, wie sie an sein Herz kommen könnte. Aber sie brachte es nicht über sich, einem Geschöpf weh zu tun, das so erhaben und Ehrfurcht einflößend war wie dieses hier. Sie konnte ihm nicht das Herz aus der Brust reißen, um es ihrem Willen zu unterwerfen.

Der Drache behielt sie die ganze Zeit im Auge.

Aber keiner von beiden behielt Lucas im Auge. Mit einer schnellen Bewegung packte er Auroras Handgelenk und drehte es herum, bis der Dolch scheppernd zu Boden fiel. Sie kreischte, und die Magie in ihrem Inneren ließ Funken stieben, aber Lucas hatte sich die Waffe bereits geschnappt. Er stieß zu, doch im gleichen Moment sprang sie zur Seite. Die scharfe Spitze der Klinge ritzte ihre Haut auf. Ein roter Fleck bildete sich auf ihrer Tunika.

Erneut stürzte Lucas sich auf sie, den Dolch in der Hand, und sie duckte sich weg. Der Drache stellte sich auf die Hinterbeine. Sein markerschütternder Schrei ließ die steinernen Wände der Höhle erbeben. Er riss den Kopf herum und starrte mit geblähten Nüstern auf Auroras Wunde. Sein Kopf fuhr zu Lucas herum, der schwankend zurückwich, den Dolch in der zitternden Hand. Der Anblick des Blutes hatte etwas in der Kreatur ausgelöst, und sie würde sie beide verbrennen.

Aurora regierte instinktiv, angetrieben von ihrer Angst um Finnegan, von ihrem Verlangen nach Antworten. Ihre freie

Hand streckte sich nach der Brust des Drachen aus, während sie versuchte, die Verbindung zu erspüren, ihr gemeinsames Blut. Das Drachenamulett an ihrem Hals glühte so heiß, dass die Flügel einen roten Abdruck auf ihrer Haut hinterließen.

Und dann berührte ihre Hand die glatten Schuppen des Drachen und versank in seiner Brust, glitt hinein in pure Hitze, die pulsierte und strudelte und ihre Haut liebkoste. Mühsam unterdrückte sie einen Schrei. Ihre Hand packte das Feuer. Mit einem Ruck zog Aurora sie wieder heraus, und der Schrei löste sich aus ihrer Kehle.

Sie hielt ein Herz in der Hand, nicht sehr viel größer als ihr eigenes. Ein feurig rotes Ding, das in der Dunkelheit glomm.

Der Drache sah sie an. Sie sah zurück. Und sie fühlte die Traurigkeit, die in seinem Blick lag, als wäre sie ihre eigene. Es zerriss sie innerlich, und durch ihre Adern strömte ein Schmerz, so scharf, dass sie beinahe das Herz zurückgetan, beinahe Finnegan aufgegeben, beinahe alle ersehnten Antworten hier in der Höhle zurückgelassen hätte, um diesem blutrünstigen Wesen sein Leben zurückzugeben. Um ihm die Freiheit zu schenken, die sie für sich selbst gewollt hatte.

Doch dann war der Moment vorüber, und der Drache begann zu schwelen. Qualm drang aus seinen Nüstern, und Rauch stieg von seinen Schuppen auf, begleitet von einem knisternden Brennen, das die Luft zu versengen schien. Der Drache öffnete das Maul, und seiner Kehle entrang sich ein erstickter Schrei. Dann fingen seine Schuppen, seine mächtigen Flügel und die Augenhöhlen zu glühen an, schrumpften zusammen wie brennendes Papier, bis die Hitze der Glut ihn von innen heraus auffraß. Das Geschöpf löste sich auf, Haut und Schuppen fielen, vom Feuer geschwärzt, zu Boden.

Aurora ergriff die Flucht. Das Herz an sich gepresst, rannte sie los, wich im Laufen den Stalagmiten aus, stolperte über Geröll. Das Herz schlug im gleichen Takt wie ihres. Jetzt begannen die übrigen Drachen zu schreien, ein wütendes, hasserfülltes Gebrüll. Aurora rannte schneller. Sie riskierte einen Blick über die Schulter und sah, dass Lucas ihr folgte. Hinter ihm war aus dem eben noch so imposantem Drachen ein riesiger Ball aus Feuer und Rauch geworden, der immer größer wurde und die ganze Höhle so hell erleuchtete, dass Aurora die Risse in den Wänden sehen konnte. Der Boden grollte, und sie rannte und rannte, so schnell sie konnte, huschte in den engen Tunnelgang und preschte die Steigung hinauf, voller Angst, dass das Feuer sie jede Sekunde einholen würde, dass einer der Drachen auf sie hinabstoßen und sie verbrennen würde.

Hinter ihr schrie Lucas auf.

Mit einem Hechtsprung warf Aurora sich durch die Höhlenöffnung, purzelte über den Boden und schürfte sich am Schotter die Knie auf. Mit ihrer freien Hand versuchte sie verzweifelt, den Sturz abzubremsen, und spürte, wie sich kleine Steinchen schmerzhaft in ihr Fleisch bohrten. Wenige Meter von der Höhle entfernt blieb sie schließlich hinter einem großen Felsbrocken liegen.

Sie blickte auf das Herz in ihrer Hand. Es war so klein, beinahe zart, dass sie Angst hatte, es versehentlich zu zerdrücken. So ein zerbrechliches Ding, das diese furchterregende Kreatur am Leben erhalten hatte. Aber sie konnte spüren, wie es noch schlug. Ihre Hand war rußgeschwärzt.

Sie hob ihre Tunika hoch, um ihre Wunde zu begutachten. Sie war nicht so tief, wie sie vermutet hatte, und das Blut war bereits getrocknet. Schmerzhaft, aber nicht lebensbedrohlich. Sie hatte schon Schlimmeres erlebt.

Taumelnd rappelte Aurora sich hoch und ignorierte das Stechen in ihren Knien und ihrer Seite. Falls Lucas lebend aus der Höhle kam, müsste er allein zurückgehen. Vielleicht wartete er, bis sie weg war. Vielleicht wäre es ohnehin sicherer, wenn sie getrennt bis in die Hauptstadt zurückwandern würden. Vielleicht.

Sie kletterte und stolperte den Hang hinunter. Der Berg rumorte unter ihren Füßen, und sie konnte noch immer das Brüllen der Drachen hören. Sie rutschte über die Steine hinweg, schneller und schneller, wollte verzweifelt flaches Gelände und die Geisterdörfer erreichen, und so lange rennen, bis die grässlichen Schreie der Drachen kilometerweit hinter ihr lägen.

Celestine wartete auf sie in dem Dorf am Fuß des Berges. Die Hexe stand neben einer zusammengeschmolzenen Mauer, eingerahmt von schwarzem Ruß und weißem Stein. Sie warf einen Blick auf das Herz in Auroras Hand und lächelte ein wahnsinniges, gieriges Lächeln, das zu ihren hungrigen Augen passte.

»Du hast es geschafft«, sagte Celestine. »Ich wusste es.« Sie ging einen Schritt nach vorn und griff nach dem Herz, aber Aurora wich zurück und barg es an ihrer Brust. Sie konnte es schlagen spüren. Für einen wilden Moment dachte sie an Finnegan, daran, wie sein Herz an ihrer Brust gepocht hatte, als sie sich irgendwo da draußen in der Wildnis geküsst hatten. Doch dieser Herzschlag hier war ungestümer, beharrlich und furchteinflößend.

»Ich kann es dir wegnehmen«, sagte Celestine. »Ich kann es dir wegnehmen und deinen kostbaren Prinzen einfach sterben lassen. Wir hatten eine Vereinbarung.«

»Du hast versprochen, dass du mir meine Fragen beantwortest, wenn ich dir das Herz bringe«, sagte Aurora. »Und das habe ich nun getan. Die Fragen fürs Bringen. Finnegan dafür, dass ich es dir in die Hand lege. Abgemacht ist abgemacht.«

»Ja«, sagte sie. »Abgemacht ist abgemacht. Stell mir deine Fragen.«

Die Hitze des Herzens ging auf Aurora über und ließ sie kühner werden. *Drei Fragen*, das hatte Celestine ihr versprochen. Nur drei, und es gab so vieles, was sie wissen wollte. Sie musste ihre Worte mit Bedacht wählen. »Du hast die Drachen zurückgeholt.«

»Das ist keine Frage.«

»Du hast aus meinem Blut ein Zaubermittel hergestellt.«

Celestine lächelte nur.

»Mein Blut enthält Magie, weil ich mit Hilfe von Magie erschaffen wurde, sti–« Fast hätte sie *stimmt's?* gesagt, biss sich aber im letzten Moment auf die Zunge und schluckte die Frage herunter. Celestines Grinsen wurde breiter.

»Du hast sehr lange gebraucht, um dahinterzukommen, warum deine Magie so besonders ist. Ehrlich gesagt, hätte ich dich für schlauer gehalten. Ich habe dir alles erzählt, was du wissen musstest. Aber du bist mit deinem Prinzen durch die Gegend gestolpert und hast gerätselt, *warum* du über diese spektakuläre Zauberkraft verfügst, *wieso* ausgerechnet du? Du hättest wissen müssen, dass das mein Werk war. Alles ist mein Werk.«

»Du bist schwach«, erwiderte Aurora. »Ohne mich wärst du nie an das Herz gekommen. Ohne mich besitzt du hier keine Magie.«

»*Schwach* würde ich nicht sagen«, entgegnete Celestine. »Immerhin bist du auf mich angewiesen, damit ich deinen Prinzen rette. Ich hatte übrigens nie Magie in Vanhelm. Es gab nirgends Magie in der Luft zum Abschöpfen … doch jetzt fließt dein Blut in meinen Adern, deine Magie, zumindest vorläufig. Und dafür bin ich dankbar. Aber es wird dir nicht gelingen, mir durch geschickte Manöver mehr Antworten als vereinbart zu entlocken. Drei Fragen. Leg los.«

Auroras Finger schlossen sich fester um das Herz. »Wieso willst du dieses Drachenherz haben?«

»Ich will haben, was rechtmäßig mir gehört, Aurora. Ich will meine Magie zurück. Ich bin nur noch ein Schatten meines früheren Ichs, und die Drachen … Durch sie werde ich eine Magie erhalten, die so ist wie deine. Magie, die mir niemand mehr nehmen kann.«

Aurora biss sich auf die Lippen. Sie durfte Celestine nicht wieder zu ihrer alten Stärke verhelfen. Niemals. Aber die Hexe lachte nur. »Mach nicht so ein ängstliches Gesicht. Ich werde dir schon nichts tun. Ich will nur wiederhaben, was früher mir gehörte. Und ich will den Menschen dieser Königreiche die Magie zurückbringen, nach der sie sich so sehnen.«

»Und mit der du ihnen schaden wirst.«

»Den Schwachen schadet Magie immer. Den Menschen, die unfähig sind, zu erkennen, was sie mit ihren Wünschen womöglich anrichten. Den Menschen, die glauben, die Erfüllung ihrer Träume würde ihnen geschenkt. So wie deine Mutter.«

»Und ich«, sagte Aurora. »Jetzt.«

»Nein«, sagte Celestine. »Du nicht. Du bist wie ich, Aurora. Ich will dich an meiner Seite haben.«

Wenn Celestine immer noch wollte, dass Aurora sich mit ihr zusammentat, verfolgte sie mit Sicherheit noch weitere Pläne. Dann war es mit dem Drachenherz und der Wiederherstellung ihrer Magie nicht vorbei. Aber wenn Celestine erst wieder ausreichend mit eigener Macht ausgestattet wäre, wozu brauchte sie dann noch Aurora?

Sie musste in Erfahrung bringen, was Celestine vorhatte. »Was soll deinem Wunsch nach geschehen, wenn ich mich dir anschließe?«

Celestine legte den Kopf schief, und ihr Lächeln bröckelte ein wenig. »Ich will dich als Verbündete«, sagte sie. »Das ist alles. Das war von Anfang mein Wunsch. Es gab niemanden wie mich, Aurora. Und jetzt gibt es dich. Darum hatte ich mich auf den Handel mit deiner Mutter eingelassen, verstehst du. Ich wusste, wer du einmal werden würdest. Ich wusste, dass wir zusammen einmalig sein könnten.« Sie rückte Aurora ganz nahe und strich ihr über das Haar. »Es braucht natürlich seine Zeit. Zuerst musst du erkennen, wie die Welt in Wahrheit ist. Alle wollen irgendetwas von dir, und am Ende wenden sich alle gegen dich. Doch sobald du die Wahrheit einmal erkannt hast, wirst du das Gleiche denken wie ich, das Gleiche fühlen. Ich will dich als meine Verbündete, damit du die Freiheit hast, die zu sein, die du sein sollst. Damit dir nie wieder irgendwer seinen Willen aufzwingt.«

»*Du* wirst mir dann deinen Willen aufzwingen.«

»Nein«, entgegnete Celestine. »Wieso sollte ich das? Du wirst die Dinge so sehen, wie ich sie sehe. Vielleicht noch nicht jetzt, aber bald.« Sie streckte die Finger nach dem Herzen aus. Mit ihrem zuckenden Lächeln und dem schief gelegten Kopf wirkte sie irre, aber sie schien absolut überzeugt von dem, was sie sagte. Sie dachte tatsächlich, dass Aurora sich ihr anschließen würde. Aufgrund des Fluchs. Aufgrund des Lebens, das Celestine für sie geschaffen hatte.

Aurora rang den Drang nieder, wegzuzucken und zurückzuweichen. Die Drachen kreischten über ihnen. *Sollen sie kommen*, dachte sie. Sollten sie sie ruhig zu Asche verbrennen. Sie würde nicht klein beigeben.

»Was hat meine Mutter dir angeboten?«, fragte Aurora. »Als Gegenleistung für mich?«

»Ach mein liebes Kind«, sagte Celestine. »*Dich* hat sie angeboten.«

Aurora Herz schlug im gleichen Takt wie das des Drachen. »Wie bitte?«

»Ich schwöre, es ist wahr. Sie bat um ein Kind und versprach, dass das Kind dafür *mir* gehören würde. Sie verkaufte dich, damit du geboren werden konntest. Deine Mutter glaubte, sie könnte mich überlisten, indem sie offenließ, *wann* sie dich mir geben würde. Sie wollte es hinauszögern, um dich zu beschützen. Sie sagte, dass ihr Baby zwar mir gehören würde, aber dass ich nicht erwähnt hätte, es mit in meinen Turm nehmen zu wollen. Sie hielt sich für sehr clever und erklärte mir, dass kein Mensch einem anderen gehören könne, weswegen unser Handel null und nichtig sei.«

»Also hat sie dich nicht betrogen. Sie war einfach schlauer als du.«

»Nein«, schleuderte Celestine ihr entgegen. »Sie hat dir dadurch den Fluch eingebrockt. Ich hätte dich mitgenommen und zu einer gefürchteten Hexe ausgebildet, wenn sie mich nur gelassen hätte. Aber das tat sie nicht. Da ich dich nicht aus dem Schloss herausbekommen konnte, verfluchte ich dich, um meinen Willen durchzusetzen und deine Mutter für ihren Hochmut zu bestrafen. Inzwischen bin ich ihr richtig dankbar. Denn sie verschaffte mir die einmalige Gelegenheit, eine Frau genau nach meinem Bild zu erschaffen. All die Macht, all der Verrat, all der *Hass* … dem jungen Mädchen erwuchs daraus eine innere Stärke, die es unter normalen Bedingungen wohl nie entwickelt hätte, meinst du nicht auch?«

»Aber ich sollte doch durch den Kuss der wahren Liebe erweckt werden. Das scheint nicht gerade dazu geeignet, mich zugrunde zu richten.«

»Ach Aurora, du bist noch so naiv. Hast du denn nichts gelernt, seitdem du erwacht bist? Die wahre Liebe ist bedeutungslos. Du hättest Rodric lieben können. Du *hättest* ihn sogar geliebt, hätte man dich nicht dazu zwingen wollen, weil das Wohl des ganzen Königreichs von deinem Glück abhängt. Wenn jedoch die angebliche Liebe zu einem Käfig wird, der einen hindert, das Leben zu führen, das man führen möchte … Nein. Unter diesen Umständen konntest du Rodric natürlich nicht lieben. Du hattest es in dir, ihn zu lieben, aber es wurde kaputtgemacht.« Celestines Lächeln wurde breiter. »Ohne den Fluch wärst du ihm nie begegnet, aber mit dem Fluch konntest du ihn nicht lieben. Schon seltsam, wie Magie wirkt, nicht?«

»Sie wirkt nur so, weil du sie so erschaffen hast.«

»Vielleicht. Im Laufe der Jahre gab es viele Menschen, die du hättest lieben können. Viele Menschen, die zu dir passten. Möglicherweise haben dich ein paar von ihnen sogar geküsst. Aber mein Fluch war nicht dazu gedacht, dich *glücklich* zu machen, Prinzessin. Sondern dazu, dass du leidest. Dass alle Liebe in deinem Leben bereits zum Scheitern verurteilt ist, bevor sie überhaupt begonnen hat. Denn genau das ist, was wahre Liebe ausmacht, Aurora, keine Flirts mit fremden Prinzen. Und deine Mutter gab mir die Chance, dich diese Lektion zu lehren. Neben einigen anderen Dingen.«

Das konnte nicht wahr sein. Niemals hätte ihre Mutter so etwas getan! Aber Celestine hatte geschworen, die Wahrheit zu sagen, und die Hexe war eine Frau, die zu ihrem Wort stand.

»Meine Mutter hätte niemals mein Leben als Preis ausgesetzt, um mich bekommen zu können«, sagte Aurora. »Das ergibt gar keinen Sinn!«

»Verzweifelte Menschen tun verzweifelte Dinge«, erwiderte Celestine. »Und wenn eine Königin jahrelang kinderlos bleibt, wenn das Volk sie ohnehin schon ablehnt, wenn man bereits munkelt, dass man sie zum Wohle des Königsreich davonjagen sollte … Tja, dann kommt sie möglicherweise zu dem Schluss, dass dieser Handel das Risiko wert ist.«

»Aber …«

»Na, na, na.« Celestine zog die Augenbrauen hoch. »Drei Fragen, Aurora. Ich habe meinen Teil des Handels erfüllt. Jetzt gib mir das Herz. Es sei denn, du willst, dass Prinz Finnegan stirbt.«

Sie durfte Celestine nicht wieder zu Macht verhelfen. Sie durfte nicht zulassen, dass die Hexe zu ihrer alten Stärke zurückfand.

Aber Finnegan lag immer noch im Sterben, mit vom Drachenfeuer verbrannter Haut, und wenn Aurora Celestine nicht half, wenn sie sich nicht zu ihrer Komplizin machte, würde einer der wenigen Menschen, denen sie am Herzen lag, qualvoll dahinsiechen.

Und was wollte sie dabei eigentlich schützen? Ein Königreich, das bereits in Flammen stand? Einen König, der sie hatte töten wollen und bei diesem Versuch seine eigene Tochter umgebracht hatte? War es wirklich schlimmer, Celestine mit Macht auszustatten, als allein weiterzukämpfen, um das bestehende Chaos aufrechtzuerhalten?

Ja, sagte ihr eine innere Stimme. *Ja, es war schlimmer.* Doch sobald sie an Finnegan dachte oder an die Beschimpfungen auf diesem Plakat, kam sie zu dem Schluss, dass es sie im Grunde nicht weiter kümmerte. Ihre eigene Mutter hatte sie verkauft. Alle hatten sie verraten, gehasst und benutzt. Weshalb sollte sie jetzt keine egoistische Entscheidung fällen?

Und Celestine hatte gesagt, sie würde Finnegan heilen, wenn Aurora ihr das Herz in die Hand legte. Das Einzige, was sie also tun musste, war, *es ihr in die Hand zu legen.* Dann könnte sie es vernichten. Dann könnte sie Celestine aufhalten.

Sie glaubte nicht, dass sie es schaffen würde. Aber möglich war es. Es war *möglich*.

»Ich kann es dir auch einfach wegnehmen«, sagte Celestine. »Daran solltest du keine Sekunde lang zweifeln.«

Langsam lockerte Aurora den Griff um das Herz und hielt es der Hexe mit zitternden Händen hin. Celestine schnappte es, wieder mit diesem Hunger im Blick. Als Aurora das Herz hergab, strömte ein jäher Schwall Hitze aus ihr heraus und mit ihm auch ein Teil ihrer Wut, und die so entstandene Leere wurde von einem tiefen Bedauern erfüllt. Celestine drückte sich das Herz an die Lippen, küsste es beinahe, liebkoste es fast. Dann biss sie hinein und riss mit den Zähnen daran, bis ihre untere Gesichtshälfte blutverschmiert war. Aurora schnappte entsetzt nach Luft, versuchte, ihre Zauberkraft zu entfesseln, um Feuer zu entfachen. Doch die Magie flirrte außerhalb ihrer Reichweite, und Celestine grub noch einmal ihre Zähne ins Herz, mit funkelnden Augen. Auroras Instinkte drängten sie, der Hexe das Herz zu entreißen, jetzt sofort, bevor es zu spät wäre. Aber Celestine verschlang es bereits, und ihre Haut glühte so rot wie gerade noch das Herz und vorher die Haut des Drachen.

Mit einer blitzschnellen Bewegung griff Aurora nach dem Herzen. Ihre Finger erwischten ein Stück und zerrten daran; Blut rann über ihre Fingerknöchel.

Eben noch hielt sie den Herzfetzen in der Hand, nur wenige Zentimeter von Celestines blutigen Lippen entfernt, dann steckte Aurora ihn sich auch schon in den Mund. Es war ein verzweifelter Versuch, ihn vor der Hexe zu retten und wieder Kontrolle über die Situation zu gewinnen.

Es schmeckte anders als erwartet. Ihre ganze Mundhöhle brannte, Hitze überkam sie, und ein Schwall feuriger Energie strömte ihre Kehle hinab und füllte ihre Lungen. Inzwischen waren ihre eigenen Lippen blutverschmiert. Aurora schauderte. Die Hexe grinste sie an, und ihre Zähne waren rot. Rot von Blut und Magie.

»Das wirst du bereuen«, sagte Celestine. »Aber das ist mir gleich.«

»Finnegan«, stieß Aurora mit heiserer Stimme hervor. »Du hast versprochen, ihm zu helfen. Du hast es versprochen.«

»Ja«, sagte Celestine. »Und im Gegensatz zu deiner Mutter halte ich *immer* Wort.« Sie kam mit ihrem Gesicht ganz dicht an Auroras heran. »Und ich glaube, ich habe da etwas für dich, das wird dir gefallen.« Sie hob die Hand und drückte einen blutbeschmierten Finger auf Auroras Mund. Sie schob ihn ein Stückchen zwischen ihre Lippen, so dass Aurora für einen kurzen Moment noch einmal das Drachenblut schmeckte, dann schlüpfte der Finger wieder heraus. Auroras Lippen prickelten dort, wo die Hexe sie berührt hatten.

»Ein Kuss«, sagte Celestine. »Geh zu ihm und küsse ihn, während du daran denkst, wie sehr du dir wünschst, dass er genesen möge. Wenn du das tust, wird er leben. Vorläufig wenigstens.«

Aurora hob unwillkürlich eine Hand an ihre Lippen. »Ist das der Kuss der wahren Liebe?«, fragte sie.

Celestine lachte. »Es ist bloß ein Kuss, meine Teure.«

Sechsundzwanzig

Auroras Beine zitterten vor Erschöpfung, als sie endlich die Stadt erreichte. Die Sonne war unter- und wieder aufgegangen, und Aurora hatte sich immer weitergeschleppt, einen Fuß vor den anderen gesetzt, bis an die Schlosspforte und dann durch die Zimmerschluchten hindurch, hinein in die Bibliothek, die Wendeltreppe hinauf, Windung um Windung, so wie Finnegan einst in ihrem Turm hochgestiegen sein musste, so wie Rodric es getan hatte, während sie schlief.

Irgendwo draußen vor den Türen von Finnegans Suite waren gedämpfte Stimmen zu hören. Orla, schoss es Aurora durch den Kopf, und noch jemand anders. Ein Arzt womöglich. Sie konnte die Worte nicht verstehen. Die Tür zu seinem Schlafzimmer schwang geräuschlos auf. Der Raum lag im Dunkeln, schwere Vorhänge sperrten das Sonnenlicht aus.

Aurora zauberte einen kleinen Lichtball, darauf achtend, dass die Magie ruhig und verhalten blieb. Die Flamme flackerte und tanzte, als spielte ein sachter Wind damit, aber sie schwoll nicht an, und sie ging auch nicht aus.

Sie hielt das Licht in die Höhe. Finnegan lag unter mehreren Deckenschichten in seinem Bett, und nur der Kopf guckte heraus, sein schwarzes Haar war vom Schlaf zerwühlt. Aurora eilte durchs Zimmer, das Geräusch ihrer Schritte wurde vom dicken Teppich verschluckt. Sie hinterließ staubige Abdrücke darauf, und von ihren Kleidern rieselten Asche und Schmutz herab.

Finnegans rechte Gesichtshälfte war dick mit Salbe bestrichen, darauf war eine Schicht Kräuter verteilt. Trotzdem nahm Aurora den stechenden Geruch des verbrannten Fleisches darunter wahr. Ein paar Schnipsel schwarzer Haut waren noch zu sehen.

Ein Kuss. Dann wäre er wieder gesund. Er musste wieder gesund werden. Sie legte ihm eine Hand auf die Schulter. »Finnegan«, flüsterte sie, »Finnegan, wach auf.«

Er stöhnte, bewegte sich aber nicht.

»Finnegan, du musst kurz aufwachen, bitte«, flehte sie. »Komm schon. Wir haben eine Abmachung, erinnerst du dich? Du kannst mich jetzt nicht im Stich lassen.«

Er stöhnte erneut auf, doch diesmal schlug er die Augen auf. »Rora«, krächzte er. »Siehst du denn nicht, dass ich versuche zu schlafen?«

»Es ist bereits Nachmittag«, erwiderte sie. »Zeit, aufzuwachen.« Sie setzte sich auf die Bettkante. Die Matratze sank unter ihrem Gewicht ein, und sie rutschte näher an den Prinzen heran.

Er schenkte ihr ein kleines Lächeln, dann verzog er das Gesicht zu einer schmerzerfüllten Grimasse. »Willst du mich etwa verführen, Drachenmädchen?«

»Sicher nicht.« Sie streckte die Hand aus und griff nach dem Zipfel der Decke. »Das wäre auch gar nicht nötig.«

»Du bist clever«, sagte er. »Deshalb mag ich dich so.«

»Ich werde dich jetzt allerdings küssen«, erklärte sie. »Darf ich?«

»Ist schon ein paar Tage her seit dem letzten Mal. Fühlt sich beinahe wie eine Ewigkeit an.«

Sie zwang sich zu einem Lächeln. Dann beugte sie sich vor und streifte mit ihren Lippen seinen Mund. Ein sachter Kuss. Seine Lippen waren heiß wie Drachenfeuer. Dann wurde der Kuss intensiver, und die Hitze versiegte und verwandelte sich in etwas Wohltuendes, wie ein erfrischender Regenschauer am Ende eines schwülen Sommertags. Und dabei schob Aurora jegliche Gedanken an das Feuer, an leidenschaftliche Küsse unter einem dunklen Sternenhimmel und an grinsende Hexen mit Blut an den Zähnen gewaltsam beiseite. Stattdessen dachte sie an Finnegan, der sie in den Armen hielt, sein Gesicht ihrem ganz nahe, während das Kribbeln der Magie ihren Körper durchlief. Sie dachte daran, wie sie nebeneinander im Park lagen, und an das dunkle Leuchten seiner Augen, als er ihr sagte, sie könnte sie alle besiegen.

Sie wich zurück, und ihr Atem strich sacht über seine Wange.

»Was war das?«, fragte Finnegan.

Sie folgte mit dem Finger der Linie seines Kinns. Bereits jetzt war die Haut kühler und weicher. »Ein Kuss«, erwiderte Aurora. »Was sonst?«

»Magie«, sagte er. »Du hast Magie benutzt.«

»Ja«, sagte sie. »Damit du wieder gesund wirst.«

»Traust du mir etwa nicht zu, dass ich von selbst gesund werde?«

Sie küsste ihn noch einmal, und es fühlte sich wieder so an wie seinerzeit in der Wildnis, als zählte nichts mehr auf der Welt außer ihnen beiden. Er legte seine Hand auf ihren Hinterkopf und vergrub seine Finger in ihren Haaren, und sie umfasste seine Schultern, wollte noch die letzte kleine Lücke zwischen ihnen schließen. Finnegan war hier. Er war *hier*, und er gehörte ihr, zumindest für den Moment. In dieser Sekunde. Und der nächsten.

Schließlich kehrte sie zum Schlafen in ihr eigenes Zimmer zurück. In dieser Nacht brannte in ihren Träumen loderndes Feuer.

Aurora erwachte mit dem Geschmack von Asche im Mund. Sie blinzelte gegen die hereinfallende Sonne, die lange Streifen auf die Wand warf. Ihre Beine taten weh. Dann erinnerte sie sich wieder. Das Blut auf ihrer Zunge. Das Herz zwischen ihren Zähnen. Das rote Blut auf Celestines Lippen, als die Hexe lachte und lachte und sie *meine Teure* nannte.

Sie hatte einen Drachen getötet. Sie hatte Celestine ein Drachenherz gegeben.

Aurora krabbelte aus dem Bett, schnappte sich das nächstbeste Behältnis und übergab sich. Dann setzte sie sich auf die Fersen. Ihre Augen tränten, und bittere Galle brannte in ihrer Kehle.

Ihre rechte Hand war noch immer rußgeschwärzt.

Sie krümmte und streckte die Finger. Zwar schmerzten sie nicht, hatten aber die Farbe der Ruinen im Ödland. Dass sie ein Nachthemd trug, deutete darauf hin, dass sie sich wenigstens noch umgezogen haben musste, bevor sie vor Erschöpfung auf dem Bett zusammengebrochen war. Ihre Erinnerung an das, was nach dem Genesungskuss geschehen war, lag im Nebel; nichts davon war mehr in ihr übermüdetes Hirn vorgedrungen. Aber Finnegans Brandwunden waren unter ihren Händen geheilt, und das genügte ihr.

Celestine hatte ihr Versprechen tatsächlich gehalten. Finnegan würde leben.

Eilig zog sie sich an, streifte ein blaues Baumwollkleid über und versuchte, die Knoten in ihren Haaren zu entwirren. Die Sonne stand schon hoch am Himmel – so wie's aussah, waren seit ihrem Zusammenbruch mindestens vierundzwanzig Stunden vergangen. Ein ganzer Tag. Und dabei hätte sie Pläne machen und sich überlegen sollen, was sie als Nächstes tun wollte. Stattdessen hatte sie geschlafen.

Es klopfte an der Tür, und der Knauf drehte sich, bevor sie Zeit zum Reagieren hatte. Finnegan trat über die Schwelle.

»Aurora«, sagte er. »Wusste ich doch, dass ich dich rumoren höre. Du hast lange geschlafen.« Seine schwarzen Haare standen noch immer in alle Richtungen ab, aber die Brandwunden waren verheilt, und seine Haut sah so glatt und weich aus wie immer, abgesehen von einer kleinen roten Narbe an seinem Kinn.

»Du hast eine Narbe«, stellte sie fest.

»Findest du nicht, dass ich damit richtig verwegen aussehe?«

Sie ging zu ihm hinüber und berührte sein Gesicht vorsichtig mit den Fingerspitzen. Eine pulsierende Wärme drang aus seinen Poren, ähnlich dem Feuer, das die Drachen verströmten. Es war keine Brandnarbe. Es war ein Schnitt.

Sie hatte ihn gezeichnet. Die Narbe zog sich über sein Kinn, genau an der Stelle, wo Aurora ihn nach ihrem Kuss berührt hatte.

»Traurig, dass mein Gesicht jetzt nicht mehr so vollkommen ist?«

»Nein«, sagte sie. »Nein, natürlich nicht.« Doch sie konnte ihren Blick nicht losreißen von der Narbe.

»Und kein bissiger Kommentar, dass mein Gesicht doch noch *nie* vollkommen war?«, sagte er. »Keine Beteuerungen, dass die Narbe gar nicht *so* schlimm ist? Ich bin fast ein wenig enttäuscht.«

Sie erwiderte nichts.

»Also«, sagte er. »Was hast du getan?«

Sie sah weg. »Magie«, flüsterte sie. »Ich habe einen Zauberspruch entdeckt.«

»Ist schon merkwürdig«, sagte er, »dass du mir auf dem ganzen langen Weg zurück in die Stadt nicht helfen konntest und mich dann hier im Schloss mit einem einzigen Kuss heilst.«

»Ich war in Panik«, erklärte Aurora. »Die Drachen, deine Verletzungen … Ich konnte mich nicht konzentrieren. Nach meiner Rückkehr fand ich dann die Lösung in einem Buch. Tut mir leid, dass es so lange gedauert hat.«

»Ein Buch?«, sagte Finnegan. Er griff nach ihrer Hand. »Welches?«

»Ich erinnere mich nicht.« Sie entzog sich ihm und verschränkte die Arme vor der Brust. »Irgendein Buch aus der Bibliothek.«

»Entweder du lügst richtig, oder du lässt es bleiben. Eins von beiden.« Er fixierte ihr Gesicht, und seine Narbe schien wie zur Anklage grell zu leuchten.

»Ich musste dir helfen«, sagte sie. Sie zupfte an ihren Haaren. »Ich wusste nicht, was ich tun sollte.«

»Ich fühle mich geschmeichelt, dass ich dir so wichtig bin«, sagte Finnegan. »Was hast du getan?«

»Das kann ich dir nicht sagen. Ich kann einfach nicht.«

»Wie ich hörte, wird Lucas vermisst. Man erzählte mir, ihr wärt beide verschwunden, aber nur du bist zurückkehrt. Hat das vielleicht irgendetwas damit zu tun?«

Sie schaffte es nicht, ihn noch länger zu belügen. Aber die Wahrheit erschien ihr geradezu verwerflich, so als würde sie einen Mord gestehen. »Ja«, sagte sie. »Und nein. Er wird nicht mehr zurückkommen.«

»Aurora«, sagte Finnegan. »Was hast du getan?« Er legte ihr die Hände auf die Schultern und musterte eindringlich ihr Gesicht, als würde die Wahrheit darin geschrieben stehen. »Bist du ins Gebirge zurück? Hast du dort etwas gefunden?« Sein Blick wanderte nach unten und verharrte. »Aurora, deine Hand«, sagte er. »Was ist mit deiner Hand passiert?«

»Ein Drache«, entgegnete sie. Sie zog die Hand weg. »Spielt doch keine Rolle.«

»Tut es doch. Wie sollte ein Drache … Hat er dich verbrannt? Es ist mir egal, Aurora. Ich werde dir keine Vorwürfe machen, selbst wenn du ganz Petrichor niedergebrannt hast, um es zu tun. Du weißt, wie ich darüber denke.«

Das tat sie. Genau deshalb konnte sie es ihm nicht sagen. Sie musste sich über ihre Gefühle allein klarwerden, ohne Finnegan, der ihr sagte, was sie fühlen sollte. Der es abtat, als wäre es nicht der Rede wert.

Verbrenne sie alle, kleiner Drache.

»Ich habe dich gerettet«, sagte sie. »Mehr gibt es dazu nicht zu sagen.«

»Früher oder später werde ich es sowieso herausfinden«, erwiderte er. »Und das weißt du.«

»Na dann werden wir früher oder später sowieso darüber reden«, entgegnete Aurora.

Er lachte. »Na schön, Aurora«, sagte er. »Ich bin dir jedenfalls dankbar, was immer du auch getan hast. Danke.«

Einem Impuls folgend, schnellte sie vor und küsste ihn. »Ich bin froh, dass es dir wieder gutgeht«, sagte sie. Celestine hatte

Wort gehalten. Ein Kuss, und er war wieder ganz der Alte. Oder fast.

»Ich bin auch froh, dass es mir wieder gutgeht.«

Sie lehnte sich zu ihm hin, um ihn noch einmal zu küssen.

Da gellte ein Schrei durch die Luft. Aurora fuhr zum Fenster herum.

Feuer zuckte über den Himmel.

Drachenfeuer.

SIEBENUNDZWANZIG

Aurora und Finnegan stürmten aus dem Palast, über den Schlosshof und hinaus auf die Straße. Flammen versengten das Pflaster. Der Drache war weg, aber Aurora konnte noch aus dieser Entfernung seine Hitze spüren.

Plötzlich legte sich ein Schatten auf sie, und Aurora und Finnegan sprangen gleichzeitig zurück. Eine Menschenmenge strömte ihnen entgegen, einige Leute brachten sich in Häusern in Sicherheit, andere versuchten, ins offene Gelände zu fliehen. Und über die Schreie, über die Panik hinweg dröhnte ein Chor von Stimmen: »Tut Buße. Tut Buße!«

Es waren vier. Sie fühlte es. Wusste es, ohne zu verstehen woher. Vier Drachen hatten das Wasser überquert.

Eine Kanonenkugel schoss vorbei. Krachend schlug sie hinter ihnen in einem Gebäude ein, und es hagelte Splitter und Schutt. Riesige Armbrüste und Katapulte hatten vom

Dach aus das Feuer eröffnet. Doch keine Waffe der Welt vermochte einen Drachen zu töten. Möglicherweise würden die Kanonen sie verschrecken, aber beenden konnten sie die Sache nicht.

Lucas hatte sie gewarnt, sie solle die Drachen nicht aufstören. Er hatte bei dem Versuch, sie davon abzuhalten, sein Leben gelassen. Und jetzt griffen sie die Stadt an.

»Ich muss sie aufhalten.« Aurora machte einen Schritt vorwärts, aber Finnegan packte sie am Arm und zog sie zurück.

»Sie werden dich töten.«

»Nein«, sagte sie. »Das werden sie nicht. Ich bin die Einzige, die es mit ihnen aufnehmen kann.«

Finnegan sah sich nach allen Seiten um, sein Gesicht war leichenblass. Er nickte. »Was willst du tun?«

Der Himmel über ihnen brannte rot. »Bring mich zum höchsten Gebäude der Stadt.«

Sie rannten die Straße hinunter, schlängelten sich an verkohlten Steinen und zusammengeduckten Menschen vorbei. Sogar das Pflaster unter ihren Füßen glühte.

»Prinz Finnegan!«, rief jemand herüber. »Was sollen wir tun?«

»Geht zum Wasser!«, erwiderte Finnegan. »Zum Hafen.«

»Aber sie sind doch übers Wasser gekommen. Sie haben …«

»Sie sind drüber hinweggeflogen«, entgegnete Finnegan, ohne das Tempo merklich zu verlangsamen. »Sie sind nicht herübergeschwommen. Wasser ist noch immer die beste Waffe gegen Feuer.«

Ein weiterer Schatten zog über sie hinweg, eine weitere Welle sengender Hitze. Der Drache spie Feuer und setzte ein nahe stehendes Gebäude in Brand. Er landete inmitten der Flammen auf dem Dach. Ein riesiges grünes Auge erfasste Aurora, und sie blieb stolpernd stehen.

»Aurora!«

Eine Kanonenkugel traf das Gebäude, nur knapp unterhalb der Drachenklauen. Mit einem spitzen Schrei schwang sich der Drache in die Luft, während er seinen Kopf mit dem langen Hals auf der Suche nach dem Angreifer hin und her schwenkte.

»Das höchste Gebäude«, drängte Aurora. »Schnell!«

Sie bogen in eine weitere Straße ein, die schmaler war als die davor. Eine Handvoll Menschen kauerte an einer Hauswand, so als würden die Schatten sie schützen. Eine Frau hielt schluchzend ihr Knie umfasst. Ihr ganzer Unterschenkel war schwarz.

»Kannst du …«, setzte Finnegan an, aber Aurora schüttelte sogleich den Kopf. Welche Art von heilender Magie Celestine ihr auch immer gegeben hatte, sie war sich sicher, dass sie verbraucht war. Sie hatte damit nur einen einzigen Menschen retten können.

Ein Turm ragte vor ihnen auf. Er war erst halb fertig, mit einem Metallgerüst an der Fassade und einer langen Treppe, die sich spiralförmig bis ganz nach oben wand. Ein Schild an einer Absperrkette warnte *Nicht betreten! Lebensgefahr.* Aurora rannte zur Treppe hinüber und riss das Schild herunter.

Die Treppe erzitterte, als sie sie hinaufrannte. Aurora hielt sich am Geländer fest, und das metallische Scheppern ihrer Schritte vermengte sich mit dem Brüllen der Drachen und dem Schreien der Menschen. Rauch erfüllte die Luft um sie herum. Finnegan war wenige Stufen hinter ihr.

Ein Drache zischte an ihnen vorbei und schmetterte seinen Schwanz mit Wucht gegen das Gebäude. Der Turm schwankte, und Aurora stürzte auf die Knie, schürfte sich am Metall die Haut auf. Auch Finnegan fiel vornüber und landete mit den Händen auf ihrem Rücken. Mit festem Griff umklammerte er ihren Oberarm, halb, um Halt zu finden, halb, um sie wieder hochzuziehen.

Der Drache kreischte. Ein Schwung Wasser klatschte gegen seinen Körper, worauf seine Schuppen zu zischen begannen. Einige Dächer weiter legten Soldaten neue Fässer in die Wurfschalen ihrer Katapulte. Der Drache fletschte die Zähne und stürzte sich auf sie, doch ein Fass traf ihn an der Brust, und die Wasserexplosion ließ ihn jäh taumeln, wobei er sich selbst die Zähne in den Schwanz hieb. Aurora zuckte zusammen.

Der Drache rang noch um Gleichgewicht, als er, von einem weiteren Fass getroffen, gegen das nächste Haus geschleudert wurde. Er prallte vom Dach ab und riss seine Flügel auseinander, doch er war kleiner als andere Drachen und hatte nicht die Kraft, sich aufzurichten. Zappelnd verlor er den Halt in der Luft und kippte im Fliegen seitwärts, rauschte an den Dächern vorbei, mit brutzelnder Haut, bevor er, erneut getroffen, wie ein Stein in die Tiefe fiel.

In dem Moment, als er im Fluss landete, jagte Aurora ein Schauer durch den Körper, als würde sie in ein Eisbad getaucht. Sie rang nach Luft und klammerte sich Halt suchend am Geländer fest. Eine Fontäne schoss in die Höhe, so hoch, dass auch Aurora noch nass wurde, und ergoss sich als Flutwelle in die Straßen.

»Der ist außer Gefecht«, bemerkte Finnegan.

»Das war ein kleiner«, erwiderte Aurora. »Das reicht nicht.« Wenn man mit Wasserwerfern Drachen töten könnte, dann hätten die Menschen von Vanhelm dies wohl schon vor langer Zeit getan.

An der Spitze des Turms war eine Plattform mit einem teilweise losen Bretterboden, der beim Betreten wackelte und rutschte. Aurora hielt sich mit beiden Händen an der Brüstung fest und schaute über die Stadt, während der Wind an ihren Haaren und Kleidern zerrte. Weit unter ihr, westwärts, brodelte der Fluss und schwappte in kraftvollen Wellen ans Ufer, während der Drache im Wasser noch immer brüllend um sich schlug. Auf dem Dach eines anderen Hauses hockte ein weiterer Drache, den Kopf tief gebeugt, fletschte er die Zähne und spie Feuer in die Straßenschlucht. Zwei weitere zogen am Himmel ihre Kreise, als machten sie sich für einen Angriff bereit.

Während Aurora sie anstarrte, wurde die Welt ganz still. Die Schreie ringsum verhallten, bis sie nur noch die Hitze und die Gegenwart der Drachen spürte. Sie konnte sie *fühlen,* tief in ihrer Brust, wo die Magie brannte, so als wäre der

Zorn der Drachen ein Teil von ihr, und sie wäre ein Teil von ihnen.

Sie konnte alles fühlen: die Wut, den Hunger, das Verlangen, das die Geschöpfe antrieb, ein Verlangen nach etwas Unbestimmtem, Unbeschreiblichem und Unerreichbarem. Ein Verlangen, das einfach nur existierte. Ein schlagender Rhythmus wie ein Herz, winzig, unregelmäßig und kraftvoll, und beinahe konnte sie wieder das Fleisch des Herzens auf ihren Lippen schmecken.

Die Drachen hielten inne. Ihre Köpfe fuhren zu ihr herum.

»Halt!«, sagte sie mit ruhiger, fester Stimme. »Halt. Geht nach Hause.«

Die Drachen rührten sich nicht. Griffen nicht an, zogen sich nicht zurück.

Und Aurora spürte, wie Neugier in den Kreaturen wuchs und gegen ihre Rippen drängte. Neugier auf dieses Mädchen, das ein Drache war und doch keiner war, ein Mädchen mit demselben Feuer, mit demselben Blut, mit dem Herzen, das sie verloren hatten, oder zumindest etwas ganz Ähnlichem. Sie hörten ihr zu, aber Aurora wusste, dass sie sie nur vorübergehend unter ihre Kontrolle gebracht hatte. Sie hörten ihr zu, weil sie es *wollten*.

Einer von ihnen ließ sein Maul auf- und zuschnappen, und seine Augen waren so schwarz wie verbranntes Fleisch. Mit der Zunge fuhr er sich über die Zähne. »Nein!«, schrie Aurora. Knisternde Flammen schlugen zu ihren Füßen hoch. »Nein. Geht wieder nach Hause.«

Sie rührte sich nicht, zuckte nicht mit der Wimper. Sie starrte sie an, Finnegan stand dicht neben ihr, während die Luft um sie herum brannte.

»Geht!«, schrie sie. »Oder ich reiße euch allen das Herz heraus.«

Die Kreaturen sahen sie immer noch an. Dann schwang sich der Drache vom Haus in die Luft und riss dabei einen Teil des Daches mit sich. Er flog erst einmal im Kreis, dann ein zweites Mal, wich dabei mühelos den heranschießenden Fässern und Steinen aus.

Aurora bemerkte etwas aus dem Augenwinkel. Ein Aufblitzen von blonden Haaren, vertraut und schrecklich. Sie riss den Kopf herum, wusste intuitiv, dass sie Celestine sehen würde, dass die Hexe lächeln und knicksen und sie verspotten würde. Doch als sie sich umdrehte, war da niemand, nichts außer einer kleinen drachenförmigen Brandstelle im Stein.

Ein Drache rauschte heran und verharrte dann in der Luft, wippte mit jedem Flügelschlag auf und nieder. Aurora starrte ihn an. Er starrte zurück. Dann schnappte er einmal mit dem Maul, drehte sich um und flog in östlicher Richtung übers Wasser davon. Die anderen folgten ihm, und ihre gellenden Schreie zerrissen die Luft.

Aurora blickte ihnen nach, bis sie nur noch kleine Punkte am morgendlichen Himmel waren.

»Du hast es geschafft«, sagte Finnegan.

Sie sackte auf die Knie, alle Kraft schien auf einen Schlag aus ihrem Körper gewichen. Ihre Hände zitterten. »Nein«, sagte sie. »Das war nicht bloß ich. Da war noch etwas anderes …«

Celestine, dachte sie. Sie war hier gewesen. Sie hatte ihre Finger im Spiel, hatte die Drachen losgelassen und sie dann wieder zurückgerufen, nachdem sie ihre Botschaft überbracht hatte. Das Feuer, dieser Angriff … es hatte nichts zu bedeuten. Sie hatte lediglich demonstrieren wollen, wozu sie imstande war, jetzt, wo Aurora ihr geholfen hatte. Jetzt, wo auch durch ihre Adern Drachenblut floss.

Sie hatte gelogen, was ihre Absichten betraf. Sie hatte in allem gelogen.

»Aurora«, sagte Finnegan. »Was hast du getan? Wie hast du mich geheilt?«

»Ich habe einen Handel abgeschlossen«, sagte sie. Sie zwang sich dazu, ihn anzusehen und zu gestehen, was sie getan hatte. »Ich musste es tun.«

»Was für einen Handel?«

»Mit Celestine. Sie versprach mir Magie, mit der ich dich retten könnte, wenn ich ins Ödland zurückkehren und ihr ein Drachenherz holen würde.«

»Und das hast du getan.« Es war keine Frage.

»Ich habe ihr das Herz geholt. Und dabei den Drachen getötet. Er starb. Es war, als wäre er von innen heraus verbrannt. Als hätte er ohne sein Herz das Feuer nirgendwo in sich bewahren können. Und als ich Celestine das Herz gab … hat sie es gegessen, um so die Magie in sich aufzunehmen.« *Und sie hat mir ein paar Dinge erzählt*, dachte Aurora. *Sie hat mir gesagt, wer ich wirklich bin.* »Und dann schenkte sie mir die Magie, mit der ich dich retten konnte. Mit einem Kuss, weil sie grausam ist, und … und völlig verrückt. Sie ist wahnsinnig, Finnegan, sie hat komplett den Verstand verloren, und ich weiß nicht, was sie noch vorhat, aber ich habe ihr trotzdem geholfen, und jetzt …«

Er schnitt ihr das Wort mit einem Kuss ab. Seine Lippen brannten auf ihren, und er zog sie so nah an sich heran, dass ihr kaum noch Luft zum Atmen blieb. Sie klammerte sich an ihm fest, ihre Finger gruben sich in seine Schultern, und für einen Moment fühlte es sich so an, als wären sie wieder draußen in der Wildnis, fernab vom Rest der Welt, fernab ihrer Sorgen.

»Falls sie wiederkommt«, flüsterte Finnegan, so nah an ihrem Gesicht, dass sie seinen Atem spürte, »solltest du sie zu Asche verbrennen.«

»Sie ist stärker als ich«, sagte Aurora. »Sie wird immer stärker sein als ich.«

»Nicht immer«, entgegnete Finnegan. »Nicht für immer.«

»Sie hat die Drachen.«

»Hast du's nicht gemerkt?«, wisperte er. »Du hast sie auch.«

ACHTUNDZWANZIG

Eine kleine Menschenmenge hatte sich an der Stelle am Ufer versammelt, wo der Drache abgestürzt war. Soldaten hatten ihn an Ketten aus dem Fluss gehievt, und jetzt lag er bäuchlings auf dem Boden, und seine Flügel hoben und senkten sich mit der Kraft einer sterbenden Fliege.

»Halt!«, sagte einer der Soldaten, als sie sich näherten. »Er ist noch immer gefährlich.«

Aurora ignorierte ihn. Sie ging zu dem Drachen hin und berührte seine Flügelspitze. Sie fühlte sich kalt und klamm an.

»Er hat Schmerzen«, sagte sie.

»Gut«, entgegnete der Soldat. »Aber er wird wieder zu Kräften kommen, sobald er trocken ist.«

Finnegan trat heran, darauf achtend, dem Kopf des Drachen nicht zu nahe zu kommen. »Was soll jetzt mit ihm geschehen?«, fragte er.

»Das haben wir noch nicht entschieden, Eure Hoheit«, sagte der Soldat. »Wir haben überlegt, ihn unter Wasser anzuketten, aber dafür brauchen wir das Einverständnis Eurer Mutter, und es könnte eine Weile dauern, bis …«

»Nein.« Aurora ließ den Drachenflügel los und drehte sich zu ihm um. »Das könnt ihr nicht machen.« Sie fühlte den Schmerz des Drachen wie eine Wunde, die nie richtig verheilt war und sich nun pochend wieder in Erinnerung rief. Sie konnten ihn nicht unter Wasser festbinden, um ihn dort leiden zu lassen, bis die Drachen wieder aus der Welt verschwunden waren. Es musste noch einen anderen Weg geben.

»Wer seid Ihr, dass Ihr glaubt, mir Vorschriften machen zu können?«, sagte der Soldat.

»Ich bin diejenige, die den Drachen Einhalt geboten hat«, sagte sie mit leiser, klarer Stimme. Es fühlte sich kaum wie eine Lüge an. »Also werdet Ihr gefälligst gehorchen.«

»Du hast ihnen Einhalt geboten, ja?« Orla kam herangeschritten. Ihr Gesicht war von Erschöpfung gezeichnet, doch ihr Blick war scharf und wachsam. »Wir müssen uns unterhalten, aber allein.« Orla wandte sich an den Soldaten. »Sorgt dafür, dass die Leute auf Abstand bleiben«, befahl sie, »und haltet ausreichend Wasser parat. Ich werde bald zurückkommen und Euch mitteilen, wie ich entschieden habe.«

»Bei allem Respekt, Eure Majestät«, sagte ein anderer Soldat. »Aber wir sollten ihn auf der Stelle töten. Bevor er sich erholen kann.«

Sie schüttelte den Kopf und drehte sich weg. »Man kann einen Drachen nicht töten.«

»Man kann es versuchen.«

»Nein«, sagte sie. »Kann man nicht. Macht Eure Arbeit und hört auf das, was ich sage.«

Mit einem Winken befahl sie Aurora und Finnegan wortlos, ihr zu folgen. Dann ging sie davon.

Aurora strich mit der Hand über den Rand des Drachenflügels, berührte die zarte Flughaut, spürte die Kraft darin. Die Schuppen wurden bereits wieder wärmer.

Halt still, dachte sie und streichelte die Worte in die Drachenhaut ein. *Ich komme zurück.*

»Du hast einem Drachen das Herz rausgerissen.«

Orla stützte sich an ihrem Schreibtisch ab. Ihr langer schwarzer Zopf hing ihr über die Schulter, und ihr Gesicht war mit Ruß bedeckt. Der Angriff und Auroras Geständnis schienen wie ein Gewicht auf ihren Schultern zu lasten, das ihren ganzen Körper zu Boden drückte. Sie klang, als könnte sie nicht glauben, was Aurora ihr soeben erzählt hatte.

»Ja.«

»Mit Magie?«

»Ja.«

»Und jetzt sind fünfzig Menschen tot«, sagte Orla. »Fünfzig. Bis jetzt. Ich bin mir sicher, die Zahl wird noch steigen, wenn wir alle zerstörten Gebäude durchsucht haben. Wenn noch weitere Opfer ihren Verletzungen erlegen sind.« Sie sah

Finnegan an, der ein paar Schritte hinter Aurora stand. Erin saß mit aufrechtem Rücken in der Ecke, ihr rotes Haar floss ihr um die Schultern und hing ihr bis über die Ellenbogen. »Hoffentlich weiß mein Sohn sein Leben sinnvoll zu nutzen. Es wurde teuer erkauft.«

Aurora schloss die Augen. Fünfzig Menschen, tot ihretwegen. Tot, weil sie es nicht ertragen konnte, dass Finnegan starb. Das war der Preis für ihren Egoismus.

»Du musst verhindern, dass so etwas noch einmal geschieht.« Orla blickte auf Auroras verbrannte Hand. »Du behauptest, das Herz des Drachen zu nehmen habe ihn getötet und das Herz zu essen verleihe einem Macht über die Drachen. Dann besteht darin unsere größte Chance. Du wirst ein weiteres Herz holen, und wir bedienen uns der Drachen, um unsere Stadt gegen weitere Angriffe zu schützen.«

»Nein«, sagte Aurora. Sie durfte nicht noch mehr von dieser Macht in die Welt setzen. Celestine hatte bereits ein Drachenherz. Was würde geschehen, wenn sie noch weitere bekäme? Was würde geschehen, wenn sich noch mehr Menschen dieser Magie bemächtigten? »Ich werde es nicht noch einmal tun.«

Orlas Augenbraue schoss in die Höhe. Sie schaute Aurora einen Moment lang an, ihr fehlten sichtlich die Worte. »Wirst du nicht? Du würdest zahllose Leben retten.«

»Oder sie zerstören. Wir können nicht vorhersehen, was passieren wird, wenn ich noch weitere Herzen nehme. Celestine könnte noch mehr Macht erlangen.«

»Diese Hexe hat bereits meine halbe Stadt zerstört. Was macht es da aus, ob sie noch *mehr* Macht gewinnt, wenn sie doch so oder so schon viel mehr besitzt als wir? Das ist unsere Chance, sie bekämpfen zu können.«

»Wenn Ihr *allen* Drachen das Herz herausreißen würdet«, überlegte Erin laut, »gäbe es nichts mehr, worüber die Hexe Kontrolle haben könnte.«

»Ihr wollt, dass ich sie ausrotte?«

»Nein«, entgegnete Orla scharf. »Aber mit einem oder mehreren Herzen, mit dir hier in Vanhelm, wären wir imstande, sie zu beherrschen. Sie könnten zu unserem Vorteil werden.«

»Und Ihr wollt, dass ich Euch diese Macht überlasse?«

Gewiss, sie schuldete es ihnen. Sie war schuld daran, dass die Drachen das Wasser überquert und die Stadt angegriffen hatten. Orla hatte Aurora geholfen, sie in Schutz genommen, und diese Zerstörung war nun der Dank dafür.

Aber Drachen eigneten sich nicht zur Verteidigung. Was würde Orla denn mit all dem Feuer tun, wenn sie darüber gebieten könnte? Alle anderen Königreiche würden vor ihr erzittern. Sie würden sich ihren sämtlichen Forderungen unterwerfen müssen. Und obgleich Orla gerecht und wohlmeinend schien, hatten für sie die Belange ihres eigenen Königreichs stets Vorrang vor allem anderen. Und mit Sicherheit auch vor Alyssinia.

Aurora erinnerte sich an ihre Unterhaltung mit Orla, bei der sie erwähnt hatte, dass Vanhelm einen rechtmäßigen Anspruch auf Alyssinia habe. Sie hatte gesagt, dass sie nicht auf Rache aus sei. Aber sie hatte sich nicht zu ihren Plänen hinsichtlich des Thronanspruchs geäußert.

Aurora wollte ihr helfen. Wollte ihr vertrauen. Aber als Prinzessin, als Hexe, als jemand, der eine große Verantwortung trug, die sie schon viel zu lange ignoriert hatte, durfte sie dieses Risiko nicht eingehen.

»Tut mir leid«, sagte sie. »Ich kann nicht.«

»Du kannst nicht?« Orla starrte sie ungläubig an. »Du kannst nicht dafür sorgen, dass meine Stadt keinen weiteren Drachenangriff erlebt? Jetzt sind sie zwar wieder weg, aber sie werden wiederkommen. Wir müssen gegen sie gewappnet sein.«

»Das werdet ihr auch«, sagte Aurora. »Ich werde Euch helfen. Aber ich kann Euch nicht die Drachen überlassen.«

Orlas Lippen waren zu einer schmalen Linie zusammengekniffen. »Du und Finnegan, ihr habt diesen Schlamassel angerichtet«, sagte sie. »Ihr seid gedankenlose Holzköpfe, alle beide. Ihr seid dafür verantwortlich, die Sache wieder in Ordnung zu bringen.«

»So wie ich auch dafür verantwortlich bin, Alyssinia zu schützen.«

Finnegan trat einen Schritt nach vorn. »Sie hat ihr Bestes getan, Mutter«, sagte er.

»Wage es ja nicht, mir zu widersprechen!«, fauchte Orla. »Bete lieber dafür, dass sie zustimmt. Wenn du das Zeug zum König hättest, wäre es gar nicht erst so weit gekommen. Vanhelm kann keinen König gebrauchen, der die Stadt aus einer kindischen Laune heraus gefährdet.«

»Ich habe alles daran gesetzt, um die Stadt zu beschützen«, erwiderte Finnegan. »Die Drachen rücken schon seit Jahren immer näher. Ich wollte einen Weg finden, wie wir uns gegen sie verteidigen können.«

»Doch stattdessen wurden wir *angegriffen*.«

»Und wir haben sie abgewehrt.«

»Das reicht nicht«, sagte Orla. »Und solltest du das nicht wieder in Ordnung bringen, kann ich dich nicht zum König machen.«

»Drohst du mir damit, mich zu enterben?«

»Ich sage nur, dass du jetzt besser das Richtige tun solltest«, erklärte Orla. »So wie deine Schwester es auch tun würde.«

»Das ist nicht fair«, meldete Erin sich zu Wort. Ihre Stimme war sanft und klar. »Ich weiß nicht, was ich tun würde.«

»Du hättest uns diese Schwierigkeiten gar nicht erst eingebrockt.«

Aurora hatte genug gehört. »Ich werde es nicht tun«, sagte sie. »Und es hat nichts mit Finnegan zu tun, und es hat nichts mit Erin zu tun. Es hat nur mit *mir* zu tun. Und Ihr werdet mich nicht umstimmen können.«

Orla funkelte sie an, und auf ihrem Gesicht spiegelte sich tiefe Abscheu wider. »Dann geh mir aus den Augen.«

Aurora nickte, nahm wortlos Orlas Zorn hin und verließ das Zimmer.

Sie war zu lange in Vanhelm geblieben. Sie hatte ihre Magie so weit gebändigt wie nur eben möglich, hatte von diesem Königreich so viel gelernt, wie sie konnte. Und sie hatte die ihr entgegengebrachte Gastfreundschaft bereits über Gebühr beansprucht.

Wenn sie wegginge, würde Celestine ihr gewiss folgen, so wie sie ihr auch schon hierher gefolgt war. Es wäre für alle am sichersten, wenn sie verschwände.

Aurora eilte in ihr Zimmer. Ihre Haare rochen nach Rauch, ihre Füße brannten, und die Welt um sie herum lag nach tagelangem Schlafmangel wie im Nebel, aber sie holte ihre Tasche heraus und fing an, ihre wenigen Habseligkeiten einzupacken.

Draußen im Flur erklangen Schritte. Sie musste nicht nachsehen, um zu wissen, dass es Finnegan war.

»Bist du gekommen, um mich umzustimmen?«

Die Schritte verharrten.

»Nein«, sagte Finnegan. »Ich weiß, dass ich das nicht kann.«

»Woher weißt du das?«

»Du bist eine furchtbar schlechte Lügnerin, falls du dich erinnerst. Ich kann in deinem Gesicht lesen wie in einem offenen Buch.« Schweigen. Dann: »Ich habe Neuigkeiten.« Sein Tonfall war betont ruhig, zu beiläufig. Also schlechte Nachrichten.

»Über die Drachen?«

»Über Alyssinia.«

Sie drehte sich um und sah ihn an. Er stand in der Tür, in der Hand hielt er eine kleine Papierrolle. »Was ist das?«

Er trat ein und schloss die Tür. »Während ich verletzt im Bett lag, ist ein Brief für mich gekommen«, sagte er. »Ein Wachmann hat ihn mir gerade gegeben. Er ist von Distel.«

»Was steht drin?«

»Es wird dir nicht gefallen.«

»Dann spann mich nicht länger auf die Folter.«

Finnegan rollte den Brief auseinander, warf aber keinen Blick darauf, als er sagte: »John hat Rodric in den Kerker geworfen. Inzwischen wird es sich im ganzen Königreich herumgesprochen haben, aber Distel sagt, sie habe schon vorher davon erfahren. Aus einer verlässlichen Quelle. Sie schreibt, man habe ihn des Hochverrats angeklagt.«

Hochverrat. Aurora hatte Angst gehabt, dass so etwas passieren würde. Allerdings davor. Vor Finnegans Verbrennungen, vor Celestine, vor den Drachen. Angesichts all der akuten Gefahren hatte sie Rodric fast vergessen. Aber man hatte ihn gefangen genommen.

Und John ließ Leute wegen Hochverrats verbrennen. Er ließ Leute wegen weitaus Geringerem verbrennen.

Die Vorstellung war zu unglaublich, zu entsetzlich nach allem, was bereits geschehen war, und so griff sie sich ein anderes Detail heraus, auf das sie sich konzentrieren konnte. »Eine verlässliche Quelle?«, fragte sie. »Was soll das heißen?«

»Ich vermute mal, jemand aus dem Schloss. Hast du mir überhaupt richtig zugehört? Rodric ist des Hochverrats angeklagt.«

Sie hatte es gehört. Aber was gab es dazu zu sagen? »Dann stimmten die Gerüchte offenbar.«

»Vielleicht«, sagte Finnegan. »Du und Rodric, ihr wart in gewisser Weise miteinander verbunden. Und der König ist nun mal kein sehr klar denkender Mensch. John muss zu dem Schluss gekommen sein, dass sein Sohn eine zu große Bedrohung darstellt.«

Aurora streckte die Hand nach dem Brief aus, so als könnte sie Distels verschlüsselte Zeilen entziffern und eine neue Bedeutung herauslesen. Finnegan gab ihn ihr nicht. »Das ist noch nicht alles«, sagte er.

»Was denn noch?«

»Er behauptet, er hätte dich ebenfalls in Gewahrsam genommen. Euch soll gemeinsam der Prozess gemacht werden, das Urteil steht allerdings schon fest.«

Aurora schloss die Augen, aber es half nicht gegen das Dröhnen in ihrem Schädel. »Er hat ein Mädchen eingekerkert, von dem er behauptet, dass ich es sei?«

»Distel geht davon aus, ja.«

Gut möglich, dass der König nur bluffte. Aber wieso sollte er so ein Risiko eingehen, wenn er ebenso gut irgendein x-beliebiges Mädchen von der Straße nehmen konnte? Letztlich war sie nur Teil einer Geschichte. Jedes Mädchen konnte ihren Part übernehmen. »Wann?«, fragte sie. »Wann findet der Prozess statt?«

»In sieben Tagen.«

Das war eine lange Wartezeit zwischen Gefangennahme

und Schauprozess. Steckte womöglich Absicht dahinter? Wollte John sie herauslocken und sie so zu einer Rettungsaktion verleiten? Oder zog er es in die Länge, um ein Geständnis aus Rodric herauszuquetschen oder um den größten Nutzen aus der zugesicherten Hinrichtung der Prinzessin herauszuschlagen?

»Ich muss zurück nach Alyssinia«, sagte sie. »Sofort!«

»Willst du gegen ihn kämpfen?«

»Ja«, sagte sie. »Ich muss.«

»Wegen Rodric?«

»Natürlich wegen Rodric. Er ist ein guter Mensch. Er ist mein Freund.« Sie konnte doch keinen Handel mit Celestine abschließen, um Finnegan zu retten, aber nicht mal den Versuch unternehmen, Rodric zu helfen. Nicht, nachdem er sie so freundlich behandelt hatte, nicht, nachdem sie weggelaufen war und ihn mit der Aufgabe, den Menschen von Alyssinia beizustehen, alleingelassen hatte. »Er muss überleben, damit er König werden kann. Damit die Dinge sich zum Guten wenden.« Sie hatte alle Antworten, die sie gewollt hatte. Sie beherrschte ihre Magie. Ihr gehörte ein Stück Drachenherz, das neben ihrem eigenen schlug. Sie war bereit.

»Und wie sieht dein Plan aus?«, fragte Finnegan. »Meine Mutter wird dir jetzt nicht mehr helfen.«

»Ich habe etwas, das sie will«, sagte Aurora. »Sie wird mich anhören.« Aurora hatte sich nie gut aufs Verhandeln verstanden, aber jetzt hatte sie keine Wahl mehr. Und die Beziehung zwischen ihren beiden Königreichen war seit jeher geprägt von unausgewogenen Abkommen und gebrochenen Versprechen.

Sie eignete sich vielleicht nicht zur Königin, aber sie hatte die Macht, zu helfen. Und die musste sie einsetzen, egal wie.

»Und was den König angeht … Ich kann gegen ihn kämpfen«, sagte sie mit wachsender Gewissheit. Endlich war sie zu einer Entscheidung gelangt. Endlich wusste sie, was sie tun musste. »Ich habe Magie. Und ich habe einen Drachen.«

Neunundzwanzig

»Das sind meine Bedingungen.« Aurora war entschlossen, wie eine Königin auszusehen, die mit ihresgleichen auf Augenhöhe verhandelte. »Ich nehme den gefangen genommenen Drachen nach Alyssinia mit und werde den König entmachten, was zu unserem beiderseitigen Vorteil ist.«

Orla zog eine Augenbraue hoch. »Willst du den Thron nun doch an dich reißen?«

»Ich will gar nichts an mich reißen«, erklärte Aurora. »John tötet mein Volk, einschließlich seines Sohnes, weil dieser mit mir in Verbindung gebracht wird. Vielleicht wird Rodric König, vielleicht jemand anders, vielleicht werde ich selbst regieren. Wie auch immer, für mich steht fest, was zu tun ist.«

»Und du erwartest von mir, dass ich dich den Drachen mitnehmen lasse? Woher weiß ich denn, dass du nicht kehrtmachen und mein Königreich angreifen wirst?«

»Ihr könnt mir gern einen Trupp Eurer Soldaten zur Seite stellen«, erklärte Aurora. »So viele, wie Ihr nur wollt. Helft mir, John zu besiegen. Und sobald das erledigt ist, werde ich Euch helfen, mit den Drachen fertigzuwerden. Ich tue, was immer Ihr verlangt.«

Orla legte einen Finger ans Kinn. Aus ihrer Miene war nichts herauszulesen. »Und wie kann ich dir trauen?«

»Ihr habt keine Wahl«, entgegnete Aurora. »Ich bin die Einzige, die Euch helfen kann.«

»Wenn Ihr fortgeht«, meldete Erin sich zu Wort, »wie sollen wir die Drachen zurückhalten, falls sie uns erneut attackieren? Wir werden ihnen wehrlos ausgeliefert sein.«

»Das wird nicht passieren«, erwiderte Aurora. »Die Drachen sind hinter mir her. Die Botschaft von Celestine war an *mich* gerichtet. Sie wird nicht angreifen, wenn ich nicht hier bin.«

»Das kannst du nicht wissen.«

»Nein«, entgegnete sie. »Das kann ich nicht. Aber ich bin mir sicher.«

Orla trat um ihren Schreibtisch herum, den Blick unverwandt auf Aurora geheftet. »Ich habe dir Zuflucht gewährt«, sagte sie. »Und dir diverse Mittel zur Verfügung gestellt. Ich finde, du stehst bereits in meiner Schuld.«

»Ich weiß zu schätzen, was Ihr alles für mich getan habt«, sagte Aurora. »Wirklich. Und es tut mir leid, dass ich Euch in so eine schwierige Lage gebracht habe. Aber ich *muss* zuerst an Alyssinia denken. Wenn Ihr ein Bündnis wollt, dann müsst Ihr mir so weit entgegenkommen.«

»Und was ist der Grund für diesen plötzlichen Sinneswandel?«, fragte Orla. »Noch vor einer Stunde hast du gesagt, du würdest mir auf gar keinen Fall helfen.«

»Ich habe die letzten Tage damit verbracht, durchs Ödland zu wandern und gegen Drachen zu kämpfen. Ich brauchte Zeit, um mir alles durch den Kopf gehen zu lassen.«

»Zeit, um Pläne zu schmieden, meinst du wohl.« Aber Orla sah nachdenklich aus. »Na schön«, sagte sie. »Du kannst den Drachen mitnehmen, und ich schicke dir Soldaten als Geleit mit. Aber als Gegenleistung will ich ein Drachenherz. Haben wir eine Vereinbarung, oder nicht?«

»Ja«, sagte Aurora. »Sobald ich mit John fertig bin. Nachdem Ihr mir geholfen habt. Dann kriegt Ihr von mir ein Drachenherz.« Die Lüge blieb ihr fast im Hals stecken, aber sie presste sie heraus, ohne mit der Wimper zu zucken. Finnegan sagte immer, sie sei eine schlechte Lügnerin, aber nun kam es darauf an, dass sie überzeugend wirkte. Sie musste Orla weismachen, dass sie kooperieren würde. Es gab jetzt kein Zurück mehr.

Sie spürte, dass Finnegan sie beobachtete, und sie *wusste*, dass er genau sah, was sich hinter ihrer Stirn abspielte. Sie würde keinen weiteren Drachen töten. Die Macht über die Kreaturen würde sie nicht teilen.

Orla streckte ihr eine Hand entgegen, und Aurora schlug ein. »Abgemacht«, sagte Orla.

»Abgemacht.«

»Du hast meine Mutter belogen«, raunte Finnegan ihr zu, als sie zum Hafen zurückgingen. »Ich bin beeindruckt.«

»Meinst du, sie hat es gemerkt?«

»Dann hätte sie keine Vereinbarung mit dir getroffen.« Er blickte über den Fluss. »Also, wie wollen wir diesen Drachen übers Meer kriegen?«

Sie blieb stehen. »Willst du wirklich mit mir mitkommen?«

»Meine Mutter irrt sich. Der beste Weg, um Vanhelm zu schützen, ist, dass du von hier verschwindest. Und du wirst mich jetzt nicht los, Rora. Ich bleibe, bis die Sache zu Ende ist.«

»Und der Drache?«, sagte sie. »Hat das keinen Einfluss auf deine Entscheidung?«

»Der letzte Versuch, die Drachen zu benutzen, um Vanhelm zu helfen, ging ziemlich schief. Ich habe nicht vor, denselben Fehler noch einmal zu machen und einen von ihnen in meinen Besitz zu bringen.« Er ergriff ihre Hand und zog sie nah an sich heran. »Ich werde dich jetzt nicht im Stich lassen, Aurora.«

Sie legte ihren Kopf schief und sah ihn an. »Ich glaube dir«, sagte sie. Und das tat sie. Sie vertraute ihm, egal, was passierte.

Der Drache lag noch immer am Ufer. Die Soldaten hatten ihn am Boden festgekettet, aber das Feuer in ihm erwachte bereits wieder zum Leben. Alle paar Minuten schlug er mit dem Schwanz oder zuckte mit den Flügeln, worauf die Männer um ihn herum zu dem bereitstehenden Wasser griffen. Aurora rannte zu ihm hin, als er erneut den Schwanz hob und ihn zu Boden klatschen ließ.

»Macht ihn los!«, sagte sie in gebieterischem Ton. »Königin Orla hat verfügt, dass er mit mir kommt.«

Die Blicke der Soldaten wanderten zu Finnegan, der ihnen ein Schriftstück hinhielt, das das königliche Siegel trug. »Es steht alles hier drin«, sagte er. »Wir werden ein kleines Boot nehmen. Die Soldaten folgen uns in einem anderen. Und … was meinst du, Aurora? Sollen wir den Drachen an unserem Schiff anbinden, damit er uns hinterherfliegt?«

»Nein«, entgegnete Aurora. Sie legte dem Drachen eine Hand auf den Nasenrücken. Er verfolgte mit trägem Blick jede ihrer Bewegungen. Sie spürte die Verbindung zwischen ihnen, den zweiten Herzschlag in ihrer Brust, die Gier und die Wut in ihrem Inneren, die nun jedoch einer Art Sehnsucht wichen. *Du wirst bei mir bleiben*, dachte sie, während sie die Drachenschnauze streichelte. *Wir sind füreinander bestimmt, du und ich.*

Und der andere Herzschlag flüsterte: *Ja.*

»Keine Ketten«, sagte sie. »Er wird uns auch so folgen.«

»Miss, ich glaube nicht …«

»Ich bin nicht Eure Miss«, sagte Aurora schroff. »Ich bin Prinzessin Aurora, die Thronerbin von Alyssinia, und Eure Königin hat befohlen, dass Ihr mir helft. Wollt Ihr Euch vielleicht widersetzen? Wie ich höre, kann sie Dummköpfe schlecht ertragen.«

Der Mann starrte sie einen Moment lang an, dann verneigte er sich.

»Ganz, wie Ihr wünscht, Mylady.«

»Beeindruckend«, flüsterte ihr Finnegan ins Ohr. Der Klang des Wortes ließ sie erschauern.

»Was soll ich sagen?«, murmelte sie. »Ich bin nun mal dafür geboren.«

Aurora stand aufrecht im Boot und blickte zum Horizont, bis Vanhelm außer Sicht war. Der Drache kreiste über ihnen. Ab und zu stieß er einen Schrei aus oder schlug kräftig mit seinen Flügeln, aber ein Blick von Aurora genügte, und er wurde wieder ruhig. Die schwelende Hitze, die er verströmte, war hier auf dem offenen Meer deutlich schwächer, so als wäre ein großer Teil davon am Ufer zurückgeblieben. Aber die Hitze in Auroras Körper, das Brennen in ihrem Herzen, war dafür umso intensiver; ein Herzschlag, der mit jedem Kilometer, die sie sich vom Ufer entfernten, stärker wurde, so als würde sie den Drachen vorwärtstreiben, als würde ihr eigenes Herz ihn am Leben erhalten.

Es wurde Nacht, und der Drache drehte weiter seine Runden, erhellte den dunklen Himmel. Kein einziger feuriger Atemstoß entschlüpfte ihm. Er flog einfach unentwegt im Kreis, als wäre er an sie gefesselt und wartete bloß auf den Augenblick, wieder landen zu können.

Finnegan wartete unter Deck in ihrer Kabine. »Ich weiß nicht, ob ich es schaffe«, sagte sie, als sie auf der Schwelle stehen blieb. Im Schutz der Dunkelheit fiel es ihr leichter, die Wahrheit einzugestehen.

Finnegan lehnte sich auf ihrem Bett zurück. »Du kannst alles schaffen, was du willst, Drachenmädchen. Das habe ich von Anfang an gewusst.«

»Ich weiß aber nicht, ob ich will«, sagte sie. »Wenn ich ihn töte … dann bin ich genauso skrupellos wie er. Oder etwa nicht?«

»Manchmal muss man schreckliche Dinge tun«, erwiderte Finnegan. »Manchmal bleibt einem nichts anderes übrig.«

»Das sollte so nicht sein.«

»Sollte es nicht, ist es aber.«

»Celestine …« Sie brach ab und suchte nach Worten. »Sie sagte, dass ich geschaffen wurde, um zu zerstören. Vielleicht hat sie recht. Vielleicht ist das hier genau, was sie will.«

»Vielleicht«, sagte Finnegan. »Aber wirst du dich davon aufhalten lassen?«

Sie dachte an Rodric, an lodernde Feuer, an den Hunger in Celestines Augen, sobald sie sie ansah. An das Flüstern der Drachen und die Macht, die ihr gehörte, ihr ganz allein. »Nein«, sagte sie. »Das werde ich nicht.«

Die Reise nach Petrichor schien ewig zu dauern. Sie wanderten durch Wälder und Dörfer, marschierten Tag und Nacht, um die Hauptstadt noch rechtzeitig vor Rodrics Prozess zu erreichen. Wo immer sie hinkamen, versammelten sich große Menschenmengen, und die Leute starrten die Soldaten und den Drachen an, mit vor Staunen weit aufgerissenen Mündern und Augen voller Angst. Niemand sprach sie an oder fragte, was sie wollten. Wussten sie, wer sie war?, fragte sich Aurora. Oder vermuteten sie beim Anblick des Drachen, dass nun der seit langem gefürchtete Feind aus Vanhelm gekommen war, um sie zu erobern? Sie hatte sich früher so ohnmächtig gefühlt und die Menschen gehasst für ihre verzweifelte Hoffnung auf Rettung durch sie, aber nun war es fast noch schlimmer. Nun war sie eine Gestalt aus ihren Albträumen, die aufgetaucht war, um sie in Stücke zu reißen.

Aurora hielt das Drachenfeuer in ihrer Brust sorgfältig unter Verschluss, aber noch mehr Verheerung hätte sie ohnehin nicht anrichten können. Sie zogen an niedergebrannten Feldern vorbei, an ganzen Dörfern, die plattgemacht und zu Asche verwandelt worden waren. Endlose Trecks von Flüchtlingen wälzten sich über die Straße, stadtein- und stadtauswärts. Während Auroras Abwesenheit war es offenbar nirgendwo sicher gewesen.

Aurora schluckte das schlechte Gewissen herunter. Noch einige Feuer, noch einen Kampf mehr, und dann gäbe es einen Neubeginn.

Aber vielleicht würde es auch gar nicht so weit kommen. Die Angst vor Drachen war eine mächtige Waffe. Wer würde sich nicht lieber ergeben, als es mit einem Drachen aufzunehmen?

Ihnen begegnete kein einziger alyssinischer Soldat. Entweder hatte König John beschlossen, nicht zu kämpfen, oder er hatte alle seine Männer abgezogen, um die Hauptstadt zu schützen.

An einem Tag machte die Gruppe unweit von Petrichor am Rand des Waldes Rast, um sich auszuruhen und etwas zu essen. Die Bäume ragten über ihnen auf, und die Blätter flüsterten im Wind, während Aurora am Feuer sitzend versuchte, sich auf Finnegans Erzählungen zu konzentrieren und nicht darüber nachzudenken, was wohl der nächste Tag bringen würde. Die Soldaten hatten einen Hirsch zum Abendessen erlegt, der nach mehreren Tagen mit fader Wegzehrung absolut köstlich schmeckte, aber ihr Magen gab keine Ruhe, und sie brachte kaum einen Bissen herunter.

Der Drache flog oben am Himmel, verschwand aus ihrem Blickfeld und tauchte kurz darauf wieder auf. Er war mit jedem Schritt, den sie sich vom Wasser entfernt hatten, kräftiger geworden, und Aurora nahm wieder die Hitze seiner Haut wahr, die Wut und das Verlangen, die ihn durchströmten. Zuerst hatte es ihr ein Höchstmaß an Willenskraft abverlangt, ihn unter Kontrolle zu halten, aber jetzt fiel es ihr leichter.

Einer der Wachmänner räusperte sich. »Ihr habt einen Besucher, Eure Hoheit«, sagte er.

Finnegan stand auf. Seine Hand legte sich um das Heft seines Schwerts. »Handelt es sich um die Art von Besuch, die uns willkommen ist?«

»Das behauptet sie jedenfalls.« Der Wachmann rief über seine Schulter nach hinten. »Bringt sie her!« Zwei Männer schritten heran, zwischen ihnen eine Frau.

Distel. Obwohl die Wachen sie im Knebelgriff hielten, bewahrte sie die würdevolle Haltung einer Königin.

»Finnegan, sagt ihnen bitte, dass sie mich loslassen sollen.«

Finnegan winkte mit einer Hand, und die Wachen zogen sich zurück. Aurora eilte auf Distel zu, doch im letzten Augenblick überkam sie Unsicherheit, und sie blieb ein paar Schritte von ihr entfernt stehen. Distel lächelte, streckte die Hand aus und berührte Auroras Haar. »Geht's dir gut?«, fragte sie.

»So gut, wie es mir im Moment gehen kann. Es ist schön, dich zu sehen.«

»Ich freue mich auch.« Distel ließ sich an der Feuerstelle zu Boden sinken. Aurora setzte sich neben sie. »Ich habe dich vermisst.«

»Aus Distels Mund kommt das einer Liebeserklärung gleich«, bemerkte Finnegan. Er setzte sich nicht. »Warum bist du hier? Nicht, dass es mich nicht freuen würde, dein hübsches Gesicht hier zu sehen, aber wir hatten abgesprochen, dich vor den Toren Petrichors zu treffen.«

»Ich habe Neuigkeiten«, sagte sie. »Und es war nicht sonderlich schwer, Euch ausfindig zu machen.« Sie sah vielsagend zum Himmel hinauf.

Aurora ergriff ihren Arm. »Hat es mit Rodric zu tun? Geht's ihm gut?«

»Ja und nein«, erwiderte Distel. »Er und das Mädchen sitzen im Kerker des Schlosses und warten auf ihren Prozess. Wenn man es überhaupt als Prozess bezeichnen kann. Man wird sie so oder so wegen Hochverrats verurteilen.«

»Bist du sicher?«, fragte Aurora.

»Ja, Prinzessin. Sie errichten bereits den Scheiterhaufen. Der König will demonstrieren, dass er den Thron verteidigen wird, koste es, was es wolle. Er will zeigen, dass alle Verräter gleich behandelt werden, ohne Ausnahme. Außerdem behauptet er, dass mit deinem Tod alle Probleme des Königreichs beendet wären und auch der Fluch über Alyssinia gebrochen würde, egal, ob die Magie nun zurückkehrt oder nicht.«

»Und das glauben die Leute?«

»Nicht alle. Aber ausreichend viele. Und viele andere *wollen* es gern glauben. Verzweifelte Menschen klammern sich an jeden Strohhalm.«

»Dann glauben sie auch, dass dieses andere Mädchen ich bin?«

Distel nickte.

Aurora zog sich die Knie an die Brust und dachte an die falsche Prinzessin. Ein Mädchen, das allein im Kerker saß, ohne dass es irgendetwas verbrochen hatte. »Wer ist sie?«

»Ihr Name ist Eliza«, sagte Distel. »Sie sieht dir ähnlich. Klein, blond und bildhübsch. Sie wirkt, als könnte der leiseste Hauch sie umwehen, andererseits strotzt sie vor Stolz. Ich glaube, sie ist die Tochter irgendeines in Ungnade gefallenen Adligen. Die Leute werden ihre wahre Identität nicht erkennen, und ihre Eltern sind bereits wegen angeblichen Hochverrats getötet worden.«

»Bevor oder nachdem beschlossen wurde, dass man sie für mich ausgeben könnte?«

»Kurz nach deiner Flucht«, sagte Distel. »Aber noch bevor sie festgenommen worden ist. Niemand wird sie in Schutz nehmen, und niemand wird ihr glauben, dass sie eine andere ist, als der König behauptet.«

»Aus welcher Quelle stammen diese Informationen?«, fragte Finnegan. »Gerüchte?«

»Ich verlasse mich nicht auf Gerüchte«, entgegnete Distel. »Die Königin hat es mir erzählt.«

»Die *Königin*?« Auroras Finger schlossen sich fester um Distels Arm. »Du hast mit Iris gesprochen?«

»Ja, habe ich«, erklärte Distel. »Sie ist unglücklich darüber, dass ihr Mann Rodric in Gewahrsam genommen hat. So unglücklich, dass sie mit mir gesprochen hat und euch unterstützen will, insofern es Rodric hilft.«

»Wie will sie uns helfen?«, fragte Finnegan.

»Auf indirektem Weg. Sie will euch mit Informationen versorgen. Wobei das überaus nützlich ist.«

»Was hat sie dir erzählt?«

Distel hob einen Stock vom Boden auf und fing an, in den Staub zu malen. Sie zog einen großen Kreis, der den Stadtwall darstellte, und einen kleineren für das Schloss, dazwischen Straßen und verschieden große Quadrate. »Die Stadtmauer ist bemannt, und die Tore sind verschlossen«, sagte sie. »Da kommt ihr nicht dran vorbei, ohne dass man euch bemerkt. Ebenso wenig werdet ihr es schaffen, vor Prozessbeginn zu Rodric und Eliza vorzudringen. Sie sitzen unter strenger Bewachung im Kerker, und zwar genau hier.« Sie tippte mit der

Stockspitze auf eine Stelle im Schloss. »Möglicherweise könntet ihr an sie herankommen, wenn man sie aus dem Schloss bringt, allerdings müsstet ihr dafür ein Blutbad unter den Wachen anrichten. Am besten stehen die Chancen also während der Verhandlung selbst. Alle Bürger der Stadt sind gezwungen, dem Prozess beizuwohnen, der im Schlosshof stattfinden wird. Hier dürfte der Drache wohl für ein bisschen Ablenkung sorgen, denke ich.«

»Gut«, sagte Aurora. »Ich möchte, dass es unvergesslich wird.« Sie sah sich die in den Staub gezeichnete Karte an. »Aber was, wenn wir noch vor Prozessbeginn die Stadt erreichen? Oder wenn John hierherkommt, um uns zu bekämpfen?«

»Letzteres wird nicht passieren. Der König will ein Spektakel daraus machen, genau wie ihr. Die Betrügerprinzessin, die in sein Königreich einfällt, um seinen abtrünnigen Sohn zu retten. Er wird wollen, dass du vor aller Augen scheiterst.«

»Dafür würde er seine Strategie aufgeben?«

»Das *ist* seine Strategie. Er ist ein Wichtigtuer, Aurora. Ihm geht's vor allem darum, ein Exempel zu statuieren. Er will, dass die Leute deine Niederlage miterleben. Und er ist so arrogant, dass er für keinen Augenblick daran zweifelt, dass es in einer Niederlage für dich enden wird.«

»Und das Volk?«, sagte Aurora. »Werden die Leute mich unterstützen, was meinst du?«

»Rodrics Verurteilung hat große Unruhe ausgelöst, aber die Leute haben zu viel Angst, um die Stimme zu erheben, und die Rebellen sind größtenteils untergetaucht. Aber ein paar Unterstützer wirst du mit Sicherheit finden. Und ich habe Tristan in der Stadt gesehen. Er wird dir helfen, so gut er kann.«

»Tristan?« Er konnte ihr nicht helfen. »Er ist in Vanhelm. Ich habe ihn dort gesehen.«

»Er hat sich entschieden, zurückzukehren. Offenbar glaubt er, dass doch noch nicht alle Hoffnung verloren ist.«

Sie freute sich, das zu hören. Sie war mit seinen Methoden nicht immer einverstanden gewesen, aber Tristan war für sie einfach nicht *Tristan* gewesen ohne diese tiefe, leidenschaftliche Überzeugung. »Aber warum will er mir helfen?«, fragte sie.

»Ihr wollt beide den König loswerden, Prinzessin. Und da du über eine Armee und einen Drachen verfügst, hast du, was das angeht, vermutlich bessere Chancen als er.«

Der Widerschein des Feuers tanzte über Distels Gesicht, betonte ihre schmale Nase und das eckige Kinn. Aurora fröstelte. War sie inzwischen so weit verroht, dass Tristan sie zu schätzen wusste? Oder waren sie beide nur derart verzweifelt, dass ihnen jetzt jeder Plan recht war?

Distel stand auf. »Ich sollte mich langsam auf den Rückweg machen«, sagte sie. »Ich werde die Lage in Petrichor weiterbeobachten, bis ihr morgen kommt.«

Aurora nickte und verabschiedete sich von ihr. Dann verkroch sie sich unter ihrer Decke, konnte aber nicht einschlafen. Ihr ganzer Körper vibrierte vor ängstlicher Erwartung, und ihr schwirrte der Kopf von den vielen Bildern, die vor ihrem geistigen Auge aufblitzten, sobald sie an morgen dachte. Sie sah Rodrics Tod, Finnegan, der von einem Schwert aufgeschlitzt wurde, und die brennende Stadt.

Sie würde jetzt nicht aufgeben. Morgen würde sie es allen zeigen. Sie würden schon sehen, was alles in ihr steckte.

DREISSIG

Am nächsten Tag erwartete Distel sie bei Sonnenuntergang an der Straße, die nach Petrichor führte.

»Der König hat den Prozess verschoben«, sagte sie statt einer Begrüßung. »Auf heute Abend. Seine Männer fingen gerade an, die Leute zusammenzutreiben, als ich mich weggeschlichen habe.«

Damit war die Sache entschieden. Aurora würde gegen den König kämpfen und dem Schicksal seinen Lauf lassen. »Wie viel Zeit bleibt uns?«, fragte sie.

»Ich bin nicht sicher«, erwiderte Distel. »Höchstens ein oder zwei Stunden. Vielleicht wartet der König noch, bis ihr vor den Toren Petrichors seid. Vielleicht beschleunigt er die Sache aber auch, um euch zu provozieren, sobald er mitkriegt, dass ihr im Anmarsch seid. Er ist unberechenbar.«

»Dann sollten wir uns beeilen«, sagte Aurora.

So weit sie sehen konnten, reckten sich Bäume in den Himmel, und die Luft war schwer. Sie wanderten schweigend, flankiert von Finnegans Männern.

Und dann tauchte der Stadtwall vor ihnen auf. Die Straße verlief schnurgerade, schnitt mit beinahe brutaler Präzision durch den Wald, so dass die Tore der Stadt bereits von weitem zu sehen waren. Mit jedem Schritt schärften sich Konturen, Farben und Formen. Das metallene Fallgatter, das den Weg versperrte. Die Soldaten, die die Mauer säumten. Armbrüste, die Richtung Straße zielten.

Als sie auf Rufnähe herangekommen waren, hob ein Wachmann den Arm. »Halt!«, schrie er.

Aurora blieb stehen. Sie starrte die Soldaten an. »Lasst uns passieren«, rief sie. »Wir sind gekommen, um dem König Einhalt zu gebieten. Euch wollen wir nichts tun.«

Ihr Drache kreischte laut auf. Er kreiste über ihr und ließ dabei sein Maul auf- und zuschnappen. Aurora musste ihre ganze Willenskraft aufbringen, um ihn zu beherrschen, das Feuer in seiner Kehle zu kühlen und ihn nah bei sich zu halten. »Ergebt Euch«, rief einer der Soldaten. Er hielt eine Armbrust in Anschlag, zielte genau auf ihr Herz.

»Lasst uns passieren«, sagte sie noch einmal. »Oder ich bin gezwungen, Euch anzugreifen.«

Ein Pfeil schoss durch die Luft. Aurora ließ ihn in Flammen aufgehen. Sie sah den Soldaten an, der ihn abgefeuert hatte, prägte sich sein Gesicht genau ein.

Sie konnte keine leeren Drohungen ausstoßen.

»Brenne den Weg frei«, flüsterte sie. Mehr brauchte es nicht. Mit einem lauten Schrei stieß der Drache herab und spie einen Flammenstrahl aus. Das Tor fing Feuer. Das Metall schmolz beinahe augenblicklich, und sogar der Stein krümmte sich unter der Hitze zusammen. Die Wachleute sprangen panisch beiseite, und Aurora lenkte ihre Magie auf die Waffen der Männer, verwandelte sie zu Flammen in ihren Händen.

Die Wachen schrien und schleuderten die Armbrüste von sich. Ein Gefühl des Triumphes überkam Aurora. Das Feuer gehorchte ihr.

Aber der Eingang zur Stadt, der am nächsten lag, war nun durch Drachenfeuer versperrt. »Wir können nicht warten«, sagte sie. »Ich kann nicht hierbleiben, bis der Stein so weit abgekühlt ist, dass wir passieren können. Ich nehme einen anderen Weg.«

»Ich gehe mit dir«, sagte Finnegan. »Und Distel auch.«

»Gut«, erwiderte Aurora. »Aber die Soldaten sollen bleiben.«

Sie würden hier für Ablenkung sorgen. Sie sah zum Drachen hinauf. Er flog immer noch im Kreis, schlug kraftvoll die Flügel. Ihn hierzulassen wäre zu riskant. Wie weit würde sie sich entfernen können, bevor er sich ihrer Kontrolle entriss? Bevor er den ganzen Wald zu Asche verbrannte? Aber wenn er weithin sichtbar über ihr flöge, wäre jedes Überraschungsmoment dahin.

Ihr Auftreten hier war entscheidend. Sie war keine Thronräuberin. Sie war keine Spionin, keine Meuchelmörderin, die sich klammheimlich anschlich. Sie war die Prinzessin, und sie sollten wissen, dass sie wieder da war.

»Ich habe mich umentschieden«, sagte sie. »Du und Distel, ihr bleibt hier bei den Soldaten. Ich kann euch nicht mitnehmen.«

»Aurora …«

»Du besitzt keine Magie, und du kannst nicht gegen dieses Heer von Wachen kämpfen. Deine Anwesenheit würde lediglich bewirken, dass ich aussehe wie eine Handlangerin Vanhelms. Ich werde mich dem König allein entgegenstellen. Nur mit meiner Magie und meinem Drachen.«

»Aber …«

»Pass auf dich auf, Finnegan«, sagte sie. »Wir sehen uns, wenn das alles vorbei ist.«

Und noch bevor er reagieren, Einwände erheben oder Lebewohl sagen konnte, drehte sie sich um und rannte los. Sie folgte der Biegung der Stadtmauer, bis sie die Sträucher und Bäume wiedererkannte. Es war die Stelle, an der ihre Flucht vor vielen Wochen begonnen hatte.

Sie zögerte nicht. Sie kroch durch den Schacht in die Stadt.

Nirgendwo regte sich Leben. Es gab keine Panik, keine Angst, nur die leeren Straßen, die verlassen im Schatten der Mauer lagen.

Sie blickte gen Westen zu den Stadttoren. Rauch kräuselte empor, beinahe unbekümmert, beinahe zärtlich. Die Flammen warfen ihr orangefarbenes Licht über den dämmrigen Himmel. Der Drache krallte sich am Dach des Wachturms fest, den Schwanz um die steinernen Zacken geschlungen. Sie würde ihn schon bald zu sich rufen.

Noch immer drang kein Laut aus der Stadt zu ihr herüber.

Aurora rannte.

Ein Stück weiter vorn sah sie ihren Turm, das Schloss, so unnahbar und verboten und unberührt vom Chaos. Das Kreischen des Drachen hallte in ihren Ohren wider, aber jetzt konnte sie noch ein weiteres Schreien hören, die dröhnende Stimme des Königs, die so klang wie das Gebrüll der Prediger, die Vanhelm zur Buße mahnten.

»Fürchtet Euch nicht vor dem Feuer der Feiglinge!«

Aurora stieg auf einen Kistenstapel und kletterte auf ein niedriges Dach. Sie kroch bis zur Kante, um besser sehen zu können. Ein Scheiterhaufen war oben an der Schlosstreppe errichtet worden, das Holz türmte sich so hoch, dass es die großen Portale beinahe überragte. Davor stand König John mit einer goldenen Krone auf dem Kopf. Während er sprach, stach er mit einem langen, juwelenbesetzten Schwert in die Luft. Das Metall glänzte.

Der Schlossplatz war voller Menschen. Sie waren umringt von bewaffneten Wachen, die dastanden wie eine fleischgewordene Mauer. Nur wenige Menschen achteten auf den König. Die meisten blickten in die Richtung des Feuers und der Drachenschreie, und ein paar von ihnen versuchten zurückzuweichen, doch keiner verließ den Platz. Es war nicht erlaubt.

»Habt keine Angst!«, rief der König erneut. »Diese Abtrünnigen, diese *Monster*, haben das Schloss infiltriert, haben sogar meinen eigenen Sohn verdorben. Und jetzt sind sie gekommen, um zu verhindern, dass er seiner gerechten Strafe zugeführt wird, aber das wird ihnen nicht gelingen. Wir dulden keine Verräter, und wir dulden keine Drohungen. Alyssinia ist stark!«

Iris stand ein paar Schritte von ihrem Mann entfernt. Ihr schwarzes Haar war nach hinten gesteckt, ihr Kleid schlicht und ihr Gesicht blass. Rodric stand auf der anderen Seite des Scheiterhaufens, festgehalten von Soldaten. Sein Haar war länger geworden, seit sie ihn das letzte Mal gesehen hatte, und leicht verfilzt. An seinem Kinn leuchtete ein Bluterguss, und seine Kleidung war schmutzig und zerrissen, doch er hielt sich aufrecht und gerade, ohne eine Spur von Angst im Gesicht. Neben ihm sah Aurora ein Mädchen stehen, sein Haar war silbrig weiß und fein wie Spinnweben. Sie war ebenfalls verdreckt und zerlumpt, starrte aber mit emporgerecktem Kinn in die Menge. Mit jeder Faser ihres Körpers schrie sie ihnen ihre Verachtung entgegen.

»Vor zwei Wochen wurde mein Sohn erwischt, als er sich in unserer Stadt mit Rebellen und Abtrünnigen traf. Um im Namen der falschen Prinzessin unseren Untergang zu planen.« Auroras Finger schlossen sich fester um die Dachkante. »Mein Sohn hat die Unruhen angezettelt, bei denen die halbe Stadt zerstört wurde. Er hat die Rebellion entfacht, die so viele geliebte Menschen getötet hat. Ich hatte, blind vor Vaterliebe, gehofft, dass ich mich irrte, aber nun hat er unseren

Feind übers Meer geholt, um uns den Flammen zu übergeben und seine eigene Haut zu retten. Das ist der ultimative Verrat. Sie wollen uns verbrennen, aber vorher werde ich sie ins Feuer werfen! Und den Anfang macht die sogenannte Prinzessin!«

Die Wachen schleiften das blonde Mädchen rabiat nach vorn. Sie sträubte sich mit Händen und Füßen, stemmte die Fersen in den Boden, und versuchte, sie mit den Armen abzuwehren. Sie sah Aurora ähnlich, aber nicht ähnlich genug. Die Leute konnten nicht tatsächlich glauben, dass sie und dieses Mädchen ein und dieselbe Person waren. Jedenfalls nicht, wenn sie ihr ein Mindestmaß an Beachtung geschenkt hatten.

Aber die Menge war noch immer abgelenkt durch die Schreie des Drachen.

»Diese Hexe hat unsere Stadt unterwandert«, sagte der König. »Sie hat uns verhöhnt und unsere Hoffnungen verspottet. Wir werden ihr zeigen, was wir mit Leuten tun, die uns verraten! Sie wird brennen, und das wird der Beginn einer neuen Ära in Alyssinia sein!«

Aus der Zuschauermenge ertönten vereinzelt zustimmende Rufe, aber es war nicht die enthusiastische Reaktion, die sich der König erhofft hatte. Die meisten Leute starrten wie gelähmt auf den Drachen, zu ängstlich, um sich vom Überschwang des Moments mitreißen zu lassen.

Die Wachen zerrten die falsche Prinzessin zum Scheiterhaufen hinüber.

Aurora stand auf. Sie spürte die Hitze des Drachen in der

Luft, die Flammen, die die Mauern umschmeichelten. Sie streckte sich nach der Magie in ihrem Inneren aus, nach dem zweiten Herzschlag. *Komm*, dachte sie. Und der Drache gehorchte.

»Halt!«, rief sie.

Einige Köpfe drehten sich zu ihr um. Armbrüste klickten und richteten sich auf ihre Brust. König John hob eine Hand, und die Soldaten, die das Mädchen mit sich schleiften, blieben stehen. John lächelte. »Oh, wir haben *noch* eine Hochstaplerin«, sagte er. »Wie viele falsche Prinzessinnen will Vanhelm uns denn noch schicken?«

»Keine«, sagte sie. »Für wie dumm haltet Ihr die Leute eigentlich, dass Ihr glaubt, sie hätten mein Gesicht vergessen?« Sie trat vor. Die Armbrüste zuckten, aber keine wurde abgefeuert. »Ihr wollt eine Prinzessin? Tja, jetzt habt Ihr eine. Der Thron gehört mir. Er hat immer mir gehört, über Generationen hinweg, schon lange, bevor Ihr überhaupt geboren wurdet. Deshalb rate ich Euch aufzuhören. Jetzt sofort.«

John lachte. »Und wenn ich das nicht tue?«

Aurora ballte die Hände zu Fäusten, und hinter ihr explodierte ein Stück des Dachs. Schindeln und Schutt flogen durch die Luft. Die Menge schrie.

Unter lautem Brüllen schwang sich der Drache aus dem Himmel herab, und der Schatten seiner Flügel legte sich über Aurora. Die Menge wogte. Menschen stolperten beim Versuch zu fliehen über ihre eigenen Füße, über Kinder. Sie prallten gegen die Mauer aus Wachen, von denen einige selbst

Reißaus nahmen und sich in die anliegenden Straßen flüchteten. Andere hingegen stemmten sich mit gezogenen Schwertern gegen die drängende Masse. Panik breitete sich wie eine Welle über den Platz aus, die Menge hob und senkte sich. Und dazwischen standen einige Zuschauer nur reglos da und starrten mit großen Augen auf den Drachen.

Aurora hielt den Blick unverwandt auf den König gerichtet.

»Du glaubst, du kannst uns so besiegen?«, sagte er. »Du glaubst, du kannst dir den Thron gewaltsam aneignen?«

»Warum nicht? Das habt Ihr doch auch getan.«

Zu ihrer Linken kletterte jemand das Dach hoch. Sie drehte sich um, bereit zu kämpfen, innerlich gewappnet, eine Waffe auf sich gerichtet zu sehen. Das Feuer in ihrem Inneren schwoll an.

Es war Tristan. Einen Moment lang trafen sich ihre Blicke, dann drehte er sich um und richtete das Wort an die Menge. »Der König hat euch belogen«, rief er. »*Das* hier ist Prinzessin Aurora. Und jeder, der sie auch nur eine Sekunde länger ansieht, weiß das. Und wenn der König in diesem Punkt gelogen hat, was verheimlicht er wohl noch alles? Wenn er sogar bereit ist, seinen eigenen Sohn und ein unschuldiges Mädchen zu töten, was würde er da erst uns antun?«

Die Leute hörten nicht zu. Sie versuchten immer noch verzweifelt, Abstand zwischen sich und den Drachen zu legen, drängten weiter gegen die Wachleute an. Eine Armbrust wurde abgefeuert. Der Bolzen schlug mitten in der Menge ein, und die Schreie wurden zornig, klangen wie nicht von dieser Welt, während der Pulk über den verantwortlichen Wachmann herfiel. Der Mann riss sein Schwert hoch, bereit, sich den Weg freizuhauen.

Tristan sprang vom Dach herunter und verschwand in der Menge. Doch inzwischen war der Wachmann von jemandem erstochen worden. Er glotzte auf den Dolch in seiner Brust, so als wunderte er sich, wie er dahin gekommen war, dann sackte er auf die Knie. Die Soldaten neben ihm zückten ebenfalls die Schwerter, ein paar hieben auf die Leute ein, einige forderten einander heraus, und andere zeigten auf den König.

»Halt!«, schrie Aurora. »Wir werden Euch nichts tun. Wir werden keinem von Euch etwas tun, vorausgesetzt der König tritt ab.«

Der Drache ließ die Kiefer schnappen, der Geruch nach Gewalt und Chaos ließ sein Blut pulsieren. Und auch Aurora konnte es fühlen, ein Brennen.

Sie musste der Sache ein Ende bereiten.

Sie sprang ebenfalls vom Dach hinunter, landete unsanft auf den Knien, rappelte sich hoch und rannte los. Die Menge teilte sich und bildete eine Gasse für sie, ob nun aus Angst oder aus dem Wunsch heraus zu helfen oder wegen ihrer Magie – Aurora wusste es nicht. Aber sie rannte quer über den Platz, und ihre Füße bewegten sich so schnell, dass sie das Gefühl hatte zu fliegen, vorbei an den Wachen, die Stufen hinauf bis zum obersten Treppenabsatz, wo einst alles begonnen hatte, wo aus dem Hochzeitsbogen ein Scheiterhaufen geworden war.

»Du kleine Hexe«, rief der König. Er hob sein Schwert und ließ es auf sie niedersausen. Aurora duckte sich weg, die Luft um sie herum knisterte und knackte. Er schwang sein Schwert erneut und rief dabei laut nach seinen Wachen, doch sie steckten in dem brodelnden Menschenkessel fest. Aurora bot all ihren Willen auf und ließ das Schwert des Königs in Flammen aufgehen. Es glühte weiß, und John warf es schreiend von sich. Als sie es auffing, fühlte es sich kühl in ihrer Hand an. Sie richtete es gegen seine Brust.

Er lachte. »Du wirst mich nicht töten«, sagte er. »Dazu fehlt dir der Schneid.«

»Ihr habt keine Ahnung, wozu ich fähig bin.«

Er versuchte, das Schwert zu schnappen. Sie drängte ihn zurück, mit scharfer Klinge, mit brennender Magie. Er stolperte und fiel rücklings auf den Stein, nur etwa einen Meter vom Scheiterhaufen entfernt.

Ihre Schwertspitze drückte sich in sein Kinn. Und wieder spürte Aurora das Flüstern des zweiten Herzschlags in sich, das sie weiter antrieb.

Sie sah auf die rasende Menge hinunter. »Aufhören!«, rief sie wieder, diesmal begleitetet vom Schreien des Drachen, der Feuer in den Himmel spie. »Aufhören!« Die Luft vibrierte bei ihrem Befehl, und die Menschen auf dem Platz erstarrten. Aller Augen waren auf Aurora gerichtet.

Das ist wieder Magie, dachte sie. Unvermutete, ungebändigte

Magie. Sie beherrschte nicht nur das Feuer. Sie konnte auch Menschen beeinflussen, genau wie Celestine. Sie konnte sie kontrollieren.

Wie viel Macht besaß sie?

Sie wollte Ruhe, sie wollte Frieden, aber sie wollte nicht, dass sich alle ihrem Willen beugten, so als würde sie einen magischen Käfig über die Menschen herabsenken. »Bitte, hört auf!«, sagte sie. »Ich werde dafür sorgen, dass der König seiner gerechten Strafe zugeführt wird, und es soll wieder Magie geben. Die Dinge werden sich zum Besseren wandeln. Aber das hier muss aufhören.«

»Tötet ihn!« Erst erhob sich nur eine Stimme aus der Menge, dann noch eine und noch eine, bis die geballte Panik und Blutlust im Chor zu ihr heraufscholl. *Tötet den König.*

Von der Spitze des Schwertes bedroht, kam sein Atem stoßweise hervor. Er hatte versucht, sie gefangen zu nehmen, sie zu beherrschen, sie zu ermorden. Er hatte so viele Menschen auf dem Gewissen. Noch eben hatte er Rodric töten wollen, seinen eigenen Sohn. Er verdiente den Tod. Aber ihre Hände zitterten. Das Schwert zitterte. War sie wirklich fähig, einem Menschen das Leben zu nehmen, selbst wenn es so einer war wie er? Wollte sie ihre Hände mit seinem Blut besudeln und damit genauso grausam werden wie der König?

»Tut es nicht!«

Sie blickte hoch. Rodric hatte sich von seinen Wachen losgerissen. Er sah dünn und ausgemergelt aus, aber er eilte mit entschlossener Miene auf Aurora zu.

»Rodric!«

»Tötet ihn nicht, Aurora.«

»Ich muss!«, sagte sie. »Es muss ein Ende haben.«

»Das wird es.« Er sprach jetzt lauter, und seine Stimme hallte über die Menschenmenge hinweg. »Sperrt ihn ein. Macht ihm den Prozess. Er wird für seine Taten büßen. Aber Ihr seid keine Mörderin, Aurora. Ihr seid kein Monster. Tut es nicht.«

Sie war ein Monster. Drachenfeuer, Drachenblut. Das war sie. Und doch zögerte sie, die Schwertspitze am Kinn des Königs zitterte.

»Tut das Richtige, Prinzessin. Seid nicht wie er.«

Keiner von beiden beachtete den König. Er umfasste das Schwert und stieß es nach hinten. Das Heft bohrte sich in Auroras Magen, und sie sackte nach Luft ringend auf die Knie. John zog ein Messer aus seinem Stiefel, und dann packte er Rodric und drückte ihm die Klinge an die Kehle.

»Ich bin der König«, sagte er mit einer Stimme, die kaum lauter als ein Flüstern war. »Ihr könnt mich nicht aufhalten. Ihr könnt mich nicht besiegen. Ich bin …«

Er stieß einen gurgelnden Laut aus. Blut quoll aus seinem Mund. Sein Griff wurde lockerer, und er ließ von Rodric ab. Der König fiel auf die Knie. Blut rann ihm über die Brust. Er kippte nach vorn, und sein Kinn knallte auf den steinernen Boden.

Königin Iris stand hinter ihm. Sie hielt einen kleinen Dolch in der Hand. Ihr Kleid war blutgetränkt.

Sie starrte auf ihren Mann hinunter, wie überrascht von

dem, was sie getan hatte. Dann blickte sie hoch, ihr Gesicht war gerötet. Sie nickte.

Die Menge war still. Sie starrten die Treppe hinauf, reglos vor Schock.

»Rodric!« Aurora legte ihm eine Hand auf den Arm. Sie war überrascht, wie stark er sich anfühlte. Er war am Leben. »Geht es Euch gut?«

Der Prinz schaute wie benommen auf seine Hand. »Ich glaube schon«, sagte er. »Ja. Ich habe nicht damit gerechnet, Euch hier zu sehen.« Er schlang ihr einen Arm um die Schultern und zog sie zu sich heran. Ihre Hand prallte gegen seine Brust und kam dann an seiner Taille zur Ruhe. In Sicherheit. »Geht es Euch gut?«

»Ja«, sagte sie. »Ja.« Sie schob sich von ihm weg. »Wie ich hörte, habt Ihr die Rebellion unterstützt.«

»Rebellion hat mein Vater dazu gesagt«, entgegnete Rodric. Er senkte den Kopf. »Für mich war es eher ein Weg, den Menschen zu helfen. Die Situation wurde immer schlimmer, nachdem ihr fort wart. Die Nahrungsknappheit, die vielen Toten … Irgendjemand musste etwas tun. Und mein Vater … tja. Ihr habt meinen Vater gesehen.« Er blickte zum Himmel hinauf. »Möchtet Ihr mir den Drachen erklären?«

»Dafür muss ich ein bisschen weiter ausholen«, sagte sie. »Aber er ist nicht im Namen Vanhelms hier, sondern gehört mir. Er folgt mir.«

»Wie genau …«

Magie ließ die Luft knistern. Aurora spürte, wie ein Stoß

Hitze durch sie hindurchfuhr, ein Schwall Wut und ein Verlangen, das ihr beinahe den Atem raubte. Und noch bevor sie sich umdrehte, wusste sie, was sie sehen würde. Sie wusste es, bevor das Feuer über den Platz fegte.

Ein Schwarm Drachen, der aus dem Himmel herabstieß.

EINUNDDREISSIG

Die Drachen umkreisten das Schloss, ihre Schreie zerrissen die Luft. Einer spie einen Flammenstrahl aus, und der Westturm fiel durch die gewaltige Hitze in sich zusammen.

»Vanhelm«, sagte Rodric. »Sie greifen an.«

»Nein«, sagte Aurora. »Das sind nicht ihre.«

»Aurora?«

Sie lief an den Rand des Treppenabsatzes, streckte sich nach der Verbindung zu den Drachen aus. Wenn sie sie spüren könnte, wenn sie die Drachen beruhigen und aus dem Himmel locken könnte … aber die Drachen glühten zu heiß, angetrieben von Rachsucht und Zorn.

Ihr Drache war immer noch da, er schrie, glühte aber nicht, griff nicht an … noch nicht.

Rodric rannte zu ihr hin. »Wenn nicht Vanhelm dahintersteckt, wer dann?«

»Celestine«, sagte Aurora. Ein weiterer Drache schoss über den Platz hinweg. Feuer prasselte auf das Pflaster nieder. »Das ist meine Schuld.«

»Celestine?« Eine neue Salve Drachenfeuer ließ Rodric zusammenzucken. »Die Hexe? Sie ist tot.«

»Nein«, erwiderte Aurora. »Ist sie nicht.«

Sie hastete die Stufen hinunter, konnte aber nichts sehen außer Feuer. Sie hatte keine Ahnung, wo Celestine sich verstecken würde. Wo sollte sie nach ihr suchen? Das Brüllen der Drachen schrillte laut in ihrem Kopf.

Wenn sie Celestine wäre, wenn sie von Aurora gefunden werden wollte, um ein Exempel zu statuieren … Wo würde sie warten?

Und dann wusste Aurora es.

Sie sah zum Schloss hoch und suchte nach ihrem Turm. Ein grünes Licht tanzte vor dem kleinen Fenster. Die Schreie der Drachen verzerrten sich und vermischten sich mit fernem Gelächter und einem Singsang, der Aurora eine Gänsehaut über den Rücken jagte.

Sie stürmte los. Das Licht schwebte jetzt direkt vor ihr, berührte ihr Haar, lockte sie weiter. Mit eingezogenem Kopf lief sie am Scheiterhaufen vorbei, um die restlichen Wachposten herum und durch das Schlossportal.

»Aurora!«

Rodrics Schritte donnerten hinter ihr her. »Bleibt da!«, rief sie. »Bringt die Leute zum Fluss. Ich werde diesem Spuk ein Ende bereiten.«

»Wie?«, fragte er. »Was werdet Ihr tun?«

Sie ignorierte ihn. Sie rannte schneller, als sie es je für möglich gehalten hätte, preschte durch die langen Korridore, riss im Vorbeilaufen Tische und Blumenvasen um, bis sie die Tür zum Turm erreichte. Sie war noch immer unverschlossen. Sie stürmte die Stufen hinauf, Windung um Windung, durch dicken Staub, vorbei an den Wandteppichen, bis sie in ihr Schlafzimmer kam. Der Raum war leer, aber der Kamin stand offen. Grünes Licht glomm über der Asche.

Celestine wartete in der Kammer darüber. Sie saß auf einem Schemel und drehte mit flinken Fingern am Spinnrad. Die Luft flirrte.

»Es ist ein Jammer«, sagte Celestine, »dass so ein bildhübsches Ding wie du sein Leben eingesperrt zwischen diesen Turmmauern verbracht hat. Diese Spindel hat dir am Ende die Freiheit geschenkt. Meinst du nicht auch?« Sie drehte den Kopf und sah Aurora an. Ihr Lächeln war breit und hungrig und ließ sie selbst wie einen Drachen aussehen.

»Stopp sie«, sagte Aurora. Ihre Stimme klang heiser. »Halte die Drachen auf.«

»Sie aufhalten?« Celestine legte den Kopf schief. »Aber du warst doch diejenige, die sie hergeholt hat.«

»Ich habe nicht …«

»Du hast was nicht? Du hast kein Drachenherz gestohlen?«

»Ich habe sie nicht gerufen.«

Celestine lachte, und das Spinnrad schnurrte. »Bist du wirklich so schwer von Begriff, Aurora? *Du* hast sie hergeholt.

Du. Ich habe dir ja gesagt, dass es dir noch leidtun wird, von dem Drachenherz gegessen zu haben. Die Biester werden von dir angezogen. Sie wurden in Vanhelm von dir angezogen, und sie werden jetzt von dir angezogen. Sie folgen *dir.*«

Aurora trat einen Schritt auf sie zu. »Nein«, sagte sie. »Ich habe dich in Vanhelm gesehen, als die Drachen angriffen …«

»Ich habe dir in Vanhelm *geholfen*«, entgegnete Celestine. »Du hast so verzweifelt versucht, die Drachen wegzuschicken, aber sie haben nicht auf dich gehört, richtig? Du armes Ding, ringst mit deiner Magie und der Verbindung zu den Drachen, und weißt dabei so gut wie nichts. Du bist zu schwach, um mit all dem zurechtzukommen, deshalb wollte ich dir helfen. Dank dir verfügen wir jetzt beide über eine Verbindung, und da ich im Gegensatz zu dir damit umzugehen weiß, dachte ich mir, ich könnte helfen.«

»Und ist es das, was du gerade tust – *helfen*?«

»Ich beobachte«, sagte Celestine, »um zu sehen, was du tun wirst. Um zu sehen, ob du doch noch akzeptierst, wer du bist.«

Aurora war sich sicher, dass Celestine log. Es ergab keinen Sinn. »Aber du hast die Drachen aufgeweckt«, sagte Aurora. »Du hast mein Blut benutzt, du wolltest meine Magie …«

Celestines Lachen war jetzt spöttisch. »Du bist so wild entschlossen, alles Übel der Welt mir zuzuschreiben. Vermutlich sollte ich mich geehrt fühlen. Hat es dir eigentlich geschmeichelt, dass dein Blut die Drachen erweckt hat, der Gedanke, dass du ein Teil von ihnen bist? *Ich* habe sie nicht aufgeweckt.

Wie hätte ich das anstellen sollen? Ich habe in Vanhelm keine Magie besessen, und die Drachen sind sehr eigensinnig. Sie sind aufgewacht, weil sie aufgewacht sind, Aurora. Weil es an der Zeit war. Ich habe nur die Umstände ausgenutzt.«

»Aber … was ist mit den Dingen, die du an die Wände in Alysses Haus geschrieben hast …«

»Ich war schwach. Es war nur noch so wenig Magie übrig, und in Vanhelm gab es gar keine, zu der ich Zugang hatte. Ich erkannte das Potential der Drachen, erinnerte mich an die Legenden, aber ohne Magie konnte ich das Herz nicht selbst holen. Dafür brauchte ich dich. Seit dem Moment, als du erwachtest, *wollte* ich, dass du es tust. Ich wollte dir zeigen, wie grausam du in Wahrheit bist. Denk darüber nach, Aurora, bevor du mich verurteilst.«

»Aber meine Verbindung zu den Drachen. Meine Feuermagie …«

»Du besitzt keine *Feuermagie*. Du besitzt Magie. Doch du warst zu verbohrt, um irgendetwas anderes als Feuer damit zu zaubern. Die Drachen fühlten sich zu dir hingezogen, weil du ein Geschöpf der Magie bist. Und du hast dir selbst vorgegaukelt, du würdest sie beherrschen. Du hast gedacht, du könntest sie benutzen wie Werkzeuge. Weil es das war, was du insgeheim wolltest.«

Celestine stand auf und schwebte auf sie zu. »Du hättest deinen Prinzen ganz allein heilen können, weißt du. Ich habe dir keine Macht verliehen. Ich habe dir einfach nur gesagt, was zu tun ist. Wenn du doch nur auf mich gehört hättest, meine Teure. Hättest du dich mir doch nur angeschlossen, als ich dich darum bat. Überleg mal, wie anders jetzt alles wäre.«

Auroras Herz hämmerte gegen ihren Brustkorb. Die Luft stank nach Blut und verbranntem Fleisch, und das Drachenfeuer pulsierte wütend durch ihre Adern, mit einem schier unstillbaren Verlangen nach Zerstörung. »Was willst du?«, sagte sie. »Ich kann einen neuen Handel mit dir abschließen …«

Celestine lachte. »Oh, du süßes Ding. Erst vor ein paar Wochen hast du deine Mutter noch so gehasst, weil sie sich auf mich eingelassen hat. Und jetzt will du einen neuen Handel mit mir?«

»Wenn du weißt, wie man die Drachen aufhalten kann, dann halte sie auf.«

»Das werde ich nicht tun«, sagte Celestine. »Noch nicht. Diese Menschen wollten doch Magie haben, oder? Und sie verdienen eine Strafe dafür, wie sie dich behandelt haben. Sie sollen sich ruhig daran erinnern, wie furchterregend Magie sein kann.«

Aurora machte einen Schritt rückwärts und suchte wieder die Verbindung zu den Drachen. Wenn sie doch nur diesen Zorn dämpfen und die Drachen beruhigen könnte. Wenn sie sie weglocken könnte …

Celestines Fingernägel gruben sich in ihren Arm. »Verstehst du mich nicht, Aurora? Du bist nicht diejenige, die es aufhalten kann. Du solltest es nicht aufhalten wollen. Denn das ist es, wozu du bestimmt bist. Du hast dich so bemüht, gut zu sein und die Heldin zu spielen, und sieh nur, wohin dich das geführt hat. Sieh, was du getan hast. Du bist nicht die gütige, liebenswerte Heldin in dieser Geschichte. Es gibt hier keine gütige, liebenswerte Heldenfigur. Du bist verdorben, meine Teure. Genau wie ich.«

»Du kennst mich nicht«, sagte Aurora. »Ich bin kein bisschen wie du.« Aber sie musste an die Worte denken, die sie vor knapp zwei Wochen zu Finnegan gesagt hatte. *Wenn ich all meinen Gefühlen freien Lauf ließe, dann würde ich die ganze Stadt zu Asche verbrennen.*

»Das bist du eben doch!« Celestine nahm Auroras Gesicht zwischen ihre Hände und drückte dabei eine Spur zu fest zu. Ihre Stimme war plötzlich ganz sanft. »Glaubst du, dass ich früher nicht auch gut sein wollte? Dass ich nicht auch geliebt werden wollte? Aber genau wie du habe auch ich einst lernen müssen, dass das nun einmal nicht möglich ist. Sie werden dich hassen, weil du so mächtig bist, und gleichzeitig immer mehr von dir wollen. Du hast gern die Böse gemimt, nicht wahr? Die Hexe, vor der sich alle fürchten – solange es nützlich war. Du warst aber zu naiv, um zu verstehen, dass die Dinge nicht schwarz und weiß sind, gut und böse. Du warst zu engstirnig, um auf den Gedanken zu kommen, dass es mir einst genauso ergangen ist wie dir.« Sie strich Auroras Haar glatt. »Genau wie du wollte auch ich, dass sie mich lieben. Und sie haben mich verraten, so wie sie dich verraten haben. Sie wiesen mich zurück, fürchteten mich, hassten mich, obwohl ich doch alles, was ich tat, allein für sie getan habe.«

Ihre Nägel bohrten sich in Auroras Kopfhaut. »Der Thron hat mir gehört«, sagte sie. »Und ich habe auf meine Art geherrscht. Ich war die Einzige, die ihnen ihre Wünsche erfüllen konnte, sosehr sie mich auch fürchteten.«

»Wovon sprichst du?«, sagte Aurora. »Was …«

»Das weißt du genau«, entgegnete Celestine. »Du musst es wissen. Ich bin Alysse, Aurora.«

Nein! Alysse war gestorben, vor vielen hundert Jahren. Das wusste jeder. Alysse war nicht Celestine. Alysse war nicht böse.

Celestine strich Aurora eine Strähne aus der Stirn. »Du willst es nicht glauben«, sagte sie. »Ich weiß, ich weiß. Aber es ist wahr. Ich habe sie alle gerettet. Sie haben allerlei Legenden um mich herum gesponnen, aber mich selbst haben sie abgelehnt. Sie lehnten meine Macht ab.« Ihre Stimme überschlug sich und wurde schrill, und das wahnsinnige Grinsen breitete sich wieder auf ihrem Gesicht aus. »Sie machten mich zu einer Ausgestoßenen. Doch wenn es ihnen nützte, war ich ihre Königin. Sie kamen zu mir gelaufen und bettelten mich um Magie an. Flehten mich an, damit ich ihnen half. Sie liebten mich auf ihre Weise oder fürchteten mich. Oh, ich war die Königin. Und jetzt werde ich es wieder sein. Jetzt habe ich dich. Wir teilen dieselbe Geschichte, siehst du? Wir gehören zusammen. Wir können Alyssinia die Magie geben, nach der sich die Menschen so verzehren. Wir geben ihnen, was sie brauchen. Und sie werden sich vor uns verneigen. Auch wenn sie uns dafür hassen.«

»Das will ich nicht!«, flüsterte Aurora.

»Obwohl sie dich verstoßen haben? Obwohl sie dich töten wollten, dich Hexe und Hure geschimpft haben? Sie haben versucht, dich umzubringen, und mit dir jene, die du liebst. Sie haben dich um Magie angefleht und dich gleichzeitig gefürchtet, weil du welche hattest. Und verdiene ich nicht dein Mitleid, Aurora? Für all das, was ich erlitten habe? Für das, was sie mir angetan haben?«

»Du hast mich verflucht«, sagte Aurora. »Du hast mir mein Leben genommen.«

»Ich habe dir dein Leben *gegeben*. Ein Piks in deinen Finger, und du warst frei. Um Drachen zu sehen und Prinzen zu küssen und zu erfahren, wie sich echte Macht anfühlt. Ist das etwa kein großartiges Geschenk, Aurora? War ich nicht gut zu dir?« Ihre Stimme klang wieder sanft. »Das ist es, was deine Mutter sich wünschte. Das beinhaltete unser Handel. Und sicher erkennst du jetzt, wie heikel Magie sein kann. Wieso eine Hexe nicht zwangsläufig böse ist, wenn ihr Zauber schlimme Folgen hat. Wir geben den Leuten, was sie sich wünschen, und dann nehmen die Dinge ihren Lauf.« Sie legte eine Hand auf Auroras Wange, ihre langen Fingernägel kratzten an ihrer Haut. »Vertrau mir, Aurora. Du liegst mir am Herzen. Ich kann dir so vieles beibringen. Wir werden das Königreich gemeinsam von diesen Drachen befreien. Ich habe es ernst gemeint. Ich will wieder meinen rechtmäßigen Platz einnehmen. Den Menschen kann man nicht trauen, Aurora. Sie *brauchen* uns. Und du wärst eine glorreiche Königin.«

Die Worte wanden sich durch Auroras Gedanken. So simpel. So verlockend.

»Ich werde der Sache ein Ende machen, sobald du einwilligst. Ich werde dich lehren, wie *du* das alles beenden kannst. Weise mich nicht wegen eines uralten Grolls zurück, Aurora. Sind die Menschen nicht immer genauso mit dir umgegangen?«

Celestine würde Aurora mächtig machen, so wie versprochen. Celestine hatte es selbst gesagt: Sie konnte Magie benutzen, aber Aurora *war* Magie. Mit ein bisschen Übung könnte sie mächtiger sein, als Celestine es sich je erträumen konnte.

Und falls Celestine Alysse war … Aurora wusste, wie es sich anfühlte, wenn Lügen über einen verbreitet wurden, wenn die Fakten so verdreht wurden, dass am Ende etwas völlig Neues und Falsches entstand.

Sie spürte Celestines Herzschlag an ihrem Arm. Nicht Alysses. *Celestines.*

»Nein!« Sie schubste Celestine von sich, so dass die Hexe gegen die steinerne Wand prallte. Feuer loderte um die Hexe herum auf, und sie lachte. Sie beobachtete Aurora durch die Flammen hindurch, mit klaffendem Mund, sich ausschüttend vor Lachen, bis der Zauber verebbte und Aurora einen Schritt zurücktrat, erschöpft und verunsichert. Celestine lachte weiter, vollkommen unversehrt.

»Wolltest du mich so Lügen strafen? Ich drohe dir nicht. Ich tue dir nichts. Und doch willst du mich verbrennen, weil du felsenfest davon überzeugt bist, dass du gut bist. Akzeptiere es endlich, Aurora. Du weißt, dass du dazu bestimmt bist, mit mir zusammen zu sein.«

Sie würde es nie akzeptieren. Celestine log. Es musste eine Lüge sein! Die Hexe hatte die Drachen hergebracht, sie versuchte, Aurora zu manipulieren, so wie sie einst ihre Mutter manipuliert hatte, so wie sie jeden manipulierte. Aurora musste sie aufhalten.

Celestines Macht stammte aus dem Drachenherz. Sie hatte das Herz verschlungen, und seitdem besaß sie wieder Magie. Wenn Celestine nun ihr eigenes Herz verlöre, würde sie mit ihm dann auch ihre Magie verlieren?

Aurora warf sich nach vorn. Ihre Finger kratzten über Celestines Brust, aber die Hexe packte ihre Handgelenke und drehte Aurora den Arm auf den Rücken. Celestines Nägel gruben sich in Auroras Fleisch. Sie griff mit einer Hand in Auroras Haar und riss mit einem Ruck ihren Kopf nach hinten.

»Du glaubst also, du könntest es mit mir aufnehmen?«, zischte Celestine in ihr Ohr. »Meinst du etwa, du könntest diese Sache hier ohne mich beenden?« Sie zerrte den Kopf des Mädchens tief in den Nacken, während Aurora krampfhaft einen Schmerzensschrei unterdrückte. »Soll ich es dir zeigen?«, sagte sie. »Die letzte Lektion? Möchtest du sehen, was du mit deinem Trotz angerichtet hast? Ja«, sagte sie. »Komm, wir wollen es uns ansehen.«

Celestine schleifte Aurora die Wendeltreppe hinunter, durch die Turmtür hindurch, bis auf den Absatz der Haupttreppe. Flammen tanzten um sie herum, die Hitze war so intensiv, dass Aurora zurückzuckte. Der Schlossplatz unter ihnen war mit schwarz verkohlten Leibern übersät, dazwischen gab es noch ein paar Überlebende, die schwer verletzt und vor Angst erstarrt am Fuß des Schlosses kauerten, so als hofften sie, dort Schutz zu finden. Der Scheiterhaufen brannte, und das Feuer sprang von Dach zu Dach, breitete sich rasend schnell bis zur Stadtmauer aus.

»Sieh hin«, sagte Celestine. »Sieh, was du getan hast. Du brauchst mich, Aurora. Du musst dich mit mir zusammentun.«

»Niemals«, sagte Aurora. Sie wand sich unter Celestines brutalem Griff, konnte sich aber nicht losreißen. »Ich werde mich niemals mit dir zusammentun. Nicht mal, wenn du die ganze Welt niederbrennst.«

Aus dem Augenwinkel sah sie Iris, die verzweifelt versuchte, Rodric davon abzuhalten, ihr mit gezücktem Schwert zu Hilfe zu eilen.

»Du hörst noch immer nicht richtig zu«, sagte Celestine. »Du bist diejenige, die die Stadt niederbrennt.«

Finnegan und Distel tauchten auf dem Platz auf, ein Trupp Soldaten humpelte hinterdrein. Sie waren von grauer Asche bedeckt und voller Schrammen, schienen aber nicht ernsthaft verletzt. Finnegans Mund formte Auroras Namen, aber sie konnte ihn nicht hören. Sie konnte nichts hören außer das Rauschen ihres eigenen Blutes und das Zischeln von Celestines Stimme. Aber sie sah seine Augen, die sich auf etwas richteten, das sich hinter Celestine befand. Dann spürte sie Hitze in der Luft, das sehnsuchtsvolle Ziehen in ihrer Brust. »Ohne mich bist du ein Nichts. Also schau auf die Welt. Schau auf die Welt, die du erschaffen hast, und sag mir, dass du besser bist als ich.«

Aurora schlug mit der freien Hand zu. Ihre Nägel kratzten über Celestines Gesicht, schürften über ihre Augenlider und ritzten ihre Wangen auf. Celestine kreischte, und Aurora stieß mit dem Ellbogen nach hinten, traf die Hexe in den Magen und entwand sich ihrem Griff.

Begleitet vom Schreien ihres Drachen beschwor Aurora Flammen herauf und hüllte Celestine in einen Umhang aus Feuer. Die Hexe lachte und kreischte, die Laute vermengten sich, während ihr Haar knisterte und Strähne um Strähne wegschmolz.

Der Drache landete hinter Aurora, und die Hitze seiner schuppigen Haut erfüllte die Luft. Celestine grinste sie an, mit vom Feuer geschwärzter Haut und blutigem Gesicht. »Ich kann Drachenverbrennungen heilen«, rief sie. Ihre Stimme drang kratzig aus ihrer Kehle, so als würde auch sie zu Asche verfallen. »Du auch?«

»Das werden wir sehen.«

Rodric trat hinter Aurora, hielt sein Schwert kampfbereit. Finnegan erschien ebenfalls und stellte sich neben sie, unbewaffnet, aber zum Äußersten entschlossen. Der Drache bleckte die Zähne.

Celestine warf die kümmerlichen Reste ihrer Haare über

die Schulter zurück, während ihre Haut wegblätterte. Sie verzog die zusammengeschrumpften Lippen zu einem breiten Grinsen. »Ich wollte dir helfen, Aurora«, sagte sie. »Es sollte wieder gelten, was von alters her recht ist. Aber wie ich sehe, bist du noch nicht so weit. Du hast noch nicht akzeptiert, wer du bist.« Ihr Blick wanderte von einem Prinzen zum nächsten, sie erfasste den Drachen, das halbzerstörte Schloss, die Flammen. »Du wirst dich selbst zerstören. Oder sie werden es tun. Du wirst schon sehen. Du wirst sehen, dass ich recht hatte.« Sie drehte sich weg und ließ den Blick über den zerstörten Platz schweifen. »Ihr wollt Magie?«, schrie sie. »Ihr wollt Gerechtigkeit? Ihr wollt, was ihr *verdient* habt? Dann kommt zu mir. Eure neue Königin lehnt die Macht ab, die ich ihr zu bieten habe, aber sie ist eine Närrin. Wenn ihr Magie wollt, kommt zu mir.« Sie fuhr wieder zu Aurora herum. »Ich bin nicht deine Feindin«, sagte sie. »Ich will dir nicht schaden. Das wirst du noch verstehen.« Sie machte einen schwungvollen Knicks. »Genießt Euer neues Königreich, Eure Majestät. Ich werde dich wiedersehen.«

Und dann war sie verschwunden, und zurück blieb nichts außer dem Geruch von verbranntem Fleisch und einer Horde kreischender Drachen.

ZWEIUNDDREISSIG

Einer der Drachen saß auf dem Ostturm des Schlosses, seine Klauen zermalmten den Stein unter sich. Ein anderer krallte sich an der Stadtmauer fest, und etliche mehr segelten über den Himmel, verdeckten mit ihren Flügeln die Sterne.

»Aurora«, sagte Rodric. »Was sollen wir tun?«

Sie wusste es nicht. Sie starrte in die Dunkelheit, während ein weiterer Drache über die Stadt hinwegfegte und mit einem einzigen Atemstoß gleich mehrere Dächer in Brand setzte.

Sie hatte sich geirrt. Sie hatte sich in allem geirrt.

Sie hatte Celestines Warnungen in den Wind geschlagen, und jetzt brannte eine Horde Drachen die Stadt nieder, und die Menschen wollten von ihr wissen, wie ihr Plan aussah. Sie alle vertrauten darauf, dass Aurora sie retten würde.

Sie hatte jetzt keine Zeit für Selbstzweifel.

»Bringt so viele Menschen wie möglich zum Fluss«, sagte sie. »Das Wasser wird sie schützen, wenigstens fürs Erste.«

»Der Fluss liegt auf der anderen Seite der Stadt«, wandte Rodric ein. »So weit werden es die Leute nicht schaffen.«

»Dann bringt sie ins Schloss«, sagte sie. »Nach unten, ins Verlies.« Der Kellerraum in Alysses Haus war vom Drachenfeuer weitgehend unberührt gewesen. Vielleicht wären die Leute auch hier unter der Erde einigermaßen geschützt. Sie wandte sich an die wenigen Wachen, die noch übrig waren. »Worauf wartet ihr? Holt die Leute her. Rodric, sorgt dafür, dass sie in Sicherheit gebracht werden. Bringt sie ins Schloss, beruhigt sie … Ihr werdet wissen, was zu tun ist.«

Ein König für ein anderes Zeitalter, hatte sie einst von ihm gedacht. Doch er war genau der richtige König für das Hier und Jetzt. Rodric ergriff ihre Hand und drückte sie. Sein Gesicht war aschfahl vor Angst, aber seine Augen blickten entschlossen. »Ich tue, was ich kann«, sagte er.

»Ich weiß.«

Er eilte davon und lief zu einer Gruppe Menschen hinüber, die mit eingezogenen Köpfen dicht zusammenstanden. Er legte einem Mädchen die Hand auf den Rücken und zeigte mit der anderen Richtung Schloss. Das Mädchen nickte und rannte los.

»Finnegan, du solltest dich besser verstecken. Wenn sie dich erkennen, werden sie dir die Schuld an allem geben. Ich will nicht, dass sie dir etwas antun.«

»Und du?«, fragte Finnegan. »Was wirst du machen?«

»Ich werde die Drachen aufhalten.«

Er packte sie am Arm. »Dann komme ich mit dir.«

»Das kannst du nicht. Celestine sagte, dass die Drachen von mir angezogen werden. Wenn das stimmt, ist jeder, der sich in meiner Nähe aufhält, in Gefahr.«

»Dann bin ich eben in Gefahr«, sagte er. »Ich werde dich jetzt nicht verlassen.«

»Nein.« Sie stieß seine Hand weg. »Ich muss das allein tun.«

Das letzte Mal, als Finnegan ihr beigestanden hatte, war er von einem Drachen verbrannt worden; er wäre fast gestorben. Sie konnte nicht riskieren, dass so etwas noch einmal passierte. »Du weißt mehr über die Drachen als jeder andere hier. Wenn du dich nicht verstecken willst, dann hilf den Leuten. Sag ihnen, was sie tun sollen. Und pass auf, dass niemand versucht, gegen die Drachen zu kämpfen. Und komm lebend zurück.«

Er zog sie hoch auf die Zehenspitzen und presste ihr einen Kuss auf die Lippen. »Du auch, Drachenmädchen«, sagte er. Dann drehte er sich um und rannte los.

Die Luft war mittlerweile schwer von Rauch, gesättigt von Brandgeruch. Die Drachen brüllten, und die Menschen schrien, die Menge drängte Richtung Schloss, und Aurora konnte alles spüren – die Panik, die Wut, die Verzweiflung.

Ihr musste schnell etwas einfallen. Sie könnte aus der Stadt hinauslaufen und die Drachen weglocken. Aber Petrichor wäre restlos zerstört, noch bevor sie die Tore erreicht hätte. Sie musste die Drachen kontrollieren und sie zwingen, den

Angriff zu stoppen. Sie in einen Schlaf versetzen, so wie es schon einmal ihre Absicht gewesen war.

Der damalige Plan hatte auf Hirngespinsten basiert. Es hatte nie irgendeine Verbindung zwischen ihr und den Drachen gegeben, außer, dass sie beide Magie besaßen. Aurora hatte sich so verzweifelt Antworten ersehnt, dass sie ihre eigenen fabriziert hatte, und ihre Blindheit hatte zur Folge gehabt, dass Finnegan verletzt wurde, Celestine an Macht gewann und die Drachen die Stadt Vanhelm und jetzt Petrichor niederbrannten.

Sie hatte alles erreicht, was sie sich gewünscht hatte. Sie hatte Finnegan gerettet, mehr über ihre Magie erfahren und war König John losgeworden. Sie war von ihrer besonderen Verbindung zu den Drachen so überzeugt gewesen, dass sie sie selbst erschaffen hatte. Aber so hatten die Dinge nicht enden sollen.

Und die Drachen hatten Aurora auch nicht in ihren Bann geschlagen, jedenfalls nicht so, wie sie es vermutet hatte. Sie war weder von der Verbindung zu ihnen noch von ihrer Magie überwältigt worden, hatte sich nicht in jemand anderen verwandelt, sobald sie den Kreaturen nah war oder Magie benutzt hatte. Ihr Taumel, ihre Verzückung, ihr Leichtsinn … das alles war sie selbst gewesen. Sie war nicht Gefahr gelaufen, verdorben zu werden. Sie war es bereits gewesen.

Doch nun gab es die Verbindung, die Aurora gewollt hatte. Jetzt musste sie sich ihrer bedienen, um zu helfen. Sie suchte den brennenden Platz nach einer geeigneten Stelle ab. König

Johns Scheiterhaufen stand bereits in Flammen, genau wie die Häuser am Rand des Platzes. Das Schloss schien ideal, aber wegen der Leute, die sich darin versteckt hielten, konnte sie nicht dorthin. Aber ein Überrest des Brunnens, den sie bei ihrer Hochzeit gesprengt hatte, stand noch da, ein Mahnmal zur Erinnerung an die Niedertracht der Prinzessin. Sie kletterte auf die Trümmerreste und schloss die Augen, fühlte nach dem Drachenherz in ihrem Inneren, streckte sich nach der Magie aus, die spürbar den Himmel erfüllte.

Da. Herzschläge, die neben ihrem eigenen zu hören waren. Sie zog sie näher an sich heran, und eine heiße Wut brodelte in ihr hoch, die ihr fast den Atem raubte. Sie spürte das Feuer, und sie wollte mit ihm zusammen brennen.

Hört auf, dachte sie. *Ihr müsst aufhören.* Aber ihre Verzweiflung schien die Drachen nur weiter anzutreiben, die Wut zu befeuern, Auroras eigenen Zorn anzustacheln. Die Stadt hatte es verdient zu brennen, oder nicht? Weshalb sollte sie sich um die Menschen hier scheren?

Sie schob den Gedanken beiseite und holte tief Luft, versuchte, ihr wild hämmerndes Herz zu beruhigen. Was hatte Finnegan zu ihr im Übungsraum gesagt? Man konnte nicht durch bloßes Denken zaubern. Genauso wenig konnte man die Füße bewegen, indem man nur ans Gehen dachte. Zu ihrem eigenen Drachen hatte sie sofort eine Verbindung hergestellt, instinktiv, wie von selbst. Sie konnte die Drachen nicht mittels Gedanken lenken. Sie musste es fühlen. *Ruhig.*

Sie dachte an den Moment im Park, als ihre Magie sich

so leicht angefühlt hatte, so befreiend, und an die Liebe und Hoffnung, die sie in den heilenden Kuss gelegt hatte. Ein weiterer Drache schrie, und sie kniff die Augen fest zusammen, um das Geräusch auszublenden. Wenn sie die Drachen beruhigen wollte, musste sie selbst ausgeglichen sein.

Sie atmete tief ein und aus. Ihr Herzschlag verlangsamte sich. Und als sie zur Ruhe gekommen war, spürte sie in sich wieder die Drachen auf. Der Zorn der Geschöpfe brannte noch immer, aber sie hielt ihn zurück, so dass er sie nicht überwältigen konnte. Sie befanden sich für einen Moment im Gleichgewicht, spürten die Gegenwart des jeweils anderen, die Kraft. Dann nahm sie die friedliche Ruhe und sandte sie Richtung Drachen.

Das Feuer wurde sanfter. Das wilde Rasen ihrer Herzen verlangsamte sich zu einem gleichmäßigen Rhythmus.

Sie öffnete die Augen. Die Drachen hatten eine Pause eingelegt. Die Leute um sie herum schrien noch immer, aber die Geräusche klangen verzerrt, wie weit weg. Das Einzige, was zählte, waren die Drachen, die Verbindung zu ihnen, diese Welt des Friedens und Feuers.

Aber sie konnten nicht hierbleiben, das wusste Aurora. Nicht, wenn sie so mächtig waren, nicht, wenn allein der Gedanke an die Drachen sie schon einmal verführt hatte. Nicht wenn Celestine ebenfalls Einfluss auf sie hatte. Sie musste sie dazu bringen, sich wieder schlafen zu legen, wenigstens vorübergehend.

Aurora atmete langsamer und tiefer ein und aus, vertrieb

so die Anspannung. Schlaf, dachte sie und spürte am eigenen Leib, wie eine bleierne Schwere sie überkam, die Müdigkeit einer jahrhundertealten Bestie.

Aber wenn sie die Verbindung aufrechterhalten musste, wie könnte sie sie in den Schlaf lullen, ohne selbst einzuschlafen?

Panik wogte in ihr auf, und die Drachen kreischten. Sie wollten nicht wieder schlafen. Sie wollte nicht wieder in dieses Vergessen eintauchen, wollte nicht die Augen öffnen und sich abermals in einer neuen Welt wiederfinden, wollte nicht alles verlieren, das sie gewonnen hatte, um wieder von vorn zu beginnen. Sie würde sich nicht selbst opfern. Um keinen Preis würde sie das tun.

Aber es gibt noch einen anderen Weg, dachte sie. Sie holte tief Luft und konzentrierte sich wieder darauf, zur Ruhe zu kommen. Drachen konnten ohne Magie nicht existieren. Sie brauchten die Kraft in ihren Herzen, eine Kraft, die sie nunmehr zu teilen schien.

Aber wäre sie dazu fähig? Könnte sie ihre Magie benutzen, um so viel Schönheit, so viel Leben zu zerstören, egal, wie viel Leid und Tod die Drachen auch gebracht hatten. Sie würde genauso werden, wie Celestine es ihr prophezeit hatte. Mächtig. Grausam. Hochmütig genug, um zu glauben, sie könnte die Welt nach ihrem Willen formen.

Die Drachen gerieten in Bewegung, nervös geworden durch Auroras Zweifel. Noch einmal atmete sie tief durch und ließ die Gedanken in ihrem Kopf schweben, unaufgeregt, distanziert. Als sie Orla gesagt hatte, sie wäre dazu niemals fähig, hatte sie sich geirrt. Sie war bereits zu der Person geworden, in die Celestine sie verwandeln wollte. Sie hatte die Drachen hierhergeholt. Sie musste dafür sorgen, dass es aufhörte. Und sie hatte bereits bewiesen, dass sie nicht halb so *gut* war, wie sie selbst glaubte.

Und so streckte sie sich aus und berührte jede einzelne Feuersäule, liebkoste sie mit ihrer Magie.

Ruhig, dachte sie. *Ruhig*.

Und sobald Aurora es spüren konnte, sobald sie sich sicher war, ergriff sie die mächtigen Flammen, eine nach der anderen, und riss sie mit einem Ruck fort. Nur die ihres Drachen und ihre eigene ließ sie brennen.

Die Drachen kreischten auf, aber nicht aus Wut und Hass. Es war ein markerschütternder Schrei, so wie der, den Aurora damals in der Höhle vernommen hatte, und es klang so, als würde man ihnen das Liebste auf Erden entreißen. Sie knisterten und brannten, laut brüllend, während Feuer um Aurora herum explodierte, umherwirbelte und über ihre Haut tanzte. Sie sackte auf die Knie, das Feuer versengte ihre Kehle. Sie Welt brannte und war glühend rot.

Dann waren die Flammen verschwunden und mit ihnen die Drachen, außer dem einen, den Aurora gerettet hatte. Der Wind trieb Asche über den menschenleeren Platz.

Es herrschte absolute Stille.

DREIUNDDREISSIG

Die verbliebenen Wachen legten König Johns Leichnam im Thronsaal auf den Boden. Iris stand über ihn gebeugt und betrachtete das Gesicht ihres Ehemanns. Sie sah bestenfalls halbzufrieden aus, so als hätte sie in einer eher unbedeutenden Angelegenheit recht behalten.

Rodric schritt im Raum auf und ab, rastlos und aufgewühlt.

Aurora konnte noch immer ihren Drachen spüren, der über dem Schloss kreiste. Den letzten Rest dieser Macht, vorausgesetzt, es gab jenseits des Meeres nicht noch weitere Drachen. Eine Legende, die Aurora ihrem Willen unterworfen und dann in Stücke gerissen hatte.

Aber darüber konnte sie jetzt nicht nachdenken. Nicht, solange das Königreich in Trümmern lag.

»Rodric«, sagte sie. »Geht es Euch gut?«

»Ob es mir gutgeht?« Er schüttelte erstaunt den Kopf. »Mein Vater hat heute versucht, mich zu töten. Zweimal. Meine Mutter hat wiederum ihn getötet. Meine Heimat ist von Drachen angegriffen worden. Und dann taucht Ihr aus dem Nichts auf und bekämpft diese Ungeheuer mit Magie. Ob es mir gutgeht?«

»Tut mir leid«, sagte Aurora. »Ich hätte Euch nicht im Stich lassen dürfen.«

»Im Stich?« Rodric blieb nur wenige Schritte von ihr entfernt stehen. »Ihr habt mich nicht im Stich gelassen. Ihr habt getan, was Ihr tun musstet. Und der Plan ist aufgegangen, oder?«

»Die Stadt steht in Flammen«, sagte sie. »Menschen sind gestorben, die Drachen haben angegriffen …«

»Aber es ist ein Anfang«, wandte Rodric ein. »Der Anfang einer neuen Welt. Genauso, wie wir es uns gewünscht hatten.«

Aurora verspürte plötzlich den übermächtigen Drang, ihn zu umarmen. Die Muskeln in ihren Armen zuckten, aber es fehlte ihr die nötige Kraft. Doch Rodric schien zu verstehen. Seine Arme umschlangen sie. Ausnahmsweise war seine Umarmung weder steif noch unbeholfen. Einen Moment lang fühlte Aurora sich sicher und geborgen.

»Warum seid Ihr zurückgekommen?«, hörte sie Rodric fragen. »Ihr seid entkommen. Ihr hättet nicht zurückkehren müssen.«

Sie blickte zu ihm hoch, sein Gesicht war voller Sorge

um sie, dieses Gesicht, vor dem sie davongerannt war, dieser Prinz, den sie mochte, aber nicht liebte. Für den sie nicht so empfinden konnte, wie die Leute es von ihr erwarteten. Dieser Prinz, der davon überzeugt war, dass sie ihm nicht hätte helfen sollen. »Natürlich bin ich zurückgekehrt«, sagte sie leise. »Euer Vater … Irgendwer musste ihn aufhalten.« Sie schmiegte sich eng an seine Brust, nur einen kurzen Augenblick, dann löste sie sich von ihm.

»Glaubt Ihr, Celestine stellt noch eine Bedrohung dar? Wird sie noch mehr Drachen herbeirufen, um uns anzugreifen?«

»Das denke ich nicht«, erwiderte Aurora. »Und ich glaube nicht, dass sie vorhat, uns weiter zu schaden. Allerdings vermag keiner zu sagen, was sie anrichten wird, sobald sich die Menschen mit ihren Wünschen an sie wenden.«

»Das spielt keine Rolle. Nicht sie ist unsere größte Sorge.« Iris stand noch immer neben ihrem Mann, starrte noch immer auf seine Leiche, aber ihre Stimme hallte klar und deutlich durch den Raum. »Celestine kann man mit Magie bekämpfen. Mit dem Volk hingegen wird man nicht so leicht fertig.«

»Was meint Ihr damit?«

»Glaubst du etwa, du hast sie unter Kontrolle? Schon seit langem schwelt die Revolution. Seit Jahrzehnten herrscht Chaos. Und jetzt wurden die Menschen hier von Drachen angegriffen, jetzt ist der König tot, und zwei Hexen stellen Herrschaftsansprüche. Mein Mann hat dich als Verräterin beschimpft, und vielleicht bist du ja auch eine, denn immerhin wurdest du von Vanhelm unterstützt. Du bist erst mal nichts weiter als eine Fremde, die hier eingedrungen ist und von sich behauptet, eine Prinzessin zu sein. Und glaub mir, Fremden gegenüber sind sie nicht gerade wohlgesinnt.«

»Dann soll eben Rodric herrschen«, sagte Aurora. »Jemand, dem sie vertrauen …«

»O nein, Aurora«, sagte Iris. »Du kannst nicht den König entmachten, ihn Kronräuber nennen und dann seinen Sohn auf den Thron hieven. Wenn du diejenige bist, die du behauptest zu sein, dann musst *du* herrschen. Sonst wird alles wieder zusammenbrechen.«

»Es ist doch bereits alles zusammengebrochen.«

»Und es ist deine Aufgabe, es wieder aufzubauen. Niemand sonst kann die Ordnung wiederherstellen.«

Jemand lachte, irgendwo links von Aurora. Sie hatte völlig vergessen, dass ihr Ebenbild, mit dem König John versucht hatte, die ganze Welt zu täuschen, dort zerlumpt auf dem Boden saß. In dem Blick des Mädchens lag etwas Wildes. Sie stand auf, immer noch lachend. »Vielleicht sollte *ich* den Thron besteigen, Eure Hoheit?« Sie sank in einen ironischen Knicks. »Prinzessin Aurora, stets zu Diensten. Aber Ihr könnt mich auch einfach Eliza nennen.«

»Eliza«, sagte Aurora. »Was dir passiert ist, tut mir leid.«

»Das sollte es auch.« Unter den verschlissenen Kleidern war sie nur noch Haut und Knochen, gezeichnet von der Kerkerhaft, aber Aurora verstand, warum John sie ausgewählt hatte.

Sie strahlte etwas Majestätisches aus, etwas Gebieterisches, eine Art von Würde, die Aurora selbst nie besessen hatte. Ihr Gesichtsausdruck passte zu dem Bild des Mädchens auf dem Fahndungsplakat – ein bisschen hochmütig, energisch und kampflustig.

»Es tut mir leid«, wiederholte Aurora und meinte es auch so. »Und ich bin froh, dass ich es noch rechtzeitig geschafft habe.«

»Ich hätte nicht zugelassen, dass sie mich töten«, erwiderte Eliza, aber ihre Stimme zitterte. Aurora fragte nicht nach, was sie denn hätte tun wollen, um es zu verhindern.

»Ich bin einfach nur erleichtert«, sagte Aurora. »Es wäre schrecklich, eine solche Schuld auf mich laden zu müssen.« Aber das gehörte zum Königin-Sein dazu, dachte sie. Es gehörte zu ihrem Fluch. Zu ihrer Magie.

Aurora sah zu Iris hinüber. Sie hatte den Blick von der Leiche ihres Mannes abgewandt und den Wortwechsel zwischen Aurora und Eliza aufmerksam verfolgt. »Rodric«, sagte Aurora. »Bring Eliza irgendwohin, wo sie sich ausruhen kann, ja? Ich muss mit Iris sprechen.«

Eliza runzelte die Stirn. »Ihr wollt mich loswerden?«

»Nein«, entgegnete Aurora. »Wir haben später noch genug Zeit, um miteinander zu reden.«

Eliza senkte den Kopf und knickste noch einmal übertrieben demütig, wobei sie trotz dürrer Beine und Lumpenkleid ein Bild vollendeter Anmut abgab. »Bis dahin, Eure Majestät.« Rodric verbeugte sich ebenfalls vor Iris und Aurora, allerdings ehrlich respektvoll, dann führte er die noch immer wütend dreinblickende Eliza aus dem Thronsaal.

»Die Kleine sollte man gut im Auge behalten«, sagte Iris. »Sie könnte gefährlich werden.«

»Nein«, sagte Aurora. »Sie ist nur wütend. Das wäre ich an ihrer Stelle auch.«

»Das ist kein Benehmen für eine Prinzessin.«

»Dann trifft es sich ja gut, dass sie keine echte Prinzessin ist.« Aurora ging langsam auf die Königin zu, auf diese Frau, die sie belehrt und eingesperrt hatte und die so mächtig und doch ohnmächtig war. »Ihr habt Euren Ehemann erstochen«, sagte sie. »Wieso?«

Iris starrte ihr entgegen, ohne die kleinste Spur von Schuldbewusstsein im Blick, ohne Schmerz oder Resignation. Sie trug den gleichen leicht verkniffenen, aber würdevollen Ausdruck im Gesicht, den Aurora schon so oft bei ihr gesehen hatte. Die Miene einer Königin. »Er wollte meinen Sohn töten«, sagte sie. »Und meine Tochter hat er vermutlich auch getötet. Das Maß war voll.«

»Er plante, Euren Sohn auf dem Scheiterhaufen zu verbrennen«, sagte Aurora. »Und Eliza ebenfalls. Dagegen wolltet ihr jedoch nichts unternehmen.«

»Und dessen bist du dir sicher?« Iris ließ ihren Blick über den Leichnam ihres Mannes wandern. »Ich habe dir geschrieben. Als du in Vanhelm warst. Ich hatte mich diesem unerträglichen Prinz Finnegan anvertraut. Und seinen Spitzel mit Informationen versorgt. Ich hoffte, du würdest noch rechtzeitig in Petrichor eintreffen. Andernfalls wäre ich selbst zur Tat geschritten. Ich bin sehr wohl in der Lage, einen Dolch in meinen Kleidern zu verbergen.«

»Ihr seid jetzt nicht mehr Königin.«

Iris presste die Lippen zusammen. »Und du meinst, das macht mir etwas aus?«

»Ja«, sagte Aurora. »Ich glaube, das macht Euch sogar viel aus.«

»Rodric ist mir wichtiger«, erwiderte sie. »Und was nützen mir Macht und Einfluss, wenn ich nicht verhindern kann, dass mein eigener Sohn vor meinen Augen stirbt? Vielleicht war es an der Zeit, dass ich mich davon befreie. Dass ich dir den Ärger überlasse.«

Aurora dachte an Orla, die so selbstbewusst, so entschlossen und kompetent war. An die elegante, kultivierte Erin. So war Aurora nicht. So würde sie niemals sein. »Ich weiß nicht, wie eine Königin sein soll«, sagte sie.

Iris verschränkte die Hände vorm Körper und sah wieder auf ihren Mann hinunter. Ihre Miene blieb unverändert, aber als sie sprach, klang ihre Stimme beinahe zärtlich. »Ich könnte es dir beibringen.«

Aurora zögerte. »Ich will nicht so eine Königin werden wie Ihr.«

»Das wollte ich auch nicht.« Iris seufzte. »Man kann nicht die Oberhand behalten, weißt du. Es sei denn, man sorgt dafür, dass sie einen fürchten, so wie mein Mann es getan hat. Und wenn sie einen fürchten, bekämpfen sie einen unter

Umständen noch heftiger. Denn gibt es etwas Furchterregenderes und Unnatürlicheres als eine Frau, die nicht tut, was man ihr sagt?«

»Ich muss es auf einen Versuch ankommen lassen«, sagte Aurora. »Ich will Veränderungen, ohne Furcht zu verbreiten. Das muss möglich sein.«

Jetzt sah Iris sie an. »Willst du Königin sein?«

»Nein«, sagte Aurora. »Ich will frei sein.«

»Keiner von uns ist frei.«

»Darum bin ich Königin.«

Iris strich mit den Händen über ihren Rock, als würde sie unsichtbare Krümel von dem blutbefleckten Stoff bürsten. »Wie gesagt, ich kann dich beraten«, erklärte sie. »Ich habe viel Nützliches gelernt. Wie man das Vertrauen des Volkes gewinnt, wie man das Spiel spielt. Ich kenne das Königreich und die Menschen, die darin leben. Ich habe stets gut zugehört und weiß Bescheid. Du wirst alle Unterstützung brauchen, die du bekommen kannst, Aurora. Nimm meine Hilfe an.«

Aurora dachte an all die Lehren, die Iris ihr bisher erteilt hatte, an die Standpauken, die verschlossenen Türen, die Aufforderungen, zu knicksen und fügsam zu sein. An die schallende Ohrfeige nach Isabelles Tod und daran, wie sie subtil versucht hatte zu helfen, auf ihre ganz eigene Weise, die Aurora schier zur Weißglut gebracht hatte. Aurora musste nicht auf sie hören, jedenfalls nicht immer. Aber sie brauchte Hilfe. Sie brauchte jemanden an ihrer Seite, der wusste, wie eine Königin zu sein hatte. »Gut«, sagte sie. »Ja. Danke.«

»Ich werde mich an die Vorbereitungen für die Krönungsfeier machen«, erklärte Iris. »Sie sollte so bald wie möglich stattfinden.«

Das waren Worte, die Aurora schon einmal gehört hatte. Ihr drehte sich der Magen um. Sie konnte bereits das Gewicht der Krone auf ihrem Kopf spüren, die Last der Verantwortung, die Enge, die sie umschloss.

Sie würde keine Angst haben. Sie würde tun, was nötig war.

Aurora fand Finnegan im Schlossgarten, wo er unruhig auf und ab ging. Die Blumen hatten sich inzwischen voll entfaltet, eine Farbenexplosion in Gelb und Rot, und die von den Bäumen abgeworfenen Blüten lagen wie ein rosafarbener Teppich auf dem Weg.

»Eure Majestät«, sagte Finnegan, als er sie näher kommen sah. »So lautet jetzt wohl deine standesgemäße Anrede.«

»Ich bin noch nicht Königin«, sagte sie. »Zumindest nicht offiziell.«

»Aber bald wirst du es sein.«

»Ja«, murmelte sie. »Das werde ich.« Sie ließ sich auf der Bank nieder. Im Garten herrschte Stille, außer Finnegan und ihr war niemand da, aber sie konnte immer noch die Anwesenheit ihres Drachen spüren, der über der Stadt am Himmel segelte, während sein Herz neben dem ihren schlug.

Finnegan setzte sich neben sie. Aurora fasste beinahe instinktiv an ihre Halskette und ließ dabei den Blick an den

Schlossmauern hochwandern. Das letzte Mal hatte sie hier mit Rodric gesessen, das aufgeschlagene Buch mit der Geschichte von der Schlafenden Schönheit zwischen ihnen. Sie hatte ihm gesagt, dass sie ihn nicht liebte, und damit ein Tabu gebrochen. Und jetzt war sie wieder hier, in *ihrem* Schloss, mit einem anderen Prinzen, und ihre Gefühle lagen offen und unverhüllt da. Und doch wusste sie nicht, was sie tun sollte.

Finnegan rutschte unbehaglich auf der Bank hin und her, seine Schultern waren steif. »Wirst du Rodric jetzt heiraten? Und mit deiner wahren Liebe zusammen sein?«

Sie lachte. Es war unangebracht, das wusste sie, aber dass der allwissende Finnegan sie so falsch einschätzte, war beinahe schon komisch. »Er ist nicht meine wahre Liebe«, sagte sie. »Und nein. *Nein*. Ich werde zwar Königin, da bleibt mir wohl nichts anderes übrig, aber falls du denkst, ich würde jemanden heiraten, weil eine Prophezeiung es so will, irrst du dich gewaltig. Ich habe die Vorsehung ziemlich satt. Du nicht auch?«

Finnegan ergriff ihre Hand. Als er sprach, klang seine Stimme fast zaghaft. »Es gibt noch andere Möglichkeiten, weißt du«, sagte er. »Das ist doch nicht, was du wirklich willst, Aurora. Du willst nicht Prinzessin spielen. Du willst nicht Königin sein. Komm mit mir! Nimm Reißaus und lass das alles einfach hinter dir. Das hast du schon einmal getan.«

»Ich kann nicht«, sagte Aurora.

»Doch, du kannst. Du kannst tun und lassen, was du willst.«

»Und ich will hier sein.« Sie sah ihn an, sein Gesicht war

nur wenige Zentimeter von ihrem entfernt. Sämtliche Zweifel waren wie weggeblasen. Wenn sie es sich aussuchen könnte, würde sie alles über den Haufen werfen, Finnegan küssen, mit ihm davonlaufen und niemals wieder zurückblicken. Aber das konnte sie nicht. Sie musste ihre Fehler wiedergutmachen und den Menschen hier helfen. Und das konnte sie nicht aus der Ferne. »Später«, sagte sie und ließ das Wort zögernd in der Luft hängen. »Wenn alles geregelt ist, dann vielleicht …«

»Später«, sagte er. »Sicher doch.« Er sah weg und starrte auf die wenigen Blüten, die sich mit letzter Kraft an die Zweige eines nahe stehenden Baums klammerten. »Ist das jetzt der Moment, in dem du mir sagst, dass ich gehen muss und du dich nicht mehr mit mir abgeben kannst?«

»Wie?« Sie drückte seine Hand. »Nein. Warum sollte ich so etwas sagen?«

»Na ja, du musst jetzt an deine königlichen Pflichten denken. Und wie meine Mutter ja bereits erwähnte, ich wäre ein miserabler König.«

Ein verunsicherter Finnegan. Sie musste fast schon wieder lachen. »Du wirst nicht König von Alyssinia, Finnegan. Aber deshalb will ich noch lange nicht, dass du von hier verschwindest. Wer soll mich denn zur Raserei bringen, wenn du nicht mehr da bist?«

»Ich bin mir sicher, dass Iris dieser Aufgabe absolut gewachsen ist.«

»Finnegan.« Sie zupfte an seiner Hand. »Ich hätte dich wirklich für klüger gehalten. Ich habe Celestine zu alter

Macht verholfen, um dir das Leben zu retten. Warum also sollte ich dich jetzt wegschicken wollen?«

»Na ja«, sagte er lächelnd. »Das wäre schon ziemlich verrückt. Aber man erzählt sich so allerhand über dich.« Er entspannte sich merklich. »Du weißt schon, dass es die Sache recht kompliziert macht, wenn du Königin wirst. Vor allem in Anbetracht dessen, was du meiner Mutter versprochen hast. Ich kann nicht nach Vanhelm zurückgehen.«

Sie verstärkte den Griff um seine Hand. »Warum nicht?«

»Meine Mutter hat es klipp und klar gesagt. Entweder kehre ich mit einem Drachenherz zurück oder gar nicht.«

»Aber du bist doch der Thronerbe.«

»Ich bin *ein* Erbe. Und meine Mutter traut mir nicht zu, dass ich diese Rolle ausfüllen kann. Sie gibt mir die Schuld an dem, was passiert ist. Ohne das Herz kann ich nicht zurück.«

»Aber die Drachen sind weg«, sagte sie. »Ich habe sie vernichtet.«

»Nicht alle.« Zur Verdeutlichung sah er zum Himmel hinauf. Auroras Drache umkreiste beharrlich das Schloss, und womöglich gab es noch weitere im Ödland auf der anderen Seite des Meeres.

Sie ließ seine Hand los. »Das kann ich nicht tun. Du weißt, dass das nicht geht.«

»Ich weiß«, sagte er. Aber tat er das wirklich? Aurora hatte selbst erlebt, dass Finnegan bereit war, bis zum Äußersten zu gehen, um sich zu behaupten. Er war scharfsinnig und gerissen und verfolgte mit furchtloser Entschlossenheit seine Absichten. Wenn er dieses Drachenherz brauchte, um König zu werden … Sie war nicht sicher, wozu er fähig wäre.

Sie musste ihre eigenen Bedürfnisse und die Anforderungen des Königreichs miteinander ins Gleichgewicht bringen. Aber sie würde nicht alles wegwerfen, nicht für das Volk, für niemanden. Sie würde es schaffen. Sie konnte beides sein, Königin und Aurora. Sie würde ihre Magie einsetzen, um zu helfen, und dennoch sich selbst treu bleiben. Orla hatte es geschafft. Es musste also möglich sein.

»Ich möchte dich bei mir haben«, erklärte sie. »Ich will, dass du hierbleibst.«

»Na ja«, erwiderte er. »Das wäre schon möglich. Wenigstens für eine Weile. Wenn du drauf bestehst.«

»Ja, das tue ich.«

»Dann hast du mich jetzt wohl am Hals.«

Sie legte ihren Kopf an seine Schulter. »Wie soll ich das alles bloß schaffen?«

»Du bist einfallsreich, Aurora. Du wirst eine Lösung finden, da bin ich sicher.«

Auroras Turm war immer noch in Staub gehüllt. Die Wandleuchter waren erloschen, und so zauberte sie einen Feuerball in ihre Hand, um den Weg zu beleuchten. Die Wandteppiche mit den Bildern ihrer Geschichte hingen dort, beinah anklagend. Sie würde sie irgendwohin verbannen lassen, wo sie außer Sicht wären.

Als sie ihr Zimmer erreichte, ließ sie die Flamme neben

sich herschweben und eilte hinüber zum Kamin. Er ließ sich mit Leichtigkeit öffnen, und dann stieg sie wieder die Treppe hinauf, bis sie unterm Gebälk stand, mitten in der Dachkammer, die nie hätte existieren sollen.

Das Spinnrad drehte sich.

Aurora setzte sich auf den Schemel und starrte an das Wandstück oberhalb der Treppe, auf die Worte, die dort in den Stein gebrannt waren: *Sie gehört mir*, hatte Celestine vor langer Zeit geschrieben. Und darunter: *Nichts kann es mehr aufhalten.* Aurora fixierte die Worte und lauschte auf das Klick-klick-klick des Spinnrads.

Sie gehörte nicht Celestine. Sie gehörte niemandem. Sie würde Verantwortung übernehmen und ihre eigenen Entscheidungen treffen, und kein Drachenfeuer, keine Drohungen uralter Hexen oder irgendwelche vor langer Zeit erfundenen Geschichten konnten sie davon abhalten.

Sie fuhr mit der Hand über das Spinnrad, ließ die Finger über die Speichen hüpfen. Die Nadel glänzte so verlockend wie bereits vor hundert Jahren. Magie prickelte unter ihrer Haut, und sie war versucht, sie freizulassen, um dieses Spinnrad zu einem Haufen Ruß und Asche zu verbrennen. Aber die Spinnräder zu verbrennen hatte den Fluch seinerzeit nicht aufgehalten.

Eine innere Stimme sagte ihr, dass sie warten und dieses Relikt vergangener Zeiten bewahren sollte, diesen einen harmlosen Gegenstand, der alles verändert hatte. Sie konnte ihre Vergangenheit nicht den Flammen übergeben.

Stattdessen stieg sie die Stufen zu ihrem alten Schlafzimmer hinab und trat ans Fenster. Die Aussicht hatte sich verändert, seitdem sie das letzte Mal hinausgeschaut hatte; die Stadt unter ihr bestand aus Häuserruinen, die in Rauchschwaden gehüllt waren. Abermals war eine Ära zu Ende, und eine neue Welt begann.

Mit ihr als Königin. Und sie würde dafür sorgen, dass diese Welt gut würde.

Sie streckte die offene Hand aus und wandte sich dem zweiten Herzschlag zu, der neben ihrem eigenen flüsterte. Ein sanfter Luftzug strich zwischen ihren Fingern hindurch, dann wurde es heiß, und ihr Drache kam in Sicht. Unter kaum sichtbarem Flügelschlagen schwebte er in der Luft. Aurora strich über die Schuppen an seinem Nacken, fühlte die glatte Haut und das Feuer.

So viel Macht. Und sie gehörte *ihr.*

Sie ließ ihren Blick über das Königreich schweifen – halb Schönheit, halb Asche – und lächelte.

DANKSAGUNG

für Teil 2

So viele großartige Menschen haben an der Entstehung dieses Buches mitgewirkt, und ich vermag nicht, mit Worten auszudrücken, wie dankbar ich ihnen allen bin.

Als Erstes geht ein riesen Dankeschön an meine hervorragende Agentin Kristin Nelson, deren Weisheit, Hingabe und Humor alles möglich macht.

Mein Dank gilt den tollen Mitarbeitern bei HarperTeen, allen voran meiner Lektorin Catherine Wallace, die meine Worte nimmt und richtige Romane daraus macht. Des Weiteren danke ich Jennifer Klonsky; meiner genialen Pressefrau Stephanie Hoover; Jenna Stempel, die dem Buch sein grandioses Aussehen gab; und allen anderen, die diesen Roman mit auf den Weg gebracht haben.

Alexandra Zaleski war die Erste, die diese Geschichte las und mich darin bestärkte, dass sie das Zeug zu mehr hat. Was würde ich nur ohne ihre Anregungen, ihre Unterstützung und Liebe tun?

Rachel Thompson gab mir viele wertvolle Tipps und ihre noch wertvollere Freundschaft obendrein. Falls ihr Plan, die ganze Welt von Krankheit zu heilen, nicht aufgeht, sollte sie unbedingt über eine zweite Karriere als Lektorin nachdenken. Ich danke ihr für all ihre Geduld und Hilfe, ihre turboschnellen Lesedurchgänge, wenn ich dringend eine zweite Meinung brauchte, und dafür, dass sie durchweg einfach nur toll ist.

Als ich Phoebe Cattle erzählte, ich würde gerade meine Danksagung schreiben, sagte sie, ich solle sie nicht erwähnen, da sie die Geschichte »ja noch gar nicht gelesen habe«. Sie hat eindeutig keine Ahnung, wie viel sie mir bedeutet und wie sehr mir ihre Freundschaft beim Schreiben hilft. Danke, Phoebe, fürs Witzemachen und Rumalbern, für Eierkuchen am Sonntag und die gelegentlichen »Und ich bin Javert!«-Ausrufe, kurzum dafür, dass du die beste Freundin überhaupt bist und mich (halbwegs) vorm Durchdrehen bewahrst.

Ich bin so ein Glückspilz, auf beiden Seiten des Atlantiks phantastische Freunde zu haben. Ein gigantisches Dankeschön geht an James Cattle, Matt Goodyear und Oz Shepherdson; an Kelly Smith, Shelina Kurwa, an meine Mitbewohnerinnen Meg Lee und Anna Liu sowie an Will Nguyen.

Ewig dankbar bin ich auch Tracy Cochran, die mir mit Erfahrung und Freundlichkeit half, alle Höhen und Tiefen der Buchveröffentlichung durchzustehen.

Doch das größte Dankeschön von allen gilt meinen Eltern Brian und Gaynor Thomas, die die Liebe zum Geschichtenerzählen an mich weitergaben und mich als Allererste ermutigten, diesen Weg zu beschreiten.